PIERRE NAUDIN

Pierre Naudin est né en 1923 à Choisy-le-Roi. Journaliste, il a publié des essais et des romans, notamment *Les mauvaises routes* (1959).

Il se passionne pour le XIVe siècle et ses chroniqueurs, comme Jean Froissart ou Jean le Bel, et poursuit d'importantes recherches sur le Moyen Âge, qui aboutissent à l'écriture du *Cycle d'Ogier d'Argouges*. Ainsi, depuis 1978, cette fantastique épopée historique, unanimement saluée par la critique, entraîne des milliers de lecteurs dans la France médiévale dont Pierre Naudin restitue avec justesse et minutie le tumulte et les élans.

Membre éminent de l'Académie royale des beaux-arts et des sciences historiques de Tolède, Pierre Naudin donne régulièrement des conférences dans les universités d'Europe.

DU MÊME AUTEUR
AUX ÉDITIONS AUBÉRON

CYCLE D'OGIER D'ARGOUGES

CYCLE DE TRISTAN DE CASTELRENG

CYCLE DE GUI DE CLAIRBOIS

À paraître :

DANS LA COLLECTION
HISTOIRE À L'ENCRE NOIRE

LE POURSUIVANT D'AMOUR

DU MÊME AUTEUR

CHEZ POCKET

CYCLE D'OGIER D'ARGOUGES

LES LIONS DIFFAMÉS
LE GRANIT ET LE FEU
LES FLEURS D'ACIER
LA FÊTE ÉCARLATE
LES NOCES DE FER
LE JOUR DES REINES
L'ÉPERVIER DE FEU

CYCLE DE TRISTAN DE CASTELRENG

LES AMANTS DE BRIGNAIS
LE POURSUIVANT D'AMOUR

À paraître :

LA COURONNE ET LA TIARE
LES FONTAINES DE SANG
LES FILS DE BÉLIAL
LE PAS D'ARMES DE BORDEAUX
LES SPECTRES DE L'HONNEUR

PIERRE NAUDIN

CYCLE TRISTAN DE CASTELRENG

LE POURSUIVANT
D'AMOUR

AUBÉRON

A Jean-Claude Wey,
Guy Trendel
et Michel Seyer,
ainsi qu'à tous les membres
de l'Association des
recherches médiévales
de Strasbourg,
en témoignage d'un intérêt constant
pour leurs travaux,
leurs initiatives
et leurs publications.

© Éditions Aubéron, Bordeaux, 1996.
ISBN : 2-266-11738-6

« Combien de fois ne vit-on pas à la guerre, des chevaliers prendre les noms de poursuivants d'amour, et d'autres titres pareils, se parer du portrait, de la devise et de la livrée de leurs maîtresses, aller sérieusement dans les sièges, dans les escarmouches et dans les batailles offrir le combat à l'ennemi, pour lui disputer l'avantage d'avoir une dame plus belle et plus vertueuse que la sienne, et de l'aimer avec plus de passion. Prouver la supériorité de sa valeur, c'étoit alors prouver l'excellence et la beauté de la dame qu'on servoit, et de qui l'on étoit aimé : on supposoit que la plus belle de toutes les dames ne pouvoit aimer que le plus brave de tous les chevaliers ; et le parti du vainqueur trouvoit toujours son avantage dans cette heureuse supposition. »

Jean-Baptiste de La Curne de Sainte-Palaye[*] :
Mémoires sur l'ancienne chevalerie, Paris 1826.

---

[*] Ce philologue certainement oublié était membre de l'Académie française. Né à Auxerre, mort à Paris (1697-1781), il publia un *Dictionnaire des Antiquités* et un *Glossaire de l'ancienne langue française*. Il fut l'un des premiers, en France, à étudier la littérature médiévale. En 1826, ses *Mémoires sur l'ancienne chevalerie* furent réédités par les soins de Charles Nodier qui en rédigea la préface et y ajouta quelques notes historiques.

Le 18 décembre 1361, Jean le Bon prend possession de la Bourgogne. Sitôt après l'annexion de ce duché, les affaires du royaume étant préoccupantes, il mande auprès de lui, dans son logis d'Auxerre, un chevalier dont il a pu estimer la vaillance sur le champ de bataille de Poitiers-Maupertuis : Tristan de Castelreng. Il lui enjoint de se rendre à Lyon afin de découvrir où se sont réunis quelques milliers de routiers qui, sans doute, attendent la venue de Charles II de Navarre. Gendre du roi et grand fauteur de troubles, celui qui fut surnommé le Mauvais *n'a jamais cessé, souvent à bon droit, de contrecarrer son beau-père. Que ces écorcheurs de tout poil l'élisent pour suzerain, et le trône usurpé des Valois branlera sur son socle.*

Avant même d'avoir accompli sa mission, Tristan tombe au pouvoir d'une aventurière : Perrette Darnichot, épouse de Jean III de Chalon-Auxerre. Il se morfond de longues semaines dans une cellule où il subit les affres du froid et de la faim, ignorant ce qu'on lui reproche et ce qu'on attend de lui. Alors qu'il doute de pouvoir recouvrer la liberté, un autre prisonnier, Tiercelet, vient partager son sort. Homme solide au franc-parler, ce manant déteste la noblesse et particulièrement les chevaliers. Survivant de la répression exercée contre les auteurs de la Jacquerie après qu'ils eurent dévasté le Beauvaisis, cet ancien mailleur[1] de

---

1. Ouvrier faiseur de cottes de mailles.

Chambly a pour dessein de quitter la Bourgogne afin de rejoindre à Lyon des compères de son acabit. Astucieux et moins renégat qu'il n'y paraît, il aide le jeune chevalier de la Langue d'Oc à fuir en sa compagnie. Forgée dans les frayeurs et les difficultés, une sorte d'orageuse amitié lie peu à peu ces deux êtres dissemblables.

Lors d'une halte dans un auberge interlope, Tristan défend d'un viol une servante, Oriabel. Son comportement provoque l'admiration d'un malandrin connu de Tiercelet : Naudon de Bagerant. Celui-ci les emmène tous trois à Brignais, lieu de rassemblement de la plupart des scélérats qui dépècent la France. Leurs méfaits ne succédant pas immédiatement à ceux des Jacques, ils se sont nommés les Tard-Venus.

Otage et mis à rançon, Tristan, pour être quitte, refuse d'entrer dans la « route » dont Bagerant détient une part de commandement. Afin de la mieux protéger, il épouse Oriabel devant une assistance abjecte, ignorant que le célébrant de leur mariage, qu'il prend pour un clerc, Angilbert le Brugeois, est un défroqué de longue date. Peu après la cérémonie, l'ost du roi de France apparaît. Il est conduit par les maréchaux de Bourbon et Tancarville dont la jactance et l'impéritie sont inguérissables. Ces deux prud'hommes n'ont pas compris — ou refusent de comprendre — les leçons de Crécy et de Poitiers, batailles acharnées lors desquelles les maîtres tacticiens de l'armée anglaise ont simultanément anéanti les corps et l'orgueil des chevaliers aux Lis.

Une fois de plus, l'affrontement paraît inégal. Les chances de victoire sont du côté de l'armée française, forte de 15 000 hommes tandis que les routiers sont moins de 10 000. Une attaque nocturne de ces derniers porte préjudice aux justes. Elle tourne d'emblée à l'avantage des Tard-Venus et se poursuit tout au long de la matinée.

Sur les pentes du Mont-Rond, proche du château de Brignais, et pour préserver sa vie, Tristan se voit contraint de combattre parmi la crapule qu'il abomine. Cerné par une poignée de Français alors que les routiers refluent vers leur repaire, il est considéré comme traître par un de ses anciens compagnons d'armes, Guillonnet de Salbris. Ses justifications restent vaines : Salbris veut sa mort.

Tandis qu'Oriabel et Tiercelet parviennent à s'enfuir, Tristan est conduit à Lyon en compagnie de quelques captifs, dont Angilbert le Brugeois qui lui révèle la nullité de son mariage. Condamné au bûcher comme les autres prisonniers, il prend place dans une charrette qui traverse la cité sous les huées de la foule. Tout paraît consommé lorsqu'une femme, Mathilde de Montaigny, sort des rangs des spectateurs et exige qu'il soit libéré afin de devenir son épouse.

Cette coutume existait non seulement dans différentes provinces françaises mais encore en Flandre, Suisse, Pologne, etc. Les édiles lyonnais atermoient. La dame insiste, supplie, menace, excipe de la validité d'une loi certes non écrite mais qui n'a jamais été transgressée. La fougueuse baronne s'est éprise de Tristan à Brignais où, prisonnière elle aussi des routiers, le condamné lui avait porté secours.

La grâce est accordée à la grande fureur de Salbris. Veuve déjà deux fois, Mathilde va pouvoir convoler sans délai avec son idole.

A peine a-t-il quitté la charrette infamante que la bienfaitrice providentielle entraîne Tristan chez elle. Il sait que pour cette hystérique il ne sera jamais rien d'autre qu'une espèce d'otage voué à des obligations très particulières.

LE PRISONNIER DE MONTAIGNY

I

Elle entrouvrit la porte de la chambre. Comprenant qu'il était éveillé, bien qu'il se fût hâté de clore les paupières, elle s'avança vers lui d'un pas impétueux :

— Vous avez le sommeil lourd, messire mon fiancé. Savez-vous que nous sommes vendredi [1] et qu'il est près de none ?... Eh bien, Tristan ! Etes-vous vraiment mal ?... Ah ! vous daignez enfin me regarder.

Comment faire autrement ? L'allure déterminée, mi-hautaine mi-dansante de Mathilde de Montaigny ne différait point de celle des femmes entrevues à la Cour, du temps où son existence de chevalier oisif lui paraissait tellement fade et lénitive qu'il envisageait de revenir en son pays.

— Parlez, Tristan de Castelreng !... Par ma foi, à défaut de dormir, vous me semblez en plein songe.

— Je suis toujours en grand état de lassitude.

Ses forces s'en étaient allées avec son sang, mais c'était de l'esprit qu'il se sentait malade. Une longue chaîne de malaventures et l'angoisse d'une atroce

1. Vendredi 8 avril 1362 à midi (none). Voir le tome 1 : *Les amants de Brignais*. La bataille de Brignais à laquelle il sera fait allusion commença le 6 avril avant l'aube pour s'achever au début de l'après-midi par l'écrasement de l'armée royale venue combattre les routiers de plusieurs grandes compagnies.

17

bataille en avaient préjudicié la fermeté. Dans sa mémoire enténébrée de souvenirs désagréables, deux visages étincelaient comme des étoiles. Or, pas plus qu'il ne pouvait atteindre celles-ci, il ne pourrait approcher Oriabel et Tiercelet. Cette évidence-là lui labourait le cœur.

— À qui donc pensez-vous ?... Parlez... Je vous en prie.

C'était moins une prière lestée de compassion qu'un commandement suave. Cette fois, résolument, il mentit :

— Je vous suis reconnaissant. Voilà ce que je pensais... Sans vous...

— Ne craignez surtout pas de m'appeler Mathilde.

— Sans vous, je serais devenu un petit tas de cendres mêlé à celui des fagots consumés... Des cendres qui se seraient froidies et dissoutes dans les eaux du Rhône... parmi celles des autres prisonniers... Que Dieu leur pardonne...

Dame Mathilde s'assit au pied du lit. Légèrement inclinée, elle considéra son « fiancé » de ce regard avide et triomphant qui déjà lui avait donné du mésaise.

— Je vous sais bon gré de paroler ainsi... N'oubliez jamais, Tristan, que vous vivez en état de grâce. Suis-je...

Comme elle s'interrompait, il s'attendit à ce qu'elle insistât : « *Suis-je claire ?* » mais elle ajouta fermement :

— Suis-je belle ?

Elle l'était d'autant mieux que sa féminité rayonnait de ses derniers feux.

— Vous êtes belle, dit-il, sincère.

Les années n'avaient point durci ou strié ses traits de rimules désagréables. Au contraire, elles les avaient polis, satinés. Le velouté de sa peau de brune était d'une rareté dont elle pouvait s'enorgueillir, et la langueur soudaine de son regard, à l'ombre de ses longs cils, ajoutait quelques gouttes de mystère à son charme. Cependant, quelque désirable qu'elle fût, comment ne s'en serait-il pas défié ? Il la connaissait sous d'autres aspects. Pour le sauver du bûcher, elle avait provoqué, supplié, effaré sinon scandalisé la noblesse, l'Eglise, la bourgeoisie et les manants de Lyon. Il la devinait capable de tout. En elle, le meilleur cédait devant le pire.

— Il est vrai, reconnut-elle, que les émois et les fatigues ne vous ont jamais manqué... Non, non !... Ne bougez pas. Laissez-moi faire...

Du plat de la main, elle lui attoucha le front avec une sorte de délectation vive. Il sentit sa chair égratignée par le chaton d'une bague portée à-contre, et se demanda si cette étrangeté était intentionnelle. La plupart des gemmes de la terre semblaient réunies sur les doigts fins et roses à raison de deux et même trois : turquoise, grenat, saphir, hyacinthe, améthyste. A chaque pouce rutilait un rubis aussi gros qu'une noisette. Bien qu'elles eussent été nues — et pour cause —, les mains blanches, déliées, habiles d'Oriabel restaient pour lui d'une beauté sans pareille. Quels lieux hantaient maintenant celle qu'il avait voulue pour épouse ?

Le visage de Mathilde s'approcha du sien. Hardiment, ses lèvres s'appliquèrent sur sa bouche avec autant de fermeté qu'un sceau dans une cire un peu dure. Il n'osa se défendre, bien que cette façon d'être agressé lui parût indigne d'une dame de qualité à laquelle rien d'autre ne le liait qu'un sentiment d'infinie gratitude. Or, justement, n'était-il pas une cire sur laquelle elle voulait apposer pour toujours son effigie indélébile ? Nul doute qu'une fois devenu son époux, il serait son serviteur. Et dans les draps plus que partout ailleurs. Par ce mariage providentiel, il aliénait moins une volonté qu'une liberté dont ses captivités passées avaient accru le prix.

— Humm ! fit-elle avec délices en forçant les lèvres d'un gisant qu'elle imaginait peut-être en état de délectation amoureuse. Tu me parais bien niais, mais je t'apprendrai.

Brusquement levée, elle le considéra comme elle l'eût fait d'un trésor. Ses prunelles scintillantes examinèrent, des épaules aux genoux, le corps de ce fiancé dévolu à sa convoitise comme si elle s'attendait à y découvrir une éminence qui n'existait pas. Allait-elle tirer le drap et la couverture pour juger de l'effet de leur premier baiser ? *Non !* Cependant, si elle s'abstenait, ce renoncement lui coûtait. Un repentir léger troublait son espérance. Son regard s'éclaircit et se fit avenant ; son sourire soudainement désinfatué devint presque angélique.

— Avez-vous bien dormi ?... Vos navrures vous font-elles toujours souffrir ?

Il cilla des paupières. Ses blessures le cuisaient au moindre mouvement. S'il n'était guère surpris d'avoir pu batailler longuement, atteint comme il l'était au cou, aux bras et aux épaules — « la souffrance s'éteint quand on défend sa vie » —, il s'étonnait d'avoir supporté ensuite, sans défaillir, cette marche infamante de Brignais à Lyon, attaché par les poignets à la queue d'un cheval tandis que Guillonnet de Salbris l'accablait d'invectives et prédisait sa mort avec jubilation. Lui, Castelreng, un traître à la Couronne de France ? Allons donc ! Sans Mathilde de Montaigny, violente, suppliante, et qui l'avait revendiqué pour époux, il se fût consumé sur des braises ardentes.

— Vous avez forcé l'opinion, dit-il avec une admiration non feinte.

— Les gens de justice et le clergé se devaient d'observer la coutume. Le peuple les en a loués... Soyez heureux.

Heureux ? Certes. Mais il demeurait tout de même une victime de la malechance. « Non ! Non ! » se reprocha-t-il, « tu t'égares... Tu vis... Une laideur de Lyonnaise aurait pu te réclamer pour mari... Mathilde est belle encore et c'est ce qui importe. » Cette évidence-là devait être son baume. Pour tout : l'esprit, le cœur et les profondes blessures dont les feux incessants lui ramentevaient[1] les estocades et les taillants auxquels il avait survécu.

— J'ai dormi sur ce matelas que vous pouvez voir près de la fenêtre. J'avais fait placer un homme devant notre porte.

— Dans la crainte qu'on me voulût occire... ou que l'envie me prît, en pleine nuit, de fuir en oubliant mon devoir envers vous ?

Le mot *devoir* la fit sourciller. C'était pourtant le seul qu'il trouvât convenable.

— Si telle avait été votre intention, dit-elle, vous n'eussiez pas atteint le bout de la rue... A supposer que vous ayez assommé ce serviteur, deux autres veillaient sur le seuil de cette maison... qui est mienne.

Oublieuse ou non des douleurs qu'elle aggravait ainsi, elle l'empoigna aux épaules. Il vit ses seins blottis l'un contre l'autre dans la carcaille[2] sciemment évasée d'une robe de velours ciselé, dit de Gênes, et cramoisi. Dessous, il l'eût juré, elle était nue.

— Jc t'aime, Tristan, dit-elle, les paupières soudain

---

1. *Ramentever, ramentevoir :* rappeler.
2. Col boutonné sur le devant.

basses, le visage pâli, les lèvres avancées sous l'effet d'une gourmandise impatiente. Tu m'as amourée[1] dès que je t'ai vu.

Elle fleurait le musc et la lavande. Quand leurs bouches se séparèrent, elle se pourlécha d'une langue petite et pointue. Ses yeux noirs s'illuminèrent :

— J'ai passé à Brignais quelques jours effrayants. Cette nuit, j'ai pensé à cet écuyer qui me voulait violer. Sans toi...

— C'est me donner trop d'importance. J'ai affronté Héliot et l'ai vaincu mais c'est Tiercelet qui vous a tirée de ce maudit châtelet !

Elle s'assit derechef, tapota sa robe entre ses genoux, et tout en rassemblant les plis courts et disjoints du vêtement :

— Il n'est qu'un malandrin.

— A supposer qu'il soit ce que vous dites, il s'est conduit pour vous ainsi qu'un chevalier.

Mathilde réfuta cette assertion d'un rire. Cependant, quel que fût son mépris envers le brèche-dent, c'était à lui qu'elle devait de vivre. Séparé de cet ami au dévouement intarissable, il gisait, lui, Tristan, dans une chambre dont les poutres aux entrevous étroits et sombres composaient une herse énorme qui, dès qu'il levait les yeux, aggravait son sentiment d'une captivité douce-amère, tout aussi injuste qu'irrémédiable. Non loin de la fenêtre, un dressoir scintillait d'un double alignement d'étains pansus, et l'on eût dit des heaumes déposés là par des guerriers en godaille.

— Il est vrai, dit Mathilde sans la moindre âpreté, que vous avez sûrement fait davantage pour Oriabel que pour moi... en ignorant qu'elle était ma chambrière.

1. « Tu m'as rendue amoureuse. »

Elle est restée fort peu de temps à mon service. Une pute !... Je l'avais renvoyée.

Mensonge : Oriabel avait fui les murs de Montaigny. Une pute ? Il eût pu répliquer : « Elle était vierge et je l'aime toujours. » Il eût envenimé un entretien dans lequel Mathilde balançait entre le *tu* et le *vous* tandis qu'il s'en tenait au *vous* en soignant, afin de lui complaire, les intonations de sa voix. Avant de se conduire envers elle en époux, il s'essayait à l'amitié : une amitié hypocrite et inquiète dont il avait vergogne et pour elle et pour lui.

— Je n'ai appris qu'elle avait servi à Montaigny que lorsqu'on nous conduisait au bûcher... Par ce presbytérien du nom d'Angilbert de Bruges.

— Une putain, vous dis-je ! Et c'est pourquoi ce formariage [1] est nul !

Comme l'âcreté de ce vocable différait des mots doux qu'elle semblait tenir en réserve, juste pour qu'il en profitât ! Dans l'éclat de ses yeux si passionnés l'instant d'avant, il ne trouvait qu'une luisance d'arme. Il l'avait vue nue lors d'un festin hideux. *Vue* et non contemplée. Maintenant, à travers le froissement des draps, elle imaginait sa nudité d'homme. Rien n'y dénonçait le désir de l'étreindre.

— Une ribaude, Tristan, juste bonne à se faire enfourcher sur un lit de paille. Je vous défends d'y songer.

Tout en s'interdisant une réponse acerbe, Tristan se répéta qu'il vénérait sa blonde aux yeux d'armoise. Il se libérerait un jour pour se lancer à sa recherche.

Mathilde lui tendit sa dextre alourdie de joyaux ; il en baisa le creux suffisamment longtemps pour qu'elle pût se méprendre sur une sujétion qui n'existait pas. Il

1. Mariage entre des personnes de conditions différentes.

se disait, ce faisant : « *Es cëouclâdo d'anels coum'uno boûto*[1] » sans pour autant dissiper son ennui.

— Il m'est doux de devenir votre épouse, dit-elle sur un ton quelque peu roucoulant. Sachez-le : quand mon premier mari périt à Crécy, j'avais seize ans. Le second trépassa à Nouaillé-Maupertuis...

Si elle avait seize ans en 1346, elle en avait vingt-six à son second veuvage ; trente-deux maintenant. Cette sincérité en exigeait une autre :

— J'ai vingt-deux ans.

— Tu me trouves moult vieille.

— Nullement.

— Menteur !

Mathilde eut un mouvement agacé après lequel elle s'interdit, semblait-il, tout autre commentaire. Le jais de ses prunelles se pailleta d'un peu de mauve, comme la gorge des pigeons, tandis qu'une roseur avivait ses pommettes.

— Dieu me garde de mentir, dame !

Déformés quelque peu, sans doute, par l'épaisseur d'une fatigue irrémédiable en apparence, les ultimes conseils d'Angilbert le Brugeois revinrent troubler Tristan : « *Tu n'as pas le choix. Elle te veut pour mari : tu échappes au bûcher. Après quelques mois de mariage, tu demanderas le divorce. Grâce au roi Jean ou à son fils, tu l'obtiendras sans peine.* » Il se renfrogna. Le roi lui avait confié une mission ; les événements s'étaient succédé si mauvaisement qu'il s'était trouvé incapable de la conduire à son terme. Sa bachelerie[2], sa droiture envers la Couronne se changeraient en traîtrise si Guillonnet de Salbris précédait à Paris le seul prud'homme qui, avant Mathilde, avait tenté de

1. « Elle est cerclée d'anneaux comme une futaille. »
2. Vaillance, chevalerie.

le soustraire au bourreau : Gérard de Thurey, maréchal de Bourgogne.

— A quoi songes-tu ?

— En m'épousant, vous vous mésallierez. Je ne suis qu'un hobereau dont le père s'est remarié. Il a un garçonnet de sa seconde femme.

— Je te croyais chevalier banneret.

Tristan contint mal un sourire. Il s'était sciemment rabaissé. Il feignit l'étonnement :

— Banneret[1] !... Cessez de hocher l'encensoir !... A peine bachelier[2]. Un petit chevalier... Certes, j'ai tenu bannière. Et la plus haute : celle du roi de France, à Poitiers... Fort peu de temps, je l'avoue.

— As-tu ouï parler d'Henri de Montaigny ?... Tu aurais pu le rencontrer avant que la bataille ne commence.

— Non... J'étais parmi les piétons le plus souvent possible. C'est vers la fin de nos malheurs que j'ai pu approcher le roi Jean avec André de Chauvigny et Jean, premier du nom, vicomte de Rochechouart dont le fils avait défendu Poitiers contre les Anglais il y a... seize ans.

— J'ai épousé Henri cinq ans après Crécy. Il était hardi en diable !... Avant que les routiers n'en prennent

1. Les *chevaliers bannerets* étaient des gentilshommes puissants par leurs possessions territoriales et le nombre de leurs vassaux. On les disait *bannerets* parce qu'ils avaient le droit de porter une bannière carrée en haut de leur lance (celle des simples chevaliers étant triangulaire. Il advint, cependant, que certains arborèrent deux cornettes ou pointes). Les bannerets subsistèrent jusqu'à la création des compagnies d'ordonnance par Charles VII.
2. On appelait *bachelier* le chevalier qui ne possédait pas quatre bachelles (étendue de terre qui constituait le droit de déployer bannière). La bachelle contenait 10 *mas* chacun desquels devait être composé d'assez de terre pour fournir au travail à deux bœufs pendant l'année. (*Chroniques de Froissart*, édition du Panthéon littéraire, tome I, p. 143, 1853).

25

possession, il avait, depuis longtemps, mestrié Brignais[1]... Un ami lui a survécu et vint m'annoncer son trépas. Tu le connais de renommée. C'est Arnaud de Ccrvole qu'on appelle surtout l'Archiprêtre.

« Dis-moi qui tu hantes, je te dirai qui tu es », songea Tristan.

Nul doute qu'Henri de Montaigny avait été un homme à l'âme noire pour s'être acoquiné à l'Archiprêtre.

— Il a reçu plein cœur un carreau d'arbalète.

— Ah ! il avait un cœur.

— Pourquoi dis-tu cela ?... Et sur ce ton de dérision ?... C'est Panazol, que tu verras à Montaigny — dont il est sénéchal —, qui tira mon époux hors du champ de bataille. Comme tous ceux qui périrent lors de cette déconfiture, Henri est enseveli au couvent des Frères mineurs de Poitiers.

Panazol... Oriabel haïssait cet homme. Selon elle, tous les soudoyers de Montaigny étaient des malandrins. Comment Mathilde pouvait-elle vivre en pareille accointance et comment lui, Tristan, serait-il accueilli par ces ribauds ? S'ils vouaient à leur châtelaine un culte sans défaillance, ils pourraient détester son nouvel époux. Son titre de mari ne serait qu'usurpé pour des serviteurs de cette espèce. Et certains seraient d'autant plus jaloux de sa position qu'ils l'auraient peut-être convoitée.

Perplexe, Tristan réunit ses mains sur sa poitrine. La dextre de Mathilde tomba dessus, ouverte à la façon d'une araignée de chair, pendant qu'il commentait, morose :

— Brignais appartenait aux moines de Saint-Just. L'armure de fer contre le froc de bure ; l'épée contre

1. Il s'était rendu maître de Brignais (en 1349).

le crucifix... Au demeurant, votre second époux n'eut aucune gloire à accomplir cette menue conquête... d'autant plus qu'il y fut aidé, je le sais, par des nobles des terres d'Empire et du royaume...

« ... aussi cruels et corrompus que lui », songea-t-il en avalant cette conclusion que Mathilde n'eût peut-être pas réfutée.

— Henri fut contraint de faire amende honorable en chemise et à genoux !

Elle rit. Elle avait sûrement redouté ce hutin. Il se pouvait qu'elle l'eût haï avant que d'éprouver tout à coup, au tréfonds d'une viduité parvenue à son terme, une certaine admiration pour ce despote et sa sombre renommée.

— Nous serons heureux, affirma-t-elle avec un frémissement qui lui montait du ventre aux paupières. Tu peux me tutoyer bien que, d'ordinaire, on ne s'y autorise qu'après avoir forniqué ensemble.

A l'abri de ses cils mouvants, elle avait un air d'abandon et de confiance qu'il eût trouvé délicieux chez Oriabel.

— Oui, Mathilde, dit-il avec une aisance pénible.

Il se refusait à anticiper sur les effets d'une lubricité sans doute immodérée. Ce qui le triboulait, c'était le lien nouveau qui en résulterait : Mathilde pouvait s'attacher extrêmement à lui... à moins de vitupérer des étreintes décevantes tout en exigeant ou faisant en sorte qu'il les renouvelât. Il y avait en elle, indicible et inapaisable, une gloutonnerie pour ces *choses-là* qui, sans trop l'inquiéter, le chagrinait. Son anxiété envers les coucheries dépourvues d'autre motif que de jouir de son corps sans qu'aucun sentiment n'en eût composé le prélude était d'autant plus amère qu'elle l'obligeait, justement, à envier la voracité de Mathilde.

« Il devrait exister des bordeaux pour femmes !... Je

ne pourrai jamais feindre de l'aimer d'amour... C'est au-dessus de mes forces. Et cependant, des forces, il m'en faudra. »

Il soupira d'ennui et de résignation. Alors que la châtelaine de Montaigny semblait brûler d'impatience, il y avait une étrange équivoque dans son attente de leur première nuit. Il redoutait cette confrontation de leurs ardeurs ; pourtant sa curiosité l'emportait sur l'espèce de répugnance qu'il éprouvait à l'idée de trahir Oriabel. Certes, son esprit et son cœur lui resteraient fidèles. Mais quelles images luxurieuses de leur proche emmêlement Mathilde berçait-elle dans sa songerie présente ? Il ne pouvait nier l'espèce d'attrait que la charnalité alternativement doucereuse et rêche de cette fiancée inattendue exerçait sur ses sens. Il lui supposait des goûts et des ferveurs dont la découverte pourrait amoindrir et même annihiler ses facultés. Henri le hutin avait dû la frapper, la cingler avant que d'en jouir. Ces choses-là existaient. On racontait que Philippe VI meshaignait[1] la male reine avant que de l'enfourcher. On disait aussi que les douceurs exquises de Belle Sagesse[2] l'avaient mis dans un tel état de consomption qu'il en était mort.

---

1. Maltraitait.
2. Philippe VI avait épousé Jeanne de Bourgogne à la mi-juillet 1313. Elle mourut de la peste noire le 12 décembre 1349. Il profita de l'absence de son fils Jean de Normandie (le futur Jean II le Bon) pour lui enlever la fiancée qu'il lui destinait : Blanche de Navarre, fille de Philippe III d'Evreux, dite Belle Sagesse, et l'épousa le 11 janvier 1350 (ou le 19 ou encore le 29, selon *L'art de vérifier les dates*) à Brie-Comte-Robert. Dotée d'un tempérament particulièrement sensuel, Belle Sagesse (?) fit tant et si bien que Philippe VI mourut rassasié.
Quant à Jean II, qui avait perdu sa femme Bonne de Luxembourg de la peste, le 11 septembre 1349 (d'après *L'art de vérifier les dates*) ou le vendredi 11 août de la même année (d'après *Les grandes Chroniques*... mais la première date est la bonne), il se consola auprès de Jeanne, comtesse de Boulogne. Il l'épousa le mardi 9 février 1350 à Sainte-Gemme (commune de Feucherolle, près de Marly-le-Roi).

« Je ne périrai point de cette façon-là ! »

— Pas vrai ? insista Mathilde sans qu'il eût compris de quoi il retournait.

— Hum...

Combien avait-elle eu d'amants ? Sa sensualité tellement avide et affirmée n'avait pu, lors de ses deux veuvages, s'éteindre aussi promptement qu'un feu de paille.

Elle se leva, tournilla sur les orteils pour le plaisir de se grandir en éployant son velours aux étroites cannelures, et pour qu'il admirât sa taille souple, juvénile ; et cette gorge altière, merveille de chair dont son propre regard se repaissait. Un collier composé de cubes d'ivoire sertis d'or embellissait son cou gracile où battait une veine à peine sinueuse obombrée par l'étoile d'or d'une boucle d'oreille. Ses cheveux flottaient sur ses épaules et ses reins comme un immense capuce noir aux scintillements nacrés.

— Vous êtes belle, dit-il, la gorge serrée, persuadé qu'elle attendait ce compliment, et qu'un silence, après ce tournoiement, l'eût offensée.

— Toi aussi tu es beau... C'est pour cela que je te veux à moi devant Dieu.

N'eût-il pas mieux valu qu'une femme du commun eût argué, pour le délivrer, de cet antique usage du mariage libérateur plutôt qu'une baronne disposant d'une petite compagnie d'hommes d'armes qui pourraient devenir des geôliers ? Que serait pour lui cette incarnation de la Providence ? Une compagne agréable ? Une ribaude énamourée ? Une adversaire ?... Comment vivraient-ils ? Etait-elle d'une piété rigou-

Philippe VI mourut dans la nuit du 22 au 23 août 1350, à l'abbaye de Coulombs, près de Nogent-le-Roi. Affaibli par ses excès amoureux, il avait tout de même, une fois de plus, affaibli la monnaie par une ordonnance du 21 août.

reuse ? Oriabel avait trouvé le châtelet de Montaigny lugubre. L'était-il autant qu'elle le prétendait ? Il réprima un bâillement dans sa gorge. Mathilde le croyait-elle sous son obédience ? Eh bien, il tenterait d'inverser les rôles et de la dominer : « *Për fa un bon toupi* », disait-on à Castelreng et jusqu'au-delà de Carcassonne, « *fâou bë batrë l'arjhêlo* [1]. »

Cherchant certainement à percer ses pensées, Mathilde l'observait avec une acuité sans faiblesse, et, pourtant, c'était une sorte de langueur qui adoucissait l'expression affamée de sa bouche petite et carminée.

— J'ai appris, hier, tandis que vous gisiez céans, que ces truands auxquels nous avons échappé sont parvenus à se saisir d'Arnaud de Cervole.

Elle y revenait, et son regard devenait indéchiffrable. Tristan sourit :

— De même qu'à Poitiers il a trouvé moyen de se faire prendre.

— Que signifie...

— Par l'entremise du maréchal d'Audrehem, le trésor royal acquittera sa rançon.

— Tu ne portes pas cet homme dans ton cœur.

— Et vous ?

Le regard retranché sous ses paupières mi-closes, Mathilde s'assit de nouveau. Tandis qu'elle soupesait son collier, elle exhala un soupir :

— Le jour où il vint m'annoncer la mort d'Henri, il essaya de me...

Un doigt où scintillait une grosse escarboucle effaça vivement la brillance d'un œil. Tristan s'indigna : elle n'allait tout de même pas convertir d'anciens délits [2] en douleur ressuscitée !

1. « Pour faire un bon pot, il faut bien battre l'argile. »
2. Délices, plaisirs.

— Ne pensez-vous pas que c'est accorder trop d'égards à cet homme que d'en parler derechef ?

Elle acquiesça. Il s'abstiendrait de lui révéler que l'Archiprêtre était un traître, mais il en aviserait le roi et son fils. *Bientôt !*

— Vous êtes d'une nature droite et emportée, chevalier. Toujours la lance en avant !

Cette image de lui, virile, suggestive, mécontenta Tristan plus qu'une impudicité.

— Notre mariage ne pourra être qu'un pacte d'alliance.

— D'amour, Tristan !... D'amour, en vérité. Sitôt que je t'ai vu, j'ai voulu... J'ai voulu...

La dame dut se taire : on frappait à la porte. Aussitôt, sans qu'il en eût reçu permission, un clerc entra, qui connaissait les êtres. Petit et maigre dans un froc de bure bien ajusté, glabre et sanguin, l'œil vif et la bouche goulue, il devait avoir soixante ans. Son pas pesant faisait crisser les lanières de ses sandales.

— Mon père ! s'écria Mathilde, un genou fléchi dans une intention pieuse que le moine réprouva d'un recul et d'un geste. Ah ! je suis bien aise de vous voir... Guérissez mon fiancé ! Dites-moi si je peux l'épouser ce jour d'hui !

Le religieux tapota la petite croix d'or suspendue à son cou. Il paraissait gêné. Pourtant, toute sa personne, un peu arquée — comme si un fardeau lui tirait les épaules en arrière et lui creusait les reins —, dégageait un air d'invulnérable hautaineté. Il posa sur cette fiancée qu'il semblait bien connaître un regard qui sans doute eût été le même s'il s'était absorbé dans la contemplation d'un feu.

— C'est Guy de Chauliac, révéla Mathilde à mi-voix. Sans doute en avez-vous ouï parler.

Tristan acquiesça. Il savait que ce porteur de bure

était estimé à la Cour et que les papes eux-mêmes appréciaient sa clergie [1].

— Voyons ce malade dont Lyon n'a pas fini de commenter la délivrance.

Le moine, promptement, abaissa le drap et la couverture. Aussitôt, la dame de Montaigny se pencha et procéda au dénouement des bandes et des charpies en jetant quelquefois de vifs coups d'œil ailleurs.

— Est-ce vous, ma fille, qui avez fait cela ?

— Oui, mon père. Hier, après que nous sommes entrés céans, il s'est pâmé. Je n'ai eu que le temps d'appeler ma servante... Ensemble, nous l'avons dévêtu, alité, nettoyé... Nous avons fait de notre mieux... Il vient seulement de s'éveiller.

« Hier », songea Tristan, « quand nous sommes entrés, tu m'avais tellement baisé aux lèvres que j'en ai défailli quasiment étouffé !... Tu m'aurais sauté dessus si je n'avais tourné de l'œil. »

Il regarda le plafond plutôt que ces plaies par où sa vigueur s'en était allée.

— Vous êtes, dit Guy de Chauliac, d'une complexion solide. Vous avez saigné d'abondance, messire.

— Il était tout croûteux de sang sec, dit Mathilde.

— Et je vois que cette navrure à l'épaule, qu'on avait cousue, s'est rouverte... Le fil en est rompu. Je dois ajouter que la *sutura* en fut bien faite. Une femme, seule, et dont la main ne tremble pas...

Tristan sentit sa gorge se serrer. Cette femme, c'était Oriabel — et Mathilde le savait. Jamais autant que maintenant il n'avait senti la jouvencelle si proche de

---

1. *Clergie* : science. Guy de Chauliac soigna Clément VI (1342-1352), Innocent VI (1352-1362) et Urbain V (1362-1370). Voir en annexe I : *Guy de Chauliac.*

lui, si parfaitement adaptée à sa vie, ses rêves, ses ambitions. Il la vit se pencher à une archère de leur chambre ou entre deux merlons du donjon de Brignais, touchant parfois la pierre de son front, de sa joue ; rejetant d'un geste tantôt vif, tantôt nonchalant une mèche agaçante, puis se détournant pour lui sourire et lui faire un collier de ses bras tièdes.

— Il me paraît dangereux, reprit Guy de Chauliac, de replonger une aiguillée dans cette chair fragile. Mieux vaut cautériser au fer.

— Seigneur ! soupira Mathilde, les mains jointes et les yeux levés.

Son horreur était trop intense pour qu'elle fût vraie. En fait, elle s'excitait à l'idée de voir comment son futur époux se comporterait. Elle aimait les sueurs et les gémissements d'où qu'ils vinssent.

— Il est temps, dit le moine, de remédier à cette mauvaise plaie. Voyez, dame, la chair est brune, corrompue aux commissures...

— Faites au mieux, dit Tristan. Mais hâtez-vous !

Tout en continuant de palper la plaie, sans souci des grimaces de son patient, le moine demanda :

— Y a-t-il céans de quoi chauffer un tisonnier ou une quelconque lame ?

— Un grand feu flambe à côté... Il y a un chaudron où mettre des braises... Voulez-vous, mon père...

— Non ! Non !... Frère Guichard de Vauzelle, qui m'assiste parfois, m'attend dans la rue avec mes instruments et mes onguents... Faites-le quérir.

— J'y vais moi-même.

La porte se referma sur Mathilde.

Le visage sévère et fermé du moine s'adoucit. Quelque chose de singulièrement jeune emplit ses yeux et décolla ses lèvres tandis qu'il se penchait au-dessus du blessé :

— Vous êtes vivant, mon fils ; je m'en réjouis. Gérard de Thurey, le maréchal de Bourgogne qui essaya de vous sauver avant que la dame de Montaigny n'y parvînt, m'a dit combien vous méritiez d'intérêt. Il galope sur les grands chemins de Paris pour conter au roi ce qu'il a vu. Nul doute qu'il glosera sur votre malefortune et louera votre vasselage [1].

— J'en suis moult heureux !... Puisse le roi me pardonner d'avoir failli à la mission dont il m'avait chargé. Je devais m'assurer que Charles de Navarre ne cherchait pas à mettre les routiers sous sa coupe. Cela ne s'est pas fait... Si j'avais pu prévenir notre sire Jean du nombre et de la force de ces malandrins, j'eusse évité cette exécrable défaite !

L'œil fixe, le visage sévère incliné davantage, le moine chuchota :

— Cette femme vous a sauvé de la mort... L'aimez-vous ?... Répondez-moi comme en confession.

— Je lui ai de la gratitude. Mon cœur est tout plein d'une autre.

Tristan se sentait moite, soudain, de la tête aux orteils. Presque aussi gêné d'être nu devant cet homme-là que devant Mathilde.

— Je vous sais bon gré de votre droiture, mon fils. Je connais Mathilde depuis le jour où son époux mit le châtelet et le village de Brignais en perdition... C'est une forte femme... Son corps plus que son cœur guident ses sentiments... Me fais-je bien comprendre ?

— Je l'avais deviné.

Le moine sourcilla. Il semblait vouloir se disculper, bien qu'il fût éloigné des passions charnelles. Pas tant qu'il le croyait, peut-être, puisqu'il restituait les chairs malades aux émois qui les animaient.

1. Bravoure.

— Elle vous a conquis, messire Castelreng. Certes, vous avez déjoué la mort, mais votre délivrance n'est qu'une illusion.

— Vous exprimez, mon père, ce dont je n'ai jamais douté.

Le moine eut un sourire ; le bleu de ses yeux prit une teinte singulièrement humide, presque cristalline dans l'ombre des sourcils allongés et touffus.

— Je pense à saint Paul, mon fils : *melius est nubere quam uri*[1]. Et à Mathilde. Son premier époux était un homme droit, valeureux. Le second se fût senti en parfaite accointance avec les malandrins que vous avez côtoyés. Qu'attend-elle de vous ? Le plaisir ou un enfant qu'elle n'obtint pas des deux autres ?

Guy de Chauliac se tut car on poussait la porte. Un religieux apparut, portant comme un calice à l'offertoire une boîte de cuir oblongue.

— Approchez-vous du lit, frère Guichard. Nous allons tout d'abord médiciner les petites plaies, les remirer[2] et appareiller de linge propre. Ensuite, nous ferons, pour cette épaule, ce qui me paraît nécessaire. Dame Mathilde, avez-vous des bandelettes et de la charpie ?... Je crains d'en manquer...

Tristan ferma les yeux. Il entendit grincer les portes du dressoir et se laissa soigner, pinçant parfois les lèvres quand quelques gouttes exprimées d'une éponge à senteur de vinaigre semblaient corroder sa chair.

— C'est, tout simplement, mêlée à de l'eau-de-vie de vin de Mâcon, une mixtion d'herbes de ma composition. Vos plaies seront cicatrisées dans cinq ou six

---

1. *Il vaut mieux se marier que de brûler* (I. Cor. VII. 9). L'apôtre était partisan du célibat, mais il disait qu'il valait mieux, cependant, se marier que d'être consumé par le feu des passions, certaines gens n'ayant pas le don de continence.
2. Bander.

jours... Tournez-vous sur le ventre... Guichard, allez promptement chercher la marmitée de braises et le tisonnier que dame Mathilde n'a pas manqué de faire préparer...

— C'est une demi-lame d'épée, mon père... Avec, évidemment, sa poignée.

Attendre. Quel que fût le degré de souffrance, Tristan décida de ne pas crier. Il sentit une main lui caresser les reins, une fesse. Aucun doute : Mathilde semblait déjà prendre possession de son corps.

— Bien, Guichard, dit Guy de Chauliac. Approchez...

Tristan entendit pétiller les braises et devina la lame rougie qui les touillait. Il ferma les yeux, préférant les ténèbres au regard, luisant d'une lourde attention, de sa future épouse.

Une douleur puissante, épaisse, corripiante jaillit dans son épaule immobile, dépassant en violence tout ce qu'il avait redouté. Ce n'était pas un acier rougeoyant qui s'enfonçait en lui mais une tarière effrayante. Sa chair dévastée brasillait, fumait, empestant la chambre. Il lui sembla que son sang se tarissait tandis qu'il devenait, du cou à la poitrine, une statue de feu. Ses mâchoires claquèrent et toute sa personne, malgré sa volonté, s'agita en de furieux soubresauts. Un grand soupir enfin gargouilla dans sa gorge. Il sentit la lame se décoller de sa chair dont elle avait extirpé des lambeaux.

Oublier. Ne pas bouger, c'était moins de souffrance. D'ailleurs, quelqu'un éventait son épaule. Les yeux clos, toujours. Ce n'étaient pas des larmes qui les embuaient ! Et d'ailleurs, si c'était le cas, elles n'exprimaient que le soulagement.

— Ne l'avez-vous pas trop abîmé ?

36

Mathilde parlait de lui comme d'une chose précieuse. Et fragile.

— Il est vaillant !... Guichard, passez-moi la charpie.

Se laisser faire. Douceur des linges oints d'une espèce d'huile à l'odeur agréable.

— C'est un mélange de sauge, lavande, géranium, romarin, camomille, thym... Mais à quoi bon ces détails !

Ouvrir les yeux sur la calvitie de frère Guichard et la tonsure de Guy de Chauliac, tous deux penchés.

— Demain, il faudra, dame, enlever tout cela... Il serait bon, ensuite, que cette épaule soit nue... Avez-vous soif ?

— Plus tard, mon père.

Tristan suffoquait. La douleur revenait, s'éloignait. Il ne pouvait rien contre le tremblement qui, maintenant, l'agitait.

— Dès ce soir, vous irez mieux : mon onguent est meilleur que le baume de Fier-à-Bras[1] !

Dormir, c'était cela l'important. Nul ne parlait, mais il entendait les souffles lents des moines et celui, précipité, de Mathilde. On eût dit qu'elle jouissait.

— C'est un remède d'une grande horribleté, dit-elle, les genoux fléchis, les bras croisés comme pour s'interdire un geste. Ces chairs embrasées sont répugnantes...

— De la viande brûlée, dit Guy de Chauliac. Je vais vous donner, ma fille, une crème pour amoindrir la phlegmasie ou, si vous préférez, l'inflammation.

— Je vous ai demandé, mon père, à mon usage...

_____

1. Le baume de Fier-à-Bras, héros musulman d'une chanson de geste, était contenu dans deux barils. C'était une sorte de panacée composée à Jérusalem. Cette substance avait servi (selon Fier-à-Bras) à l'embaumement de Jésus.

Tristan crut entendre le mot chuchoté : *Aphrodis* ou quelque chose de la même espèce. Le moine eut un petit rire :

— C'est vrai, je devais vous préparer une sorte d'hippomane [1]... Je vous promets d'y penser quand la jument de frère Guichard sera dans ses états.

Toute la peau de Tristan ruisselait. Il avait froid, maintenant que frère Guichard, impatient de s'en aller, l'éventait à grands coups de serviette. Une main qui se voulait suave glissa sur ses reins. Mathilde. Il eût fallu que ce fût Oriabel.

Des scènes enfiévrèrent la mémoire de Tristan. Celles de trois semaines d'intimité : Oriabel et lui dans leur chambre du donjon de Brignais. Elles étaient rien moins que chastes, ces images d'amours partagées, mais il les trouvait belles, réconfortantes.

— Buvez ceci, messire, dit Guy de Chauliac.

Et, plus bas, après un clin d'œil de connivence :

— Vous allez dormir longuement... Attendez que je vous soulève...

Se redressant en grimaçant, Tristan saisit la fiole et la vida d'un trait.

En cet instant, ce qu'il réclamait, c'était davantage l'oubli que la guérison. Avant même que l'élixir eût agi, sa nuque retomba sur l'oreiller. Il entendit un petit cri. La déception y occupait moins de place que la colère.

---

1. De *hippos* (cheval) et *mania* (fureur) : mucosité de la vulve des cavales en rut employée dans la composition des aphrodisiaques. L'aphrodisiaque lui-même.

II

Au matin du samedi 9 avril 1362, quand le narco-
tique de Guy de Chauliac eut cessé son effet, Tristan
découvrit à son chevet, disposés sur l'accoudoir et
l'agenouilloir d'un prie-Dieu, des vêtements neufs que
la châtelaine de Montaigny avait dû chèrement payer.
Il y avait là des braies de satanin, des hauts-de-
chausses noirs et des bas-de-chausses dont une jambe
était grise, l'autre grenat ; un pourpoint d'écarlate
safran aux manches en barbes d'écrevisse doublées de
soie bleue. Se penchant un peu, il aperçut près du siège
une paire de heuses de daim garnies d'éperons d'or.
Etait-ce une prévenance envers lui ou une précaution
par laquelle sa fiancée, lorsqu'elle serait à ses côtés,
attesterait dans la rue, à l'église — partout —, qu'elle
épousait un chevalier ? Il se tourna vers la porte. Elle
était ouverte ; Mathilde l'observait, enclose dans le
chêne sombre, épais, de l'huisserie.

— Enfin ! s'exclama-t-elle sans plus brider son
mécontentement. Guy de Chauliac est bien mal mori-
géné [1], qui vous a soustrait à ma sollicitude un jour
plein !... Et une nuit !... Je lui en ferai reproche... Vous
n'êtes pour rien dans cette échappatoire... S'il préparait

1. Est bien mal élevé.

39

aussi soigneusement ses boissons d'amour que ses remèdes, je lui en demanderais une pour vous.

Elle avança d'un pas qui la révélait toute : hardie, mais capable de retenue ; voluptueuse mais, à l'occasion, austère sinon revêche. Un coulis de sucs alléchants et de sèves amères dont il allait devoir goûter, éprouver la saveur avec la crainte qu'elle ne fût écœurante et que sa déception ne se vît ou ne se perçût. La façon dont les mains avides agriffaient ses épaules signifiait, sans doute, que la dame avait été privée d'étreintes depuis longtemps.

— Oh ! je t'ai fait mal..., dit-elle.

Elle sourit, le souffle court, sans qu'il parvînt à deviner si cette compassion soudaine était sincère, et si ce n'était pas plutôt sur son sort de femme insatiable, aux espérances inaccomplies, qu'elle s'apitoyait.

— Vous sembliez un gisant. Vos poumons se soulevaient à peine et votre cœur semblait endormi lui aussi. J'ai pu vous baiser sans que vous détourniez vos lèvres et vous toucher sans que vous vous en offensiez...

Il devina la nature de ces attouchements. Il serait son époux pour devenir sa chose. Comme sa curiosité le titillait davantage, il s'enquit :

— Ce mariage... quand pensez-vous qu'il aura lieu ?

Il demeura un long moment immobile, attentif, le cerveau vide d'idées et d'images, observant qu'il respirait aisément, parfois profondément, sans qu'aucune de ses plaies ne fût touchée d'un trait de feu.

— Cet après-midi en l'église primatiale de Saint-Jean... Grande église, petite chapelle... Vous vous demandez pourquoi, sans doute. Eh bien, je me suis mariée deux fois en grand bobant[1] devant le plus bel

1. En grande pompe.

autel de la cité, nonobstant quoi je fus veuve... J'ai choisi pour nous deux le plus humble de tous. Nous entrerons, suivis de mes soudoyers[1], par le grand portail afin de convaincre le commun de notre accord. Nous partirons à l'autre bout de la nef par une issue ou nul ne nous attendra... sauf ma litière. Les Lyonnais sauront que j'ai convolé avec *mon* condamné, mais aucune campane, bien sûr, ne saluera notre sortie... Qu'en penses-tu ?

Il n'avait pas à penser. Il se trouvait dans l'obédience d'une femme dont le caractère était à l'inverse du sien. Son visage, maintenant, se trouvait si proche qu'il en voyait seulement les lèvres humides et la luisance des dents, qu'elle avait belles.

— Je ne sais que vous répondre. Vous avez l'heur de me commander...

— Et tu t'en plains ?

— Je me plaindrais plutôt du feu de mes navrures... Qui va nous marier ?

Il supporterait mal cette cérémonie. Quelles qu'en eussent été les conditions, il éprouva du plaisir à évoquer celle à l'issue de laquelle Angilbert le Brugeois l'avait uni à Oriabel. Certes, il s'agissait d'un faux presbytérien, cependant, l'émoi qu'il avait éprouvé en glissant un anneau de rapine au doigt de la jouvencelle conservait toute sa force et sa signifiance.

« Et le mien ? Le mien !... Misère ! »

Il n'en percevait plus la présence à son annulaire. Mathilde avait profité de sa pâmoison pour le lui rober et le jeter sans doute.

Il y eut en lui comme un changement de climat. Ce fut soudain l'hiver, le gel de tous ses sentiments, de tous ses desseins, de sa bienveillance envers l'usurpa-

1. Hommes d'armes percevant une solde.

trice. Elle avait profané ses amours et c'était comme si elle avait voulu occire en lui la présence d'Oriabel. Il décida de s'abstenir de tout effet d'ébahissement et d'indignation. De se résigner. Il le fallait bien. D'ailleurs, il se sentait faible et comme emmaladi à jamais.

— Monseigneur Charles d'Alençon nous enverra un prêtre. J'avais sollicité la présence d'un évêque. Cela m'a été refusé... A cause de toi.

Tristan sentit cette déception imprégnée d'un ressentiment plus épais, peut-être, qu'il ne le supposait. Son regard s'éleva jusqu'aux poutres du plafond. De nouveau il songea : « L'on dirait une herse » et redécouvrit, dans cette vision même, la preuve de sa servitude.

— Le duc de Bourbon et son fils sont mourants, continua Mathilde. Guy de Chauliac et les autres mires désespèrent de les rendre à la vie... Quelques chevaliers, écuyers et piétons qui purent échapper aux routiers sont revenus à Lyon... Il paraît que Guillonnet de Salbris, que j'ai fait surveiller, a décidé de t'affronter... Il est également très courroucé contre moi. Je ne le crains pas.

Elle rit. Elle ne devait craindre personne. Pas même Dieu. Elle ajouta pourtant à voix basse, penchée sur son *fiancé* telle une mère rassurant son fils :

— Nous serons en sécurité à Montaigny. Je me dois de t'avertir qu'il y a deux ou trois prud'hommes qui te veulent occire. Les autres sont recrus de fatigue et d'effroi. Ils ne les suivront pas s'ils ont l'intention de venir te défier jusque devant mon pont-levis.

— Un défi quel qu'il soit ne se refuse point.

— Je ne veux pas te perdre. S'ils viennent, nous ferons les sourds... Panazol leur dira que nous sommes partis.

— Ainsi, je passerai pour un couard !... Je tiens à

me revancher des injures que j'ai subies. Je suis un Castelreng et notre devise...

Mathilde s'approcha tout en lissant ses cheveux tirés en queue de cheval — une coiffure de manante, mais rehaussée d'une pluie de perles agglutinées à des fils d'or.

— Comment me trouves-tu ?

Dans la rue paisible une commère hurla : « Mon poisson ! Mon poisson !... Tout frais ! Tout bon ! » Son cri fut suivi d'un grincement de jantes ferrées sur les pavés, puis ce fut le silence.

— Je t'ai fait préparer un bain. Tu trouveras de quoi te rère[1]. Ensuite, tu revêtiras cela... Ces vêtements, Tristan, sont-ils à ta convenance ?

Il acquiesça, songeant qu'il aurait l'air d'un singe habillé.

— Je me suis fait confectionner en hâte, dans un cendal qui te plaira, une robe de cérémonie... Je n'en suis pas très satisfaite et souhaite qu'un jour les femmes puissent s'habiller chez les femmes... Rien que des femmes. Les hommes manquent de goût et d'imagination[2]... Allons, lève-toi sans hésiter. Je sais tout ce qui fait la nudité d'un mâle... Debout !

Tristan obéit. Après tout, il l'avait vue nue, à Brignais — sans éprouver le moindre désir de l'étreindre. Et c'était bien ce qui le triboulait.

---

1. Raser.
2. Les vêtements des deux sexes se confectionnaient chez les mêmes couturiers. Ce n'est qu'en 1675 que les femmes obtinrent le privilège d'ouvrir une boutique et de tailler et coudre des vêtements féminins.

Il faisait beau. Traversant obliquement les vitraux, les clartés du dehors transmuées en lances d'argent, de vermillon, de sinople et d'azur, dévalaient, de la nef au transept, sur les murs et le pavement de Saint-Jean. Certaines, de leur pointe émoussée, embrasaient les robes et les attributs des saints immobiles sur leur pied d'estrail, d'autres avivaient l'éclat des boiseries et des tentures. Ces flambées immatérielles suppléaient l'avaricieux luminaire, cependant qu'insensibles à cet éclairement les grandes figures évangéliques somnolaient dans une quiétude où se confondaient, parfois, les bruits de pas de la rue et les battements d'ailes d'un pigeon cherchant à s'évader en semant quelques plumes. Des cintres embrumés par des encens perdus le froid coulait à verse. Les colonnes qui les soutenaient, vigoureuses, noircies par les contacts des mains et des épaules, évoquèrent, pour Tristan, les colosses des forêts qu'il avait traversées tantôt paisible, tantôt le cœur lesté d'une angoisse à laquelle la présence de Tiercelet apportait un précieux réconfort.

— Viens, dit Mathilde en usant de ce ton qui la lui rendait désagréable sans même qu'il l'eût regardée. J'ai dit au clerc : « *Aucun fidèle* » et je vois qu'il a enfreint cette exigence.

Le chœur était obscur ; cependant, tout au fond, une espèce d'aurore déployait ses flammes. Une foison de chandelles et de cierges mêlés illuminait la chapelle réservée aux mariés. Cette profusion d'or tremblotant donnait vie aux acanthes et aux lis dont les emmêlements circonscrivaient un Christ à la poitrine ensanglantée.

— Une merveille, pour toi, pour nous, chuchota Mathilde. Mieux vaut cet embrasement-là que celui d'un bûcher... Souviens-t'en.

Une merveille, en vérité. Elle était riche. Deux veuvages en dix ans lui avaient permis d'accroître son patrimoine. De son troisième époux, elle n'obtiendrait qu'un corps dont le cœur battrait pour une autre.

Le célébrant avait une face de poupard blême aux paupières bistrées, à la bouche boudeuse. Il crachotait son latin et restreignait ses gestes comme s'il avait emprunté ses vêtements sacerdotaux à un frère plus petit et plus maigre. Cette messe lui déplaisait : il se serait méprisé, sans doute, de dissimuler son aversion au fiancé.

— Il me prend pour un malandrin, murmura Tristan à l'oreille de Mathilde.

— Tu demeures un truand pour tous les Lyonnais. C'est pourquoi tu apprécieras Montaigny.

Derrière eux, les quatre soudoyers de la dame, immobiles, semblaient appartenir à la gent des statues. Leur faisant suite, une vingtaine de curieux se concertaient à voix basse. Tristan, qui les avait entrevus, sentait le picotement de leurs regards sur sa nuque. Non ! Il ne se retournerait pas : Oriabel ne pouvait se trouver parmi eux. Tiercelet l'avait entraînée hors de Lyon.

« Et s'il l'emmenait à Castelreng ?... Mais qu'iraient-ils faire chez mon père ? Il les pourrait, certes, employer. Il leur faudrait, alors, user de moult feintises afin de paraître mari et femme. En conséquence, partager le même lit. Si Oriabel saura me demeurer fidèle, Tiercelet peut céder à la tentation... et elle, par générosité, désespérance, lassitude... envie même, s'accommoder de la laideur et de la bonté du brèche-dent... Comment pourrais-je leur en vouloir dans l'état de dépendance où je me trouve ? »

Prisonnier de ses doutes et de ses espérances autant qu'il l'était de sa bienfaitrice, il répugnait d'avoir à se satisfaire de son rôle d'époux et de sa condition d'otage. La cérémonie s'achèverait pour lui à la façon d'une porte que l'on verrouille. Peu enclin à consacrer cette alliance de la glace et du feu, le prêtre tapotait un pan du corporal de soie blanche sur lequel miroitaient le calice et la patène, tous d'or ciselé, pour complaire, sans doute, à l'épousée.

Des pas et cliquètements bien connus retentirent. Tristan se retourna enfin. L'homme en armure qui venait d'entrer, il ne le connaissait que trop.

— Guillonnet de Salbris... L'aviez-vous invité ? Est-il votre témoin ?

— Laisse donc ce friquet[1] margouiller sa fureur. Tu m'épouses : réjouis-toi.

« Si ce grand félonneux avait accepté mes éclaircissements et m'avait relaxé, jamais je ne serais entré dans Lyon. Je chevaucherais maintenant vers Paris, entre Oriabel et Tiercelet, afin d'entretenir le roi de mes déconvenues et requérir son indulgence. »

Mais à quoi bon rêver. Le prêtre à contrecœur demandait les anneaux. Mathilde les tirait de son escarcelle. « Bien », dit-il, « bien ! » quand il les eut en main. Sa fébrilité cachait mal une hésitation à conclure. Il réprouvait tout. Non seulement cette absurde mésalliance d'un coquin et d'une honnête dame, mais aussi cette chapelle illuminée à outrance ; ces hommes d'armes tout proches et qui n'avaient pas ôté leur chapel de fer, et ce chevalier fervêtu, tête nue, qui ne se croyait astreint ni au respect ni à la religiosité. Son rire aigre, discontinu, indignait un public dont la rumeur de

1. Freluquet.

mécontentement ne cessait de croître sans que Mathilde en parût irritée.

— Répétez avec moi : *A tout jamais, dans la foi de Dieu, je promets de lui demeurer fidèle.*

Ils obéirent sans le même empressement et le gros joufflu qui les unissait leur présenta les anneaux dans sa paume creuse.

— *Que le Créateur et le Conservateur du genre humain, que le Donneur de la grâce et de l'Eternel salut fasse descendre sa bénédiction sur ces objets...*

« Tout de même », songea Tristan, « l'autre était mieux. »

Bien qu'il n'eût été qu'un simulacre autour duquel s'était réunie la haute truanderie de Brignais, son mariage avec Oriabel, célébré par Angilbert, lui paraissait plus chaleureux et, pour tout dire, authentique. Ils portaient maintenant, Mathilde et lui, un jonc d'or à l'annulaire, et c'était le moment du baiser par lequel s'achevaient ces lugubres épousailles. Tristan soupira, vaincu.

Avec une complaisance affectée, Mathilde lui offrit ses lèvres.

— Allons, bon, dit-elle à voix basse, il semble que tu t'apprêtes à entrer dans le mariage comme on entre en galère !

— Nullement, se défendit-il. Mes navrures me font mal... et toutes ces souffrances me rendent différent de ce que je suis.

D'un regard qui n'avait rien d'énamouré, Mathilde ausculta le visage de son nouvel époux afin d'y découvrir, sans doute, les indices d'une contention qu'il ne maîtrisait point.

— Je suis et resterai votre dévoué mari.

— Je préférerais *aimant* !

Quelle était sa vie ? Hors de l'amour, par quoi était-elle attirée ? Que faisait-elle en ses journées ? Une tapisserie avec la gravité inséparable des actes superflus ? Après none, sacrifiait-elle au rite de la méridienne ? Le lit, toujours... Etait-elle superstitieuse ? Gourmande ? Paresseuse ?... Quelles étaient ses qualités ? La sincérité pouvait constituer son seul mérite. Elle ne lui avait jamais dissimulé, même devant Oriabel, le désir qu'il lui inspirait. Crûment, sitôt que l'occasion lui en avait été fournie, elle avait fait allusion à leur prochaine coucherie. Pourquoi en eût-il eu déplaisance ? Puisqu'il y était tenu et puisque l'aventure pouvait avoir quelque saveur, à défaut de félicité, il la trousserait !

« Grand bien lui fasse ! »

— Voilà, mes enfants... Vous êtes unis devant Dieu... Soyez heureux.

Il se pouvait qu'une idée de péché troublât l'homme qui, sans plus les regarder, se débarrassait de son étole. Parce qu'il était un clerc. Mais il fallait bien admettre l'évidence : la beauté de Mathilde désarmait le péché ; elle lui insufflait sa vertu et le transcendait en fête sensuelle. Il ne lui déplaisait pas à lui, Tristan, qu'elle fût hardie en ce domaine ; ce qui l'encharbottait, c'était qu'elle l'obligeât à accomplir des prouesses au-dessus de ses moyens. Un adage en faveur dans l'armée ne prétendait-il pas qu'à trop tenir obliquement sa lance, il advenait qu'on en fût fatigué. « *Crébleu ! Je ne suis plus puceau pour m'émouvoir ainsi !* » Mathilde allait bientôt lui livrer ses secrets. Il se pouvait qu'il l'eût sous sa coupe plutôt que d'être à sa merci.

— Je serai bien aimant, lui promit-il sans trop oser laisser son regard dans le sien... Mais... nous n'avons même pas reçu la sainte hostie !

— N'as-tu pas remarqué que ce prêtre me condamnait ? Je veux que tu m'aimes... Je veux que tu me combles... Je veux que tu m'obliges à te demander grâce... Tu comprends ?

S'il comprenait !

— Jusqu'au bout... jusqu'au bout, dit-elle entre ses dents, gémissante déjà comme sous une étreinte.

« *Macarel !* » songea-t-il, retrouvant son parler ainsi que des propos appris à la veillée : « *L'aîgo gasta lou vi, las carëtos lou cami é la fënno, l'ômé* [1]. » Evidemment, il excluait Oriabel des femmes citées en ce proverbe.

Vivre à Montaigny l'emplissait d'une espèce de crainte. Quel serait son rôle d'homme sinon de chevalier dans cette demeure inconnue ? Obtiendrait-il sans les revendiquer l'aisance et les facultés d'un maître ou serait-il assujetti aux contraintes d'une existence qu'il pressentait morose et quasiment étouffante ? Nulle confidence ne l'avait lié à Mathilde, et réciproquement. Il se devait donc de laisser aller les événements... Attendre... La Providence qui, par l'intervention de cette inconnue, l'avait soustrait à la mort, se manifesterait-elle encore pour le restituer à Oriabel ?... Folie. Plus les jours passeraient, moins il aurait la possibilité de la retrouver. Mais il irait à Castelreng dans l'espérance folle que Tiercelet l'y avait conduite.

— Tu penses à elle... Pas vrai ?... Allons, viens.

Mathilde attendait.

— *Agnus Dei, qui tollis peccata mundi, exaudi nos, Domine* [2], balbutia le prêtre.

Et s'éloignant à pas de feutre, il désigna, au fond du chœur, une porte entrebâillée : « Par là. » Il se lavait

---

1. « L'eau gâte le vin, les charrettes le chemin et la femme, l'homme. »
2. « Agneau de Dieu, qui effacez les péchés du monde, exaucez-nous. »

les mains de ce mariage et se les essuierait avec son manuterge !

— Ce matin, dit Mathilde, j'ai envoyé un chevaucheur à Montaigny. On nous y attend. Nous arriverons au soir et mangerons tête à tête... As-tu toujours mal à ton épaule ?

— Moins.

— Tu pourras donc bouger tes bras pour m'embrasser...

Tristan se détourna. Guillonnet de Salbris s'en allait. Les soudoyers de Mathilde souriaient. Le plus âgé, quarante ans, un barbu qui était borgne, tapotait le pommeau de son épée. Sa bouche grimaçait sous sa moustache épaisse. Aucun doute : ce mariage lui avait déplu, et le marié bien davantage. « *Mes... ou plutôt* nos *témoins !* » Le mot semblait fort, les témoins étant des amis, des familiers que l'on apprécie. Ces soudoyers vêtus de gambisons, chausses et heuses propres, avaient des mines grossières, inquiétantes. Des hallefessiers, ni plus ni moins. Si leur châtelaine était affamée de caresses, ils semblaient friands de sévices.

— Viens, Tristan, dit Mathilde. J'ai hâte d'être à toi.

* *

*

Dehors, c'était toujours le ciel d'enluminure et le silence tiède, soyeux, d'une rue exempte de passants.

— C'est un beau jour pour nous, dit Mathilde.

— Evidemment, reconnut Tristan impuissant à feindre un plaisir aussi capiteux que celui qu'elle affectait.

Comme il se penchait pour comprendre un chuchotement soudain de son épouse, il surprit une altération dans le dessin de sa bouche. Ces rides en crochet, était-ce un émoi plus profond qu'il ne le supposait qui les révélait à son attention ? Allons donc ! Elle n'avait éprouvé aucun trouble à faire de lui son troisième mari.

— Un beau jour, répéta-t-il.

Mais cette affirmation concernait des réminiscences vides, complètement, de Mathilde. Si Oriabel s'était appuyée maintenant contre son épaule, il eût satisfait à ce besoin d'ostentation qui l'avait pénétré dès leur rencontre dans l'auberge d'Eustache. Quelques jours avaient suffi pour qu'il la connût toute : dans ses abandons, ses franchises, ses brèves gaietés, ses terreurs. Mathilde resterait pour lui une étrangère. Quand il ouvrirait les yeux, le matin, dans leur couche attiédie par leurs corps tout proches, mais disjoints, il ne sentirait pas au fond de son cœur et de ses entrailles le doux picotement de milliers d'étincelles.

— Ah ! la voilà enfin, dit Mathilde.

Une grande litière amarante surmontée d'un dais à plumes de paon venait de tourner le coin de la rue et s'approchait.

— Pourquoi sembles-tu ébahi ?

— A cause des chevaux, dit Tristan.

Entre les brancards de devant, le premier était blanc cavèce de More ; l'autre, à l'arrière, était un rouan cavecé de noir[1].

— On dirait que leur tête ne leur appartient pas.

— J'aime les étrangetés, dit Mathilde d'une voix vibrante qu'elle assourdit jusqu'à ce qu'elle fût un soupir. Si des lions pouvaient porter cette litière, eh bien, je les y ferais atteler... La dernière singularité que j'aie satisfaite, c'est bien de t'épouser !... On n'a pas fini

---

1. *Cavèce* : la tête du cheval (de l'espagnol *cabeza*). *Cavecé* : se dit d'un cheval qui a la tête d'une autre couleur que le corps.

de gloser sur ce mariage d'une noble dame et d'un malandrin !... J'aime à destourber[1] mes semblables... A m'en sentir différente... J'ai la jubilation d'être malhonnête, luxurieuse, perverse... Tout !... Tu apprendras, Tristan, à me connaître...

Sa violence épuisée, elle rit. Il ne sut si elle se moquait d'elle-même ou d'un ébahissement qui n'existait pas, puisqu'il n'ignorait rien de ce qu'elle croyait lui apprendre. Il haussa les épaules et se fit mal. Devant eux, le conducteur de la litière — un petit vieux glabre au visage chagrin, vêtu d'une livrée verdâtre — usait de grâces toutes féminines pour les inviter à monter. Quelque chose d'ardent et de lourd étincela dans les yeux de Mathilde, dardés sur ce nouvel époux dont elle ignorait tout.

— Pourquoi te composes-tu ce visage ?... Je t'effraye un peu ?... Allons, monte le premier, Itier m'aidera... Monte !... S'il est infamant, pour un chevalier, d'entrer dans une charrette, il peut se jucher dans une litière en compagnie d'une femme qui ne demande qu'à s'y faire mignoter... Pas vrai, Itier ?

Le serviteur incommodé baissa la tête si vivement et profondément que son chaperon glissa et faillit tomber.

— Tu regardes à l'entour, Tristan, mon bien-aimé... Tu vois apparaître mes soudoyers à cheval... Peut-être te dis-tu que si quelque coursier passait sans personne dessus, tu sauterais et le monterais à poil... Quelle ânerie, si j'ose dire !

— Pensez-vous, Mathilde, que la vue d'un cheval me donnerait, maintenant, le désir de l'enfourcher ?

— Tu as mieux à faire... Sache-le, j'ai dit à mes hommes : « *Défiez-vous de mon époux. Il pourrait*

1. Etonner, ébahir, troubler.

52

avoir envie, au galop et sans moi, de visiter notre beau pays. » Pas vrai, vous ?

Les soudoyers s'ébaudirent. Cette unanimité dans la gaieté, mais surtout dans la dérision, dissipa la mélancolie de Tristan. Sang-Dieu ! il n'allait pas s'apitoyer sur son sort. Il devait s'asseoir aussi bien sur son orgueil que sur le plancher de cette litière, jonché de coussinets aux couleurs de sa femme : le sinople et le vermillon.

— Holà ! vous autres, cria Mathilde à ses hommes d'armes. Qu'attendez-vous ? Deux devant, deux derrière... Et vous, mon cher époux, montez là, le premier.

Il obéit, devinant derrière lui des sourires de connivence que Mathilde peut-être arrêtait d'un clin d'œil faussement sévère. Bientôt, face à lui, installée sur un banc d'où elle le dominait, elle savoura sa victoire :

— Tu es mien désormais !

— Suis-je votre mari ou votre prisonnier ?

« Bon sang ! » enragea-t-il. « Perrette Darnichot m'avait pris dans ses rets. Voilà que cela recommence. Qu'ont-elles dans la peau, ces pernicieuses-là ? »

— *Prisonnier*, roucoula Mathilde. Mesure tes propos... Où te vois-tu des chaînes ?... Tu es libre... Libre de m'aimer !

C'était bien là, pour lui, la pire des franchises.

— Je serai plein de bonne volonté.

— De bonne volupté, veux-tu dire.

Il se sentit amoindri dans l'admiration de Mathilde, en état d'infériorité insurmontable devant elle. D'aucuns s'y fussent résignés, ne voyant dans cet abaissement que les avantages de fêtes sensuelles amplement renouvelées mais qui ne pouvaient composer l'essentiel de la vie d'un couple. A brève échéance, l'équilibre de leurs relations, déjà instable, craquerait. D'ailleurs ils s'observaient moins comme des époux — sinon des

amis ou complices — que comme des adversaires...
Mais peut-être n'était-ce qu'une impression perçue par
lui seul, et l'expression tendue, les sourcils froncés de
Mathilde ne révélaient-ils qu'une méditation dont il
était exclu... Non pas : il avait une main — la dextre —
sous sa robe, tout près de la cheville que le balance-
ment de la litière, enfin partie, rapprochait sans qu'il y
eut malice.

Il en fut troublé. Comme il ne remuait pas, elle
agrafa délibérément sa troussoire[1] à la hauteur des
genoux, découvrant ainsi deux demi-jambes nues.

Elle se délectait à le solliciter. « *Une pute !* » Il avait
éprouvé lui-même, souventefois, cette appétition qui
enfiévrait Mathilde et la parcourait de frissons. Il
l'avait assouvie avec Oriabel sans jamais connaître la
satiété. Il se dit : « Touche-la », mais une curiosité âcre
et morose le contraignit à atermoyer :

« Laisse-la faire puisqu'il semble qu'elle ait toutes
les audaces. »

Le genou révélé forçait l'attouchement. Il y posa sa
main après avoir, d'un seul jet, abandonné la cheville.
La jambe libre s'écarta, ouvrant la voie aux investiga-
tions plus hardies.

Eh bien, non ; c'était trop aisé !

La poitrine qui tendait le cendal de la robe pointait
sous la cartisane[2] en deux bossettes incarnates.

— Si je tirais les mantelets[3] deviendrais-tu plus hardi ? Cette litière nous secoue... Si tu le souhaites, nous
pourrions, nus, tressaillir davantage. Veux-tu que je me
déshabille ?

Les yeux de Mathilde prenaient l'éclat des diamants.

1. Agrafe dont les femmes se servaient pour relever leur robe.
2. Dentelle, ancêtre de la canetille.
3. Rideaux des litières.

S'il acquiesçait à son offre, elle aurait assurément l'audace de se dénuder dans cette rue même dont la pénombre et le silence ajoutaient à ses hésitations de mâle mis à quia[1] leur poids d'expectative et de mystère.

— A votre aisement, dit-il enfin. Il est vrai que nous sommes enveloppés de nuit.

La clarté de ce jour de grand soleil, retenue de degré en degré par les encorbellements des maisons, n'atteignait pas les pavés gras où les chevaux, parfois, glissaient, imprimant à la nacelle dont les bois grinçaient un roulis désagréable. Une puanteur complexe — pourriture et nourriture — suintait des baies entrebâillées des échoppes, des porches, et montait des ruisseaux. Tristan entendit soudain des rires d'hommes et de femmes si faux et pointus qu'ils n'exprimaient aucune joie mais plutôt une inaltérable maussaderie. Penché, sans souci de déplaire à son épouse, il vit deux manants surgir d'un seuil ; hilares ils se congratulaient tout en assujettissant leurs hauts-de-chausses.

— Ah ! la Berthe, s'exclama le plus âgé. Je l'ai foutie deux fois !

Mathilde eut un sourire assorti d'un soupir :

— C'est la rue des bordeaux. Elle accourcit notre chemin... A qui penses-tu ? A moi ? A *elle* ? A cette bataille où tu faillis mourir ?

— A la défaite des Lis... Sitôt hors de Lyon nous serons en danger.

— Est-ce une raison pour que ta main m'abandonne ?... Repose-la et sache-le bien, Tristan : je ne crains aucune embûche. Les routiers de Brignais célèbrent leur victoire... Remets ta main !... Ces malandrins s'esbanoient[2], te dis-je.

1. Dans l'impossibilité de parler.
2. Sont gais, se réjouissent.

— Comment le savez-vous ? Votre haine envers eux me paraît dissipée.

— Je sais tout ce que j'ai failli perdre auprès d'eux. Ma vie, ma dignité puisque je ne puis dire : « mon pucelage ». Mais à quoi bon remâcher mes frayeurs.

Elle rit ; sa gaieté manquait de vraisemblance. Alors qu'elle aurait dû frémir d'horreur à toutes sortes de remembrances, elle frissonnait d'aise. Elle avait un sombre besoin de l'ébahir, voire de le scandaliser ; elle apportait à ce désir d'enlaidissement de son âme une persévérance dont elle s'enivrait. Pensait-elle ainsi se différencier des femmes qu'il avait connues et qu'elle imaginait dolentes et craintives, Oriabel y comprise ?

— J'ai hâte d'être au lit. Pas toi ?

Il grommela sans répondre. C'était cela, surtout, qui le révulsait : ce culte de la chair, insolent, insistant. Alors qu'elle souhaitait en faire un jouisseur, il se sentait déjà repu. Elle ajouta lentement, d'une voix tout à coup sèche et qui semblait prescrire ses volontés :

— Nous allons faire un détour, suivre le Rhône par la Pierre-Bénite, Irigny, Millery... Crains-tu qu'un Naudon de Bagerant nous tombe sur le poil ? Il semblait t'accorder, non point son amitié, mais une espèce de révérence. Ah ! non... Cesse de te pencher à cette fenêtre... Mes hommes seraient-ils plus attrayants que moi ? Pourrais-tu t'éprendre de l'un d'eux ?

S'il avait eu les mains liées en marchant de Brignais à Lyon, Tristan sentait maintenant, telle une bride sur sa gorge, la volonté de cette succube.

« Passe encore qu'elle règne sur ses soudoyers et les accable de ses exigences. Mais *moi* ! »

Son inquiétude s'aggravait. Rien ne lui serait facile. Au lit comme au-delà, il serait épié sans trêve et sans merci.

— Sitôt franchie la porte de la cité, dit Mathilde en

tirant les rideaux de cuir et en les fixant, par leur œillet, au piton qui les maintiendrait immobiles, je nous redonnerai l'air et la lumière. Rabats celui de la portière et les petits, de ton côté... Allons, obéis-moi. Ferme ces mantelets.

Tout en obtempérant, il demanda pourquoi.

— Plus les manants sont rares, plus ils sont curieux.

— Mais... vous vouliez vous mettre nue !

— Je le ferai si tu y tiens quand nous aurons quitté la ville. Sais-tu qu'il me vient une idée...

Tristan craignit quelque invention luxurieuse, susceptible de ne se concevoir et s'accomplir qu'entre les murs d'une chambre close. Mathilde, soudain soucieuse, le rassura :

— Il se peut que Salbris soit à notre ressuite. Qu'en dis-tu, mon époux ?

— Je ne crains pas cet outrageux. C'est un goguelu doublé d'un bardache[1].

Il sentit dans ses yeux la vrille d'un regard.

— Tu n'as peur que de moi, ta chère mariée !

A quoi bon répondre : « *Vous aberrez* » puisqu'elle devinait cette vérité-là aussi promptement que tant d'autres. S'il devait affronter Salbris, le combat, franc et loyal, s'achèverait à son avantage — du moins le voulait-il supposer. Il ne pouvait se fier à la loyauté de Mathilde. Conjointement à son acerbité, il y avait en elle des sinuosités douceâtres, colubrines, voire vipérines dont à Brignais, déjà, il s'était défié. Le dédain qu'il opposait à l'exécration de Salbris trouvait dans leur irrémédiable détestation deux concordances : ils étaient chevaliers, dévoués au roi sinon au royaume. Entre Mathilde et lui, rien d'autre n'existait qu'une sauveté dont il connaissait le prix et les conditions du

1. Un prétentieux doublé d'un « mignon ».

remboursement. Il assumerait donc ses redevances au lit, sachant qu'elle ne l'y défraierait de rien mais l'effraierait peut-être tant il l'imaginait en matrulle abusive. Oriabel s'était innocemment offerte ; Mathilde s'était pourvue gratuitement d'un époux dont le sort pouvait se comparer à celui des filles follieuses.

« Je noircis tout à l'envi !... Elle me regarde et s'interroge. Sans doute aura-t-elle un jour du regret de m'avoir épargné le bûcher. »

Il ne pouvait la détester, mais il maudissait son audace et ses façons de propriétaire. Ce qui l'exaspérait, c'était moins le fait qu'il fût en quelque sorte à sa merci que la peur d'une intimité charnelle où rien, jamais, ne pourrait coïncider parce que rien ne le passionnait ni ne l'émouvait en elle. Même s'il rassasiait ses malefaims lubriques, elle exercerait sur lui, dès le saut du lit, ce goût immodéré de l'humiliation qui, pour elle, constituerait un supplément de jouissance. L'exercice de ce mépris ne ferait qu'empirer sa répugnance à la satisfaire. Leurs armistices charnels consisteraient, à leur su, en de fastidieuses batailles livrées à coups de mots tranchants et de regards pointus. S'il devait demeurer longtemps sous la coupe de cette effrontée, sa seule revanche serait de voir son visage encore beau s'amaigrir ou se bouffir, se griffer aux ronces de l'âge, blêmir ou se couperoser sous l'effet corrosif des déceptions et des courroux avoués ou rétractés. Ses seins déclineraient ; quelque chose se détruirait de son orgueil que les cernures de son visage, sa voix, son rire acide et les mouvements lourds de son corps dénonceraient sans nuances. Son cou, de cygne encore, s'empâterait. Le pentacol d'anneaux d'or dont il était présentement paré mordrait sans sa chair, et le soir, en l'ôtant, elle en verrait l'empreinte pareille à celle du chanvre de la hart[1].

1. Le gibet.

— A quoi penses-tu si sombrement ?... A *elle*, j'en suis acertenée... Ta tête, ton cœur, tes coulles[1] sont pleins de cette Oriabel !

— Ne songez-vous jamais à vos époux, à leurs vits et à leurs étreintes ?

Une soudaine obscurité leur fut doublement propice : Mathilde put y dissimuler sa stupéfaction ; il parvint à soutenir l'examen auquel se livrait son épouse accidentelle tout en se louant de l'avoir muselée.

Ils venaient de passer sous une voûte. Maintenant, il faisait plus clair. Avaient-ils franchi un postil[2] de la ville ?

Il se réjouit que la litière fût d'une étroitesse interdisant à Mathilde de se glisser à son côté ; puis il en conçut du regret. Elle le considérait avec une insistance tellement avide qu'il ne put soutenir le feu de son regard. Ecartant le bord du mantelet le plus proche, il n'entrevit que des arbres.

— Lâche ce rideau. Laisse-nous ainsi. Nous serons à Montaigny à la vesprée.

Deux hommes s'ébaudirent. Les quatre allaient chevaucher l'oreille à l'aguet pour deviner comment ils passaient le temps.

L'ombre devint derechef plus épaisse et le pas des chevaux s'aheurta. Tristan comprit qu'ils avaient atteint les murailles d'enceinte. Une forte bouffée de vent remuant les volets, il entrevit deux arbalétriers coiffés de fer, l'arme sur l'épaule, la couire[3] en peau de truie ouverte sur la hanche. Ils semblaient redouter un assaut.

1. C'est l'orthographe de Jean le Bel sans qu'il y ait, peut-on dire, de coquille dans son texte.
2. Petite porte des villes, barrière.
3. Le *carquois* contenait les flèches de l'arc, la *couire*, les carreaux d'arbalète.

— Prudence ! recommanda le plus jeune. Le pays regorge de malandrins !

— On le verra bien, compère. Ils ont sûrement mieux à faire qu'à s'occuper de nous, répliqua l'un des soudoyers. Allez, vous autres. En avant !

On repartit. Les heurts des fers sur le sol devinrent moins secs : la voie cessait d'être pavée ; désormais, les chevaux fouleraient des herbes ou des cailloux.

Tristan voulut s'offrir un peu d'air et de lumière ; une main l'en dissuada. Du fait des ornières qui secouaient le gros bahut de bois, la négation du geste prit une force excessive.

— Laisse cette courtine, dit Mathilde. Si tu ne les aimes pas, moi, j'aime les ténèbres... Elles sont propices à toute chose hardie : l'embûche, la fuite, l'amour, bien qu'il soit bon aussi de le faire en plein jour... Et dis-moi, mon époux, crois-tu, céans, que nous serions à l'aise ?

Elle n'en démordait pas.

— Nous ne sommes pas seuls.

Il admira, un moment, le visage penché vers le sien, cireux, attentif. Le désir en avait exclu la dureté.

— Je peux envoyer mes hommes en avant.

— Cette litière deviendrait comme une nef sans marinier. Nous irions verser dans l'herbe.

— Cela n'est pas pour me déplaire.

— Il me déplairait, à moi, de voir vos hommes accourir pour nous trouver unis autrement que bras dessus bras dessous.

— Tu en serais gêné ? J'en serais tout esmouvée[1] au contraire... Rois et reines font bien ça devant quelques privilégiés lors de leur nuit de noces... sous les draps, il est vrai...

1. Excitée.

Elle se fût prêtée de bonne grâce à cette coutume. Il eût pu l'enfourcher n'importe où, même sur un lit de chardons ou une fourmilière ! Il la vit, tandis qu'elle riait, remonter sa robe au-dessus des genoux, et sans même avoir entrevu ses cuisses, il eût pu jurer qu'elle ne portait aucun blanchet [1].

— Ne veux-tu pas simplement me toucher ?... Tu la tâtonnerais bien, *elle*, si elle était à ma place !

Assurément, il avait choyé, mignoté Oriabel. Il avait toujours une grand-faim [2] d'elle. Avant même d'avoir consommé le mariage avec lui, Mathilde rêvait de l'épicer à sa façon.

— Pas là, dit-il. Pas maintenant.

Détournant la tête, il aperçut, entre le rideau et le bois de la portière, les eaux grises du Rhône en crue. Des nuages se formaient. Sur Lyon, le ciel en était tout emmitouflé. Des arbres verdoyaient au-dessus des champs fricheux où des corbeaux assemblés semblaient tenir un concile.

— Là !... Voyez !... Usez-vous la vue à regarder !

Mathilde l'avait revoussoyé en tirant le rideau avec tant de rage que le cuir fatigué s'en était lacéré. Trois anneaux remuaient sur la tringle. « Elle devrait les prendre pour les enfiler à ses doigts. » Il sourit :

— Ne vous courroucez pas ainsi. Nous avons le temps d'être l'un à l'autre.

Quelle duplicité hantait désormais son cerveau !

— Nous avons la vie, dit-elle avec une espèce d'exigence sauvage. Tu vas voir ! De Montaigny, le regard s'étend sur les hautes montagnes des Alpes et suit le cours du Rhône depuis la vallée jusqu'à Vienne.

---

1. Si les hommes portaient des *braies* (caleçons), les femmes mettaient des blanchets, particulièrement à certaines périodes.
2. Désir.

Au-dessous, dans un creux et sur la berge du Garon, l'on voit la maison forte d'Epeisses et plus loin le château de Goiffieu... Or, nous aurons bien trop à faire pour être tentés de randonner soit vers Goiffieu, soit vers Vourles et Millery... Mais parfois tu quitteras mes murs. Si j'étais sortie de Montaigny quand vint la morille [1], je serais peut-être morte.

Sans le vouloir sans doute, elle révélait qu'elle pouvait être effrayée. Comment avait-elle vécu lors du terrifiant fléau ? La peste noire s'était déclarée à Marseille lors de la Toussaint 1347. La Provence, la Langue d'Oc et la vallée du Rhône ; puis la Bourgogne, la Normandie, la Bretagne, l'Angleterre et les Allemagnes avaient subi ses dévastations. Les manants, les loudiers [2] périssaient par milliers. La disette aggravait la vulnérabilité des gens. Thoumelin de Castelreng avait interdit à tous — famille et serviteurs — de franchir l'enceinte du château. Sa femme s'était confinée dans sa chambre. La peste l'y avait rejointe.

— Ma mère, dit Tristan, est morte du mal noir.

Mathilde, tête basse, demeura silencieuse. Il se refusa d'ajouter : « *J'étais jeune, mais je m'en souviens* », peu enclin à l'offenser en lui remémorant leur différence d'âge. Ce dont il se rappelait, parce qu'on en avait longtemps parlé aux veillées, c'était que Philippe VI avait supplié la Faculté de Paris d'enrayer l'épidémie sans obtenir satisfaction. Les mires s'étaient plongés dans l'étude des astres et des grimoires arabes, puis, comme aucun remède ne se révélait efficace, le mouvement des flagellants de Tournai — des fous, en vérité — avait prospéré en Picardie, en Champagne...

1. Nom que l'on donnait alors à la peste.
2. *Manants* : habitants des cités ; *loudiers* : paysans.

Partout. Mais la peste avait pris plus d'ampleur. On s'était tourné vers les Juifs. On les avait accusés d'empoisonner les puits et les sources. La papauté s'était mise à haïr ces pestiférés vivants. Des bûchers s'étaient élevés à Narbonne, Toulouse, Carcassonne, jusqu'à ce que le pape Clément, pris de remords, décidât de protéger ceux qu'il avait honnis. La pauvreté s'était installée dans le peuple, la noblesse, l'Eglise. Faute de bras — et, pour ceux qui avaient survécu, de courage —, les terres avaient été laissées à l'abandon. Du fait de la disparition des pourvoyeurs du Trésor, le roi avait augmenté les impôts avant que d'abaisser le taux d'or de la monnaie. Des malandrins s'étaient mis à rôder, à détruire. Des seigneurs ruinés, dépourvus de scrupules, s'étaient joints à leurs bandes. La plupart des religieux dévoués aux pestiférés avaient contracté leur mal. Comme eux, *per obitum*, leurs ordres s'étaient dissous ou corrompus. Les superstitions et le goût de la fornication avaient fait des progrès énormes. Mathilde, épargnée par la peste, avait découvert la luxure.

L'eau grise, toute proche, emportait dans ses flots des branches, des troncs d'arbre et des éléments de charpente. Une buse s'en vint tournoyer au-dessus. « Comme l'esprit de Mathilde sur le mien. » Il avait au moins une certitude : dans ses bras, il ne s'ennuierait pas !

— Je déteste te voir ce regard-là.

— Pourtant, je pensais à des choses...

Il pouvait bien s'accorder le plaisir de l'essanner[1] !

Brusquement, dans un mouvement qui fit osciller la litière et détruisit l'harmonieuse allure des chevaux, Mathilde s'agenouilla devant lui, le visage empreint d'une telle expression juvénile qu'il ne put que s'en

1. Exciter, mettre hors de sens.

émouvoir. Elle semblait en adoration, éperdue d'angoisse ou hantée d'une espérance indicible. Ouvrant ses bras, elle se hissa vers lui, suppliant du regard, implorant des lèvres un baiser qu'il lui donna moins comme une preuve d'amour que comme un gage de bonne volonté.

— Je t'aime, Tristan !

Ses cheveux sentaient bon. Il percevait, à travers le cendal dont la couleur seyait à sa carnation de brune, le parfait modelé de sa chair. Un cou d'ivoire, des épaules douces et des hanches fermes. Un sentiment d'orgueil l'anima malgré lui, malgré Oriabel : jamais il n'avait eu une femme à ses pieds, et Mathilde était une des plus fortunées du Lyonnais. Il sentit une main monter sur sa cuisse.

— Tu vois que tu en as envie fermement, toi aussi.

La gente dame avait l'audace putassière.

— Je ne serais pas homme si je manquais de fermeté.

Une brusque incartade du cheval d'avant les secoua si fort que Mathilde, qui venait de l'empoigner avec une telle vivacité qu'il en suffoquait, alla donner de la tête contre la paroi.

— Misère de moi ! grommela-t-elle.

Tristan s'empressa de frotter la tempe endolorie.

— Dieu vous a châtiée pour votre impatience !

— Dieu, je l'embrène[1] !

— Ah ! bon, dit-il tandis que sa main retombait.

Mathilde reprit sa place, morose et comme hermétiquement fermée à tout ce qui remuait autour d'elle.

1. « Je l'emmerde. »

Une petite pluie tambourinait sur le toit de la litière quand un des soudoyers qui trottaient devant exprima très haut son soulagement :

— Nous y voilà enfin !... Nous sommes bien chanceux : pas d'embûche...

« Hélas ! » songea Tristan. « J'aurais peut-être pu m'enfuir à la faveur d'une empainte[1]. »

Il exagérait. Il se serait joint aux ribauds de Mathilde afin de la protéger et de protéger sa vie. De plus, cette attaque aurait pu être menée par des malandrins qu'il connaissait et qui, à Brignais, n'avaient eu de cesse d'exprimer l'aversion qu'il leur inspirait. Mieux valait encore partager un temps la vie de son épouse que de retomber au pouvoir d'Espiote, Bertuchin, Tallebardon, Naudon de Bagerant et bien d'autres.

Se penchant, il entrevit à travers la mousseline étendue sur la contrée des bosquets noirs et des prés montueux. Dans l'un d'eux, des moutons paissaient sous la surveillance de trois archers.

— Tudieu ! dit-il. Si les routiers voyaient ces bêtes...

Ils étaient venus jusqu'à Montaigny. Ils avaient, une nuit — celle qui avait précédé le départ d'Oriabel —, contourné le château sans l'assaillir alors qu'un bref assaut de cinquante ou cent hommes en eût permis la conquête.

— J'étais ici, dit Mathilde, quand Héliot s'est emparé de moi après avoir tranché la tête de mon chien d'un coup d'épée. Je ne portais aucun joyau et j'avais

---

1. Attaque.

sur le corps des vêtements de manante. J'ai dit à ce malandrin que je connaissais l'un de ses chefs. C'était, bien sûr, un mensonge, mais il m'a crue... La suite, tu la connais...

Peut-être avait-elle argué de la protection d'Arnaud de Cervole. Ou d'un autre. Oui, il connaissait la suite. Elle allait maintenant retrouver sa demeure. Henri de Montaigny, dit-elle, était sans héritiers. Tout lui appartenait. Elle devait régner sur les murs et les dépendances avec la fermeté d'une suzeraine.

— J'aime Montaigny. C'est un châtelet — comment dire ? — solide. Un Hercule de pierre dont Henri se montrait orgueilleux... S'il se moquait un peu de tout, il respectait au moins l'assurement[1] dont son père, déjà, s'était porté garant... Bientôt tu vas pouvoir me dire si Castelreng est aussi grand, aussi beau que ma demeure.

C'était bien là une chose dont il n'avait nul souci.

Le chemin monta si roidement qu'il dut se retenir des talons et des mains pour ne pas glisser vers sa femme. « Bon sang ! son fief est-il juché sur une montagne ? » Tandis qu'il entendait, pour la première fois, le palefrenier hurler et stimuler le cheval d'arrière à

1. On appelait *assurement* le contrat par lequel un seigneur donnait à son suzerain des garanties contre ses fortifications, en s'engageant à ne pas élever certains ouvrages et à remettre ses places fortes aux mains dudit suzerain, et même à les raser lorsqu'il lui plairait de le requérir. D'après le droit féodal, tout seigneur pouvait bâtir un château à sa guise. Dès 864, Charles le Chauve avait rendu le Capitulaire des Pistes exigeant l'autorisation du roi pour l'érection des forteresses. En 1080, le concile de Lillebonne reconnut et proclama que, d'après la coutume de Normandie, nul seigneur ne pouvait creuser des fossés dépassant la profondeur d'un jet de terre (3 m), ni construire des palissades flanquées ou à redans. Elles devaient être d'alignement, sans chemin de ronde ou coursières, et sans *propugnacula* : crénelages, hourds, bretèches. Il fallait obtenir la permission expresse du suzerain pour avoir son château dans une île ou sur un rocher. Bien entendu, il suffit de visiter les châteaux ou ruines pour constater que maints assurements ne furent pas respectés.

coups de longe, il se rapprocha irrésistiblement de Mathilde qui, sans doute, avait attendu cette ascension : à deux mains, violemment, elle attrapa sa dextre.

— Lève-la !... Lève-la bien haut et jure-moi que tu me seras fidèle, que tu ne me fuiras pas, que tu feras tout ce que je te demanderai...

— Dieu merci ! dit-il sans dégager sa main — et je pour cause. Si vous saviez manier aussi promptement une lame, vous pourriez servir dans les armées du roi !

Des ongles pointus s'incrustèrent dans sa paume. Sans se soustraire à ces volontaires morsures, il imagina Mathilde râlant de plaisir sur leur lit, sa tête pâle dodinant parmi les flammes noires de sa crinière. « *Je te forniquerai jusqu'à t'en donner la nausée !* » Bon sang ! à force d'onduler des reins, elle serait exténuée. Il ne lui laisserait aucun répit !

Plutôt que de la dévisager, ignorant les mains voraces, pareilles à une mâchoire de chienne ou de renarde accrochée à sa proie, il regarda au-dehors.

Dans l'ombre qui tombait du ciel avec la pluie, son malaise trouva un semblant de réplique. Quels lieux hanterait-il bientôt ? Qu'allait-il découvrir en haut de ce chemin aux talus hérissés de roncières et d'aubépines ? Plus que de la tristesse, c'était une curiosité sans frein qui serrait un cœur vide ou presque, à force d'humiliations. Sans compter les coups reçus.

« J'ai versé pour ma vie des gobelets de sang... Je suis faible comme un enfant de pauvre et mes navrures me font mal. Il me faudrait dormir longtemps, mais voudra-t-elle le comprendre ? »

A l'inverse de son énergie endommagée par les événements et les blessures, sa mélancolie, ce soir, prenait une indissimulable consistance.

— Tu penses encore à elle !

— Non !

Il s'en était défendu si violemment que Mathilde, apeurée, le libéra. Qu'il évoquât ou non Oriabel, jamais il ne lui permettrait de s'ingérer dans ses souvenirs. Elle avait les siens, qu'il ne jalousait point. Quelque effort qu'elle entreprît pour les détruire, jamais elle n'anéantirait ceux qui, resplendissants et tenaces, dénoircissaient ses pensées.

— Pardonnez-moi, dit-il, cependant. Je suis las et je souffre de mon épaule.

Le spica[1] posé par Guy de Chauliac se relâchait. Il sentait la bandelette glisser, tirer sur ses chairs qu'il devinait rouges, suintantes et collées au tissu. Il allait falloir que Mathilde défît doucement ce pansement et s'employât à éteindre le feu de cette purulence. L'oserait-elle ou se ferait-elle aider ?

« Y a-t-il seulement des femmes à Montaigny ? »

Il aperçut un muret qui grandit et devint muraille. La litière passa sur les lattes d'un pont-levis où les fers des chevaux firent un grand frai[2]. Il y avait une douve dont la profondeur lui donna un frisson. Mathilde avait prétendu que son second mari avait respecté son assurement. Mensonge : ce fossé semblait profond de trois toises[3].

Il l'interrogea du regard mais son visage, sculpté en des ombres charnues, avec pour seule lueur un sourire ressuscité, exprimait davantage encore qu'une satisfaction légitime : un triomphe absolu.

Un cor sonna. La herse était baissée, le portail fermé. Il fallut attendre.

Des couinements troublèrent le silence. « Ils remontent le ratel[4] qui est mal entretenu, sans quoi, il ne

1. Bandage croisé appliqué au niveau de la racine d'un membre.
2. *Frai, frais, froi, froie* : bruit provoqué par les fers des chevaux.
3. Six mètres environ.
4. La herse.

ferait pas tant de bruit ! » Les vantaux de la porte béè-
rent, grinçant moins sur leurs gonds que sur les gibbo-
sités d'un sol caillouteux. « On ne doit pas balayer
souvent cet endroit. » Mathilde attendait, pensive, les
yeux clos. Sa bouche seule bougeait un peu. Retenait-
elle un cri ? Une plainte ? Allait-elle accuser sa domesticité de mollesse à son égard ?

Soudain, les pensées de Tristan empruntèrent une
autre voie :

« Je ne commettrai pas l'erreur de lui parler de
divorce. Je m'évaderai. Rien ne sera simple, c'est pourquoi je me dois d'y penser dès maintenant. »

Une face d'homme apparut dans l'ouverture de la
portière.

— Avez-vous bien chevauché, notre dame ?

Ecartant Tristan d'un mouvement du bras, Mathilde
se pencha :

— Fort bien, Panazol !... Ouvre et aide-moi.

Deux mains solides saisirent la baronne de Montaigny à la taille et la déposèrent sur le sol. « Eh ! mais
il la conserve un peu trop contre lui ! » Cet homme
d'armes prenait des privautés avec sa « maîtresse ».
S'il croyait tribouler le cœur de son nouvel époux,
quelle bévue que la sienne !

— Eh bien, sautez, Tristan !... Qu'attendez-vous ?
Que mon sénéchal vous aide ?

Sénéchal. Un bien grand mot pour ce falourdeur[1],
solide, aux cheveux et barbe roux. Un gambison de
velours noir, élimé, le vêtait. Ses chausses, ses heuses
étaient dignes d'un palefrenier. Il riait aux propos chu-
chotés de Mathilde et cette familiarité, maintenant
qu'ils rompaient leur étreinte, pouvait laisser tout supposer. Après avoir salué sans aménité ce larron et les

1. Prétentieux.

69

quelque dix hommes immobiles à l'avant de la litière, Tristan considéra les cinq tours hautes, massives, les courtines au pied desquelles s'élevaient quelques bâtisses médiocres et mal entretenues et le donjon trapu, surhaussé d'une longue bannière d'un rouge délavé dont les déchirures formaient les seuls ornements. Personne, maintenant, ne disait mot ni ne bougeait. La herse retombait, les vantaux se fermaient, poussés par un bossu en sabots et sarrau noir. Sitôt l'enceinte close, il contourna un puits et clopina vers une écurie.

— C'est bien, c'est bien, Hugonin, dit Mathilde. Soigne nos chevaux, surtout le limonier.

Elle se tourna, radieuse, vers Tristan :

— C'est chez moi !

« Une geôle », songea-t-il.

Sur le pavé de la cour jonché de mottes de crottin, de flaques d'eau et de bouses visqueuses, un tas de fumier dégageait des fumées. Elles n'incommodaient point un essaim de poules et de pigeons en quête de pitance. Aucun arbre. La nudité des lieux exprimait une sorte d'insolence ou de ténébreuse emphase. Tout, céans, était dur, puissant, rébarbatif ; les faces des hommes avaient la rugosité des pierres. Aucune qui ne respirât autre chose que la malignité, la bassesse et, surtout, une moquerie abrupte et niaise envers ce nouveau venu qu'on humilierait si possible, assuré de l'indulgence et même de l'approbation tacite de la baronne. Leurs vêtements attestaient une saleté corporelle qui ne les incommodait pas : un mâle, selon eux, devait « revêtir » cet aspect. Henri de Montaigny avait-il imprégné cette demeure d'une mauvaiseté si véhémente qu'il en subsistait des traces ? Mais alors, pourquoi sa veuve cultivait-elle avec tant de sérieux son arrogante beauté ? Celle-ci ne rendait que plus fla-

70

grante une malpropreté dont la puanteur outrageait les exhalaisons de ses élixirs. Pourquoi son goût immodéré des joyaux n'offensait-il pas ces galfâtres ? Pensait-elle que leurs guenilles formaient à ses bagues, bracelets et pentacols le plus adéquat des écrins et que plus son château paraissait inhospitalier et lugubre, plus il exaltait les derniers flamboiements de sa vénusté ? Comment se pouvait-il que cette forteresse juchée sur un mamelon épineux abritât l'existence de cette femme hardie et voluptueuse et d'une maraudaille évidemment éhontée ?... Il n'était point ahurissant, réflexion faite, que cette sombre enceinte et la vacuité des vies qui s'y trouvaient mêlées eussent aiguisé les appétits de Mathilde. Lorsqu'elles étaient des plus obscures et des plus froides, certaines nuits ne suscitaient-elles pas, parfois, telle une sorte de jouissance, l'attente exaspérée du soleil ?

Elle s'approchait. Tristan sentit son bras glisser sur ses épaules. « *Ce serpent veut me circonvenir devant témoins* » Bien qu'il fût en rage, il supporta sans regimbement le geste lourd de fierté possessive.

— Mon époux, serez-vous aisé entre ces murs ? Avez-vous vu comme ils sont hauts ?

Tandis que cette femme impossible l'entraînait loin de Panazol attentif et perplexe, Tristan céda aux éperons de la sincérité :

— J'aime les arbres, les fleurs, les herbes et n'en voit point. J'aime le silence et la quiétude... mais nullement la paix des sépulcres.

Des chiens aboyèrent. Une dizaine, peut-être davantage.

— Veautres, limiers ou brachets[1] ?

---

1. Les *limiers* et les *brachets* suffisaient aux petites chasses. Les *veautres* étaient dressés pour affronter les sangliers.

— Rien que des veautres, dit Mathilde. Noirs et de l'abbaye de Saint-Hubert, en Ardenne. Les meilleurs... Les lices qui les ont mis bas avaient été couvertes sous les signes des Gémeaux et du Verseau, car tu le sais sans doute : ceux qui sont engendrés ainsi ne sont jamais sujets à la rage et il en vient plus de mâles que de femelles.

Elle désigna les pigeons et les moineaux sur les toits.

— Les coulons roucoulent et les passereaux chantent. Que te faut-il de plus ? Des trouvères, bateleurs, jungleresses ? S'il en vient à passer, je t'accorderai cette faveur..., qu'il te faudra me rembourser par une autre.

Tristan pensait aux chiens. C'étaient des bêtes avides de sang, dressées pour courre les cerfs, les bêtes noires et, à l'occasion, les hommes. Il ne put s'empêcher de s'imaginer poursuivi par ces molosses dans une forêt nocturne, tandis que retentiraient les cris des veneurs : « *Tran ! Tran ! Tran !* » et celui du brenier[1] : « *Trouvez-le ! Trouvez-le !... Il nous le faut vivant !* » Une question le tira de ce rêve éveillé : aucune femme ne s'était encore montrée. Oriabel, qui avait servi Mathilde, n'avait-elle pas été remplacée ? Allons, il devait bien y avoir quelques jupons à l'entour. Certains soudoyers, s'ils n'étaient mariés, devaient avoir une concubine.

— On dirait que tu crains quelque chose, dit Mathilde avec un étonnement feint.

Il n'allait pas passer sous des fourches caudines, mais justement, il lui semblait que *quelque chose* l'entourait, le happait, l'enfermait. La froide étreinte des pierres avant celle, fiévreuse, de son épouse.

1. Valet de chien, conducteur de la meute.

— Que faisons-nous ? demanda-t-il alors qu'ils revenaient vers les meschins [1] immobiles et silencieux.

Il s'était efforcé de sourire et de s'exprimer sur un ton dégagé qu'il devinait, en réalité, faux et pointu.

— Mais... nous n'allons pas rester dans cette cour... Tu vas pénétrer, t'introduire...

Elle le heurtait délibérément, avec un plaisir à chaque fois plus intense, provoquant en lui une espèce d'ardeur contenue qui n'était certes pas celle qu'elle croyait y susciter. Ils passèrent lentement parmi les hommes, et seul Panazol s'inclina. Tristan comprit que ce faux respect lui était destiné. Il s'en fût contrarié naguère. Désormais, et pour abuser tout son monde, mieux valait qu'il fût considéré comme un niais plutôt que comme un prud'homme.

Une porte béa sur le seuil du donjon. Une grosse femme vêtue de noir apparut. Ses cheveux blanchoyants rassemblés en deux tresses lui arrivaient aux hanches et, pour ne pas en être incommodée, elle les avait serrés dans sa ceinture. Visage de lune, mais les yeux jaunes, étirés vers les tempes, semblaient ceux d'une chatte, voire d'une tigresse. Elle se courba dans une révérence si profonde qu'elle puait l'hypocrisie tout autant sinon plus que celle du soi-disant sénéchal.

— C'est Ydoine [2], ma nourrice.

— Est-ce la seule femme à vivre au châtelet ?

Cette question sans malice fit grimacer Mathilde. « Que veut-elle de moi ? » se demanda Tristan. « Qu'en dehors du lit je la révère comme une sainte ? Que je n'aie aucun regard, aucune pensée envers quelque autre créature ? » Ils se dévisageaient en

---

1. Domestiques.
2. Héroïne de *la Chanson de Renier*, Ydoine ne pouvait allaiter quand un ange apparut, qui lui remplit ses *mameles*.

silence, sans aucune hostilité, platement ; mais ceci n'était qu'une commune fallace destinée aux témoins de leur apparition dans les murs. Leurs yeux, une fois séparés, montèrent en même temps vers Ydoine.

— Elle est ma seule et unique servante. Bien sûr, j'avais aussi ton idiote... Je me refuse à t'en parler si ce n'est pour te dire que j'aurais dû la livrer à mes hommes...

— Je vous sais bon gré de ne pas l'avoir fait. Ces hommes...

Il allait ajouter : « combien sont-ils ? » Mathilde se méprit sans qu'il en fût surpris.

— Eh bien, quoi ? *Ces hommes ?* Ydoine accueille encore les plus vieux dans son lit. Les autres vont à Lyon où les bordeaux sont nombreux. Quand ils reviennent, ils rapportent ce dont ils avaient besoin : armes[1], vêtements, pâtisseries, et même des remembrances[2] de leur quête... ou quiquette.

— Et quoi donc ?

— Des chaudes-pisses.

Tristan ne sut comment interrompre un dialogue qui, assurément, n'eût pas rebuté d'autres hommes. Si peu qu'Oriabel l'eût informé sur Montaigny, elle avait mentionné l'existence d'une cousine de la châtelaine. Elle avait nom Marie. Qu'était-elle devenue ?

— Seule ! insista Mathilde comme pour extirper cette pensée secrète. Tu n'auras pas à succomber à des tentations dont je me serais courroucée.

Il se détourna, se sentant observé, et découvrit sur les visages des soudoyers l'animadversion à laquelle il s'attendait. Ces larrons vénéraient leur dame. Pour-

---

1. Il y avait à Lyon, à cette époque, 93 armuriers, heaulmiers, fourbisseurs et autres artisans besognant pour la guerre.
2. Souvenirs.

quoi, se demandaient-ils, ramenait-elle de Lyon ce damoiseau morne et distant qu'elle aurait pu enfanter ?

— Parmi les gros que tu vois là, les deux premiers, c'est Roussel et Lafourcade. Ces trois tors[1], tout proches, c'est Lalou, Bouteville et Marcigny. Les deux barbus ? Gaudin et Plumet. Les trois maigres ? Fouchard, Haudecœur et Jalloux... qui ne l'est point. Tu finiras par te faire à eux comme ils se feront à toi.

« Voire ! Ils vont m'épier sans trêve, sans se priver de me montrer qu'ils me maudissent... Ce sont des geôliers, rien d'autre. »

Bien qu'il eût méjugé quelques aspects de la vie de Cour, Tristan se surprit à regretter le spectacle d'une animation qui, tout impure qu'elle lui eût paru en certaines occasions, détenait au moins deux mérites : l'espace et la liberté. On ne cessait de côtoyer des hommes et des femmes courtois, des jouvenceaux et jouvencelles qui, dès leur apparition, trouvaient l'exacte nuance du sourire convenant au roi, à ses fils et à leurs proches. Ils se savaient les bienvenus. Dans les vestibules et les corridors, dans les allées des jardins et lors des préparatifs de la chasse, la rumeur des salutations, des compliments et embrassades et les exclamations dues à des retrouvailles mêlées aux froussements des robes et aux tintements des armes, ne s'apaisaient que tard dans la nuit. Si les entrées de Vincennes et du palais royal étaient peuplées d'archers et de picquenaires silencieux, d'autres chantaient dans les logis que le régent leur avait impartis lors de l'absence de son père. On n'osait dire *la captivoison*[2]. Le roi Jean, à son retour d'Angleterre — un retour provisoire s'il ne pouvait acquitter sa rançon —, ne s'était pas senti

1. Bossus, contrefaits.
2. Captivité.

enclin à réprouver quelques aménagements sans autre motif que de mieux filtrer les visiteurs et congédier certains intrus.

C'était tout de même une singularité qu'il trouvât tout à coup des avantages à une existence qu'il avait déprisée quand il ne l'avait honnie. Les us et coutumes auxquels il se référait, voire ceux qu'une bienséance élémentaire impliquait, n'existaient pas à Montaigny, sans quoi Mathilde l'eût présenté à ses fidèles. Il n'en ferait grief à son épouse. D'ailleurs, qu'il fût abominé par toute la mesnie[1] ne le consternait point — au contraire : il s'efforcerait à l'indifférence quand ce ne serait à la hautaineté. Cette résolution à la fois maussade et confortante lui arracha un soupir.

— Holà ! que te prend-il ? dit Mathilde, sévère.

— Mon épaule me cuit... Je sens aussi que devant ce Panazol et sa meute, je ferai figure de chien de maison.

— Tu me lécheras... la main et tu leur montreras les crocs.

Il pénétra dans le donjon après avoir senti contre sa joue le souffle bruyant et précipité d'Ydoine qui, sans renoncer à son mépris, eût cru déchoir en lui cédant le passage. Il ne vit rien d'abord autour de lui tant la lumière était rare. Quatre maigres fenêtres, presque des archères, diffusaient les lueurs rouges du crépuscule. Une torche brûlait parcimonieusement.

« Une prison », se dit-il tandis que sur les lèvres de la propriétaire des mots, des verbes et des rires formaient une litanie acerbe où son prénom, *Tristan*, qui parfois jaillissait d'une phrase, lui paraissait presque inconnu tellement elle appuyait sur la seconde syllabe. « Elle ne le prononce pas : elle le cloue ! » Il n'avait

1. L'ensemble des gens vivant au château.

76

jamais envisagé une arrivée joyeuse à Montaigny ; il trouvait cependant à ces commençailles de vie conjugale quelque chose de glauque, de redoutable, que Mathilde avait perçu avant lui, d'où cette prolixité à laquelle Ydoine sut mettre un frein :

— Mangerons-nous ensemble ou faut-il vous apporter quelques écuellées dans votre chambre ainsi que votre vin préféré ?

Le regard de la servante étincelait de tant d'outrecuidance et de complicité qu'il en devenait insoutenable, même pour Mathilde. Tristan, qui en fut soudainement atteint, subit d'une façon fugitive, mais corrosive, l'influence d'une aversion sans mesure. Oriabel avait certainement souffert des malveillances de cette gaupe. Sa beauté, en affirmant la laideur et l'âge de la commère, avait dû maintenir celle-ci dans un continuel courroux. Elle s'était toujours abstenue de confier ses peines afin de ne point les revivre, mais il concevait mieux, désormais, pourquoi ses accès de gaieté, d'ailleurs rares, s'imprégnaient de tant de tristesse ou de mélancolie.

— Nous souperons dans ma chambre. Nous as-tu préparé un bon lit ?

— Une couche de mariés, dame, sitôt que Jabeuf nous porta la nouvelle.

Elles s'ébaudirent avec un air de connivence d'une telle impudicité que Tristan, qui s'était éloigné, s'estima informé sur la sujétion d'Ydoine : cette grosse jument de monte n'avait jamais subi le mors et l'éperon. Sa maîtresse n'exerçait son autorité que sur la gent masculine.

— Tu ne souffles mot, Tristan... Que dis-tu de ces lieux ? Crois-tu que tu t'y plairas ?

Il s'abstint de répondre afin de ne point désobliger cette goton toujours encline à escarmoucher afin d'affirmer sa puissance. Quelque soin qu'il prît à les fourbir, les armes qu'elle le contraindrait parfois à manier paraîtraient émoussées à l'un et à l'autre contre celles qu'elle aiguiserait au plus secret de ses méditations. Déjà, quoique à l'abri d'une nonchalance affectée, il sentait des poignards dardés sur sa personne.

— Eh bien, réponds !... Ydoine aussi voudrait savoir ce que tu penses.

Tout en s'évertuant à feindre une sérénité dans laquelle, se méprenant, Mathilde puisait peut-être d'excellents présages, il s'adressa particulièrement à la meschine :

— Me plaire ?... J'arrive et ne saurais m'exprimer franchement... Me sentir condamné à la sécurité ?... Oui.

Il maniait la sincérité comme un orfèvre une pièce fragile. Et pour que son épouse ne surprît pas, sur son visage, la petite pâleur d'angoisse qu'il sentait s'y répandre, il foula d'un pas volontairement lent le pavement de granit gris jonché de paille fraîche.

Ici, un dressoir pareil à celui de la chambre de Lyon, mais dont les cuivres et les étains ternes, poudreux, attestaient du peu d'empressement d'Ydoine à l'entretien des objets ; là, une fontaine de porcelaine et son évier ; la touaille accrochée tout près, dans une encoignure ombreuse, paraissait, de ce fait, immaculée. Il y avait, de part et d'autre de la cheminée au linteau de pierre aussi charbonné que le cul d'un chaudron, deux hauberts soutenus par de hautes croix de fer à quatre pieds. Les mailles treslies, brunies par les fumées de l'âtre et la rouille, montraient çà et là de brèves déchirures. Au-dessus, accrochées au mur, deux targes[1] offraient aux regards des armoiries illisibles : une suie

---

1. Petits boucliers ainsi nommés parce qu'ils étaient en cuir bouilli *(tergum)*.

épaisse et luisante leur tenait lieu de vernis. Tristan s'en éloigna.

— Ils étaient à mon père, dit Mathilde en le prenant par la taille.

Croyait-elle qu'il allait s'enquérir de son nom et de ses prouesses ? Le silence auquel, sans doute, elle s'attendait, l'incita évidemment à poursuivre.

— Il commandait deux lances à Courtrai.

Courtrai ! Juillet 1302. Il y avait donc soixante ans. Cent grands prud'hommes et plus de mille chevaliers, mille écuyers et des milliers de piétons avaient été occis par des drapiers, des bouchers, des bourgeois et des vilains commandés par une poignée de seigneurs fidèles au comte de Flandre. Une bataille aussi sanglante que celle, toute proche, de Brignais, et perdue par les Lis de France pour les mêmes causes : la jactance et l'impéritie des marmousets de Philippe le Bel.

— Ce fut, Mathilde, une bataille terrifiante comme celle que je viens de vivre... Deux lances [1], cela fait des guerriers !

— Cinquante, dit-elle en lâchant sa proie au vu du sourire compassé d'Ydoine.

Son père était-il chevalier ? Les lances n'étaient point obligatoirement conduites par un chevalier, mais par un fieffé, baron ou autre, qui menait lui-même les hommes. Il advenait qu'on prît aussi des écuyers, — toutefois d'assez haute naissance.

Tristan s'approcha d'une tapisserie toute verdie des suppurations d'une muraille tellement humide qu'un filet d'argent brillait sur le dallage.

— Elle vient de Tournai... Sais-tu ce qu'elle représente ?

1. Une lance se composait du chevalier, de l'écuyer, des hommes d'armes montés (archers, coustiliers, etc.), de la valetaille et piétaille à pied et à cheval.

La scène étant aussi indéchiffrable que les targes du vaincu de Courtrai, Mathilde se saisit d'un chandelier dont elle alluma la mèche dans l'âtre et, s'approchant :

— *Le Mariage d'Œdipe*... Tu connais cette histoire ?... Œdipe a meurtri son père et épousé sa mère... Les vois-tu, tous deux, dans le coin dextre, en haut ?... Ils sont nus et forniquent...

Il aurait pu répondre qu'il ne voyait pas plus qu'Œdipe après la révélation de l'inceste tellement les traits et les couleurs de cette haute lice s'étaient salpêtrés au cours des ans. Il contourna, au centre de la salle, une table longue de trois toises et les bancs qui l'entouraient.

— C'est là qu'Ydoine sert les repas que nous prenons souventefois ensemble... Mais viens : notre chambre nous attend... Hâte-toi, Tristan, je languis.

Il la suivit dans la spirale d'un escalier aux degrés creusés en leur milieu par les frottements des semelles. Sur l'un des paliers, telle une fleur rouge et crépitante, un flambeau consumait un pan d'obscurité.

— Tu vas voir comme nous serons bien !... Viens ! Viens ! Nous serons à nous !

Cette impétuosité semblait incongrue dans le limaçon de pierre dont Tristan venait de heurter la paroi de son épaule blessée, réveillant au profond de sa chair des douleurs assoupies. Il releva, soulagé, que les intimations de Mathilde paraissaient dépourvues de la moindre menace comme de la plus infime colère. Elles exprimaient plutôt une satisfaction de ribaude entraînant un chaland indécis vers son lit. Elle était chez elle. Sans doute, lors de sa captivité chez les routiers, avait-elle pensé qu'elle ne reverrait jamais son château et que, si exigu qu'il fût, son règne eût mérité plus ample longitude. Qui donc, après sa mort, prendrait la succession ? Avait-elle de la famille ?

Il le lui demanda. Elle feignit d'être sourde. Il se permit une observation :

— Il semble qu'Ydoine ne soit guère ébaubie par votre retour et que votre absentement ne l'ait point effrayée... Elle ne vous a rien demandé...

— Mon chevaucheur, Jabeuf, lui a certainement tout conté... Petite, mais dure cervelle dans un gros corps... As-tu vu ses tétons ? L'on dirait des bissacs. Dire que je les ai sucés dans ma jeunesse prime !

Mathilde cracha d'un dégoût que peut-être elle ne ressentait pas.

— Tiens, dit-elle en tendant à Tristan la chandelle. Eclaire-moi.

Et soulevant sa robe un peu plus haut qu'il n'était nécessaire — pour que, peut-être, il vît paraître le pli de ses genoux —, elle continua la montée jusqu'à une porte basse que les lueurs du luminaire touchèrent avant que sa main en eût atteint la serrure.

— Je sais à quoi tu penses... On se croirait au donjon de Brignais... Les huis et les pentures étaient presque les mêmes.

Allons, bon ! Pour un peu, elle se fût indignée d'une similitude dans laquelle il n'intervenait en rien mais qui les obligeait à songer l'un et l'autre, avec autant d'acuité sans doute, aux jours et nuits qu'il avait passés dans ce colosse de pierre — certains en compagnie d'Oriabel.

— Je la chasserai de ton esprit comme je l'ai chassée de Montaigny !

C'était une décision vouée à l'échec. Et pour ce qui concernait Oriabel, Mathilde n'avait jamais exclu la jouvencelle de cette enceinte rébarbative. Elle s'était enfuie. Il avait bien fallu qu'elle souffrît en ces murs pour les quitter au péril de sa vie. Qu'elle y eût conservé son pucelage constituait une prouesse admirable.

D'un geste sec Mathilde déverrouilla, ouvrit en grand l'huis de chêne ciselé en plis de serviette et poussa son époux afin qu'il entrât le premier.

— Le piège se referme, dit-elle en repoussant le lourd vantail si violemment que son huisserie en frémit.

Puis, d'une voix qui s'altérait :

— Plus de clarté me paraît nécessaire... Donne-moi ta flamme, beau brun !

Tristan lui rendit le chandelier. Vivace et sinuant parfois pour contourner un meuble, elle toucha de la petite lance d'or mouvant qu'elle tenait de biais toutes les mèches autour d'elle. Deux torchères, cinq ou six candélabres et quantité de pigous [1] s'embrasèrent. Tristan se sentit noyé dans des clartés tressautantes ; l'odeur des suifs et des cires brûlantes picota ses narines et lui tira des larmes.

— Parle donc au lieu de pleurer comme un enfant !

Parler ! Il n'en avait aucune envie. Ronde comme le donjon, grande, haute sous un plafond à caissons vernissés, éclairée en plein jour par deux baies étroites, longues d'une aune, la chambre avait la grâce d'une vaste enluminure sans que le présent éclat du luminaire y contribuât. Les murs, revêtus jusqu'à mi-hauteur de cuir gaufré, doré — qui sans doute provenait d'Espagne —, pétillaient de luisances fauves. Le lit, étroit et comme limité par de hautes colonnes carrées, était encourtiné de velours grenat, rehaussé de ganses roses et le socle qui l'exhaussait avait été couvert du même velours somptueux. En face, deux bahuts de bois noir ciselé comme un porche d'église supportaient par moi-

1. Bougeoirs utilisés surtout dans la marine.

tié la base d'un grand miroir d'acier poli ceint d'une garniture de cuivre où de petits oiseaux picoraient des pampres. Des émaux champlevés brillaient sur une crédence toute proche d'un dressoir, parmi maints affiquets destinés à donner plus d'éclat aux atours d'une femme. Un grand if de fer à huit chandelles voisinait avec une perche à vêtements suspendue à des fils d'archal. Une petite porte dissimulait un bouge[1] et celle d'à côté, plus étroite, les commodités.

Tristan sourcilla : il venait de heurter du pied un heaume surmonté d'une girouette représentant un tigre amputé de sa queue. Levant les yeux, il vit suspendues au mur quatre faces de femmes façonnées dans du cuir ou du parchemin bouilli : l'une noire aux sourcils d'or, l'autre bleue à la bouche épaisse, la troisième safran avec des yeux obliques et la dernière rouge vif, percée de deux orbites rondes, comme écarquillées. Il se sentit saisi doucement aux épaules et ne se tourna pas.

— La girouette, murmura Mathilde, Jean, le fou du vaincu de Poitiers, la portait, il y a dix ans, sur sa coiffure à douille. Mon mari la reçut en présent sans que j'aie trop su pourquoi...

Elle disait « mon mari » comme si elle n'en avait eu qu'un. Il n'allait tout de même pas lui en faire reproche !

— Les faux-visages[2], mon père les acquit après Courtrai... Il les trouva je ne sais où, en Artois... J'en mettrai un de temps en temps afin d'être une autre femme... Tu commettras l'adultère sans que je puisse te le reprocher.

1. Sorte de débarras.
2. On appelait ainsi les masques. Jacques de Boulogne en fabriqua et en peignit de 1304 à 1306 pour les ébattements de Robert d'Artois et de ses compagnons de jeux. Un texte de 1338, publié par Victor Gay, signale des « *faux-visages avec des chevelures de soye diffiles* ».

Se retournant un peu, il vit une bouche humide, tremblante ; des paupières demi-closes. Soudain Mathilde s'appuya contre lui, le baisa sur les lèvres, si fort, si ardemment que leurs dents se heurtèrent.

— Seras-tu heureux céans ?

— Sans doute.

Satisfaite, elle se recula et s'assit sur le bord du lit, les mains en arrière, mettant ainsi, peut-être involontairement, sa poitrine en valeur. Il se sentit enveloppé par un regard aussi étincelant que le miroir auquel il feignit de s'intéresser sans souci d'y entrevoir son visage flétri de lassitude. Oriabel s'y était sûrement regardée. Fugacement afin de ne pas mécontenter Mathilde. C'était ici que la jouvencelle avait passé la plupart de son temps. Elle ne s'était jamais livrée au moindre commentaire sur la beauté des murs, des meubles et des velours. Sa simplesse n'avait cure de toutes ces splendeurs enchâssées dans l'impureté, pire même : la saleté de Montaigny.

Comprenant qu'il ne la rejoindrait pas, Mathilde se leva comme si quelque aiguille égarée l'avait piquée :

— Tu mettras toi aussi, parfois, un faux visage... Il est préférable que je me trompe de toi[1] ainsi plutôt qu'avec un autre... Pas vrai ?... A partir de ce soir, je te prends en main.

Comme elle remuait un bras, il crut qu'elle allait joindre le geste à la parole, mais elle renonça, devinant à quel niveau son audace la ravalait. Son regard se durcit, beau de cette beauté des sardoines précieuses dont se paraient les femmes de la Cour. Leur flamboiement lui avait toujours paru d'une tristesse en quelque sorte éclatante.

— Aide-moi à mettre ces pots, ces peignes et ces

1. « Que je me joue de toi. »

brosses sur le dessus de la crédence. La table est petite : nous n'en serons que plus près l'un de l'autre... Ydoine va nous monter peu à peu ce qu'il faut.

Il n'y aurait donc pas d'effusions immédiates. Dehors, le vent se levait. La nuit se bourrelait de pluies et de bourrasques. Ici, il faisait bon, mais que n'eût-il donné, lui, Tristan, pour chevaucher n'importe où sous les lanières cinglantes d'une averse !

— Tu seras heureux... Nous irons chasser deux ou trois fois par semaine. Je sais me tenir à cheval les cuisses écartées.

« Pourquoi ne dit-elle pas, simplement : *comme un homme ?* »

— Une fois, j'ai pourfendu un sanglier sans quitter la selle. Un coup de maître selon Panazol... Tiens : flaire ce sachet empli de roses musquées... Un délit[1] qui, sitôt monté à la tête, te descendra jusqu'au bout du corps !

Sous leurs sourcils épilés, réduits à deux arcs parfaits, les yeux de Mathilde riaient autant que ses lèvres brillantes de salive, et sa main occupée à pétrir son menton scintillait de tous les joyaux qu'elle y arborait. Dans la splendeur de sa maturité, elle semblait une reine, voire une déesse, et Tristan s'étonna qu'elle se fût entichée de lui. Lentement, sans mot dire, il l'examina, cherchant sur ce visage un défaut dont la découverte l'eût contenté, voire égayé s'il se pouvait qu'il fût capable d'enjouement. Or, rien, pas même une tache de son, n'apparut à sa vue. Et Mathilde s'était prêtée à cet examen comme à l'un de ces hommages muets dont elle avait certainement coutume.

— Pourquoi moi ? demanda-t-il.

Elle le considéra brièvement, d'un air trouble et

1. Délice, plaisir.

troublant, ébahi et moqueur, qu'il ne lui connaissait pas :

— Que veux-tu dire ?

— Vous n'avez sûrement pas manqué de prétendants !... Riches, beaux et glorieux... Tout à ma différence.

— Holà ! Voilà que tu te dénigres. Tu es beau et surtout tu es jeune. La reconnaissance que tu me dois me conforte sur la fermeté de ton attachement. Je ne te l'ai pas encore dit, mais sache que si tu voulais divorcer, je refuserais cette rupture... J'ai d'ailleurs moult amis dans le clergé de Lyon. Et jusque dans l'entourage du pape !... Il faut que tu me tues si tu veux être libre... Mais ta liberté serait éphémère : tu serais aussitôt saisi et condamné... Je te tiens.

Elle le tenait, en effet. Bon sang, quelle éhontée ! C'était à lui de prendre des initiatives. L'instant et surtout la conversation qui s'engageait ne pouvaient y être propices. Il se dégagea d'une torsion des hanches.

— Tu es mon époux, Tristan... Tu es ma chose, ma propriété... Je crois que tu connais maintenant l'essentiel... C'est moi qui régirai notre vie commune. Qu'il te plaise ou non d'obéir, peu me chaut... Va te laver les mains derrière cette porte. Ydoine n'est pas loin. Je veux qu'elle nous voie souriants, aimants... comme deux jeunes mariés !

Il demeurait devant elle, les mains crispées de part et d'autre de la boucle de sa ceinture, ignorant par quelles représailles remédier à son humiliation. Puis un désir emplit sa tête : celui d'une furibonde gourmade[1]. Elle le pressentit et sourit comme elle l'eût fait à quelque compliment fortuit :

1. Coup violent sur la tête, plus rude qu'une gifle.

— Mieux vaut que tu brûles en mes bras que sur un bûcher !

Il ne pourrait flammer : son cœur était en cendres.

— Vous avez mon respect et mon... attachement. C'est tout ce dont je dispose.

— Je requiers ton amour.

— Un pareil sentiment ne se peut commander.

— Je viderai ton cœur de tout ce qui l'occupe.

Derechef, Oriabel les opposait. Il n'y pouvait rien. S'il avait cru, par quelques mots, griffer Mathilde en pleine chair, il en était pour ses frais : il ne l'avait pas même égratignée. Elle semblait persuadée qu'à force de volupté elle le subjuguerait corps et âme ; or, depuis leur départ de Lyon, il était certain que leur vie commune ne serait rien d'autre qu'une guerre, et ce lit qu'il voulait ignorer, leur unique champ de bataille. Avait-elle songé une seule fois qu'aussi parfaite qu'elle la crût, son orgueilleuse féminité souffrirait des assauts qu'elle espérait de tous ses vœux et qu'elle n'en pourrait offusquer les déceptions, navrures et contusions même à l'abri d'un feuillet de cuir bouilli à semblance de visage ? Pourquoi s'obstinait-elle à se différencier de toutes les images d'elle-même que, depuis qu'il la connaissait, elle lui avait imposées ? Il en avait surtout admiré une : celle d'une femme obstinée, qui avait obtenu des juges et bourreaux lyonnais une grâce dont il s'ébahissait encore. Pour quelle raison, dès ce moment décisif de leurs existences, s'était-elle complue à corrompre son personnage et jusqu'à ses propos ?

— Parle, dit-elle doucement.

Il semblait qu'il y eût deux femmes en elle — et même davantage —, dont elle accroissait selon sa fantaisie le nombre et les physionomies. D'aucuns s'en fussent réjouis, qui n'étaient pas, comme lui, les hommes d'un seul amour. Peut-être, n'ayant jamais goûté à Oriabel comme à quelque fruit inconnu, d'une saveur exquise, eût-il accepté de bon gré ce mariage salvateur. La jouvencelle hantait son cœur. Il ne pouvait se dépouiller de sa présence comme d'un pesant manteau. Il se demandait même si c'était lui qui provoquait son retour dans sa mémoire ou si c'était elle qui, de loin, en forçait les issues.

— Pourquoi, dit Mathilde, as-tu ce visage de mort ?... Rien n'y bouge. On te croirait de pierre.

— J'ai lu, je ne sais où, que les morts sont la proie des vivants...

Elle rit, tandis qu'il continuait pour lui-même : « Ou tout au moins sont-ils voués à leur culte... quand ceux-ci les ont aimés vraiment. »

Il regarda le lit comme il eût regardé une tombe. Puis ses yeux rencontrèrent ceux de Mathilde, fureteurs sous les paupières immobiles.

« Je te ferai l'amour, n'aie crainte », songea-t-il. « Je te fournirai du plaisir. J'embraserai tes reins et tes entrailles. Et les miens en conséquence ! »

— Voilà Ydoine... Que t'avais-je dit ?

— Elle n'est pas seule.

La servante et Panazol apparurent. Pour ne pas souiller les dalles, le « sénéchal » avançait sur la pointe de ses heuses crottées. Il portait un cruchon dans chaque main, le crochet de l'index passé dans l'anse, et serrait une miche de pain sous une aisselle, et sous l'autre un paquet de linges roulés. Ydoine soutenait, enfoncé au sommet d'une pile d'écuelles, un petit chaudron fumant. Des cuillers et des couteaux tintaient dans la poche ventrale d'un devantier de lin blanc qui, du cou jusqu'aux genoux, dissimulait sa robe de tiretaine noire.

— Nous reviendrons, dit-elle, vous porter le reste, quand vous aurez avalé cette menestre[1].

Elle garnit promptement la table, sortant de son tablier, en dernier lieu et ostensiblement à regret, deux gobelets d'or aux pieds ciselés, puis un pot de grès :

— De la moutarde verjutée, messire... Poivrée fortement. Cela va vous faire archonner[2] comme un Carme avant même que vous ayez contemplé sa...

— Il suffit !... D'où tiens-tu, garce, cette impudence ?

Mathilde avait hurlé, feulé. Une tigresse, en vérité. Encore un nouvel aspect de sa personne. Elle seule disposait du droit aux indécences.

— Ben quoi ? s'étonna Ydoine. Je n'ai fait qu'obéir...

Elle s'interrompit, non par obéissance servile, mais pour rire de toutes ses dents gâtées tandis que Panazol, contagionné par cette gaieté malsonnante, s'esclaffait à son tour et s'absentait, penaud, sur un regard de sa maîtresse. Quand il reparut, aussi sérieux et solennel qu'un évêque, il serrait un flambeau craquetant dans son poing.

Il mit le feu aux mèches de l'if, les seules que Mathilde eût omis d'allumer. Il agissait lentement, avec une circonspection qui devait lui coûter. Son sourire — une fente noire entre ses lèvres serrées — devint impertinent lorsqu'il s'adressa au mari de la châtelaine.

— Voilà, dit-il. Voulez-vous du feu dans l'âtre ?

La cheminée, pourvue d'une hotte énorme, était ornée de piédroits chargés de pampres, de liserons et d'oiseaux. Sur son linteau, un heaume retourné conte-

1. Potage.
2. *Archonner* : bander l'arc.

89

nait une poignée de chardons fraîchement coupés à la haie.

— Non, point de feu. Nous saurons bien, Bertrand, nous réchauffer.

Sans plus faire attention au rustique, Mathilde saisit, sur le dessus de la crédence, un petit miroir doré. En quelques tapotements des doigts, elle ramena en bon ordre, derrière son frontal, quelques cheveux égarés. Tristan savoura l'aigre plaisir de la sentir dépitée par l'intrusion de cet homme de peu auquel, un temps peut-être, elle avait accordé plus d'intérêt que maintenant. Qu'il fût ou non entré dans son lit, il avait encore, il avait toujours l'intention de s'y glisser. Il existait entre eux, bien qu'ils évitassent les œillades éloquentes, une accointance patente.

Mathilde bâilla bruyamment, les yeux clos, sitôt que Panazol eut franchi le seuil à reculons. En fait — Ydoine elle-même en était sûre —, cette fatigue simulée n'était rien d'autre que l'expression d'un soulagement immense. Panazol lui avait décharpi les nerfs. Ce manant, ce malandrin, sans doute, avait cru la subjuguer naguère ; elle s'était affranchie de ses assiduités par un mariage qu'il désapprouvait moins parce qu'il le jugeait absurde que parce qu'il mettait un terme à ses ambitions. Elle considéra les couverts avant que de décider avec autant d'humeur que d'impatience :

— Laisse-nous, Ydoine... Toi, Tristan, va chercher près du lit ces chaises à tenailles.

Il ne les avait pas vues, dissimulées sous un amas de vêtements. Tandis qu'il les dépliait, Mathilde disparut derrière une des deux petites portes et il poussa un soupir de satisfaction. Sa demi-solitude le revigorait, dissolvant en son esprit toute espèce d'amertume.

Mathilde réapparut, s'assit et versa dans une écuelle

deux grandes louchées de soupe. Le pain trempé, les fèves et les lardons eussent été excellents sans le poivre dont Ydoine avait mésusé.

— Eh bien, s'étonna Tristan, sa cuiller vide, immobile. Vous n'en prenez pas ?

— A soupe grasse femme épaisse... Mais je vais en boire une gorgée pour te faire plaisir !

Elle se méprenait. Il lui importait peu qu'elle mangeât ou non. Il y aurait toujours quelque malentendu entre eux.

Elle avala sa cuillerée, toussota et ne fut apparemment à l'aise qu'après avoir absorbé une rasade d'un vin si doux et si épais qu'il en paraissait gluant. Alors, tout en mêlant ses doigts les uns aux autres, elle ne dit mot, regardant sans arrêt le lit avec une sorte de ferveur obstinée.

Tristan n'osait se détourner vers ce meuble. L'eût-il fait qu'il eût suscité une allusion à la fermeté du matelas, l'épaisseur des courtines ou la légèreté de la courtepointe. Des corneilles craillèrent.

— Elles sont en retard pour se coucher, dit Mathilde. Ah ! c'est toi...

Ydoine franchissait le seuil. Elle desservit. Panazol se montra. Il portait, sur un long coussinet, une lèche-frite dans laquelle un cuissot doré à point pétillait sur un lit de lentilles. Le rustre avait toujours, cloué aux commissures de ses lèvres, ce sourire dont la bienveillance affectée faisait enrager Mathilde. Ydoine l'invita à se retirer avant que de le suivre dans sa retraite, et tandis que son épouse, d'un grand coup de couteau, se coupait une part de viande et mordait dedans avec une sorte de fureur, Tristan ne put que penser à l'espèce de parenté qui faisait de cette affamée une sœur ou une cousine de Perrette Darnichot. L'une et l'autre mêlaient les mêmes grâces cauteleuses aux instigations plébéiennes ; elles se croyaient toutes deux des attraits irrésistibles. Il se pouvait qu'elles en fussent pétries mais, à l'inverse de certains qui eussent voulu s'en repaître, il y était insensible.

Mathilde toussota ; ses yeux cillèrent. Etouffant un soupir sous sa paume, elle dit d'une voix menue, faussement dolente :

— Tristan, veux-tu pousser le verrou ?

Ydoine et Panazol béants et indécis, durent reculer promptement. L'huis fut clos. Tandis que la targette glissait dans ses verterelles, ils ricanèrent.

— Ils vont demeurer là, l'oreille collée au bois... Je les connais... Nous ne pouvons rien contre cette curiosité, pas vrai ?... Il ne nous reste plus qu'à nous coucher.

— Bien sûr, dit Tristan.

Il s'emplit un gobelet de vin. Tandis qu'il le buvait à petites gorgées, il entendit des froissements d'étoffes et vit, se retournant, que Mathilde avait tiré les courtines du lit pour se déshabiller sous leur protection. Ce faux-fuyant pudique le mit de bonne humeur. Elle l'avait accablé de propos audacieux et, de plus, il l'avait vue nue, longtemps, lors du festin que les routiers de Brignais s'étaient réjouis d'apprêter pour célébrer ses « noces » avec Oriabel. Il eut envie de lui recommander : « Ne foulez point trop la courtepointe : les plumes ne s'écrasent pas comme les raisins. » D'autres qu'elle, sans doute, eussent ri de cette gaille [1], à commencer, précisément, par Oriabel. Mathilde s'en fût sans doute offensée.

Il se dévêtit, ravivant ainsi les feux de ses blessures. Allait-elle lui proposer de défaire les bandes et charpies qui le gênaient et lui donner quelques soins ? Il

1. Plaisanterie.

demanda — et sa voix tremblait un peu — s'il devait moucher les chandelles. Menue et languissante, la réponse traversa les rideaux :

— Comme il te plaira.

Il se plut, de souffle en souffle, à susciter les ténèbres. Et comme il revenait précautionneusement vers le lit, le nez plein de l'âcre fumée des mèches, il heurta du genou une chaise. Un petit rire éclaboussa l'obscurité.

— Dans quelques jours, tu me rejoindras les yeux clos.

Quelques jours, puis quelques semaines qui prolongeraient la distance entre Oriabel et lui.

— Tu te demandes comment je suis, sans doute... Nue et les bras repliés sous ma tête... Es-tu nu toi aussi ?

— Si l'on veut... avec tous ces linges qui m'entourteillent...

Elle remua ; elle avait dû se relever un peu. Il imagina ses seins hors du drap et de la couverture. Tirant une des courtines, il s'assit au bord du lit, frottant doucement son épaule abîmée qu'une haleine rafraîchissait.

— As-tu mal ?

Mathilde tâta le bras qu'il lui abandonnait, monta lentement jusqu'à l'aisselle, n'osant serrer la chair blessée qui s'attiédissait sous ses doigts.

— Je te fais mal ?... Tu sais que je ne te veux que du bien... Viens... Entre et tire la courtine...

Deux pointes de clarté brillaient dans l'obscurité imprégnée des moiteurs et des impatiences de la dame. Ses yeux. Une luisance apparut au-dessous. Sa bouche. Elle souriait d'une victoire simplette et sans combat. Elle remua. « Je te fais de la place. » En fait, elle s'approchait plus encore, prête à le submerger de toute sa chair palpitante. Le lit craqua. Le bruit parut se prolonger jusqu'à l'une des colonnes comme une plainte sèche, et la petite barge aux voiles de velours fut emplie des souffles et de la tiédeur de Mathilde. Tristan sentit une joue se coller sur son épaule intacte, une main glisser sur sa poitrine et le ceindre.

— Tu vois, ce ne sont pas des gestes de ribaude... Nous sommes enveloppés d'une muraille impénétrable... seuls au monde... Adam et Eve... Touche cette pomme-là...

Elle frottait un sein contre lui. Pourquoi ne savait-elle pas se taire ? Elle l'attirait doucement vers elle, sur le drap froissé, tandis que de ses pieds elle refoulait courtepointe et couverture.

— Tu vois, susurra-t-elle, je nous prépare un bon champ clos !

C'eût été à lui d'agir, ne fût-ce que pour accomplir des gestes susceptibles de préserver son épaule, mais elle l'emprisonnait maintenant dans des bras qu'il n'avait pas crus si robustes.

— Je te déciderai à m'aimer comme un fou.

— Je pensais vous servir en qualité d'esclave.

Elle rit. Il fit de même. Comment n'eût-il pas été atteint par cette contagion de l'amour qui rendait Mathilde aussi frémissante et fiévreuse qu'une malade livrée aux affres d'une affection dont la malignité eût confondu tous les mires, à commencer par l'austère Guy de Chauliac ?

Cette agitation, d'ailleurs, s'enrichissait d'une hésitation dans les mouvements, d'une ferveur dans les baisers, qui ne procédaient point des ribauderies auxquelles il s'était attendu. Mathilde prenait son temps ; elle s'appliquait à développer sa confiance. Elle ne s'avilissait plus dans des mots, des gestes crus. A défaut de l'aimer, il éprouvait pour elle, à présent, une mansuétude qui le disposait à oublier tout ce qui, ce soir, avait composé leur univers, afin que leur union fût au moins quelque chose de convenable dans l'immensité des faits beaux ou sordides dont ils portaient, en leur âme et leur chair, les nombreuses cicatrices. Le lit tiédissait ; une bouche sans cesse plus avide cherchait et trouvait une bouche d'homme qui ne se pouvait refuser. Une jambe remuait, s'effaçait. Une toison chatouillait une cuisse affermie par les marches, les chevauchées et qui, contrairement à tant d'autres, ne s'était pas arquée sur les quartiers d'une selle.

Mathilde, à présent, semblait manquer d'audace. Il importait qu'il maintînt l'harmonie qui s'était installée entre eux sans qu'il eût rien fait pour la créer. Quand des chiens aboyèrent, il sentit, contre ses lèvres décloses, remuer une bouche tendre :

— Chaque soir, Panazol fait le tour des murailles avant d'y placer deux vegilles [1], lesquels conservent les chiens avec eux. Ils sont aussi vigilants que les oies de Rome... Holà, messire, vous êtes dur !

La main vola comme un oiseau quittant son aire.

— Soyez sûre que je serai dur avec vous.

— Cette décision me rassure !

Tristan rit, ne sachant qui prendre en dérision, d'elle ou de lui. « Moi, sûrement, l'ancien novice de Fontevrault ! » Après s'être nourri des principes de la chevalerie, il s'était, de bon appétit, sustenté des dogmes de la religion où les pères pudiques appelaient *oaristys* — un des rares mots grecs qu'il eût retenus — les jeux auxquels il s'était agréablement livré avec Oriabel et qui ce soir, pour Mathilde, ressortissaient à un examen probatoire. Il s'étonnait de ne plus éprouver envers la mémoire de la blonde jouvencelle ce sentiment de

---

1. Gardes, guetteurs.

culpabilité qui l'avait tenaillé sur le chemin de Montaigny. Il était dans le lit d'une femme pulpeuse, aimante, et qui abordait les charnels ébats plaisamment, dans une ombre complète — preuve d'une confusion sincère... ou d'une malignité sereine. L'attirance naissait de ce mystère-là. Il ne connaissait rien de ce corps ? Eh bien, il allait imiter les aveugles et le tâtonner à souhait !

— Aime-moi !... J'ai envie que tu m'aimes.

Il crut entendre aussi — mais sans doute ses sens l'avaient-ils abusé : « *Autant que tu l'aimais.* » Les souffles et balbutiements de Mathilde n'étaient que prière suave. Elle n'eût pas haleté davantage s'il l'avait poursuivie, un fouet à la main, pour la molester d'importance.

— Baise-moi encore... Sang-Dieu, dois-je tout te demander ?

Elle redevenait elle-même. Bien qu'asservie à lui par l'exigence d'une passion dont il désespérait de percer le mystère, elle semblait déterminée à le commander encore.

— Conduis-toi comme un homme et non comme un puceau !

Il posa ses lèvres à la racine des cheveux épars sur le front tandis que sa dextre caressait une joue fraîche et s'y mouillait.

Il ne lui était jamais venu à l'esprit qu'on pût pleurer en pareil cas et que l'attente des gestes et attouchements dispensant le plaisir confinât, pour Mathilde, à l'angoisse.

Sa main glissa le long du cou, puis sur une épaule pleine et ronde, contraste avec le velours insistant qu'il sentait toujours contre sa cuisse, comme une petite bête têtue. Statue, sculpture de chair qu'une respiration maintenant lente troublait, Mathilde était à sa merci, à sa discrétion, sans nul autre remuement que ce souffle d'époumonée. *Aimer*, avait-elle dit ? Son ascendant de jeune mâle allait, sur elle, grandissant, et s'il éprouvait quelque émouvement dans ces commençailles, c'était qu'il la sentait de nouveau sous sa dépendance et prête à tout pour lui complaire. Son plaisir serait peut-être grand et fort, après tout. Il y avait cette perfection charnelle, cette fleuraison de l'ardeur d'aimer... Et puis quoi ? Plus il aurait au lit d'empire sur cette femme, plus il obtiendrait sa confiance, et plus il la pourrait abuser hors de cette couche ombrageuse.

— Je t'ai ouï gémir...

— Mon épaule... Mais demeurez quiète... Je me soignerai demain...

Sa souffrance était réelle ; aussi réelle que le fer qui l'avait cautérisée. Mathilde interrompit son halètement :

— Comment trouves-tu mon sein ?

— Mais je l'ai trouvé, saisi et vous en fait compliment... Sa fraise ou sa framboise a le goût...

Bon sang !... Qu'allait-il imaginer pour lui complaire ?

— ... a le goût du printemps.

Sornette, mais son épouse en roucoulait, lui tendait avidement sa bouche et roulait sur lui, sans souci d'endolorir son épaule puis, revenue sur le dos, attendait un geste ou un compliment.

Il n'eut le temps de commencer ni l'un ni l'autre. Elle l'avait empoigné. Elle le serrait comme elle eût serré la prise d'une épée, remontant au pommeau, s'appuyant sur la goutte, savourant, semblait-il, un contentement qu'elle avait désespéré d'atteindre. Avait-elle eu la même audace avec ses époux ? Avec ses amants ? Avec, en exorbitant ses mœurs, l'exécrable Panazol ?

— Je suis férue de toi... Touche-moi comme je te touche !

Tristan glissa sa main sur un flanc creux, doux et tiède ; sur une cuisse ferme. Glissa encore.

— Comment trouves-tu mes nasches[1] ?

Il trouvait, surtout, qu'elle était trop bavarde. Bon sang de bon sang ! Ils étaient dans un lit, non sur quelque place publique, au lendit de Saint-Denis ou de la Chapelle ! Et, tandis que sa main remuait :

— Je... condescends à vous parler car en ces moments-là, j'apprécie le silence... Sachez, ô dame, qu'on ne dit plus *nasches*, mais *fesses*, maintenant. Ne le saviez-vous pas ?

— D'où vient ce mot idiot ? C'est la première fois qu'on le prononce... Oui, ne cesse pas... Continue ainsi !

— Du latin *fissa*, sans doute... Peut-être de *finder*... *Fente, fendre...*

— Suis-je fendue à ton gré ?

Elle s'était mise sur le ventre afin de mieux se prêter à une investigation qu'il ne pouvait accomplir, et à un pétrissage auquel il prenait un plaisir mesuré. Il fut tenté de dire : « *Vous avez de quoi vous asseoir* », mais ne l'osa et en fut contrarié. Laissant un moment le tranchant de sa main dans l'intervalle chaud où Mathilde se plut à la serrer, il murmura :

— Vous êtes belle de partout... Dommage qu'il fasse nuit...

— Voilà bien le premier compliment que tu me fais... Dis m'en plus... Veux-tu rallumer quelques chandelles ?... Dis-moi tout ce qui te passe par la tête... A qui te fais-je penser ?... Vénus ?... Une lionne en chaleur ?

— Une haquenée à la croupe ronde, noire et ferme sur ses appuis... Une haquenée... royale !

1. Fesses.

— Monte-moi ! Chevauche-moi !... Point besoin d'étriers !

Les mots établissaient entre eux une espèce de connivence luxurieuse. Tristan s'avoua qu'il y prenait goût. Mathilde se tourna et l'attira, les lèvres tendues, humides comme d'autres. Il trouva ce baiser plus sincère que les précédents, recevant sans gêne sur sa bouche, un souffle dru, voisin de la suffocation.

Il l'enjamba, s'immobilisa au-dessus d'elle, les genoux de part et d'autre des cuisses moites, attentif, et se demandant si Mathilde n'était pas tentée de prendre l'initiative de leurs ébats.

Elle la prit. Il lui fallut, empoigné, se glisser dans ses jambes. Elle s'amarra aux siennes avec une fermeté, une véhémence qui lui fut désagréable. Il eût aimé parfaire les gestes de l'attente, lui prouver sa bonne volonté, son ardeur et sa sollicitude, mais elle le tirait, bredouillant à demi-pâmée :

— Ta lance... Ton glaive...

Elle s'exprimait d'une voix tellement languissante qu'il en conçut de la méfiance. Elle feignait de céder à sa lascivité de mâle alors qu'elle se pourléchait de la sienne. S'il la décevait, elle surgirait de leur emmêlement ébouriffée, maussade ou agressive. Et peut-être aurait-elle, au lieu d'un sourire las, un chapelet d'injures à la bouche.

« Elle va me blesser, la cagne !... Ses ongles percent ma peau ! »

D'autres — Oriabel, bien sûr, mais moult autres aussi — eussent apprécié des effleurements, des titillements, des succions, tout ce qui constituait des prémices voluptueuses. Mathilde avait ouvert ses jambes ; elle béait, les paupières ouvertes — il voyait ses prunelles briller comme deux petites perles sur la noirceur de l'oreiller —, elle le menait vers le lacis de bourre épaisse où il entra droitement sans pouvoir réprimer un mince soupir d'aise. Après tout, plus promptement il achèverait sa besogne, plus promptement il dormirait... si toutefois son épouse n'exigeait pas qu'il courût une seconde lance. En ce cas, il s'exécuterait pour sauver son honneur d'homme !

— Tu es heureux ?

— Et toi ?

— Tu me dis *tu*, c'est bien. Cela nous rapproche encore.

Ventre à ventre, joue à joue. Tandis qu'elle anhélait et gémissait, il sentait les chairs de Mathilde se serrer, annexer les siennes, palpiter aux charges de son boutoir. Tout, pour lui, se limitait à lui fournir du plaisir, en s'évertuant à la besogne.

— C'est bien vrai que je t'aime éperdument, dit-elle. Sitôt que je t'ai vu à ce festin immonde, j'ai compris que tu ne pouvais être un routier... Tu as hanté mon cœur, mes sens, mon... (Elle hésita et devint immobile) ... Je peux bien t'avouer, désormais, que mes deux époux m'ont rudoyée... Cesse de te mouvoir et réponds-moi : ai-je l'air d'une ribaude ?

— Non. Mais ne crois-tu pas que nous pourrions...

— Continuer ?... Tu n'aimes pas parler en forniquant ?... Me trouves-tu trop baveuse [1] ?

— En un sens oui, dit-il, l'esprit et le corps ailleurs.

— Dans le vide noir où je me morfondais, tu m'es apparu comme...

— Comme ? demanda-t-il avec un coup de reins.

Il avait envie de la maltraiter. De lui dispenser, jusqu'au tréfonds du ventre, des douleurs dont peut-être elle se fût réjouie. Pour la première fois il découvrait en lui un égoïsme de mâle qui, sans nul doute, avait

1. Bavarde. Un *baveux* : un bavard.

composé le caractère de ces deux maris dont elle s'était plainte. Il n'avait plus qu'une envie : en finir, ébranler ce bel édifice de chairs suantes, le faire craquer, crisser dans toutes ses membrures. Elle le repoussa un instant, les lèvres reculées, comme craintives, à portée d'épieu tandis qu'il insistait :

— Comme quoi ? Un prud'homme ou un homme ou juste un braquemart ?

Elle le contraignait à une grossièreté qui lui agréait sans doute, car elle eut un petit ricanement sec et avoua :

— Tout à la fois... Non, ne recule pas... Je m'étais juré de t'obtenir. Je me disais que ta présence auprès de moi serait comme une ombre douce, capiteuse, au fond de laquelle je me réfugierais...

— C'est moi, maintenant, qui suis réfugié au fond... de ton domaine.

— Reviens... Reviens... Continue lentement... N'aimes-tu pas ce petit trot sur ta haquenée ?

Son rire devenait couinement tandis qu'elle semblait prête à se pâmer, contractant autour de lui son fourreau brûlant, soupirant s'il soupirait, soufflant s'il soufflait, lui comprimant les reins dans ses paumes impérieuses. Une haquenée, elle ? Il y avait belle heurette qu'elle en avait perdu la douceur. Par la male faim dont elle faisait preuve à présent, elle l'obligeait à se comporter comme un étalon à la monte. Elle s'accrochait à lui, vivante, véhémente. « Rue ! », disait-elle. « Rue ! »... à moins que ce ne fût *rut* ou quelque chose d'autre.

— Va ! Va... Galope !

Décidément, elle aimait les chevauchées !

Il décida d'en finir. Trouver la paix. Faire cesser le mal qui le mordait à l'épaule... Le mal ? Non pas : c'était elle qui plantait ses dents tout près de sa blessure tandis que ses gémissements signifiaient qu'il l'avait amenée au seuil des félicités dont elle avait rêvé. Il ne voyait pas son visage — pas plus que si elle eût porté un de ses couvre-faces —, mais il l'imagina tout aussi tendu que son corps, attentif et même grimaçant, à l'aguet du grand saccage et des convulsions qui tardaient, tardaient...

— Cesse un peu... J'en perds le souffle.

Décidément, ses nuits promettaient d'être occupées. La sueur perlait à son front. Peut-être avait-il la fièvre. L'amour ainsi fourni — comme une tâche... et d'ailleurs ne disait-on pas « besogner une femme » — ne lui donnait aucun émoi. C'était peut-être, c'était sûrement parce qu'elle n'avait jamais connu la plénitude amoureuse que Mathilde en était si friande. Eh bien, soit : toute la miséricorde, toute la patience dont il était pourvu, tous les gestes dont il était capable, il les emploierait à son service, puisqu'elle n'attendait de lui que des satisfactions de cette espèce.

Elle râlait, s'enfonçant mollement dans une béatitude qu'elle confondait avec cette jouissance après laquelle, à l'amble, au trot et au galop, elle avait mené une quête orgueilleuse, pitoyable et vaine.

— Comme tu es chaud ! dit-elle alors qu'il éclatait en elle tout en essayant de retenir une espèce de soupir qui n'exprimait qu'un pâle contentement. Reste ainsi... Mais tire un peu la courtine : j'étouffe.

Et lui, donc !

Sans se séparer de lui, elle le contraignit à basculer sur le flanc. Il put ainsi entrevoir le ciel de nacre prisonnier d'une étroite fenêtre. Et dans la pièce froide où la nuit s'installait, il n'entendit plus rien que deux souffles épars, les craquements légers d'une boiserie du plafond, et dans la cour, une toux volontairement forte, insistante, qui ne pouvait être que celle de Panazol, les yeux levés, sans doute, sur le mitan du donjon.

III

Le lendemain, sitôt le coucher du soleil, Tristan devina que sa seconde nuit de noces serait à l'opposé de la précédente où, sans barguigner, il avait rendu un triple hommage à sa bienfaitrice.

D'emblée, Mathilde se montra moins prolixe et plus décidée, réfutant à plaisir la première opinion d'un époux ébahi avant que d'être ébloui. Alors qu'il avait cru percevoir en elle, lors de leurs étreintes, une détestation des clartés, elle exigea de la lumière. Il dut ouvrir en grand les courtines et enflammer le luminaire. Bien que tout y eût progressivement resplendi, la chambre ne demeura pas moins pour lui une espèce de bordeau équivoque et princier.

— Tout brille, dit-il en repiquant sur son pigou, après l'avoir soufflée, la chandelle avec laquelle il avait embrasé la pièce. On se croirait dans une église... Il me semblait que vous aimiez l'obscurité... Pourquoi ce retournement ?

— Nos corps vont se vêtir de dorures tremblantes. J'aime à changer de peau comme on change de robe... Eh bien, qu'attends-tu ? Fais comme moi.

Quand elle fut nue, après s'être complue en gestes et postures qui eussent fait d'une fille faillie dressée par elle la renommée et la fortune du plus médiocre

103

lupanar de Lyon, Tristan se sentit si violemment admiré qu'il en conçut une espèce d'angoisse. Ah ! certes, son épouse était belle. Des épaules fermes, parfaites, des bras ronds et roses et des mains d'une fraîcheur « touchante » ; des seins gonflés d'orgueil et de suavité dont une ombre, plutôt que d'en profaner le vallon, en exagérait la profondeur ; des hanches pleines comme le ventre des violes ; des jambes longues, aux attaches fortes et qui semblaient prolonger celles-ci sur la cuisse, beaucoup plus haut que le sombre blason de guipure d'où affleurait une peau de lis. Les noirs cheveux massés sous la haute coiffure en corbeille se pailletaient de l'or des chandelles, et les prunelles touchées, elles aussi, par ces éclaboussures, s'enrichissaient d'une sorte de simplicité, de pudeur peut-être, qui ne pouvait être que feinte. Et pourtant, tout ce qui avait composé sa vie désordonnée semblait, en ce moment de vérité nuptiale, s'épurer en Mathilde. Il y avait de la grandeur dans cette immobilité soudaine où, pour une fois, elle se montrait à son époux sans aucune réticence, dédaigneuse des ornements dont elle avait paré, dans la journée, ses doigts, ses poignets et jusqu'à ses chevilles. Elle était vraie dans sa beauté austère, la plus apte à exalter le respect, mais non point le désir inspiré par la passion ; la plus capable aussi d'évoquer un autre visage, un autre corps plus jeune, plus docile et certainement plus aimant.

— Je te plais ?

— Comment pourriez-vous ne pas me subjuguer ?

Il avait à dessein employé ce verbe aux significations nombreuses et contradictoires. Elle n'y prit point garde. Quant à lui, la seule pensée qui pouvait enfleurir son esprit — mais non point son cœur — et le résigner aux prochains simulacres d'amour se résumait ainsi :

« Tu me veux, j'y consens et rien d'autre. »

Il lui tendit les bras lorsqu'elle ouvrit les siens.

* *

*

Tout au long d'une nuit qui lui parut fastidieuse, il se trouva si outrément sollicité qu'il s'inquiéta, quand vint l'aurore, des conséquences d'une priapée dont il craignit qu'elle ne se poursuivît dans la journée pour se prolonger le soir-même. S'il devait honorer soir après soir sa dame, il corromprait inéluctablement ses forces d'homme et son impétuosité de guerrier.

Quatre nuits et quatre jours s'ensuivirent, pareils aux précédents. Bien que Mathilde le soignât avec sollicitude, il se plaignit enfin :

— Vois mon épaule d'un peu plus près que tu ne le fais. Elle ne se guérit pas. Je remue trop. J'ai besoin de repos.

— Dors ton content le jour et sois à moi la nuit.

— Et si nous décidions du contraire ?

Sous les cheveux sombres et fricheux, le front d'ivoire se plissa. Un fin sourcil se souleva. Mathilde bandait l'arc avant de lancer le trait :

— Tu deviens insolent. Je préfère la nuit avec ou sans luminaire. La clarté du jour est crue, indécente... traîtresse. Tu m'y verrais bien mieux et compterais mes rides. Quand j'ai aperçu la première dans mon miroir, j'ai cru que la mort m'égratignait... Si tu me voyais mieux, tu... tu t'engagerais moins.

— N'existe-t-il que cela, pour toi, dans le mariage ?

— Dans le nôtre, je veux pour le moment qu'il en soit ainsi.

S'il continuait à dévaler cette pente, jamais il ne recouvrerait cet état d'énergie et d'équilibre qu'il avait conservé pendant ses amours avec Oriabel lors desquelles, pourtant, il ne s'était point ménagé. Mais il l'aimait, elle. Il la révérait. Les élans de leurs corps exprimaient ceux de leurs cœurs. Ils sublimaient, embrassés, la réciproque ferveur de leurs âmes. Mathilde répéta :

— Je veux qu'il en soit ainsi.

Ils gisaient côte à côte sans que leurs chairs se touchassent. Pas encore. Le jour nouveau naissait dans des nuages gris. Tristan contint difficilement un soupir. L'occurrence dans laquelle il était placé, la succession des événements qui l'avaient malmené depuis son échappée de sa geôle bourguignonne, la tension de son esprit, l'affliction d'avoir perdu Oriabel avaient, parmi bien d'autres effets, celui de lui faire éprouver son impuissance à dominer présentement son existence. Il ne savait vers quoi la fatalité l'entraînait. Les assiduités qu'il devait à Mathilde contribuaient à le rendre plus sensible encore aux mystères de sa destinée. Il se sentait de plus en plus victime et en venait à ne pas concevoir qu'il pût un jour respirer pleinement, penser sereinement, agir sans crainte et aimer de grand cœur. *Vivre*. Il lui advenait ce qui pouvait advenir à un animal — loup, chien, lion, léopard — contraint de se ramasser moins pour s'épargner des coups en restreignant son volume, que pour bondir et vaincre. Son désir furieux d'être enfin lui-même eût pu renforcer son armure de chair. Hélas ! Mathilde, désormais, en connaissait les défauts. Où qu'il fût, quoi qu'il fît, en pleine ou factice lumière et même dans les ténèbres de leur couche, son ombre turbulente l'emprisonnait. Qu'importait ! Sa fureur d'être captif de cette forniqueuse, de Panazol et de leurs satellites contribuait à resserrer l'unité entre son esprit et ses muscles encore solides. C'était une sensation nouvelle que cette simplification de son être. Bête de plaisir pour la dame de

Montaigny, il s'évertuerait à lui sembler bête à plaisir, guettant le moment propice où fuir serait une gageure doublée d'un solas [1].

La dame se plaignit de son soudain silence et s'approcha. Hanche contre hanche, coude contre coude, puis genou contre genou, cheville contre cheville. Il dit tout bonnement :

— Tu en veux, je t'en donne. Je me vide et te comble.

Elle frémit sans pourtant s'éloigner d'un cheveu :

— Je ne suis pas comblée. N'oublie jamais que c'est moi qui te possède... bien au-delà de ce lit.

Il contint péniblement son courroux :

— Je suis las. Fourbu comme un coursier qui aurait galopé cent lieues sans halte et sans fourrage. Que tu me croies ou non, je déforcis.

Les deux repas quotidiens qu'Ydoine leur servait désormais seule et promptement lui semblaient chiches et peu nourrissants. La veille au soir, après qu'il eut avalé quelques cuillerées de compote, il avait éprouvé une sensation de lourdeur dans ses membres, suivie d'une sorte de fièvre uniquement sise en ses entrailles. Il s'était alors souvenu des chuchotis que, le matin même, Mathilde et la servante avaient échangés. Il comprenait *maintenant* l'objet de la conspiration. D'ailleurs, Mathilde lui en fournissait la preuve : étayée sur un coude, une sourde lueur entre ses cils mi-clos, elle observait son anatomie.

— Je jurerais qu'Ydoine, sur ton conseil, accommode ses mets à la cantharide.

— Et si c'était vrai ?... J'aime que tu sois dur avec moi... Je peux toucher ?

Il ne répondit pas. La malefaim que cette gaupe avait

1. Jeu, divertissement.

de lui — et dont aucun signe ne donnait à penser qu'elle s'apaiserait — le désarçonnait et le triboulait. Elle n'alléguait qu'un seul motif à ses débordements : « Tu me plais » avant d'ajouter, pour preuve de sa mainmise : « Tu ne serais même plus un tas de cendres si je ne t'avais épousé. » Après avoir répété, une fois de plus, cette mise en garde, sur un ton, cette fois, d'incantation, elle enchaîna :

— Tu vis. Cela vaut bien que tu sacrifies à Vénus.

Certes, mais sans qu'elle fît rehausser dans cette intention les mets destinés à multiplier ses *offrandes* ! Elle le plaçait désormais dans une alternative insupportable : avaler, mêlées à sa nourriture, des poudres et boissons revigorantes dont l'usage, à la longue, ruinerait sa santé, ou jeûner et s'affaiblir.

— Je mange ce que tu manges... M'as-tu vue me pâmer ailleurs que dans tes bras ?

— Ta passion m'effraie, dit-il en se tournant sur le ventre pour esquiver une saisie qui l'eût vainement courroucé. Ton cœur est sec et froid... s'il existe.

Mathilde eut ce rire aigrelet qu'il commençait à détester autant que ses attouchements :

— Il existe... un peu bas : il gîte entre mes cuisses. Ne l'as-tu pas senti te conjouir[1] cette nuit ?

Ses humeurs seules la gouvernaient. Sans doute, en usant et mésusant de lui, se revanchait-elle des humiliations, bourrades, gourmades et déconvenues qu'elle avait éprouvées, sur ce même lit, avec ses précédents maris. Elle avait certainement dû leur adjoindre, lorsqu'ils servaient à l'ost, quelques forcenés dont la condition lui importait moins que l'appendice.

— Les autres, dit-il, avaient-ils eu leurs mets ensorcelés pour te complaire ?

1. Accueillir.

— Que t'importe !

Elle pouvait un jour commander à la grosse Ydoine de broyer dans un mortier d'autres graines que ce poivre dont elle abusait et le rendre roide et froid, lui, le troisième époux, dans son entièreté. Qui des deux, devant l'autel et la Sainte Croix, avait conclu la meilleure affaire ? Lui, évidemment. Il était néanmoins chambré, enchartré[1], assujetti par le sacrement du mariage à cette femme en laquelle il découvrait successivement de la Messaline et de la Mélusine, de la Morgane et, ce jour même, de la Locuste.

« Oriabel », songea-t-il. Et cette fois son désespoir fut immense.

— Tu penses à elle, devina Mathilde.

— Non. Je n'y pense plus. Elle est morte pour moi.

Oriabel... Comment n'eût-il pas regretté sa voix, son rire, la fraîcheur de sa bouche, ses nonchalances d'avant et d'après l'amour. Et jusqu'à sa façon de se dénuder...

Elle baissait la tête en entrouvrant sa robe et d'un seul tour d'épaule en libérait son cou. Alors, elle la laissait choir sans précaution, mais lentement, et l'étoffe glissait, s'attardait sur un sein en bouton, sur l'autre, se plissait, atteignait ses hanches qu'un petit mouvement de côté faisait saillir sans en retarder la tombée pour qu'elle couvrît enfin ses pieds d'une sorte d'écume grise qu'elle enjambait d'un sautillement, insoucieuse de son corps frileusement révélé. Le contraire de Mathilde qui, en femme longuement accoutumée aux déshabillages, enlevait ses robes et affiquets par le haut, révélant ainsi, conjointement à sa féminité, une satiété de pudeur qu'elle semblait réprouver, de sorte qu'elle portait son avant-bras senestre et

1. Enfermé, emprisonné.

sa main devant sa poitrine, et sa dextre aux doigts soudain palmés devant le buisson de ténèbre et de chair d'où semblait s'épancher toute sa vanité.

Certes, les fêtes charnelles avec Oriabel s'achevaient par les mêmes sursauts, les mêmes pâmoisons que ceux qui le dénouaient de sa geôlière. Elles n'avaient cependant rien de commun avec les cérémonies voluptueuses jonchées des mots crus que Mathilde proférait sans vergogne aux approches de la délectation. Elle usait des baisers et caresses comme de ses bien-aimés fards : c'étaient des faussetés sous des apparences naturelles. Parfois, elle le trouvait lointain, peu ardent et hardi. Elle ne pouvait comprendre que si la dérision de l'amour pouvait provoquer la luxure, celle-ci ne pouvait s'abonnir en noble sentiment. Il eût voulu quitter cette chambre oppressante. « Chaque chose en son temps », disait sa gardienne. Il avait besoin d'autres mouvements, de soleil et d'air frais, de pluie et d'herbe drue. L'idée même des propos que devaient échanger Panazol, Ydoine et les soudoyers quant à ces ébullitions recluses commençait à le courroucer. A leur place — il en convenait —, il se fût livré aux mêmes assauts d'imagination assortis de commentaires sans doute aussi épicés que le langage de Mathilde. Jamais il n'avait éprouvé dans sa cellule de Fontevrault, puis dans le reclusoir où Perrette Darnichot l'avait verrouillé, et enfin dans l'étroite chambre du donjon de Brignais, en compagnie d'Oriabel, ce sentiment d'abominable esseulement.

— Je suis sûre que tu penses à elle, dit Mathilde.

Et pourquoi non ? N'était-ce pas, en fait, un véritable amour qui le hantait ? De l'avoir perdue et de partager son souvenir avec une créature telle que celle qui lui prenait la main avant d'appréhender ce qu'elle convoitait d'un œil cupide réduisait son courage en miettes.

Mathilde eut encore ce petit ricanement sec qui n'était rien d'autre que le déshabillage de son âme.

— Cela te passera, Tristan. Tu n'es pas Normand... Je connais ce duché. Non, tu n'es pas Normand, mais qu'importe : je compare tes belles amours au cidre. Comme lui dans un gobelet, elles grésillent en ton cœur. Or, le cidre finit par s'accoiser pour déposer tout au fond de l'étain une sorte de cerne d'un aspect désagréable...

— Où veux-tu en venir ?

— A ceci, mon aimé... La lie de tes amours apparaîtra bientôt. A défaut de la voir, tu la ressentiras et te diras enfin : « Quel fardeau que cette fidélité à un fantôme !... Pourquoi ne fais-je pas le vide en moi ? *Elle* m'empêche de vivre et de jouir pleinement. » Tu nettoieras ton cœur de toute cette boue comme on nettoie le fond d'un gobelet à cidre. Toutes les amours sont brèves, décevantes...

— Hé !... s'il en est ainsi, pourquoi m'as-tu épousé ? Pourquoi ces liens entre nous ?

— Les liens, c'est toi qui les portes.

Elle avait raison, indiscutablement. Il objecta :

— Tu t'accroches à ces liens... Mon sauvement, dans tes intentions à mon égard, me paraît un argument bien mince.

— Bien gros comme...

— Lâche-moi !

Mathilde, ainsi qu'il s'y attendait, refusa d'obtempérer. Elle étouffa un bâillement du plat de sa main inoccupée.

— Tu m'as plu... Tu es beau... et tu es chevalier. Un vrai, pourvu de bons sentiments, donc d'une loyauté à toute épreuve... Tu ne saurais renier un serment, surtout celui qu'on fait devant l'autel... Tu oublieras cette fille. Je m'emploierai à effacer de ton esprit sa pernicieuse influence et te ferai aimer l'amour... Je ne t'aime pas : je t'idolâtre... Je suis la meule où s'usera le souvenir de ta bien-aimée. Je le réduirai en poudre et soufflerai dessus comme sur l'aigrette d'un pissenlit afin qu'il n'en subsiste rien.

« Cette meule », songea Tristan, « méfie-toi que je n'y aiguise, à compter de ce jour, les couteaux de la rancune ! »

* *
*

— Voilà ce que j'appelle vivre, gémit Mathilde quand ils dénouèrent leur étreinte et qu'elle eut jeté au bas du lit le faux-visage noir aux sourcils d'or dont elle avait occulté sa physionomie en refusant d'en fournir la raison.

— Vivre ? s'étonna Tristan.

Il ferma les yeux, attendant une réponse. Celle-ci ne vint pas. Vivre ne pouvait consister, même pour elle, en ces successions d'extases qu'elle exagérait peut-être, soulignées, après qu'elle les eut ou non éprouvées, par cette espèce de soupir ou d'essoufflement — car elle s'époumonait et son cœur cognait ferme.

— Eh oui !... Vivre, pour moi, Tristan, c'est mourir de plaisir.

« Bonheur éphémère », songea-t-il. « Félicité captieuse. Elle se méprend sur tout, au détriment de sa santé... et de la mienne. Elle crèvera un jour sur un spasme mortel qu'elle confondra avec la perle des jouissances !... Il n'y a pas plus d'amour dans son cœur qu'il n'y a d'or dans les coffres du roi ! »

Fallait-il qu'il discutât ? Non. Mathilde était de ces

femmes dont le corps et l'esprit aimaient à se nourrir d'excitations diverses, ordinaires ou pernicieuses, pour accéder à une sorte de fatigue qu'elles confondaient avec la langueur d'une Guenièvre ou d'une Yseult. Dans les dispositions où elle se trouvait momentanément avec lui, il pouvait, s'il ne voulait passer pour un couard, essayer de la contredire.

— Vivre, pour moi, c'est voir au-delà d'une chambre et me mouvoir autrement qu'à coups de reins. C'est ouïr ce que disent les êtres de ce monde — hommes, femmes et enfants — et aussi les bêtes. Il m'est advenu, à certaines aubes et vesprées, d'être charmé par le chant d'un rossignol davantage que par celui d'un trouvère... Vivre, c'est profiter des arbres, des prés, des nuées, de la chaleur d'un feu l'hiver ou, par grosse effoudre[1], de la fraîcheur d'une rivière ou d'une source, l'été... Vivre, pour moi, c'est préférer mon épée à mon braquemart... C'est, sur un bon coursier, profiter de l'espace...

— Tu es né à cheval, moi, je ne sais comment. Peut-être dans un bordeau... Je sais que j'existe quand tu me touches et plus encore quand tu me prends.

— Pourquoi as-tu dissimulé ton visage ?

Il sentit qu'elle allait se rapprocher de lui et s'éloigna jusqu'au bord de la couche.

— Ne dissimules-tu pas le tien contre mon épaule pour te soustraire à mes regards quand tu m'enlaces ? N'imagines-tu pas ainsi qu'au lieu de moi, tu es en train de foutre *l'autre* ?

L'autre ? Ah ! non, certes. Mathilde ne cessait de s'induire en erreur. Si l'acte était le même en sa terminaison, Oriabel en était exclue.

— Vivre, dit-il.

1. Tempête, ouragan.

Il ne vivait pas : il *durait*. Car vivre ne pouvait consister en ces jeux de mains, ces succions, ces baisers qui, à force d'être dispensés et dispersés finissaient par gercer ses lèvres tant sa dame en paraissait de plus en plus friande.

— Je ne suis en ces murs qu'un serviteur que tu as élevé au-dessus des autres.

— Plains-toi !... Ils voudraient tous être à ta place.

Il la leur eût cédée très volontiers. Des simulacres moult fois recommencés le liaient à Mathilde, des semblances dont elle renouvelait les rites et savait retarder l'issue par des recettes dilatoires qu'il commençait à connaître dans leur entièreté. Il ne la « foutait » point, songea-t-il, pour employer un verbe dont la crudité ressortissait au langage de son épouse : il remboursait sa dette du mieux qu'il le pouvait et selon les convenances imposées par elle. Il commençait à abhorrer sa créancière et leur pacte léonin.

— Tu t'es montré meilleur qu'à l'aube de ce jour d'hui. Je m'en réjouis et t'en congratule... Tu vois bien qu'une entente est possible entre nous.

Mieux valait qu'elle eût parlé d'entente ; il avait craint qu'elle ne parlât d'amour.

Il ferma les yeux. « Je ne sais rien d'elle hormis ce dont elle est capable. » Il ne pouvait se reprocher, comme certains maris, d'avoir composé d'elle un portrait trop achevé avant que de la connaître de l'étrave à la cornière [1]. Dès leur captivité commune, à Brignais, il avait décelé sa lubricité, son égoïsme et sa présomption dans son aspect, ses regards, sa démarche. Il l'avait évitée. Tiercelet, méfiant lui aussi, s'était employé à les éloigner l'un de l'autre.

---

1. Dernière pièce de bois à l'extrémité de la poupe.

« Et pourtant, désormais, elle me tient dans ses rets. »

— Oui, mon époux, tu t'es montré meilleur que je ne l'espérais. Tu t'abonnis comme un bon vin.

Tout en considérant les flammes des chandelles qu'Ydoine renouvelait chaque midi avant d'apporter la pitance, Tristan fut tenté de s'ébaudir de ce vain compliment et de tout ce que Mathilde pouvait en conjecturer. S'ils s'adaptaient l'un à l'autre jusqu'à former cet ensemble aussi complet et cohérent qu'un tenon enfoncé dans sa mortaise, rien de cette accointance-là ne subsistait au-delà des courtines closes ou décloses. Autant eussent-ils pu devenir des amants réunis çà et là pour se prêter leurs chairs et conjuguer leurs voluptés, autant leurs âges et leurs caractères les empêchaient de se comporter en époux. Il se sentait condamné à d'incessants accommodements et à des bons vouloirs qui, plutôt que d'imposer sa masculinité à une *malade*, témoigneraient du pire des servages. « Une espèce d'homme-putain », songea-t-il une fois de plus. Il ne pouvait consentir à cet avilissement.

— Je suis amourée de toi... vraiment, dit Mathilde.

Avant même la fin de ses enfances, il avait rêvé d'amours pures et partagées. Ensuite, du fait de sa méconnaissance des femmes et des scènes inspirées par une imagination d'autant plus féconde qu'il ne disposait, pour la déployer, d'aucune expérience, il avait senti se développer dans son esprit et dans sa chair l'envie d'embrassements multiples et divins. Ils différaient de ceux dont se pâmait Mathilde qui, confondant toujours les sentiments et les actes, prenait pour des hommages rendus à sa science, à sa complaisance et à sa vénusté, les grains d'un chapelet d'irrévérences hypocrites. Quel soupir d'aise lorsque, comme maintenant, il s'extrayait de ses bras et de ses jambes ! Et comme il regrettait certaines effronteries dont Oriabel se délectait ! Jamais il ne ressuscitait si aisément et si parfaitement la jouvencelle que dans ce lit qu'il abominait. Ils étaient vraiment faits l'un pour l'autre, se complétaient, coïncidaient. Leurs ferveurs confluaient tandis que le mariage qui faisait de Mathilde, au plein sens du mot, sa maîtresse, affirmait de jour en jour de cruelles divergences. Hors des accouplements, ils n'étaient point un couple. A l'inverse de Mathilde encline à l'engouement et à la translation de sa lubricité sur un homme et même, à ce qu'il supposait, sur tout un cortège de mâles disponibles ou non, il savait avec certitude qu'Oriabel était tout à la fois la reine et la féale d'un seul : lui-même. Jamais elle ne romprait leurs attaches. Il la retrouverait ainsi que Tiercelet. La présence du brèche-dent auprès d'elle ne cessait de la réconforter. Jamais Mathilde n'exclurait de son cœur la présence d'Oriabel. Jamais elle ne l'extirperait de sa mémoire. Car il existait quelque chose de plus affligeant encore que la fin d'un amour : la perte de son souvenir.

IV

Le lendemain matin, la baronne de Montaigny quitta le lit la première. Tristan l'entendit vaquer aux soins de sa toilette et trouva qu'elle y apportait plus d'attention que d'ordinaire.

« Quel miracle de frisqueté[1] prepare-t-elle ? J'ouvre les yeux et j'ai déjà pitié de nous... »

Il n'osa se lever, ignorant cette fois quels seraient les premiers mots, les premiers gestes de Mathilde. La nuit durant, il l'avait traitée en ribaude. Il espérait des *assez*, elle l'avait abreuvé d'*encore*. En croyant la rassasier pour longtemps, il ne l'avait qu'affamée. Il replia ses bras sur sa poitrine. C'était bon de n'avoir rien à toucher.

Autant il condamnait maintenant sa conduite, autant son épouse s'en félicitait puisqu'elle chantonnait un lai d'amour qu'il avait entendu à Paris. Il préférait cet air allègre aux halètements effrénés d'une ardeur satisfaite. Si elle lui tendait les bras, il ne pourrait qu'ouvrir les siens. Qu'importait que son cœur fût absent de cet embrassement : l'apparente sincérité d'un geste ordinaire, dépourvu tout à la fois d'intentions et de conséquences luxurieuses, justifiait cette duplicité.

1. Elégance.

« Nous sommes le vendredi 15 avril. Le temps ne coule plus pour moi comme naguère. Si je continue cette vie, je vais dépérir et m'aigrir le sang... A quoi pensent les hommes, en bas ? Quelles idées Panazol remue-t-il dans son crâne ? Il doit être bien aise, lui, d'une réclusion qui lui abandonne le gouvernement de Montaigny. »

Mathilde tira complètement une courtine. Elle apparut vêtue, les cheveux tirés, assemblés en queue de cheval sur la nuque. Elle avait passé une robe d'écarlate vermeille, fendue assez haut sur les côtés, comme les nobles dames et les femmes du commun en portaient en Langue d'Oc. Qui, ne la connaissant pas, l'eût vue ainsi acesmée [1] n'aurait pu imaginer sa véritable nature. Elle souriait d'un sourire de pucelle. Les cernures bistrées qui soulignaient ses prunelles jusqu'aux pommettes, révélaient une lassitude peut-être inguérissable. Elle se pencha si près qu'il songea : « Quels yeux ! » tout en n'osant clore ses paupières.

« Une mer, le soir, à marée haute... Une mer d'encre. »

Rien, en premier lieu, n'y paraissait bouger. Elle miroitait, superbe et cristalline mais, prenant son temps pour la mieux observer, il y découvrit des vagues aux crêtes acérées. Ce regard attentif et cupide ne le sondait point : il le transperçait. Il ne l'émouvait point : il l'effrayait.

« Je suis sa chose. Même ainsi, en me contemplant avec l'air d'une mère penchée sur son fils malade, elle me fait subir sa domination. »

— Lève-toi, Tristan... Prépare-toi. Tu ne peux me toucher de quelques jours. Nous allons gambier [2] dans

1. Parée.
2. Promener.

la forêt voisine... Tu veux de l'air et des feuillages ? Je vais en mettre à ta disposition.

Elle allait le récompenser comme jadis sa mère lorsqu'il s'était montré serviable ou obéissant, mais les services et l'obéissance étaient autrement différents !

— Tu me parais heureux de quitter cette chambre... J'avais espéré, comme une récompense, une grand'foison de mots doux.

— Les tiens sont trop poivrés pour que tu apprécies les miens.

— Mon langage te déplaît ? C'est la seule chose que je puisse relever avec cette robe.

Elle cillait cependant qu'étincelait, au fond de ses prunelles, cette malignité ardente et comme condensée, qu'il ne lui connaissait que trop. Sa voix à force de douceur, en était devenue visqueuse. Il vit son genou gonfler son vêtement ; elle allait sûrement l'avancer sur le lit, premier mouvement de l'abordage, mais elle y renonça et, s'éloignant de la couche, toupina sur elle-même.

— Je te conviens ainsi ? Ne suis-je pas bonne à prendre ?

Elle s'était apprêtée avec tant de soin qu'on eût dit qu'elle avait été conviée à une cérémonie qui l'avait agitée durant des semaines. Les fards dont elle avait imprégné son front, ses joues, ses lèvres, conféraient à sa physionomie, au lieu de l'éclat recherché, une brillance qui, à elle seule, dénonçait les artifices employés pour amoindrir son âge et rehausser une carnation blafarde. Il venait de lui reprocher ses mots trop épicés ? Eh bien, les onguents destinés à l'embellir relevaient la fadeur de sa peau d'un condiment trop épais. Sciemment et involontairement, elle avait, ce matin, un faux-visage de plus.

— Je fais révérence à la baronne de Montaigny.

Tandis qu'il exprimait cet éloge d'une ironie plus froide qu'il ne l'avait souhaitée, Tristan sentit son cœur s'enfler d'un sentiment qu'elle ne lui avait jamais inspiré : la pitié. Tout compte fait, il la préférait nue, la face nette et les yeux vrais. Oriabel détestait ces espèces d'apprêts ; il avait droit, ce jour d'hui, à leur apothéose.

Sa geôlière s'assit, caressa ses cheveux. Il y eut entre eux un moment d'une harmonie et d'une exquisité parfaites.

— Quel dommage, mon grand garçon, que tu ne puisses me foutre... Il te faut attendre quatre jours.

Le geste bref qui souligna ce regret suffit pour fortifier chez Tristan la conviction qu'il était sollicité à outrance pour gonfler d'un héritier le ventre de cette femme qui pouvait être bréhaigne — sans quoi, elle eût déjà mis au monde un fils ou une fille, et même davantage. En pareil cas, étant donné son âge, il était temps qu'elle fût engrossée, bien que l'idée d'être père d'un enfant conçu avec elle lui parût incongrue.

— Tu voulais sortir au-delà de ces murs. Tu vas être exaucé. Hier soir, avant qu'elle ne parte après nous avoir servis, j'ai demandé à Ydoine de faire préparer les chevaux... Panazol les mène en ce moment dans la cour.

Effectivement, l'un d'eux hennissait et sabotait. Un cheval dur, sans doute, et qui se regimbait sous le mors.

« J'en viendrai à bout... tout comme de ma liberté. Tout me semble affaire de patience et, pour Mathilde, de duplicité. »

Assise sur une sambue[1] d'ivoire ciselé, ornée d'incrustations d'or, Mathilde montait d'un seul côté de sa haquenée blanche, les jambes repliées sur le flanc senestre de l'animal, sans souci que sa robe fût retroussée plus haut qu'il n'était décent, même dans l'ombre clairsemée des grands arbres.

Tristan n'osait trop regarder ces jambes nues, laiteuses, aux pieds chaussés d'escarpins de cuir noir, de crainte d'être interrogé sur ce qu'il fallait bien appeler leur noblesse. Elles étaient longues, solides et lisses puisque Mathilde en arrachait les poils à la cire. Ses genoux aux soyeux renflements avaient la pureté de l'albâtre. Seul un grain de beauté gros comme un hanneton déparait l'intérieur de la cuisse dextre. S'il y passait sa main, Mathilde exhalait une plainte. On eût dit qu'elle craignait qu'il le lui arrachât. Il refusait d'obtempérer quand elle gémissait « Mordille-le, j'en aurai plaisir. » En fait, elle le portait comme un secret ornement. Il advenait, quand elle se lassait d'autres tâtonnements, qu'elle le caressât elle-même.

— Tu regardes quoi ? dit-elle, le visage penché, le menton collé à l'épaule. Mes jambes ou la lormerie[2] d'Aiglentine ?

— Toutes à la fois... Ce sont là parures princières.

— Serait-ce que je commence à t'amourer[3] ?

Tristan s'inclina pour éviter de heurter du front une branche, transformant ainsi en approbation un simple

1. Selle de femme.
2. Les rênes et brides de la jument, en l'occurrence.
3. « A te rendre amoureux. »

121

mouvement de prudence. Mathilde se méprit et sourit amplement. Droite et même cambrée, elle soutenait du mors Aiglentine et si la jument blanche humait l'air printannier à pleins naseaux, elle semblait l'imiter, levant le nez très haut pour s'emplir profondément les narines.

Ils allaient l'amble, côte à côte, alors que Tristan eût aimé partir au grand galop sur son roncin noir de forte taille, vers les forêts du ponant dont il avait entrevu, du donjon de Montaigny, les sombres crépelures.

— Comment s'appelle ce cheval ?

— Malaquin, parce qu'il est pareil à un roi de l'Afrique.

— C'est le soudan d'un livre que j'ai lu : *Milles et Amys*.

— Je ne sais pas lire... ou si peu. Tu m'apprendras ?

Autant il eût aimé initier Oriabel à la lecture, autant l'apprendre à Mathilde lui paraissait un surcroît de servitude.

— Bien sûr, dit-il.

— Je m'assierai sur tes genoux.

Il vit la scène et soupira. Puis, avec moins de courroux qu'il n'en éprouvait :

— Ton Panazol m'a donné Malaquin parce qu'il est sournois et rétif. J'ai bien fait de le desseller avant de le monter : il y avait un clou entre les deux quartiers. C'est pourquoi j'ai voulu le chevaucher à poil.

Mathilde pouffa dans sa main gantée de chevrotin rouge.

— Je sais que tu montes bien !

Elle rit. Il tenait Malaquin aux genoux et au mors, sans que ce grand noiraud fût tenté de l'envoyer à terre.

— Tu ne pourrais ainsi chevaucher des lieues.

Qu'en savait-elle ? L'absence des harnois ne l'eût point empêché de fournir une longue course. Seule la sagesse l'en dissuadait. Si la cour, lorsqu'ils y étaient apparus, était vide, c'était que les hommes chargés de les épier les observaient, dissimulés — ou presque — en des lieux convenus à l'avance. Sa bonne vue ne cessait de le renseigner sur les luisances de leurs armes, derrière et loin sur les côtés. Et si Mathilde portait un petit olifant de cuivre en sautoir, c'était bien pour souffler dedans s'il tentait de s'enfuir.

Ils entendirent des coups de cognée et dépassèrent un groupe de bûcherons occupés à abattre un chêne. Le fer mordait le bois, le vieil arbre tremblait. Les deux hurons qui maniaient la hache tapaient avec des grognements sauvages, sous les regards mornes de trois compagnons immobiles. Leurs pourpoints écorcés par l'âge, gorgés de sueur, passaient en partie sur leur ceinture ; ils avaient tous des hauts-de-chausses déchirés. Au-delà de leurs sabots boueux, la glu des sentiers leur montait aux jarrets.

— Ils sont miens, dit Mathilde. Vois comme ils se courbent.

— Je n'aime pas voir maltraiter un arbre. Même s'il est vieux. Même s'il est mort. Un arbre, c'est la seule créature au monde qui, morte, est encore belle.

— Celui-ci était vieux... Vois, il n'avait plus de feuilles ou si peu. Il faisait tout de même de l'ombre aux jeunes. Voilà pourquoi j'ai commandé qu'on le coupe.

« S'il fallait, chez les humains, exécuter ta sentence, ne craindrais-tu pas d'être choisie pour un prochain abattage ? »

Mathilde se renfrogna, soupçonnant peut-être ce que son compagnon pensait.

— Es-tu heureux, Tristan ? dit-elle, penaude, en dominant malaisément sa confusion.

— Je respire.

123

— Nous reviendrons, je t'en fais serment. Cet été, nous irons nous tremper en rivière. On l'appelle le Serein. Ne le vois-tu pas luire, là-bas ?

Non, il ne voyait rien. Déçue, elle ajouta :

— Je connais un endroit... Nous nous mettrons nus par ici et nous galoperons jusqu'à l'eau... On se mignotera dedans !

C'était bien d'elle aussi cette anticipation. D'avance, elle en digérait les plaisirs. Il n'allait tout de même pas passer sa vie auprès d'elle ! Il voyait ses doigts étincelants de joyaux, tout vibrants eux aussi de sensualité, serrer et desserrer les rênes de cuir noir aux entrelacs d'argent.

— Nue comme dame Godiva, dit-il.

Il entendit un cri rauque à semblance de juron :

— Qui est cette femme ?... Une de tes amantes ?

Mathilde le regardait, sourcils froncés, tandis que le soleil leur décochait un trait en plein visage. Une jalousie terrible aggravait le rose-mauve de ses pommettes et lui tirait la bouche de biais, tandis que les imprécations retenues dans son arrière-gorge devenaient une espèce de grondement :

— N'as-tu pas vergogne de me faire souffrir ainsi ? Pourquoi me parles-tu de cette femme ? Elle ne pouvait être qu'une pute comme l'autre — la jeune — et tu me dis son nom le plus aisément du monde !

Comme elle tirait sèchement sur le mors, Aiglentine fit un écart qui faillit désarçonner sa cavalière. Prompt, efficace, Tristan saisit la haquenée au frein. Elle s'apaisa aussitôt. Et comme il était excédé :

— Dame Godiva est moult plus âgée que toi.

Il n'avait commis, envers Mathilde, aucun acte d'irrévérence, aucun sacrilège dont il dût se repentir. Il la soupçonna d'être jalouse, au-delà d'Oriabel, de toutes les jouvencelles et dames imaginaires qui avaient traversé sa vie de damoiseau, d'écuyer et enfin de chevalier antérieurement à sa rencontre avec celle qu'elle considérait comme son ennemie permanente. Il rit, mésusant d'une insolence qu'il n'éprouvait même pas :

— Elle était la femme d'un comte anglais. Il paraît qu'elle avait supplié son époux de réduire les impôts des gens de Coventry. Il y consentirait, lui dit-il, si elle acceptait de chevaucher toute nue dans les rues de la cité. Il la croyait pudique. Elle l'était, mais elle accepta et fit dire aux manants de s'enfermer chez eux... Et elle alla nue, sur une haquenée blanche menée à la longe par sa chambrière. Seuls les oiseaux, dit-on, la virent, et un gars qui fut pendu... par son époux... C'est notre chapelain qui me conta cette histoire. Il l'avait lue je ne sais plus où [1]...

Il ajouta méchamment :

— Toi aussi tu aurais accepté, mais tu aurais exigé que toute la ville fût aux fenêtres !

Il ne regardait, devant lui, que les oreilles de son roncin. A quoi bon voir les ravages accomplis par cette sagette acérée. Plutôt qu'un hurlement, il entendit un rire et découvrit, proche du sien, un visage tendu, insondable.

— Tu me connais bien, dit Mathilde.

Ombres et lueurs ruisselaient sur ses joues tels des fards éphémères. Entrouverte sur ses dents de louve, sa bouche offrait un sourire sans joie qui s'accentua cependant quand elle admit avec une simplicité trop appuyée pour qu'elle fût sincère :

— Je me suis emportée... Pardonne-moi... D'où sors-tu pour savoir toutes ces choses ? Il y a en toi du

<hr>

1. Cette aventure légendaire est rapportée par le chroniqueur Roger de Wendower (XIIIe siècle). Lady Godiva était l'épouse de Leofric, comte de Chester au XIe siècle.

chevalier, du jouvenceau et du presbytérien. C'est peut-être, avec ta beauté, ce qui m'excite...

Beau, lui ? Il faillit s'esclaffer — ce qu'il eût fait peut-être au lit avant de la besogner sans ménagement... ce qui d'ailleurs l'eût comblée d'aise. Mais décoiffée, confuse et sincèrement repentante, la bouche indécise entre un sourire et une lippe, elle semblait si peinée qu'il en eut pitié.

— As-tu toujours, depuis ton second veuvage, habité Montaigny ?

— Le château m'appartient maintenant. J'ai vécu parfois à Lyon dans la demeure que tu connais. J'y maintiens une servante. Mais comment pourrais-je retourner à Lyon avec toi ? Je craindrais trop que l'on nous tue : toi pour les forfaits qu'on t'a attribués sans raison, et moi pour t'avoir sauvé.

— Quel âge avais-tu à ton premier mariage ?

— Douze ans. L'abbesse du couvent de la Trinité, proche de Sainte-Suzanne, a trouvé que j'étais bien jeunette... Je n'avais pas vu le sang mais j'allais le voir autrement... Sitôt hors de la chapelle, il m'a jetée sur son cheval... Nous sommes arrivés chez lui à la nuit, sous un ciel d'ardoise où grondait un orage... J'aurais voulu qu'il me rassure mais il riait de ma double frayeur, me tirant par la main puis me poussant par le cul dans l'escalier menant à sa chambre... Il a déchiré ma robe et fut ravi de ne pas me voir de tétons... Je l'ai supplié de me laisser vierge encore. Il y a consenti et violée... autrement... Il faut te dire qu'il avait guerroyé avec Charles d'Espagne... Il ne prit pas même le temps d'ôter son haut-de-chausses et quand j'ai vu... C'était la première fois que j'en voyais un...

Mathilde s'interrompit. Tristan, qui s'attendait à des pleurs éloquents, fut décontenancé : elle souriait comme d'une aventure qu'elle lui eût relatée concernant une autre fillette. En commençant par vivre un mariage aussi cruel, elle eût dû abominer les hommes. Cela semblait l'inverse : les sévices premiers avaient créé ses vices. Il eut vers elle un long regard compatissant.

— Quand je te parle de bonheur, dit-elle, je ne sais pas ce que c'est. Tu me le feras connaître.

Il commençait enfin à comprendre à quoi tenait cette faim-valle d'amour, cette volonté de jouir, cette imagination maladive qui composaient en partie le caractère de Mathilde. Ce que le trépassé de Crécy avait accompli, il advenait qu'elle le lui demandât en affirmant que celui de Poitiers n'en était point avare. Deux morts. Un dicton affirmait : « *Jamais deux sans trois.* » Le troisième, c'était lui.

Elle arrêta Aiglentine. Autour d'eux, sereine et profonde, la forêt n'était plus qu'une masse noire et noueuse où, parmi les criblures des feuillages, le ciel faufilait ses clartés. Bien que rares, l'une d'elles révéla une lueur qui ne pouvait provenir que du picot d'un épieu ou d'une lance écourtée.

Mathilde soupira puis revint à ses remembrances :

— Apprenant le trépas de ce premier mari, j'ai battu des mains. Il avait empli notre château d'une compagnie de damoiseaux échevelés et de quelques filles qui ignoraient comment faire un lit mais savaient se coucher dedans. Et quand Henri est apparu, lors de mon veuvage, j'ai souhaité ardemment oublier dans ses bras ma géhenne... Et j'ai tout oublié durant quatre ou cinq mois. Ensuite, il s'est révélé tel qu'il était : retors, méprisant... Tout ! Un routier, sans plus !... Avait-il envie d'une femme ? Il la prenait. D'un château ? Il le conquestait. D'un joyau ? Il le robait pour l'offrir à quelque dame réticente... J'étais apeurée par sa venue dans ma chambre quand il ne trouvait pas de proie. Il avait une façon de me prendre et de me rejeter qui me mortifiait...

Mathilde rendit les rênes à Aiglentine.

— Nous vivions en ennemis.

« Et nous ? » se demanda Tristan. La détresse de cette femme le touchait, certes, mais à peine. Ses voluptueuses humeurs ne pouvaient constituer une revanche sur tout ce qu'elle avait enduré avec d'autres, si toutefois ses confidences étaient vraies. Il s'était appliqué à la satisfaire. A lui fournir sa suffisance de convulsions. Davantage qu'elle n'en avait espéré, sans doute, et au-delà de ce qu'il s'était cru capable de donner. S'il parvenait à un degré de rassasiement qui l'inquiétait, sa boulimie à elle semblait la même qu'au premier soir. Sans doute était-il parvenu à la satiété parce qu'il n'était ni un amant sincère ni un jouisseur immodéré.

« Ses deux premiers époux n'ont pas eu mes scrupules ! »

Pour judicieuse qu'elle fût, cette remarque ne le rasséréna pas. Une phrase d'Oriabel, toute simple, toute menue, lui revint en mémoire. A un autre moment et dans un autre lieu, il se fût abstenu d'en faire usage pour cette question toute simple et menue, elle aussi :

— Et Marie ?

Quelque éloigné qu'il fût de Mathilde, il la vit tressaillir. Et pâlir : on eût dit que ses fards s'étaient dissous d'un coup.

— Comment sais-tu ? s'enquit-elle d'une voix qu'il trouva mal affermie. Nul n'en parle à Montaigny... D'ailleurs, Ydoine et Panazol n'ont jamais échangé un seul mot avec toi !... Ah ! je comprends... C'est *elle.*

Tandis qu'il acquiesçait d'un court mouvement de la nuque, l'esprit de Tristan émigrait bien loin des grands arbres pour atteindre, il ne savait où, une Oriabel éplorée.

— Que t'a-t-elle dit ?

— Que tu vivais avec ta nièce ou ta cousine. C'est tout.

Bien que ce fût la vérité, Mathilde devait se demander s'il était sincère. Ce qui le frappait, lui, c'était l'espèce de pétrification de ce visage souriant quelques moments plus tôt ; ces yeux vifs soudain ensommeillés par il ne savait quel sortilège. Elle revoyait Marie qu'elle avait oubliée. Et ses traits tirés, fortement apparents, trahissaient une angoisse. Elle prévint une question supplémentaire :

— Elle est partie chez les siens quelques jours avant que les routiers d'Héliot ne me prennent... Es-tu satisfait ?

Il répondit par un hochement de tête qui pouvait tout signifier avant de talonner Malaquin.

— Quand je dis chez les siens, ajouta Mathilde (et blésant, tout à coup, elle avait dit : *les chiens*), ce ne sont plus son père et sa mère, emportés par la pestilence noire, mais son oncle et sa tante, en Bourges... Et sache-le, puisque tu fourres ton nez partout, elle n'était nullement ma parente. C'était ma chambrière au temps de ma vacuité... entre Crécy et Poitiers puisque je parle à un homme de guerre !

Elle rit, mais avec un effort certain, et derechef Tristan hocha la tête. Pourquoi, cependant, cette explication innocente et des plus ordinaire lui semblait-elle un tantinet impudique ? Parce que Marie avait fréquenté la chambre de Mathilde au-delà, peut-être, du nécessaire ?

— Nous nous aimions bien. Ce fut pour lui complaire que j'ai répandu cette fausseté qu'elle était ma cousine. Je ne la reverrai plus.

— Tu en parles comme d'une morte.

— Oh !

En fait de réfutation, c'était maigre. Oriabel lui avait succinctement décrit les deux « cousines » comme des compagnes inséparables, l'une — Mathilde — du double de l'âge de l'autre. Il avait même été question de jalousie à propos d'un chevalier qui leur rendait parfois visite. La nature de Mathilde, froide et criblée d'aspérités comme les pierres de Montaigny — sauf au lit —, répugnait, semblait-il, à toute espèce d'affection immatérielle. Marie lui ressemblait-elle ? Qui, des deux, avait de l'ascendant sur l'autre ? Avaient-elles été successivement en butte aux entreprises de Panazol ?

— Ne va pas imaginer...

Mathilde s'interrompit, la gorge apparemment nouée. Quelles pensées roulaient maintenant dans sa tête ? Tristan s'abstint d'essayer d'en percer la teneur. La vie à Montaigny ne l'intéressait que dans la mesure où certains éléments pouvaient contribuer à préparer sa fuite dans le cas fort probable où sa geôlière refuserait le divorce — même s'il avait cessé de lui plaire.

Ils entrèrent de front dans une étroite et longue clairière. Les piécettes des boutons-d'or jonchaient les herbes et dans l'écume des haies, la neige des églantiers floconnait.

« Enfin le printemps ! »

La saison neuve s'affirmait, étincelante et prometteuse, « *sauf pour moi* », enragea Tristan dont le semblant d'émancipation ne rendait que plus odieux l'isolement et le servage.

— Comme tu sembles soudain maussade ! s'étonna Mathilde alors que les chevaux échangeaient l'amble pour le pas.

Il n'osa ni mentir ni se justifier. Il faisait doux et

frais à la fois. L'odeur des feuilles ensoleillées saturait cet air chargé de toutes les espérances d'un été chaud, qui peut-être serait paisible si les routiers migraient au sud.

— Nous reviendrons ici, mon cher époux. Ne voudrais-tu pas voir ces feuilles à l'envers ?... Nos corps nus, archonnés l'un vers l'autre dans ce lit de fougères, poils, herbes et fleurs mêlés... Qu'en dis-tu ?

Tristan se contraignit à rire :

— Il t'advient de crier, de gémir comme si je te tuais... Tes soudoyers accourraient et qui sait si, te voyant nue, ils ne m'occiraient pas pour te forniquer... jusqu'à ton dernier soupir.

Une flamme noire éclaboussa les cils baissés de Mathilde.

— Ah ! fit-elle sans dissimuler son dépit, tu les as vus ?... Alors, viens, rentrons. Nous nous occuperons aux tables [1] et aux échecs. Je ne te tiens pas rigueur de toujours m'y vaincre.

Elle rit d'un rire pareil à une enfilade de bulles sonores — comme le cri des bécasses.

— Si tu n'avais l'esprit ailleurs, tu finirais pas gagner.

— Je préfère perdre et l'avoir ailleurs... Sois en flatté !

« Où l'avais-tu quand tu jouais avec Marie ? » fut tenté de demander Tristan. Sans doute, à fréquenter assidûment cette jouvencelle, Mathilde avait-elle expié parfois la présomption et le mépris des femmes mûrissantes dont elle avait fait parade à son âge. Comment s'était-elle vengée, de loin en loin, d'humiliations d'autant plus corrosives qu'elles étaient fugaces et involontaires ? Et comment se passaient, lorsqu'elles

1. Jeu sensiblement pareil au jaquet.

survenaient, les réconciliations ? Il n'osa s'en informer de crainte que ses conjectures ne fussent confirmées par un second rire insincère.

— Bécasse ! grommela-t-il entre ses dents.

Et cette fois, plutôt que de sourire, une moue d'écœurement joignit ses lèvres.

* *
*

Ils revinrent à Montaigny sans mot dire alors que le soleil de midi dardait sur eux de fragiles rayons. Il pleuvrait bientôt. Les nuages gris s'accumulaient. Il allait falloir bourrer la cheminée avec des bûches imbibées d'humidité, partant toussoter et larmoyer sous l'effet des bouffées de fumée que le vent rabattrait dans le conduit et dans la chambre.

Mathilde se composait une sérénité qu'elle n'éprouvait pas : il suffisait de voir l'écume à la bouche d'Aiglentine pour comprendre que la jument souffrait d'être titillée au mors. Apparemment indifférent à ces tourments inadmissibles, Tristan se sentait gagné, conjointement à sa colère, par la morosité d'un jour aussi difficile à vivre que les précédents, quelque répit qu'il en pût augurer. Tristesse aussi inguérissable, semblait-il, que sa navrure à l'épaule. Elle suppurait moins, certes, mais toujours. Le pas pourtant égal de Malaquin en éveillait parfois la douleur endormie. En dépit de ce mal singulièrement tenace, et par contraste avec la lenteur de la chevauchée, il sentait sourdre en lui une solidité neuve — ou raffermie — et qui exigeait de l'espace. Or, c'était au moment même où il goûtait mélancoliquement et imparfaitement aux charmes de la liberté qu'il en éprouvait tout à la fois les limites et les périls.

— Trois soudoyers d'un côté, dit-il. Trois de l'autre et quatre à l'arrière, dont Panazol toujours aussi falourdeur[1].

Lointains, certes, mais attentifs, il les avait dénombrés d'autant plus aisément qu'ils ne se dissimulaient plus. Il ajouta, platement :

— Tu me conserves comme un trésor, Mathilde, et me convoyes[2] comme une fierte[3] à la procession du Saint-Sacrement.

Comment se fussent comportés, en l'occurrence, ses deux premiers maris ? Brutalement. Ils ne l'eussent ni priée ni adjurée de renvoyer ses sicaires : ils se fussent saisis d'elle en menaçant de l'occire si ses dix trigauds[4] ne dégageaient point la voie.

« Me croient-ils incapable de violence ? »

— A quoi penses-tu ? Ton visage s'est éclairé comme si tu venais de voir le Saint Graal... Réponds, Tristan ! Est-ce encore Oriabel qui s'enfonce entre nous ?

Il mentit :

— Je songeais à la serviable Ydoine. C'est une reine — aux formes conséquentes — qui parfois, j'en jurerais, règne sur toi comme au temps de ta jeunesse prime... Elle devait détester Marie... qui lui faisait de l'ombre...

— Elle est ma chienne de maison. S'il te plaisait d'apprendre quelque chose à propos de moi, de mon château, des hommes ou de Marie, mieux vaudrait que tu m'interroges au lieu de t'adresser à elle, car si elle est ouverte par le bas à toutes les demandes, elle est

1. Prétentieux.
2. *Convoier* : accompagner.
3. Châsse.
4. Hommes n'agissant pas franchement.

close pour toi de la bouche aux oreilles. Mais vois !...
Il y a des visiteurs à Montaigny !

Et sans plus de souci d'être ou non accompagnée,
Mathilde lança Aiglentine au galop et franchit le pont-
levis toute courbée sur l'encolure de la jument car la
herse n'était qu'à demi relevée. Panazol, qui l'avait
suivie, sauta de son cheval avant elle afin de lui offrir
ses bras. Tristan reçut dans l'œil le regard triomphant
et empoisonné du rustique. Ce fut lui qui se sentit
humble, mais sans que sa sérénité en souffrît : il vivait
au-delà des préséances d'hommes.

Ayant mis pied à terre, il avança lentement, auprès
de Malaquin dont il tenait, par la dextre, une branche
de la buade [1].

Il y avait six chevaux dans la cour. Cinq soudoyers
fervêtus de mailles s'étaient assis et adossés sur le banc
attenant au mur de la chapelle. Leur chef, également
assis sur le montoir, au pied du donjon, jouait avec ses
gantelets, les soupesant l'un et l'autre, sur ses mains
creusées en plateaux de balance.

« Le fléau, c'est la tête ! » songea Tristan.

Il avait reconnu Guillonnet de Salbris. « Bon sang,
ce *decorum* est-il pour moi ? » L'armure soigneusement fourbie, miroitait — du moins ce qu'il en voyait
car un jaque de soie sans manches, gironné de sable et
de safran, la couvrait du colletin aux tassettes. A ses
pieds, un bassinet luisait, emplumé de pennes de paon
coupées court. Même ainsi, dans un port apparemment
débonnaire, Salbris suait d'orgueil et de forcennerie.

— Que vient faire céans cet immonde ? questionna
Mathilde, plus courroucée qu'inquiète.

Dans la face du malveillant, salie par une barbe de
quatre ou cinq jours, le sourire avait l'aspect d'une

1. Sorte de mors à longues branches droites.

cicatrice noire. Lui qui les arborait aussi longs qu'une femme — et pour cause — coupait dorénavant ses cheveux à l'écuelle, et peut-être fallait-il voir dans ce sacrifice mineur le signe du deuil de Thomas d'Orgeville. Ses plates[1] étaient celles qu'il portait à Brignais, apparemment neuves, à croire qu'il s'était mussé pendant la bataille pour n'apparaître que vers la fin et captiver avec ses hommes quelques routiers sanglants, incapables de se défendre. Il se leva, éloigna ses bras de fer de ses flancs à cinq ou six reprises, comme un oiseau frémissant des ailes avant de s'envoler, terriblement pareil à ce qu'il était dans Lyon avant que sa proie ne lui échappât de par la volonté de Mathilde.

— Je vous ai retrouvés ! dit-il en s'avançant. Vous devez en avoir une sacrée branle[2] !

— Nous ne nous cachions pas, que je sache, dit Mathilde. Quant à éprouver quelque émoi de vous voir, permettez-moi de vous dire, messire, que vous vous abusez !

— M'abuser ?... Mais, noble dame, j'ai plaisir, vraiment, à contempler deux amoureux au retour d'un petit reze[3]... Touchante vision, n'est-ce pas, mes hommes ?

Les cinq soudoyers acquiescèrent sans qu'aucun, cependant, ne fût enclin à partager la gaieté de ce chevalier que le poids de l'armure obligeait à fléchir les genoux. Tristan, tout en le considérant de bas en haut, sans oublier l'épée qui le déhanchait un peu, se sentit envahi par une colère pareille à celle qu'il avait éprouvée lorsque ce guépin[4] l'avait accusé de trahison.

— Que nous veux-tu, Salbris ?... Ou mieux : que me veux-tu ?

1. Toutes les pièces d'une armure.
2. Commotion.
3. Voyage.
4. Qui a la méchanceté de la guêpe.

Enfoui sous ses paupières mi-closes, le regard du marmouset eut un étincellement qui ne devait rien au soleil :

— Ce que je veux ? Te voir périr de ma main... Venger Thomas d'Orgeville. Je t'ai vu l'occire...

— J'ignorais que c'était lui comme il ignorait que c'était moi. Et c'est lui qui m'est rentré dedans, si j'ose dire, mais pas à la façon dont tu conçois cela !

Mathilde émit un petit rire et Salbris porta sa main à son épée.

— Dommage que tu n'aies pas vu rôtir tes compères, Castelreng. Tous hurlaient, sauf le moine, comme je voudrais que tu hurles !

— Ils n'étaient pas mes compères. Des témoins l'ont hautement affirmé : Jean Doublet et Gérard de Thurey. Si tu mets la parole du maréchal de Bourgogne en doute, tu peux mettre en doute celle du roi Jean qui m'envoya en Lyonnais, quasiment devant toi, pour épier les routiers... Ils m'ont pris... Je te l'ai dit : pour sauver ma vie, j'ai dû me résoudre à me défendre contre les hommes de Bourbon qui m'assaillaient... Qu'il y ait eu Orgeville avec eux, j'en ai regret sincère, et j'informerai le roi Jean...

— Tu ne lui diras rien !... Je suis venu à Montaigny pour t'occire.

Mathilde poussa un cri, Tristan se mit à rire. Elle crut qu'il prenait son angoisse en dérision alors que c'était l'arrogance de son ancien compagnon qui le réjouissait. De basses injures emplissaient sa tête ; les lancer à la face de cet outrecuidant titubant dans son fer ne l'eût aucunement apaisé. Les yeux secs, il regarda les compagnons de Salbris. « Un troppelet [1] de hallefessiers ! » Tous les cinq semblaient gênés, pour-

---

1. Petite troupe.

tant, d'assister à pareille scène et leurs yeux se portaient davantage sur Mathilde que sur leur chef. Il y avait trois cranequiniers [1], un picquenaire, et le cinquième, pour arme d'hast, arborait au bout d'une hampe gainée de cuir, couverte de bossettes d'acier, une feuille que, sans doute, il avait maniée dans une boucherie avant de s'engager dans le métier des armes.

— En quelque sorte, Guillonnet, tu viens me provoquer chez moi... As-tu songé qu'il y a céans une trentaine d'hommes, donc une bonne archerie, à commencer par les six gars, là-bas, sur le pont ? Ils nous avaient suivis et vous ferment le passage... N'est-ce pas, Panazol ?

Interloqué, le sénéchal bafouilla : « Oui, bien sûr. » Sa confusion devenait aussi plaisante pour Tristan que celle de Salbris. « Deux coquins qui me haïssent ! La même race que ceux de Brignais ! » D'instinct, il regarda ses mains, grandes, puissantes tout autant sinon plus que celles de ces malebêtes. Dommage qu'il les eût employées dernièrement à des jeux et attouchements sans profit pour son énergie. Relevant les yeux, il vit les soudoyers de Montaigny, l'arc en main, couronner le chemin de ronde.

— Que décides-tu, Salbris ?... Qu'as-tu dit à tes hommes ? Ils se trouvent en péril de mort par ta faute. Nos murailles à présent sont fort bien bataillies !

— Je te connais : jamais tu ne commanderas le tir à ces archers !

— Moi si, dit Mathilde.

Et, haussant le ton :

— Olivon, Vouillon, Fèvre, Pradeau, Gaudin et Bouteville, mes compères, encochez la sagette et attendcz mon signc !

1. Arbalétriers à cheval.

Elle se tourna vers les tours d'entrée où le portier bossu veillait, armé d'une arbalète :

— C'est bien, Hugonin... S'ils nous veulent du mal, il vous faut les occire.

Une louve défendant son mâle blessé n'eût pas eu un regard différent du sien.

— Tudicu ! s'écria-t-elle, nous ne sommes mariés que depuis samedi dernier. Nous voilà à la veille de Pâques[1] et il vous faut encore troubler notre ruse et nous embrener[2] !

Tristan regarda ce fâcheux qui se considérait comme un prud'homme le jour et une gente dame la nuit. Mesurant, comme à Lyon, l'abîme qui les séparait il préféra la circonspection à la jactance :

— Tu m'as offensé malement, Guillonnet. Tu te déprécierais, toi, un chevalier, en affrontant un malandrin tel que moi !... Tu me juges vil : tu souillerais ton épée en la mouillant d'une seule goutte de mon sang... si tu m'atteignais, bien sûr.

Peut-être avait-il tort de croire en sa bonne fortune : ils étaient d'habileté, d'endurance et de forcennerie égales mais, présentement, son état diminuait jusqu'à ses facultés défensives, et Mathilde, serrée contre lui sans intentions voluptueuses, pour une fois, s'en montrait consciente. Salbris parut d'ailleurs la prendre en dérision puis, avec ce mouvement du menton tellement arrogant qu'il empestait le curial[3] au faîte des honneurs :

— Homme contre homme, Castelreng !

A l'oreille de Mathilde qui s'en amusa, Tristan glissa : « Il est pareil à ton premier époux », puis il s'ébaudit :

1. Pâques tombait le 17 avril, cette année-là.
2. *Ruse* : intimité. *Embrener*, salir de « bran », matière fécale.
3. Homme de Cour.

— Homme contre homme ! Je conçois en effet que tu parles ainsi !

— Parfaitement, Castelreng, homme contre homme et non pas épée contre épée car c'est une arme noble sous le tranchant de laquelle il me serait désagréable de te voir périr !

Salbris dansotait un peu, dodinant ainsi des hanches et du séant. Toute la femelle qui était en lui semblait sourdre à travers son jupon de mailles treslies : de la belle ouvrage puisque chaque anneau auquel s'attachaient les quatre autres était en cuivre, de sorte que ce vêtement semblait d'or et d'argent.

— Je ne suis pas homme, Guillonnet, à repousser un défi en usant d'allégations spécieuses. Je préfère mourir vaillamment, ce jour d'hui, plutôt que de passer pour un couard... Or, donc, si tu meurs, toi, ce sera à ton instigation... C'est cela ?... Tu n'affûtes pas... tu réfutes l'épée !

— Cesse tes gailles [1], je suis pressé !

— D'aller au ciel ? interrogea Mathilde.

Salbris haussa ses épaules de fer. Tristan poursuivit :

— Si tu décides de m'affronter avec une arme courte, je te dis non. Je ne suis pas encore en état de me colleter avec un parangon de vaillance qui est sorti sans une écorchure d'une bataille telle que celle de Brignais.

— Où veux-tu en venir ? Hâte-toi ! Le temps presse...

Tristan abandonna la taille de Mathilde qu'il avait caressée un peu comme l'échine d'une bête :

— Ni toi ni ton armure n'ont éprouvé un coup, à croire que quatre mantelets t'entouraient et sans doute également trente hommes... Comme je puis me tenir à

1. Plaisanteries.

139

cheval, nous pouvons nous offrir une course à la lance...

— Tu es, Castelreng, meilleur jouteur que moi !

— Je te sais bon gré d'en convenir... Que me proposes-tu ?

— La masse ou le fléau d'armes, messires, suggéra le picquenaire de Salbris.

Il souriait des apprêts laborieux de ce combat mortel. C'était, coiffé d'un capelet terne et bossué par les coups, un barbu de poil noir au nez entaillé naguère sur son arête et dont il subsistait une cicatrice noirâtre. Une grande gueule, sûrement. Panazol, lésé d'orgueil, s'immisça, lui aussi, dans ces préliminaires :

— Messires ! Messires ! Votre plait[1] peut durer longtemps si vous poursuivez ainsi... Je vois que messire Salbris a trois arbalétriers avec lui...

Le menton haut, les lèvres incurvées par un mépris que Tristan lui-même réprouva, Salbris fit front au sénéchal :

— Qui t'a permis ?

Panazol, les poings sur les hanches, ne se courrouça ni du tutoiement ni de l'air souverain du visiteur :

— Moi... Et nul autre que vous nc s'en montre indigné !... Vous êtes en ces lieux pour occire, dites-vous, l'époux de dame Mathilde. Puisque vous ne pouvez le combattre de près et que la joute vous déplaît, pourquoi ne vous résignez-vous pas à le meurtrir de loin ?... Cinquante pas ? Ces arbalètes ont bel aspect et je vois dans la couire[2] des hommes des viretons de bon aloi capables de percer deux poitrines à la fois, malgré du fer ou des mailles. Qu'une main de femme — celle de dame Mathilde — choisisse l'arme qui est pour vous

1. Ou *plaid* : procès, querelle, d'où *plaider*.
2. Le carquois des arbalétriers, en peau de truie.

d'abord, celle qui est pour son époux ensuite, et qu'un de vos hommes choisisse un vireton et moi l'autre, un seul...

— Ensuite ? demanda Salbris intéressé.

Panazol se rengorgea. Quelques battements de paupières exprimèrent une jubilation disproportionnée à sa raison d'être :

— Pour que l'égalité soit complète, vous partirez dos à dos lorsque dame Mathilde vous le commandera... Elle comptera vos pas jusqu'à cinquante... J'ai vu procéder ainsi chez Arnaud de Cervole, entre deux capitaines épris de la même prisonnière...

« Ce malandrin s'est trahi », songea Tristan, « mais puisque l'Archiprêtre est dorénavant au roi — du moins en apparence —, Salbris ne montre aucun étonnement. Et encore moins ses hommes issus de quelque route. »

— Ensuite, messire, c'est tout simple. A cinquante, vous vous tournez. Les armes ayant été bandées, chacun devient le bersail[1] de l'autre : vous lâchez votre trait, Dieu fait le reste.

— Et si nos viretons passent à côté ?

Salbris, maintenant, couvait Panazol d'un regard tendre, admiratif, dont le malandrin, offensé, se détourna pour prendre Tristan à témoin :

— Oyez, messire, ce qu'il paraît craindre !... A cette distance, le plus prompt et plus habile de vous deux percera son homme !

« Peut-être pense-t-il que je serai incommodé par ma blessure... Eh bien, je vais le décevoir ! »

Mathilde se permit une remarque outragée :

— Es-tu fou, Panazol ?... Guillonnet de Salbris est

1. La cible.

couvert d'une armure de fer. Ton dessein serait-il de voir mon époux traversé de part en part ?

D'un geste de la main, d'un mouvement de tête, le sénéchal réfuta l'objection et la supposition, toutes deux désagréables :

— Noble dame, à cinquante pas, un vireton tel que ceux que je vois troue une pansière de fer aussi aisément qu'un matelas de plume ou un coffret de sciure. Je doute que messire Salbris veuille se dépouiller de son harnois, et plus encore que votre époux accepte d'endosser l'armure de messire Henri, le haubert de messire Thierry ou celui de votre père !

— Par ma foi, dit Tristan, tu parles bien. Je demeure tel que je suis.

— C'est folie !

La frayeur de Mathilde, plutôt que d'émouvoir Salbris, l'ébaudit sans qu'il cherchât le moins du monde à s'en cacher. Tristan refréna son courroux tandis qu'elle tendait vers lui un visage exsangue où deux gouttes roulaient, glauques et lentes, sur ses peintures. Rien d'attrayant n'apparaissait plus sur cette face tirée, souffreteuse, que l'hébétude de ceux qui, sans voir la mort, en flairent la pestilence. Comme elle le saisissait à bras-le-corps, il se dégagea et la rassura d'un murmure :

— Je serai libre de mes mouvements, lui pas... Quant à ton Panazol, dont je loue l'opportunité, il voudrait me voir occis... En vérité, c'est un présent de fort grand prix qu'il m'offre... en l'ignorant.

— Es-tu aussi habile que tu me le donnes à penser ?

Plus que ses larmes, la pâleur de Mathilde, discernable sous ses fards, témoignait d'une angoisse imprévue et sincère. Au moment d'une mort incertaine, d'aucuns eussent senti fondre leur cœur et se froidir leur sang à la révélation de cet attachement nettoyé, pour ainsi dire, des palpitations charnelles.

« Pas moi... Elle ne s'est amourée que de ma tête et mon corps. Tous les sentiments que je peux éprouver lui répugnent sauf, évidemment, la bonne volonté que j'apporte à la satisfaire... Elle s'amuse de moi, à dire vrai. Ce qui l'effraye maintenant, ce n'est pas tant de me voir occire que de perdre son jouet. »

Point d'amour dans cette détresse ? Comment l'affirmer ? L'infirmer ? Ne se pouvait-il pas qu'en cette occurrence dangereuse, Mathilde éprouvât tout à coup la révélation de quelque chose de semblable ? N'était-ce pas pour dissimuler sur ses traits les symptômes d'une passion véritable, au plus fort de ses émois, qu'elle usait parfois de ses faux-visages ? L'avait-il bien vue ? Souvent, plutôt que de l'observer « en chair et en os », il l'examinait de préférence dans le miroir devant lequel elle s'immobilisait nue ou vêtue. Parce que cette surface claire la lui révélait autrement. Parce qu'elle ne lui fournissait ni la consistance ni le frémissement intérieur ni la saveur, la fraîcheur ou la tiédeur charnelle : la décevante vérité de Mathilde. Elle devenait une autre, une sœur dont les qualités imaginaires ruinaient les défauts de sa pareille. Voilà où sa réclusion le menait !

— Ne vous inquiétez point, dit-il à voix basse en reprenant le voussoiement. Je le vaincrai.

Tout au fond des ténèbres de sa mémoire, quelque chose brillait : un visage livide et tourmenté sous la frange d'une chevelure blonde. Bien qu'il l'imaginât très lointaine, muette, immobile et désespérée, Oriabel insufflait dans son esprit et son cœur quelque chose de meilleur que le courage : la confiance en lui, en elle, en leur destinée.

— Mathilde, dit-il en adoucissant sa voix, je suis

entalenté aux armes et aux solas [1] mortels ; davantage, sans doute, que dans ceux auxquels tu me convies depuis notre mariage... Tu vois, ce jour d'hui, le sang va couler de toutes parts...

Tandis qu'il sentait sur son avant-bras la crispation d'une main de noyée, Mathilde se détourna comme si cette évocation la rendait subitement pudique.

— Je t'aime... Tu m'appartiens, Tristan...

Etait-ce bien le lieu et le moment de revenir sur cette servitude ?

— Soit, dit-il, faisant face à Salbris. Conserve ton armure et finissons-en.

« Chargé de fer comme il est, son pas sera pesant, petit... Je m'efforcerai de faire de grandes enjambées... Je dois l'atteindre avant qu'il ne lâche son trait... Je ne sais encore comment, mais ce dont je suis sûr, c'est que l'habileté n'est rien sans la vélocité. »

— Il vous faut, dit Panazol, échauffé par sa soudaine importance, il vous faut, messires, examiner l'un et l'autre, et de fort près, votre arbalète.

— Elles sont en bon état, dit le plus jeune des cranequiniers.

Seize ans, glabre encore, il bourgeonnait au nez, aux joues et certainement au front, couvert jusqu'aux sourcils par sa trop grande barbute. Sur le plastron de son pourpoint, ses manches et ses chausses, une éruption de bossettes complétait son aspect boutonneux, ajoutant à sa laideur quelque chose de malsain.

— Jean a raison, dit un autre arbalétrier. Ces armes portent loin et juste, et les cranequins sont neufs [2]. Aussi vrai que mon nom est Paindorge.

---

1. Plaisirs.
2. Petit cric pour bander les arbalètes à main. Il en existait différents modèles.

C'étaient des armes simples, courtes, dont l'arc se composait d'un assemblage de lames de corne, et la corde de boyaux tressés. Leur arbrier de frêne, droit, légèrement effilé à l'arrière, devait se manier aisément. Le disque de la noix qui maintenait l'arc tendu était en os ; la gouttière où placer les carreaux profonde et soigneusement ointe de graisse. En arrière de la noix se trouvait un ressort qui pressait légèrement l'extrémité du trait dans la rainure et permettait d'incliner l'arme sans que le carreau pût tomber. Le cranequin semblait effectivement neuf ; celui qu'examinait Salbris l'était aussi.

— Cela vous convient-il, messire ?

Interpellé par Panazol, Salbris eut un froncement des narines comme s'il reniflait l'odeur du rustique, et soupesant l'arbalète à deux mains :

— C'est une arme de manant.

Il se souciait peu, lui qui aimait les hommes, d'offenser les siens et ceux de Montaigny. Tous étaient d'ailleurs trop excités par cette joute inaccoutumée pour s'offenser d'une plate sentence. Le picquenaire barbu partit rassurer son cheval qui semblait flairer le sang.

— Les viretons, demanda Panazol. Bien sûr, si aucun de vous n'atteint l'autre, vous recommencerez.

Il avait décidément pris les devants pour conduire l'affaire à son terme fatal. Le nommé Jean s'empressa de se défaire du pavois suspendu dans son dos et vida sa couire dessus. Elle ne contenait que des viretons courts, en bon frêne, avec une empenne de basane trempée dans une colle de poisson afin d'en durcir les ailettes. Leur fer pyramidal avait des arêtes tranchantes et une pointe aussi acérée qu'un aiguillon.

— Arme-moi ça, enjoignit Salbris au picquenaire

qui, laissant son cheval à Ydoine soudainement apparue, s'était approché à pas lents.

Jean dégrafa le cric qu'il portait à la ceinture et le tendit à son compagnon. Tandis qu'il engageait les branches de la grande fourche de fer dans les tourillons de l'arbalète, Tristan, souriant de son application, saisit l'arme que Panazol lui tendait avec un respect tellement exagéré qu'il puait la provocation. Il l'inspecta minutieusement et grommela en souriant un peu :

— Je vais te décevoir, sénéchal... car je vais vivre... et jusqu'à ce que j'en parte, tu regarderas chaque nuit le donjon en imaginant ce que j'y fais à ta place...

Ils échangèrent un regard signifiant que c'en était fini des simagrées. Ils se trouvaient désormais en état de guerre ouverte. Tous les coups seraient permis.

— Où nous affrontons-nous ? demanda Tristan.

— Dans cette cour, dit Salbris. Elle a, dans la longueur, plus de cinquante pas.

« Tu commets une faute ! Tu chancelleras sur le pavement disjoint ! »

— Montaigny, dit Mathilde, aussi grise qu'une hostie, a perdu l'an passé son chapelain.

— Dieu nous voit et je crois en Sa miséricorde ! s'écria Salbris d'une voix rêche. Qu'aurais-je à faire d'un tonsuré ?... Allons, hâtons-nous !... Je suis attendu à Lyon. Après-demain, je repars pour Paris... J'informerai le roi...

C'était pousser trop loin la confiance en soi : Mathilde s'ébaudit, mais son rire tintait faux. La population du château s'était éparpillée sur les parois, et l'on eût dit une montre de statues en loques. Ydoine prit en ses mains les rênes des chevaux pour les mener derrière la chapelle.

— Vous triompherez ! dit-elle à Tristan ahuri avant

de disparaître dans le clapotement des fers et de ses gros sabots. Dieu vous garde !

Panazol eut un sursaut comme s'il venait d'assister à une trahison. Il tendit son visage au long nez vers Mathilde afin de l'interroger, d'un coup d'œil, sur ce comportement inattendu, mais elle haussa les épaules, prenant en dérision la déconvenue de son sénéchal. Le regard apeuré qu'elle porta sur Salbris disait assez sa désespérance :

— C'est injuste !... Vous auriez dû enlever votre armure...

— Et pourquoi pas le reste ? ironisa Salbris. Es-tu prêt, Castelreng ?

Tristan considéra cet homme avec une attention forcenée, comme s'il le voyait pour l'avant-dernière fois : la dernière serait quand ils se trouveraient face à face, à cent pas l'un de l'autre.

— Je suis prêt.

« J'ai bu, rompu le pain aux côtés de cet homme. Nous avons chevauché talon contre talon, et sans qu'il fût mon ami, je l'avais en respect. Jamais je n'aurais pu penser qu'il me traiterait comme il le fit à Brignais et à Lyon, et qu'il voudrait ma mort avec acharnement... Vais-je trépasser ? Dire que nous sommes allés ensemble en Bourgogne !... Il faisait tout pour se faire apprécier de Tancarville... et d'un hutin que je trouvais désagréable, Fouquant d'Archiac... Ah ! celui-là. Il n'y avait point, parmi nous, de rioteux[1] pire que lui... Je l'avais vu, sur le marché de Meaux, chercher querelle à Maingot

Maubert... Archiac !... Salbris lui ressemble, sauf

---

1. Faiseur de querelles. Le combat de Meaux eut lieu le jeudi 1er juillet 1361 et la saisine de la Bourgogne en novembre-décembre de la même année.

sans doute pour les mœurs. Salbris, je vais te faire un trou supplémentaire ! Tu en jouiras mortellement. Quant à moi, il importe que la male chance m'épargne pour que je puisse, bientôt, vivre mes amours vraies... Voilà : nous sommes en place au mitan de la cour. »

— Si l'un de vous, dit Panazol, veut duper l'autre, Gondinet et Dumoustier que voici, et qui sont à Montaigny les meilleurs à l'arbalète, lui donneront regret de sa cautelle !

— Il te plairait que ce soit moi !

— Oh ! suffoqua Mathilde. Non, mon époux !... Non !

Tristan frissonna, sentant contre ses épaules couvertes de velours la froideur de la dossière de Salbris. Il installa son arbalète en travers de sa poitrine, la dextre sur la détente, la senestre, paume creuse, soutenant l'arbrier.

— *Un, deux*, commença Mathilde.

Dans le silence où un cheval hennit brièvement, sa voix tombait comme des gouttes sonores. *Quatre, cinq.* Tristan qui entendait les froissements des plates de l'armure et le grésillement des solerets[1] s'efforçait d'allonger ses foulées. « La pointe du vireton juste au pli de l'aisselle... Je te tuerai Salbris... Tu ne pourras me décrier auprès du roi et de son fils ! » *Neuf, dix.* « La mort pour moi aussi, peut-être : Dieu nous juge... » *Onze.* « Plus tard, je veux et dois me justifier... Mathilde se réjouit de nous voir ainsi... Elle mouille autant qu'au lit... Jour de sang pour elle... Et pour moi ? » *Quinze, seize.* « Si je n'avais pas connu Oriabel, j'aurais pu sûrement m'accommoder d'elle et de Montaigny. » *Vingt, vingt et un.* « Elle aime *ça*... C'est

---

1. Ou *pédieux* : les chaussures de fer de l'armure, qui n'avaient pas de semelles et emboîtaient le pied comme des grandes guêtres.

une qualité dans le mariage. » *Vingt-cinq, vingt-six*. « Une qualité qu'elle dilapide sans remords avec moi comme avec les autres, mais avec plus de joie puisque je ne la maltraite pas ! » *Vingt-neuf*. « Si je vis, je fuirai... Pas tout de suite, car elle est soupçonneuse, mais lorsqu'elle me croira fortement attaché à elle. » *Trente-deux, trente-trois*. « Je dois supplanter Panazol au commandement du château. » Murs gris ; la mort ou la vie ? Blessure ou pas ? Qui lâcherait son carreau avant l'autre ?... Mollesse due à un premier jour de chevauchée... *Trente-cinq*. Qu'était devenu son Noiraud ? Sa Floberge se trouvait-elle en de bonnes mains ? *Trente-huit*. Mathilde n'avait ni préjugés ni hypocrisie, mais il était gêné d'être dépendant d'elle... Dépendant ? Une proie ! *Quarante*. « Ne pense plus, Tristan, qu'à ce que tu dois faire ! » *Quarante-deux*. « Je le sais ! » Nulle autre solution pour préserver sa vie que celle qui venait d'illuminer son esprit.

Un vol de pigeons brassa vigoureusement l'air, comme s'ils craignaient d'être abattus. *Quarante-cinq*. Que faisait Salbris ? A quoi pensait-il ? A ses amours infâmes ? *Quarante-huit*. Deux pas...

— *Cinquante !* cria Mathilde.

Tristan tourna si brusquement sur lui-même que la douleur de son épaule lui arracha un cri. Il chut sciemment en avant sur le sol tout en manœuvrant la détente de son arme.

En ronronnant, le carreau adverse passa au-dessus de lui, sans doute à l'endroit où, s'il n'était tombé, se serait trouvée sa tête.

« Si je n'avais pas employé cette astuce, je prenais le fer entre les yeux ! »

Salbris sursauta comme s'il avait posé son pied sur un nid de vipères.

— Au cœur ! hurla Mathilde tandis que l'outrageux basculait à la renverse.

Tristan courut jusqu'à sa victime.

Salbris vivait petitement encore. Une fleur de sang s'épanouissait sur son jaque de soie. « Un con », dans l'acception du terme. Ses yeux vitreux déjà lui sortaient des orbites ; sa bouche béante semblait vouloir crier une imprécation que la mort broyait dans sa gorge. Les ailes de son nez se pinçaient.

Il s'enfonça dans un abîme glacé dont il essaya de s'extraire en levant les mains ; elles tombèrent à plat sur son plastron de fer.

— Il est mat, dit Panazol. Une bien belle astuce... Je me demandais, messire, comment vous pourriez trespercer ce falourdeur... Car vous l'avez bel et bien embroché !

Comme le sénéchal retournait avec un plaisir sans doute exagéré le vaincu, Tristan vit que la tête de son vireton pointait hors de la dossière qui, un moment, avait fraîchi ses épaules.

Jean, l'arbalétrier, s'approcha. Le coup qui avait tué Salbris le merveillait autant que ses compagnons et les gens de Montaigny. Ydoine battit des mains :

— Quelle sûreté, messire !... Notre dame est contente.

« Voilà cette grosse maraude égayée ! Elle m'admire, dirait-on ! »

Le picquenaire barbu qui, sans doute, secondait Salbris au commandement toucha le mort par l'arestuel [1] de son arme :

— Nous cinq attesterons que le combat fut loyal. Pas vrai, vous autres ?

Les soudoyers approuvèrent.

1. Sorte de cône d'acier pointu à l'opposé du fer de lance.

— Compères, intervint Panazol, si vous le rameniez à Lyon, les manants, nobles et bourgeois vous demanderaient où, quand, pourquoi et comment il a trépassé. Apprenant qu'il doit sa mort à messire de Castelreng, le courroux des capitaines et des évêques, qui sans doute est inapaisé, deviendrait tel, je le crains, que Montaigny serait vélocement assiégé...

— Qu'ils viennent, dit Tristan, aboyer sous nos murs ; ils sont bien trop couards pour nous assaillir. De plus, vous avez tous été témoins que je n'ai pas cherché la riote. C'est Salbris qui m'a provoqué.

Mathilde s'approcha de Panazol. Elle se frotta les lèvres comme lors d'un repas et murmura, le front plissé par une décision irrévocable :

— Comme pour l'autre.

— Quel autre ? interrogea Tristan.

Elle eut un geste étrange : celui d'éparpiller au vent des cendres ou des pétales.

— Rien de ce qui s'est passé à Montaigny avant ta venue ne saurait t'intéresser. (Et désignant Salbris aux soudoyers muets :) Etiez-vous avec lui depuis longtemps ?

— Depuis hier, dit un des arbalétriers, un gros joufflu, rougeaud, moustachu comme un Celte. Nous servions messire Jacques de Bourbon. Il est mort et son fils aussi.

— Déviés[1] tous les deux ?... J'en ai bien de la peine.

Tristan trouva l'émoi de Mathilde tellement faux qu'il insultait la mémoire des deux trépassés. « Morts », songea-t-il, consterné. Certes, Bourbon n'avait rien entrepris pour obtenir la victoire, et le maréchal d'Audrehem, plutôt que d'accourir à marche

1. Morts.

forcée avec ses compagnies, s'était gardé de venir à Brignais. Il méritait la hache ou la pendaison, mais ce gros homme retors saurait bien mettre en évidence l'impéritie de son défunt rival pour dissimuler ses carences, et pis encore, sa trahison. A ses risques et périls, Arnaud de Cervole était venu à Brignais ; Audrehem n'avait pas eu son courage. Et lui, Tristan de Castelreng ? Pourrait-il vivre bientôt l'esprit nettoyé de l'épouvantable souvenir de dix ou vingt mille corps humains agglutinés dans leur sang et celui des chevaux ?

— Je puis vous employer tous les cinq, dit Mathilde au picquenaire barbu. Avec tous ces routiers à l'entour de Montaigny, j'ai besoin d'hommes vaillants et obéissants. Pas vrai ?

Le regard d'intime connivence qu'elle échangea avec Panazol pour obtenir son agrément déplut si fortement à Tristan qu'il s'éloigna de quelques pas en direction de Jean auquel il restitua son arbalète.

« Je ne suis pas jaloux, tout de même ! On est jaloux quand on aime ! »

— Nous acceptons votre offre, noble dame, dit le picquenaire après avoir, d'un coup d'œil, consulté ses compagnons.

— Mon sénéchal vous mènera à l'écurie. Quand vos chevaux y seront à l'attache, il vous montrera votre logis... Ydoine que voilà mettra cinq écuelles de plus à la table du tinel... Et puis non, sept... car vous accepterez, mon époux, de partager le pain avec toute notre mesnie [1] !

Tristan détesta cette voix melliflue et le *vous* hors de circonstance. La retenue qu'il observa, par courtoisie, pouvait exprimer une soumission absolue à son épouse.

---

1. L'ensemble de la population d'un château.

Elle signifiait pour lui tout autre chose : une toile d'aragne se tissait autour de lui dont la surveillance exercée sur sa personne, lors de sa chevauchée en compagnie de Mathilde, constituait une preuve manifeste. Mais il était plus fine mouche que Mathilde et Panazol ne le croyaient.

* *
*

Alors que le souper venait de commencer, Tristan fut intrigué par les clatissements de la meute.

— Que signifie ? demanda-t-il à Mathilde.

Elle s'avisa de son sénéchal qui, d'un froncement de son long nez — comme s'il flairait un danger sans conséquence —, lui intima le silence.

— Est-ce que je sais ! fit-elle, excédée qu'il l'eût surprise en grand état d'incertitude et, surtout, qu'il l'eût vue consulter Panazol avant de lui fournir une réponse qu'elle renfonçait, au prix d'un déglutissement pénible, dans sa gorge.

— Comme *l'autre*, alors ? conclut Tristan persuadé de lever un lièvre de grosse taille.

Plutôt qu'une colère qu'il ne redoutait pas, il vit s'aggraver la gêne de son épouse. Une brève rougeur, sous ses fards restitués, lui était montée du menton jusqu'aux joues, et si elle se refusait à comprendre son allusion, tous ceux de Montaigny, jusqu'à la grosse Ydoine pétrifiée devant l'âtre, feignaient si mal la surdité ou l'indifférence qu'il en sourit :

— J'ai compris, dit-il. Si l'on dit « une chienne de vie », l'on peut dire également, « une chienne de mort ».

Le silence lui plut : il avait touché juste. Afin qu'il ne subsistât rien du corps de Salbris, on l'avait offert en festin à la meute. L'armure du défunt, qu'il eût pu réclamer — ce dont il s'abstiendrait —, serait mise en partage... Mais qui avait précédé l'outrecuidant Guillonnet au chenil ? Un amant encombrant ayant assumé la transition entre Henri, le trépassé de Poitiers, et lui-même, Castelreng ?

Il mangea en silence, prêtant peu l'oreille aux parlures des commensaux de Mathilde et des nouveaux venus. Quelque satisfaisant qu'il fût, le trépas de Salbris avait eu pour immédiate conséquence l'augmentation de la garnison du château.

— Comment feras-tu pour entretenir ce supplément de cinq hommes ?

Mathilde sourcilla, dérangée dans un songe. Elle eut un sourire par lequel elle affirmait sur un époux peu amène ce qu'il eût pu appeler la domination de la fortune.

— Puisque nous ne pouvons forniquer à outrance, j'aurai le temps de te montrer un tout autre trésor que mon corps...

Elle eût pu sourire en disant cela ; or, jamais elle ne lui avait paru si sérieuse.

— Sous le lit, j'ai de l'or, de l'argent, des joyaux. Henri, je te l'ai dit, n'avait aucun scrupule. Moutons d'or, deniers d'or à l'aignel, et même des nobles à la rose [1]... J'en vends à des Juifs de Lyon... Si je le vou-

---

1. Tous les rois de France, depuis Saint Louis, avaient fait frapper des *moutons d'or* et des *deniers d'or à l'aignel*. On cessa d'en frapper en 1325, et cette interruption dura jusqu'au règne du roi Jean. Les *moutons* anciens continuèrent cependant d'avoir cours, concurremment avec les nouvelles espèces, sous le règne de Philippe de Valois. Leur titre était d'or fin et leur taille de 59 1/6 au marc.

Le *noble*, assez communément appelé *noble à la rose*, était une monnaie d'or qui fut frappée pour la première fois en Angleterre sous le règne d'Edouard III, vers l'année 1344. L'or en était très fin et la taille d'environ 25 au marc.

lais, Montaigny deviendrait l'un des plus beaux châteaux du royaume. Je serais courtisée pour cette fortune et menacée à chaque moment du jour et de la nuit... C'est pourquoi je suis ce que je suis... Tu peux juger de ma confiance en toi puisque je te révèle ces choses.

— L'or et l'argent pour moi sont de peu d'intérêt. Le bonheur ne saurait en dépendre.

Elle rit puis avala lentement une cuillerée de brouet, et la voyant avancer sa bouche gonflée vers la cuiller, Tristan songea aux baisers dont elle était prodigue. La façon dont il avait occis Salbris l'avait subjuguée. Lorqu'ils étaient revenus dans leur chambre, lui pour se changer — il était en sueur tant cet affrontement l'avait effrayé —, elle pour laver ses fards et les recomposer, il avait dû lutter pour s'épargner une déplaisante étreinte. L'angoisse, le sang, la mort l'avaient excitée. « *Tu es vivant ! Vivant ! Aime-moi, force-moi, là, sur le pavement... comme tu voudras.* » S'il conservait en sa mémoire ses soupirs et ses menaces grondantes, elle semblait les avoir oubliés. Panazol, qui maintenant les observait, avait-il accepté de pareils accolements avec elle ? Pour la première fois, tandis qu'elle se recoiffait, elle avait demandé d'une voix innocente : « *Oriabel était-elle aussi énamourée que moi ?* » Il avait craint de lui répondre affirmativement. « *Faisais-tu avec elle tout ce que tu fais avec moi ?* » Plus que la jalousie et l'exécration, une curiosité folle imprégnait ces paroles. On eût dit qu'elle seule, Mathilde de Montaigny, excellait aux jeux de l'amour.

— Il est grand dommage pour moi, dit-elle, que je ne puisse lire tout ce qui, présentement, fermente dans ta tête. Voir ton esprit aussi nu que je vois ton corps m'aiderait à vivre béatement... C'est un privilège que je n'ai jamais eu... N'est-ce pas, *mon* Tristan ?

Il vida son hanap, ce qui lui évitait de répondre. Le

silence devenait d'ailleurs, pour lui, un raffinement supplémentaire à cette liturgie de l'indifférence qui succédait, soit à celle de leurs étreintes, soit à des harcèlements de cette espèce qu'il nommait désormais sa « sainte Inquisition », sans qu'elle en parût affectée. Jamais il n'obtiendrait ses aises à Montaigny. Jamais il ne parviendrait à faire accroire à Mathilde que s'il ne lui déplaisait pas, parfois, de jouer des reins avec elle, il y avait aussi peu d'amour dans ces pratiques effrénées que d'or dans les bahuts du souverain de France.

— A quoi pensais-je ? A Marie, dit-il malicieusement.

— Tiens ! fit-elle en minimisant l'ampleur de son étonnement. Je l'aimais bien, sais-tu ? Nous allions chevaucher toutes deux en forêt... celle où je t'ai emmené...

— Sans personne pour vous suivre ?

— Non... Parfois, nous y allions à pied, nous donnant la main, le bras...

— Et vous prenant par la taille ?

— A quoi penses-tu ? s'inquiéta-t-elle.

— Bah ! fit-il, éludant cette question d'un geste.

Pour une fois, ses méditations, plutôt que de se cantonner à son sort, s'élargissaient comme ces ondes argentées qui éclairent le fond d'un puits après qu'on y a fait tomber un seau ou une pierre. Marie et Mathilde... et l'oisiveté, mère de tous les vices. Toutes les comparaisons auxquelles il pouvait se livrer, ce soir encore, dans les brumes des victuailles tirées de l'âtre et la rumeur des propos et des rires, l'amenaient invinciblement à magnifier Oriabel — qui peut-être avait épié les deux femmes.

« Il se peut qu'elle ait fui par crainte d'être conviée à ces jeux. »

— Cesse donc de penser, dit Mathilde à mi-voix. Sais-tu que le soir où, à Brignais, tu t'es querellé avec Héliot avant que de l'occire, j'aurais aimé que tu me prennes comme ils prenaient leurs prisonnières : avec violence et mépris... C'est un émouvement que je ne connais pas.

Voilà qui révélait toute la lie de son caractère. En fait, elle n'avait pas plus de respect pour sa personne qu'une ribaude. Chaque fois qu'il s'apprêtait à la plaindre, bien qu'il fût envers elle avare de compassion, elle s'arrangeait pour qu'il la détestât.

— Je connais le sort qu'ils réservent aux femmes et tout ce qu'ils leur font lorsqu'ils en sont repus. Même si je te haïssais, Mathilde, je ne te souhaiterais point de subir les tourments de ces condamnées.

Il eût aimé lui présenter un visage froid, dédaigneux ; ce lui fut impossible. S'il avait eu de la pitié pour les martyres qu'il avait entrevues, il éprouvait une espèce de dédain pour cette frénétique qui jamais ne lui fournissait, envers elle, l'occasion d'une commisération durable.

— Héliot avait pris soin de me mettre à l'écart... Me diras-tu ce qu'ils faisaient à ces prisonnières ?

Une fièvre maligne devait l'empoigner, la pétrir aux entrailles. Il avait suffi de quelques mots pour que le poison du délire charnel circulât dans ses veines. Comme il était heureux que, ce soir, la nature eût fait en sorte de les déparier !

— Je ne dirai rien. C'étaient des châtiments d'une laideur suprême. L'enfer, la bestialité... Satan, Belzébuth, Astarot, Bélial et tous les autres, dans la peau d'hommes de notre temps... D'hommes tels que ceux qui sont autour de nous !

— Tu me parais méchant envers eux.

— Qui sait, si j'avais essayé de te... quitter, qu'ils

m'aient rattrapé ce midi et que tu m'aies abandonné entre leurs mains... ce qui m'eût changé des tiennes... Oui, qui sait ce qu'ils m'auraient fait !

— Tu es méchant, te dis-je, mais cela me plaît !

Bien que ce repas fût difficilement supportable, il y resterait ; il en partirait le dernier : s'il était revenu maintenant dans leur chambre, Mathilde l'y eût rejoint. Jamais elle ne serait sevrée parce que jamais elle n'atteindrait à cette félicité dont son esprit malade exagérait la magnificence.

— J'aimerais savoir, disait Panazol, ce que feront les routiers. Arnaud de Cervole est leur prisonnier... C'est ce qui se disait à Lyon hier...

— Leur prisonnier ? interrompit Tristan faussement aimable. Je dirais plutôt leur hôte.

Il éprouvait soudain le besoin d'être écouté, soutenu, réconforté par quelques approbations d'où qu'elles vinssent. Si brève qu'eût été son intervention, il eut le sentiment qu'il se hissait dans le respect jusqu'alors plat et contraint de tous les hommes — sauf Panazol.

— Ils ont libéré Tancarville, dit Paindorge. Pas vrai, Calloet ?

Il s'adressait au soudoyer qui avait une feuille[1] en guise d'arme d'hast. Etait-ce un ancien boucher ? L'homme approuva sans un mot.

— Et aussi l'Archiprêtre, ajouta Paindorge mécontent du silence de son compère.

Tristan fut envahi d'une gaieté acerbe :

— Arnaud de Cervole est libre ! Voilà ce à quoi je m'attendais. Je dirai un jour au roi ce que je pense de cette bataille et de certains présomptueux qui causèrent, une fois encore, l'infortune des Lis de France... Ou les routiers ont un ressentiment bien léger envers

_____
1. Tranchoir de boucher.

l'Archiprêtre et Tancarville, ou les rançons qui leur furent données sont lourdes[1] !

Mathilde et Panazol avaient échangé un regard. Il signifiait : « Il ne quittera pas ces lieux. » Tristan poursuivit, sans que son dépit fût visible :

— C'est le Bâtard de Monsac qui captura l'Archiprêtre. Je peux dire, Panazol, qu'ils sont amis de longue date et je pourrais jurer que c'est le maréchal d'Audrehem qui acquittera sa rançon... comme il le fit après Poitiers.

— Par la mordieu, c'est ce qu'on prétend ! approuva Paindorge en tendant son hanap au sénéchal pour qu'il l'emplît. Il paraît qu'au lendemain de sa venue à Lyon, quatre jours après la bataille, Audrehem s'est rendu à Brignais pour s'aboucher avec les routiers[2]. Non seulement, il aurait apporté à Cervole sa caution et sa parole, mais encore, de la part du roi, il aurait essayé de conclure un accord définitif.

— Tancarville a déjà obtenu une trêve[3], affirma Calloet.

Tristan serra les poings de part et d'autre de son écuelle :

— Une trêve !... C'est faiblesse et folie que de faire confiance à ces malandrins. A peine auront-ils recons-

1. La bataille de Brignais avait eu lieu le 6 avril 1362. Dès le jeudi 21, Tancarville était à Chalon-sur-Saône et le 25 à Châtillon-sur-Seine où, par lettres, il demandait qu'on remboursât son varlet (écuyer) « *des pertes et dommages que ycelui avait soutenuz à cause de la bataille de Brignais* ».
2. Le Trésor royal paya la rançon de l'Archiprêtre qui était, cependant, fort riche (voir *Les amants de Brignais*). Lorsqu'ils s'engageaient au service du roi, les seigneurs de ce temps stipulaient presque toujours que celui-ci leur rembourserait les pertes et dommages résultant de leur participation.
3. La trêve obtenue par Tancarville devait se prolonger jusqu'au jour de l'Ascension (jeudi 26 mai 1362). Durant celle-ci, les routiers promirent de ne pas envahir le duché de Bourgogne.

titué leurs compagnies qu'ils recommenceront leurs meurtres et pillages ! Peut-être Montaigny sera-t-il menacé... J'accueille, de ce fait, avec un grand plaisir, la venue, céans, de cinq hommes adurés aux armes et dont l'honnêteté saute aux yeux.

Il leva son hanap et leur porta la santé. Il avait insisté sur leur intégrité en pressentant qu'ils deviendraient ses ennemis, les pires, pour peu qu'il laissât deviner, malencontreusement, ses intentions de fuite. Quelles dispositions favorables allait-il lui falloir réunir ! Tout d'abord, il convenait que les routiers quittassent le Lyonnais ; or, ils y semblaient d'autant plus à l'aise qu'ils avaient taillé en pièces une armée venue pour les en chasser. Ensuite, il devait se faire une idée exacte des lieux — forêts, rivières, collines — entourant Montaigny. Enfin, il importait que la saison et le moment de sa tentative fussent propices à sa réussite.

« Pas avant l'automne », songea-t-il. « Les forêts, cependant, seront défeuillées... On m'y verra de loin même si je robe un cheval... Oui, il me faut un cheval... Je doit obtenir l'amitié de Malaquin... L'hiver ? Ce serait dur. On suivrait dans la neige les empreintes des sabots... Mais qu'ai-je à me soucier de cette aventure... Je saisirai l'occasion, la bonne chance m'aidera. C'est tout ce que je dois me dire. »

Panazol s'étrangla avec un petit os. Il margouillait une cuisse de poulet et la sauce glissait de part et d'autre de son menton, se réunissait dessous et gouttait sur son surcot de drap gris orné, au col, de quelques fils d'organsin tressés. Une maussaderie rude, vicieuse, se dégageait de ce visage pointu et de ces épaules de portefaix. Sans doute regrettait-il d'avoir suggéré un assaut à l'arbalète dont la victime n'était pas celle qu'il espérait.

— Quelles autres nouvelles avez-vous ? demanda

Tristan qui s'adressait en particulier au picquenaire barbu, du nom de Morsang, lequel ne paraissait guère enclin aux discours.

Flatté, l'homme se pencha par-dessus son écuelle :

— La Grande Compagnie s'était établie, comme vous le savez, à Brignais, mais d'autres, plus petites, entre la Saône et la Loire. Il est aisé de comprendre, messire, que la défaite des Justes dont nous étions ne peut à bref délai que grossir ce fléau. Et c'est pourquoi messire Henri de Bar, craignant qu'ils n'assaillent la Bourgogne, a prescrit des mesures en vue d'en assurer la défense. Hier, messire Salbris aurait dû le rejoindre à Chalon et porter lui-même — il en était prévenu — des lettres dans trois ou quatre bailliages, informant les baillis d'une attaque imminente, et leur enjoignant de mettre le plat pays en tel état que ces démons n'y pourraient trouver à manger. Il commandait également la destruction des moulins et châtelets qui ne pouvaient être gardés [1]... Messire Salbris a désobéi pour vous occire...

<hr>

1. Un des premiers actes du maréchal de Tancarville libéré fut de rappeler aux commandants de la Grande Compagnie la trêve qu'il venait de conclure avec eux. Le 26 avril, apprenant que des bandes avaient investi la riche abbaye de la Ferté-sur-Grone, en Chalonnais, il leur dépêcha Guillaume d'Aigremont pour les sommer d'en partir. La plupart de ces bandes ne reconnaissaient aucune autorité. Cependant, la crainte de se trouver isolées et vaincues les rendait favorables à certains arrangements. Tancarville et Henri de Bar entamèrent donc avec elles une série de négociations. Le dernier jour d'avril, un chevalier bourguignon, Jean de Chardoigne, partit de Dijon vers la Borde-de-Reulée et Fontaine, près de Chalon, pour essayer d'extraire de la compagnie où ils se trouvaient en grand nombre tous les Bretons et les charger « d'autres grosses besoignes ». Il est probable qu'ils allèrent grossir les bandes de Bertrand Guesclin. Le 11 mai, un autre messager entra en pourparlers avec un autre chef de compagnie, Lyon de Vaulx, pour lui soutirer également des Bretons. On le fit venir à Dijon pour en discuter. Le routier se rendit au rendez-vous avec une escorte de 24 cavaliers, se fit loger dans la plus belle hôtellerie de la ville et durant trois jours débattit avec le gouverneur et les gens du Conseil ducal des

— Aussi vrai que je m'appelle Beltrame, dit l'arbalétrier moustachu en bâillant fort, cette guerre ne fait que commencer !

C'était le mot de la fin. L'un suivant l'autre, les hommes s'en allèrent après un « bonne nuit » exprimé sur tous les tons : de l'indifférence à la gaieté la plus allusive, de la part des anciens. Seul Panazol partit sans proférer un mot.

— C'est vrai, dit Mathilde approuvée par Ydoine, qu'il t'a en détestation.

— Renvoie-le au fumier d'où tu l'as tiré.

— Il te fait peur ?

C'était un moyen d'éluder une suggestion qu'elle réprouvait et qui jamais n'obtiendrait son agrément.

— Peur ?... Pas plus qu'un de tes chiens que je n'ai jamais vus.

— Veux-tu que nous allions au chenil ?

Elle lui souriait avec cette expression de complicité forcée qu'elle avait parfois après une étreinte vaine. Quand donc cesserait-il de s'éreinter à lui arracher ce râle qui était le bonheur accompli d'une femme et qu'exhalaient les lèvres d'Oriabel ? Mais fallait-il qu'il y parvînt ?

— Inutile de nous rendre au chenil, Mathilde. Les bêtes sont repues : oyez, Ydoine, comme elles sont quiètes... Il n'y a autour de nous qu'un peu de vent. Et puis, si je voyais les veautres maintenant, je reconnaîtrais les os qu'ils rongent avec délices.

conditions du traité à la suite duquel lui et ses Bretons quitteraient la Bourgogne.

Un bandit breton, Henri Spic, devint capitaine de Pontarlier, qu'il quitta le 13 juin pour Dijon. La plupart des ravages commis dans cette partie du royaume le furent par des Bretons. Et sans doute appartenaient-ils autant aux Blois qu'aux Montfort ! Guesclin entreprit de les récupérer !

— C'était le seul moyen pour que disparaisse à jamais ce hutin qui te voulait du mal.

Tristan était debout, il se rassit sur son banc, non que cet argument l'eût abasourdi, mais parce qu'à nouveau ses malaventures ne lui offraient, présentement, aucune issue, et que le tinel de Montaigny lui faisait l'effet d'un vaste tombeau. Si, par quelque malignité du sort, les événements avaient été différents et les rôles inversés — autrement dit, si Mathilde avait été conduite au bûcher et qu'il l'eût sauvée par un mariage, il eût exulté, sans doute, d'avoir une épouse infatigablement aimante, soit par inclination, soit simplement par reconnaissance. Mais qu'allait-il chercher des similitudes insensées dans leur comportement et leur façon d'envisager la vie commune ! Tout les opposait. Il y avait aussi cette dissemblance importante : Mathilde avait été, outre ses deux époux, la ribaude de tout un chacun ; il était, lui, l'homme d'un seul amour.

— Viens-tu au chenil ?... Oui, je tremble d'aise et de froid, dit-elle.

Des lèvres jusqu'aux extrémités de ses doigts aux ongles pointus, les frissons d'une frénésie macabre la secouaient. Elle n'était ni Messaline ni la funeste fée Morgane, en cet instant, mais une Circé en quête d'un pourceau.

— Eh bien, dit-elle avec une espèce de résignation enjouée, montons. Les chiens attendront demain, et dès après-demain, je serai ta levrette.

Comme ils venaient de passer devant Ydoine, Tristan fut ébahi qu'elle lui eût lancé une œillade aimable, sinon complice. Il n'avait pourtant rien fait pour l'apprivoiser !

Il continua de marcher en s'interrogeant sur cet accès de débonnaireté.

« Pourrait-elle un jour devenir mon alliée ? »

Cette conjecture lui parut énorme. Aussi énorme que la servante. Bien qu'aucun fait précis ne l'y encourageât, il se surprit soudain à espérer son aide.

V

Avril passa, verdoyant, pluvieux et morne. L'humeur de Mathilde suivit le cours du temps. Flairant la maussaderie de son conjoint à travers ses sourires aussi trompeurs que ceux de ses faux-visages, emmaladie, surtout, par la mélancolie du temps, elle devint sombre et chatouilleuse — dans le mauvais sens du terme. Tandis que Tristan parvenait à se purifier l'esprit en réveillant de leur léthargie les meilleures images de son passé, elle s'accrochait aux événements récents, voire quotidiens, sans trouver de remède à sa mésavenance, d'émoi dans ses appétitions et de plaisir dans leur aboutissement.

Ce qui, songeait Tristan, consternait son épouse, c'était son impuissance à extirper de son esprit d'homme soumis à une vassalité singulière tout ce qui ne ressortissait pas à son règne, soit sur lui-même, soit sur Montaigny. Le souvenir d'Oriabel, qu'elle savait magnifié en sa mémoire, insultait son adoration. Quant à lui, qu'eût-il pu se reprocher ? Il ne cessait de se montrer d'une intégrité scrupuleuse envers sa bienfaitrice : il forniquait de son mieux, avec une bienveillance dont elle ne soupçonnait pas la fausseté.

— Tu t'es... dépensé, lui dit-elle un matin avec ce sourire un peu tremblant dont il ignorait toujours s'il

165

présageait un orage ou quelque nouvelle convoitise. Comment te sens-tu ?

— Prisonnier.

A un bref et léger froncement des sourcils, il comprit qu'elle ne voudrait rien savoir de ses doléances. Toutefois, il insista, la voussoyant — ce qu'elle détestait :

— Quelle est ma liberté en ces murs ?... Si je sors maintenant dans la cour, je trouverai deux ou trois de vos satellites sur mon chemin et d'autres aux fenêtres. Si je veux aller galoper une lieue, vous me direz que la contrée recèle tous les pièges qui se puissent imaginer, de sorte que si vous ne voulez me compagner, je serai entouré par Panazol et quelques autres gens d'armes, ce dont je me verrai grandement offensé.

— Ils ne sont pas méchants avec vous, que je sache !

Insensible à cette interruption qui, pourtant, prêtait à commentaire, Tristan poursuivit :

— Veux-je aller seul à l'armerie ? J'entrevois çà et là des ombres immobiles comme autant d'armures noires. Me plaît-il de revenir dans cette chambre pour y faire ce que les Espagnols de Brignais appelaient la *sexta hora* et les Aragonais la *siesta*, vous y apparaissez pour vous jeter sur moi et m'empêcher le repos.

— N'es-tu point heureux que tu me plaises tant ?

Il soupira pour s'interdire une réponse offensante. Un jour, il le savait, dans l'âme sombre de Mathilde, la méchanceté balaierait cette appétition déraisonnable. Elle n'était pas ce qu'il avait cru tout d'abord : une émule de Perrette Darnichot ; elle était pire. La première savait espacer ses ardeurs et même, sans doute, les maîtriser ; Mathilde s'en montrait incapable.

— Tu me dois amour et respect. Tu me dois ta jeune existence. Elle me régénère.

Elle ignorait ce qui avait composé cette « jeune existence », hormis ses liens avec Oriabel. Elle exécrait pourtant cette vie d'avant leur mariage dans la mesure où elle y discernait — faussement d'ailleurs — quelques amourettes.

— Tu te ferais occire pour protéger cette pute ! Tu verserais ton sang pour elle... sans barguigner !

Décidément, déjà, c'était la haine. Tout au moins le ressentiment. La certitude de partager inéquitablement et à son détriment le cœur de son époux avec une autre l'indignait sans qu'elle se rassurât en se disant qu'Oriabel était loin, morte peut-être, et qu'il était à sa merci. Elle eût aimé disposer du pouvoir d'effacer tout ce qui avait précédé leur arrivée à Montaigny — sauf leur mariage. Cauteleuse, subtile, d'une constance de tigresse à l'affût, elle attendait qu'il commît cette faute grave, impardonnable, de la fuite. Elle le ferait mourir dans des souffrances qui, elles aussi, la combleraient d'émoi de la tête à la vulve.

Il en venait à souhaiter, parfois, que Naudon de Bagerant, le Petit-Meschin et quelques centaines de Tard-Venus prissent d'assaut Montaigny pour l'en libérer, dût-il, ensuite, retomber sous leur coupe.

— Jusqu'au dernier de ses cheveux, jusqu'au dernier de ses poils, j'extirperai cette pute de ton cerveau !

Voire. Il ne cesserait de comparer la jeune à la « vieille », la femme de sa vie à celle de sa mort lente. Plus son existence s'assombrissait, plus Oriabel étincelait dans sa mémoire. Plus Mathilde affirmait son règne, mieux il corporifiait cette jouvencelle énamourée qui, capable d'allier tant de beauté à tant de séduction, refusait de disparaître de son cœur et de s'enténébrer dans sa mémoire — ce que la dame de Montaigny, perspicace, n'ignorait point. « Tu penses à elle », lui reprochait-elle fréquemment, même lorsqu'ils s'accouplaient, elle affamée, et lui livré aux affres écœurantes de la satiété.

Pour le moment, elle lui montrait son dos et contemplait ses faux-visages. Quelque effort qu'elle entreprît, elle ne parviendrait jamais à résoudre l'énigme des amours inextinguibles d'un chevalier et d'une vacelle, d'un hobereau et d'une roturière.

— J'y userai mon temps et ma patience, mais je finirai bien par te guérir de cette improbité qui me déshonore et qui infecte notre vie !

Elle confondait le remède et le poison comme elle confondait l'amour et la luxure. Doucereuse ou furibonde, son impudicité ne parviendrait jamais à exclure d'une âme en peine ni la mélancolie d'une existence claustrale ni l'amertume de simulacres exténuants ni, surtout, l'affliction des bonheurs évanouis. Jamais elle ne dissoudrait d'un cœur malade les vestiges d'une passion qui relevait certainement d'un miracle et pouvait, un beau jour, renaître d'un second.

— Tu verras, je triompherai.

Tristan resta coi : ses silences avaient la singulière propriété d'infliger à la hautaineté de Mathilde, outre l'affront d'un sentiment d'impuissance, un ébahissement sans fin pour la perfection d'une passion que peut-être, jadis, elle avait ardemment souhaitée. Il était probable sinon certain que les souvenances de sa jeunesse, de sa puberté, du premier vertige des sens revenaient inopinément et fréquemment dans sa tête et son corps, alliés à l'affliction du temps révolu. Et sans doute aussi pressentait-elle qu'il y avait dans les fêtes du corps quelque chose de plus voluptueux qu'elle ne le pensait, quelque chose qui exaltait l'âme plus que les entrailles et qui valait d'être éprouvé ; une spiritualité nette, vaste, simple, éperdue, hors des singularités et métaphores sensuelles dont elle était et prodigue et friande ; quelque chose qui, sans doute, était un don divin. Alors, à la rancœur d'être trompée sans qu'il y eût adultère succédait le mésaise, au mésaise l'affliction et à celle-ci la fureur.

— Tu penses à elle !

— Par ma foi, c'est bien vous qui m'y faites penser !

D'un regard, Tristan embrassa la chambre. Il l'avait désormais en horreur. Une horreur qui ne cessait de féconder trois regrets : celui de la cellule de Fontevrault, celui de la geôle bourguignonne d'où Tiercelet l'avait sauvé, celui de la chambre glacée du donjon de Brignais. Maintenant, leur exiguïté, leur sobriété, leur pénombre acquéraient un charme et des dimensions qui le merveillaient sitôt qu'il revivait à grands traits les événements qui l'avaient poussé de l'une à l'autre, infailliblement. Mais pourquoi ?

— Tu ne sortiras pas, dit Mathilde. Je déteste te voir un visage aussi pâle. Je sais que tu n'es pas malade. D'ailleurs, si tu l'étais, je demanderais à Ydoine...

Il la laissa patrociner et de tout son cœur, de toute son âme, appela Oriabel à son secours.

* *
*

Les pluies cessèrent dans la dernière semaine d'avril. Le vent qui volutait autour de Montaigny céda le ciel à la brise. Mai apparut, arborant un soleil si ardent que Panazol, un jour, en revenant de Lyon, annonça que les terres des Aiguiers semblaient avoir fondu tellement on y pataugeait. Le sénéchal révélait ainsi, involontairement, qu'il était passé par Brignais et Saint-Genis-Laval soit à l'aller, soit au retour. Pour avoir accompli impunément ce détour, il devait compter quelques accointances chez les routiers toujours présents sur les lieux de leur victoire.

Mathilde avait accueilli son homme lige à l'ombre de l'écurie. Elle l'interrogea sitôt qu'il eut abandonné son grand roncin blanc aux soins d'Itier, le seul des trois palefreniers dont Tristan obtenait quelques mots et sourires.

— Dis-moi, Bertrand, les routiers sont-ils toujours présents à Brignais et sur les mottes à l'entour ?

Elle s'était exprimée sans frayeur apparente, comme assurée de ne rien craindre à Montaigny. Panazol lui sourit avec la présomption d'un Scipion au retour de Carthage.

— N'ayez crainte en quoi que ce soit. Je n'ai fait en chemin que de bonnes rencontres.

Sans plus de façons, il offrit son poignet à la châtelaine et pour parler plus à son aise la mena loin du portail où Tristan sellait Aiglentine.

« Ce rustique me le paiera ! »

Il s'était réjoui de sortir en forêt — davantage pour se livrer à l'inspection des lieux que pour s'y revigorer. Flairant désormais il ne savait quoi de contristant et même de dangereux pour sa personne, il n'en avait plus envie. Cependant, il atermoya pour soulager la jument de Mathilde de sa sambue[1].

On était le dimanche 15. La veille, à l'aube, Panazol et deux soudoyers, Jabeuf et Herbulot, des anciens, étaient partis pour Lyon afin de s'y soulager comme ils disaient en s'ébaudissant grossement.

« Ils reviennent heureux, les testiculs[2] vides et le crâne plein de sornes[3] ! »

1. Selle uniquement destinée à une femme.
2. Orthographe du XIVᵉ siècle.
3. Sornettes.

Panazol rejoignit les deux hommes. Ils entamèrent une parlure entrecoupée de rires. Se sentant impliqué dans cette joie vulgaire, Tristan s'approcha de Mathilde :

— Que t'a-t-il énarré que je ne dois apprendre ?

Il s'attendait à ce qu'elle répondît à sa question par une autre : « *En quoi cela te regarde-t-il* » Or, elle rit, elle aussi, en silence, avant que de se récrier :

— Crois-tu qu'il m'a enfin déclaré son amour ? Vas-tu le jalouser ?

Elle eût été comblée par cette contingence et convaincue qu'il l'aimait enfin selon ses vœux. Il se retint de s'esclaffer. Ombrageux, lui ? Il se fût à coup sûr montré anxieux et possessif s'il l'avait admirée, voire entourée d'une ferveur légère. Elle était loin du compte. Il s'empressa de rétablir la vérité :

— Les façons de cet outrecuidant m'indignent... Quant à le jalouser !... Ne sais-tu pas que ton sénéchal n'est qu'un rustique juste bon à fourcher du feurre et du faing[1] à l'écurie ?... Ah ! certes, il aimerait mieux, en l'occurrence, se coucher dedans avec toi... Et peut-être, après tout, serais-tu bien aise d'être... enfourchée !

— Je ne te permets pas...

— Tu ne me permets rien au-delà de ton lit, mais il convient que tu le saches : tu t'avilis en accordant à ce huron plus d'intérêt qu'il n'en mérite.

On les observait. Non seulement les trois hommes retour de Lyon, au coude à coude, mais aussi les éphémères compagnons de Guillonnet de Salbris. Morsang et Beltrame se gaussaient sûrement de lui. A midi, désormais, il partageait leur repas à la gauche de Mathilde et ce lui était une gêne, presque une douleur, de se sentir épié, calomnié dans le tumulte né du

1. De la paille et du foin.

171

contentement d'absorber la mangeaille et de licher un vin tellement piquant qu'il semblait du jus de chardon.

— Panazol m'a dit avoir rencontré un chevalier de ma connaissance.

— A Lyon ou à Brignais ?

— A Lyon, bien sûr !

Mathilde baissait le front : elle mentait. Pour se reprendre, elle dit :

— Il nous visitera.

Tristan vit aussitôt cet inconnu se dresser entre eux et le mépriser autant sinon davantage que Panazol.

— Tu le connais. Il sait que tu es mon époux : Panazol le lui a dit.

— Est-ce... Naudon de Bagerant ? Il nous a connus tous deux... Ce forfante[1] m'avait rançonné, mais je ne lui dois rien, puisque j'ai pu lui échapper.

— Ce n'est pas lui. Cet homme n'est pas un routier.

Mathilde s'exprimait avec tant d'insistance que Tristan s'en trouva confondu. Elle regarda, au sol, leurs ombres allongées, jointes par les ventres, tandis qu'un sourire imperceptible relevait ses lèvres. Il se détourna vers Aiglentine. La jument se demandait sans doute si elle allait devoir trotter, galoper ou revenir dans sa parclose. De l'autre côté du portail, Malaquin, sellé, s'interrogeait de même.

— C'est un ancien compagnon de mon second époux.

En demandant avec une suavité feinte : « Est-ce Arnaud de Cervole ? » Tristan eut le sentiment de frapper au but. A tel point qu'il dut répéter sa question.

Cette fois, Mathilde fit front, les prunelles brûlantes, les lèvres étrangement décloses sur ses dents canines

1. Mauvais homme. Qui se vante avec impudence.

172

comme une belette en fureur — dont elle eut presque le crachement :

— C'est lui... Oui, c'est lui ! Et je le recevrai même si cela t'engrigne !

Le courroux lui donnait une mauvaise haleine. Il la regarda de près, en face.

— Tu es bien au-dessous du mépris qu'il m'inspire !... Je l'ai en aversion, en détestation... Je le hais tout autant que je hais Belzébuth !

Il s'était appliqué à contraindre sa rage. Il constata l'inanité de cet effort en n'obtenant qu'un rire après cette révélation. Le dépit et la compassion s'y mêlaient. Se penchant soudain vers Mathilde, il parut vouloir compter ses rides de sorte qu'elle s'éloigna d'un pas.

— Soit, dit-elle d'une voix qui dénonçait un singulier reflux de la colère, puisque c'est ainsi, tu n'auras qu'à demeurer dans la chambre. Je t'y ferai porter tes repas si Arnaud consent à demeurer plusieurs jours en ces murs.

— Non, je l'affronterai. S'il me sait à Montaigny, je ne tiens pas à ce qu'il me prenne pour un couard !

Il avait crié, tout en reculant vers Malaquin. Il avait une folle envie de sauter sur le cheval, de franchir le pont-levis et de se fondre dans la forêt voisine. Mais il ne possédait ni arme ni viatique et savait, anticipant cette poursuite, qu'il serait tôt rejoint par Panazol, Jabeuf et Herbulot.

— Ce malandrin, Mathilde, peut souiller quelques jours ma vie de sa présence... Après tout, lorsqu'on a survécu à la peste noire, on ne saurait craindre la contagion d'un tel homme !

Tristan sentit un regard de ténèbres envahir irrésistiblement le sien.

— Arnaud sera notre hôte. Je serais marrie que tu lui cherches querelle.

— Car tu l'appelles Arnaud !... Je serais marri, moi, qu'il me juge de haut comme il le fit avant les commençailles de Poitiers où il disparut de la mêlée dès qu'elle devint perdue par les Lis de France !... Tes hommes seront-ils présents autour de lui ?

— Nous serons quatre : lui, toi, moi...

— Et Panazol, ce trigaud [1] !

Sans que son visage ne trahît une gêne, Mathilde confirma :

— Il y aura Panazol... Naguère, il a servi Arnaud et ses deux frères [2]. Il est de ces hommes qu'il vaut mieux avoir pour amis.

— Que je sois pendu, maintenant, si ce larron qui n'est que matoiserie, félonie et cruauté, comprend quelque chose à l'amitié ! Quant à Cervole...

— Il va se marier.

— Cela ne signifie pas qu'il soit épris ! S'il existe des mariages d'amour, il y a ceux qui se font par convenance, intérêt, absurdité...

— Tu parles pour toi, n'est-ce pas ?

Tout à coup dégrisé, Tristan considéra cette femme dont les prunelles n'étincelaient que sous l'effet du plaisir et de la colère entre la gousse épaisse des paupières. C'était elle qui le forçait à mesurer l'abîme que pouvaient représenter vingt ans d'âge. Il se regimba :

— Je crois que je comble tous tes désirs. Que voudrais-tu encore ?

---

1. Qui n'agit pas franchement.
2. Pierre de Cervole, l'aîné, chevalier, suivit son puîné en Périgord, Berry, Provence, Bourgogne. Isart de Cervole, le cadet, devint prieur de Gournay-sur-Marne, diocèse de Paris. Voir annexe I et lire, du même auteur, *Le granit et le feu*, chez le même éditeur.

— Ton amour seul, tout seul, et non ta bienveillance.

Lui tournant le dos, il courut presque jusqu'à Malaquin et sauta en selle.

— Viens-tu ?

Il suffisait qu'elle refusât pour qu'il dût renoncer. Jamais elle ne le laisserait sortir sans elle, fût-il accompagné par Panazol et quelques archers. Lequel de lui ou d'elle était l'ombre de l'autre ?

— Parfois, dit-elle en le rejoignant, j'ai envie de t'occire !

Jamais — même quand il touchait son cou libéré des larges pentacols impuissants à en dissimuler complètement la flétrissure — il n'avait songé à se délivrer d'elle par un meurtre, bien qu'il imaginât chaque jour davantage combien cette disparition l'eût soulagé.

— Tu me fournis enfin, ô ma sauveuse, dit-il en s'inclinant, une belle occasion de louer ta droiture. Tes propos sont pareils à des coups de couteau : ils me vont droit au cœur... mais je ne saigne pas !

Comme son ironie demeurait apparemment sans effet sur sa geôlière, il opta sans transition pour le mépris — et sa hargne était d'autant plus forte qu'il s'exprimait à voix basse :

— Me tuer ? Tu devrais dire : « te faire occire et déchiqueter ». Panazol, j'en suis sûr, t'aiderait avec joie et ta meute serait à la fête !

— Cesse donc ! gronda Mathilde. Partons chevaucher... Tu vois que je me tiens sous ton obédience !

Elle rit. L'orage passé, elle recouvrait une sorte de gaieté teintée d'innocence. Cette joyeuseté soudaine n'atténua en rien — au contraire — l'anxiété d'un époux qu'elle désobligeait avec un plaisir ostensible en demandant à Panazol de la jucher, à pleines mains, sur Aiglentine.

Tristan ouvrit les yeux peu avant l'aube. Les mains jointes sur le drap, la tête immobile et moite enfoncée dans l'oreiller mouillé de sa sueur, il chercha vainement à lier entre elles, sans parvenir à en trouver le sens caché, toutes les scènes que son réveil avait interrompues. Certaines visions avaient conservé tant de force et de relief qu'elles cuisaient encore ses prunelles ; d'autres s'enfonçaient dans des brumes soufrées où ses gestes s'alentissaient comme les mouvements des plantes aquatiques sous l'influence du courant.

« Oriabel », songea-t-il, inerte et lucide — désespéré.

Reconnaissable, insaisissable, elle l'avait appelé à l'aide. Un château monstrueux s'élevait derrière elle. Il en voyait encore les murs obliques, les créneaux gigantesques, et la voie d'accès faite de petits galets, posés de chant et jointoyés à la chaux. Il lui criait son amour, sa confiance, torturé de détresse et de malerage puisqu'enchaîné à la paroi d'une caverne, il ne pouvait la secourir. La mer — mais quelle mer ? — sinuait à ses pieds en longs serpents d'argent grésillants et mousseux, puis les enveloppait, froidissait ses chevilles, atteignait ses genoux, ses cuisses ; et des poissons glissaient tout autour de ses jambes, de plus en plus gros et redoutables à mesure que le flot montait.

Une ombre apparaissait, l'arrachait à ses fers. Femme ou fantôme, cette délivrance, plutôt que de le réjouir, l'incitait à s'apitoyer sur lui-même et à maudire sa malechance. Comme il était faible et docile ! Alors qu'Oriabel hurlait de peur et de détresse, il suivait l'inconnue dans un pays de terres et de rocailles rouges. Le soleil fustigeait leurs deux corps, et comme il s'arrêtait pour reprendre son souffle, sa bienfaitrice s'impatientait : « *Faut-il te tirer par la queue pour te faire avancer plus vélocement.* » C'était Mathilde. Oriabel hurlait encore, et Mathilde riait. Il voulait se détourner, se libérer pour aller la rejoindre, mais la diablesse le tenait fermement. Ils marchaient dans des herbes blondes, sèches, parmi des chardons aux têtes aussi grosses que des porcs-épics. Une bastille, au loin, élevait ses tours noires au-dessus d'une forêt si épaisse qu'on eût dit une longue muraille constituée d'arbres et d'épiniers ; et à mesure qu'ils avançaient, il entendait, de plus en plus précise, une musique de violes et de tambourins. Les arbres s'écartaient pour leur livrer passage et se renchevêtraient derrière eux. Il avait peur. La nuit venait. Il se dégageait de la poigne infamante et courait, courait toujours, dilacérant ses chairs aux griffes des roncières pour tomber, épuisé, dans un fossé fangeux. Là, penché sur le bord, miroitant comme un astre, un guerrier lui tendait la main et l'aidait à remonter la pente. Sous la ventaille de son bassinet grand ouvert, il avait la face et le regard d'un dogue. « *Suis-moi !... Tu la retrouveras !* » Ses dents étincelaient. Visage affreux, visage de fauve ; visage de malandrin doublé d'un jouisseur. Deux chevaux les attendaient sur lesquels ils galopaient heuse à heuse, muets, et sans doute, déjà, se haïssant l'un l'autre. Au plus profond d'un hallier, Tiercelet surgissait : « *Viens ! Viens, Tristan ! Elle est devenue ma compagne !* » Oriabel sortait d'un grand lit de fougères, nue, frottant frileusement ses seins purs et dardés, ses flancs ombreux et ses épaules de lait. Une embrassade les unissait, chargée de tels délices que jamais leur communion amoureuse n'avait été aussi étroite. Sans qu'ils eussent accompli le moindre mouvement, un plaisir infini envahissait leurs ventres.

Ils se couchaient et leur sommeil était troublé par quelque chose. Froideur de l'acier... Quand le roi avait trouvé Tristan et Yseult endormis dans leur hutte fleurie, il avait planté entre eux son épée : Arthur savait qu'une lame nue, dressée entre deux corps, garantissait et gardait la chasteté des dormeurs. Et les deux amants, dans leur sommeil, ne pouvaient plus se rejoindre.

« Jamais ! »

Rien ni personne ne les séparerait une fois de plus. Ils se tenaient la main, abandonnant l'épée justicière et même Tiercelet. Lui, Tristan, éprouvait en fuyant une impression de vertige, et les forêts, les prés, les châteaux trapus apparaissaient, disparaissaient sans qu'il trouvât un lieu qui pût servir d'asile. Dans des lointains enfumés, des cris de mort et de terreur retentissaient ; cris de femmes, d'enfants subissant la géhenne. L'odeur forte du sang lui bouchait les narines. « *Plus loin ! Plus fort !* » commandait soudain l'homme à face de dogue. « *Viens ! Viens, Oriabel !* » Mais la jouvencelle blonde avait lâché prise. Mathilde avait usurpé sa place. Elle le retenait, s'accolait à lui, s'abreuvait à ses lèvres, béate, béante. « *Eh bien, qu'attends-tu, Castelreng ?* » s'écriait Arnaud de Cervole brusquement apparu. Et pour ne pas déchoir aux yeux du malandrin, il s'exécutait, farouchement, cependant que, surgi de derrière un arbre, Naudon de Bagerant ricanait : « *Plutôt que de fournir du plaisir à ta dame, donne-moi la rançon dont tu m'es redevable !* » Le routier s'avançait, un vouge dans les mains, et désignait un chêne où pendait une femme : « *C'est elle... Tu ne l'auras plus !* » Mais qui était-ce ? Mathilde ou Oriabel ? Non, c'était Aliénor, désormais devenue l'épouse de son père !

Il sentit bouger près de lui. Mathilde. Encore et encore. Des envies la prenaient parfois, le matin. Elle était toujours en quête d'un surplus de volupté. Sa main se posa sur le ventre humide et se retira ; il devina qu'elle flairait ses doigts.

— Qu'as-tu fait ? Je ne te suffis pas ?

La stupeur tombait sur elle à l'improviste.

— Oh ! si.

— Tu te gaspilles... C'est comme un adultère !

Il sourit dans la pénombre. Elle le tâtonna, le trouva :

— Tu es mou.

— J'étais ailleurs que dans ton lit.

— Avec qui ?

Elle se fût réjouie d'entendre : « Avec toi », mais il ne savait plus comment les choses s'étaient faites. L'ivresse du sommeil s'était évaporée. Son corps un moment stimulé retombait dans une sorte de torpeur que la rancune de Mathilde n'atteignait pas. Elle le toucha de nouveau, incrédule.

— Tu aurais dû m'éveiller...

Une haine sauvage, absurde, la jeta sur lui. Elle se frotta ventre à ventre sans parvenir à ses fins, méduse suffocante et pâle dont les cheveux épars mouillaient ses joues et se cardaient à sa barbe.

— Tu vas frongier[1] oui ou non ?

Une hydre... L'Hydre dont les pouvoirs changeaient les hommes en pierre. Mais point lui.

Elle le mordit au sang : le menton puis les lèvres.

— Je te hais !... Je te hais !

Il n'osa suggérer : « Soit... Alors, divorçons. » C'eût été décupler sa fureur et s'exposer sans doute à quelque châtiment, sinon à l'expiation suprême. Il ne mettrait sa vie en péril que lorsque les événements lui paraîtraient propices. Il se leva ; Mathilde ricana :

1. « T'agiter. »

— Un homme ?... Va-t-il falloir te brancher, maintenant, pour que tu archonnes [1] ?

Il ouvrit la porte des latrines et en tira le balai qu'Ydoine y déposait chaque fois qu'elle avait nettoyé la chambre.

— Prends ça, dit-il. Et si le manche n'est pas à ta mesure, demande à Panazol de t'apporter une lance... ou de me remplacer. Je n'en serai pas... marri, tu peux m'en croire !

Puis, le verrou n'étant pas tiré, il ferma soigneusement la porte, fit une brève toilette et descendit dans la cour, le couteau avec lequel il tranchait le pain enfoncé entre sa chair et le cuir de sa heuse. Le nez de Panazol s'allongea quand il le vit passer ; toutefois, ignorant la raison d'une apparition inattendue, le mauvais drôle se garda de le questionner.

Tristan s'assit sur le montoir. Comme toujours, la cour lui parut funèbre, du pavement disjoint et boueux au faîte des bâtiments.

« Fuir ! » enragea-t-il, la gorge sèche.

« Fuir », se répéta-t-il sans, cette fois, se poser en victime mais en bourreau de lui-même tant ses perplexités l'exaspéraient.

La volupté telle que la concevait Mathilde n'était rien d'autre qu'une sorte d'abîme où il s'enfonçait à sa suite et d'où, bientôt, il n'émergerait plus. Il voulait respirer à grands traits, de la façon dont il était sorti parfois, l'été, de longues et étouffantes plongées dans l'eau fraîche — tenacement fraîche — de l'Aude. Il voulait se mouvoir lentement ou violemment de son plein gré, autrement qu'entre les courtines d'un lit. Sa geôlière savait que sa résignation était trop apparente, trop absolue pour être vraie ; cependant, au-delà de

1. *Archonner, arçonner* : faire l'arc, bander le bois.

cette apathie, elle ne discernait ni les fureurs qui s'aggloméraient, ni les moiteurs de rage qui succédaient à celles des soulagements répulsifs. Elle ne pouvait ouïr toutes les voix qui, au-dehors de l'enceinte de Montaigny, appelaient son époux avec une insistance accrue, presque aussi désespérée que s'il se putréfiait dans un cercueil de pierre.

Fuir !... Comment s'y prendre et que craindre de cette entreprise ? S'il ne pouvait répondre au premier terme de cette question, il savait ce qu'il pouvait redouter du second : la mort, et une mort humiliante. Sa bonne épouse était trop attirée par une seule partie de son corps pour une pas se venger sur elle par quelque ablation lente, abominable. Celle de Mortimer en Angleterre, avant qu'Edouard III ne devînt roi ; celle des frères d'Aunay en France, lorsque Philippe le Beau avait appris qu'ils forniquaient avec ses brus au faîte de la tour de Nesle ; celles de Brignais, surtout, dont elle avait été un témoin d'une sérénité si parfaite que les routiers eux-mêmes s'en étaient merveillés.

« Et moi, Castelreng, qui m'étais pris de compassion pour elle ! »

Pour le moment, son esprit assoiffé d'espace, errait parmi des idées désespérément sèches : pousser son cheval lors d'une chasse ; maîtriser Mathilde une nuit, l'assommer, lui mettre en bouche une mordache afin qu'elle ne pût crier, tresser des draps et descendre par la fenêtre.

« Certes... Mais une fois dans la cour ? »

Ses aguets dans la journée, la surveillance oblique qu'il exerçait sur les hommes, leurs mouvements, leurs habitudes, leur adresse à l'arc et à l'arbalète, ne lui apprenaient rien de réconfortant. Aucune coutume ne subissait la moindre variante. Son parti consisterait donc à se fier au hasard plutôt qu'à Dieu, à son impulsion et à son flair de préférence à sa raison.

« Je ne compte céans que des ennemis. »

L'observation la plus discrète mais la plus constante, voire la plus acharnée des soudoyers, lui révélait une garnison composée d'hommes très dissemblables d'esprit, entièrement différents les uns des autres, parfois même opposés par quelque détestation, mais tous assujettis à Panazol et lui obéissant toujours sans rechigner. Cette variété de corps, de faces, d'armes dont Mathilde s'accommodait finissait par fournir, à force d'examens, une impression d'ensemble cohérent. « *Ils veillent sur moi et sur toi* », disait-elle avec un sourire de biais, comme si elle venait de mordre par inattention dans un grain de raisin vert. Ah ! certes, elle en était fière et se réjouissait qu'ils fussent, par le truchement de son sénéchal, une cohorte prétorienne et une meute, l'une lui rendant sans trêve les honneurs les plus rudes qui fussent, l'autre prête à assaillir et dépecer les proies qu'elle lui désignerait.

Cependant, les cinq hommes amenés par Salbris s'intégraient mal dans cette horde : Paindorge, Calloet, Jean, Morsang et Beltrame, tout en accomplissant les tâches qui leur étaient assignées, évitaient de se mêler aux anciens. Soudoyers, eux aussi, et bien qu'ils apparussent comme des guerriers sans principes et sans scrupules, ils ne cousinaient point avec les autres. On devinait — du moins lui, Tristan — qu'ils se sentaient de passage et dans un état instable sinon précaire. Cela suffisait-il pour qu'ils devinssent les alliés d'un captif dont les fidèles de Mathilde ne se gênaient point, sans doute, pour s'ébaudir de la faiblesse d'âme et de corps ?

« Paindorge me plaît. Il semble droit et honnête, même s'il paraît dévoyé. Beltrame, je l'ai vu, sait tenir une épée. C'est un chien à la quête d'un maître. Jean est jeune, insouciant... Morsang est indéfinissable... Calloet, le Breton, est de la lignée des Guesclin et autres routiers : le courage et la duplicité réunis. »

Pourrait-il compter sur leur indifférence ? Sur leur concours ?

— A quoi penses-tu ? dit Mathilde penchée, inquiète, à la fenêtre de la chambre. A *elle* ?

— Non pas... Aux oiseaux... Je les envie... Plus je les observe, plus je les aime... Si j'étais un oiseau...

— Je serais ton autour.

Encore une menace. Cette femme, constamment, était *en chasse* !

Il rejoignit Jean et Paindorge devant la herse abaissée.

— Paraît, dit l'aîné, que vous ne devez pas sortir ?

— C'est vrai... Je suis tout comme prisonnier.

L'ancien et le jeunet échangèrent un regard, et Paindorge murmura :

— Nous n'aimons pas ce château... Nous vous aiderons et fuirons avec vous.

C'était peut-être un piège. Tristan se contenta d'un geste de la main :

— C'est bien de votre part.

Il leur tourna le dos, les laissant pantois. Tout près, Panazol souriait niaisement à Mathilde, penchée jusqu'aux épaules hors du donjon à la façon d'une gargouille.

VI

L'Archiprêtre survint sur le coup de midi. En armure. « Nullement par ostentation », songea Tristan installé au sommet du donjon, « mais par crainte des viretons et sagettes... Trois hommes le suivent dont, j'en jurerais, ce Floridas qui l'accompagnait à Brignais, avant que n'ait lieu la bataille. » Il s'assit sur le parapet, entre deux merlons, afin de ne rien perdre de la scène.

Oui, c'était bien Floridas. Le pennoncier tenait fermement une bannière nullement conforme aux usages tant elle était longue, et sur laquelle figurait le cerf rampant de son maître, cerné d'une bordure besantée qui fit sourire Tristan : « Plus l'ambition de cet homme augmente, plus ses armes ont besoin d'étoffe... Des besants[1] ! Se prend-il désormais pour Godefroy de Bouillon ? » Et il cracha dans le vide.

Le second compagnon arborait sur son bassinet, tout comme Arnaud de Cervole, un bouquet de plumes d'aigle et de coq. Le troisième n'était qu'un bidau vêtu

---

1. Le *besant* était une monnaie byzantine d'or et d'argent qui se répandit en Europe au temps des croisades. Les héraldistes s'en emparèrent ; les armoiries du chevalier qui les portait signifiaient qu'il était all' en Palestine.

184

de mailles, assis sur un cheval de gobelet[1] auquel était attaché un mulet lourdement bâté, une lance fixée sur chaque flanc, le fût inversé pour que les fers n'allassent pas piquer la croupe de la bête de somme.

« Il revient sûrement à Paris... Il ne se sentira pas gêné, ce Judas, devant le roi auquel il contera des sornes, d'avoir forfait à l'honneur et abusé la Couronne. Je jurerais que le bissac qui domine son gros bagage, sur le mulet, est plein de pièces et piécettes d'or et d'argent... Les deniers de la trahison !... Mais le dénoncerais-je, que notre suzerain refuserait de me croire. »

Son épaule guérie appuyée au merlon, il vit Panazol courir au-devant des arrivants, puis Mathilde, moins empressée, partir d'un pas dansant à leur rencontre. Elle était coiffée d'un coquillon de velours vermeil, ses crins noirs galonnés de fils d'or et rubans, le visage ensafrané[2] avec soin — il avait assisté à ses apprêts —, rutilante des épaules aux pieds dans sa robe de samit qu'elle soulevait à peine — pudique, mais prête à tout.

« On dirait qu'elle accueille un preux du roi Arthur ! »

L'Archiprêtre venait de mettre pied à terre. Il prit Mathilde dans ses bras, l'y enferma étroitement et la baisa aux lèvres.

« Pourquoi tient-elle à moi ? Elle n'a qu'à se faire foutre par ce grand brocard qui se prend pour un dix-cors, ou inversement !... Dommage, s'il se rend à Paris, qu'il ne puisse apparaître au souper du roi comme un cerf qu'on a servi le matin même : les dintiers d'un côté, la tête de l'autre, et les grosses molles tout

---

1. Cheval portant le cuisinier et la nourriture, dont le vin.
2. Maquillé. Le safran était fort utilisé dans les compositions d'onguents utilisés pour rehausser la beauté du visage.

près !... Oui, qu'il enfourche Mathilde et que, pendant ce temps, je parvienne à m'enfuir ! »

Ces réflexions, à vrai dire, importunaient Tristan. Elles lui procuraient cependant une satisfaction d'importance en attestant du retour de sa gaieté perdue. Grâce à l'Archiprêtre, il vérifiait en Mathilde, qui ne s'était pas défendue d'une étreinte délibérément forte, la dépravée qu'elle était.

« Tu peux la renverser, la foutriquer, Archiprêtre ! Elle se partage plus aisément que le manteau de saint Martin ! »

Un après-midi clair et tiède s'annonçait. Seuls les plumails des arrivants révélaient que le vent des hauteurs qui s'égarait en bas s'y assagissait en brise. Apparemment éblouis par tant de bleu et de lumière, les pigeons et les moineaux demeuraient figés sur les tuiles faîtières et les merlons des courtines, tandis que les hommes tournaient autour des quatre visiteurs, et l'on eût pu penser, à leurs gestes et leurs rires, qu'avant d'entrer en garnison à Montaigny, quelques-uns avaient appartenu à la compagnie de l'Archiprêtre. Seuls les cinq nouveaux, à l'écart, conversaient entre eux. D'eux-mêmes ils s'excluaient d'une liesse pourtant singulière mais dont ils n'avaient que faire.

« Peut-être pourrais-je compter sur leur aide. »

Non, il ne se confierait à personne. Un seul homme existait qui fût vraiment dépositaire de sa confiance : Tiercelet.

Tandis que l'Archiprêtre se penchait en avant, les mains aux reins, appuyées sur cette nouvelle pièce d'armure nommée batte-cul[1], Mathilde, tournant sur

1. Le batte-cul apparut vers la fin du XIVᵉ siècle. Il était destiné à protéger le séant. Cette pièce d'armure faisait suite à la dossière et se fixait à la baconnière pour envelopper le bassin ou les *faudes* (comme on disait alors de ce qui protégeait le sexe). Au XVᵉ siècle, le batte-cul formé de plusieurs lames, s'élargit en queue de paon et prit le nom de *culotte* ou de *garde-reins*.

elle-même, appelait : « *Tristan ! Tristan !* » d'une voix de femme aimante et inquiète.

« Il ne sert à rien que je la rejoigne, mais plus j'atermoierai, plus elle pensera que ce malandrin m'en impose. Allons, Castelreng, du nerf ! »

Sitôt dans la cour, il fut accueilli par les acclamations joyeuses de son épouse et de Panazol, et vit en s'approchant que la moquerie de l'une et le mépris de l'autre en étaient cause.

Cervole, désheaumé, l'observait de loin. Sous ses sourcils dont le rapprochement simulait, au-dessus de son nez froncé, un vol de petit oiseau noir, peut-être cherchait-il quelque compliment agréable. Tout proche, accroché des deux mains à la hampe de la bannière, Floridas souriait de ses lèvres molles tandis que son compagnon s'entretenait avec Panazol. Quant au huron chargé du cheval de gobelet et du sommier dont il tenait les rênes entre ses dents — le temps de reboucler sa ceinture —, il paraissait évident, avec son air hagard et sa couenne de porcelet, qu'il ne jouissait pas de toute sa raison : il riait et conversait avec lui-même. Sa maigreur évoquait un pieu, une épée. Il suintait le vice et la matoiserie. Il caressa soudain la simousse[1] du mulet comme s'il s'agissait d'un petit animal.

— Je te reconnais, Castelreng ! s'exclama l'Archiprêtre. C'est bien toi qui étais à Poitiers... Bertrand Panazol avait raison.

La voix manquait de force et de cordialité. Le visage rude, visqueux de sueur, demeurait d'ailleurs morne, insondable, comme si le visiteur se refusait encore à nier le témoignage de ses yeux. Il faillit lâcher le bassinet qu'il maintenait coincé entre son flancart et sa cubitière, cependant que Tristan refusait de toucher à la

---

1. Ornements de laine ajustés à la bride du mulet.

dextre tendue. Par mépris et par crainte : elle était, en effet, enfermée dans un gantelet à gadelinges[1]. Il s'y fût inutilement blessé.

— Suis-je le bienvenu ? s'inquiéta l'Archiprêtre.

Le hochement de tête auquel Tristan se contraignit pouvait signifier qu'il l'était. En réalité, ce mouvement s'adressait à Mathilde et n'avait pour dessein que de la rassurer sur une courtoisie qui, bien qu'affectée, resterait conforme aux devoirs de l'hospitalité.

— Ah ! Montaigny... Quelle joie de revoir ce châtelet si plein d'aménité ! Par le sel de mon baptême, je n'en connais aucun d'aussi beau !

Arnaud de Cervole délayait le compliment avec tant de mauvaise foi que Mathilde elle-même douta de sa véracité. Pour cet homme en quête d'opportunités de toutes sortes, une chaumine eût convenu à sa halte pourvu qu'il fût certain de partager la pitance et le lit de l'hôtesse. Il toupina trois fois pour embrasser d'un coup d'œil prolongé l'édifice et les hommes qui s'y trouvaient. Son armure miroita ; elle était belle, apparemment neuve. Les épaulières en étaient larges et le jupon de mailles orné, sur son pourtour, de petits triangles d'anneaux de cuivre. Il arborait un volet de soie rose à sa cubitière senestre. Tristan regretta son habit de fer. Un des bourreaux de Lyon en avait profité sans doute. Consterné, pénétré d'un malencontreux sentiment de gêne, il recula d'un pas pour éviter le gantelet à nouveau offert.

— Si je m'attendais !... Te voilà devenu l'époux de mon amie !... Tu fis merveille dans ce grand champ de Maupertuis !

---

1. Gantelets à *gadelinges*, à *broches* ou *picots* : la partie saillante du poing était munie d'une suite de pointes de façon que le poing fermé fasse office de masse d'armes.

Tristan fut insensible au compliment. Il n'avait rien commis, dans la cohue de Poitiers, qui méritât cette admiration mensongère. Il s'était battu près du roi, parfois au coude à coude ; la chance avait voulu qu'il ne fût pas occis. Cervole, lui, avait fui. En direction des Anglais.

— Messire... Est-il besoin de ranimer ces choses ? Vous m'avez fort desrisé[1] avant que le sang ne coule. Je me suis gardé de la moindre hautaineté en propos et en gestes, bien que tous vos gabois[2] m'aient corrompu les nerfs. Au contraire de vous, je n'ai rien coûté au trésor royal...

— Ne vous courroucez pas, chevalier !

Le poing-massue s'était levé ; il scintillait. Le *tu* devenait *vous*. La confusion et vitupère[3] en étaient cause.

— Je suis on ne peut plus serein, messire. Ce n'est pas moi qui viens d'exhumer le passé... J'aimerais que vous vous taisiez sur ces batailles dont je ne sais, d'ailleurs, laquelle fut la plus laide. Dans chacune d'icelles il y eut trahison... Si je n'en eus point la preuve à Poitiers, à Brignais, elle me fut offerte.

L'Archiprêtre devina aussitôt qu'il *savait*. Il sourit d'un sourire qui n'était, après tout, qu'une lippe de condescendance. Il était fort. Il avait le roi pour lui. Tristan se reprocha d'avoir allumé un brasier qu'il devait immédiatement éteindre :

— Votre ami Panazol, dit-il avec une hâte dont il fut lui-même contrarié, votre *lieutenant* Panazol a dû vous conter tout ce qui me concerne dans cette affaire de Brignais.

1. Moqué, tourné en ridicule.
2. Plaisanteries.
3. Honte.

— Il est vrai, dit Cervole en marchant vers le donjon avec l'aisance du propriétaire. Je parlerai de vous au roi Jean.

— Je le connais assez, messire, pour me priver de votre entremise.

Tristan avait recouvré son assurance et sa simplicité. D'ailleurs, pour le moment, il devait accepter la prééminence de l'Archiprêtre sans bassesse et même avec un soupçon de gaieté : il lui était une gêne autant que ce linfar[1] l'était pour lui. Cette certitude lui convenait d'autant mieux qu'elle troublait Mathilde. Elle avait dû penser qu'il aurait l'air contrit, inquiet, et se sentirait désavantagé par cette présence fière ; il commençait — malaisément, certes — à s'imposer. Lorsqu'il les avait observés du faîte du donjon, ils lui avaient semblé petits, vulnérables. Vanité que ce sentiment de les dominer tout au moins par l'esprit ? Sans doute, mais présentement, à défaut d'épée, cet orgueil lui convenait.

— Il est vrai que vous connaissez le roi Jean. On m'a dit que Salbris était envieux de l'intérêt qu'il vous portait. Est-ce la vérité, Castelreng ?

Etait-ce une allusion à la prétendue sodomie du roi et à celle, avérée, de feu Guillonnet ? La voix de l'Archiprêtre avait pris une sorte d'aigreur, le ton d'un homme dégoûté de tout. Il supportait mal la présence d'un chevalier dont il connaissait les mérites, bien qu'il fût jeune et asservi à une femme que sans doute il connaissait trop.

— Jacques de Bourbon aurait dû attendre une semaine..., un mois même, pour assaillir les routiers de Brignais. Audrehem et ses hommes auraient sans doute

1. Méchant, prêt à tout ; tiré de l'allemand *leichtfertig*.

fini par quitter Sauges [1] pour les rejoindre... Le comte de Tancarville aurait vu grossir son armée... Ils n'ont pas compris que, pour dominer de tels hommes, il fallait adopter leurs astuces... N'est-ce pas, castelreng ?

— Il est vrai, messire, que les usages de la chevalerie n'ont plus cours. Les gens du roi n'ont pris aucune précaution pour éviter une attaque de nuit... Et surtout, ils ne se sont pas méfiés des traîtres.

— Croyez-vous qu'il y en eut tant ?

— Il suffit parfois d'un seul pour qu'une grande armée soit vaincue. N'est-ce pas votre opinion, messire ?

Tristan s'exprimait sans la moindre rigueur. Quelques semaines plus tôt, vivant la même scène, il se fût emporté, se grisant de mots acérés, sans souci d'infliger de profondes blessures. Présentement, il se sentait robuste, serein, et si la main de Mathilde, appuyée sur son poignet comme celle d'une épouse parfaite, l'eût agacé en toute autre circonstance, il s'en accommodait, cependant que l'Archiprêtre cherchait une repartie et croyait la trouver dans le regard éberlué de Panazol :

— Je ne suis pas venu pour parler de la guerre.

En s'inclinant juste ce qu'il fallait, Tristan se souvint tout à coup qu'il n'était pas seul à exécrer Cervole. Lors de la veillée qui avait précédé la mêlée de Poi-

---

1. Le routier Pacimbourg (ou Penin-Borra) et ses hommes, qui tenaient Sauges, avaient, après un long siège, fini par capituler ou, plutôt, par obtenir un arrangement avec Arnoul d'Audrehem : ils avaient quitté la ville le 25 mars 1362 avec armes et butin. Le Petit-Meschin, qui commandait en partie à Brignais, les avait rejoints et amenés en hâte, précisément à Brignais, où ils étaient arrivés au début de la matinée du 6 avril, en pleine bataille, inversant peut-être l'issue de celle-ci. Audrehem, qui n'ignorait rien des événements qui se préparaient, prit son temps, manifestement pour éviter le combat. Il ne revint, de Sauges, à Lyon, que cinq jours après la défaite.

tiers, un chevalier de petit estoch[1] avait médit de cet outrecuidant. Il l'avait, disait-il, connu en ses débuts. Ce confident s'appelait Thierry... Champartel. Né à Savignac, en Pierregord, il était devenu Normand par le mariage. « *Il n'est de pire vipère* », disait-il, « *que cet homme-là. Il regarde un peu trop du côté des Anglais pour ne pas chercher à y voir apparaître quelqu'un de connaissance. Si mon beau-frère était présent, il vous confirmerait mes soupçons et ma haine.* » Qui était ce beau-frère ? Où se trouvait-il ? Lors de la bataille, une volée de sagettes les avait séparés. Il se pouvait que Champartel fût mort.

— Ah ! les traîtres, ricana Cervole. Comment le devient-on ? Je ne saurais vous répondre étant, moi, franc comme l'or !

Les compagnons du présomptueux s'ébaudirent. Et Panazol. Ils *savaient*, eux. Ce mensonge énorme dont ils croyaient peut-être que tous, à l'entour, le prenaient pour... argent comptant, les égayait sans qu'aucun d'eux ne s'aperçût que Paindorge, Calloet et Beltrame y avaient découvert malice. Floridas, qui suait sous son vieux jaque jazequéné[2] coupé au-dessus des genoux, se tapotait la poitrine comme pour y apaiser les sursauts d'un cœur endolori par tant de gaieté.

— Au fait, dit l'Archiprêtre, il convient que je vous présente mes compagnons... Celui-ci, c'est Floridas. On ne sait, ni même lui, d'où il tient ce soubriquet... Son nom véritable est le petit Darby[3], qu'il ne faut pas

1. Ou *estoc, estocq* : de petite condition, de petite « race ».
2. Cotte garnie d'anneaux de fer rarement assemblés les uns aux autres, à la façon des mailles, mais cousus sur un vêtement de peau.
3. Ce cousin d'Arnaud de Cervole n'hésita pas, le 25 mai 1366, et peut-être à la même heure où l'Archiprêtre était poignardé à mort par ses « amis », à envahir le château de Thil où se trouvait la seconde femme de Cervole, Jeanne de Châteauvilain, dame de Thil et de Saint-Georges, et à la rançonner. Le nom de Châteauvilain s'orthographie désormais *Châteauvillain*.

surtout confondre avec l'Anglais Derby... C'est mon cousin, aussi vrai que je suis archiprêtre de Vélines, en Pierregord... L'autre, c'est Bernard Donat... Il m'a quitté, il y a quelques années, pour une histoire de femme qu'il prétendait aimer... Mais je vous le demande : peut-on aimer une Juive ? Mon compère brûlait de passion pour elle ; elle s'est consumée sur des fagots ardents... Pas la passion, la fille !

Une lueur étrange passa sous les sourcils de ce compère au visage presque invisible dans l'orbe du bassinet : le reflet d'une haine sourde, péniblement contenue. C'était un routier. Sa mauvaiseté latente s'exprimait par le jeu incessant de ses mains, sous leurs mailles vernies de noir. A qui en voulait-il sinon à l'Archiprêtre [1].

— Et lui c'est Heurteloup, mon fidèle Heurteloup.

Le bidau riait aux anges — s'il pouvait en voir ! — quand le regard de Tristan tomba sur son épée. Le sursaut qu'il en eut divertit l'Archiprêtre.

— Hé quoi, l'ami ?... Que vous prend-il ?

Tristan considéra, dans son fourreau de cuir déchiré en son milieu, la prise d'une arme dont les quillons hendés [2] lui rappelaient sa Floberge. Il l'avait maniée solidement, sur la pente du Mont-Rond, avant d'être assommé.

— Où a-t-il trouvé cette arme ?... Ce ne peut être qu'à Brignais. C'est là que je l'ai perdue.

— C'est la tienne ? demanda Mathilde.

Tristan ne lui répondit pas. « Pour que ce Heurteloup la possède, c'est que Cervole et ces trois-là étaient pré-

1. Il mourut à Glaizé, près de Villefranche-sur-Rhône, le 25 mai 1366. Bien qu'on n'ait jamais su qui l'avait poignardé (ils étaient plusieurs), on soupçonne Bernard Donat de lui avoir porté le coup de grâce.
2. Travaillés en fleur de lis.

sents lors du partage du butin de guerre ! » L'Archiprêtre cessa tout à coup de sourire :

— Veux-tu, Castelreng, que mon serviteur te la restitue ?

— Non ! hurla Heurteloup courroucé. Je la tiens de Bagerant et non de vous, messire !

Il serrait la prise de la Floberge avec une vigueur qui lui blanchissait toute la main.

— Rends-la-lui. Je suis sûr qu'il dit la vérité. Je te donnerai un de mes jaserans de mailles en échange... Tu vois que tu n'y perdras pas.

Et tourné vers Tristan, l'Archiprêtre ajouta :

— Dieu a mis son doigt... ou sa main sur cette épée. Les routiers en ont glané des milliers... Il a fallu que ce soit la tienne !

— Ce n'est pas Dieu, dit Tristan tout en ceignant avec plaisir son arme. C'est messire saint Michel qui fit en sorte qu'elle me fût restituée.

Mathilde ne put s'empêcher de sourire. Panazol, lui, s'ébaudit bruyamment. Comme il était le seul, sa gaieté se résorba aussitôt. D'ailleurs, ils venaient d'accéder au donjon. Tandis qu'Ydoine dressait la table, l'Archiprêtre s'approcha de la cheminée où flambaient des fagots et se laissa choir entre les accoudoirs de la chaire que Mathilde occupait d'ordinaire, sans que personne osât s'y installer lorsqu'elle ne s'y asseyait point.

— Ma dame, lui dit-il, je viderais bien, s'il vous en reste encore, un hanap de ce mâcon dont le goût, maintenant, me revient à la gorge... Et mes hommes aussi !

Il y eut trois grognements d'approbation et Panazol disparut, entraînant Mathilde vers l'échansonnerie. Tristan fut à peine surpris qu'aucun des soudoyers de Montaigny ne fût entré ; la grand-salle où Ydoine seule paraissait douée de mouvement fut traversée d'un soupir : celui de l'Archiprêtre qui se fatiguait les yeux sur un des hauberts exposés près de la cheminée :

— Belles mailles, dit-il enfin. Point besoin de s'approcher pour les savoir solides. Vous en portiez un à Poitiers, et j'ai ri de vous voir adoubé de la sorte.

— Votre mémoire est bonne !

— J'en ai regret.

— Tiens !... Le regret, le remords, la contrition, même, me parurent, peu avant que nous n'entamions la bataille, des sentiments que vous réprouviez.

L'Archiprêtre tendit ses jambes. Les molettes de ses éperons crissèrent sur le pavement. Ainsi, ses talons demeuraient au-dessus des dalles d'au moins deux pouces.

— Nous en avons vu de belles, à Poitiers !... Souvenez-vous du comte d'Alençon[1] près duquel je chevauchais et qui ne pouvait parler tellement il claquait des dents !... Et Jean de Rochechouart[2] qui vomit sa mangeaille quand le roi décida : « *Messires, nous combattrons à pied* » Et savez-vous pourquoi ce nom-là me revient ? Son parent Aimery, qui défendit Poitiers contre les Anglais de Derby, en octobre 46 — il y a donc seize ans, comme le temps passe ! —, son parent, dis-je, a rejoint les routiers... Et savez-vous pourquoi, maintenant, il est plus goddon qu'un goddon de naissance ?... Eh bien, c'est à cause d'une histoire d'amour qui a mal fini... comme d'ailleurs elles finissent presque toutes !... Il aimait follement une pucelle de bonne naissance : Blandine Berland, fille d'un chevalier, seigneur des Halles de Poitiers... Elle lui préféra

---

1. Pierre II, comte d'Alençon, était le fils de Charles, tué à Crécy.
2. Jean, premier du nom, vicomte de Rochechouart, fut tué.

un chevalier normand dont le nom, lui aussi, me revient : Ogier d'Argouges[1]...

« Ce Champartel auquel j'ai songé était son beau-frère », se dit Tristan.

— Aimery en devint malade... Il s'aigrit et passa aux routiers... Je ne sais où et quand, mais cela est un fait ! Il avait un surnom... *Cocu*. On dit qu'il l'avait accepté... Rien ne comptait plus dans sa vie que de violer des pucelles pour se venger de celle qui lui avait refusé le mariage, bien que le père d'icelle, Herbert, eût été consentant. Il faut dire qu'Argouges la ravit à sa famille...

— Cocu ! Cocu ! ricana Heurteloup qui, penché, présentait son séant aux flammes.

Tristan planta ses yeux dans ceux du marmouset :

« Vil goujat ! Toi tu mérites un soubriquet ![2] Je te le donnerais volontiers si je ne craignais d'être désavoué par tous... Oh ! tu peux rire, Cervole. Tu te sens chez toi, céans... Combien d'années te reste-t-il à vivre ? Seras-tu aussi outrecuidant devant la mort ?... Tiens, Mathilde revient, des hanaps serrés sur sa poitrine... Elle a, il est vrai, de quoi les maintenir ! »

Elle souriait toujours — particulièrement à ce mari

1. On trouve, en effet, le nom d'Aimery de Rochechouart associé à ceux des pires chefs de compagnies alliés solidement aux Anglais, dans Froissart, chapitre CCCLXIII, Livre I, 2ᵉ partie des *Chroniques*, annotées par Buchon. Lorsqu'il eut l'occasion de redevenir « français », comme Naudon de Bagerant peu après la bataille de Najera, il refusa, préférant la promiscuité et la honte. Ses compagnons étaient alors Naudon de Bagerant, le Bourc (Bâtard) de Lesparre, le Bourc Camus, Robert Briquet, Robert Ceny, Jean Cresuell ou Cresuelle ou Tresnell, Gaillard de la Mote. Ils avaient ravagé l'Espagne, ils se tournèrent ensuite vers la Bretagne. Lire, au sujet d'Aimery de Rochechouart, le *Cycle d'Ogier d'Argouges* du même auteur, particulièrement *Les fleurs d'acier* et *Les noces de fer*.

2. Au XIVᵉ siècle, coup de poing au menton. Nous dirions aujourd'hui un *uppercut*.

dont la quiétude, peut-être, lui causait du mésaise. Sans doute s'était-elle attendue à quelques conversations envenimées... Après tout, la journée était loin d'être achevée !

L'Archiprêtre sécha son hanap d'un trait. Ensuite, il invita Heurteloup à l'aider à retirer son armure. Il en sortit vêtu d'un pourpoint d'estanfort vert, les jambes gainées de hauts-de-chausses de velours de Gênes, vert également, les chausses noires, serrées sous le genou par des jarretières aux aiguillettes d'or.

« Si seulement je pouvais te nouer l'aiguillette[1] ! », songea Tristan.

Morose, il regarda la cheminée dans le ventre de laquelle Ydoine enfournait un porcelet embroché, cuit à l'avance dans le courant de la matinée. Ensuite, son attention se porta sur Cervole qui, un doigt tendu, comptait les écuelles déposées sur la table.

— Sept ? fit-il étonné. Mes hommes et moi cela fait quatre. Castelreng et vous : six. Panazol : sept. J'en espérais huit. Où est donc Marie ?

— Partie dans sa famille.

— Mais... elle m'avait dit qu'elle n'en avait pas.

— Elle s'est jouée de vous comme de tous les hommes.

Pour la première fois depuis qu'il la connaissait, Tristan vit Mathilde perdre contenance. Il semblait qu'elle allait périr d'étouffement. Elle saisit un hanap, un cruchon et soupira un bon coup lorsqu'elle eut lampé ce vin de Mâcon auquel il trouvait un goût de mâchefer — pour autant qu'il en eût croqué !

L'Archiprêtre n'avait pas insisté, mais son étonnement subsistait. « Tout autant que le mien », songea

1. Rendre impuissant par maléfice.

Tristan, tourné derechef vers Mathilde dont le regard fuyant cherchait où se poser.

— Bien ! Bien !... Que Marie soit heureuse et que cette bichette, que j'aimais bien, se trouve un dix-cors vigoureux !

Et après avoir vidé un hanap demi-plein servi par Heurteloup, l'Archiprêtre considéra son hôtesse d'un air dépourvu de la moindre décence, mais dont celle-ci parut à peine incommodée.

Tristan se sentit seul, presque menacé, tandis que Mathilde entraînait son visiteur vers la fontaine. Quand il se fut lavé les mains en hâte, elle lui tendit la serviette et ils rirent après que Cervole lui eut restitué le linge.

« Une bourde cochonne... Cette gaupe aime ça ! »

— Vous repartez demain ? interrogea Mathilde.

— J'y suis contraint... Vous m'accordez, bien sûr, votre hospitalité ?

— Bien sûr.

« C'est peut-être ce soir... cette nuit qu'il me faut m'enfuir. Laissés à leur appétit et à leur soif, les hommes seront ivres, incapables de me pourchasser... Si je réussis dans mon entreprise, *elle* en fera mettre quelques-uns dans des tonneaux patibulaires... Dois-je me confier à Paindorge et aux autres ?... Non ! J'ai mon épée... Elle m'a toujours porté bonheur. Je réussirai ! »

Ydoine déposa sur le plateau une miche de pain aussi grosse et oblongue qu'un de ses seins. Heurteloup voulut la saisir et la rompre, mais un poignard lancé par Bernard Donat se planta près de la dextre du coquin, le dissuadant de recommencer.

Tristan tira la lame enfoncée profondément dans le bois et la tendit à son propriétaire :

— Si vous aviez voulu le clouer sur ce plateau, je suis sûr que vous y seriez parvenu !... Dommage...

— Quoi ? *Dommage* ?

Le regard de Donat étincelait. Il détestait qu'on le fît languir sur un mot, une phrase. La contrariété le révulsait.

— Dommage que vous soyez du mauvais côté.

— Ne préjugez de rien, messire !... Si nous nous retrouvons un jour, peut-être me donnerez-vous l'accolade !

— Où avez-vous appris à manier le couteau ?

— Un parent à moi qui se nomme Jean [1].

— Si vous poignez l'épée aussi bien que cette lame, je serais inquiet de vous affronter !

Le compliment glissa sur Bernard Donat. Peut-être le croyait-il insincère ou parti de trop bas pour être relevé. Abandonnant l'orgueilleux, Tristan s'approcha de la cheminée. Le crépitement des bûches, le clapotement de la sauce dans la lèchefrite composaient une petite musique allègre. Rien de tel, pour se rasséréner, que d'assister aux envols des flammes et des étincelles. De loin, Mathilde lui sourit comme elle eût souri à un fils malade et sans doute mortellement atteint. Le feu moqueur serré entre ses paupières semblait plus vif, plus clair à mesure de ses libations. Mais

---

1. Lorsqu'il sentit sa « révolution » compromise, Etienne Marcel, le 3 mai 1358, envoya un de ses affidés, Jean Donat, en Avignon, auprès de Pierre Maloisel, son agent. Donat emportait avec lui deux mille florins d'or au mouton pour obtenir les services d'Arnaud de Cervole auprès du prévôt des marchands. L'Archiprêtre reçut une partie de la somme et ne bougea pas. Au retour, et avec ce qu'il s'était réservé, Donat acheta des armes. Les gens du comte de Poitiers, gouverneur du Languedoc, s'en emparèrent et ne les restituèrent pas ni d'ailleurs le peu d'argent pris sur Donat.

Jean et Bernard Donat étaient-ils frères ? Cousins ? Nos recherches, sur une parenté probable, n'ont pas abouti.

trop près du foyer, ses fards moitissaient, fondaient. Il l'en prévint d'un geste dont elle lui sut bon gré d'un clin d'œil qu'elle voulait peut-être complice et juvénile, mais qui eût convenu à l'une de ces femmes qu'on trouvait apostées dans certaines rues avant que les gens du guet, à la vesprée, n'en vinssent interdire les issues par des chaînes.

— Vous semblez, mon époux, d'une humeur affligée.

Elle lui resservait du *vous*. Tenait-elle à faire accroire à l'Archiprêtre que leur mariage n'était que de convention ?

— Nenni, je vais fort bien... Je te laisse à ton hôte.

— Adonques asseyons-nous et mangeons, dit-elle en claquant dans ses mains. Ah ! te voilà enfin, Panazol... Assieds-toi là, près de celui qui fut ton capitaine.

Ydoine versa de grandes louchées de brouet dans les écuelles. Tristan prêta l'oreille aux gargouillis des bouches et tintements des cuillers. Mathilde s'était placée à la gauche de l'Archiprêtre. Lui, l'époux négligé, se trouvait à sa droite, et Heurteloup et le petit Darby, le menton gras, l'observaient avec une dérision qui, en tout autre lieu, eût mérité un châtiment. Sans doute avaient-ils flairé combien il était « tenu » par sa femme. Tenu le jour, tenu la nuit ; tenu par une coutume faisant office de loi ; tenu par un mariage désagréable, tenu par un destin qui ne pouvait changer que par un parjure, chose ignoble mais nécessaire dans son cas.

— Où partez-vous ainsi, mon ami ? demanda Mathilde à l'Archiprêtre.

— Me marier... Ne vous l'ai-je point dit ?

Avec plaisir, Tristan releva que Mathilde avait pâli. Elle était jalouse de toutes les femmes. Toutes préjudiciaient une suprématie dont il ignorerait toujours, sans doute, sur quel critérium elle l'avait établie.

— Hé oui !... J'épouserai bientôt Jeanne, dame de Saint-Georges et de Châteauvilain[1] !

— Vous remplacez bien vélocement, il me semble, la feue dame Jeanne de Graçay !

L'Archiprêtre s'étrangla et, fronçant les sourcils :

— Cela vous va bien, m'amie, de m'admonester aussi rigoureusement ! Vous en êtes à votre troisième mari ; j'en serai à ma seconde femme. C'est bien vous qui me devancez !

Le regard qu'ils échangèrent en disait long sur la nature de cette amitié à laquelle Cervole avait fait une allusion courtoise, mais corrosive.

— Et les compagnies ?... Qu'avez-vous à nous dire qui puisse nous conforter ? Vont-elles demeurer à Brignais ?

Plutôt que de répondre à Mathilde, l'Archiprêtre s'avisa soudain de son époux :

— Sans doute, Castelreng, eût-il été profitable de négocier leur départ avant que de les assaillir comme cela fut fait.

— Erreur, messire. Ce sont elles qui ont attaqué les gens du roi avant l'aube.

— Soit... De toute façon, si Bourbon et Tancarville avaient envoyé à tous ceux qui les attendaient de pied ferme quelque ambassaderie, tout se serait passé dans un commun respect...

« Respect ! » enragea Tristan, cependant qu'impassible, l'Archiprêtre continuait :

— Avec un tantinet de bienveillance des deux côtés, Bourbon, son fils et moult chevaliers, écuyers, hommes d'armes méritoires vivraient encore... Certes, Audre-

---

1. Lire en Annexe II : *Les deux femmes d'Arnaud de Cervole.*

hem, qui ne les aimait pas, ferait la grimace... On m'accuse parfois de félonie, mais le maréchal n'est pas sans reproches. Retardant son départ de Sauges, il arriva dans Lyon quatre jours après la bataille.

— Avec une circonspection dont je vous fais compliment — he oui, messire —, vous avez préféré négocier avant que la tuerie commence.

Ce trait empoisonné, l'Archiprêtre l'écarta d'un rire léger accompagné d'un geste de la main par-dessus son épaule. « Je suis découvert », devait-il songer. « Mais par qui ? Une espèce d'avorton de chevalier que mon ancienne maîtresse a pris pour époux par pitié, joignant du même coup l'utile à l'agréable. » Il toussota pour que sa voix fût plus nette. Sous le velouté des mots, Tristan discerna des lames :

— Les hommes de Brignais sont les meilleurs guerriers du monde. Mieux vaut les avoir avec soi que contre soi. J'inviterai le roi à s'en débarrasser en faisant miroiter à leurs yeux les beautés de l'Espagne. Henri de Trastamare veut occuper le trône de son frère Pedro, qu'on dit Cruel depuis le trépas de sa jeune femme, Blanche de Bourbon[1]. Henri ou Enrique, comme vous voudrez, ne dispose que d'une petite armée...

— Ses guerriers ne valent guère mieux que les routiers. Quand ils passèrent en France, ils se conduisirent aussi honteusement !

— Holà ! je n'en disconviens pas. Et c'est pourquoi ce serait une aubaine qu'une alliance ait lieu, solide,

---

1. Elle fut reine de Castille fort peu de temps. Elle était née en 1338, de Pierre Ier, duc de Bourbon, et d'Isabelle de Valois, sœur de la reine de France, Jeanne de Bourbon. Elle épousa, en 1353, Pierre Ier le Cruel, roi de Castille, et fut étouffée ou poignardée à Medina-Sidonia, à l'âge de vingt-six ans. Il se peut aussi, selon certains auteurs, qu'elle soit morte de la peste, toujours à Medina-Sidonia.

entre les gens de France et ceux du Trastamare afin de conduire, ceux de Brignais en sus, tous les malandrins en Espagne.

— On verra se renouveler, là-bas, toutes les mauvaisetés commises au royaume de France, mais cette fois en se prévalant d'une...

— D'une juste cause !

Tristan broncha. C'était trop :

— Je ne sache pas, messire, que la cause du Trastamare soit juste. Il n'est que le frère bâtard d'un roi légitime. On raconte qu'il pourrait lui fournir des leçons de cruauté !

Tristan s'interrompit. Quelques moments avant cet entretien, il s'était félicité de pouvoir contenir ses colères et, surtout, de maîtriser le langage qu'elles lui dictaient. Or, voilà qu'il lâchait la bride à un courroux dont il eût pu se passer, puisqu'il était provoqué par des affaires espagnoles qui ne le concernaient en rien. Mathilde le regardait, faisant tourner autour de son médius senestre une bague démesurée représentant un château avec quatre tours d'angle et un donjon central, rond, coiffé d'un toit en pyramide. Et cette pyramide était une améthyste.

Il s'était étonné, lorsqu'elle s'était apprêtée, de la voir consacrer tant de temps et de minutie à sa parure. *« Vous le révérez comme un saint et vous parez comme une châsse. »* Elle l'avait considéré d'un regard tellement glacé qu'il avait compris cette humiliante évidence : auprès de l'Archiprêtre, il semblait tout petit. Il se pouvait aussi qu'elle songeât à le rejeter après une passade où l'amour dont elle se prévalait n'avait jamais existé. Elle n'était pas femme à s'embrelicoquer dans des procédures de divorce. De plus, un divorce eût fait rire son entourage et tous ceux de Lyon qui avaient assisté à sa véhémente demande en mariage. Il fallait donc qu'il disparût. Comment ? La meute, évidemment, consommerait le crime. Il dut, à ce tournant de sa méditation, accorder plus d'intérêt aux paroles de l'Archiprêtre.

— Ce Pedro est un goujat couronné. Connaissez-vous sa vie, Castelreng ?

— Je sais sur lui tout ce qu'il faut savoir. Et je le hais pour avoir fait occire la bonne dame Blanche.

— Vous en parlez avec tant de componction qu'il semble que vous l'avez connue, releva Mathilde.

— Nous l'avons, mon père et moi, accompagnée quelques lieues — jusqu'au château de Puylaurens — quand elle prit le chemin de l'Espagne.

S'il s'était tant amouré d'Oriabel, n'était-ce pas parce qu'elle lui ressemblait comme une sœur puînée ressemble à son aînée ? Dire qu'il fallait ce repas et ces convives en vérité lugubres pour qu'il évoquât, en refoulant son émoi, ces deux créatures blondes qui parfois hantaient ses songeries. Pour accéder à la quiétude, il n'avait d'autres ressources que de les susciter, involontairement ou non. L'une avait son respect et l'autre son amour.

— Allons, buvons, dit Mathilde en levant son hanap. Sers-nous, Ydoine, de ce vin de Mâcon...

Tandis que la grosse servante obéissait, Arnaud de Cervole se pencha :

— Sais-tu, Castelreng, à qui tu me fais penser ?... A un Anglais du nom de Jean de Wyn. C'est un capitaine au service de Lancastre... et qui tient pour son compte tantôt un châtelet, tantôt un autre [1]... Jeune, beau, ardent et hardi, et cherchant des amours belles et par-

1. Il succéda à Stamworth pour la possession des terres de Courcelle, proches de Saumur, après avoir tenu le château de Beaufort, entre Troyes et Châlons.

faites, mais assurément point celles d'une fille d'auberge !... Il a pris pour surnom celui de Poursuivant d'Amour.

Ainsi, Mathilde avait pu l'entretenir d'Oriabel ! Pour le diminuer dans l'esprit de ce malandrin qui, par ce biais, lui exprimait son mépris.

— Soit, messire, je suis un poursuivant d'amour. Insinueriez-vous qu'il me faille battre en retraite dans cette voie que vous trouvez scandaleuse ? Laissez-moi disposer de mes sentiments...

Un petit rire de Mathilde signifia : « *Tu oublies que tu es ma chose* » tandis que le crissement d'un couteau sur une écuelle signifiait que Donat accordait à cette passe d'armes une attention particulière.

— Tout cela me concerne, insista Tristan. Quel acte est le plus vil, selon vous ? Courir à corps perdu vers une mésalliance ou reculer devant les épées ennemies. Il y a plusieurs formes de reculades : celle qui survient avant celle qu'on fait pendant ou quand tout est perdu...

Il s'apprêtait à entendre rugir cet homme sans foi ni loi. Il n'en fut rien. Heurteloup, Panazol et le petit Darby baissaient la tête, craignant les effets d'une moquerie aussi acérée que les lames qu'elle évoquait. Le large sourire de Bernard Donat révélait son contentement d'arbitrer pour lui-même un différend auquel Arnaud de Cervole, déconfit, mettait un terme en riant :

— Tu n'as pas changé, Castelreng, depuis Poitiers. Moi, je dis qu'il est habile de sauver sa peau quand tout est perdu pour reprendre ailleurs la bataille [1] et

1. A Poitiers, Brignais et autres batailles, l'Archiprêtre sut toujours se tirer d'affaire en pleine mêlée. Mais à Cocherel (16 mai 1364), il fit mieux encore. Avant même que Guesclin eût donné le signal de la ruée contre les Navarrais de Charles le Mauvais (qui sans doute était son ami), « *il se bouta hors des routes* », écrit Froissart, « *et dit à ses gens*

qu'un chevalier vivant vaut mieux qu'un chevalier mort. Et je lève ce hanap à ta santé ! Tu ne la conserveras pas longtemps si tu aimes à titiller ainsi les invités de ta gente femme !

— Buvons ! dit Mathilde. Vos sangs s'échauffent et vous ne buvez pas.

— Oui, buvons, dit Cervole, à la chevalerie !

Tristan refusa de la tête.

— Alors, buvons à toi, jeune preux !

« Malebouche ! » songea Tristan qui peu à peu se réfugiait en lui-même.

Il ne s'était jamais considéré comme un chevalier méritoire. S'il avait obtenu de son père, par le sang et par l'exemple, son aptitude au maniement des armes, il n'en devait la perfection qu'à lui seul. Dès sa quinzième année, il n'avait eu de cesse de développer chaque jour sa force et son habileté en des dialogues acharnés entre sa tête et son corps, en des épreuves pénibles qu'il imposait à ses muscles et enfin dans l'excitation des concurrences mortelles à Poitiers comme à Brignais : autant d'initiations toutes-puissantes au sortir desquelles il avait acquis la certitude que la chevalerie n'était qu'un leurre, qu'elle ne formait ni n'entretenait une élite, qu'aucun seigneur n'en respectait les préceptes et que tombée en dérogeance, elle ne valait ni plus ni moins que ce que valait chaque prud'homme. Qui se surestimait devant ses ennemis

---

et à celui qui portait sa bannière : *Je vous ordonne et commande, sur quant que vous vous pouvez mesfaire envers moi, que vous demeurez et attendez la fin de journée ; je me pars sans retourner ; car je ne puis huy combattre ni être armé contre aucun des chevaliers qui sont pardelà, et si on vous demande de moi, si en répondez ainsi à ceux qui en parleront. Adonc se partit-il, et un sien écuyer tant seulement, et repassa la rivière.* » Evidemment, on ne trouve pas trace de cette désertion devant l'ennemi dans l'ouvrage de M. Aimé Chérest. Son silence, à propos de cette bataille, prouve qu'il est gêné aux entournures.

pouvait en recevoir la mort parfois presque sans coup férir. Il faillit sourire en entendant l'Archiprêtre s'en rapporter à ses expériences et surtout à celles de sa jeunesse prime. Les exigences du passé, les traditions auxquelles il se référait — et qui avaient, jadis, obtenu quelques effets sur l'existence des preux et des humbles désignés à leur aide et à leur protection — n'existaient plus. La guerre, elle-même, en dénaturant ses buts, en modifiant ses principes et en améliorant les armes, avait changé de tournure et d'aspect. Certes, certains litiges entre nobles d'un même terroir subsistaient encore, mais au-dessus de ces sanglantes querelles, une seule prévalait : celle qui depuis trente ans opposait la France à l'Angleterre. Procédant par batailles et royautés successives, la fourberie prévalait sur le courage, la férocité sur la miséricorde, l'ignominie sur l'honneur. Tous ces manquements aux grands principes énoncés dans les commandements de l'Ordre avaient fait des Fleurs de la Chevalerie des chiendents et des ronciers. Et l'homme qui mangeait ce soir à la table de Mathilde était le plus sombre exemple de chevalier-malandrin comme, hélas ! il en existait désormais des centaines. Parjure, félon, couard au besoin, il vivait néanmoins dans les bonnes grâces royales. En lui, la cautelle [1] et l'improbité s'étaient exercées à écraser ou résorber tous les bons sentiments, mais expert dans le vice et la duplicité, il savait profiter de la bienveillance du roi Jean et du dauphin Charles qu'aucun homme curial n'avait encore osé mettre en défiance à son égard. Archiprêtre, il n'avait de foi qu'en lui-même et de religion que celle de l'or et de l'argent.

« *Miral deforo, fens dedins* [2] », songea Tristan cependant que Mathilde se penchait vers lui.

1. Ruse.
2. « Brillant dehors, fumier dedans. »

— Cesse un peu de faire ta mauvaise tête, soufflat-elle d'un ton de supplication tellement faux qu'il ne s'en aigrit que davantage.

— La chevalerie ne nous vaut rien, dit Cervole. La preuve : elle nous impose une discorde dont je me serais passé.

La chevalerie ! Il n'avait, lui qui la trahissait, que ce mot à la bouche. Elle n'avait point licence, la chevalerie, de composer des hommes totalement semblables, mais elle abondait en restrictions dont ce mécréant n'avait que faire. A la sincérité, il imposait l'équivoque, à l'audace, l'hésitation, au courage, la fuite. Si quelques-uns de ses pairs conservaient leur foi en l'Ordre, il n'avait plus d'illusions sur aucun de ses commandements, et bien qu'il n'eût fait merveille en rien, il avait obtenu, outre la confiance d'un roi et de ses fils, qu'il méprisait et trahissait, l'admiration des gentilfames et d'une Mathilde qui devait mouiller sans même être tâtonnée par lui !

— Je songeais, chère épouse, à quelques mots latins.

— Lesquels ? s'empressa Cervole.

— Connaissez-vous cette langue ?

— Certes non !

— Eh bien, en vous voyant, messire l'Archiprêtre, je songeais simplement : *In cauda venenum*[1].

— Ce qui veut dire ?

Tristan sourit au sommet de la béatitude :

— Ah ! ça, messire, il vous faudra trouver un latinier pour le savoir !

_____

1. « Dans la queue le venin. » Comme le venin du scorpion est enfermé dans sa queue, les Romains tirèrent de cette circonstance ce proverbe apparemment bénin. Ils l'appliquaient à la dernière partie d'une lettre, d'un discours débutant sur un ton inoffensif pour s'achever d'une façon acerbe.

Il jubilait.

— Bois donc ! dit Mathilde. Tu seras moins enfelonné contre messire Arnaud ! Il est grand temps de te désaguerrir... Buvons tous !... Au diable tous les principes ! Vivent, messire, vos fiançailles !

Qu'espérait-elle ? Qu'ils allaient boire et s'échauffer davantage ? Et pour en venir à quoi ?

Tristan leva son hanap en direction de l'Archiprêtre, et le vida d'un trait.

« Trop épicé », songea-t-il.

Et sa lucidité lui fit soudain défaut. Ses pensées s'agglutinèrent les unes aux autres. Quelque chose de noir emplomba sa vue. Rien ne s'éclaircissait devant lui, et les efforts qu'il déployait pour s'extirper de cette incohérence et de ces gluantes ténèbres devenaient plus stériles à mesure qu'ils gagnaient en violence. Les sons eux-mêmes étaient d'une telle rudesse qu'on les eût dit fouettés au vent d'une tornade. Ainsi lui semblait-il que son épouse et son invité riaient exagérément et que, sans se gêner, Cervole considérait son hôtesse avec un air de propriétaire. Bon sang ! que se passait-il ?

« Lève-toi ! Lève-toi !... Sors de ce donjon. De l'air... De l'air... »

Marcher ? Il s'en découvrait incapable. Le long de ses bras, de ses jambes, de son dos serpentait un picotement glacé. Il devait, il fallait qu'il vomît pour recouvrer son souffle. Ydoine ricanait : *elle l'avait enherbé*

— Que lui as-tu fait ? demanda Donat.

A qui s'adressait-il ? A la grosse servante ? A Mathilde ? A Cervole ?

Tristan fit un effort pour regarder ce couple immobile et muet et lui crier son exécration. Impossible. Ses mâchoires étaient lourdes et scellées l'une à l'autre. Il vit la main de l'Archiprêtre saisir celle de Mathilde et la porter à ses lèvres.

— Vous...

Il voulait crier, il éructa. Une bave épaisse envahit sa bouche. Enfin, il se leva et chancela.

Il sut qu'il tombait en avant et fit un dernier effort pour ne pas choir sur le pavement la tête la première, mais quelqu'un le ceintura d'un bras.

— Holà ! compère, cria Donat. Prends garde...

* *
*

Des rires enchevêtrés — homme et femme. On le hissait dans un escalier. Lequel ? « C'est elle », songea Tristan. « Son anneau... Me méfier... » Le donjon du château enchatonné à la bague de Mathilde contenait une poudre tosique [1]. Sur un mouvement du couvercle — le toit d'améthyste —, le poison s'était répandu dans sa boisson. Ils s'ébaudissaient à bon droit de sa négligence.

« Je vais mourir ! »

Quelque effort qu'il fît pour échapper aux abîmes où sa lucidité sombrait, il savait que bientôt tout semblant de vie s'éteindrait en lui. C'étaient Panazol et Heurteloup qui le soutenaient, l'un par les aisselles et l'autre par les chevilles. Mathilde suivait et sûrement Cervole.

Bras mous et ballants. Tête lourde. Absurde, injuste, humiliante vexation. Pourrait-il s'en venger ?

« Je devrais être mort... Sa poudre était-elle éventée ? »

On le déposa sur un lit ; quelqu'un demanda s'il fallait le déshabiller. Non, c'était inutile. Cependant Panazol lui retira ses heuses.

1. De *toxicum* : poison pour flèches. *Toxon* : arc, flèche.

Il perçut le couinement des gonds d'une porte et tenta de dominer le froid qui le saisissait à plein corps. Des poings d'acier battaient un tambour sous son crâne. « Non ! ne clos pas tes yeux : ils ne s'ouvriraient plus ! » Les poutres dont le plafond était tout alourdi se rapprochaient de lui, s'en éloignaient ; son cœur s'affolait et ses entrailles le brûlaient. Il fit un violent effort pour se lever, et sitôt debout, chancelant, il s'aperçut qu'il était dans une chambre inconnue dont la simplicité reflétait cependant des attentions féminines : le rideau de brocart le long d'une embrasure ; la courtepointe du lit faite de velours assemblés dont les couleurs se brouillaient pour peu qu'il y attardât son regard, et le grand bahut de cuir orné de bossettes d'argent.

« Marie ! »

Il était dans sa chambre. Etait-ce là qu'elle était morte ? Comment ?

Tout devint noir.

Le froid de l'aube l'éveilla. Il se traîna juqu'au lit où, à peine enseveli sous la couverture, il fut hanté d'une humiliation terrible.

Que Mathilde, dans la chambre au-dessous, se fût prêtée aux appétits de son visiteur, soit. Ce n'était pas cet « adultère » qui l'ulcérait, mais son intolérable conséquence : si son chemin devait croiser celui de l'Archiprêtre lorsqu'il aurait recouvré la liberté, celui-ci se rirait à bon droit de sa malaventure.

Paupières closes, il essaya d'examiner sa défaite avec autant de minutie qu'il l'eût fait pour son visage devant un miroir, cherchant sur le reflet de celui-ci non point une ride ou un bouton, mais ce que ses traits pouvaient exprimer de sentiments bassement conciliants et avilis. Il exécrait Mathilde ; qu'elle l'eût trahi l'indignait sans pour autant aggraver le dégoût qu'elle lui inspirait ; mais que l'Archiprêtre eût profité de sa défaillance en n'ignorant rien d'une préméditation dont il tirait avantage, voilà ce qu'il trouvait insupportable.

Il se leva. Il devait maîtriser son corps et distendre sa volonté. Chaque pas lui coûtait. Il poussa la porte des latrines, renversa au passage une fontaine et sa cuvette et le bruit qu'ils firent en s'aheurtant lui parut si surnaturel qu'il en fut secoué des chevilles aux épaules. Une nausée le tourmenta. Il se pencha au-dessus du trou aménagé dans la planche, juste à temps pour vomir.

Un fiel rougeâtre lui sortit de la bouche et du nez, noyé dans des glaires jaunes à senteur de soufre. « *La gaupe a voulu m'enherber !... Voilà, elle est lasse de moi !* » Sa main puait d'avoir séché ses lèvres.

Il revint vers le lit. Son gosier râpeux le brûlait. Il avait soif à tarir une source mais ne voyait aucun pichet. Cette chambre était vide depuis longtemps. La porte... Il s'en approcha. Comme il le redoutait, elle était verrouillée.

Il s'allongea, ferma les yeux et sentit son énergie remonter du tréfonds de son corps jusqu'à ses membres. L'odeur nocturne du château — mélange de suints d'hommes et d'animaux immobiles, fétidité des fumiers, remugle de salpêtre — le pénétra. Il fallait qu'il se laissât engourdir par la tiédeur de la couverture tout en échafaudant... Quoi ? Comment fuir maintenant ? Il n'avait ni la force ni la volonté ni la possibilité de courir ne fût-ce que cent toises.

Des voix, en bas, troublèrent le silence, puis un bruit de sabots. Le clapotis des fers grossit, rapetissa. Il y eut, sur les planches du pont-levis, le tambourinement de quatre chevaux à la suite.

« Ils partent... »

Peu après, Mathilde entra. Elle se pencha au-dessus du lit, et Tristan l'observa, les yeux fixes, comme elle les eût trouvés s'il avait succombé. Elle posa une main sur son front, de l'autre, elle serra son poignet pour bien s'assurer qu'il vivait. Alors il remua.

— Vas-tu mieux ? demanda-t-elle doucement. Tu m'as effrayée... Une indigestion, sans doute.

Il la dévisagea si méchamment qu'elle dut se relever.

— Mon épouse, c'est toi qui m'effraies !

— Un malaise t'a pris... Je t'ai veillé toute la nuit.

— Menteuse !... Tu l'as passée à forniquer avec Cervole... Mais je ne suis pas mort...

Elle était pâle et lasse, blette, fiévreuse. Il lui connaissait cette lividité, cette nonchalance où son âge s'accusait plus encore qu'en toute autre occasion. C'était quand il se détachait d'elle et qu'elle feignait un contentement qu'elle n'avait pas éprouvé. « *Salaude ! Salaude !* » La fureur qui l'animait n'était pas le fait d'une jalousie née d'un adultère dont il ne se souciait guère, mais d'une répugnance envers lui-même. Dire qu'il s'accouplait depuis des semaines à cette ribaude de haute lignée !... Et encore, il ne savait d'où elle sortait. Peut-être, tout simplement, d'un bordeau d'où son premier mari l'avait tirée.

— Votre courroux à mon égard me mécontente gravement, dit-elle en se reculant vivement, comme s'il l'avait giflée. Je ne vous appartiens pas. C'est vous qui m'appartenez !

Elle le voussoyait. Mauvais signe.

— Divorçons : vous serez libre comme le vent.

— Jamais !... Je tiens à vous... Au lit, vous m'êtes agréable.

— Vous n'êtes pas en peine de trouver d'autres amants. Ne venez-vous donc pas de m'en fournir la preuve ?... Votre soi-disant attachement à ma personne fut, cette nuit, d'une... lâcheté qui nous a déshonorés tous deux !

La puissance de son dépit enveloppait Tristan comme un habit chauffé à blanc d'où seule sortait sa tête froide.

— Je sais ce que je vous dois, reprit-il en préférant, cependant, la modération à la colère. Pourquoi m'avez-vous enherbé ? Pour passer la nuitée avec ce malandrin ? Etait-il nécessaire que vous me jouiez ce méchant tour ?

— En procédant ainsi, je sauvais votre honneur. Vous n'êtes pas passé, aux yeux de Panazol, d'Ydoine et de nos visiteurs, pour un mari complaisant. Vous devriez me rendre grâce au lieu de vous courroucer bêtement.

Mathilde se mit à marcher, les bras repliés frileusement sous ses seins, le dos voûté. Toute l'expression de son corps contribuait à diriger l'attention sur sa croupe ronde. Pour certains mâles, elle eût été une proie d'autant plus agréable à saisir qu'elle n'eût guère offert de résistance ; pour lui, Tristan, elle n'était rien qu'une sorte de fantôme enveloppé d'une huque de cariset[1] vermeil semé de feuilles d'armoise, dans le demi-jour d'un matin pénible.

Il l'épiait du coin de l'œil, mais en fait, c'était elle qui le guettait, et cette fois sans convoitise.

— J'aurais dû trépasser, femme, mais Dieu est bon.

Elle ne dit mot. Pensait-elle à Cervole ? Elle n'avait jamais cessé, sans doute, de confondre les mouvements de l'amour et ses agitations d'insatiable fornicatrice. Les bêtes en rut, livrées à leur instinct, la dépassaient en dignité.

Il la vit toucher son ventre doucement, avec une

1. Grosse serge flamande.

sorte d'affectation dans le geste qui, plutôt que de l'occulter, accusait son orgueil d'être ce qu'elle était. Que pouvait-il bien exister en elle qui fût empreint de sérénité, de modération, de tendresse, de nonchalance ? Voulait-elle lui faire accroire qu'elle était grosse de ses œuvres ?

— Je suis comme ressuscité... Je me suis senti mourir... Mourir seul... Soudain, chère âme, j'ai vomi... J'ai tout rejeté bien vélocement... J'ai pensé que vous aviez décidé de me donner aux chiens, mais je me suis rassuré : vous ne l'eussiez pas fait par crainte que mes chairs et mon sang contaminés par votre mixtion ne les empoisonnent... Or, il vous les faut... pour d'autres. Ils ont dû apprécier le tendre corps de Marie davantage que celui de Salbris !

Il s'attendait à une rougeur de confusion, de colère ; à une protestation vigoureuse. Il vit les lèvres de Mathilde se plisser pour un sourire de joie malsaine :

— Elle avait, à Lyon, rencontré un chevalier de Normandie. Elle l'a invité à Montaigny cinq ou six fois pour le séduire... Mais je m'en suis éprise, pour son malheur.

A quoi bon relever ce que cette voracité de luxure pouvait avoir d'immonde. Mieux valait constater en riant :

— Et vous avez occis cette fille gênante.

C'était horriblement simple. Tristan ferma les yeux tant cette femme aggravait la répulsion qu'il avait d'elle. Mathilde ajouta — et il put voir ses lèvres trembler sans savoir si c'était de honte ou de délice :

— Je me suis bien gardée de l'enherber, comme tu viens d'y penser. En effet, mes chiens seraient morts de consommer cette chair belle au-dehors — car elle était belle — et putride au-dedans.

Son visage s'illumina d'un orgueil que Tristan essaya d'abaisser :

— Craignez Dieu !... Et même craignez Satan !

Elle rit, s'avança et toisa cet époux désarmé par une astuce dont elle se pourléchait encore :

— Ne veux-tu pas savoir ce qu'il advint à Marie ?

— Non.

Elle parut un moment offensée. Puis son rire atteignit un paroxysme dont Tristan, soudain, fut angoissé.

— Vraiment ?... Tu ne la connaissais pas... Tu ne peux donc rien éprouver envers elle !... Eh bien, je vais te le dire tout de même... Une embrassade en haut du donjon, entre deux merlons... *Plof !* Un cri... En bas, elle n'avait qu'une bouillie au lieu d'une tête... Mais son corps était toujours beau et chaud... On aurait pu... Le chevalier n'est pas revenu, et cela, c'est ma punition... Mais tu lui ressemblais en plus jeune... Je t'ai choisi comme on choisit un remplaçant... Voilà... Je suis ainsi. T'en étais-tu douté ?

Il la revoyait nue, lors du festin de Brignais, portant sur un plateau des reliques infâmes. Il comprenait maintenant sa gravité d'alors. Bon sang, il se pouvait qu'elle eût joui d'avoir été choisie pour cette montre hideuse. Il aurait dû la laisser à Héliot !

— Ne veux-tu pas me faire une petite place auprès de toi ?

Elle avait les joues rouges encore du contact de la barbe de l'Archiprêtre, et ses yeux s'étaient foncés, dilatés. Sur une oscillation de son menton hautain, elle parut le jauger, le mettre au défi de venger une jouvencelle défunte. Eh bien, non : ce forfait ne le concernait pas.

— Tu en sais trop, désormais, pour hanter la forêt près de moi, comme nous l'avons fait jusqu'à maintenant. Nous sortirons différemment : les naseaux des

216

chevaux de Panazol, Herbulot ou un autre toucheront la croupe des nôtres... Je vais te faire porter de l'eau par Ydoine, car tu as mauvaise haleine...

Elle disparut. Tristan soupira d'aise.

Mathilde revint à la nuit, silencieusement, et s'étonna de voir son époux étendu sur le lit, habillé.

— Pas envie de dormir ?... As-tu faim ?

— Pour que je mange, il vous faudra goûter les mets que vous me ferez porter.

— Soit... Veux-tu revenir dans notre chambre ?

— Je suis bien céans.

Mathilde s'en alla chercher de la nourriture. D'un bond, Tristan fut debout. L'oreille collée contre l'ais de la porte, il entendit :

— Fouchard, je vais revenir avec un panier de vitailles. Quand j'aurai rejoint mon époux, couche-toi en travers de l'huis, et toi, Jabeuf, devant l'entrée du donjon...

Elle s'exprimait doucement, mais on percevait le commandement sous le chuchotis des mots.

— Sois armé.

— J'ai le quenivet que je porte à la chasse aux bêtes noires.

— Avant l'aube, Roussel viendra te remplacer... As-tu lâché Bayart et Lucifer ?

— Panazol s'en est chargé. Ces deux-là, à eux seuls, valent toute une meute.

Les chiens, toujours les chiens. Fuir, désormais, serait plus difficile encore.

L'aube versait sa nacre rosée dans la chambre. Ils reposaient les yeux ouverts, Tristan, habillé, sur la couverture, Mathilde nue, dessous, jetant parfois des regards sur ses mains et les flairant de loin en loin après qu'elle les eut frottées sur son corps.

Quand elle fut lassée de ce jeu, elle se leva et, contrairement à l'habitude, se couvrit promptement de sa huque dont elle noua la cordelière.

« Quelle soudaine pudeur ! », songea Tristan.

Une autre matinée, il se fût égayé de cette précaution ; et comme elle se tournait vers lui, muette, indécise, il simula un bâillement dont elle réprouva, d'une lippe et d'un soupir, la grossièreté volontaire.

— Il m'a semblé, cette nuit, qu'un homme ronflait devant notre porte.

— Un homme ?... Là, de l'autre côté de cet huis ?

Mathilde avait tressailli. Après lui avoir promptement dissimulé son corps, elle lui dérobait maintenant son regard en feignant de chercher quelque affiquet tombé sur le tapis de bordat[1] grenat armorié en son milieu d'un bélier d'argent sur fond d'azur.

Ydoine entra sans frapper, contrairement aux usages. Elle portait un seau d'eau chaude et, sous ses aisselles, des serviettes roulées.

— Un homme devant cette porte ? s'étonna Mathilde d'une voix de fausset. Vous avez rêvé, mon époux !... Y a-t-il, Ydoine, un soudoyer devant le seuil de cette chambre ?

— ... n'en ai point vu.

1. Lainage d'ameublement.

La grosse servante semblait gênée par tout autre chose que ses fardeaux. Réprouvait-elle les agissements de cette « fille » à laquelle elle avait donné le sein ? Pour qu'elle l'eût abreuvée de son lait, il fallait qu'elle ait eu un enfant. Qu'était-il devenu ?

— Personne, dit-elle, pour complaire à Mathilde.

Elle déposa l'eau et, levant les bras, laissa choir les serviettes sur le tapis. Mathilde, d'un pas dansant, gagna la petite porte du bouge et s'isola derrière. Aussitôt, le visage d'Ydoine changea. Ses traits durcis, tendus, impénétrables, s'altérèrent. Un sourire — autant que sa grimace en fût un — mit un soupçon de bonté sur sa face débiffée, d'ordinaire si hermétique, si blême, qu'on l'eût crue soustraite à quelque portail d'église — côté damnés.

— Juste avant le souper, allez à l'écurie... Montez à l'échelle et mussez-vous dans le foin... *Elle* vous a pris votre épée, mais vous la retrouverez là-haut... Paindorge vous préparera Malaquin... Des rênes, mais point de selle afin de ne pas attirer l'attention... Quand le feu prendra dans le logis des hommes, hâtez-vous... Pendant qu'ils chercheront à l'éteindre, Beltrame fera tomber le pont-levis... Ne vous souciez pas d'autre chose que de galoper fort loin de Montaigny.

— Pourquoi, Ydoine ?... Je croyais que vous me haïssiez.

Tristan lut tant de compassion dans le regard dont la servante embrassait la chambre de Marie qu'il comprit avant même qu'elle se fût exprimée :

— J'aimais cette jouvencelle comme jadis j'ai aimé ma défunte fille. Je sais le sort qui sera vôtre si vous demeurez céans quelques jours de plus... Elle... Elle a chargé Panazol de vous occire... Vous n'êtes pas le premier, vous ne serez, hélas, pas le dernier dont les chiens se nourriront.

— Justement : elle va les lancer à ma ressuite[1] !

— Tout près de votre épée, il y a une escarcelle pleine de poivre.

Déjà, le visage d'Ydoine redevenait inquiétant. Et plus encore, hostile, puisque Mathilde réapparaissait.

— Que lui disais-tu ?

— Que je lui porterai de l'eau dans un petit moment.

Ydoine s'en alla, Mathilde s'étira, se cambra tout en bâillant longuement. Tristan s'approcha de l'étroite fenêtre et observa le ciel gris dans lequel une longue meute de nuages noirs se frayait un chemin vers le Ponant.

— Il va pleuvoir, dit Mathilde. Autant demeurer céans.

Sa huque vermeille tomba, révélant une nudité tellement connue que le regard de Tristan passa comme au travers.

— Viens te coucher : nous oublierons notre querelle.

— Cervole ne t'a-t-il pas suffisamment contentée ?

Elle s'assit au pied du lit, baissa la tête, et il n'aperçut plus que sa bouche pincée sur un cri, une injure.

— Voilà tout ce que je peux te mettre, dit-il, morose, en la couvrant de sa huque. Tu vois : tu en frissonnes de plaisir... Il est vrai qu'il fait froid.

Il avisa, sur une chaise, un damier dont les carreaux d'ivoire étaient parsemés de miettes de pain aussi dures que des graviers et gravillons. Il les chassa du tranchant de la main et trouva, tout près, une boîte contenant les pièces.

— Aimes-tu les échecs ?

— Je les aime quand je gagne... Voilà bien quatre

1. Poursuite.

mois que je n'ai pas touché un roi... ou un fou... Tu vas aisément me vaincre.

— Aisément, non, dit Tristan tout en posant l'échiquier sur le lit. Mais je vais essayer... J'ai grand besoin d'affirmer ma domination.

Mathilde eut un soupir agacé. Il vit que sa main tremblait en disposant les pièces. D'emblée, elle avait choisi les noirs.

VII

Prétextant qu'il devait étriller Malaquin, Tristan obtint d'aller à l'écurie.

— Pendant que tu y seras, dit Mathilde, occupe-toi aussi d'Aiglentine. Elle a le poil qui se ternit.

Avant qu'il eût franchi le seuil, elle jeta un regard du côté des tours portières afin de vérifier si le pont-levis était resté dressé depuis le départ de l'Archiprêtre.

— N'espère pas que nous sortirons, ajouta-t-elle. Non seulement, je me sens lasse, mais je t'en veux surtout de m'avoir battue.

Il semblait qu'en gagnant il l'eût déshonorée.

— Echec et mat en dix coup... Est-ce ma faute à moi si votre esprit errait bien loin de notre jeu ?... Sous votre robe ou sous mes braies !

Il sortit, descendit en hâte les degrés de pierre et traversa le tinel au fond duquel Ydoine entassait des bûches dans la cheminée.

« Allez-y », dit-elle d'un geste.

Il traversa la cour, se retourna et vit, sur le seuil du donjon, la meschine qui l'observait.

« Pourvu qu'elle n'ait aucun remords et ne me trahisse pas ! »

Il s'enfonça dans l'écurie. Malaquin y occupait la dernière parclose.

Tandis qu'il avançait, tapotant parfois la croupe d'un des roncins immobiles, alignés de part et d'autre de la ruelle traversière miroitante de leurs pissats, il sifflota comme lorsqu'il pénétrait en ces lieux sans autre intention que de soigner son cheval. Rien, dans son comportement, ne devait différer des mouvements qu'il accomplissait alors. Cependant, le col de son pourpoint devenait trop étroit ; sa poitrine lui semblait aussi creuse qu'une cloche contre laquelle le battant de son cœur cognait avec un surcroît de rudesse. La volonté de s'enfuir, minutieusement amassée depuis son premier jour de réclusion à Montaigny, le dévorait, l'enfiévrait, le laissant pantelant et seul devant cette évidence : « De toute façon, réussite ou échec, c'est la mort. » Il se flagella, s'éperonna : « Tu réussiras ! » et parvint au bout de la travée.

Malaquin se détourna. Il avait son mors et ses rênes et devinait qu'il allait devoir galoper. Son œil brillait comme un diamant noir.

Ils se regardèrent.

— Nous partirons, chuchota Tristan. Ma vie ne dépendra que de toi.

L'animal secoua sa tête brune et plia le cou avant de gratter sa litière d'un sabot satisfait. Un long frisson fit couler de l'argent sur sa robe tandis qu'il secouait sa queue et sa crinière. Tristan fut tenté de dénouer la longe que Paindorge avait fixée à un barreau du râtelier. Il y renonça : l'impatience de Malaquin eût pu lui porter préjudice. Il ne sauterait dessus que lorsqu'il entendrait crépiter les chaînes du pont-levis.

— Attends-moi... Je vais sur le galetas...

Il accéda en hâte au sommet de l'échelle. Il venait d'apercevoir sa Floberge et l'escarcelle au poivre déposées sur un affenoir quand le cri d'Ydoine : « *Au feu* » provoqua le remuement qu'il avait imaginé sans extrême espérance, crainte d'une déconvenue. Or, la machination de la servante s'accomplissait : elle lui apportait son aide et certains gars de Guillonnet de Salbris — tous peut-être — participaient à la conspiration. Paindorge ne pouvait seul vouloir sa délivrance. La venue de l'Archiprêtre, la jactance et la mauvaiseté qu'ils lui connaissaient avaient eu raison de la réserve de Calloet, Jean, Morsang et Beltrame.

Il glissa prestement la bourse de poivre sous son pourpoint. Quelques pincées dévoieraient les chiens ! Il empoigna son épée, la fit jouer dans son fourreau et s'en ceignit, constatant avec déplaisir que, faute d'exercice et de maniement d'armes, il avait épaissi au faux-du-corps[1] plus qu'en aucun autre endroit. Il entendit craquer des poutres, ronfler des flammes sans rien voir d'autre de l'embrasement que des rougeoiements sur le seuil de l'écurie.

— Des seaux !... Courez au puits !... Faites la chaîne ! hurla quelque part Panazol.

Des cris perçaient les rumeurs des courses, et les bois et les murs de torchis dévorés craquaient sans interruption. « Comment, dans ce vacarme, vais-je pouvoir ouïr le cliquetis des chaîncs ? » Les chiens hurlaient aussi, plus excités dans l'effroi qu'ils devaient l'être à la chasse. Comment le feu se développait-il ? Qui l'avait allumé, puisque la grosse Ydoine était demeurée sur le seuil du donjon ? Des seaux tintaient. Tristan pouvait entendre le claquement de l'eau sur les braises et le chuintement de son évaporation.

— Hâtez-vous ! Hâtez-vous !

Ivre de fureur et d'impuissance, Panazol s'égosillait sans obtenir l'émulation qu'il souhaitait. Tristan n'hésita plus :

---

1. Partie où le corps s'amincit entre la poitrine et les hanches.

« Il faut descendre... Inutile de demeurer mussé...
Celui qui va déclore le pont-levis doit être en place. Il
l'abaissera dès qu'il me verra... »

Il devait échapper à cette odeur de paille et de foin
qui lui chatouillait les narines. Les chevaux commençaient à saboter ; quelques-uns hennissaient. Une
rumeur d'affolement passait sur chaque file. Il pouvait
voir, en bas, les croupes niellées d'ombres et de clartés
dansantes. Seul Malaquin échappait à sa vue.

— Mon époux !... Tristan !... Es-tu là ?

Il eut juste le temps de s'enclore dans l'ombre.

— Cherche-le, Bertrand. Il ne peut être qu'ici !

« Merdaille ! »

Il allait bien falloir qu'il descendît !... Ne pas
remuer. Attendre. Heureusement, Panazol était seul.
Choisir une position de repli : ce gros tas de paille, là-
bas... ou bien demeurer derrière cette poutre de soutè-
nement et plonger dix pouces de la Floberge dans le
ventre du coquin dès qu'il apparaîtrait... Attendre, l'angoisse agriffée aux tripes comme une araignée monstrueuse.

— Cherche, Bertrand !... C'est à lui que nous
devons ce feu !... Cherche !

Elle lui parlait comme à un chien.

Dehors, des hurlements plus drus — désespérés. Ils
ne pouvaient cependant recouvrir le craquement tant
attendu des chaînes.

« Ça y est !... Le pont s'abaisse ! »

— Tristan !... N'aie aucune doutance[1]... Montre-
toi !

L'échelle bougea. En trois bonds, Tristan fut derrière
le tas de paille, accroupetonné, l'épée basse, hors du
fourreau. « Il était temps ! » Cette constatation le rassé

---

1. Crainte.

réna tandis que Panazol apparaissait, la tête et les épaules, puis le corps tout entier.

Immobile, il hésitait à faire un pas, scrutant les tas de paille et de foin dans l'obscurité où venaient s'échouer les clartés de l'incendie. Le silence le dissuadait d'avancer. La rumeur atténuée des hommes, en bas, semblait appartenir à une autre vie qu'il préférait à cette soudaine solitude d'où la mort, *sa* mort, pouvait surgir.

« Qu'il se hâte !... Ils vont vaincre le feu et me vaincront ensuite ! »

L'ancien lieutenant de Cervole se décida. Il piétina la paille et le fourrage, plongeant sa lame dans les masses ténébreuses d'où sortait, çà et là, le manche d'une fourche. Tristan faillit recevoir une estocade à la gorge et ne bougea pas. « *S'il était plus hardi, il me tuait.* » Allait-il descendre ?

— Ne perds pas ton temps, dit Mathilde. Il est ailleurs... Viens donc. Prends garde aux affenoirs ! Si tu tombes dans l'un d'eux, tu es mort... Et je tiens à toi !

Tristan tremblait, suait, claquait des dents. Au prix d'un effort qui lui tordit le cœur, il parvint à dominer son corps. La prise de sa Floberge suait entre ses doigts. Mal aux reins. Ne pas bouger. Eviter de grogner comme une bête fauve.

Loin, maintenant, Panazol semblait tisonner la paille. Il procédait vivement, pour se donner bonne conscience.

— Rien, dame, dit-il... Sauf que ce fourrage me rappelle qu'un jour...

— Tais-toi ! cria Mathilde. Tais-toi !... Crois-tu que ce soit le moment ?

Emergeant lentement de son abri tandis que le sénéchal descendait de l'échelle, Tristan vit Mathilde, couverte de sa huque vermeille sous laquelle — Panazol ne s'y trompait pas — elle était nue.

En une tout autre circonstance, le rustique Bertrand eût palpé cette chair qu'il connaissait déjà, mais à laquelle il n'osait toucher : Mathilde pouvait s'indigner qu'il la voulût trousser dans des conditions détestables.

— Va les aider ! dit-elle. Il faut vaincre ce feu.

Et seule, elle regarda le sommet de l'échelle.

— Je sais que tu es là !... Ce ribaud a eu peur et ne t'a pas cherché. Moi, je ne te crains pas. Je viens !

« Elle monte ! » vérifia Tristan. « Il va me falloir l'occire. »

Puis il changea d'idée. Les ronflements de l'incendie devenaient si violents qu'il n'eut aucune difficulté, sans qu'elle l'entendît, à atteindre la trappe dans laquelle on poussait les trosses de paille destinées au renouvellement des litières. Quand Mathilde atteignit le milieu de l'échelle, il rengaina sa Floberge et sauta dans le vide. Il se reçut silencieusement sur le sol et se dissimula dans la sellerie sise au milieu de l'écurie et qui jouxtait la stalle d'Aiglentine.

Mathilde marchait au-dessus de lui. Elle allait d'un pas égal sur les lattes de bois disjointes.

— Tristan !... Tristan ! dit-elle.

Elle dominait sa peur. Elle dut saisir une fourche et se mit à sonder le fourrage. Il l'entendit jurer. Enfin, elle planta les dents ferrées sur le plancher.

Elle redescendit. Elle portait à l'extrémité de ses longues tresses des viroles d'orfroi dont elle lui avait dit un jour qu'elles étaient un présent de Marie. La jouvencelle avait sans doute, un certain temps, tenu dans ce cœur sec une place qu'aucun mâle y avait occupée. Maintenant, désamourée une fois de plus, Mathilde cherchait sa proie de cette démarche un peu dansante qui faisait de sa quête une sorte de jeu.

L'opportunité d'un meurtre bref, parfait, subjugua Tristan :

« Il ne faut ni qu'elle crie ni qu'elle sorte... Le pont-levis doit être baissé... Pourvu que Panazol, Jabeuf, Herbulot ou un autre ne soit pris de l'envie de le remonter... Tiens, la voilà !... Quelque chose luit à sa hanche, coincé entre son corps et sa chevillière[1] : un tranchelard. Celui de Panazol ! Je comprends pourquoi, là-haut, il avait peur ! Il lui fallait une longue lame.

Il avait les jambes molles. Les violentes pulsations de son cœur l'étouffaient. Allait-elle crier ? Ameuter les autres ?

Comme Mathilde dépassait le poteau sur lequel s'entassaient quelques selles, il bondit, la ceintura et retint de sa paume appliquée sur sa bouche le cri qui allait en jaillir.

— Doucement, mon épouse...

Sa main la tâtonna, mais cette fois pour la soulager de son arme dont il appliqua la pointe sur le cou, près d'une veine jugulaire.

— Un seul grognement et tu meurs.

La poitrine collée au dos de Mathilde, il ne pouvait voir le visage qu'elle avait à cet instant, mais il l'imaginait misérable, blême, flétri de honte et de frayeur.

— Avance jusqu'à Malaquin.

Il conservait sa main sur la bouche entre-close, et quand elle le mordit, la lame s'enfonça.

— Si vous tenez à la vie, ne recommencez plus. C'est parce que je vous dois la mienne et ne l'oublie pas que je répugne à vous occire, bien qu'au fil des jours et des nuits, vous ayez anéanti ma patience...

1. Tresse plate, en fil écru ou en coton, dont on pouvait faire une cordelière.

Tiens, je te dis vous... C'est déjà comme si je m'éloignais de toi !

Docile, elle avança. Fermement. Nul frisson ne dénonçait sa frayeur, mais il la devinait désespérée.

— Voilà Malaquin. Il est prêt à galoper... Je me passerai de selle aussi aisément que de vous... Détachez-le. Je sais qu'il ne vous fait pas peur !

Tristan fut tenté d'ajouter quelques mots crus, dignes d'un palefrenier. Le souvenir des captives de Brignais l'en empêcha.

Mathilde, docile, dénoua la longe du cheval.

— Bien, apprécia Tristan. Votre cou n'est point beau à voir.

Le sang qui affleurait l'échancrure de la huque, épais comme une glu, ne tarderait pas à se confondre avec le vermillon du vêtement.

— Hâtez-vous ! dit-il cependant qu'une nausée lui montait aux dents, moins de voir cette espèce de limace rouge glisser vers l'épaule pâle que de penser aux hommes assemblés dans la cour même si, pour tenir des seaux et des chaudrons, ils avaient renoncé à porter leurs armes.

— Je vais ôter ma main de votre bouche. Un cri et vous trépasserez.

Elle hocha la tête ; il enleva sa senestre. Mathilde sourit, appréciant la façon dont il procédait pour lui échapper. Toutefois, son sourire signifiait aussi : « Tu n'iras pas loin. » Qu'en savait-elle ?

— Amenez Malaquin dans la ruelle.

Sans rechigner, elle obtempéra, le poignard cette fois menaçant son sein. Elle frissonnait. Ses jambes la portaient à peine. Elle faillit parler.

— Quoi ? demanda Tristan.

Leurs regards s'accrochèrent. Quelque chose de

tendre — ou plutôt de gourmand — passa dans celui de Mathilde.

— Pas un mot !

D'un mouvement du poignet, Tristan fit étinceler sa lame.

— *Dame* ! cria de loin Panazol. *Cela va bien* ?

Après un coup d'œil suppliant à celui qui la dominait enfin, Mathilde hurla :

— Oui !... Eteins donc ce feu... Je m'en vais te rejoindre.

Les grondements des flammes dévoreuses semblaient décroître. La fumée gagnait en épaisseur et noirceur. « Il faut nous hâter. Bientôt, je retomberai au pouvoir de cette goton ! » Tout bonnement, sans qu'aucun sentiment ne parût dans sa voix, Mathilde augura :

— Tu vas m'occire.

Ses lèvres, ses joues tremblaient comme si elle venait de gober une mouche qui se refusait, elle aussi, à mourir.

— Je n'ai pas votre cruauté.

Malaquin piaffait. Cédant à un dernier sursaut d'orgueil, Mathilde détourna l'arme et voulut s'enfuir. Tristan la saisit par l'épaule, la ramena devers lui et lui donna une jouée qu'il redoubla si furieusement qu'un peu de sang suinta à la commissure des lèvres pincées sur un cri de douleur et de rage.

— Montez sur ce cheval... J'en tiens la bride.

Vaincue, Mathilde s'adossa au maître pilier de la sellerie, haletante, accablée de détresse et d'humiliation.

— Montez, vous dis-je !... Je ne puis vous aider : vous me joueriez un autre sale tour !

Involontairement, au moment où elle se juchait sur Malaquin, Tristan mit son pied sur un pan de la huque dont elle était vêtue. L'étoffe résista et se déchira de

230

telle sorte que Mathilde se trouva dénudée jusqu'aux hanches. La cordelière étroitement serrée avait maintenu le reste du vêtement sur le corps.

— Eh bien !... Il s'en est fallu de peu pour que vous vous trouviez assise à poil sur ce destrier que nous monterons... à poil !

Elle se redressa si subitement que Tristan faillit abaisser son arme.

— Montez... Je vous pousse au cul !

Quelque outragée qu'elle parût, elle obéit. L'avait-il assagie ? Il sauta derrière elle sans que Malaquin désapprouvât ce nouveau fardeau sur ses reins. La poussant un peu du ventre et des cuisses — ce qui la fit se tortiller —, Tristan prit l'unique rêne dans sa senestre, menaçant du picot de sa lame un sein orné du sceau bleuissant d'un suçon.

— Vais-je sortir ainsi ? Laissez-moi me couvrir !

La voix devenait grêle. Celle de Tristan s'imprégna de compassion :

— Cette décence est un sentiment qui vous honore... Je suis sûr que la plupart des hommes qui sont à Montaigny connaissent vos tétons !

— Vous devenez infâme !

— Si j'y portais la main — mais je ne le puis, ayant mieux à faire —, vous pousseriez un soupir d'aise !

Il ne pouvait voir son visage, mais il l'imaginait. Dehors, le feu ronflait avec moins de vigueur. L'eau commençait à en venir à bout. On entendait des craquements : ce devait être ceux de la toiture calcinée qui s'effondrait par quartiers, et les tuiles brisées au sol et sur les décombres fumants faisaient un bruit de cliquette. Les cris des hommes époumonés, ivres de malerage, semblaient faiblir. Lui, Tristan, c'était l'émoi, nullement l'incendie, qui lui cuisait la face.

— Dès que vous sortirez, vous serez un homme mort. Jamais ils ne vous laisseront passer.

— Toute tentative envers moi vous coûterait la vie... Ils tiennent trop à vous pour vous voir trépasser devant eux... par leur faute... Nous allons serrer de près les murs et sortir à reculons par le pont... qui doit être abaissé...

— Vous avez un complice !

— Oui : Dieu !

Elle rit. Il poursuivit :

— Vos gens n'ont pour arme que des seaux, des seilles, des chaudrons. Je doute qu'ils aient des armes à leur disposition puisque c'est l'armerie qui brûle.

— Comment le sais-tu ?... Comment y as-tu mis le feu ?

— Dieu, vous dis-je !... Oyez vos chiens !... Ils sont effrayés... Ils vont avoir de la fumée plein les narines et ne pourront suivre nos traces... Et puis, pourquoi nous pourchasseraient-ils ? Ce serait mettre votre personne en péril de mort... Vous voyez-vous, Mathilde, dévorée *vivante* par votre meute ?

Il la sentit frissonner.

— N'ayez crainte... Je ne suis pas un monstre comme vous...

Il ne tirait aucun mauvais présage, pour le moment, des propos qu'ils échangeaient. Restait à traverser la cour. Afin d'être aisé dans ses mouvements, il devrait, en hâte, se débarrasser de Mathilde. Ensuite, un grand galop vers le nord ou le ponant, selon ce qu'il verrait devant lui. Il devrait toutefois chevaucher droit jusqu'au Serein dont il remonterait le cours. Si la rivière était peu profonde, il chevaucherait dans l'eau, près de la berge. Le Serein... Un joli nom pour un homme aux abois.

— Avançons. Oh ! vous voulez vous protéger les

seins... Il en est un qui sûrement les a tâtonnés... Bertrand Panazol... Pourquoi remuez-vous ainsi. Est-ce parce que vous écartez les cuisses ?

Elle appuya, plus qu'il n'était nécessaire, les fermes rondeurs de son séant sur le ventre de Tristan, qui s'esclaffa :

— Que croyez-vous ?... Je ne serai pas plus dur avec vous que je ne le suis maintenant !

Le clapotis des sabots de Malaquin l'enchantait. Le cheval semblait tout autant décidé que lui à la course. Panazol le croyait rétif ? Il avait pris trop de coups au dressage. Il les avait oubliés.

Ils franchirent le seuil ; la cour rougeoyante apparut. Les cris et les mouvements cessèrent à cette vision pour le moins inattendue : la baronne demi-nue à cheval dans les bras de son époux.

— Holà, bonne gent !... Si quelqu'un fait un geste, je tue cette larronne !

Le pont était baissé, la herse entrouverte. Les hommes grondèrent.

— Reculez tous jusqu'au donjon !

Sans hâte, et sur un commandement de Panazol, ils reculèrent, sauf Paindorge, Calloet, Jean, Morsang et Beltrame. Ce dernier s'exprima pour les cinq après avoir lâché son seau et donné, dedans, une escafe[1] qui l'envoya rouler jusqu'à Jabeuf — lequel avait dégainé une dague à large lame qui devait venir d'Italie.

— Messire, en soudoyers prudents, nous ne nous sommes pas séparés de nos armes... Va les chercher, Morsang, et toi aussi, Paindorge...

Ils les avaient placées dans une des tours portières, toutes proches du seuil afin de s'en saisir prestement. Quand Morsang, qui était entré le premier, ressortit

1. Coup de pied.

233

tenant des armes d'hast dans ses mains, des épées sous chaque aisselle, il poussait des genoux Hugonin devant lui. Le portier avait un bandeau de drap sur la bouche et les poignets liés dans les reins. Paindorge apparut, porteur d'arbalètes et de carquois, et ravi de ployer sous un tel fardeau.

— Jamais, grommela Mathilde, je n'aurais dû engager ces hommes.

— Je n'ai point sollicité leur aide. Il faut croire qu'ils attendaient, eux aussi, une occasion pour partir. C'est Dieu qui, par leur entremise, me permet de te quitter.

— Dieu ! Dieu ! Tu n'as que cela en bouche.

— J'ai eu bien d'autres choses, ces temps derniers... Et je la rincerai à la première source.

Paindorge, Jean et Beltrame avaient armé leur arbalète. Calloet brandissait gaiement sa feuille de boucher. Morsang, de son épieu, menaçait le ventre de Panazol, pâle d'indignation.

— Jabeuf ! cria le Breton, entre à l'écurie et sors nos chevaux. Ils sont sellés.

Comme Herbulot faisait un mouvement, un carreau décoché par Jean se ficha dans son épaule — et la traversa. L'homme tomba sans un cri et se convulsa sur le sol.

— Que cela vous serve de leçon, dit Paindorge... Vous, Ydoine, allez aider Jabeuf !

Tristan se délectait. Ils étaient moins fiers, tout à coup, ceux avec lesquels il avait bu et mangé deux fois par jour en leur donnant sa déchéance en spectacle. Unis dans une répugnance qui convergeait sur sa personne — d'autant plus ulcérante qu'elle était muette et d'autant plus affirmée qu'elle recevait l'agrément de Mathilde —, ils étaient encore unis, cette fois, mais désarmés, incapables de se revancher sans exposer leur vie.

— Aquoisez-vous[1], les garçons, comme vous m'avez enseigné à le faire.

— On t'aconsuira[2], Castelreng, promit Panazol. Je t'aurai !

— Défie-toi de ta jactance. Elle ressemble à celle de ton maître ! Pourquoi, dis, l'as-tu quitté ? Pour foutre la baronnesse de temps en temps ?

Tristan sentit frémir Mathilde. Il la serrait de près, une fois encore, mais différemment. Il remarqua qu'Itier, le conduiseur de litière, semblait se réjouir qu'il y eût enfin quelque chose de nouveau à Montaigny : il souriait de biais tout en clignant de l'œil sans que l'éclat du soleil en fût cause. Les autres rongeaient leur frein. Les feux à demi éteints de leurs regards exprimaient, davantage encore que de la fureur, l'ignominie de leur servitude et l'abêtissement de leur cervelle. Il y avait les gros : Roussel, Olivon, Lafourcade ; les maigres : Fouchard, Jalloux, Haudecœur, Vouillon ; les barbus à l'odeur hircine : Fèvre, Gaudin, Plumet, Pradeau. Les tors : Lalou, Marcigny, Fresquin, Bouteville. D'autres encore, au second rang, tous ébahis de ce qui leur advenait : celui qu'ils appelaient le *bec-jaune* ou le *damoiseau*, celui qu'ils observaient en se poussant du coude, les avait en quelque sorte vaincus. Meute ignoble, elle aussi, ni moins ni pire que celle des veautres : elle ne dévorait point, mais trouvait sans doute dans le viol, les tourments, l'occision, des jouissances aussi délicieuses que celles de leur maîtresse en ses copulations.

Tristan se tourna vers les soudoyers de Guillonnet

1. « Restez tranquilles. »
2. « On te poursuivra. »

de Salbris et ne se soucia point des griffes de Mathilde sur le revers de sa dextre :

— Je vous regracie, compères, du secours que vous m'avez apporté.

— Vous devriez nous laisser la baronnesse, dit Calloet. Non pas pour que nous la contentions, quoique, d'après ce que je vois, elle est encore bonne à quelque chose, mais pour avoir vos aises. Malaquin, sans son poids, galoperait bien mieux !

— Ne me laisse pas ! supplia Mathilde après qu'un frisson l'eut parcourue de la croupe aux épaules.

Tristan glissa son tranchelard dans sa ceinture tout en talonnant Malaquin. Le tablier du pont trembla sous les sabots alertes, et ce furent enfin les arbres et les champs. Il serra plus fort Mathilde, prenant un âcre plaisir à sentir contre sa main le branlement des seins offerts au vent et au soleil. Elle ne le troublait point. Bien que son ventre touchât à ce dos et ce râble dont les tressautements n'étaient point tous innocents, il demeurait indifférent à ce qui n'était pas cette forêt dans laquelle ils avaient chevauché ensemble, en époux, sous haute surveillance. Il fut près de chanter quand les eaux du Serein miroitèrent parmi les fourrés et les troncs d'une hêtraie.

— Où allez-vous ? demanda Mathilde d'une voix faussement feutrée.

— Maintenant, je ne sais, mais demain à Paris.

— Même si vous y parvenez, jamais vous n'obtiendrez le divorce.

— Peut me chaut, présentement, de l'obtenir ou non. De bonnes lettres de rémission feront de moi le plus heureux des hommes... et des chevaliers.

Tristan aperçut une berge déclive. Il y mena Malaquin. Si la meute était lâchée, elle perdrait leurs traces à partir de ce lieu qui peut-être était un gué puisque l'herbe et la terre portaient des empreintes de roues.

— Hâte-toi, Malaquin !

Le cheval avança, de l'eau jusqu'à mi-jambes. Lancinante tentation d'y jeter cette femme dont le séant l'agaçait au lieu que de l'exciter. Mais c'eût été inutilement déshonnête que de lui faire prendre un bain, fût-il d'eau claire.

— La nuit tombe et j'ai froid, dit Mathilde faussement dolente.

Il eût pu la dénuder entièrement. A quoi bon. Il se réjouissait de la sentir malheureuse, inquiète et surtout humiliée. Parfois, une branche basse les contraignait à se pencher l'un sur l'autre en avant, chair contre velours, et l'effrontée mettait une ostentation certaine à prolonger plus bas l'adhésion de leurs corps.

— Où allez-vous me déposer ?... Il n'y a rien, ici, ni maison ni châtelet ni moutier...

— Je ne le sais... Si quelque seigneur vous trouve, dites-lui que vous êtes une hamadryade.

— C'est quoi ?

— Une nymphe. Elle a pour logis un arbre qui meurt avec elle.

Ils avançèrent ainsi longtemps, dans le clapotis des sabots, sous des arceaux de vertes ténèbres et des lacis de branches mortes où frémissaient de larges toiles d'araignées. Parfois, Malaquin piétinait des cailloux, glissait sur des racines visqueuses ou des vases nauséabondes. Parfois, il semblait qu'il allait s'élancer n'importe où, pourvu qu'il fût sur terre et y pût galoper. L'eau miroitait, s'assombrissait avec la venue de la vesprée. Elle était de loin en loin si froide que le cheval frissonnait des oreilles à la croupe, en remuant furieusement sa tête pour désapprouver ce bain prolongé. Les éclaboussures soulevées par ses sabots répandaient un grésillement pareil à celui du cidre versé dans les hanaps que Tristan se souvenait d'avoir vidés dans les échoppes parisiennes.

— Jamais, dit Mathilde, je ne vous aurais soupçonné tant de...

— Tant de quoi ?

— Tant de cautelle[1]... Mais ne triomphez pas : quand les hommes de Salbris s'en iront, les miens se jetteront à votre ressuite[2]... S'il vous plaît, desserrez votre étreinte.

Il la déceintura. Prompte, elle fit passer sa jambe dextre au-dessus de l'encolure du cheval.

— Holà ! vous allez choir si vous prétendez chevaucher de guingois.

Un bras frôla son torse. Il sentit les petits ongles pointus s'incruster dans son pourpoint à la hauteur de son épaule dextre tandis que d'un coup de reins qui la déhanchait encore et d'un nouvel enjambement bref, digne d'une bateleuse, Mathilde achevait sa pirouette sans crainte d'effrayer Malaquin.

— Et voilà, messire. Qu'en dites-vous ?

Ils se trouvaient vis-à-vis, elle, plus nue encore et ravie de son audace.

— Il n'y a que vous, Mathilde, pour être si prompte, si agile et si hardie.

— Je suis bonne chevaleresse.

— Est-ce la première fois que vous faites cela ?... Pour y parvenir aussi vélocement, il faut, me semble-t-il, une grande habitude.

Elle baissa la tête. Il ne vit rien d'autre que la raie qui fendait sa coiffure en deux masses bourrues tant les événements l'avaient dépeignée. Cette vision lui en

1. Ruse.
2. Poursuite.

suggéra une autre tandis que Mathilde se laissait aller en arrière, sur le cou du cheval afin d'être vue tout entière.

— Comment me trouves-tu ?

Il fit sortir Malaquin de la rivière. Une pente moussue résonna au martèlement lent et dur des sabots. Le soir, bientôt, cèderait place à la nuit : tout en haut du chemin, une crête découpait de sa scie ténébreuse un vaste pan du ciel de nacre où transpirait un peu de rose.

— Parle, Tristan. Comment me trouves-tu ?

— Je ne puis vous trouver puisque je veux vous perdre.

Sous la caresse incessante des ombres et des lueurs pâlissantes, les seins fermes dardaient leurs tétins presque noirs. Tristan se renfrogna, trop occupé à soutenir du mors Malaquin pour prêter attention soit à ces mamelles, soit au reste de ce corps que, précisément, il voulait oublier. Il flairait tout à la fois l'odeur de cette chair apprêtée chaque jour aux aromates — myrrhe, muscade, aneth — ou mouillée d'eau de lavande, et celle des feuilles humides et des herbes écrasées. Où allait-il ? Que faire de Mathilde ?

Elle lut dans son regard qu'il songeait à son sort.

— Tu ne vas tout de même pas m'occire !

Il ne répondit pas, figé dans une passivité de surface, mais furieux, au-dedans de lui, que le chemin redescendît vers le Serein et qu'il fût obligé de le suivre entre les troncs sinueux, verruqueux où la nuit s'embusquait. Il devait sortir de cette forêt. Elle sécrétait du danger dans toutes ses ombres glauques. Silence de pierre. Tout se figeait. Pas un oiseau. Ni même un merle pour briser de son chant la gravité de cette catacombe immense où les pas du cheval, en crevant des tapis de feuilles pourrissantes, faisaient comme un coassement.

— Pas un bruit... Ils vont te pourmener[1] en silence et te tomberont dessus quand tu ne t'y attendras pas... A moins qu'ils ne sortent les chiens.

Il sourit. Mathilde en fut consternée. Mais elle pouvait avoir raison. Comment sortirait-il de ce labyrinthe où des brumes apparaissaient entre les ronces et les fougères ? Aucune étoile encore à qui se fier. Après avoir été captif à Montaigny, il semblait qu'il fût prisonnier de cette sylve, et Mathilde, à présent, riait de ce qu'elle prenait pour une déconvenue à la mesure d'une évasion parfaite dont l'issue maintenant paraissait compromise.

— Mal parti, pas vrai ?

— Nullement.

La lune apparut, et un petit vent qui fit chatoyer et frissonner les feuilles. Rien. Toujours aucun animal dans les herbes et les fourrés ; rien également dans les branches.

— Il semble que tu reviens sur tes pas.

Tristan n'eut garde de répondre. Non, il ne rebroussait pas chemin. Il n'avait jamais entrevu ces étangs, là-bas ; ni ces roches ni ces cohortes de fayards entre lesquels Malaquin s'insinuait avec précaution, ni ces arbrisseaux que le cheval repoussait du poitrail.

— Nous serions plus heureux au donjon, dans ma chambre.

Mathilde soupira. Il connaissait ce soupir. Elle dit d'ailleurs, craignant qu'il n'en eût pas perçu le sens :

— J'ai froid... Tu sais comment me réchauffer... Je suis toute nue...

Cette mésaventure ne faisait pas que l'effrayer : elle l'excitait. En s'étant placée face à lui, les cuisses largement ouvertes, elle s'était crue capable de le vaincre,

1. Poursuivre.

de l'embobeliner, puis d'obtenir son repentir. Elle insista :

— Jamais nous n'avons fait cela ainsi... Avoue que ce serait dommage que tu ne nous chevauches pas tous les deux : moi et Malaquin !

— Ensuite, dit-il, si nous ne tombons pas, vous roucoulerez comme une jouvencelle qui vient de se donner pour la première fois, après moult réticences, pour ferrer une grosse pièce !

— J'ai froid. J'ai peur de tous ces arbres... Revenons à Montaigny...

Elle passa ses mains sur son corps, frileusement, puis saisit l'extrémité de ses tresses et se brossa les seins, le ventre. Quand Tristan la sentit approcher de son visage, il se recula et faillit verser. Elle tenta de poser ses jambes sur les siennes.

S'il cédait à la tentation, ce ne serait pas, comme elle l'espérait, pour lui fournir en nature une espèce d'acompte sur des délices à venir, mais une façon de s'acquitter du reliquat d'une dette de reconnaissance déjà suffisamment remboursée.

* *
*

— Reviens à Montaigny... Nous effacerons tout !

— A peine en aurais-je franchi le seuil que tu me ferais enfermer ou occire... Je te connais bien, Mathilde. Tu te pâmes de haine aussi bien que d'amour... Tu n'es qu'une succube que sa voracité perdra !

La nuit se resserrait ; les étangs exhalaient des brouillards diaphanes.

— Tu te perdras, toi, parmi ces arbres.

— Crois-tu ? Je vais sortir de ta vie... Le roi dictera

241

à l'un de ses tabellions quelques lignes pour le Saint-Père... Notre mariage sera dissous... Ta liberté recouvrée te donnera moult avantages... Tu te remarieras, tu seras heureuse jusqu'à ce que tes chiens le soient lorsque ton époux, plutôt que de peser sur ton corps, te pèsera sur l'esprit...

— Je te hais.

— Il m'est advenu de te haïr dans les moments où tu croyais que je t'aimais très fort... Ce soir, je ne t'ai pas en exécration. Cependant ta présence commence à m'encombrer comme elle encombre Malaquin.

Ils longeaient un étang. Mathilde voulut griffer cette proie qu'elle croyait bien connaître, qu'elle croyait même avoir reconquise en quelques coups de reins.

— Holà !... Bas les pattes !

Malaquin, sentant sur son dos la discorde, hennit et se cabra pour se libérer du poids qui pesait sur son cou. Tristan leva et tint bon les rênes ; Mathilde passa dessous et chut dans l'eau croupie tandis que par un involontaire mouvement de bienveillance, Tristan, d'une main, retenait sa huque.

— Vous avez bien fait de l'ôter pour être plus à l'aise... Tenez, je l'accroche à cette branche... Lavez-vous bien de vos péchés... Nulle eau ne vous convient mieux que celle-ci !

— Maudit traître !

Les cheveux de Mathilde ruisselaient, déchiquetés et comme amincis par l'eau dont ils étaient gorgés. Ses seins soulevés par son souffle et son courroux étaient couverts çà et là de menues feuilles, et ses cuisses, son ventre tachetés de boue, luisaient comme des pièces d'armure. Elle chancelait. Elle faillit tomber sur son séant et leva sur Tristan des yeux dévorés d'ombre.

— Monstre ! Dire que je t'ai sauvé de la mort.

— Pour me faire occire, quelques semaines plus tard, par Panazol ou un autre !

— Qui te l'a dit ?

— Je le sais, et cela me suffit.

Il n'avait compté ni les jours ni les nuits passés en sa compagnie. Lui qui toujours avait été sobre, il se souvenait d'avoir bu, certains soirs, plus que de raison, puisque les pichets de vin ne lui étaient pas ménagés. La vision de sa vie suscitée par la griserie consécutive à ces libations rendait moins nettes les limites de sa prison et la pesanteur de son assujettissement.

— Comme il est bon, dit-il, de se sentir libre.

— Je te souhaite, félon, de waucrer [1] dans cette forêt jusqu'à ce que tu en meures !

— Je vous souhaite, moi, de ne pas prendre froid.

Comme elle se reculait pour assurer son équilibre, Mathilde chut, derechef et se releva. Elle avait maintenant de l'eau jusqu'aux cuisses.

— Lavez-vous bien !

— Que Satan t'embroche !

— S'il vous embrochait d'une façon ou d'une autre, vous vous pâmeriez tout autant... A Dieu, dame ! Je m'efforcerai de conserver de vous...

Baissant la tête, Tristan vit luire à sa senestre l'anneau qui n'avait cessé de lui rappeler inégalement sa sauvegarde et sa servitude. Pendant la durée d'un souffle, il demeura comme hébété d'avoir supporté si longtemps ce témoin maintes fois regardé en imaginant la façon dont il s'en libérerait à jamais. Eh bien, le moment de s'en défaire était arrivé.

Le petit cercle d'or ne résista point trop à la traction qu'il exerçait sur lui. Sans même y jeter un ultime coup

1. Errer.

d'œil, il le lança par-devers Mathilde. Il toucha l'eau sans bruit juste devant ses jambes.

— Qu'est-ce donc ? demanda-t-elle.

Et tout en concentrant sa volonté sur cette question, elle tâtonnait dans la fange afin de retrouver l'objet.

— Le seul maillon, m'amie, de notre chaîne. Or, la voilà brisée définitivement.

Pour la première fois sans doute de sa vie, Mathilde ressentit, outre la fureur de l'humiliation, les affres d'un isolement qui pouvait la livrer impuissante à sa meute.

— Tristan ! hurla-t-elle, suppliante.

Il talonna Malaquin. Sa tête, désormais, devait se vider de tous les miasmes qui l'avaient infectée. Il avait grand besoin de liberté, de suavité, de pureté. Fragile, lumineux, éclipsant tout dans les décombres d'une aventure dont la fin le laissait insatisfait et amer, un fin visage de jouvencelle blonde prenait possession de ses pensées tandis que loin derrière lui, des cris dilacéraient le silence des arbres.

Il atteignit le sommet d'une colline. Quelque part, un feu flambait, rouge comme un fragment de soleil.

— On dirait une failloise [1], mais je serais sot de m'y fier. Allons vers cette lueur, Malaquin. Je vais répandre sur ces herbes le poivre de la grosse Ydoine.

Il extirpa l'escarcelle de son pourpoint, la soupesa et la trouva, pour son contenu supposé, singulièrement pesante. Il y avait, mêlées au poivre moulu, des choses plates et rondes.

— Arrêtons-nous, dit-il, perplexe, à son cheval.

Il dénoua les cordons réduits à une simple ficelle et ses doigts tremblèrent tandis qu'il tirait de la poche de cuir durci, égratigné par le temps et l'usage, une poi-

1. Lieu où le soleil se couche.

gnée de pièces de monnaie sur la valeur desquelles il s'interrogea tout en éternuant avec une espèce de rage tellement immodérée que Malaquin, apeuré, commit sa première incartade.

— Holà ! Holà ! compère. Ce n'est pas le moment de me faire tomber.

Lorsque le cheval fut assagi, Tristan renversa son poing. Ses doigts se déplièrent et le trésor apparut sur sa paume, brillant et saupoudré de noir.

— Des deniers tournois !... Trois... cinq... huit... Dix !

Le compte fait, il souffla sur cette manne inespérée.

— Seigneur ! Seigneur !... Je me repens d'avoir mésestimé la grosse Ydoine... Courons vers ce feu, Malaquin, en souhaitant qu'il nous soit propice... Mais avant, vidons cette bourse.

Sitôt le poivre répandu, ce fut au cheval d'éternuer. Ensuite, les naseaux dégagés, il ambla prudemment vers la lueur entraperçue tandis que l'escarcelle dégonflée des deux tiers de son volume réintégrait le porte-gousset du pourpoint.

*   *
*

— Un village, dit Tristan à voix basse.

Parvenu à proximité d'un clocher devant lequel brûlaient quelques meubles empilés sur un lit de sarments, il mit pied à terre et avança, méfiant, son épée battant sa jambe. Il en avait perdu l'habitude.

— Un hameau. Il doit y avoir une épidémie pour qu'on y crame ainsi des tables et des bahuts sans que personne n'apparaisse.

Soudain, il s'arrêta, saisi d'angoisse, au bruit d'une galopade.

— Cinq ou six chevaux... Ces hommes peuvent être de Montaigny. Ils ont vu le feu et accourent... Viens, Malaquin, derrière cette grange.

Il y avait un mur en ruine ; ils le franchirent. Rencogné dans une ombre grasse, puante — il piétinait du fumier —, Tristan vit apparaître les inconnus qui semblaient chevaucher à vau-vent.

— Arrêtons-nous, dit l'un d'eux.

— Non !... Tous ces démons sont à notre ressuite. Plus nous galoperons, mieux cela vaudra.

— Tu as raison, Paindorge. Continuons.

— Plus loin, on trouvera quoi ?

— Une cité du nom de Mornant. Nous y serons à l'aise et en sécurité.

— Je voudrais savoir, Calloet, ce qu'est devenu Castelreng.

Tristan tira Malaquin par la bride et sortit de son refuge :

— Castelreng ?... Le voici, compères ! Veuillez accepter ses louanges et agréer sa compagnie.

LA PRISONNIÈRE DE COBHAM

I

— Paris ! s'écria Paindorge.

— Paris ! reprit Morsang. Nous venons de franchir la dernière montée.

— Le jour de l'Ascension[1], dit Tristan tout en frottant ses reins endoloris par il ne savait combien de lieues de chevauchée. Quelle cité traversons-nous en ce moment ?

— Gentilly, messire... là où saint Eloi, à ce qu'on dit, fit bâtir un monastère.

— Là où, Calloet, il y eut un concile en présence de Pépin le Bref. Mais ne nous attardons pas, même le temps de vider un gobelet de vin. Plus tôt j'entrerai au palais, plus tôt j'obtiendrai une audience du roi.

Et Tristan talonna Malaquin.

« Quel long reze[2] ! » songea-t-il. « Mornant, Sainte-Foy — l'Argentière, Thiers où j'ai fait aiguiser mon épée, Montluçon, Châteauroux, Romorantin, Orléans... Moult cités et villages ruinés soit par les routiers, soit par les Goddons... Châteauroux que l'on reconstruit et qui fut détruit par le fils du roi d'Angleterre... Et pour-

---

1. L'Ascension, en 1362, tombait le jeudi 26 mai, jour de la cessa tion de la trêve entre les hommes du roi de France et les routiers de Brignais.
2. Voyage, expédition.

quoi ? Parce que ce linfar ne pouvait maîtriser le château... Et ce petit bourg d'Orly où nous venons de passer la nuit... Hommes, femmes, enfants qui n'avaient pu fuir à l'approche des Anglais s'étaient assemblés dans l'église comme on se réunit parfois dans un donjon... Ils ont résisté jusqu'au dernier... Deux cents morts [1]... Dieu ait leurs âmes. »

— Qu'allons-nous devenir ? demanda Jean, le jeune arbalétrier. Aussi vrai que mon nom de famille est Buzet, je suis prêt à vous suivre, messire Tristan, parce que moi, il faut me commander. Je ne saurais, seul, entreprendre quoi que ce soit.

— Moi également, dit Calloet. Breton, messire, j'ai la tête dure et sais me battre... Il me plairait de vous servir.

Tristan ne sut que répondre. Ces gars étaient solides, francs et accorts. Honnêtes aussi, sans doute, dans la mesure où l'étaient les hommes d'armes du royaume. Il se détourna et leur sourit :

— Votre attachement me plaît, mais vous le savez, je suis un chevalier pauvre, la chevalerie n'étant pas une assurance de noblesse grande et puissante, et l'adoubement n'emplissant aucune escarcelle...

— Vous auriez dû rober quelques poignées d'or à la dame de Montaigny !

Des rires s'élevèrent. Nul n'en avait parlé jusqu'à ce jour, et il fallait que Beltrame eût fait allusion à Mathilde pour qu'après cet accès de gaieté quelque chose de morne et de pesant se fût insinué parmi eux.

— La salaude ! dit Morsang. Savez-vous qu'il a fallu que je la trousse et la bouteucule un matin qu'elle m'avait vu entrer dans l'une des tours portières ?... Je l'ai fait, puisque je savais que vous vous détestiez.

1. Ce combat eu lieu le vendredi saint 3 avril 1360.

— Et moi, dit Buzet, j'ai vu le Panazol, un soir, à l'écurie, la foutre debout contre une grosse poutre de la sellerie...

— Cessez de discourir, compères ! Je ne veux plus que nous en parlions...

Afin d'annihiler tout autre désagréable confidence, Tristan changea immédiatement de propos :

— Je ne sais, les gars, ce que nous ferons avant que le roi décide de me recevoir... Il me faut des lettres de rémission et un brevet[1] pour le pape. Mon mariage doit être dissous.

— Il l'est, messire, grâce à la Providence.

— Que veux-tu dire, Calloet ?

— Rien... Rien d'autre que ce que je dis... Vous êtes à Paris, elle est là-bas... Une chose est sûre : nous demeurerons près de vous... Vous êtes pauvre, dites-vous... On saura bien trouver de quoi nous vêtir et manger... Le roi vous reprendra parmi ses hommes liges.

Disant cela, Calloet remuait, sur le faucre de son étrier, le manche au bout duquel sa feuille de boucher scintillait au soleil.

— Guerre aux Goddons ! s'écria Paindorge. Guerre aux routiers ! Voilà, me semble-t-il, de belles chevauchées. Si c'est le roi ou le dauphin Charles qui nous les commande, nous serons tout de même à butin !

— A la bonne usance, précisa Buzet qui, bien que jeune, révélait ainsi son appétit[2].

---

1. Lettre brève, billet.
2. Trois expressions désignaient la façon dont le butin devait être distribué. Avant chaque expédition l'on convenait si l'on serait *à butin* ou *à bon usance* ou au prix d'une *esguillette*.
Etre à butin signifiait que ledit butin et la rançon des captifs seraient partagés entre tous les gens d'armes, avec certaines inégalités de répartition en faveur de ceux qui avaient contribué aux prises. De là les formes verbales *s'abutiner avec d'autres*, *abutiner quelqu'un avec soi*.

— Au prix d'une esguillette, rectifia Beltrame.

— Eh bien, sourit Tristan, vous êtes moins unis que je ne le croyais !

— Unis comme les doigts d'une main, dit Calloet. Aucun ne ressemble à son voisin, et pourtant si quelques-uns viennent à manquer, ceux qui demeurent ont une rude tâche !... Qu'en penses-tu, Morsang ?

— Je pense bonnement que la Seine est à dextre... Et que vos parlures m'emmerdent !

Ils obliquèrent à travers champs, se suivant à la queue leu leu, passant de l'ombre des ormes et des frênes aux clartés du plein midi ; répondant aux saluts des hurons et manants qui à pied, à cheval ou en charrette à bœufs semblaient revenir de Paris. Quelques maisons aux toits d'essentes, entourées d'enclos, parsemaient la colline. A travers les trouées de leurs hezes[1], on voyait, alignées, des plantations de raves, de choux, de fèves. Invisibles, mais vigilants, des chiens aboyaient. Aucune friche, quelques bosquets de chênes et des haies d'aubépine : cette contrée avait la netteté des lieux épargnés par la guerre.

— Je ne suis jamais venu jusqu'ici, dit Tristan. Toute ma vie, du temps que j'étais à Paris, se réduisait à des séjours au palais royal et à Vincennes... Certes, je suis allé batailler à Poitiers, puis j'ai dû me rendre en Bourgogne, mais je m'ennuyais... Et je comprends seulement pourquoi, compères : je préfère mon pays natal à tous ceux que j'ai traversés.

— Revenez-y, messire, et nous vous y suivrons.

— Le roi, Paindorge, me dira ce que je dois faire...

A la bonne usance : chacun conservait pour soi ce qu'il avait pris.
Etre à butin au prix d'une esguillette signifiait que le butin serait partagé avec la plus grande exactitude entre tous les participants de la même expédition.
1. Portes faites de branches entrelacées.

Vous savez pourquoi je crains de le revoir... Mais n'y pensons plus... Nous approchons de la Seine. Un bon bain nous fera du bien... Calloet, tu seras à nouveau mon barbier... et celui des autres : il nous faut être propres, les gars... Voyez, l'eau nous attend.

En bas, l'on devinait, sous des peupliers et des saules, le cours sinueux du fleuve sur lequel passait une hourque tirée par deux chevaux.

Ils s'engagèrent entre des maisons plantées de guingois où, sur les appuis des fenêtres, des narcisses cernaient les lames des glaïeuls.

Puis ce furent des champs et une grande vigne ceinte d'un bourrelet de pieux et de rochers au-delà duquel ils virent enfin Paris, sur leur gauche : une étendue de bâtiments grisâtres, coiffés de tuiles et de bardeaux, derrière des murailles d'où surgissaient les tours de Notre-Dame et celles de maintes autres églises dont, justement, les voix de bronze s'interpellaient.

— Midi juste, dit Tristan.

« Me voici enfin à Paris !... Où est-elle ? Où Tiercelet l'a-t-il emmenée ? Chez mon père, sans doute... Il faut que ce soit à Castelreng ! »

— Aurions-nous des chableaux [1] ou des chaînes de toue, dit Morsang, que nous aurions pu gagner quelques pièces en attelant nos chevaux à ce chaland qui n'avance plus, là-bas... Ses deux limoniers sont sans force. Tenez ! le batelier nous appelle.

— Il est vrai, dit Tristan, que nous n'avons plus un sou vaillant, et c'est pourquoi nous devons être avaricieux de notre temps... Allons plus loin faire trempette : il y a par ici des frappements de battoirs...

Ils virent bientôt les lavandières, deux jeunes et une vieille agenouillées au bord de l'eau, la croupe sail-

_____
1. Câbles pour tirer un bateau.

lante. Paindorge siffla éloquemment ; Morsang gémit : « Seigneur ! » en se grattant la barbe et Buzet révéla qu'il connaissait, rue en Champ-Flory, tout près du Louvre, une putainerie où les filles méritaient d'être connues.

— Pauvres comme nous sommes, gémit Calloet, on ne pourrait que les regarder. Mais voyez ces laveuses ! On dirait des Maures dans une mahomerie. Il paraît qu'ils prient comme ça : le potron en l'air.

— Ce soir, dit Beltrame, plutôt qu'aller à vêpres, faudra faire en sorte de garnir notre tire-lire... Mais où et comment ?

— Du côté du Grand Châtelet, dit Buzet. Il y a une rue couverte qui donne rue Saint-Leufroy... Les marchands sont nombreux en ces lieux puisque c'est là qu'ils versent ou perçoivent je ne sais quelles contributions... Il y a aussi le Pont-au-Change où les nantis qui sont dans la dèche... la déchéance, quoi ! rendent visite aux Lombards... et puis, tout près, un quartier juif qui se reforme...

— C'est vrai, dit Tristan. On les a tenus pour responsables de la peste noire. On les a pendus, brûlés, tranchés. On a bouté ceux qui restaient hors du royaume... Ce n'est pas par remords ni par bonté d'âme que le roi Jean et le dauphin, en mars dernier, les ont autorisés à revenir !... C'est pour qu'ils recommencent à pratiquer le prêt — cela pendant vingt ans — et en les soumettant à une capitation de quatorze florins d'or par chef de famille pour la première année, et sept pour les années suivantes... Et, autant vous le dire : vous ne roberez rien.

— Bah ! les Juifs...

— Si tu as quelque attayne [1] contre eux, Paindorge,

1. Animosité.

mets-la sur ta selle et assieds-toi dessus... Je ferai en sorte d'avoir ce qu'il nous faut... Il est juste que la bonne chance finisse par me sourire !... Allons, les gars : cessons nos parlures, arrêtons-nous, baignons-nous, rafraîchissons-nous la hure et soyons...

— Propres comme des sous neufs ! conclut Calloet.

I

Soudain fermement croisées, les guisarmes de deux huissiers interdirent le passage à Tristan.

— On n'entre pas.

— Passe ton chemin, l'homme.

Ils étaient coiffés du chapel de Montauban, le torse pris dans une cuirasse, les bras et jambes chargés de mailles. Des jouvenceaux. Le puîné s'était rasé pour la première fois : une taillade suintait sous son nez. Il réitéra :

— Passe ton chemin.

Tristan hocha la tête :

— Vous faites bien votre ouvrage, mais il me faut entrer. Allez me chercher votre capitaine... à moins que je n'y aille moi-même. Je connais Vincennes...

— Si vous n'étiez ceint d'une épée, interrompit le second garde, un brun à la moustache incertaine, sûrement que je vous aurais pris pour un de ces manouvriers qui élèvent le donjon[1] et les manoirs qui sont entre ces murs.

1. Philippe VI de Valois entreprit la construction du château. Dès 1337, l'érection du donjon fut mise en œuvre (200 maçons, 200 compagnons, 100 manœuvres, 80 tailleurs de pierre ; 100 chariots pour apporter le matériau des carrières voisines : Châtillon, Charenton, Gentilly). En 1362, cet édifice n'était pas achevé ; il ne le fut qu'en 1370. Dans

Deux autres hommes d'armes apparurent.

— Vous êtes au complet, dit Tristan.

— Que voulez-vous dire ? fit le jeune hutin.

— J'ai suffisamment vécu en ce château pour savoir que le guet est assuré par quatre hommes de Montreuil et deux de Fontenay. Et que si l'une de ces gardes est absente, on va en quérir une autre à l'entour, parfois jusqu'à Noisy-le-Sec... et que ces manquements sont sanctionnés par une amende de seize deniers... Je sais même que, du temps où je passais fréquemment par ici, un nommé Pluyau guignait du côté de la conciergerie... Le dauphin lui avait promis de l'y employer...

— Vous connaissez les lieux ! approuva le hutin en relevant sa guisarme. Mais il est tard, la nuit tombe : voyez, on allume les torches et les pots à feu... Revenez demain.

Son compagnon maintint obliquement son arme.

— Qui que vous voulez voir ?

— Le roi.

Tristan apprécia le coup que cette réponse assenait aux quatre regards[1]. Le fait d'être encuirassés depuis peu les pénétrait de leur importance. Tous avaient maintenant des visages soucieux sous le bord du chapel de fer. Ainsi, ils ne laissaient pas de lui être secrètement plaisants. Ils s'étaient attendus à avoir affaire à un huron venu de son terroir avec, sous son pourpoint, une recommandation éloquente destinée à quelque grand seigneur ; ils découvraient devant eux un garçon qui ne les dépassait guère en âge, qui les dévisageait sans présomption ni pusillanimité, et prétendait être reçu par le roi !

la cour s'élevaient des manoirs pour les proches du roi qui, bien que « désargenté », leur accordait une rente viagère.

1. Gardiens.

— Non, je ne suis pas fou. Jean le Bon me connaît...
Je suis Tristan de Castelreng, chevalier... Ne vous souciez point de ma mise : l'habit ne fait pas le moine. Je
viens du Louvre où l'on m'a dit, après une journée
d'attente, que le roi et le dauphin séjournaient à Vincennes... Il y a, pour moi, une impérieuse nécessité de
rendre à Jean II mes devoirs.

Une petite lueur de supériorité passa dans les yeux
du hutin :

— Nous ne doutons de rien, messire. Pourtant...

La voix était ferme, sans moquerie, mais la capacité
d'insolence qui en sourdait malgré tout fit passer dans
le dos de Tristan un frisson glacé comme une lame :

— J'ai suffisamment perdu mon temps ce jeudi...
Allez chercher votre capitaine... Il me faut une
audience particulière, le jour, bien sûr, où le roi y
consentira.

Le galop de trois ou quatre chevaux s'apprêtant à
quitter la forteresse lui fit tourner la tête. Un seigneur,
sans doute, revenait à son domicile accompagné de ses
gens et, déjà, s'engageait sous le porche où un falotier
venait d'accrocher une lanterne.

— Messire !

Sous la traction du mors, le cheval de tête hennit et
se cabra. Son cavalier grommela un juron qui s'adressait tant à son roncin qu'à ce manant ceint d'une épée
qui, bras écartés, lui empêchait la voie.

— Eloigne-toi !... Tu vois bien que tu gênes !

— Messire Jean Chalemart[1], je suis Tristan de Castelreng.

---

1. Lorsqu'il quitta Paris, le 5 décembre 1361, Jean le Bon emmena
avec lui en Bourgogne ses deux meilleurs conseillers : Jean Chalemart,
maître des requêtes de son hôtel, et Jean Blanchet, clerc, l'un de ses
secrétaires. Il les plaça à la tête de l'administration civile et financière
du duché de Bourgogne, associés au comte de Tancarville et à l'Archiprêtre, ce qui ne fut pas du goût des Bourguignons... sauf de Jeanne de
Châteauvilain !

— Castelreng !

L'ébahissement effaçait la colère.

— Castelreng... Que faites-vous céans ? Qu'étiez-vous devenu ? Nous vous avions perdu de vue depuis cette réception chez Jean III de Chalon-Auxerre.

— Le 17 décembre au soir, messire. Cinq mois dont je vous ferai le récit au cas où vous le voudriez... Mais j'ai surtout grand-hâte d'entretenir le roi de mes déconvenues !

— Qui est-il ? demanda un homme dont le cheval gris pommelé entamait des protestations par un écart qui l'amenait devant Tristan.

— Castelreng... Il était à Poitiers. L'an passé, il nous accompagna en Bourgogne quand le roi en prit possession.

D'un geste, sans même se retourner, Jean Chalemart présenta son compagnon, jugeant peut-être exagérée son impatience :

— Messire Hugues Aubriot... Nous avons moult choses à examiner, ce soir, en son logis, mais je serai présent demain à Vincennes, vers midi...

Tristan caressa le garrot du cheval pommelé dont la nervosité cessa.

— C'est que, messire Chalemart, je viens d'arriver, accompagné de cinq soudoyers... Ma bourse est aussi dégarnie que mon estomac...

Le maître des requêtes s'adressa aux quatre guetteurs ébahis :

— Oyez !... Que l'un de vous conduise ce prud'-homme, ses gens et leurs chevaux dans l'écurie d'où nous sortons. Qu'on leur procure de la bonne paille, du vin et de la nourriture... C'est hélas, tout ce que je puis faire pour vous, chevalier. Mais demain, je vous en fais promesse, votre désir de voir le roi sera exaucé !

— Je vous en sais bon gré, mais... une dernière chose.

— Vélocement alors ! tonna Hugues Aubriot[1].

Tristan sentit ses lèvres chatouillées par un juron.

— Messires, dit-il, s'adressant aux deux hommes et aux trois cavaliers immobiles dans la pénombre teintée des ors et vermillon du flambeau, je voudrais savoir si le roi a reçu, quelque temps après la bataille de Brignais, le maréchal de Bourgogne.

Jean Chalemart porta sa dextre à son chaperon qui tombait tant son cheval piétinait le pavé, le secouant fort. Il était, en effet, de constitution fragile, et bien qu'ayant été fait sur mesure, son pourpoint, serré par une ceinture large, épaisse, formait des plis profonds tout autour de sa taille. Chacune de ses heuses eût pu contenir ses deux jarrets. On voyait surtout, dans son

---

1. Jean II le Bon ne fit que se tromper sur l'honnêteté de ses collaborateurs privilégiés. Robert le Coq dont il avait fait son maître des requêtes était tout dévoué à son ennemi Charles de Navarre. Simon de Bucy puisa dans ses coffres et Robert de Lorris y fit des « emprunts ». Enguerrand du Petit-Cellier détourna des fonds ainsi que Nicolas Braque et Jean Poilevilain. Une sorte de gangrène rongeait la Cour de France et l'entourage du pape. Pétrarque écrivait qu'Avignon était devenu « un enfer, la sentine de toutes les abominations ». Face à la crapulerie de Cour, Hugues Aubriot (?-1382) apparaît comme une espèce de saint laïc. Commencée sous Jean II, sa carrière atteignit son apogée sous Charles V : surintendant des finances, puis prévôt et capitaine de Paris, il se dévoua, pendant dix-sept années, à l'administration de la capitale, faisant construire le petit Châtelet, le pont Saint-Michel, le petit pont de l'Hôtel-Dieu, les quais, les premiers égouts voûtés ; complétant les fortifications et posant, le 22 juillet 1370, la première pierre de la Bastille. Son intégrité, ses fonctions, son caractère tranché lui valurent un grand nombre d'ennemis. A la mort de Charles V, il fut cité devant un tribunal ecclésiastique, accusé d'impiété, d'hérésie. Abandonné par la Cour, il fut condamné à la pénitence perpétuelle « *en la fosse, au pain de tristesse et à l'eau de douleur* » (1381). Jeté à la Bastille, il y fut délivré l'année suivante lors de la révolte des Maillotins qui le voulurent pour chef. Il refusa et se retira en Bourgogne pour y mourir.

visage, son nez volumineux, presque aussi rouge qu'une crête de coq.

— Oui, Castelreng, dit-il, le roi a reçu Gérard de Thurey et son écuyer... Je les ai vus passer le seuil de la petite librairie où il aime à s'esseuler... Mais je ne saurais vous dire quelle fut la nature de cet entretien...

— Etes-vous satisfait, chevalier ? demanda gaiement Hugues Aubriot.

Il y avait de la hautaineté ainsi que du mépris dans sa façon d'incliner sa tête enchaperonnée de velours rouge à cornette nouée, qui lui donnait l'aspect d'un chou cabus. Tristan préféra l'ignorer :

— A demain, messire Chalemart. Pardonnez moi de vous avoir attardé !

Les cavaliers passèrent, muets, orgueilleux. « Ceux-là », songea Tristan, « on ne les voit jamais à la guerre ! » Il marcha vers ses hommes immobiles, un peu plus loin, devant les chevaux fourbus. D'un geste, il les invita à le rejoindre.

— Eh bien, messire ? s'informa Paindorge.

— Soyez quiets. On nous fournit le gîte et le couvert. Amis, pour qu'on nous traite avec certains égards, il va falloir patienter... Ce faisant, vous pourrez tailler des épées de bois à ces preux que vous venez d'entrevoir.

Il était injuste envers Jean Chalemart. Encore que, pour le savoir, il allait devoir attendre une nuit et une demi-journée.

III

— Eh oui, je sais, ce fut une affreuse bataille...

Le roi s'arrêta devant une des fenêtres ouvertes d'où l'on découvrait le donjon en construction. Il parut indifférent aux mouvements des hommes au sol et sur les échafaudages ainsi qu'à celui des charrettes tirées par de robustes attelages, les unes grevées de pierres taillées à la carrière, les autres vides et repartant, inlassables, vers un nouveau chargement.

— Qui pouvait, Castelreng, prévoir une pareille déconfiture ?

« Ce n'est pas moi qu'il interroge », observa Tristan debout, immobile entre une armoire et un faudesteuil au siège et dossier garnis de cuir noir rehaussé de volutes d'or. « Non, bien qu'il ait dit mon nom, ce n'est pas moi... Ni lui-même. Les yeux ainsi levés, c'est le ciel qu'il questionne. »

Des cris noyaient la vaste cour ensoleillée où s'étendait à peine — il allait être midi — l'ombre de l'immense tour et les bourrelets du second étage, achevé, que l'on commençait d'exhausser.

— Vous y étiez... Vous m'avez raconté... Ce fut comme si j'y étais !

— Sire, je n'en doute point. Ce fut aussi terrible et sanglant qu'à Poitiers...

262

Bien qu'ils échangeassent autant de propos l'un que l'autre, Tristan sentait qu'il existait à peine pour cet homme empêtré dans les souvenirs d'un humiliant échec. Poitiers... Le champ de mort, les chemins de mort, les cris de mort. Ils disaient « Poitiers », c'était Maupertuis, et mieux encore : Nouaillé, la Cardinerie, les Grimaudières ; le ravin du Miausson. Avec ces remembrances-là, Jean II le Bon semblait se fustiger sans cesse. Mais était-il sincère en son affliction ? Maintenant qu'il plongeait son regard dans la cour, une sorte de sourire lui étirait les lèvres. Il n'était plus à Poitiers ni à Brignais qu'il ne connaissait pas, mais peut-être à Londres dans le lit d'une belle ou d'un beau, ou dans quelque tournoi, puisque son vainqueur, le prince de Galles, le traitait avec une courtoisie dont, assurément, il n'eût point usé à son égard si la fortune des armes avait honoré les Lis de France.

L'on était le lundi 13 juin. Tristan avait dû attendre dix-huit jours cette audience royale, et comme nul serviteur ne lui en avait fixé la date, en l'absence de Jean Chalemart, il avait dû demeurer constamment à Vincennes pour ne pas offenser le roi s'il le faisait mander vainement. Il s'était refusé à se trouver sur son passage, comme certains l'eussent fait, afin de ne pas importuner cet homme aux humeurs changeantes, aux vengeances promptes autant qu'insensées. Le maître des requêtes, avant de repartir pour la Bourgogne, lui avait fourni, contre un acte dûment formulé et signé, dix moutons d'or à rembourser en fin d'année. Il se sentait un peu l'otage de ce bienfaiteur dont la libéralité n'avait rien eu, pourtant, d'ostentatoire [1].

1. Le poids du mouton d'or était de 4 grammes 60 centigrammes. 100 moutons d'or valaient 135 florins, selon Aimé Chérest, qui juge une amende de cette somme infligée à une certaine Yolande Humbert de Châteauneuf *énorme*, *exorbitante*.

— Tancarville et Bourbon avaient pourtant une armée solide, qu'Arnoul d'Audrehem devait renforcer !

Tristan hocha mélancoliquement la tête. Il ne plaignait pas ce roi morose, compassé, mais les milliers d'hommes d'armes qui, à l'entour du château de Brignais, avaient payé de leur vie l'impéritie de leurs chefs.

— Il est vrai, sire, que c'était une grosse armée... peut-être trop assurée de sa solidité...

Le roi reprit ses allées et venues d'ours en cage. Il passait, parfois, sa dextre sur ses cheveux qu'il avait longs, clairsemés au-dessus du crâne, et qui, touchant son col de petit-gris, rebiquaient en crochets fort peu masculins pour ce visage médiocrement barbu, aux lèvres obombrées d'un soupçon de moustache. Il portait, sur sa poitrine nue, un flotternel de soie d'azur et d'or dont les manches retroussées jusque sous les coudes révélaient des avant-bras robustes, poilés de roux. Ses hauts-de-chausses étaient si courts qu'on voyait son nombril au-dessus de la boucle de sa ceinture de chevrotin sang-de-dragon clouté d'or. Une jambe de chausse rouge, l'autre violette moulaient des cuisses adipeuses et des mollets charnus, variqueux, avant de s'enfoncer dans des souliers à la poulaine en velours cramoisi dont un nœud, à chaque extrémité, eût nettement facilité la marche. A son cou, ballottant au bout d'une chaîne d'or, brillait un diamant aussi gros qu'un œuf de caille. D'une main bourrelée de veines et de bagues énormes, Jean II prenait un tel plaisir à toucher ce joyau qu'il semblait y réchauffer l'extrémité de ses doigts longs et pâles — qui eussent été beaux s'ils n'avaient été duvetés, sur le dessus, comme l'avers d'une peau de daim.

— C'est justement cette assurance dont vous m'entretenez, Castelreng, qui fait la force d'une armée...

Pas plus que son père, Philippe VI, cet homme-là n'avait compris — à l'inverse d'Edouard III d'Angleterre — que la guerre était le fait de tous les hommes, et que les piétons y tenaient un rang tout aussi noble et important que cette chevalerie dont la forcennerie et la jactance faisaient un si grand tort aux bannières françaises. Mais fallait-il lui rappeler que Crécy avait été un désastre, précisément à cause d'une assurance indue, et Saintes[1], Mauron[2], Poitiers, Brignais. Si désagréable que ce fût d'en faire l'observation, l'arc et la guisarme, le vouge et la coustille valaient mieux que la lance et l'épée. Un huron tout crotté de la terre des champs pouvait égaler voire supplanter, une cognée en mains comme Guillaume l'Aloue et le Grand Ferré[3], une horde de seigneurs présomptueux

1. Ce combat entre Français et Anglais — dont on parle peu, et pour cause — vit la déconfiture des hommmes de Guy de Nesle, de Renaud de Pons et de l'ineffable Arnoul d'Audrehem. Il eut lieu près de Saintes le 8 avril 1351, d'après Robert d'Avesbury, et le 1er avril selon les *Grandes Chroniques* et Froissart « *à une chapelle qu'on nomme Saint Georges* ». Peut-être Saint-Georges-la-Valade, selon Auguste Molinier (*Etude sur la vie d'Arnoul d'Audrehem* — Paris 1883). A noter que Guy de Nesle recouvra sa liberté un mois et demi plus tard contre 10 000 écus donnés par le roi. Audrehem était libéré le 24 avril contre une rançon si importante que le montant en demeure inconnu. En fait, qu'il fût question de grandes batailles ou d'escarmouches, les Français y étaient toujours non seulement vaincus, mais ridiculisés.

2. Cette hécatombe eut lieu le 14 août 1352. Pour honorer l'un des préceptes décidés par Jean le Bon lors de la constitution de l'Ordre de l'Etoile, les chevaliers ne reculèrent point devant les Anglais. 400 seigneurs et 9 chevaliers de l'Etoile périrent, victimes d'une émulation inepte. Reculer de quatre à cinq pas dans une bataille au corps à corps ne saurait relever de la couardise.

3. Après leurs prouesses contre les Anglais de Creil, alliés de Charles le Mauvais (seconde moitié de 1358, sans doute), les deux paysans de Longueil-Sainte-Marie étaient devenus célèbres... dans le peuple seulement.

plus enclins à se prouver leur courage qu'à l'exercer sur l'adversaire.

— Un tel affront mérite une belle revanche !

En tant que chevalier, instituteur de l'Ordre de l'Etoile, ce piteux simulacre de Table ronde, Jean II n'avait accumulé que des défaites honteuses, plus tragiques les unes que les autres, face à son cousin Edouard III et à son fils aîné, le prince de Galles. Mais il se revancherait, affirma-t-il avec un grand et sec mouvement des poings.

Tristan acquiesça. En pénétrant dans cette librairie aux meubles clos, il avait découvert Jean II assis, maussadement courbé en avant entre les accoudoirs d'une chaire à haut dossier. Il y avait, ouvert sur une table devant lui, un grand volucraire[1] dont les deux pages enluminées étaient consacrées aux faisans. Le roi s'était extrait de son siège avec un empressement singulier comme s'il avait craint d'être surpris dans une méditation interdite. Maintenant, son va-et-vient s'assortissait de dandinements qui davantage que des façons de Cour révélaient l'ambiguïté de son caractère. Il se reprenait parfois, puis recommençait à singer quelque femme contente d'elle. A Maupertuis, il s'était battu mieux qu'un homme : comme un tigre, à l'instar des léopards triplement représentés sur les écus, les targes et les gonfanons adverses. Et lui, Tristan, qui avait toujours regretté que les Lis eussent été choisis par Louis VII pour figurer la royauté, voilà qu'il reconnaissait, morose et courroucé, que ces trois feuilles d'or sur champ d'azur correspondaient à la nature de ce suzerain qui prétendait à la grandeur en rétrécissant son royaume. C'était assurément moins par goût que

1. Traité de zoologie limité à la description des oiseaux, en usage au Moyen Age.

par une volonté malicieuse de dérision qu'Edouard III avait planté ces fleurs à proximité des fauves griffus d'Angleterre.

« Et moi, Castelreng, qui redoutais cette audience ! »

Pourquoi se serait-il senti gêné devant ce roi si terne malgré l'éclat de ses habits ? Jean II combinait sous son front certes haut, mais étroit, une certaine libéralité d'idées, une vanité innée, des qualités d'attention et de bienveillance qui eussent dû avoir pour conséquence le respect ou la confiance de son vassal lige, mais le fait qu'il acceptât sans courroux et surtout sans remords les défaites outrancières, outrageuses, sanglantes — qu'elles eussent pour auteurs les Anglais, les routiers ou son gendre, Charles le Mauvais — ne pouvait provoquer qu'une irrévérence dont, heureusement, son visiteur se sentait maître. Si Jean II avait été un homme et, surtout, un suzerain avisé, il eût fait raccourcir depuis longtemps le petit roi de Pampelune acharné à creuser des tombes autour de lui ; il eût annexé la Navarre comme il avait annexé la Bourgogne et levé la seule armée qui fût capable de vaincre les routiers parce qu'ils en avaient souffert affreusement : celle des va-nu-pieds, celle des nouveaux Jacques. Mais il révérait trop la chevalerie et méprisait trop son peuple pour prendre cette décision salutaire.

— Vous semblez douter d'une victoire finale, Castelreng. Nous l'obtiendrons avec l'aide de Dieu et de messire saint Michel !

Une ombre s'égara dans les yeux noisette de Jean II. Il la chassa d'un battement de paupières. La tristesse qu'elle avait cependant exprimée fit place à la résolution :

— Je conçois votre cuidançon[1], chevalier. Tancar-

1. Inquiétude.

267

ville et l'Archiprêtre ont pu quitter Brignais, mais j'ignore le sort du comte de Forez, d'Amelin des Baux, Brocard de Fenestrange... Savez-vous si Brocard était là-bas ?

— Je ne saurais, sire, vous répondre affirmativement...

— Brocard !... Vous allez me dire : « Peut-on se fier à un ancien routier » Je le crois... mais moi aussi, je ne saurais être affirmatif !

« Je perds mon temps... Lorsque je veux parler, il m'en empêche... Dois-je lui révéler que l'Archiprêtre le trahit sans vergogne ? »

— Il faudrait, Castelreng... comment dire ?..., évangéliser les routiers. Les savonner dans un bon bain d'honnêteté... Mais encore aurions-nous quelques déconvenues... J'avais moult amitié pour Thomas de la Marche. Il m'avait bien servi ainsi que le régent, mon fils. Nous lui avons donné les châtelets de Nonette et Usson, près d'Issoire, il y a quatre ans, puis nous avons dû... révoquer cette libéralité lors des événements du Berry [1]... Eh bien, il s'est fait Anglais et commet crimes, pillages... enfin *tout* à l'entour de Brioude...

Le roi caressa promptement le joyau suspendu à son cou comme si cet attouchement lui apportait soit le réconfort, soit la confirmation de son omnipotence. Il semblait d'ailleurs que son goût de la parure, déjà notoire, se fût d'autant plus aisément exacerbé qu'il se sentait dépouillé de son importance dans un pays ruiné

1. Octobre 1360. Entre les bailliages de Bourges et de Sens, le Nivernais ne dépendait pas du domaine royal. Il se divisait en deux parties distinctes, bien que réunies : le comté de Nevers et la baronnie de Donzy, mouvante de l'évêché d'Auxerre. Maintes petites guerres nées de contestations d'héritage suscitèrent l'intervention du régent (mai 1358) et l'invasion des Anglo-Navarrais, dont Arnaud de Cervole sut profiter.

par toutes les déraisons d'un règne aussi vain que celui de son père.

— Mais des désertions de cette espèce, chevalier, ne sauraient nous arrêter, mon fils Charles et moi, dans la voie d'un redressement qui se fera, je m'en porte garant... Si ! Si !... En doutez-vous ?

— Nullement, sire... Mais comment procéderez-vous... si je puis me permettre cette audace ?

Le roi rit ou grimaça. Tristan ne reçut pas la réponse espérée.

— De l'audace !... Nous en avions tous deux, côte à côte, à Poitiers !... Tous ces Goddons éparpillés, morts devant nous... Et vous avez pu vous sauver !... Faire retraite à Fontevrault !

« Il m'envie !... Peut-être me jalouse-t-il. Certes, il en a meurtri, des Anglais, ce jour-là... Tant par peur de mourir que par fierté de se dire, sans doute, qu'il figurerait dans les pages de ces livres dont il est fort épris comme un nouveau Godefroy de Bouillon. » Mais ce hardi prédécesseur avait, lui, obtenu tellement de victoires contre les mahomets que les défaites qu'ils lui avaient infligées de loin en loin demeuraient pour toujours au fond d'une oubliette. Son immortalité ressortissait moins à des vérités rapportées de Terre Sainte qu'à des records[1] imaginaires sans cesse embellis par les bateleurs et trouvères. Non, Jean le Bon n'avait rien qui lui permît d'ambitionner la gloire du maître de Jérusalem. A peine était-il roi de France et roi de Paris puisqu'il n'y était que de passage et n'y demeurerait que s'il remettait à Edouard III le prochain acquittement de son immense rançon. Or, il avait malaisément réuni et versé les fonds du premier.

1. *Record* : récit. *Recorder* : raconter.

— Quand le trésor royal sera ce qu'il était, je lèverai de nouvelles armées...

Comme son père, la seule recette qu'il connût pour affirmer sa puissance, c'était d'emplir ses coffres. Il oubliait ou feignait d'avoir oublié sa dette : trois millions de florins à l'écu *Philippus* payables en six fois [1]. Il oubliait que le premier sixième de sa rançon lui avait donné des inquiétudes et qu'il avait dû s'humilier devant son vainqueur ébaubi mais satisfait qu'il fût incapable d'honorer sa parole. Et pour trouver le reliquat des fonds, l'on avait pressuré le pays de Langue d'Oc avec une fermeté qui, dans sa tombe, avait dû réjouir feu Simon de Montfort [2].

1. Le traité de Brétigny-lez-Chartres fut signé le 8 mai 1360 et les préliminaires de paix ratifiés par les deux rois à la Tour de Londres, le 14 juin suivant. Le 8 juillet, après quatre ans de captivité dorée, Jean II débarqua à Calais où il demeura jusqu'à fin octobre (à ses frais). Le traité de Brétigny fut ratifié le 24 du même mois et deux jours après eut lieu, à Boulogne, le premier terme de la rançon convenue. Ce versement avait été fixé à 600 000 écus d'or. Jean Lemercier, secrétaire du roi, n'en put réunir que 400 000. Paris avait fourni 100 000 vieux écus ; Rouen avait emprunté 20 000 moutons d'or vieux au comte de Namur et tous les Français avaient été soumis à contribution. 100 000 écus complémentaires furent payés le 25 décembre et 100 000 le 2 janvier 1361. Le premier million ne fut acquitté que le 26 janvier 1366.

Dans une de ses lettres, Pétrarque raconte que le roi dut négocier avec les brigands des compagnies qui se trouvaient là et payer rançon pour prendre, sans trop d'inquiétude, le chemin de Paris. Il est vrai que la capitale devait à ces *outremontains* (Balduccio Vercelli et Leoni de Bologne) 30 000 florins de gages (depuis janvier 1360). « *La postérité* », écrit Pétrarque, « *refusera de le croire.* » Jean II, dès lors, fut si inquiet pour sa personne que lorsque, en cette année 1362, il quitta Avignon où il était allé voir le pape, il trouva plus sûr de remonter le cours du Rhône par bateau. Matteo Villani titra ainsi le chapitre consacré à cette aventure : *Comment le roi de France craignant une rencontre des routiers, n'osa pas retourner dans ses états par voie de terre mais s'embarqua sur le Rhône.*

2. Le *capage*, ou *capitation*, qui se payait toutes les semaines était assorti de ce corollaire : « *ni femme ni homme du pays de langue d'oc ne portera pendant un an, si le roi n'est pas délivré avant, or, argent ni perles ni vair, ni gris, robes, ni chaperons découpés ni autres cantoises*

270

— Je conçois, Castelreng, que vous n'ayez pu vous échapper de Brignais. Je vous avais envoyé en Lyonnais dans la crainte que mon gendre, le roi de Navarre, ne fasse alliance avec ces hommes.

— Aucun des capitaines, sire, ne fit allusion à une collusion de cette espèce.

— J'en rends grâces à Dieu !

Le roi se signa, son regard soudain porté sur le donjon énorme dans les caves duquel il eût aimé sans doute emmurer Charles de Navarre.

— Gérard de Thurey m'a tout rapporté sur vous. Je ne puis vous tenir rigueur de ce que, d'ailleurs, je n'ai jamais considéré comme un manquement qui eût fait d'une mission nécessaire en son temps un acte détestable. Et je ne vois pas pourquoi je vous accorderais des lettres de rémission puisqu'il n'y eut point forfaiture.

— Mais, sire, si je dois un jour passer par Lyon...

— Je vais écrire à mon parent, monseigneur Charles d'Alençon, et lui dire en quelle estime je vous tiens... Combien je suis heureux et tout aise que vous ayez échappé au bûcher... Je m'acquitterai de cela ce jour d'hui... Salbris, cet excessif que je n'ai pas revu, est un sot. Thurey m'a rapporté son acharnement à vous vouloir réduire en cendres. Sans doute ronge-t-il son frein quelque part avant que de venir me conter des

quelconques, et que aucuns ménestrels, jongleurs ne joueront de leur métier. » On envoya des commissaires « pour rassurer ces peuples », mais en fait pour les inciter à se démunir davantage. Ainsi, un chevalier, Robert Guy, parut à Nîmes en cette qualité le 10 avril 1357. Il effraya les manants. Olivier de Mauny, commandant pour le roi à Castelsarrasin, y fut si odieux que les citadins unanimes offrirent aux Anglais de leur livrer leur ville pour se débarrasser du personnage et de ses gens d'armes. Cousin ou neveu de Bertrand Guesclin, sa passion du lucre et sa cruauté tenaient de famille.

sornettes... Que pensez-vous de ces routiers ? Dites-le-moi du fond du cœur.

Tristan n'hésita pas.

— Sire, tous ces hommes-là sont abjects. Ils tiennent leur force de leur obéissance aux capitaines qui ont su leur imposer le respect.

— Nous, nous obéissons à Dieu.

Jean le Bon avait dû trouver cela dans un livre. Ou bien, il se méprenait. Pour tous les chevaliers du royaume, l'obéissance témoignait d'une bassesse digne d'un huron, d'un manant — rien d'autre. Et puis quoi ? Lorsqu'on voyait toutes les horribletés qui s'y commettaient, pouvait-on croire que Dieu régnait sur les champs de batailles ?

— Je ne doute pas de la hardiesse des routiers. Tenez, ce Bertrand Guesclin qui leur ressemble tant, eh bien, en voilà un dont je commence à me dire qu'ayant leurs mœurs et des hommes d'armes à la semblance de ceux de Brignais, il pourrait...

Le roi s'interrompit : il pensait. Il poursuivit enfin avec une lassitude extrême ou une nonchalance peut-être affectée :

— Il pourrait vaincre... Vaincre Edouard III et Edouard de Woodstock !... Quel plaisir, chevalier, de les voir allongés dans leurs armures sanglantes, craventées[1] à force de coups reçus... Ah ! oui, quel plaisir...

Plaisir. Un mot en vérité plus adapté à une bouche de femme qu'à celle d'un homme.

Il s'enivrait, ce roi vaincu, tourmenté dans son honneur plus encore que dans sa chair : jamais il n'éprouverait le funèbre plaisir de contempler, côte à côte, les corps rompus de ses deux ennemis. Parce qu'ils savaient préparer une bataille. Parce qu'ils abandon-

1. Ecrasées.

naient volontiers leurs grands chevaux pour se mêler sans vergogne à la piétaille d'Angleterre. Ils ne répugnaient pas non plus à écourter leur lance pour combattre comme des manants, et leur eût-il fallu avoir des armes courtoises pour quelque tournoi en champ clos qu'ils eussent aussitôt rebattu leurs épées.

— Ils ont des guetteurs partout, dit Tristan. Chaque matin, ils s'exercent au tir à l'arc...

— Une arme de huron... Sont-ils pourvus, au moins, en arbalètes ?

— Un peu... Mais ils ont des frondeurs nombreux et...

— Des frondeurs !... Par le Ciel, ce sont des Wisigoths !

— Sire, les frondeurs ont eu leur part dans cette victoire.

— Impossible !... Impossible !... Alors que l'avenir appartient à l'arbalète et à la poudre noire, ne me dites pas que des pierres, des billes ont été capables de faire ployer une armée comme celle que commandaient Bourbon et Tancarville !... Nous devions remporter cette bataille !

— Nous l'eussions pu, sire. Il suffisait, quand l'ost s'avançait dans la plaine des Aiguiers, que les hommes chargés de l'examen des lieux fissent bon usage de leur vue et prissent leur temps pour évaluer le nombre d'ennemis — qui ne se cachaient guère. Il eût également fallu qu'ils décèlent, aux approches de Brignais, les assemblées sur les hauteurs et les...

Cette fois, d'un geste sec, Jean le Bon montra son impatience :

— Il vous va bien de proférer ce commentaire !... Vous étiez à l'opposé de ces cœurs vaillants !

Tristan décida de se taire. A trop vouloir fournir les causes du désastre, il s'aventurait sur un terrain tout aussi spongieux que celui des Aiguiers. Il s'était promis de faire une ou deux allusions habiles sur la conduite de l'Archiprêtre ; il se demanda s'il devait s'y risquer : jamais le roi n'admettrait qu'Arnaud de Cervole était un traître, parce qu'il eût dû non seulement se désavouer, mais aussi renoncer à son admiration pour cet homme avec lequel, disait-on à Vincennes, il ne cessait d'être en compte [1].

— Sire, cette armée-là fut fort mal éclairée... Comme devant Poitiers.

Pendant le silence qui s'ensuivit, le roi s'accouda à la fenêtre. Que voyait-il ? Vincennes ou Maupertuis ? Oui, mal informés, les Français et le roi. Eustache de Ribemont et ses compères s'étaient moqués de l'indécision de leur suzerain et soumis aux désirs de l'évêque de Châlon, Renaud Chauveau : « *Attaquez, sire ! Assaillons-les ! Taillons-les en pièces, Dieu vous soutiendra* ! » Or, l'évêque avait fui au cours de la bataille pour se faire occire bêtement par un charretier qui, la veille, l'avait prié vainement d'intercéder en sa faveur afin qu'on le remît en possession de tout ce que lui avaient saisi les preneurs du roi : bœufs, vaches, volailles, froment et fourrage. Un charretier qui savait écrire, mais dont la lettre avait servi de sèche-cul au prélat.

— Poitiers ?... Les planètes m'étaient défavorables. J'ai voulu forcer le destin... J'avais au médius cet anneau enchanté que Charlemagne eut à sa dextre... Il me fut, hélas ! arraché dans la presse quand, perdant

1. Il advint à l'Archiprêtre d'avoir des arrangements pécuniaires avec Jean le Bon. Dans un règlement général de comptes arrêté entre eux au mois de juin 1362 (donc immédiatement après Brignais), le roi se reconnaît débiteur de Cervole pour « *plusieurs grosses sommes de deniers* » en raison des services rendus tant à lui qu'à son fils Charles « *en diverses parties d'iceluy nostre royaume et dehors* ».

mes gantelets, je dus combattre à mains nues [1]... Dès lors, tout fut perdu et l'honneur en souffrit... Cet anneau, Galéas Visconti l'acheta au sergent qui l'avait trouvé parmi des brins d'herbe rouges de sang, de sorte que lorsque j'eus quitté Londres et revins en mon palais, voici deux ans déjà, en décembre, je reçus une députation envoyée par le seigneur de Milan, conduite par messire Francesco Pétrarque. Il me remit cet anneau, le *carbunculum*, et cet autre dont on disait merveille...

Ces bagues, à la dextre du roi, n'avaient rien qui pût intéresser Tristan. Il n'aimait ni la parure ni les joyaux, trouvant qu'ils efféminaient l'homme. Et certains, non contents d'avoir des goûts de donzelles, croyaient faire des prodiges de frisqueté [2] en suspendant de petits anneaux d'or aux lobes de leurs oreilles. Avec de telles mœurs, la France était perdue.

— Le monde, chevalier, a compris que je n'étais pour rien dans cette déconfiture. Dieu fut indifférent et saint Michel aussi.

« Alors, nous sommes tous responsables ! Il repousse ses torts du côté de l'armée !... Il n'a même pas l'honnêteté de voir les choses en face ! »

Jean II haussa son court menton et croisa les bras, superbe. Une immense soif de respectabilité tenaillait

1. Pétrarque a révélé cette particularité du caractère de Jean II. (*Petrarchoe opera*, éd. Bas, p. 36 ; *De remediis utriusque fortunae*, dial. XXXVII *de Gemmis et Margaritis*). Avant l'engagement de Poitiers, le roi, montrant ses talismans, avait déclaré : « Quand on possède ceci, on est le maître du monde ! »

Le roi avait littéralement vendu sa fille Isabelle (onze ans) à Galéas Visconti pour son fils (huit ans), afin de payer sa rançon. Visconti offrit 600 000 écus d'or. Quand ce mariage fut conclu, Édouard III consentit à libérer sur parole son royal prisonnier afin qu'il s'occupât lui-même de réunir les sommes considérables qui mettraient fin à son statut d'otage. Dès le 5 décembre 1360, les impôts commencèrent à pleuvoir.

2. Élégance.

ce monarque destitué à Poitiers, auquel, en Angleterre, les humiliations n'avaient pas manqué lors du commencement de sa captivité. Ensuite, à force de flagorneries, il s'était fait accepter. Ceux qui l'avaient vu en l'hôtel de Savoie, résidence du duc de Lancastre, disaient qu'il y menait presque une vie de Cour. L'espèce de fermeté qu'une tenace présomption, doublée d'une confiance extrême en l'avenir, étendait sur ce visage blême n'en diminuait pas pour autant la profondeur des rides. Au contraire. Elles papillonnaient près des yeux et développaient leurs pattes d'araignées des ailes du nez à la bouche : le roi se fripait et se parcheminait. Son regard, naguère fixé sur les hauteurs au point que l'on devait à ses « visions » la création de l'Ordre de l'Etoile, était loin, désormais, de ressembler à celui du guerrier assailli par une meute de Goddons. Certes, il demeurait rapide et furtif comme il seyait au chasseur ; mais cet homme dont on ne savait plus quel exil le tourmentait — Londres ou Paris — n'était rien qu'un Nemrod enclin aux petitesses. La veille, avec l'une de ces arbalètes qu'il prisait tant, il s'était réjoui d'occire, dans un des fourrés du bord de Marne, une biche et son faon qui s'abreuvaient, paisibles. Son grand veneur lui-même en était consterné.

Tristan voulut prendre congé. Il s'inclinait quand une main le retint par l'épaule.

— Nous avons le temps, Castelreng... Ma porte vous sera toujours ouverte. Vous m'avez plu, quand nous contrestions[1] aux Anglais... Sans doute nous sommes-nous réciproquement sauvé la vie... Puis ces malandrins nous ont séparés...

Ce qu'il souhaitait, autant que la réparation des affronts subis, c'était sa réhabilitation de roi, précisé-

1. *Contrester* : résister, s'opposer.

ment au moment où son fils Charles apparaissait à tous comme un successeur convenable, modeste et doté des qualités de discernement et de modération qui lui avaient fait défaut tout au long de son règne. Tristan percevait cette malefaim de popularité, de ferveur, d'admiration que ses proches, jadis enclins sans doute à rassasier jusqu'à la nausée, feignaient désormais d'ignorer pour contenter les appétits d'un dauphin enclin aux jeûnes et austérités de toutes sortes. Jean II eût voulu maintenant être ce roi plein de majesté qu'il avait failli être, mais dont l'improbité, les manies, les carences et sentences mortelles, la mansuétude insensée envers son gendre, les fantaisies ruineuses et les amours suspectes avaient faussé l'ascension. Il eût voulu que ses sujets le prissent pour un preux et un justicier dont aucun ne pût contester la droiture, la hardiesse et la circonspection et que, tenant sa royauté de Dieu, il fût pour les honnêtes gens un exemple de sagesse et de dévouement à la France, et pour les autres une émanation de la fatalité. Hélas ! s'il avait su empoigner l'épée, voire la hache d'armes, il avait mal tenu son sceptre et sa main de justice. Il n'était plus qu'un otage aux abois, une espèce de miséreux doré sur tranches comme ses livres, et dont la turbulence entre ces quatre murs n'était que le sursaut d'une vanité meurtrie.

— Et mon mariage, sire ? Allez-vous demander son annulation ?

Tristan croyait avoir habilement manœuvré en exposant succinctement, dès son entrée, les raisons mensongères de sa fuite : la tyrannie de Mathilde, leur ample différence d'âge, l'espèce d'emprisonnement dont il avait souffert, et surtout son désir de servir pleinement la Couronne.

— Ah ! oui, ce mariage, euh... salutaire... Cette gentilfame de Montaigny vous a sauvé la vie... Vous l'avez remerciée comme il se devait... Je ne vais pas écrire à Sa Sainteté le pape.

— Mais, sire...

— Laissez-moi achever, chevalier, je vous prie.

Cette fois, Jean II s'animait. Tristan se sentit envahi par une gêne extrême. En avait-il trop dit ? Le regard du roi allait de ses doigts[1] au joyau suspendu à son cou, qu'il s'était remis à balancer avec une négligence affectée :

— Je ferai mieux qu'écrire au Saint-Père : j'ai décidé de lui rendre visite... Pour ce qui vous concerne, Charles III d'Alençon, le fils de mon regretté parent, hélas ! mort à Crécy, et que vous avez entrevu à Lyon, sera informé de votre honnêteté[2], car je ne sais encore si je passerai par Lyon pour me rendre en Avignon. Mais un fait est certain : vous appartiendrez à ma suite.

Tristan acquiesça de la tête. Il passerait par Castelreng soit à l'aller soit au retour. Peut-être y retrouverait-il Oriabel et Tiercelet. Il devait s'accrocher à cette espérance.

— Mais nous traverserons la Bourgogne, continuait le roi. Tout y est sûrement paisible, désormais.

Sa voix devenait âpre et fluait par saccades. Une voix souveraine ? Non, celle d'un homme aux espérances bafouées, mais qui voulait donner le change au petit hobereau immobile devant lui.

— Les routiers avaient accordé au comte de Tancar-

1. Bagues, anneaux.
2. Il était le fils aîné de Charles II de Valois et de Marie d'Espagne, comte d'Alençon et du Perche, seigneur de Fougères et de Porhoet. Répugnant au métier des armes, il avait endossé la bure des dominicains malgré les dissuasions de sa mère, du roi de France et... du pape Innocent VI. Il quitta le couvent Saint-Jacques de Paris où il était entré en 1359 pour devenir cardinal de Thérouanne, puis partit pour Lyon dont il devint l'archevêque. Son frère cadet, Philippe, était archevêque de Rouen.

ville une trêve jusqu'au jour de l'Ascension et, durant cet intervalle, ils promirent de ne pas envahir la Bourgogne... Ces concessions aboutiront à des arrangements plus importants... Audrehem s'est abouché avec ces hommes...

Il ne disait pas : *malandrins* comme s'il s'était pris pour eux d'une sorte de bienveillance et même de la considération que l'on se devait d'avoir pour ses francs ennemis. Au reste, il pouvait leur manifester quelque intérêt : ils avaient vaincu son armée.

— Comment faire autrement que de négocier ?... Audrehem acquittera la rançon de l'Archiprêtre. Il a proposé à ces gens, de ma part, un accord définitif... Mais je reviens en Avignon : je sais que notre Saint-Père, Innocent VI, va nommer Guy de Boulogne son légat. Sitôt investi de ces fonctions, Son Eminence obtiendra, elle aussi, des arrangements avec les Compagnies. Nos efforts seront récompensés.

« Comment ? » se demanda Tristan.

— Sire, se permit-il, tous les capitaines de ces petites et grandes herpailles sont loin de se ressembler. Leurs dissentiments, dont je fus témoin, feront obstacle aux négociations et accords qui vous satisferaient... Ne venez-vous pas de me dire que la trêve s'était achevée le 26 mai, juste le jour où je suis arrivé à Vincennes ?... Nous sommes le 13 juin. Quelles sont les nouvelles ?

Le roi sourcilla, battit lentement des paupières, fit « Ha ! Ha ! » et sourit :

— C'est pertinent ce que vous dites, messire, sur la... euh... la dissemblance des caractères et... euh... l'affranchissement de ces hommes au sein même de la grande compagnie de Brignais. Je suis tenu informé de tout ce qui se passe aux quatre coins du royaume, mais particulièrement de Lyon à Avignon. Eh bien, le Bâtard de Breteuil s'est jeté sur l'Auvergne avec ses démons dès la fin de la trêve. Son imprudence et son orgueil l'ont perdu. Il a dû batailler, sous les murs de Montpensier, contre les Espagnols de Henri de Trastamare [1] qui lui ont infligé de lourdes pertes...

— Le Trastamare est lui aussi un malandrin, sire, à ce qu'on dit.

— Il se peut, mais comme Pierre le Cruel s'est accointé à Edouard, Henri est devenu mon allié... Or, donc, quand ils surent le Bâtard de Breteuil mal en point, les routiers de Brignais — pas tous, mais cependant moult d'entre eux — galopèrent à sa rescousse. J'en fus avisé hier... Vous voyez, c'est une nouvelle toute fraîche.

— Et que se passa-t-il, sire ?

Un instant, Jean II resta rêveur.

— Eh bien, chevalier, certains routiers, en atteignant Montpensier et voyant en quel état se trouvaient leurs compères, crièrent à la vengeance. D'autres trouvèrent que la défaite du Bâtard de Breteuil était une leçon. Et Garsiot du Châtel...

— Cette ordure en était !

— Ah ! vous le connaissez... Eh bien, Garsiot du Châtel et l'un de ses lieutenants, Garsiot de Nassi, que vous connaissez peut-être...

— Non, sire. Ce doit être un petit... Mais je connais le Bâtard de Breteuil.

— ... se sont amoyennés [2] avec Audrehem. Nous allons donc négocier. Il nous est impossible d'éviter cette... cette...

— Humiliation, sire ?

— Comme vous y allez, Castelreng ! Je voulais dire : *ce traité*. Oui, nous négocierons courageuse-

1. Le 3 juin 1362.
2. Portés comme médiateurs ; arrangés.

280

ment !... Il importe que nous aboutissions bientôt à un accommodement[1]... Nous convaincrons ces gens d'entrer au service de Henri de Trastamare qui veut guerroyer contre Pierre le Cruel pour ceindre la couronne de Castille. Il lui faut une armée forte et endurcie.

— Croyez-vous, sire, que ces hommes consentiront à former cette armée ?

— En doutez-vous ?

— Je les connais, sire. Peu leur chaut de mentir !... Ils n'ont pas comme nous le sens du devoir, du dévouement au pays de France. La fidélité à la parole donnée constitue, pour eux, la pire des sottises... Ainsi, ils promettent monts et merveilles aux dames et pucelles qu'ils ont en otagerie, or, il faut voir ce qu'ils en font !

— La France n'est pas leur otage, chevalier... Votre exécration pour ces gens vous égare !

Tristan fut tenté de prendre congé. Sa vérité passait

---

1. Ces négociations aboutirent au traité de Clermont, en Auvergne (22-23 juillet 1362). Les représentants du roi étaient : Arnoul d'Audrehem, le comte de Trastamare (!), l'évêque de Clermont, le comte de Boulogne, le sire de Montaigu, le sire de la Tour, Robert de Lorris et le gouverneur de Montpellier. Les chefs des compagnies étaient Jean Aymery, Garcie du Châtel, le Bâtard de Breteuil, Espiote, Bertuchin, Pierre de Montaut, Jean Hazenorgue, le Petit-Meschin, Arnaud de Thillebort, Bérart de Labort (Bauducart ou Perducas d'Albret). Garcie du Châtel reçut pour prix de ses démarches 100 000 florins pour les compagnies de Brignais ; il en toucha personnellement 1 000 versés par Audrehem « *en récompense de sa bonne volonté* ».

Le Trastamare reçut 53 000 florins et le roi lui fit savoir qu'il le gratifiait d'une rente de 10 000 livres assignée sur la baronnie de Cessenon dans la sénéchaussée de Carcassonne. Cette rente fut rachetée au prix de 27 000 francs d'or lorsque Henri de Trastamare, chassé par son frère à la bataille de Najera (3 avril 1367), eut besoin d'argent pour recruter des troupes. Pour payer les 153 000 florins de ce traité, le roi eut recours à de nouveaux impôts.

Froissart cite d'autres routiers présents soit à Brignais, soit à Clermont : Albrest Durri, François Hennequin, Hagre l'Escot, Borduelle, Bernart de la Salle, Robert Briquet, Guillonnet de Paux, Hortingo de la Salle, le Bascot de Mauléon, etc.

pour de l'insolence ; il se pouvait même que Jean II lui tînt rigueur de l'avoir exprimée, troublant ainsi des rêves où sa domination ne se discutait plus.

— Ces malandrins n'obéissent qu'au vent de mort, sire. Ils assouvissent des appétits qui sont affreux, qu'il s'agisse de mangeaille ou de femmes... ou d'enfants...

— Ils se soumettront... Le vent de mort les poussera en Espagne. Audrehem les y mènera. Et l'Archiprêtre.

— Mais il est...

— Que dites-vous ?

« Si je parle, il prétendra que je mens... Soit, je m'abstiens... Mais nullement pour l'Espagnol ! »

— Sire, je suis ébahi par votre bienveillance envers Henri de Trastamare. Il y a un an, si j'ai bonne mémoire, il est entré en Avignon et y fut reçu en ami. Nonobstant, il commanda aussitôt à ses hommes de faire main basse en ville sur tout ce qui se pourrait monnayer. Les Avignonnais se sont portés en force à sa rencontre sur le pont Saint-Benezet mais ils ont reculé... Alors, leur donnant sa parole royale après en avoir meurtri quelques-uns, le Trastamare leur a promis de leur restituer tout ce qu'il leur avait robé dès qu'il aurait chassé Don Pèdre de son trône... Or, le montant de son butin, juste pour Avignon, s'élève à quatre millions de ducats...

— Il a délivré aux Avignonnais une reconnaissance en bonne et due forme et promis de les rembourser sur le Trésor de Castille.

C'était une réponse décourageante, inadmissible, même sortie d'une bouche royale.

— Tous les seigneurs des Pyrénées, sire, l'ont combattu.

— Audrehem m'en a dit grand bien.

Quelle malfaisante accointance unissait ces deux personnages ?

— Messire Arnoul a peut-être été abusé...

— Arnoul ?... Lui ? Il est aussi hardi que clair-voyant !... Mais, puisque vous m'y poussez, sachez tout d'abord que le maréchal d'Audrehem signera un traité avec Henri de Trastamare ; un traité où le comte me donnera certitude d'emmener les compagnies en Espagne. Elles y feront la guerre avec ses hommes !... Mon conseil m'approuve à l'unanimité.

« En somme, plutôt que d'écraser la vermine qui nous ronge, nous allons l'enrichir et la pousser vers des peuples qui ne nous ont rien fait !... Nous hurlerions au scandale s'ils nous faisaient cette vilenie ! »

— Les clauses de ce double traité sont simples. Et je puis vous dire que nous avons adopté Clermont, en Auvergne, comme lieu de réunion... Quand ce proto-cole sera conclu, les routiers auront six semaines pour traverser la France et gagner les Pyrénées en s'arrêtant le moins possible et en s'abstenant du moindre excès. Dès qu'ils auront franchi les montagnes, ils ne devront en aucun cas rebrousser chemin sauf pour deux rai-sons : soit le renouvellement de notre guerre contre Edouard et son fils, soit le cas d'une nouvelle discorde entre les comtes de Foix et d'Armagnac pour leurs droits sur le comté de Bigorre... Jean d'Armagnac est un hutin et Fébus, malgré ses parures, est aussi peu respectable qu'un routier !... D'autres petites clauses complèteront ce pacte. Henri de Trastamare assumera ses obligations : il m'engagera sa foi et son hommage ainsi que la foi et l'hommage de son frère Sanche, et ceux de tous les chevaliers espagnols qui les accompa-gnent.

— Soit, sire.

C'était, songea Tristan, accorder une confiance outrancière à des hommes sans foi ni loi.

— D'autre part, moi et mon conseil avons fixé la

nature et la quotité des sacrifices que la France est tenue de s'imposer soit en faveur de messire Henri de Trastamare et de sa famille, soit au profit des gens de sa suite, tant à cause des nécessités de cette entreprise que dans le cas de son échec... Moult gens d'armes de chez nous veilleront à l'acheminement des routiers.

« Ils n'en feront, s'ils le veulent, qu'une bouchée. Comment être si bête ? »

— Etes-vous assuré, sire, qu'en arrivant en Espagne, votre... protégé trouvera aide et compréhension ?

— Pierre IV d'Aragon lui a garanti son appui, concours et finances[1]. Quant à messire Arnaud de Cervole — pour y revenir —, c'est lui que nous déléguerons pour nous représenter auprès du comte de Trastamare avec ses hommes d'armes... Y voyez-vous une objection ?

« Ai-je trahi mon dépit et mon courroux ? » s'interrogea Tristan. « Cervole et le Trastamare !... Qui se ressemble s'assemble ! »

— Non, sire... Je ne saurais objecter quoi que ce soit.

---

1. A cette époque, le roi d'Aragon était loin d'être décidé. Ce ne fut qu'en octobre 1363, après un an de négociations et deux traités successifs, qu'il consentit à s'unir à Henri de Trastamare pour détrôner à frais communs le roi Pedro et partager ses dépouilles. En attendant le commencement des opérations, les compagnies demeuraient inactives et, fin novembre 1362, certaines revinrent en France où l'un des cas prévus par le traité de Clermont commençait à se réaliser : les unes prirent parti pour le comte de Foix, les autres pour le comte d'Armagnac. Quand cette guerre s'acheva, vainqueurs et vaincus se réconcilièrent et *renoncèrent à retourner en Espagne*, de sorte que sachant cela, ceux qui y séjournaient encore, oubliant leurs serments, revinrent en France pour y ravager l'Auvergne. Le 17 avril 1363, le comte de Tancarville fut contraint de prescrire, en Bourgogne, des mesures nécessitées par leur approche.

— Allons, ne prenez pas cet air consterné !... Il subsiste des malandrins entre Saône et Loire, et leur hardiesse est grande à ce que l'on me dit. Il va de l'intérêt de la France qu'ils se joignent à ceux de Brignais et descendent, eux aussi, en Espagne[1].

Quelqu'un, sans s'annoncer, poussa la porte.

— Ah ! Jean... Vous avez mis du temps pour revenir céans.

— C'est que ces chevaucheurs, sire, entre deux propos, lampaient dru et fort... et qu'il eût été malséant de les interrompre soit dans leurs libations, soit dans leurs commentaires.

L'homme qui venait d'entrer, vêtu sévèrement d'un jaque de cuir noir et de chausses grises plongeant dans des heuses crottées, sans éperons, était grand, barbu et si fortement déhanché que Tristan, qui pourtant ne l'avait jamais vu, lui donna immédiatement un nom : « Boucicaut[2] ». Il était ceint d'une épée à la prise habillée de fil de cuivre tressé, au pommeau semblable à une grosse noix, aux quillons plats, forgés en fer de hache et à très forte lame, à en juger par la largeur et

---

1. Lire en annexe III : *Comment les routiers respectèrent le traité de Clermont.*

2. Jean Ier le Meingre de Boucicaut (?-15 mars 1372) avait obtenu le bâton de maréchal de France à la mort du comte de Clermont, seigneur de Chantilly. Il fut créé, en 1360, lieutenant-général au gouvernement de Touraine et participa à la plupart des grandes et difficiles négociations des règnes de Jean II et Charles V. Le surnom de *boucicaut* lui avait été donné à cause d'un léger défaut qu'il avait à la taille et ce sobriquet était devenu le nom patronymique de sa famille. Ses qualités de plénipotentiaire allaient de pair avec sa bravoure. En 1339, il se distingua en Flandre dans la guerre contre Jean de Hainaut. En 1355, il provoqua Edouard III au nom du roi de France, évidemment sans résultat, et dans la guerre d'embuscades qu'il livra aux Anglais juste avant Poitiers (19 septembre 1356), il fit merveille jusqu'à ce qu'il fût contraint de reculer à Vierzon (29-30 août 1356). Il était l'époux de Florie de Lignières, dame d'Escoubleau et de la Berrinière, dont il eut deux fils : Geoffroy et Jean, le célèbre Boucicaut.

l'épaisseur du fourreau gainé de velours cramoisi semé d'étoiles d'argent.

— Jean le Meingre, que j'ai mandé car ses conseils sont toujours sages. Castelreng, dont je vous ai dit, ami, qu'il avait vu de près les routiers.

Tristan s'inclina ; Boucicaut se contenta d'un petit mouvement de la tête, et tourné vers le roi :

— Voilà ce qu'ils m'ont dit... Le gouverneur de Bourgogne, Henri de Bar, qui redoute la survenue de deux milliers de malandrins, a prescrit les mesures qui s'imposaient, et cela depuis la mi-avril. Tous les baillis ont été informés de la défaite de Brignais et sommés de renforcer leurs forteresses, d'abattre les fours et moulins, de mettre les bestiaux à l'abri... Il semble que Henri de Bar soit toujours à Chalon... Tancarville a députe Guillaume d'Aigremont[1] à la Ferté-sur-Grone[2] pour enjoindre aux routiers qui s'y trouvent de faire place nette, sans quoi, il la ferait... La crainte de se trouver esseulés, sans l'appui d'aucune autre compagnie, les rendra accessibles à tous les accommodements... D'autre part, le dernier jour d'avril, Jean de Chardoigne, un chevalier bourguignon, est parti de Dijon à la Bourde-de-Reulée et à Fontaine[3] pour sommer les Bretons qui effrayent le pays de déguerpir !

— Fin avril, Boucicaut !... Et nous sommes à mi-juin ! Ce chevaucheur a dû muser sur son chemin !

— Non, sire... Il fut le prisonnier d'une petite herpaille. Il a pu fuir après quatre semaines...

— Il a pu fuir !... Qu'en dites-vous, Castelreng ?

— Je dis, sire, que s'il avait été à Brignais, jamais il ne serait parvenu à ses fins.

---

1. Le 26 avril 1362.
2. C'était une riche abbaye du Chalonnais.
3. La Borde-au-Château, près de Mursange, en Côte-d'Or.

— Bien ! Bien ! Je n'ai point eu la moindre intention d'offense !

— Je sais, sire...

— Quel dommage, vraiment, dit Jean II en s'adressant toujours à Tristan, que les nouvelles de mon royaume me parviennent si lentement !

Et à Boucicaut :

— Vous l'ignorez, bien sûr, puisque vous n'êtes pas toujours à Vincennes, mais n'a-t-on plus de coulons ici et à cent lieues à la ronde pour nous envoyer vivement des messages ?

— Hélas ! sire, ceux de Vincennes et du Louvre sont rares, à ce qu'il paraît... Et puis la misère est si grande et il y a des archers habiles... Et tellement de faucons, de gerfauts et d'autours dans le ciel... Gens et rapaces ont faim...

— Poursuivez, Boucicaut.

— Le 11 mai, à ce qu'il paraît, un autre chevalier — pardonnez-moi, sire, d'avoir oublié son nom — est allé demander à Lyon du Val, un coquin, de s'escamper avec ses hommes et de se rendre à Dijon pour s'y entretenir avec le gouverneur...

— Je le connais !... Il a rendu naguère à mon fils les châteaux de Juilly et de... de... d'Oissery à condition qu'il le nomme son huissier d'armes. Or, quelques mois auparavant, il avait réuni les manants de tout un village et les avait cramés dans l'église[1]... Faudra-t-il négocier ?

— Je le crains, sire !... Et j'ajoute qu'un chevalier, Henri Spic, dont je ne sais rien, a été nommé, je ne

_____

1. C'était l'église de Thieux. A la tête d'une escorte de 24 hommes et chevaux, Lyon du Val se rendit à Dijon où il demeura trois jours dans le meilleur hôtel de la ville, et débattit avec le gouverneur et les gens du conseil ducal des conditions du traité à la suite duquel il viderait les lieux.

sais par qui, capitaine de Pontailler-sur-Saône... Or, il commande à une petite armée de Bretons sanguinaires... Les gens de cette cité les vomissent...

— Il va falloir faire en sorte qu'ils s'en aillent... Ne peut-on les offrir à messire Guesclin ?... Ce sont gens de la même espèce et nous sommes bien aise que ce maraud nous serve... Il convient que ce Spic ou cet aspic s'en aille[1] !

Et Jean II rit, se trouvant de l'esprit. Il ajouta tel Crésus au temps de sa splendeur :

— Quelques bourses d'or sauront les disperser.

« De l'or grapillé chez les bourgeois et les pauvres », songea Tristan, « et rien ne prouve que ces maufaiteurs partiront ! »

— Vous semblez douter qu'ils s'en iront, Castelreng. Peut-être sont-ils déjà loin de ce... ce Poulailler !

— Pontailler, sire... Pardonnez-moi d'avoir des doutes... Je les ai trop approchés... Vous parliez d'aspic ? Tous ont la langue fourchue.

— C'est vrai, grommela Boucicaut, mais, jeune homme, vous connaissez tout aussi bien que moi l'état de notre malheureux pays. Notre seule ressource et notre seule espérance, ce sont ces accords avec ces enfants de Satan. Et croyez-moi, je préférerais leur courir sus l'épée haute, à l'avant d'une chevalerie bien

---

1. Spic négocia avec son écuyer, Jean de la Barre, les conditions de son départ, le 13 juin 1362, à Dijon. Quelle qu'ait été l'issue favorable de ces négociations, ces brigands s'en allèrent pour réapparaître avec d'autres. Pendant les mois de juin et de juillet, plusieurs détachements de la grande compagnie dévastèrent la Bourgogne. Pour comble de malheur, des trahisons se multiplièrent. En juin, Perrin d'Athies voulut livrer Semur-en-Auxois, puis ce furent Girard de Mairey et Jacques de Baudoncourt. Toutes les routes appartenaient à la racaille. Jean II envoya au secours de la Bourgogne le connétable Robert de Fiennes et ses troupes avec ordre de faire jonction avec le maréchal de Tancarville. Aucune trace de l'Archiprêtre, mais ses hommes, de l'aveu même de son hagiographe, Aimé Chérest, « *abusaient de son absence* ».

fournie en prud'hommes et en armes, que d'aller au-devant d'eux avec une écritoire, des tabellions et des clercs !

Le roi acquiesça mollement. Un faible, pénible et tremblant sourire ne rendit que plus ingrate et maussade la physionomie de ce continuel perdant :

— Assez parlé de choses déplaisantes, Castelreng. Au mois d'août, je partirai pour Avignon. Vous m'accompagnerez... Nous serons nombreux... Mon fils redeviendra lieutenant-général du royaume en mon absence... Oui, oui, je sais ce que vous alliez répéter... Nous annulerons ce mariage... Faites-m'y songer quand nous serons devant Sa Sainteté...

Puis, tourné vers Boucicaut, qui sûrement connaissait tous ses desseins :

— Si je le pouvais, je suivrais ces malandrins en Espagne... Je les pousserais jusqu'à Calahora. Quel plaisir j'aurais d'y retrouver Robert le Coq, pour lequel j'ai tant fait et qui m'a tant trahi avec *el malo*, mon gendre !... Il est évêque en cette ville... Je le ramènerais à l'évêché de Laon et là, je le ferais prendre !... Mais approchez, Boucicaut !... Dites-moi ce que vous pensez de ce donjon...

Tristan devina qu'il ne comptait plus. Il prit congé à reculons. Sitôt hors de la librairie, il exhala un grand soupir.

* *
*

— Comment est-il ? demanda Paindorge sans empressement.

— Pareil à une nef démâtée à l'issue d'une tempête. La carène est encore bonne mais il n'y a rien dedans hormis l'amertume.

— Adoncques, ce n'est plus notre suzerain mais une épave.

Paindorge disait juste. Il avait entrevu le roi lors de son arrivée sous le porche d'entrée de Vincennes. Il s'était étonné qu'il se tînt si mauvaisement en selle sur un coursier noir « fort et courant ». Et de confier à ses compères, sitôt après son passage : « *Avez-vous vu, les gars, il monte à la genette* [1] *!* » Jean II était-il aussi bon chevalier qu'il le voulait paraître ?

— Son La Cerda chéri lui manque toujours, dit Buzet. Il ne se console pas de son trépas. C'est ce qu'on raconte aux quatre coins du château.

De la main, Tristan éloigna les propos du jeune cranequinier : les amours extraordinaires de Jean II le laissaient indifférent, bien qu'à observer si peu que ce fût les façons du roi, il n'avait jamais douté de ce que les malebouches prétendaient. Afin d'éviter quelque désagrément — puisque des gens de toute sorte passaient autour d'eux —, il pria ses compagnons d'éviter les vilipendements à voix haute et leur annonça la nouvelle :

— Au mois d'août, je dois suivre le roi en Avignon.

— Nous irons avec vous, dit Paindorge, assuré de l'acceptation de tous.

— Bien... J'aurai l'occasion de galoper jusqu'au châtelet de mon père... avec vous, évidemment.

— Soit, messire. Et ce mariage ? demanda Calloet.

— Le roi le fera dissoudre par le pape.

— A quoi bon vous soucier du Saint-Père, dit Morsang, un trait de blanc dans sa barbe. Il est déjà dissolu.

— Dissous, pas dissolu... Mathilde était dissolue. Mais que veux-tu dire ?

Il s'était donc passé quelque chose, à propos de

1. Monter avec des étriers très courts.

Mathilde, dont les cinq hommes n'avaient point tenu à l'entretenir.

— Eh bien, voilà, dit Calloet, mieux vaut que vous le sachiez... Quand on a eu quitté Montaigny, les soudoyers de la dame se sont lancés à notre ressuite... Nous, en chemin, on a entendu ses cris... On l'a trouvée, nue ou presque. Buzet, le seul d'entre nous qui n'en avait pas... tâté en a profité.

Tristan se tourna vers le cranequinier. Il n'était ni fier ni vergogneux de l'acte qu'il avait commis. Une fois de plus, Mathilde s'était montrée hardie, imprévisible.

— Je ne l'ai pas violée, dit-il. Ça serait plutôt elle qui s'est jetée sur moi en me suppliant de la réchauffer... Cette pute, elle aurait aimé qu'un ost tout entier lui passe sur le corps... J'ai ouï des galops pas très loin. J'ai sauté en selle et suis parti... Il y avait des épiniers... J'ai arrêté mon cheval et j'ai vu Panazol, Jabeuf, Herbulot... Ils devaient la détester... Eux, croyez-moi, ils ne l'ont pas forniquée : ils en avaient trop coutume, sans doute. Ils lui ont demandé où elle cachait son trésor... pas ses trésors, qu'ils connaissaient et voyaient encore comme je vous vois... Elle a refusé de leur dire... Alors, ils ont été pris d'une sorte de forcennerie et l'ont occise.

Buzet s'interrompit, laissant implicitement la parole à Beltrame :

— Oubliez cette carogne, messire. Sans quoi, on serait déçus.

« Pauvre Mathilde ! » songea Tristan.

Au plus aigu, parfois, de la détestation, il lui était arrivé de la plaindre. Il y avait, disponible en elle, une hardiesse tellement *naturelle* assortie à une volonté d'exister si impérieuse, qu'il lui fallait, pour se sentir à l'aise, les dilapider dans la volupté. De son réveil à son coucher, elle était simplement et nuement un corps avant que d'être une âme revêtue de chair et d'os. Pour elle, la caresse devait succéder à l'égratignure, le soupir de contentement à la plainte hargneuse ; la haine sans faiblir affleurait l'amour.

Afin d'éprouver dans leur plénitude tous les délits[1] et vertiges des sens, elle s'acharnait dans des pâmoisons d'autant plus épicées que les précédentes lui avaient semblé, par d'obscures comparaisons, incomplètes ou imparfaites. Aussi conjuguait-elle la perversité et la bénignité, le cri et le murmure, l'iniquité[2] et la religiosité — car il lui était advenu, au sortir précipité du lit, de se jeter sur son prie-Dieu pour implorer le pardon de ses débordements rehaussés de suppliques irrémissibles. Qu'il éprouvât, lui, Tristan, une douloureuse pitié envers cette *malade* apparaissait comme la juste conséquence d'un décès ourdi par la crapule et dont il se fût méprisé de se réjouir : Mathilde l'avait sauvé du bûcher.

— Un trésor, dit-il. Je l'ai entrevu. Il était sous son lit. Panazol le trouvera sans peine... Que cet or et ces joyaux lui portent malheur ainsi qu'à ses compères !

Il soupira. Le chantier de Vincennes, bruyant et animé, lui déplaisait. Castelreng lui apparaissait, par opposition, comme un lieu serein où, en toute saison, il faisait si bon vivre qu'il enviait son père, lequel avait pu, de sa jeunesse à sa maturité, tracer le sillon d'une main et de l'autre tenir le glaive.

« Moi, et pour mon regret, je ne suis qu'un guerrier. »

Partir ? Impossible après son entrevue avec Jean II.

---

1. Délices.
2. Dans l'acception ancienne : corruption des mœurs, dépravation, état de péché.

Impossible également après avoir invité ses hommes à se rendre eux aussi en Avignon. Long cheminement qui, peut-être, le rapprocherait d'Oriabel et de Tiercelet...

Des hommes passaient, soutenant deux par deux des poutres. D'autres poussaient des fardiers aux roues basses sur le plateau desquels tremblaient quelques pierres sorties des mains des tailleurs, les unes épannées, les autres portant çà et là les griffes des ciseaux. Ici, une charrette s'arrêtait, chargée de paille plus haut que ses trésailles[1] ; là, un haquet tiré par deux limoniers s'immobilisant devant l'échansonnerie, et quatre hommes s'empressaient d'en incliner l'arrière et d'en rouler les tonneaux transportés depuis quelque port de Seine ou de Marne. Partout l'on s'activait dans l'immense cour plate où de loin en loin scintillait l'eau d'une auge, d'un abreuvoir ou d'une jonchée de graviers apportés, ruisselants, des sablières d'Ivry. Des cris montaient, entremêlés de rires, avec un flux, un reflux de marée, troublant parfois le sommeil des hommes qui avaient œuvré nuitamment et qui se reposaient sous quelque auvent d'une maisonnette où s'empilaient des sacs, des moellons équarris, des caisses emplies d'outils neufs — ciseaux, asseaux, marteaux, becs-d'âne, piochettes, truelles. Plus loin, sur le seuil de l'écurie du roi et des nobles hommes, des fienterons[2] balayaient ou amassaient des litières de paille souillée cependant que des fenassiers[3], à grandes fourchées, dégageaient le fourrage d'un tombereau. Dans les recoins ombreux, chargés de quelque surveillance — celle d'une litière aux brancards vides ou celle des

1. Ridelles.
2. Valets chargés de nettoyer les étables et de ramasser les ordures.
3. Ouvriers dont la tâche consistait à amasser le fourrage et à le déposer dans les écuries.

moutons destinés à la mangeaille —, des enfants jouaient aux osselets. Des montreurs d'oiseaux, des marchands de remèdes, leur éventaire sur le ventre et la besace au dos, des femmes qu'on pouvait prendre pour des vacelles[1] et qui, sans doute, étaient des follieuses en quête d'un homme et d'un creux de ténèbres, allaient, venaient, jabotaient, tandis que çà et là quelque mendiant au sortir d'un bouge fétide clopinait, offrant sa main en creux ou sa sébile aussi sale qu'elle à qui la voudrait bien regarder.

Lorsqu'il se penchait au-dehors de sa tour d'ivoire, Jean II voyait-il son peuple ? Flairait-il son odeur ? Soupçonnait-il sa misère ? Car, hormis les riches vêtements des prud'hommes et de leurs dames assez rares, tout, céans, n'était que penailles, et si les estomacs avaient pu s'exprimer, le roi eût pu ouïr un gargouillement énorme et inextinguible.

« Et moi », enragea Tristan. « Moi qui ne fais rien, cet été. Mes gars et moi ne faisons rien !... J'en ai, ma foi, de la vergogne. »

Les soins donnés aux chevaux et les repas pris ensemble, même s'ils se prolongeaient, ne parvenaient pas à combler la vacuité de ses journées. Ses courtes ou longues songeries ne compensaient aucunement un besoin de mouvement d'autant plus vif, et même exacerbé, qu'il s'était généré — ou régénéré — lors de deux captivités successives : Brignais et Montaigny. La compagnie de Buzet, Calloet, Paindorge, Beltrame et Morsang, assaisonnée d'une sorte d'amitié aussi âpre que leurs personnes, ne pouvait lui suffire. C'étaient, sauf Paindorge, des rustiques, et il n'ignorait point que sans beaucoup chercher dans leur vie, il y eût découvert quelques-unes de ces rudesses qui

1. Fille d'auberge, serveuse.

composaient l'existence de tous les hommes d'armes. Le fait qu'il les eût apprises n'aurait rien changé à leurs relations. Leurs batailles avaient été parfois les siennes. Morsang et Calloet avaient reçu leur baptême du sang à Poitiers où ils s'étaient connus dans la fuite. Qui avaient-ils servi ? Le diraient-ils un jour ? Buzet et Beltrame avaient survécu à diverses embûches en Bretagne. Du service de qui s'étaient-ils déliés ? Ils avaient clos et verrouillé la porte d'un passé qui, peut-être, les eût déshonorés bien qu'il parût parfois, à les entendre, qu'ils ne fissent aucun cas de la moindre vertu. Et s'il n'éprouvait, lui, leur conduiseur, aucune curiosité à l'égard de ce qu'ils avaient accompli, la réciproque était la même : aucun d'eux ne cherchait à percer le mystère d'une mélancolie qui portait un nom de femme.

— Voyez qui vient vers nous, messire, dit Paindorge. Il claudique fort !

— Le maréchal de Boucicaut.

— On dirait, fit Buzet, qu'il vous a à la bonne.

Redressant fièrement sa taille contrefaite, Jean le Meingre se hâtait.

— Ah ! vous êtes toujours là, Castelreng.

Tristan s'attendit à tout : soit une nouvelle mission dangereuse, soit l'annonce d'un événement funeste où il serait impliqué. Avait-il commis quelque manquement à la bienséance lorsqu'il s'était trouvé en présence du roi ? Non, il se méprenait sans doute : Boucicaut paraissait heureux et sa voix sonnait clair. Il tempéra sa méfiance car cet homme peu avantagé par la nature et qui semblait avoir un cœur vif et sauvage, riait en s'approchant :

— Le roi, chevalier, m'a confié que vous étiez fort démuni lors de votre venue... Ah ! certes, il ne vous a point vu, mais Jean Chalemart le lui a dit. Il m'a prié de vous rejoindre et de vous pourvoir d'une armure de fer... Vous sortiez ?

— J'allais me désengourdir les jambes en attendant midi. J'aime à faire soit à pied, soit à cheval, le tour de Vincennes.

— Eh bien, ce sera pour plus tard. Suivez-moi à l'armerie.

— Volontiers, dit Tristan. Mon écuyer peut-il venir avec moi ?

Il désignait Paindorge, ahuri.

— Cela va de soi. Nous verrons, même, si nous trouvons pour lui quelque jaque ou haubergeon, car il me semble aussi dénué que vous.

Tristan songea : « Je me dois, avant ce soir, de dédommager nos compères, sans quoi ils nous en voudront : à moi d'avoir promu Paindorge quasi-écuyer, à lui d'avoir obtenu par mes soins un avantage en nature. Mais quoi ? Un autre soudoyer se serait-il trouvé à sa place que j'eusse dit la même chose. » De cela, il n'eût pu jurer. Il avait préféré d'emblée Paindorge aux quatre autres. De caractère ouvert, il était son aîné de dix ans ; il n'avait cessé, depuis sa jeunesse, de guerroyer dans l'armée de Jacques de Bourbon, non par goût des combats mais par nécessité : au moins là, on mangeait et dormait son content, disait-il, sans souci qu'on pût aussi mourir. C'était un Parisien de belle charnure, avec une tête aux cheveux ras, et dont le nez petit et les oreilles collées aux tempes lui faisaient une face lunaire. Il ne parlait qu'à bon escient, buvait et mangeait modérément et passait ses loisirs à l'entretien des armes. Certes, il était loin de valoir Tiercelet, cette création de la Providence, mais il serait un écuyer convenable.

A la suite de Jean le Meingre, ils durent repasser par la barbacane d'entrée, franchir le pont de pierre jeté sur le fossé où stagnaient des mares d'eau pâle, et traverser la grande cour. Là se croisaient, dans un bruyant désordre, quelques chevaliers, la lance à l'épaule, sur des coursiers sans parures, des arbalétriers se formant en compagnie, des palefreniers conduisant des chariots de fourrage et des hommes œuvrant à des tâches diverses : terrassiers, charpentiers, forgerons, fourbisseurs.

— Vous plaisez-vous céans ? demanda Boucicaut.

— Je me plairais davantage, messire, à me revancher sur les routiers qui m'ont pris ou à guerroyer contre les Goddons, qu'à traîner tout le jour mon désœuvrement et à regarder monter vers le ciel ce donjon énorme et redoutable... L'on m'a déconseillé d'y aller pour ne pas alentir, ne fût-ce qu'un moment, la tâche des ouvriers.

— Cela, ce sont les injonctions de Raymond du Temple. Mais avez-vous vu déjà un chevalier s'incliner devant un architecte ?... Vincennes deviendra un château grandiose... Moi, je trouve le Louvre lugubre. Et vous ?

— Pareillement... Mais pour tout vous avouer, messire, je rebâtis souvent dans mon esprit les tours de Carcassonne et de Castelreng, le châtelet où je suis né ; celles de Mirepoix, Caudeval, Montaragon... et le grand donjon de Roquetaillade.

Boucicaut ne crut pas utile de répondre. Tristan se porta à la hauteur du maréchal. « Oui, je me plais à Vincennes, même si j'y vis comme un palefrenier, mangeant avec le commun et dormant sur la paille. » Il regardait droit devant lui, la senestre appuyée sur le pommeau de sa Floberge. Ailleurs, et bien qu'il lui fût difficile d'en juger puisqu'il ne disposait d'aucun élément de comparaison, il se fût langui, désespéré de l'absence d'Oriabel. Ici, il se sentait en accord avec ces tours, ces murailles, ce donjon incomplet et déjà véritablement royal. L'impression non seulement sereine, mais héroïque qui se dégageait de ce colosse avait pour lui des vertus de grandeur et d'immortalité. De plus, il vivait au cœur d'un grouillement pacifique et quelquefois joyeux. Que la plèbe ou la noblesse fût responsable de cette joie, certes fugitive et superficielle, mais belle à observer sinon à partager dans ses manifestations toujours simples et inattendues, adoucissait les plaies de ses malaventures.

— J'aime aussi comme vous les tours de Carcassonne. Ceux qui vivent en dedans, chevalier, n'ont rien à craindre des routiers... Ceux qui vivent au-delà feraient bien d'aller y trouver refuge dès maintenant... Le roi pense assagir les Tard-Venus et les pousser vers l'Espagne. Créer, pour ce Trastamare que je n'aime guère, une grosse compagnie, la *gente blanca*, la Compagnie blanche... Les hommes porteront la croix sur leur poitrine...

— Rouge sang.

— Eh oui, compère... Je vois qu'on se comprend... Après la pestilence noire, ce peuple mal heureux qui ne nous a rien fait va subir ce que les Goddons nomment la *red plague* : la peste rouge... Voyez-vous, je souhaite que ni vous ni moi ne franchissions les Pyrénées... Certes, ostoier[1] contre Pierre le Cruel, c'est aussi combattre ses alliés, les Anglais, mais en des champs qui ne sont pas nôtres... Je crois que si j'étais contraint de guerroyer en Espagne, la joie des victoires que je pourrais y remporter se ternirait d'armertume. Cette fausse grandeur, c'est bon pour...

— Audrehem ? suggéra Tristan.

Allusion risquée. Il s'attira un rire.

1. Guerroyer dans l'ost.

— Nous y voilà, dit Boucicaut. Regardez-moi cela !

Bien qu'ils en fussent distants d'au moins cinquante toises, le maréchal s'était arrêté pour admirer le donjon comme il l'eût fait d'un géant immobile, d'une force et d'une carrure à couper le souffle. Comme chaque fois qu'il passait à proximité, Tristan considéra le sommet inachevé du colosse, puis l'enceinte carrée, talutée, entièrement couronnée par un crénelage à mâchicoulis et flanquée, à ses angles, de quatre grosses tourelles en encorbellement, à deux étages, également crénelées. En avant de l'entrée, ouverte dans un châtelet encadré dc dcux portières rondes, le pont-levis baissé se trouvait enserré par deux échauguettes. Et au-dessus de ces défenses s'élevait le formidable cube de pierre, lui aussi flanqué de quatre tours cylindriques dont l'érection se poursuivait conjointement avec les aménagements intérieurs.

— J'ignore si vous le savez, mais il y aura, compère, au nord d'une de ces tours, un ouvrage carré ou rectangulaire — je ne puis vous en dire davantage — destiné à supporter des engins capables de battre le fossé et les abords de la courtine voisine du château... Et ce que j'ai appris, encore, c'est que ce donjon aura vingt-six toises[1] de haut et trente-trois du fond des douves qui le contourneront. Six étages voûtés... Un chemin de ronde ceinturera le sixième... Pour moi, c'est la huitième merveille du monde !

C'était peut-être exagéré, mais la joie de Jean le Meingre, disant cela, était belle à voir. Il en avait redressé sa taille et pour un peu, il eût salué *sa* merveille de son épée.

— J'aime ces murs crestelés et cette tour bien bataillie[2] !... Venez.

1. 52 mètres.
2. « Ces murs crénelés et cette tour bien défendue. »

— Et le Château-Gaillard, messire ? demanda Pain-dorge.

Plutôt que de le rabrouer pour s'être immiscé dans un entretien auquel il n'était pas convié, le maréchal lui tapa sur l'épaule :

— Pourquoi voudrais-tu que j'en parle puisqu'il est anglais de naissance ?

L'ombre des tours portières les ensevelit. Ils traversèrent un ponceau et fléchirent le buste tandis que Boucicaut grommelait contre les huissiers qui avaient laissé la herse à demi baissée.

— Mordieu ! Croient-ils que les Goddons vont nous assaillir cette nuit ?

Le portail franchi, une cour se présenta où se dressaient quelques échafaudages. Des maçons, des tailleurs de pierre et d'images y œuvraient de la truelle ou du ciseau, et si midi vidait la grande cour du château, ici c'était encore l'animation des hommes de peine, les cris et les appels assourdis par les tintements des marteaux, les grincements des scies à bois ou à pierre, les heurts des planches et soliveaux portés sur l'épaule et basculés au sol ; les couinements des poulies au bout de leur garouennc ct parfois, dominant le tout, les imprécations des charretiers tirant les brides d'un mulet attelé à quelque binard lesté de gros moellons ou d'un charreton alourdi de mortier, de sable ou des débris de pierres, madriers et graviers qui jonchaient le pavé gras. Tristan entrevit des visages maussades, et même hostiles ; cependant, la plupart des ouvriers semblaient indifférents à la venue de ces trois hommes dont le plus âgé les avait salués d'un geste large et amène.

— Voyez, dit Boucicaut en désignant le châtelet de défense, il nous faut monter dans cette tour. Ensuite, pour pénétrer dans le donjon, nous emprunterons ce petit pont et ce pont-levis, à hauteur du premier étage...

Paindorge et Tristan échangèrent un regard enjoué.

— Peut-être, monseigneur, dit Paindorge qui s'enhardissait, aimeriez-vous vivre continuellement à Vincennes.

— Dieu m'en préserve ! J'aime trop mon épouse, mes enfants et mon château pour demeurer en ce lieu, si plaisant et rassurant soit-il.

Ils s'engagèrent dans la volute d'un escalier dont le maréchal enjambait les hauts degrés d'un pas ferme :

— Vincennes défiera non seulement le ciel, mais Windesore et Westmoutiers... Parfois, je me demande si un châtelet de bois et de grandes victoires ne vaudraient pas mieux que cette beauté de pierre et nos échecs !

Avant d'entrer dans le donjon, Boucicaut s'arrêta au milieu de la passerelle et observa les ouvriers comme un amiral eût assisté, du haut de son château de poupe, aux manœuvres de ses mariniers. Deux hommes l'observaient, immobiles aussi, qu'il salua, la main sur son chaperon. Tristan connaissait l'un d'eux : Aubriot ; l'autre, uniformément vêtu de noir, du galeron [1] jusqu'aux heuses de daim ou de chevrotin, roulait lentement un grand parchemin et le glissait dans le tube de cuivre maintenu serré sous son aisselle.

— Raymond du Temple auquel nous devons ce donjon... *Du Temple !*... Mais quoi, nous savons tous que ces gens-là savaient aussi bien empiler les pierres que les pièces d'or et d'argent !... Quant à Hugues Aubriot, je l'aime bien. On prétend çà et là que c'est un hérétique... Parce qu'il s'est enjuivé un peu trop... Moi, cela m'est indifférent : il sert le roi bonnement, bellement... N'est-ce pas suffisant ?

1. Sorte de chapeau de feutre quelque peu semblable à celui que portait Louis XI.

— Si, messire, dit Tristan.

Le seuil du donjon était gardé par deux vougiers qui, vu la chaleur, ne portaient ni mailles ni cuirasse de fer, mais une cotardie de drap bleu que la sueur assombrissait sous le cou et les aisselles.

Tristan lut, entre les tranchants de leurs armes, cet avertissement tracé à la craie sur la conteine de la porte :

Defanse d'entré sou paine de mort

— La mort, dit Boucicaut, est chez nous tellement familière, d'où qu'elle vienne, qu'il semble que les plus ignares des hommes d'armes et des manants soient capables de l'écrire sans faute !

Puis, insistant sur l'intérêt que le roi portait à sa collection d'armes tout autant sinon plus qu'à celle de ses livres, il tira une clé de son haut-de-chausses et l'engagea dans une serrure ouvragée dont le foncet représentait, entouré d'un orle de fleurs de lis, le roi Jean à cheval galopant l'épée haute.

— Allez, entrez... Ne perdons pas de temps, Castelreng !... Le roi pourrait se raviser : il est avaricieux de tout ce qu'il possède...

La lumière pourtant profuse de midi franchissait à peine les fenêtres. Tristan ne vit tout d'abord que la longue tige du pilier central qui, après une blanche envolée, se ramifiait en de multiples nervures jusqu'aux voûtes lambrissées dont le chêne avait, çà et là, de ténébreuses lueurs. Ses yeux s'étant accoutumés à l'obscurité, il put distinguer, sous les excroissances blêmes des culs-de-lampe qui soutenaient l'extrémité des grandes arches de pierre, des écus suspendus par leur guige et dont les blasons vernissés brillaient faiblement. Il reconnut celui du duc de Bretagne : *échiqueté d'or et d'azur à la bordure de gueules, au franc canton d'hermine brochant*. Or, la Bretagne était qua-

302

siment anglaise... Il baissa la tête, n'osant à peine croire que le roi, dans un accès de largesse dont Boucicaut s'ébahissait aussi, lui eût fait présent d'une armure. Lorsqu'il la releva, il fut saisi par l'aspect solennel de cette salle haute, fraîche, hardie dans sa conception, silencieuse comme un sanctuaire dont, enfin, il osa regarder les êtres.

Quatre destriers de bois qu'on avait dû démonter pour les amener à l'étage, puis reconstituer sur place et parer de leurs sambucs et de leurs houssements[1], s'affrontaient deux à deux, laissant entre les bardes de poitrail, les flançois et les bardes de croupe de leur harnois de métal, une ruelle où Tristan s'engagea sans remuer les épaules. Tous étaient chevauchés par un homme adoubé, lance au poing, dans l'attitude d'une course imminente. On eût pu les croire vivants, mais subjugués par un sortilège dans l'ombre miroitante des aciers rassemblés là, les uns peuplant la pièce et les autres les murs. Car on trouvait, exposés sur ces derniers, des épées de toutes tailles, des piques, fauchards, couteaux de brèche, guisarmes, haches, doloires et deux ou trois corsèques aux lames déployées de part et d'autre de leur longue pique.

— Il doit bien y en avoir une vingtaine, dit Boucicaut montrant les armures en pied, figées sur leur socle, au-delà des jouteurs.

Quelque chose de redoutable sourdait de cette confrérie d'entités de fer. Leur immobilité semblait fallacieuse. On eût dit que leurs cuirasses dissimulaient des chairs, des cœurs, des souffles différents de ceux des trois intrus dont l'irruption bruyante avait troublé leur solennelle assemblée. Derrière les étroites *vues* des heaumes et des bassinets, maints regards sombres les

1. Harnois et caparaçons.

observaient, les défiaient, les interrogeaient sur l'objet de leur visite, et aucun de ces profanateurs n'eût été sans doute ébahi de voir certaines mains aux doigts couverts de mailles ou d'écailles de fer saisir soudain la prise de l'épée ou empoigner l'épieu de chasse, le vouge ou la guisarme pour les dissuader d'avancer.

— Je n'oserai jamais, dit Tristan, marchant d'une armure à l'autre et les contemplant avec un respect non feint.

Toutes étaient farouches, quoique inhabitées, superbes, étincelantes. Ah ! certes, on les soignait excellemment. Seuls certains jupons de mailles étaient dilacérés... Les mailles !... Tiercelet savait comment les assembler, les raccoutrer... Etait-ce le moment d'y songer ? De prolonger cette pensée par les craintes sempiternelles ? « Où es-tu, Oriabel, en ce moment ? Que fais-tu ? » Tel un poursuivant d'armes chevauchant de cité en château, de joute en tournoi et de guerre en guerre, il la chercherait sans trêve si elle n'était pas à Castelreng. Il en demanderait la permission au roi... à condition qu'il fût encore présent en France puisqu'on disait qu'il repasserait la mer s'il n'acquittait pas, à la prochaine échéance, la part de sa rançon promise à Edouard III.

Il buta contre un écu posé à l'envers sur le sol et montrant ses énarmes et sa guige comme un gros insecte retourné — carabe ou hanneton — eût révélé le défaut de sa carapace.

— D'où viennent ces armures ?... Toutes sont comme vierges.

— Nullement. Ces belles ont déjà servi.

— Vous en parlez comme si c'étaient des femmes, dit Paindorge... Il est vrai qu'on les pénètre...

— Plus encore que les vraies ! approuva en riant Boucicaut.

Grands heaumes dits « en pot », cervelières, bassinets ; parures de tournoi, timbres de crête composés d'un buisson de plumes de paon, d'aigle ou d'autruche ; là, un lion fantastique aux ailes éployées.

— On dirait que Merlin est passé par ici.

— Oui, approuva Boucicaut. Eh bien, chevalier, avez-vous fixé votre choix ? Celle-ci qui doit venir d'Italie avec ce plastron de fer qui tombe bas, sans baconnière ? Celle-là dont le mézail[1] arrondi semble une nouveauté. Le banneret gascon qui la portait est mat.

— Non, refusa Tristan.

Jamais il n'entrerait dans cette armure dont un large taillant, réparable à l'épaule, indiquait que son propriétaire s'était bien battu avant de succomber : il lui eût semblé violer l'intimité d'un mort.

— Messire, venez donc voir celle-là !... Elle me paraît à votre taille.

Dans l'ombre la plus dense et à même le pavement gisaient des plates mises en tas, le sommet de ce monticule étant composé d'un bassinet à bec de passereau jouxtant un gorgerin auquel manquaient la plupart des clavettes de fixation — mais les heaulmiers de Paris en vendaient[2].

— Pourquoi gît-elle ainsi ?

— Un Goddon la porta.

— Qui ?

— Je ne sais son nom. Le roi, visitant avec moi cet

1. Visière mobile du casque.
2. Afin d'assembler les pièces détachées de l'armure, on fixait, aux endroits où les fers devaient s'imbriquer, des proéminences d'acier qui saillaient dans des œillères ménagées dans la plaque suivante dont le bord était superposé ; à leur partie supérieure, ces boutons d'acier étaient perforés pour recevoir soit un crochet, soit une goupille. Plus tard, le procédé fut amélioré par un verrouillage qui, pour petit qu'il fût, n'en était pas moins efficace.

endroit lorsqu'il fut achevé et... peuplé, m'a dit qu'il ferait de ce harnois une quintaine. Il s'est ravisé... Il ne sera point offensé — au contraire — si vous l'en débarrassez.

— Une armure à la couleur d'eau, messire ! s'exclama Paindorge. Et toute simple à ce que j'en juge.

Accroupi maintenant, il dispersait les plates, appariant les bras, les jambes de fer et les gantelets et les examinant avant de les présenter à Tristan, penché.

« Elle ressemble à celle que Bagerant avait trouvée pour moi dans son butin, sauf qu'elle est peinte en bleu. »

— Goddon ou pas, je vais l'essayer. Ainsi, messire le Meingre, après ce que vous m'avez dit, je n'aurai pas le sentiment d'abuser de la bienveillance royale.

— Jean II sera heureux de votre choix, dit Boucicaut sans dissimuler son soulagement. Et de votre discernement, car il tient aux autres autant qu'à celles qu'il a dans ses appartements... Savez-vous qu'il est un homme que notre suzerain honnit autant que le roi d'Angleterre et le prince de Galles ?... Il n'est pourtant qu'un petit personnage mais c'est lui qui, quelques jours après que Jean II eut été emmené à Bordeaux, emporta dans la Grande Ile, en *ex-voto suscepto*, comme dit mon chapelain, la cotte d'armes et le bassinet que notre malheureux roi-chevalier portait à Poitiers... Ce Goddon est le chambellan d'Edouard de Woodstock. Il se nomme Geoffrey Hamelyn... S'il l'avait en face de lui, et bien qu'il soit moult plus âgé, Jean le Bon s'emploierait à l'occire.

— S'il m'advient de le rencontrer, je lui demanderai raison...

— C'est la bonne chance que je vous souhaite. Mais hâtez-vous d'essayer cette écorce de fer !... Le temps dure et je dois aller au Louvre. Aide-le, écuyer !

— C'est ce que j'allais faire, messire.

Tristan reçut des mains de Paindorge le bassinet dont le mézail était garni sur son pourtour d'une lisière de cuivre doré soulignant le menton et les joues. Il s'en coiffa. Une fois le visage clos, il se sentit à l'aise : l'air passait sans difficulté par les trous de la ventaille et du buccal. Il voyait aussi bien entre les paupières de fer qu'entre celles de la défense de tête qu'il avait portée à Brignais.

— Bien, dit-il en relevant la visière. Applique-moi, Paindorge, la cuirasse et les tassettes, puisqu'elles sont demeurées après.

Elles convenaient. Il plia un bras :

— Approche ce brassard... Le canon d'arrière-bras semble parfait... Viens près de la fenêtre... Ah ! c'est ce que je pensais : le canon d'avant-bras est un peu long... L'épaisseur du petit doigt... Regarde : la cubitière est parfaite. Nous irons voir un armurier de la Porte-Saint-Martin...

Les jambières convenaient aussi : les cuissots, d'une seule pièce, étaient solides, les genouillères bombées sans excès et leurs oreillons façonnés en cœur. La poulaine était absente des solerets. Tristan s'en trouva heureux : il détestait l'engouement des chevaliers pour les souliers pointus qu'on disait semblables à ceux qui se portaient en Pologne.

— A vous deux, dit Boucicaut, vous pourrez bien emmener toutes ces pièces.

— Certes, dit Paindorge. Mais, messire, vous m'aviez promis...

— C'est vrai, écuyer... Prends donc cette brigantine parée de velours violet... Un évêque a dû la porter à Crécy... Tu coudras sur ton cœur les armes de Castelreng et le tour sera joué !... Allez essayer lentement votre habit de fer, l'ami... Et puis, si vous voulez mon avis, allez taper à la porte de la librairie que le roi ne quittera pas de la journée... Chalemart lui a fait présent d'un livre sur les tournois. Il va s'en repaître...

— J'irai regracier le roi et vous suis reconnaissant du conseil.

— A nous revoir ! dit Boucicaut.

Il les laissa passer devant, chargés des fers qu'ils s'étaient partagés. Ils l'entendirent manier la clé dans la serrure tandis qu'ils passaient le petit pont-levis.

— Veillez bien, les gars, recommanda le maréchal aux gardes.

Tristan et Paindorge traversèrent la cour du donjon en grande partie désemplie. Si la plupart des manœuvriers s'en étaient allés avaler leurs provisions et vider leurs chopines hors de la petite enceinte, quelques tailleurs façonnaient toujours la pierre. Ils virent sans guère d'intérêt passer parmi eux Paindorge, les éléments de cuirasse coincés entre ses bras et ses flancs, et tenant dans chaque main une jambière complète. Derrière, coiffé du bassinet dont il avait relevé le mézail, Tristan suivait, chargé du reste de l'armure et de la brigantine.

— Il vous manque simplement le jupon de mailles, messire, dit l'écuyer.

— Je sais... Je connais quelqu'un qui eût été heureux de me le faire.

— Tiercelet ?

— Oui... Et vois-tu, c'était un manant, un moins que rien pour des gens de mon espèce. Et je pense à lui comme on pense à un frère... Nullement un frère d'armes, mais un frère ains-né.

— Par le temps qui court, messire, dit Paindorge, voilà un gaillard qui a une bonne chance... Vous le retrouverez, vous verrez... Et *elle* également. Vous la rencontrerez quand nous irons en Avignon...

308

— C'est ce que je me répète... Si je pouvais quitter le roi maintenant, je vous dirais à tous : « *Allons-y ! Nous partons !* » Or, cela m'est impossible.

— Evidemment, messire. Attendons le mois d'août.

— Attendons, dit Tristan, morose. Dieu qui m'a tant lâché ne peut m'abandonner encore... Allons, viens !... Si cela continue, je vais te tirer des larmes !

IV

— Messire Paindorge, voulez-vous me passer la miche de froment ?... La faim tenaille le pauvre soudoyer que je suis.

Calloet affectait une bonne humeur constante, apparemment inaltérable, mais nul ne s'y trompait : l'avènement de son compère à un rang qu'il trouvait indu le maintenait dans un état de courroux permanent. Contrairement à Morsang, Buzet et Beltrame, ce hutin qui peut-être avait ambitionné l'écuyerie ne pouvait étouffer son dépit. Allait-il s'assagir et recouvrer sa gaieté de naguère ?

« Non », songeait Tristan passablement courroucé.

Depuis qu'ils vivaient ensemble, il s'était gardé, dans ses propos, d'exprimer son intention de se pourvoir d'un serviteur particulier. Maintenant qu'il s'était nanti d'un homme lige, Calloet s'estimait méjugé par rapport à Paindorge. L'aigreur du Breton le renforçait dans sa conviction d'avoir fait un bon choix. Il se leva de la trosse de foin sur laquelle il s'était assis et fit quelques pas vers le seuil de l'écurie ; puis, se retournant, mais à peine :

— Sache-le, une fois pour toutes, Calloet : Paindorge n'a point manœuvré pour exercer un office qui, crois-tu, aurait dû te revenir. Je l'ai... baptisé écuyer afin de me rehausser dans la considération dont Bouci-caut voulait bien m'honorer. Sachez-le tous et faites-en votre profit : je me suis toujours passé, depuis mon adoubement, d'un serviteur bon seulement à porter mes armes et à me secourir quand je le jupperai [1].

— C'est vrai, ça, dit Calloet. Il y a du chien dans tout écuyer. On le siffle, on l'appelle : il accourt !

— Si c'est ton opinion, dit Paindorge, agressif, pourquoi te montres-tu si marri ? Pourquoi t'aboies ainsi ? Donne la patte et fais le beau !

On rit, sauf le Breton. Tristan pensa qu'il avait la rancune tenace. Il revint sur scs pas. Il allait mordre dans sa part de fromage quand la voix d'un héraut retentit dans la cour :

— *Messire Tristan de Castelreng !... Messire de Castelreng !*

— Holà ! fit Calloet. Vous êtes demandé, ce lundi ! La première fois, c'était le roi... Maintenant, c'est qui ? Pas notre souveraine : elle est morte... Et pas la pute de Montaigny, au cas où vous craindriez de la voir paraître, puisqu'on vous a dit qu'elle n'est plus.

— Je sais.

— La carogne, messire ! insista lourdement Calloet. Buzet l'a enconnée déterminément [2] quand elle errait demi-nue en forêt.

Le Breton semblait en vouloir à son compère, lequel lui lança un : « Tais-toi » comme il eût jeté une pierre aussi grosse que son poing levé.

— Cesse de cornemuser, Calloet, dit Beltrame, cependant que Morsang, d'un geste tout aussi mena-çant que celui du cranequinier, intimait au Breton de tenir sa langue.

1. Appeler, crier.
2. Définitivement.

Tristan avait compris : Calloet ne se vantait pas sans raison. Les autres avaient « profité » de Mathilde avant l'apparition de Buzet, retardé. Un clin d'œil de Paindorge lui signifia qu'il saurait la vérité, mais il n'en avait cure. Il avait clos le chapitre Mathilde comme il eût clos un tombeau. Il se porta d'un pas vif à la rencontre du héraut.

— Messire Castelreng, veuillez me suivre... Monseigneur le Dauphin... ou le Régent — comme il vous siéra — vous mande auprès de lui.

Tristan posa son pain et son fromage sur la paille :

— Donnez ma pitance aux oiseaux.

Puis, après quelques pas auprès d'un curial[1] à peine plus âgé que lui et tout entier vêtu de la livrée royale :

— Savez-vous pourquoi le prince Charles m'appelle ?

— Tout ce que je sais, c'est que monseigneur m'a dit de me hâter. Je l'ai trouvé soucieux... et nerveux comme rarement...

Tristan prit les augures :

— Est-ce bon ou mauvais signe ?

Sous le bourrelet du mortier, les yeux noirs du messager eurent une brillance fugitive.

— Il a reçu une visite. Une femme... Sûrement une espie[2], mais conservez cela pour vous. Elle est partie aussi vélocement qu'elle est venue. Monseigneur m'a dit aussitôt : « *Va quérir Castelreng.* » Ce que je viens de faire.

— Cette femme...

— Il m'a semblé qu'elle était anglaise. Sous son chaperon, ses cheveux ne se voyaient point. Elle était

---

1. Homme de cour.
2. Espionne.

vêtue en homme mais elle avait un cul qui révélait son sexe... si j'ose dire !... Abstenez-vous d'en parler !

— Parole de chevalier, dit Tristan. Le roi m'a fait attendre dix-huit jours une audience. Et voilà que je vais voir le régent !

— Je suis Thomas l'Alemant, son huissier d'armes... Le connaissez-vous ?

— A peine... Je l'ai salué hier sans qu'il daigne répondre à mon salut. A l'inverse de certains, je n'en suis pas tombé malade... Que va-t-il me demander ou me reprocher ?

— Vous le saurez bientôt. Mes vœux vous accompagnent.

* *
*

— Entrez, messire, entrez !... Alors, cette armure de fer est-elle à votre convenance ?

Il était enditté[1]. Qui s'en était chargé ? Son père ou Boucicaut ?

— Elle me convient, monseigneur. Messire Jean le Meingre m'a dit qu'elle était anglaise...

— Elle l'est !... Bertrand Guesclin l'a extraite pour moi de je ne sais quel charroi qu'il venait d'escarmoucher. Vous couvre-t-elle parfaitement ?

— Les épaulières sont étroites, monseigneur, mais je vais aller voir un armurier de Paris. Il la gironnera[2] dès demain en quelques coups de marteau.

— Demain, chevalier, vous serez loin de Paris.

« Holà ! » s'inquiéta Tristan. « Où veut-il m'envoyer ? »

---

1. Informé.
2. *Gironner* un élément d'armure, particulièrement une épaulière ou une genouillère, l'arrondir en le martelant.

Sur un signe du régent, il prit place entre les accoudoirs d'un faudesteuil de bois rude comme tous les meubles de cette pièce austère où le fils aîné de Jean II venait de l'accueillir avec une froideur dont il se remettait mal.

— Vous irez reporter l'armure à l'armerie, Castelreng. Mais ne vous inquiétez pas : elle reste vôtre et j'en ai préparé quittance sur le conseil de Boucicaut qui vous a recommandé à mon attention.

Le prince Charles prit un carré de parchemin scellé, posé sur la table, entre un encrier d'or et un plumier d'ébène empli de pennes d'oie coupées court, de façon qu'elles pussent entrer dedans, et l'on eût dit, à les voir ainsi agglutinées, un oiselet couché dans son cercueil.

— Confiez cet acte d'attribution à qui vous voudrez. Quand vous reviendrez — ce que j'espère vivement — mes gens ou ceux de mon père vous restitueront cette armure... Et maintenant, oyez ce que j'ai à vous dire...

Pendant que Tristan glissait la donation dans l'escarcelle accrochée à sa ceinture, le prince Charles fit quelques pas. Il avait besoin de se mouvoir pour donner plus d'aisance à sa parole. Il dit, la joue appuyée un instant contre le dormant de la fenêtre ouverte, le regard tourné vers le donjon où le labeur avait repris :

— Vous le savez sans doute, chevalier : mon père partira en août pour Avignon afin d'y disputer de choses importantes...

Et tout en remarchant, le front bas, le menton dans sa senestre, cependant que sa dextre énorme pendait sous le poids des humeurs malsaines dont elle était, au su de tous, envahie :

— Si le Saint-Père y consent, l'emprunt que le roi sollicitera...

Nouvel arrêt ; le régent parut défier son hôte du regard :

— Vous voyez que je vous entretiens de nos desseins comme si vous apparteniez au conseil...

— J'en suis fort honoré, monseigneur...

— Si le pape y consent, nous fournirons à Edouard, auprès duquel mon père a engagé sa parole royale, de quoi prendre patience...

Des arrhes. Ayant son content d'or pour quelques semaines, le roi d'Angleterre se montrerait disposé à reculer la seconde échéance d'une rançon monstrueuse qui, au-dclà du roi, dc son fils et de la Cour, tourmentait les Français, des nobles aux vilains. N'obtenant rien, Edouard III inviterait son royal prisonnier à respecter le traité de Brétigny-lez-Chartres, et pour ne pas se parjurer, Jean II serait contraint de revoir l'Angleterre.

— Mon père n'est pas mal heureux sur la Grande Ile.

Le prince, en soupirant, usait d'une litote : Jean II avait été traité par ses vainqueurs avec des égards sans pareils. Et seul le prince de Galles lui manifestait une haine constante.

— Edouard de Woodstock nous méprise... Et c'est à son sujet que vous êtes céans.

« Où veut-il en venir ? » s'interrogea Tristan.

— Vous souvenez-vous de la victoire de nos nefs et de nos hommes, en mars, il y a deux ans ?

Tristan répondit de la tête. Comment ne s'en serait-il pas souvenu ? Une petite victoire aux conséquences funèbres. C'était à se demander si elle valait la peine que le prince, à l'évoquer, se fût rengorgé comme il venait de le faire.

— Le mérite m'en revient, puisque mon père était *là-bas*.

Le régent s'accorda un sursis : à coup sûr, il se délectait encore du bon tour que, par guerriers et vaisseaux interposés, il avait joué aux Goddons.

— J'ai su prouver que la fine fleur de nos armées pouvait fouler le sol de l'Angleterre.

Au début du printemps 1360, il était parvenu à réunir secrètement quelques nefs au Crotoy. Commandés par Jean de Neuville et Pépin des Essarts, le justicier d'Etienne Marcel, deux mille hommes s'y étaient embarqués. Des vents contraires avaient empêché les actions prévues à Sandwich, Portsmouth et Southampton, mais le 15 mars, Winchelsea, l'un des ports les plus importants, avait été assailli, mis à sac et réduit en cendres. Ensuite, Neuville avait cinglé vers Calais sans pouvoir enfoncer les défenses anglaises. Il s'en était allé jeter l'ancre à Boulogne.

— On raconte, monseigneur, que lorsqu'on le prévint de ce débarquement et de ses conséquences, Edouard III devint comme fou. Il était alors en Bourgogne ; il a randonné vers Paris sans rien laisser debout sur son passage.

— A Londres, mon père apprit qu'il était venu jusque sous les murs de notre bonne cité tandis que ses nefs remontaient le cours de la Seine et que ses démons faisaient à Honfleur ce que nos guerriers avaient fait à Wesincé[1]... Mais je n'ai pas dit mon dernier mot !

Tristan se demanda si cet homme — son aîné de deux ans — vivrait longtemps et, dans cette improbable occurrence, s'il serait un grand roi. Son aspect ne serait pour rien, évidemment, dans sa renommée. « Il est aussi haut que moi, ses épaules sont larges et tombantes... » Sous le hoqueton de camocas bleu ceint de cuir noir clouté d'or, le ventre était celui d'une

---

1. *Winchelsea* ou encore : *Wincelsée, Wincenesée.*

316

femme grosse de quatre ou cinq mois. Les yeux, serrés dans des paupières lourdes, étaient pareils à des avelaines ; les lèvres exsangues : une mollesse continuelle en contrariait l'avidité. Non rien dans ce visage au nez gros et tombant, au menton pesant piqueté de barbe blonde, ne révélait le grand estoch [1], ni même une quelconque force de caractère. Ce que Tristan y découvrait présentement, c'était une sorte d'onctuosité quasiment ecclésiastique traversée de volitions, d'entêtements, de colères et de haines sourdes. A vingt-cinq ans, Charles de France semblait usé, flétri. Par une trop bonne chère ? Nullement : il passait pour sobre. Par des excès d'amour ?

Marié sitôt douze ans à Jeanne de Bourbon, aussi jeune que lui, et maintenant père de famille, il semblait qu'il fût tout aussi peu enclin aux plaisirs du lit qu'à ceux de la table. Par les alarmes et les vertiges du pouvoir ? Sans doute : dauphin à onze ans, régent à dix-huit, rien ne lui avait été épargné. Une fuite honteuse à Poitiers alors que son puîné, Philippe, demeurait aux côtés du roi Jean [2] ; une inquiétude mortelle sous le *règne* scandaleux d'Etienne Marcel. Puis il s'était accointé au roi de Navarre, et l'on disait qu'à l'instigation du Mauvais, il avait essayé d'enherber son père. Voyant la volonté de meurtre de son cousin défaillir et craignant d'être dénoncé, le Navarrais lui avait fait boire un vin empoisonné [3]. Sans doute était-ce, outre la

---

1. La grande race.
2. En pleine bataille, il s'était enfui sous bonne garde à Chauvigny. Certes, ainsi fut préservée la succession, mais quel contraste avec Philippe, qui devint Philippe le Hardi et reçut la Bourgogne en apanage.
3. En racontant la mort de Charles V, à 46 ans, au château de Beauté-sur-Marne, entre Nogent et Vincennes, le 16 septembre 1380, Froissart n'omet pas de signaler qu'il avait reçu du *venin* du roi de Navarre : « *et fut si avant mené que les cheveux de la tête lui churent, et tous les ongles des pieds et des mains, et devint aussi sec qu'un*

maussaderie qu'il dégageait, la raison de son aspect maladif, de son regard terne et de son teint blême. Pour dissimuler l'alopécie qui lui faisait un crâne aussi nu

bâton, et n'y trouvoit point remède ». Un mire venu de Rome « *amortit tout ou en partie le venin* » et fit à Charles « *recouvrer cheveux, ongles et santé* ». Il lui donna un remède qui, par une fistule qu'il avait au bras gauche, évacuait le poison, mais en précisant que lorsque cet exutoire ne le soulagerait plus, il ne disposerait que de quinze jours « *pour s'aviser et penser à son âme* ». Cette fistule suinta vingt-trois ans. Quand elle s'asscha, Charles V convoqua ses frères et leur recommanda ses enfants (Charles, Louis, Catherine). Le néfaste duc d'Anjou (qui s'était parjuré lors de sa captivité en Angleterre), second des quatre fils du roi Jean, prit le pouvoir et pilla le trésor sans vergogne.

Quant aux liens suspects qui unirent, un temps, le Mauvais et le régent, les chroniques et leurs commentateurs sont assez formels : lors d'un de ses séjours au Vaudreuil, dans la vallée de l'Eure, en 1355, Charles avait reçu le Navarrais qui l'avait convaincu sans peine que son père le haïssait. Non seulement, Charles avait consenti à quitter subrepticement le royaume, mais il avait été entendu entre les comploteurs qu'il irait demander à son oncle, l'empereur d'Allemagne Charles IV (fils de Jean de Bohême, l'Aveugle, héros de Crécy où Charles avait pris la fuite), une armée pour envahir la France et déposer son père tandis que le Mauvais ferait diversion avec ses troupes, en Normandie. Le roi Jean informé accorda son pardon aux deux complices, le 24 septembre. En vain, sous l'influence de Robert le Coq (dévoué au Navarrais), le dauphin forma le dessein de s'emparer de son père et de le faire occire dans une tour du Louvre ! Le 7 décembre de la même année, Charles devait rejoindre à Saint-Cloud une trentaine de Navarrais qui devaient le conduire à Mantes et de là en Allemagne, mais Jean II prévenu retint son fils, lui pardonna et le nomma duc de Normandie. Il reçut la couronne ducale le 10 janvier 1356, ce qui ne l'empêcha pas de retrouver les ennemis du roi à Rouen, le 5 avril 1356, pour un festin dont il était l'instigateur et au milieu duquel Jean et ses hommes d'armes firent irruption. Des têtes tombèrent : celle de Jean d'Harcourt, neveu de Godefroy ; de Jean de Graville, Maubue de Mainemares, Colinet Doublet qui avait osé, pour défendre Charles de Navarre, menacer le roi d'un couteau à découper les volailles. Le roi de Navarre fut incarcéré au Louvre, Friquet de Fricamp, gouverneur de Caen, fut torturé au Châtelet de Paris : il parla... et s'évada peut-être un peu trop aisément... S'il avait subi la question, eût-il eu la force de s'enfuir ?... Le règne de Charles V a fini par effacer toute trace de ses velléités homicides. On l'appela « le Sage », le savant, ce qui vaut mieux que « le Parricide ». Mais quel synonyme trouver à la « magnanimité » de Jean II ?

et gris qu'un œuf d'autruche, il portait un chaperon de velours bleu, aux cornettes nouées sur sa nuque et d'où des cheveux longs dépassaient par touffes clairsemées.

— L'Angleterre n'est pas invincible, Castelreng ! Je l'ai prouvé, je le reprouverai !... Ah ! si seulement je...

« Régnais », pensa Tristan, le front baissé moins par déférence que pour dérober à l'attention du régent une expression d'incrédulité.

Il voyait mal cet être pâle, un peu courbé, se travestir en roi, et les grelots de la marotte du fou de Jean II, qu'il entendait non loin de là, ne rendaient pas un son qui pût s'harmoniser avec l'éclat d'une royauté nouvelle, différente de celle du vaincu de Poitiers, chargée d'orages triomphants et d'éclairs aveuglants pour toute l'Angleterre.

— L'idée qui m'est venue est bonne... grandissime, et son accomplissement certainement aisé pour un chevalier tel que vous. Selon les dires de mon père, votre captivité à Brignais vous a enseigné mille choses... Vous saurez mettre à profit les astuces en usage chez les routiers...

Le prince Charles planta ses yeux dans ceux de son féal immobile et inquiet, tout en dissimulant dans son dos sa grosse dextre exsangue :

— Mon père a signé avec les Goddons un traité qui est une infamie... Oh ! je sais : il y était contraint, mais nul homme, et à plus forte raison nul fils de roi, ne saurait respecter ce qui ne mérite que crachats et vomissures. Il advient un temps où la patience apparaît à celui qui s'y trouve contraint comme la pire offense à lui-même adressée. Si mon père apprenait ce que je vais vous commander, il s'y opposerait. Or, je l'aviserai en temps voulu... Peu me chaut d'avoir à subir son ire lorsque vous serez parti...

319

Du crochet de l'index, le prince Charles pria Tristan de s'approcher.

— Nous nous sommes vus çà et là, n'est-ce pas ?

— Oui, monseigneur.

— Boucicaut a toute confiance en vous.

— J'en sais bon gré, monseigneur, à un homme aussi alosé [1].

— Droit au but, Castelreng. Vous êtes sans doute, comme moult chevaliers de Vincennes, du Louvre et d'ailleurs, ulcéré de voir la France malade, sanglante... et moi plus que vous qui, dans quelques années, prendrai le temps de ma vie sa destinée en main... Je vous le certifie... car nous parlons entre hommes, le jour où je ceindrai la couronne sera pour moi et pour le pays tout entier celui d'une... d'un soulagement... *ineffabilis*, comme il est dit en latin.

Depuis sa jeunesse prime, la fortune lui avait été hostile. Il n'avait éprouvé que des humiliations, déceptions et angoisses. Sans être l'homme lige de son père, — et en les réprouvant —, il avait accepté ses erreurs et ses crimes. Il en avait souffert et n'en guérissait point. Dauphin souffreteux, couard, méprisant les armes, puis, après Poitiers, régent d'un royaume vaincu, un immense besoin d'acquérir la puissance et la popularité lui chauffait le sang. Il faisait effet pour paraître dominer les événements et penchait à la fenêtre son visage aux gros yeux vers un espoir d'éblouissante revanche. En attendant qu'on la lui procurât, il se paonnait devant son visiteur sans parvenir à convertir en majesté sa médiocrité de prince égrotant.

— Vous allez contribuer, Castelreng, à une réhabilitation de la force et de l'audace que nos ennemis ont

1. Loué, célèbre.

tant violentées... Je ne sais si vous êtes au fait de ce qui se passe chez eux...

— A peine, monseigneur.

— Savez-vous ce que nul n'ignore, en Angleterre ?... La mort de Thomas de Hollande[1] a comblé de joie son épouse, Jeanne de Kent.

— J'en ai ouï parler avant mon départ pour la Bourgogne, l'an passé.

— Cette dame est une mijolée aimant les joyaux et vivant honteusement. Elle s'est corrompue, avilie, dénaturée dans la fréquentation des drôlesses de Vannes, Saint-Sauveur-le-Vicomte, Creully et je ne sais quelles places fortes où son mari exerça les fonctions de lieutenant du roi... Savez-vous qu'elle dormait dans un lit de velours rouge bordé de plumes d'autruche d'argent et de têtes de léopard d'or ?

— Non, monseigneur.

— Je n'ai, moi, qu'un bon lit de chêne !... Celui dans lequel je reposais quand Marcel et ses maufaiteurs occirent sous mes yeux les maréchaux attachés à ma protection !

Rien n'était plus instructif, songeait Tristan, que de constater toute la contrainte que s'imposait ce malade pour ne pas se départir de la noblesse et de la dignité de son état ; pour s'y draper et s'y maintenir dans une sorte de superbe empruntée à son père. Il marcha d'un pas soudain vif jusqu'à la porte et l'ouvrit. Le palier, derrière, était vide.

— Je n'aime guère Vincennes... Il paraît qu'*el Malo* y a des espies...

Pourquoi tardait-il tant à en venir au but ? A ses

1. Lord Thomas Holland était chevalier de la Table ronde depuis la création de cet ordre, en 1344. Il mourut à Rouen à la fin décembre 1360.

circonlocutions s'ajoutait l'impression, irritante et décevante à la longue, de sentir obscurément rôder autour de lui le fantôme du Navarrais.

— Jeanne de Kent est depuis l'an passé [1] la femme d'Edouard de Woodstock contre la volonté d'Edouard d'Angleterre... Le roi la hait. Il s'est furieusement opposé à ces épousailles, souhaitant même faire occire la fiancée afin de les empêcher...

— Peut-être, monseigneur, parce qu'elle lui avait résisté... On prétend ce roi-là dissolu. Plus la reine devient grosse et laide, plus il a le goût des donzelles. C'est du moins ce qu'on dit de haut en bas du royaume de France... et sans doute aussi au-delà de la mer !

— On dit vrai. Le mariage du prince de Galles et de cette mâtine est d'ailleurs incestueux, et c'est pourquoi aussi Edouard le voulut briser... Mais il fut déconfit dans toutes ses procédures [2]... J'ai songé à m'immiscer dans ce conflit de famille, et c'est là, Castelreng, que vous intervenez... Nous allons leur montrer, vous et moi, qui nous sommes... La France est fille de l'Eglise : Dieu nous aidera !

Ce que cet impotent voulait, c'était sa propre réhabilitation dans l'opinion de son entourage et, par-delà celle-ci, dans celle des sujets de son père. Il lui fallait acquérir sans retard une renommée plus haute, plus méritée que celle de Jean le Bon. Avant que d'être roi, il voulait apparaître non seulement comme le dépositaire des volontés divines, mais aussi comme un nou-

1. Edouard, héritier de la couronne, avait épousé Jeanne le 18 octobre 1361, après avoir demandé sa main pour l'un de ses amis, Bernard Brocas, mais assuré qu'elle tomberait dans ses bras. Cette aventurière surnommée *la plus belle fille de Kent* y tombait d'ailleurs depuis longtemps après avoir chu dans d'autres.
2. Lire l'étude consacrée à Catherine de Salisbury et Jeanne de Kent dans *Le jour des reines*, du *Cycle d'Ogier d'Argouges*.

veau Mars et un nouveau Végèce. Cependant, tout bien observé, sa noblesse avait quelque chose d'inauthentique et son orgueil, soudain affirmé par la médisance, apparaissait comme l'indice d'une ambition aux ailes aussi fragiles que sa personne. Nonobstant, ce n'était plus le fils d'un illustre vaincu qui allait se confier sans ambages, mais le lieutenant du royaume. Son sang soudainement activé rougissait ses joues et l'extrémité de son nez. Le prince Charles était devenu un homme rogue, affamé de revanche, un parangon de vertus et d'imagination. Tristan redouta un dessein chimérique dans l'exécution duquel il serait mortellement impliqué.

— En raison de la haine du roi, qui ne s'est point tarie — au contraire, Edouard, le prince de Galles, et Jeanne, bien que mariés, ne peuvent demeurer à Londres aussi longtemps qu'ils le voudraient et prendre part aux fêtes, joutes et tournois auxquels notre ennemi est convié çà et là. Ils ont prolongé leurs noces quelques semaines au château de Berkhampstead. Depuis, plutôt que de paraître à la Cour où ils flairent des menaces, ils vont de châtelet en châtelet honorer quelques rares amis de leur présence... tandis que moult créanciers leur courent après... Ils ont conservé, du temps de leur liaison, le goût du... comment dire ?... le goût du refuge : une maisonnelle, une forêt à l'entour et cinq ou six hommes d'armes, pas davantage, pour veiller sur leurs amours. Renaud de Cobham, qui trépassa l'an dernier[1], leur avait prêté, avant leur mariage, un manoir, proche de Londres, à deux lieues de la mer... Je sais, Castelreng, qu'ils y vont encore...

Charles, cette fois, rayonnait. Il semblait qu'il se fût

1. Renaud de Cobham mourut le 5 octobre 1361. Il ne put donc assister au mariage du prince de Galles et de Jeanne de Kent.

ceint, au lieu de sa couronne ducale, d'une auréole légère, et qu'il fût devenu, par royal sortilège, une espèce de dixième preux n'ayant jamais subi la honte d'un échec.

— Imaginez, chevalier, une nuit sans lune... Une nef française mouillant non loin de la terre d'Angleterre et de la maison de Cobham... Plusieurs barges chargées d'hommes quittent la nef doucement. Des guerriers adurés aux armes, pleins de ruses et d'astuces comme vos routiers de Brignais ou ceux de Bertrand Guesclin. Ils occisent les gardes et s'emparent du prince... Quelle prise !... Vous laisserez, bien sûr, la Jeanne dans son lit puisque mon cousin Edouard ne donnera pas une livre pour sa bru... Mais pour son fils aîné, bien qu'il l'ait en détestation, il sera prêt à tous les sacrifices...

— Il me semble tout comprendre... La rançon d'Edouard de Woodstock serait équivalente à celle du roi de France.

— Oui... Edouard, pour reprendre son fils, devrait restituer ce qu'il nous a robé !... Quant aux hommes qui participeront à ce coup de force, ils seront soldés princièrement... Il en faudrait combien, selon vous, Castelreng ?

— Sire, vous m'avez mis au fait de cette entreprise pour que j'y participe. Une flote [1], à mon avis, suffirait. Moins on est, mieux on s'accorde.

Le prince approuva. Un vent léger passant par la fenêtre ouverte fit palpiter un cheveu sur son front. Il y eut un silence ; un de ces silences qui contiennent tout : l'exultation, l'angoisse, l'amour, la haine ; les vérités et les mensonges.

— Combien ?

1. Une flote était une petite troupe de guerriers.

— Dix, pas plus... Les cinq miens et cinq autres.

— Soit, vous les aurez et les commanderez. Il convient d'agir vélocement car messire de Woodstock ne restera pas longtemps en Angleterre[1]. On prête à Edouard III l'intention de l'exiler soit en Bretagne, soit en Aquitaine... Il est vrai que Bordeaux, pour une godinette[2] de la trempe de la belle Jeanne... et un godailler tel que mon cousin, me paraît un séjour adéquat !

Le prince eût pu sourire, il ne le fit pas. Tristan se sentit dévisagé avec plus d'attention que jamais.

— Ce soir, Thomas l'Alemant ira vous quérir... Vous trouverez céans cinq hommes des plus fiables... Avec les cinq qui sont à vous et ceux-là, vous galoperez vers le nord... Au Crotoy, vous prendrez logis à *la Belle Pomme*. Il convient que vous y arriviez par deux ou trois... Edouard et Navarre ont des gens à eux partout et les messages qu'ils s'envoient sont plus véloces que les nôtres, vu qu'ils ont des complicités qui nous sont, hélas ! inconnues.

— Hélas ! monseigneur, je sais cela et serai méfiant.

— L'hôtelier vous mènera jusqu'au marinier qui commande *la Goberde*. Il a pour nom Benoît Calletot, et son père périt dans les eaux de l'Ecluse, il y a plus

1. Edouard III fut si consterné du mariage de son fils qu'il lui conféra, le 19 juillet 1362, le titre de prince d'Aquitaine. Cette nomination équivalait à un exil. Passionné de luxe, de plaisirs, Edouard de Woodstock était tellement criblé de dettes que le 29 août, en s'embarquant pour Bordeaux, il dut faire un testament afin de donner des gages à ses créanciers. Il alla même jusqu'à leur fournir certaines hypothèques. Quant à Innocent VI, qui s'était opposé un temps au mariage, il mourut en Avignon le 12 septembre 1362, alors que celui qu'on allait nommer le Prince Noir et sa femme accostaient à La Rochelle où les attendait Jean Chandos, lequel fut nommé peu après connétable d'Aquitaine.

2. *Godinette* : fille galante. *Godailler* : homme qui se livre à la débauche.

de vingt ans... Il vous mènera où il faut... Bien sûr, sa nef battra bannière d'Angleterre... Je ne sais comment vous nagerez[1], mais ce dont je suis certain, c'est que Calletot connaît bien une grosse langue de terre dans l'estran[2] de la Tamise. Au levant, on y trouve Rochester, au ponant, Gravesend. Le reste n'est que forêts, friches et halliers où se musser... Vous trouverez aisément le manoir de Cobham et vous vous saisirez de l'héritier d'Angleterre.

Bien qu'il eût parlé très bas, comme s'il allait participer à la conspiration dont il avait ourdi soigneusement la trame, la voix quelque peu sifflante du prince avait une ampleur singulière. On eût dit un homme dont la détermination, depuis toujours, avait déjoué toutes les adversités. Cependant, Tristan ne se sentait aucunement subjugué par cette expression d'une ténacité farouche : il en connaissait les limites. L'entreprise à laquelle il était convié lui paraissait certes émouvante, décrite ainsi, dans cette paisible retraite, mais quasiment impossible à réussir sitôt franchie la jetée du Crotoy. Sous quelle influence monseigneur Charles avait-il conçu cette opération ? Quelle femme lui avait rendu visite ? S'agissait-il d'une Anglaise ? En tout cas, il fallait qu'elle fût de l'entourage immédiat de la belle Jeanne pour être ainsi informée.

— Vous réussirez pour moi, compère, cette prouesse. Les siècles en conserveront merveilleuse souvenance !

Cela, songea Tristan, n'était qu'un onguent sur une conscience à vif : la sienne.

— Je veux me revancher, ami, de tous ceux qui

---

1. *Nager* : naviguer.
2. Ou *estrand* : côte plate que parfois la mer recouvre.

m'attribuent des imperfections et des malices affreuses ! Cela dure depuis Poitiers !

La brûlure persistait dans la chair et l'âme du couard qu'il était alors. Il voulait l'éteindre, obtenir *sa* grande victoire mais, contrairement à son père, sans en éprouver les périls. Il se mit à marcher de nouveau et enfin délivra sa dextre qu'il dissimulait sous sa manche longue, trop longue, et taillée en barbes d'écrevisse. C'était une main énorme, bouffie de graisse, mouillée d'un sang violet, variqueuse, avec des doigts pareils à des boudins blancs. Si sa femme acceptait de se faire mignoter, ce n'était pas par cette espèce de méduse[1].

— Vous réussirez !

Tristan hocha la tête. Dans quel piège pernicieux ce valétudinaire l'envoyait-il tomber ? Atteindrait-il seulement la côte d'Angleterre ? Il fit un mouvement pour s'éloigner. La grosse dextre chut comme un marteau sur son épaule. La voix princière devint doucereuse :

— Je sais à quels émois votre âme est occupée... Je ne cesserai de penser à vous, de prier pour vous.

La main pote[2], horrible, se leva. Tristan soupira. Même s'il réussissait à approcher le fils d'Edouard III, même s'il parvenait à le capturer, il y aurait le retour.

« Nous aurons les nefs anglaises au cul, et devant nous, si par malheur nous nous attardons par le fait de quelques vents contraires, tous les soudoyers de la

---

1. Christine de Pisan, dont le père fut médecin et astrologue de Charles V, a écrit sur le roi qu'étant « *en fleur de jeunesse... il eut une très grande et longue maladie, et tant en fut affaibli et débilité que toute sa vie demeura très pâle et très maigre et sa complexion moult dangereuse de fièvres et froidures d'estomac ; et avec ce, lui resta de ladite maladie la main dextre si enflée que pesante chose lui eût été impossible à manier* ».

2. *Pote*, adjectif féminin. Se dit d'une main gourde, enflée, trop grosse.

Navarre et de l'Angleterre sur les bandes [1] de Normandie qui en sont infectées... Et les routiers !... Si je reviens ici gros Jean comme devant, cet impotent m'accusera peut-être de nullité ! »

L'impérieuse exigence de la vassalité supprimait toutes les objections :

— Je ferai de mon mieux, monseigneur.

— Que vous faut-il ?

— Rien d'autre que la compagnie de la divine Providence.

Charles parut retrouver avec plaisir les accotoirs de sa haute chaire.

— Et une grosse bourse, Castelreng, pour obvier à tous les inconvénients d'un long chemin. Des espèces de France et d'Angleterre, ces dernières pour acheter, le cas échéant, quelques larrons jaloux du bonheur de leur prince !

Il déraisonnait : cette nation victorieuse de la France et qui menaçait l'Ecosse devait, tout entière, se grouper autour d'EdouardIII et de ses fils.

— Je choisirai cinq hommes aux vertus nonpareilles : solidité, obstination, hardiesse... Vous empoignercz Woodstock d'autant plus aisément qu'il est tout déforcé par le courroux de son père... et par son amour pour Jeanne.

Un éclair de malice illumina les yeux presque éteints du régent tandis qu'il s'enfonçait, béat, dans son rêve de vengeance.

— Passez par Beauvais et Abbeville... A franc étrier... Je vous fournirai un sauf-conduit au cas où quelque capitaine voudrait vous empêcher la voie. Vous aurez quelque cinquante lieues de chevauchée...

1. Rivages.

Par mer, en contournant précisément le Kent, au moins soixante-dix... J'ai consulté mon portulan...

Un bref calcul édifia Tristan sur tout ce que cette mission comportait d'immense et, pour tout dire, d'irréalisable. Le preux Roland lui-même l'eût récusée.

— Pour nous rendre au Crotoy, il nous faudra cinq ou six jours, si rien ne vient gâter notre randon. Par mer...

Une secousse — un rire ou un hoquet — poussa le régent au fond de son siège.

— Dieu vous donnera bon vent, mon ami !... Dans un peu plus de trois semaines, vous serez de retour et pourrez avec mon père entreprendre ce voyage en Avignon pour obtenir dissolution de votre mariage. Vous voyez : je sais tout.

Il était plus que dissous, désormais, ce mariage. Il était mort avec Mathilde. Et lui, Tristan, s'engageait dans une entreprise mortelle.

V

Des voix jaillissaient d'une écoutille toute proche du château de poupe :

— On l'aura, je vous dis !

— On lui donnera le fouet ou les étrivières...

— ... puis on l'amènera au roi dans une cage de fer sur deux roues, comme Ferrand de Portugal après Bouvines !

Tristan, assis tout près de Benoît Calletot qui maniait paisiblement le peautre[1], rompit leur silence pour le prendre à témoin de cette émulation :

— Ils sont ainsi depuis Vincennes ! Ils se voient châtiant Edouard de Woodstock alors qu'il nous reste à fouler la terre d'Angleterre, à trouver le fils d'Edouard III, à nous saisir de lui et à l'amener sur votre *Goberde*. Et il n'est pas prouvé qu'une fois ce hutin dans la soute ou lié à votre artimon, toutes nos difficultés seront vaincues !

Un peu de blanc éclaira le bas du visage du marinier mangé de poils gris, dédorés par le vent de mer plus que par l'âge :

— La meilleure alliée de l'homme, c'est la confiance.

---

1. Gouvernail.

Confiance en lui, confiance en ceux qui l'entourent, confiance en Dieu.

Tristan se leva du degré de l'escalier sur lequel il s'était assis et s'adossa contre une membrure de la coque, offrant son visage au vent de galerne.

— Reste à savoir, messire Calletot, qui Dieu soutient. S'il n'aidait pas les Goddons, perdrions-nous tant de batailles ?... Certes, moult maréchaux de France me sont apparus comme assotés de gloire et injustement imbus de leur funeste orgueil, mais leur incurable jactance n'explique pas toutes nos défaites. Dieu nous châtie de nous croire en toute chose supérieurs au reste de l'humanité.

Calletot ne répondit pas. *La Goberde*, rebaptisée *Go ahead !* pour éviter d'être arraisonnée à proximité des côtes anglaises, craquait de la proue à la poupe. Depuis le commencement de la soirée, les mouvements du petit vaisseau s'étaient accentués tandis que les crissements et les sifflements redoublaient dans son gréement. Paindorge avait brusquement surgi de l'entrepont pour vomir bruyamment par-dessus la pavesade. « C'est la mangeaille », avait-il prétendu, pâle et tremblant, tout en s'essuyant les lèvres. Voire... Ce pouvait être aussi quelque prémonition désagréable. « Je mourrai de peur », disait-il, « s'il fait une effoudre [1]. » Devançant Benoît Calletot, Calloet l'avait rassuré : rien à craindre ; la mer serait bonne : il s'y connaissait, lui ! Les Bretons n'étaient-ils pas les meilleurs sur mer et sur terre ? Il défiait de l'œil le commandant de *la Goberde*, mais celui-ci demeurait placide, le regard fixé sur la ligne brune qui tranchait inégalement l'eau et le ciel.

— Messire Tristan, l'Angleterre !

1. Ouragan, tempête.

Deux nefs superbes puis une hourque flamande avaient croisé le vaisseau de France. On avait échangé des saluts de la main. Bien avant la tombée de la nuit, le vent avait sauté, obligeant l'équipage de Calletot à brasser les vergues sur bâbord. Tout aussi brusquement qu'ils s'étaient apaisés, les souffles avaient repris, cette fois issus du nord. Le bâtiment s'était animé, empli de bruissements et d'échos éveillés par le heurt des lames contre la coque, auxquels se mêlaient les crissements des voiles et des membrures et les sifflements des rafales dans les haubans et les enfléchures.

— Dieu nous aide, commenta Calletot. A moins que ce ne soit Neptune... Mais le succès de votre entreprise dépend surtout de l'apperteté[1] de vos hommes. Et j'en reviens à la confiance. Tout est là !

— J'ai confiance.

« En suis-je si certain ? » se demanda Trisan.

Et regardant la mer de plus en plus sombre et clapotante, il se souvint de cette soirée à Vincennes, dans le logis des hommes d'armes mis à leur disposition pour qu'ils pussent y partager en commun leur premier repas et leur première nuit. Presque une buverie. Ses hommes et ceux du dauphin   « *des soudoyers à toute épreuve, Castelreng* » — hurlaient dans les notes aiguës ou grondaient dans les basses en se portant la santé à grands coups de gobelet, et si le ton différait, la conviction de réussir restait solide. « *On t'aura, prince de Galles ! On te prendra et te pendra, Woodstock* ! » Des poings se tendaient et l'on eût pu penser que l'héritier d'Angleterre se trouvait à proximité de la petite salle, accroupetonné, tremblant de peur. Quelques lames déjà scintillaient hors des poings.

— Avant de chevaucher pour le Crotoy, mes

---

1. Habileté.

hommes ont fêté leur rassemblement. Il y eut tant de vacarme que je me serais bouché les oreilles si je n'avais craint d'offenser quelques outrageux !

D'autres que lui, ce soir-là, se seraient réjouis de cette frénésie de convictions assemblées dans l'espérance de réussir un ravissement prodigieux. D'autres que lui se seraient égayés de ces gesticulations violentes où s'exprimait l'union de dix hommes pourtant dissemblables en tout. D'autres que lui auraient cautionné ces gageures, ces enjeux proposés par les uns, acceptés par les autres, tout cela ramassé, comprimé, confondu entre quatre murs moites, dans la fumée des rôtis, la flaireur des sueurs et la clarté de deux grosses lanternes où s'en venaient périr quantité de bestioles. Maintenant, les dix champions avaient perdu leur bonne humeur. A peine croyaient-ils avoir digéré le pain, le bouilleux [1] et la tourte aux herbes servis par le timonier, qui était aussi le queux de *la Goberde*, que leur estomac les avait trahis : cinq d'entre eux s'étaient précipités sur le pont pour tout rejeter dans la mer.

— Nous approchons, messire. Je vous ferai descendre deux buissars [2]. Peut-être, à votre retour, contiendrez-vous dans un seul.

— Le régent et le roi auront eu leurs héros.

— Les uns vivants et sans doute navrés, les autres victimes de la male chance.

— Si tous ces sacrifices pouvaient servir le royaume... Je ne songe point à ceux qui le gouvernent, mais aux petits qui paient cette énorme rançon...

— Vous y croyez, messire Tristan, à ce grandissime

---

1. Les Normands avaient le goût des *bouilleux* ou soupes à la farine (farine de froment délayée dans du lait, assaisonnée de sucre, de safran, miel, vin doux, aromates, beurre, graisse, jaunes d'œufs).
2. Petits bateaux, chaloupes.

exploit ? Je sais bien que vous ferez en sorte de réussir, mais...

— Cette royauté, Calletot, comple plus de martyrs que de bienheureux... Vous avez même vu, en quittant le Crotoy, que je n'avais pas le pied marin... Je m'y suis fait... Peut-être un jour, le prince Charles me confiera-t-il une petite nef comme *la Goberde*... car j'espère bien revenir avec la plupart de mes gens !

— J'en ai assez, moi, de la commander. J'étais avec mon père à l'Ecluse. Je ne sais encore comment, après cette boucherie sur l'eau, j'ai été capable de revoir mon pays... J'y suis revenu en courant. Et pour cause : les Flamands me pourchassaient... Mon père était mort dans mes bras. J'ai décidé de prendre sa suite et navié [1] comme par devoir envers lui... J'étais à Wincelsée, messire, mais je suis demeuré sur *la Goberde* pendant que les hommes d'armes réduisaient la cité et ses habitants en cendres et fumées... Je reste vergogneux de ce débarquement... Je me dis parfois que je connais la mer bien mieux que mon épouse... La Margot est imprévisible, pas la mer... J'ai atteint la quarantaine et, le matin, j'ai les jambes roides comme deux artimons... Je voudrais, si le roi me récompense comme il me l'a promis, acquérir une auberge...

Rivé au plancher, Calletot riboulait autour de lui, au-delà de son bâtiment, ses prunelles bleu pâle, voilées dans des sclérotiques rougeâtres, bilieuses dont, en faisant sa connaissance, Tristan s'était inquiété. « Ou il boit fort ou il est malade. » Mais justement, Calletot n'était pas un soiffard. La mer l'avait tanné, blanchi et salé, peut-être de l'intérieur.

— Je vous attendrai jusqu'à l'aube... Si vous voulez un conseil, ne vous obstinez pas au cas où le Woods-

1. Navigué.

334

tock serait très entouré : gardes et serviteurs... Vous ferez quérir dans ma couchette les deux seaux de suie que vous m'avez demandés. Barbouillez-vous bien les mains et le visage ; enduisez soigneusement aussi les aumusses que vous porterez... C'est une bonne idée d'avoir renoncé aux mailles : vous serez plus légers... Ah ! certes, vos hoquetons noirs sont des habits fragiles... C'est pourquoi, si votre aventure tourne mal...

— Nul ne sait, sauf le roi, le dessein du régent... Tout périlleux qu'il soit, j'avoue qu'il me passionne... Nous sommes peu, avec pour armes nos épées enveloppées de laine épaisse, nos poignards et coustilles, deux hérissons[1] et dix aunées[2] de corde. Je me réjouis d'avoir été choisi.

Laissant seul Calletot, Tristan fit quelques pas sur le pont puis, après un arrêt, marcha jusqu'à la proue. « *Tu te réjouis ? Menteur !... Tu penses à la mort, tu penses à Oriabel... Tu te dis que si Tiercelet était à tes côtés, tu aurais davantage de confiance que tu n'en as montrée à Calletot... Et ce n'est pas le vent qui te fait tressaillir ni la hâte d'être dans l'action : c'est la peur, la peur toute bête.* » Il recouvrait sa morosité du départ, lorsque, sur la jetée du Crotoy, il s'était trouvé devant cette petite nef qui, pour ne pas paraître suspecte, devrait naviguer lentement et serrer de près les rives d'Angleterre. Personne sur les quais ténébreux du bassin. Aucun autre adieu que celui de l'épouse de Calletot, une petite femme enfouie dans une houppelande grise... « *Tu te réjouis ?* » Allons donc ! En voyant s'éloigner la terre de France, il eût presque versé des pleurs. Maintenant, c'étaient des lieues marines qui le séparaient d'Oriabel... Oriabel qui, où

1. Grappins.
2. 12 mètres environ.

qu'elle fût, le croyait à Montaigny et l'imaginait accomplissant avec zèle ses devoirs de mari... « *A dieu vat* », avait dit Calletot. « *Regardez devant vous, messire* » Et l'on avait piqué vers le ponant tout en s'installant à bord dans une fausse gaieté qui ne subsistait plus. « *On réussira* », répétait Paindorge pour s'en persuader. Et Calloet, à la conscience robuste : « *On y mettra tout notre cœur.* » Tristan soupira et jeta dans l'air, à mi-voix :

— *Nemo dat quod non habet !...* Nul ne donne ce qu'il n'a pas. Calloet n'a pas de cœur et me fera des difficultés...

Il vit venir de loin une nef immense et recula jusqu'à Calletot.

— Ils commencent, messire, à allumer leurs feux... Je vais passer près d'eux... aussi près que possible...

Il sonna dans l'olifant qu'il portait en sautoir. Aussitôt ses marins furent sur le pont.

— Saluons-les quand nous en serons proches...

Tristan recula encore, s'assit sur l'escalier du château de poupe et, fermant les yeux, attendit. Bientôt, le souffle immense de la nef lui fut perceptible, et les bruissements des voiles éployées. A quoi bon ouvrir les paupières : ils allaient passer... Ils passaient... On criait d'un bord à l'autre.

— C'est le *Christophe*... Des guerriers, encore des guerriers en partance pour Calais ou la Bretagne... ou l'Aquitaine.

— Et si le prince de Galles était dedans ? interrogea un homme d'équipage.

— Cela ne change rien à notre dessein, dit Tristan, heureux que ses compagnons ne fussent pas montés sur le pont. Nous devons aller au manoir de Cobham.

— Dire qu'ils nous ont pris pour quelques-uns des

336

leurs, ricana Calletot. Il faut croire que nos bannières sont parfaitement ressemblantes.

— La bonne chance est avec nous, messire, dit Calloet.

Il avait fallu qu'il montrât son nez.

— *La Goberde* est belle et bonne, dit-il.

Oui, un bon navire. Petit mais construit avec soin d'un bois de chêne résistant comme un fer. Elle rampait sur la mer comme une anguille, les ailes ouvertes comme une alouette, selon ce Breton agaçant. Maintenant l'eau chantait sur ses flancs tandis qu'à bâbord et tribord, des mouettes tourbillonnaient quelques fois encore avant d'aller se nicher dans ce qui semblait être des falaises.

— La nuit va nous tomber dessus !

— Oui, Calloet... Le vent nous a moult aidés. La mer s'aquasse[1].

— Nous avons contourné le Kent et nous venons au lof... Tout est bien... Foi de Calletot, tout est bien. Point besoin d'un guetteur en haut d'un mât... Je vous avais dit qu'au crépuscule du soir nous entrerions dans l'estran[2] de la Tamise, eh bien, nous y sommes et je n'y vois que des esquifs, des petites nefs... Nous allons allumer nos feux... mais nous les éteindrons quand il le faudra...

— Vous croyez aisément trouver l'endroit le plus propice à notre débarquement ?

— Oui, messire... A la lueur de la lampe, avant notre départ, j'ai examiné le portulan que mon père a dressé de l'Angleterre... Je le connais par cœur. La nuit n'est pas tout à fait tombée... A senestre, il nous faut

1. La mer se calme.
2. L'estuaire.

337

compter quatre tours à feu. Alors, nous y serons presque...

Paindorge apparut sur le pont.

— Tout va bien en bas ?

— Oui, messire.

Le temps passa, l'obscurité se fit. Un phare puis un autre. Un autre encore. Le vent mollit alors et les voiles, sans rôle, cessèrent de se gonfler. La mer parut se solidifier sur des hauts fonds, mais la côte était proche et l'estuaire vide.

— Tout va bien, dit Calletot. J'aperçois le feu de la dernière tour... Ne regrettons point la défaillance du vent... Ne nous plaignons de rien. Nous avons cessé d'être en furin[1] sans jamais nous ababouiner[2]. Désormais laissons aller comme des Goddons sans reproche...

— Où sommes-nous ? demanda Paindorge à Calletot.

— Nous avons contourné la bande[3] de Sheerness. Droit devant nous, mon gars, ces lueurs sont celles d'une cité : Gillingham. Plus loin, ce sont celles de Rochester... A notre dextre, en avançant, nous trouverons Strood... Plus loin, la côte est déserte. C'est là que nous jetterons l'ancre... Sitôt à terre, d'après ce que je sais, vous trouverez le chemin qui vous conduira à Cobham. Nulle crainte de vous perdre ni de vous méprendre : le manoir est tout seul. Ayez bon pied bon œil car vous aurez deux lieues au moins à l'aller, deux au retour... Avez-vous bonne vue, messire Castelreng ?

— Je le crois, mais ce jourd'hui, bien que nous ayons costié l'Angleterre, je n'ai vu, me semble-t-il,

1. En pleine mer.
2. « Nous arrêter en pleine mer. »
3. La côte.

338

que la mer... Nous sommes partis de France à la minuit ; le vent nous a aidés de son mieux — dès l'aurore... C'est miracle, en vérité, que nous ayons pu parvenir où nous sommes.

— En vérité !... C'est un don du ciel que nous soyons ici, glissant encore sur cette *Goberde* que je manœuvrerai avec mes mariniers, en votre absence, afin de partir sans tarder dès votre revenue... Car ces tours qui m'ont conduit deviendront redoutables si les Goddons vous poursuivent... Leurs feux changeront de couleur et les messages qu'ainsi elles s'enverront seront des messages de mort !

— Le second miracle, dit Tristan, c'est de ramener, si nous mettons la main dessus, Edouard de Woodstock jusqu'à votre nef !... Deux lieues, m'avez-vous dit, de Cobham à la côte... S'il refuse d'avancer...

— Nous l'assommerons, dit de loin Calloet. Nous le porterons lié à un baliveau comme un sanglier ou un cerf qu'on ramène de la chasse ! Je ne vois pas pourquoi nous aurions des égards !

— Tu as raison, dit Paindorge. Cet homme est un bourreau : traitons-le comme tel !

Tristan regarda le ciel enténébré d'où les astres semblaient avoir fui, puis ces terres aux mystères impercés, noires, terribles, entre lesquelles s'insinuait *la Goberde*. Immobile à la barre, Calletot commenta :

— Une demi-lieue... La providence n'a point cessé d'être notre alliée... Le vent repart.

Deux mariniers grimpèrent aux échelles de corde, silencieux et agiles. Tristan baissa la tête. La mer n'était qu'un champ d'acier glougloutant. Il se dit : « Je sais noer [1]... Les autres ? » et se tourna vers Calloet et Paindorge.

1. Nager, passer à la nage.

— Et si nous devons nous jeter là-dedans ? Saurez-vous brasser pour atteindre *la Goberde* ?

Ils sauraient. Ils étaient toujours déterminés. Lui, la peur mordillait ses entrailles.

— Quand, à notre retour, nous atteindrons le rivage, j'allumerai une torche, messire Calletot... si ces démons m'en accordent le temps.

— J'y répondrai par un feu bref que je renouvellerai. Mon falot à l'arrière demeurera allumé... Il doit y avoir un service de guet sur les côtes. Une nef fantôme les inciterait à venir en visite... Certes, nous serions six à les recevoir comme il sied de conjouir des ennemis, mais pour la fuite, bernique !... Nous sommes tenus de vous attendre. N'ayez crainte, je m'emploierai à barbeyer[1]. Parole de marinier, nous ne remuerons point jusqu'à l'aube. Tiens ! vos gars ont senti que nous étions à terme.

Un à un, en effet, ils quittaient l'entrepont : Buzèt, le premier, blême à ce qu'il semblait ; Morsang, la dextre sur son tranchelard ; Beltrame grattouillant sa moustache tombante. Et les autres, des inconnus à vrai dire : Gueguen, aussi barbu qu'une statue du Christ et qui portait un perce-mailles au côté, dans un fourreau d'os sculpté : un fémur de Mahom[2] à ce qu'il en disait ; Triphon, blessé à Poitiers : il n'avait plus de nez et semblait un singe ; Sampanier, grand, carré, dont la voix grésillait comme s'il mâchait constamment des petits cailloux ; Raffestin, le visage tiqueté de verrues, peu de cou, des épaules de portefaix et des jambes torses ; Pagès, blond, borgne de l'œil droit dans une face bosselée, rougeaude, d'ancien bateleur. « Défiez-

---

1. Se tenir par rapport au vent de façon que le bateau gouverne sans avancer.
2. Mahomet.

vous de moi car j'ai mauvaise alêne », disait-il en tapant sur la gaine de hêtre dans laquelle branlait un poinçon de bourrelier. Il avait vingt-trois ans et c'était le plus enjoué.

« Tous m'ont promis obédience mais, le moment venu, voudront-ils accomplir ce que je leur dirai ? C'est Boucicaut qui les a commandés jusque-là. Il leur a dit : *"Obéissez à Castelreng comme vous m'obéiriez."* S'ils décèlent en moi quelque trouble ou faiblesse, nous échouerons... Ce n'est pas de l'orgueil d'y songer ! Non, je ne suis pas orgueilleux mais prudent ! »

D'ailleurs, certains comme Gueguen et Raffestin ne cachaient pas leur anxiété, d'autres, comme Sampanier et Beltrame leurs doutes. L'on était loin de la présentation au prince Charles, sous le lampier de la tour d'entrée dont on avait éloigné les gardes. Loin, surtout, de la soirée d'adieu à Paris et des discussions dans les auberges, devant une chopine de vin ou de cervoise. Ce jourd'hui, mardi 21 juin[1], tous avaient mangé et lampé raisonnablement, parce que, du plus inquiet au plus sûr de lui-même — donc de Buzet à Calloet — , tous se sentaient l'estomac rétréci... Tous se persuadaient qu'ils supporteraient la peur, le mystère de cette longue marche vers Cobham, les frayeurs d'une possible embuscade. Même hantée par l'espérance à vrai dire insensée d'une réussite qui ferait des survivants de leur odyssée des célébrités du royaume de France, leur attente d'agir leur échauffait le sang. Tous regardaient la mer et la terre incertaine, puis les mâts, les vergues de *la Goberde,* en se disant qu'il fallait qu'ils revinssent dans cette coque afin de retrouver, au creux de sa carènc, lc banc ou l'encoignure qui les avait accueillis.

1. Rappelons que nous sommes en 1362.

Et c'était dans leurs yeux comme un effarement ; dans leur haleine que la fraîcheur faisait fumer comme un essoufflement. Ils étaient venus sur le pont non seulement pour voir, pour respirer plus aisément qu'en bas, mais en s'étant dit : « *Qu'est-ce qu'il fait là-haut ? Va-t-il enfin nous donner à chacun notre tâche et nous éclairer sur cette folle entreprise ?* » Leur attente allait être comblée.

— Descendons, dit Tristan... Raffestin, va chercher les deux seaux de suie qui sont dans la miège [1] de messire Calletot. Accompagne-le, Beltrame. Il y a deux grappins. Tu les rapporteras ainsi que les rouleaux de cordes. Eh oui, ne me regarde pas ainsi... Nous aurons peut-être des murs à sauter, des prisonniers à lier...

— Vaut mieux les occire, dit Calloet.

Qui d'autre que lui eût pu parler ainsi ?

— Non... Imagine que nous tombions aux mains des Goddons... Si nous avons tué quelques-uns de leurs vegilles [2], nous serons occis nous-mêmes. Par juste revanche, il faut en convenir... Si nous les épargnons, on nous en tiendra compte... Nous sommes des guerriers, nullement des bourreaux.

— Vous oubliez ce qu'ils viennent faire chez nous, une fois cette putain de mer franchie !

— Si je l'oubliais, crois-tu que je serais ce soir entre ces deux grosses mâchoires de terre pour satisfaire une idée que je trouve alternativement simplette et... souveraine !

Tristan descendit le premier dans l'entrepont et regarda *ses* hommes s'asseoir autour de la table sur le plateau de laquelle subsistaient des miettes de pain et des noyaux de cerises. Debout, il les dévisagea. Tous

1. Chambre, surtout dans les galères.
2. Gardes.

lui parurent attentifs, mais consternés d'être là, comme dix spectres sous la lueur dansante d'un falot, s'entretenant parfois d'une voix basse, chuintante, ou plongés dans une sorte d'engourdissement fallacieux, une torpeur résignée, une paresse où, sûrement, ils rassemblaient leurs forces. Pagès, sourcils froncés, méditait sur l'insécurité du lieu, les bonnes chances de l'évacuer. Triphon, qui se curait les ongles à la pointe de son couteau, se disait sans doute qu'ayant échappé à la mort à Poitiers, elle le surplombait encore, et Morsang qui, sitôt en mer, s'était prétendu marié, pensait peut-être à sa femme.

La porte fut poussée dans le dos de Tristan. C'étaient Raffestin et Beltrame apportant les seaux, les grappins et les cordes.

— Fort bien... Restez debout. Nous pouvons commencer.

— Pas trop tôt, dit Calloet.

Cette fois, la fureur de Tristan éclata :

— Ferme ta goule bon sang !... Serais-tu atteint du mal de saint Acaire [1] ?

Nul ne rit : ni de Calloet ni de lui-même, Tristan. Il en fut heureux et reprit :

— Vous avez vu, sur le pont, deux nacelles à quatre rames. Paindorge, Buzet, Morsang, Raffestin, Sampanier et moi occuperons la première, les autres, bien sûr, la seconde... Comme il y faut un commandant, je te charge de ce service, Calloet. Mais tu ne feras rien sans mon consentement. Je suis de taille, malgré mon âge, à t'apprendre le respect... Tu répartiras les grappins et

---

1. Acaire ou Achaire, évêque de Noyon, mourut en 639. On attribua à ses reliques la vertu de guérir l'humeur aigre (acariâtre) ; de là cette locution employée au Moyen Age. Avoir le mal de saint Acaire, c'était avoir le caractère bizarre, mal fait. La fête du saint était célébrée le 27 novembre.

les rouleaux de cordes. Nous cheminerons en deux troppelets[1] espacés jusqu'au manoir non loin duquel nous nous réunirons... Alors, certains s'en iront avec moi pour nous aviser des lieux, puis nous vous rejoindrons et nous répartirons les tâches. A la mi-nuit, si le prince et sa dame gîtent dans ce logis, nous ne pouvons les trouver qu'au lit.

Calloet se frotta les mains. Et Buzet. Tristan s'adressa donc à eux :

— Même si la belle fille de Kent est toute nue, je vous enjoins de la laisser en paix... Respectez-la... L'emmener avec nous alentirait notre retraite... Laissons-la à son beau-père. Peut-être a-t-il envie d'en profiter un tantinet.

Nul rire, aucun propos de circonstance. Et pourtant, ces hommes-là n'étaient point avares de sornettes et gailles[2]. Tristan vit Paindorge se lever, contourner ses compères et pousser la porte d'un escalier accédant à la cale, tout à fait à l'arrière, sous le compartiment du gouvernail. Il revint soutenant dans ses mains des épées emmaillotées de linges.

« Ils s'en étaient débarrassés pour que leur vue ne puisse pas aggraver leur anxiété ! »

— Il n'est pas encore temps de vous en ceindre... Gardez-vous de les heurter ou de les laisser traîner sur le sol. Les armes courtes me semblent préférables. C'est pourquoi j'ai laissé ma Floberge au Crotoy. Je n'ai que ce petit badelaire sarrasin, en forme de croissant de lune, que m'a confié Benoît Calletot.

— Un croissant de lune pour une mission de nuit ! interrompit Buzet pendant que de sa main Tristan réchauffait la prise en cuivre doré de son arme.

---

1. Petites troupes.
2. Plaisanteries.

— Messire, dit Paindorge, à voir cette lame-là, on va vous prendre pour un mahom !

Nul ne rit de ces deux saillies : le temps était passé des bons mots et gaietés. Tristan chassa d'une paume déjà moite la sueur amassée sur son front. Il respirait mal, la ventilation s'effectuant uniquement par l'écoutille d'accès au premier entrepont.

— Nous n'accomplirons rien de bien dans la hâte et la confusion.

Gueguen avait posé son perce-mailles sur la table. Il semblait absorbé par sa contemplation, dissimulant volontairement ou non son regard à ceux qui l'épiaient. Il semblait avoir pour cet acier simple et scintillant un culte fanatique, une religion du sang, et sans doute, dans sa Bretagne, vénérait-il moins les images de la Vierge que ces quelques pouces de métal qui présentaient un tranchant arrondi vers la douille et un contre-tranchant sur les deux tiers du dos. Pourquoi avait-il quitté les compagnies de Charles de Blois ? Pourquoi n'avait-il pas rallié les hordes souvent victorieuses de Bertrand Guesclin ?

— Je sais pas si on reviendra, dit Triphon. Moi, encore, si ça tourne mal, avec la goule que les Goddons m'ont faite à Maupertuis, j'aurai la ressource de grimper à un arbre et de faire ça !

Il se mit à mimer les gestes et grimaces d'un singe, tirant un sourire à Pagès et Beltrame et agaçant les autres plutôt qu'il ne les égayait.

— On reviendra ! Oui, on reviendra tous ! affirma Raffestin.

Au ton qu'il employait, Tristan comprit son trouble. Avait-il soudain reçu la divination des paroles qui trahissent ? Alors, c'était un don récent du Ciel !

Sampanier, qui paraissait endormi, releva la tête,

345

sourit dans sa nonchalance et, haussant ses lourdes épaules :

— Moi, compères, ce qui me rend fier, c'est que Boucicaut nous ait choisis... Ben quoi ?... Il aurait pu prendre cinq chevaliers.

— C'est vrai, dit Tristan. Et pourquoi ? Parce que moult gens de la noblesse manquent d'astuce et que l'obéissance leur coûte... J'ai confiance en notre réussite... Le roi compte, mais la France aussi. Pas vrai ?

Quatre ou cinq hommes grommelèrent qu'on « verrait bien ». Il avait avec lui des guerriers accoutumés à combattre sans trop, parfois, s'interroger. A quoi bon s'efforcer d'éclairer leur conscience et répéter les arguments qu'il leur avait tenus, sur le chemin du Crotoy, dans un silence froid et peut-être hostile, parce qu'il était jeune et de plus chevalier.

— C'est parce que je ne tiens pas à laisser ma peau sur la Grande Ile, messire, dit Calloet, que je n'aurai pas pitié pour le Goddon qui voudra me barrer le chemin... Et je le vois déjà...

— Tais-toi... Nous n'y sommes pas... Nous avons du mal à trouver la quiétude... Pourquoi prends-tu plaisir à nous la perturber ?

C'était loin d'être une admonestation. Tristan vit neuf visages blafards se tourner vers lui, curieux de savoir s'il parviendrait à mater ce Breton qui paraissait se délecter en se récalcitrant.

— Ce ne sera pas simple, messire, dit enfin Calloet. Je le sais... Je sais même, et vous tous aussi, que nous sommes des couillons d'être là, pourpensant la meilleure façon de réussir cette entreprise absurde... Moi, je me fais plaisir d'occire qui m'emmerde... surtout si c'est un Goddon !... Et si je conchie les Anglais, c'est

346

qu'ils ont triboulé[1], violé, puis branché ma mère et mon épouse devant ma fillette et mon gars, lesquels, ensuite, ont subi le même sort... Tous appartenaient à Thomas de Dagworth... Oh ! je sais, on le dit de petite naissance et on excuse ainsi sa tigrerie... « *On ne fait pas cela chez les vrais nobles* », allez-vous me dire, messire Tristan.

— Tu me prêtes des pensées que je n'ai pas. Défie-toi de ce besoin que tu as de croire que les autres ont des idées contraires aux tiennes, adoncques des idées mauvaises, puisque les tiennes, forcément, sont bonnes !

Il y eut des rires dont Tristan se fût passé.

— Où était-ce, Calloet ?

— A Langoat, tout près de la Roche-Derrien.

— Dagworth est mort. Il a rédimé tous ses crimes[2]. Je suis certain, au risque de te mécontenter, qu'il existe de bons Anglais... En fait, c'est la guerre qui est mauvaise et qui nous corrompt tous le cœur et le cerveau. Sache bientôt, pour notre survie à tous, te conduire en homme, en guerrier, mais non pas en restorier[3] de ta pauvre famille. Pas vrai, compères ?

Il n'y eut qu'un seul grognement de désapprobation : Gueguen qui peut-être comptait quelques morts en Bretagne. Au fond des yeux vairons de Calloet, la haine dansait toujours, bien vivante et même exacerbée. A quels funestes errements se laisserait aller cet homme

1. Tourmenté.
2. On sait qu'il sortait du commun et que son père se prénommait Jean. Une fois distingué par Edouard III, sa fortune fut faite : il épousa la comtesse d'Ormond et fut successivement lieutenant du roi d'Angleterre en Bretagne puis lieutenant du duc de Bretagne, en 1348. Il fit prisonnier Charles de Blois à la Roche-Derrien et mourut en 1350, tué, près d'Auray, par Raoul de Cahors, guerrier de la plus vile espèce dont les trahisons ne se comptent pas.
3. Vengeur ; celui qui restaure.

s'il avait, juste un moment, les coudées franches ? Or, c'était précisément en lui faisant confiance — et honneur ! — que l'on pouvait réduire sa malfaisance.

— Je ferai pour le mieux, dit enfin Calloet.

La plupart des hommes baissaient la tête. La sèche confession du Breton avant que de se préparer à l'action s'insérait dans l'ordre et le déroulement des choses. Leur commune destinée n'appartenait plus, déjà, au petit monde isolé, menacé lui aussi, de *la Goberde*. Paindorge, Buzet, Morsang regardaient la mer par le même sabord ; Pagès suçait son pouce, écoutant, peut-être, dans le silence revenu, ces rumeurs d'immensités liquides ourlées aux souffles du vent ressuscité, et qui tapotaient familièrement la coque ; Raffestin se curait le nez d'un index qu'il considérait ensuite avec une attention sans doute décuplée par la pénombre.

— J'en ai moult étripé, grommela Calloet. Mais c'est... comment dire ?

— Insuffisant ?

— Oui, Paindorge !... Insuffisant !... Et vous, messire, sachez que si ça va mal, je ferai ce qu'il me faudra faire !

Tristan se sentit pâlir. Ce diable de huron, qu'il croyait avoir assagi, lui réservait des déceptions. Ailleurs qu'ici ce soir, il lui eût appliqué quelques franches gourmades, sans crainte de déchoir en une échauffourée d'où il fût sorti vainqueur. Si Calloet avait le droit d'occire des ennemis, il ne pouvait, cette nuit, faire valoir ses prétentions à la vengeance.

— Passe-moi l'un des seaux, dit Gueguen pour clore toutes ces parlures. Il est temps que je me fasse beau... Allons, baille-moi ce seau, Paindorge.

Bientôt, les seaux passèrent de main en main et la suie recouvrit chacun des dix visages.

— Même le dessus des mains, compères, dit Tristan, montrant l'exemple.

— Quand *il* nous verra, anticipa Triphon, il nous prendra pour les rois mages !

— Si l'Edmonde me voyait..., ricana Pagès.

Il raconta qu'il l'avait quittée par goût des aventures et par envie des hautes payes et des butins. Ce coup-ci, sûrement, ce serait la richesse.

— Ou l'infortune, grogna Morsang.

— Je reviendrai au pays de Langue d'Oc, insista Pagès en forçant sur l'accent. A Narbonne... J'élèverai...

— Tes enfants ? suggéra Sampanier.

— Mais non, *bestiou* ! Des porcs, des moutons... Des bêtes qui rapportent. Car tu penses bien que l'Edmonde, depuis deux ans qu'elle ne m'a pas vu, et chaude comme elle était... Bah ! elle a bien fait...

— Castelreng, mon pays, proche de Carcassonne...

— Macarel de macarel !... On est voisins, messire !... Eh bien, quand nous serons revenus en Langue d'Oc, je vous rendrai visite.

— Je t'en saurai bon gré.

— Bien sûr, si nous ne sommes pas morts avant.

— Mais non, Pagès !... Mais non... Nous sommes sur une nef... Alors, tous les esparres [1] sont permis.

On rit un peu, et beaucoup quand on se vit pareils aux nègres d'Arabie. Même Calloet, à qui Sampanier passa un petit miroir d'acier décroché de la cloison, se sentit soudain plus allègre. Jamais, dit-il, on ne trouverait pour cette action une occasion si parfaitement propice et des hommes aussi vaillants que ceux de ce soir.

Il voulait paraître confiant, et même joyeux, mais sa voix, quelque affirmative qu'elle fût, tomba comme un

1. Espars.

pavé dans l'eau. Plus que jamais, elle avait un écho de mort et de mensonge. Paindorge haussa les épaules :

— On fera ce qu'on pourra.

— Faut y aller, dit Raffestin qui venait de regarder au-dehors. La nuit nous attend. Oyez, au-dessus de nos têtes, les pas des mariniers... Et ces bruits de sabords qu'ils sont en train de clore...

— Faudra, dit Gueguen, souquer dur et en silence.

Ils montèrent sur le pont, emportant les grappins et les cordes, et chacun avait ceint son épée. Les hommes de Calletot les saluèrent avec un respect non feint avant de descendre les deux batelets à l'eau. Des cordes pendaient au garde-corps. Tandis que Paindorge et Calloet en empoignaient chacun une et se laissaient glisser, Tristan se tourna vers le maître de *la Goberde* :

— Si nous sommes absents à la venue de l'aube, c'est que nous serons morts ou prisonniers. Partez... Je vous rends grâces de ce que vous avez fait pour nous... J'espère revenir afin de vous restituer votre arme...

— Noir comme vous êtes, ce badelaire vous convient !... Avec une robe blanche, on vous prendrait pour Saladin !

— J'aimerais pour ce soir acquérir son astuce.

— Vous reviendrez avec le prince de Galles... Dieu vous aidera !... Surtout, assurez bien vos rames à la coque afin de pouvoir repartir !

Tristan s'assit à l'avant du bateau et leva les yeux sur *la Goberde*. Les mantelets des sabords étaient maintenant rabattus et solidement assujettis. On entendait les bâcles de bois s'encastrer dans leurs assises. Il y eut des grincements de poulies, des claquements de voiles qu'on établissait pour mieux les larguer, sans doute. Déjà, avec Gueguen et Triphon assis sur la première toste [1], Pagès et Beltrame sur la seconde et Cal-

---

1. Banc d'une embarcation.

loet, immobile, un pied sur la tille de proue, la chaloupe nageait en silence.

— Allons-y, compagnons. Ne perdons pas de vue nos bons compains !

La barque dodina aux premiers efforts de Buzet et Morsang, Raffestin et Sampanier. Paindorge se tenait à l'arrière, les pieds parmi les grappins et les cordes. Nul ne parlerait à présent, à moins d'une nécessité.

« Et voilà », songea Tristan. Les avirons grinçaient dans les tolets de fer, et le bateau glissait comme un cygne immense dans l'ombre. « Un cygne dont je suis et la tête et le cou... Pourvu que, seulement, nous atteignions la terre... Nul ne nous devine. Même s'il essaie de nous voir de sa hune ou de son château de poupe, Calletot doit y renoncer... »

L'embarcation, docile, semblait cagoler vers la côte, et bien qu'aucun astre n'y jetât ses lueurs, la mer éblouissait Tristan. Elle exhalait des vapeurs et des lumières qui semblaient sourdre de ses profondeurs.

« Il nous faudra bientôt des yeux de hiboux... Nous les aurons !... Tout est prêt... Les épées à l'abri de leurs linges serrés et les courages à la hauteur de notre tâche. »

Pendant leur longue claustration coupée de quelques pauses sur le pont de *la Goberde* lorsque la mer paraissait désertée pour longtemps — du Crotoy jusqu'à leur passage au nord de Margate —, ils avaient étudié le portulan que le père de Calletot avait dressé de la côte sud-est de l'Angleterre et qui circonscrivait la portion de la Grande Ile allant de Portsmouth à Ramsgate et Margate, et de là jusqu'à Londres. Quelque sommaires qu'en fussent les indications, elles leur avaient paru suffisantes. A mi-chemin de Rochester et de Gravesend, il y avait Cobham. Ils trouveraient Cobham.

Une bonne chose, déjà, que d'atteindre ce manoir.

Mais petite, eu égard au motif de leur venue dans ces lieux redoutables.

« Calloet a les flambeaux et de quoi les allumer. J'aurais dû lui en soustraire au moins un... *Mais non ! Tout est bien ainsi ! Pourquoi te fais-tu encore du souci.* Nous ne nous servirons que d'un flambeau pour aviser Calletot de notre retour... *Pourquoi te mettrais-tu martel en tête alors que tout se passe bien* » Il allait devoir affronter, toute la nuit, ses angoisses et ses doutes, et plus énergiquement encore ceux de ses compagnons. « *Tout va bien mieux que tu ne l'espérais... Une occasion aussi propice à cette belle prise d'otage ne se présentera pas deux fois.* »

Dix existences et la sienne peu ou prou sacrifiées pour complaire à un roi et à un prince déshonorés.

« Si nous réussissons, sauront-ils reconnaître nos mérites ? Mes compagnons seront-ils plus heureux ? »

Comment ne pas penser ? A quoi pensait Calloet ? Paindorge ? Réussir ! Réussir !

« Je vaux mieux, moult mieux que ce roi qui s'est humilié chaque fois qu'il a voulu prouver son savoir-faire, soit par lui-même, soit par l'entremise de maréchaux ignares, mais présomptueux. Et ce ne sont pas les meilleurs : je l'ai vu, moi, à Brignais ! *Charles a cessé de penser à vous, à nous, mes bons compères. Il n'a jamais évalué les périls que vous alliez devoir affronter sous ma conduite.* Mais si nous réussissons, nous, les petites gens, nous jouirons de la reconnaissance infinie ou infime de cet... infirme ! »

Après cette réussite, les manants et les loudiers[1] de France seraient-ils plus heureux ? Non. Les suppôts du roi puiseraient toujours des dîmes exorbitantes dans leurs escarcelles. Rien ne serait changé ni à la Cour

---

1. Paysans.

ni dans les cités, ni même dans les rares villages qui demeuraient debout et dont les habitants vivaient dans la terreur d'un envahissement de routiers. Peut-être — ah ! que de *peut-être* en l'occurrence ! — le dauphin Charles serait-il contrarié, lui qui faisait preuve d'astuce et de fermeté, pour tout dire, d'*intelligence*, de voir son père maintenu sur le trône parce que onze guerriers avaient mis la main sur Edouard de Woodstock !

« Il se peut qu'il nous en veuille d'avoir réussi !... Mais réussirons-nous ? »

La familière évidence des faillites dans tout ce qu'il avait entrepris se manifesta sous une forme des plus coutumières : une suée sur tout le corps. Non, cette fois mieux valait mourir que passer des semaines, des mois, voire des années entre quatre murs !

— Je les vois, chuchota Paindorge. Nous allons les rejoindre.

D'une étrave soyeuse, l'embarcation lacérait l'eau qui dansait un peu après qu'elle eut été touillée par les avirons de la première barque. Parfois, une pale heurtait un bout de bois — branche ou fragment d'épave. Et c'étaient les seuls bruits avec le friselis des rames et le clapotement des vaguelettes. D'un peu partout flottaient des odeurs si parfaitement accordées à cette mer redoutable et aux spongiosités flottantes qu'elles semblaient glauques, elles aussi, comme cette onde serrée, pressée entre deux masses de terres informes.

— Un rat ! dit Paindorge, le doigt tendu.

L'animal sauta presque en silence d'un tronçon de madrier dans le flot.

Il avait peur, lui aussi. *Pour rien*. Il filait droit. Sa tête fendait l'eau vers la terre imprécise, laissant derrière elle un court sillage en V dont les bords miroitaient un peu.

— Ils y sont !

La barque de Calloet s'était échouée, de la proue, contre un bourrelet de sable, de varech et de débris délaissés au reflux. Loin derrière, on distinguait trois meulons ténébreux, carcasses de galées aux carènes éventrées. « Voilà qui permettra de nous retrouver au retour, si nous nous dispersons. » Tristan, prêt à bondir, entendit quelques crissements et des heurts : Gueguen, Triphon, Pagès et Beltrame extrayaient les avirons des hourdes[1] et l'un d'eux poussait sa pelle dans la mer pour faire, d'un dernier ahan, progresser l'esquif sur le sable.

— Nous y voilà...

Tristan sauta dans l'eau et n'en sentit pas la froidure.

— Ne musons point, mes compères, dit-il avant de rejoindre Calloet immobile.

— Que faisons-nous des flettes[2], messire ? Nous ne pouvons les laisser ici. Même de nuit...

— Et les rames ? demanda Buzet en frottant l'une contre l'autre ses paumes endolories.

— Nous ne pouvons traîner ces coques un peu plus loin : elles laisseraient sur le sable et les graviers des empreintes qui nous trahiraient...

Paindorge, qui s'était éloigné pour vider sa vessie ou ses tripes, revint au pas de course :

— Venez !... Poussez un tantinet les nacelles dans l'eau... Il y a, tout près, un chenal.

— Pour sûr qu'on va les refaire flotter !... Ainsi, on ne marchera pas dans ta merde !

Puis, tourné vers Tristan, la bouche mauvaise et l'œil torve, Calloet poursuivit :

1. Cavités pour le passage des rames.
2. Chaloupes.

— Un écuyer foireux privé de son cheval, mais qui découvre un chenal !

— Joue sur les mots tant que tu voudras, Charlot[1] !... Je ne t'en veux pas du moment que tu ne joues pas avec nos vies.

On repoussa les barques pour les conduire en silence dans l'échancrure de la berge dont Paindorge avait fait la découverte. Effectivement, c'était un chenal ; tout d'abord nu, pierreux, il se couvrit progressivement d'une végétation de plus en plus drue et confuse. Sous l'impulsion de Raffestin et Sampanier, la nacelle de Tristan, à l'avant, creusa son chemin dans un rideau de feuilles et de rameaux et s'immobilisa, malgré de fortes poussées, freinée par des branches immergées. Il fallut déhaler, pousser, trancher : le couteau de brèche de Gueguen vint à bout de ces enchevêtrements tenaces. Alors, on avança dans une eau caillée, bordée de roches et de vergnes. Le sol était visqueux ; il y eut des glissades. Sans la poigne de Paindorge qui le retint par le haut du bras, Calloet eût pris un bain.

— Toi, grogna-t-il, je te revaudrai ça.

C'était dit sur un ton menaçant. « Tu foires, toi aussi, Breton », songea Tristan. Et la crainte le prit d'autres querelles en germe.

— Arrêtons-nous là, décida-t-il. Manœuvrons les nacelles pour les présenter en position de départ... Les rames à l'intérieur. Il me paraît inutile de couper quelques branches pour les dissimuler puisqu'il nous faut en avoir terminé avant le lever du soleil... L'eau est morte, mais assurez-vous tout de même que ces deux coques ne descendront pas avec le flun[2].

— Elles ne bougeront pas, affirma Sampanier.

---

1. Partisan de Charles de Blois.
2. Flux.

— Comment nous y reconnaître, au retour ? demanda Pagès. Il nous faut revenir ici sans répréhension[1].

— N'aie crainte... Et maintenant partons vélocement.

Une fois sur le sable, Tristan désigna les grosses épaves des galiotes.

— A senestre en regardant la mer... Nous devons être en face de *la Goberde*... Tant pis pour ceux qui seront retardés.

— Même si nous étions poursuivis, dit Gueguen, les archers n'oseraient tirer sur leur prince... Nous n'aurons pas de meilleur abri.

— A condition qu'il soit devenu notre otage ! ricana Beltrame.

— Avez-vous les flambeaux, les grappins et les cordes ?

— Oui, messire, dit Calloet.

— Alors, partons, enfonçons-nous dans les terres et trouvons le chemin de Cobham... Hâtons-nous !

— Un moment, dit Calloet.

Il se baissa et saisit à ses pieds un pichet aussi gros, mais sûrement moins épais que sa tête :

— Buvons-en chacun deux ou trois goulées pour nous donner du cœur au ventre !

— C'est quoi ? demanda Buzet.

— De l'eau-de-vie, mon gars, pour une mission de mort... Vidons ça, les compains, à la santé du roi et à la gloire de Dieu et de Notre-Dame.

On but, on enterra le pichet vide dans le sable. Et l'on partit d'un pas mou vers le chemin qui, contournant Rochester, conduisait au manoir de Cobham.

_____
1. Hésitation.

— J'ai les jarrets durcis, murmura Sampanier. Jamais je n'ai piété aussi hâtivement.

— Trouvons la pie au nid et tu oublieras ta fatigue.

— Moi aussi, j'en ai plein les jambes !... On ne s'est pas perdus, messire ?

— Non, Beltrame. Aligne tes foulées sur les miennes.

— Moi, j'ai la rate[1], dit Pagès en se frottant le ventre.

Marchant, courant parfois, et scindés en deux groupes, ils n'avaient cessé d'avancer sur un chemin désert. Tristan et ses hommes précédaient Calloet et les siens d'une cinquantaine de pas, mais leur avance commençait à se réduire.

— Point d'arrêt, dit Tristan. Mollir nous coûterait la vie. Vous regrettez sûrement vos chevaux... Moi aussi. J'ai hâte d'en finir, ne serait-ce que pour changer de vêtements. Cette flaireur de mer qu'ils dégagent me ferait vomir si je ne me retenais... Nous avons patouillé dans une pourriture... Courage !

Ses yeux larmoyaient à force de scruter des ténèbres d'où émergeaient, livides, des amorces de sentiers, des bosquets, des fourrés. Parfois, un oiseau s'enfuyait, invisible, dans un clapotement d'ailes. Et cette contrée verdâtre sous un dôme de nuages noirs, immobiles et massifs, lui paraissait immense et presque aussi effrayante que celle des abords de Castelreng au temps de son enfance prime. Il les avait imaginés peuplés de Merlins et de Mélusines, de Lancelots accorts et de Mordreds cruels. Maintenant, adulte, il s'enfonçait dans un pays semblable ; il se précipitait dans une nasse immense, aux contours indiscernables, en se fiant à une bonne chance qui sans doute n'existait pas.

1. « J'ai un point de côté. »

Des arbres qu'aucun vent ne berçait dentelaient le ciel de leurs rameaux blafards, pareils à des fumées pétrifiées ; çà et là quelques buttes hérissées de jonchères semblaient des cibles renversées lors d'une interminable épreuve de tir à l'arc ; plus rarement, quelques têtes de rochers se hissaient au-dessus des buissons, et l'on eût dit des heaumes ornés de plumails d'herbes. Aucun toit. En tout et pour tout, après qu'ils eurent contourné Rochester, ils avaient aperçu deux maisons. Le silence dur, autour d'eux, s'imprégnait d'une solennité qui semblait un défi à leur entreprise.

— Allons, compères !... Hâtons-nous, les gars de Calloet nous rejoignent !

Ils avaient une bonne raison.

— Messire ! Messire, dit Beltrame en parvenant à leur hauteur. Voyez cette lueur, à senestre... C'est pas celle d'un pot à feu ?

* *
*

— C'est bien là.

— Nous allons approcher doucement, Calloet.

— Dommage, regretta Gueguen, qu'on doive sortir du couvert des arbres.

— Vous allez vous éparpiller, dit Tristan, mais pas trop loin les uns des autres... Soyez prudents et silencieux.

— Il y a, je ne sais où, messire, comme un bruit d'eau.

— C'est vrai, Morsang. Un ruisseau ou une petite rivière coule à proximité. Nous verrons cela plus tard, en cas de nécessité.

— Etrange pays..., fit Sampanier.

— On voit, dit Calloet, que tu n'as pas vu la Bretagne.

Certains rirent — Gueguen et Triphon —, les autres se fâchèrent, trouvant ces parleries inutiles.

La conférence avait lieu près d'une bosse caillouteuse, à la lisière d'un bosquet planté de chênes et de hêtres, à trente toises, pas plus, de la demeure de Renaud de Cobham, refuge préféré du prince de Galles et de son épouse, d'après Charles de France. Les faits, cette nuit, allaient corroborer ou démentir cette assertion.

— Avançons... et jetez-vous à terre au moindre bruit.

Le groupe dont les membres s'étaient dispersés avança précautionneusement dans un terrain plat, bossué, dont la végétation se composait de ronces et de fougères. Tous les arbres qui avaient crû en ce lieu avaient été abattus. On trébuchait sur des souches, des chicots de baliveaux ; on glissait quelquefois sur des copeaux et des sciures humides.

« La ramée enserrait ce manoir de trop près... A-t-on fait cela pour rendre la tâche des guetteurs plus aisée ?... Y en a-t-il ?... Combien ?... Et les serviteurs, combien sont-ils ?... Et les chiens ? Y a-t-il des chiens ? »

— Arrêtez un moment.

Tandis que les hommes s'agenouillaient, s'accroupissaient ou s'asseyaient, Tristan, d'un geste, appela Paindorge et Calloet. Ensemble, écarquillant les yeux, ils s'interrogèrent :

— Qu'en pensez-vous ?

— C'est un châtelet, messire, dit Paindorge. Je ne vois pas comment on y accèdera. Et vous ?

— C'est ce qu'ils appellent un *manor-house* quand ils voient, en Bretagne, une ferme fortifiée. Par saint Yves, messire, j'ai toujours pensé qu'on se casserait le nez sur des parois épaisses. Eh bien, ça y est. Vous les voyez suffisamment d'où on est pour trouver notre entreprise impossible. Pas vrai ?

Le manoir de Cobham était fortifié. Autant que Tristan put en juger, son enceinte semi-circulaire était bordée, sur son côté courbe, d'un fossé rempli d'eau, qu'une passerelle franchissait pour aboutir, comme à Vincennes et toutes proportions gardées, à un petit pont-levis, entre deux tours carrées assez basses, coiffées d'un toit d'ardoise en pyramide. La partie rectiligne de l'enceinte, privée de douve, était composée par les murs extérieurs de deux édifices jouxtant l'un et l'autre — et probablement mitoyens — une sorte de beffroi qui, sans doute, était le clocher d'une chapelle. Du toit du bâtiment le plus éloigné des trois hommes, une fumée s'exhalait, mince et blonde. Elle s'épaissit et brunit un instant.

— Il y a là-dedans des gens bien éveillés, messire. Ils ont remis du bois dans l'âtre.

— Eh oui, dit Tristan, le cœur serré par la conviction soudain aigre, désespérante, que son coup de vaillance était impossible.

— Merdaille ! dit Paindorge.

— Il nous faut voir cela de plus près.

— Croyez-vous, messire ? demanda Calloet enclin, sans doute, à renoncer.

— Le pont a été relevé... Aucun chien n'a donné de la voix. S'il y en a, ils sont enfermés pour la nuit... Paindorge, va dire aux autres d'avancer, mais attendez-nous ici... Qu'aucun ne soit tenté de tirer une lame. Pas de lueur, pas de bruit... Viens, Calloet et obéis !

Le Breton, d'un signe de tête, signifia son acceptation et remit son poignard au fourreau. Tristan se retourna encore et, puisque Paindorge et les autres venaient de le rejoindre :

— Amis, dit-il avec un sourire chagrin, si cela peut vous endurcir devant des périls qui subsistent et me semblent avoir décuplé, faites comme moi : pensez aux grands randons d'Edouard de Woodstock. A ses meurtres, pillages, embrasements de cités... Chacun de vous pourrait témoigner des crimes de ce démon, car si ses guerriers les ont accomplis, c'est lui seul qui les a gaiement perpétrés... Ne vous accouardissez pas. Nous devons entrer dans cette enceinte. Dieu et messire saint Michel nous y... exhausseront !

Il s'était exprimé lentement tandis que son regard faisait le tour du groupe, interrogeant chaque visage luisant de suie et de sueur avec une ardeur qu'il voulait éloquente, stimulante. Il n'était plus, au reste, Tristan de Castelreng mais un soudoyer comme eux, décidé à leur prouver son astuce, son courage et sa force.

— Allons-y, messire, dit Calloet. Et vous, les gars, faites-vous petits !

Des sauvageons aux rameaux mêlés à fleur de terre, des souches aux racines serpentines, pareilles, parfois, à de maigres mains crochues, rendaient la progression malaisée. Il semblait que ces obstacles-là voulaient les dissuader d'avancer. L'énergie de Tristan s'en trouvait augmentée. Bientôt, alors que le ciel se déchirait en lambeaux, laissant entrevoir une corne de lune, il fut au pied du manoir, à l'endroit où la douve cessait, l'eau étant retenue par un portereau[1] fermé en son milieu par une écrille[2].

— Contournons cette muraille côté terre.

Ils avancèrent prudemment, prêts à se jeter dans l'herbe dès l'apparition d'un danger, mais les murs

1. *Portereau* : barrage de bois analogue à une palissade.
2. *Ecrille* : porte, claie de retenue des eaux.

percés de minces et courtes archères paraissaient endormis comme ceux d'un château de rêve.

— Il nous défie, dit Paindorge.

Sous les lueurs d'un ciel d'encre et d'acier, lourdement allongée sur une terre pelée et dominée par sa haute tour percée à son sommet d'une baie géminée, la demeure de Renaud de Cobham s'affirmait comme un monument redoutable, défiant les incursions, les complots, les intempéries. Ses parois de granit, la pente aiguë de ses toitures renforcées d'un crénelage aux merlons pointus et terminées, à l'angle de la muraille bordant la douve, par une échauguette en poivrière évoquèrent, pour Calloet, le châtelet de Coadelan, dont il était natif. Pour Tristan, cette forteresse érigée en demi-lune provoquait dans les ténèbres suffisamment redoutables en elles-mêmes les pressentiments les plus funestes.

— Tu as dis vrai, Paindorge, il nous défie.

Il était accablé par la vanité de son entreprise. Un château, nullement un manoir. Si ses hommes et lui parvenaient à franchir ces parois, par quel miracle en sortiraient-ils ?

— Ah ! c'est pas une maison des champs..., regretta Calloet.

L'évidence le désinfatuait.

— Trop haut de ce côté, dit-il encore. Si on lançait un grave [1], ça ferait un tel bruit qu'il faut pas y penser. Mais rassurez-vous : les demeures, messire, c'est comme les femmes ; il n'y en a pas d'inviolables. Toutes cèdent sous le nombre et on est onze.

— Contournons, dit Tristan, du côté de la douve.

— J'ai vu du jaune dans une tour portière. Essayer de passer par là, c'est encourir la male mort... Mais

1. Grappin.

entre ces tours et l'échauguette d'angle, le mur crestelé de la courtine me paraît moins haut... Faut traverser à la nage. A trois. Se faire la courte échelle. Je veux bien être en bas pour soutenir les autres.

— Je t'en sais bon gré.

— Une fois en haut, le gars de flèche nouera une corde à un merlon. Les autres monteront et se chargeront du pont-levis après avoir occis les gardes. Il y en a, je les ai flairés.

— Le bruit des chaînes nous trahira. Il nous faut tous passer par cette même voie, maîtriser les vegilles et laisser un de nos hommes au pont-levis : il l'abaissera quand nous réapparaîtrons avec Edouard... si par bonheur il loge en ces murs cette nuit... Une fois le pont franchi, nous démolirons la passerelle. Nous trouverons bien, dans la tour portière, au râtelier d'armes, quelques haches pour cet usage... Qu'en dis-tu ?

— Foi de Breton, c'est bien pensé !

Dans la bouche de ce hutin, une telle phrase équivalait à un compliment.

Un fantôme s'approcha : Morsang.

— On se demande ce que vous faites...

Il était impatient de repartir, et c'est pourquoi il ne se souciait pas d'avancer debout, l'air aussi quiet que s'il se mouvait en France, à Vincennes ou ailleurs.

— Va rejoindre les autres !... Courbe-toi ! enragea Tristan.

Et tourné vers Paindorge et Calloet :

— Bon Dieu ! si nous étions ailleurs qu'où nous sommes, je souhaiterais à cet écervelé de prendre une sagette...

— Dans le cul !

Tristan vit luire les dents du Breton : il riait pour la première fois. Il lui avait trouvé des mœurs sanguinaires ; il avait détesté en lui une absence absolue de

363

cœur, un égoïsme assez peu fréquent chez les hommes d'armes, une irrémédiable passion de la mort. Mieux valait tout cela, en l'occurrence, que la légèreté d'un Morsang.

— Oui, dans le cul ! approuva-t-il. Bon sang ! viendrons-nous à bout de notre ouvrage ?

Un temps inappréciable s'écoula lorsqu'il examina, une fois encore, ce refuge que Cobham n'avait guère dû fréquenter puisque l'essentiel de sa vie s'était passé en France.

— Paindorge, va chercher les autres. Qu'ils se fassent petits !

Et quand ils furent réunis, ombres grises immobiles sous la piètre clarté du ciel :

— Calloet, Paindorge et moi allons traverser cette douve à la nage après avoir laissé une extrémité de corde parmi vous : ceux qui ne savent pas flotter sur l'eau sauront au moins tenir cette traille pour franchir aisément le fossé.

Il y eut des mouvements de gêne, et même de désapprobation de la part de Gueguen, Morsang et Buzet. Calloet se fâcha :

— C'est de l'eau douce ! Elle nous lavera tous de notre puanteur. Et puis quoi ? La muraille est bordée d'un large orteil[1]. Vous y accéderez...

— Calloet et Paindorge me feront la courte échelle et je nouerai une autre corde à un merlon. Ainsi vous pourrez vous jucher sur le mur...

— S'il y a un guetteur..., objecta Morsang.

— Je m'en occuperai.

— Ah ! vous voyez..., triompha Calloet.

Insensible à cette remarque, Tristan poursuivit :

— Là-haut, nous verrons les maisons et déciderons

1. Espace compris entre la muraille et la douve.

de ce qu'il faut faire. Dites-vous bien que le moindre heurt d'arme, le plus petit roulement de caillou, un jurement, un grognement nous préjudicieraient... Il y va de notre vie...

Une sorte de solennité donnait du poids à ses paroles. Il sentit autour de lui, pour la première fois depuis qu'il connaissait ces hommes, une confiance, un respect qui lui chauffèrent le cœur.

— Si on réussit, dit Morsang, comment qu'on prendra la fuite ?

— Quand nous aurons vidé les tours portières — si des gardes les occupent —, tu baisseras le pont-levis... Et je vous en préviens, vous tous : faites en sorte qu'aucun serviteur et aucun vegille ne crie !... Passe-moi un rouleau de corde, Sampanier. Tu le dérouleras au fur et à mesure que je m'éloignerai. Venez, vous deux.

Il noua prestement le chanvre à sa taille et entra sans hésiter dans la douve. Il eut aussitôt de l'eau jusqu'aux cuisses ; elle n'était ni froide ni boueuse comme il s'y attendait. Et pour cause : le portereau qui la retenait à quelques toises de la passerelle était percé d'une galerie d'écoulement dont il voyait le cintre, entièrement dégagé, ainsi que le sommet de la grille aux croisillons serrés et épais qui défendait cet orifice assez spacieux pour le passage d'un homme de l'intrusion de quoi que ce fût. Ainsi s'expliquait ce bruit de cascatelle qu'il avait entendu en arrivant à Cobham. Après avoir été détournée de son cours, l'eau y revenait souterrainement.

Tristan, par quelques brasses longues, distança Calloet et Paindorge, tout aussi soucieux que lui d'éviter les clapotements. Il atteignit la rive opposée, chercha le fond et ne le trouva que lorsqu'il fut immergé des pieds aux épaules. Le talus crevassé, barbillonné de broussailles, offrait de bonnes prises. Il allait, insoucieux des piqûres, se hisser sur le parapet empierré quand un fuseau d'or brun aussi long qu'une main, vint cogner sa poitrine et y frétiller avant de disparaître tandis que d'autres corps fugaces touchaient ses genoux et ses cuisses.

« Des tanches !... Cette douve est un vivier. »

Il planta la pointe de son pied dans le sol mou, glissa et s'empêtra dans un lacis d'herbes épaisses et désagréables tandis que des chapelets de bulles flottaient sur les vaguelettes clapotantes. Un second coup de pied plus haut le satisfit : la terre résista sous sa poussée. Avec un soupir d'aise, il fut enfin hors du fossé en même temps que Calloet et Paindorge occupés à enlever de leur torse les rouleaux de corde qu'ils avaient portés en écharpe.

— Paindorge, prends cette chevestre [1] et ne la lâche pas... C'est Beltrame qui la tient sur l'autre bord. C'est donc lui qui nous rejoindra le dernier.

D'un geste, il appela le reste de la troupe. Gueguen se mit à l'eau le premier, suivi de Raffestin.

— Quand ces deux-là seront présents, qu'ils prennent notre placc... Viens, Calloet. Trouvons un bon endroit... Quelques pierres en saillie seraient les bienvenues.

— Il est vrai, messire... Vous allez avoir besoin d'une belle aisance de mouvements : confiez-moi votre badelaire... Je gagerais cent florins d'or, tant ce mur est rude, que lorsque Paindorge sera sur moi, et vous au-dessus de nous, vous n'en atteindrez pas le haut. Prenez donc un grappin.

— Non, pour le grappin, à cause du bruit. Oui, pour

1. Corde.

366

le badelaire, car je ne puis monter avec ce mors aux dents : j'ai besoin de tout mon souffle.

Tristan offrit sa lame et son fourreau au Breton qui les coinça dans sa ceinture. Puis, les yeux de nouveau levés :

— Là, messire, quelque chose dépasse.

— Fort peu... Mais nous avons assez perdu de temps.

Pagès et Triphon traversaient la douve. A quoi bon se soucier des autres ? Ils passeraient. Paindorge arrivait. Il tendit son épée nue à Calloet :

— Tiens, Charlot de mon cœur, garde-la... Tu me la rendras quand nous serons là-haut... Messire, accrochez donc cette corde à votre ceinture...

* *
*

Faisant preuve d'une agilité de bateleur, l'écuyer se jucha promptement sur les épaules de Calloet et s'y maintint, le dos appuyé au mur, tandis que son porteur fermement adossé lui-même à la paroi, les genoux et les chevilles serrés pour obtenir le maximum de hauteur, grommelait un : « *Ça va* » ayant valeur de louange.

Ensuite, sans remuer sa tête à l'étroit entre les jambes de son fardeau, le Breton murmura :

— A vous, messire... Prenez cet étrier, mais surtout soyez bref dans vos agitations.

Il avait réuni ses mains devant son ventre, les doigts insérés les uns dans les autres. Tristan l'empoigna audessus des biceps et se hissa, tandis que le soudoyer l'aidait de ses mains disjointes, jusqu'à ses épaules.

— Hâtez-vous, messire, dit Paindorge dont Tristan écrasait les cous-de-pied.

L'édifice déséquilibré par son ascension chancelait un peu. Quand il fut immobile, Tristan prit un nouvel appui sur les mains de l'écuyer. Un instant, la colonne humaine chancela encore, penchée en avant par cette pesanteur nouvelle, mais Calloet saisit les jambes de Paindorge, juste au-dessus du genou, assurant la stabilité de l'ensemble et même le consolidant.

— Faut qu'on soit, dit-il aigrement, comme trois saints au portail d'une église. Et cette bon sang de corde qui pendouille va me faire éternuer !

Tristan prit position sur les épaules de son écuyer. Il se déplia doucement, sans rompre un aplomb qu'il sentait devenir précaire, cherchant, le nez touchant le bossage d'un moellon et les doigts mouvants, les aspérités qui l'aideraient à s'agripper.

Sans se lasser de tâtonner, il trouva deux pierres disjointes, mais solidement enchâssées dans la profondeur du mortier. « Une aune et demie !... Je n'y arriverai jamais... Il y a cette chose que nous avons vue, Calloet et moi, et qui ressemble à un reste de gargouille... Si je l'atteins, ce sera comme un échelon. » S'il pouvait poser un pied sur l'une des deux pierres, il parviendrait à se hisser pour s'accrocher à ce grand chicot et prendre, de ce perchoir, un essor définitif jusqu'au bord du crénelage.

— Rien ? demanda Paindorge. Y arriverez-vous ? A combien vous trouvez-vous du faîte ?

— Une aune et demie... Deux pierres peuvent m'aider à en atteindre une grosse... Mais comment monter dessus ?... Le mur est lisse partout ailleurs.

— Faut réussir ! intima Calloet.

Il devait, maintenant, être étayé par quelques hommes. Tristan entendit leurs murmures et grognements et imagina toutes leurs faces noires levées vers lui. Il fallait qu'il réussît !

— Ne pas renoncer. Ne pas choir pour ne pas déchoir !

Venait-il de parler haut et fort ? Paindorge desserra ses mains de ses chevilles :

— Messire, soulevez votre semelle dextre.

Il obéit et sentit son pied prisonnier d'une main.

— L'autre, maintenant... Bien... Je vais vous pousser de toute la longueur de mes bras... Il vous faudra vous mouvoir vélocement ensuite car je ne suis ni Hercule ni Breton !... Etes-vous prêt ?

— Vas-y !

Cette fois, l'édifice humain tremblait comme il n'avait jamais tremblé. Tristan donna du front dans une pierre, puis dans une autre. Son nez, son ventre, ses genoux raclaient parfois le mur. La corde, dans son dos, le gênait.

— Lâche ma jambe dextre, Paindorge...

Il plaqua cette jambe au mur, la plia lentement tout en s'accrochant à l'une des excroissances qu'il avait remarquées, et qui branlait dans son assise. Sa semelle trouva une espèce de corbeau sur lequel il pesa : cela tenait. Maintenant, les bras levés, les mains cramponnées à la pierre, il devait prendre le risque de s'élever tout seul.

— Attends un peu, Paindorge.

Les doigts de sa main senestre s'enfoncèrent dans un interstice entre deux moellons mal jointoyés. Bon... Il allait se hisser, se crocheter au moindre escarpement.

— Lâche-moi, l'ami !

« Comme une araigne sur un mur ! »

L'impondérable fraîcheur nocturne le caressait et le vivifiait d'autant mieux qu'il ruisselait comme s'il venait d'être exposé à une pluie battante.

Il se hissa. « J'ai peur. » Son sang froidissait ; son

cœur bondissait et semblait heurter la muraille. Quelque chose de lugubre empâtait ses poumons.

« La gargouille... ou ce qu'il en reste ! »

Il la touchait, oui, mais du bout des doigts. Elle ne branlait pas. Il devait l'attraper à deux mains puis tâtonner encore, trouver une faille pour un de ses bouts de pied.

Il suait d'angoisse. Des gouttes filtraient à travers ses sourcils et ses cils et lui poivraient les yeux. Un ahan. Un moment, il fut dans le vide, complètement détaché de la paroi, mais il avait enfin empoigné la gargouille.

Il était maintenant libéré de ses transes. Sa dextre erra sur le mur. Elle y trouva du vide, un rebord, une ope [1] qui avait servi à la fixation de l'échafaudage. Il expira un grand coup, effrayé par cette découverte et soulagé en même temps. Il lui semblait qu'en bas, on tirait sur la corde. Illusion !

« Tu te cramponnes à la gargouille et à cette aspérité... Tes orteils, encore, trouveront bien de quoi soulager ton effort ! »

Sa tête s'alourdissait sous le poids du sang qui sans cesse y affluait. Jamais il ne s'était senti aussi gros et aussi pesant.

« Vas-y ! »

D'une traction des deux bras, il se hissa, farouche, haletant, cherchant d'un pied insistant une faille, une aspérité, quelque chose qui pût aider son ascension.

« Oui... Pousse... Regarde, plus haut, ce trou... Bien... Hisse-toi !... Bon sang, hisse-toi donc !... Qu'as-tu dans les membres ? Des muscles et du sang ou simplement des os ?... Tourne ton pied... Tu vois bien qu'il te gêne et te décolle du mur... »

_____
1. Trou ménagé dans un mur pour recevoir l'extrémité d'une poutre.

Aucun interstice... Rien... Si !

Il poussa des deux pieds. Le senestre ripa. Il crut qu'il allait tout lâcher.

Il reprit sa pression, mâchoires crispées, les prunelles brouillées de sueur et de larmes.

Sa dextre, au bout de son bras levé, ne rencontra que du vide. Il la baissa. Aucun doute : ce qu'il touchait était une pierre travaillée, lissée, précieuse. Il avait atteint l'appui du crénelage et touchait l'assise d'un merlon.

« La senestre à présent... Ça y est ! »

Plaisir de sentir sous ses paumes endolories, le grenu des moellons soigneusement taillés composant le garde-corps d'un chemin de ronde.

Dernier effort. Son avant-bras dextre s'aplatit sur le rebord du parapet. L'autre. Il allait devoir les décroiser dans une étroite embrasure car les merlons étaient fort rapprochés. Difficulté mineure. Il en riait.

Poussant des pieds, il fit glisser ses bras entre les deux montants de pierre et parvint à les dénouer.

— Pousse encore !

Bientôt, il pourrait s'accrocher à l'arête d'un merlon.

« J'y suis... Une poussée encore sur le ventre... Je tiens bon... Ça y est ! »

Il rampa sur les dalles et regarda la cour. Il ne pouvait l'embrasser toute, mais ce qu'il en voyait l'émerveilla et le rassura : elle était vide.

Pas le moindre bruit d'une semelle qu'on plie, d'une toux, d'une voix. Rien. Une torche flambait devant l'un des bâtiments, une seconde devant le beffroi. L'autre édifice était éclairé du dedans. Une lumière dansait à hauteur d'homme.

Toujours allongé, mais sur le flanc, Tristan dénoua la corde liée à sa ceinture et, l'échine basse, alla l'assujettir solidement à un merlon. Il l'agita et la vit se roidir sous une traction exercée d'en bas. Bientôt Paindorge apparut et se jeta dans ses bras :

— Messire ! Messire !... Ce que vous avez fait dépasse l'entendement !

— Assurément, dit Calloet. Mais on n'est pas venus là, si bien élevés qu'on soit, pour remuer l'encensoir !... Reprenez votre badelaire, messire... Je dois vous révéler que vous m'avez fait peur. J'ai douté de vous, de nous...

Tristan sourit et, récupérant son arme :

— Pas tant que moi, Breton !... Pas tant que moi... Et je t'avoue que dès notre retour sur *la Goberde*, je changerai mes braies !

— Si retour il y a, dit Morsang.

Il précédait de peu Sampanier et les autres. Bientôt tous furent présents.

— Alors ? demanda Raffestin.

— Avant de décider quoi que ce soit, compères, il nous faut examiner les lieux autant que ces ténèbres le permettent. Gueguen, va par là, jusqu'à l'échauguette. Tâche de voir tout ce qui brille et ce qui remue... Défie-toi des moindres bruits et lueurs tout autant que des bruits et des ombres que tu peux faire... Vous autres, tous, accotez-vous aux merlons et taisez-vous !... Viens, Calloet, allons voir à l'autre bout. Le chemin de ronde contourne cette tour portière. Une petite courtine la réunit à sa voisine.

La déception de Tristan fut pire que celle de Calloet quand, parvenus au milieu de la courtine, ils se penchèrent pour reconnaître les lieux. Au pied d'une tour, en dessous d'eux, trois hommes d'armes étaient assis sur un banc, immobiles. Leur nuque et leurs épaules touchaient le mur, leur torse penchait obliquement en arrière, et leurs jambes allongées reposaient sur une grosse poutre. Ils avaient conservé leur épée au côté.

Une cotte armoriée couvrait en partie leur jaseran de mailles. Leurs chapelets de fer ronds et plats, posés à l'envers sur une caisse, ressemblaient, vus d'en haut, à des écuelles disposées pour un repas. Les mains sur le ventre, ils semblaient repus et assoupis.

— Sans doute, dit Tristan, y en a-t-il d'autres à l'intérieur.

— Pas de chiens, à ce qu'il semble.

— Il doit bien y avoir deux ou trois serviteurs, ne serait-ce que pour apprêter la mangeaille.

— A moins, si nos deux amants ne sont là que depuis la vesprée, qu'ils n'aient mangé dans une hôtellerie...

Comme au pied de la muraille si péniblement vaincue, Tristan se sentait petit, indécis, mais résolu à vaincre ses atermoiements. Calloet eut un sourire de biais exprimant peut-être une espèce de gourmandise :

— La Jeanne de Kent est si chaude qu'on pourrait cuire, dit-on, un repas tout entier sur son cul !

— Repas froid, repas chaud, une chose me satisfait : pas de chien. Elle doit aimer la tranquillité et détester les puces. Et si Woodstock et elle ont quelques serviteurs, ce sont ceux de Cobham. Ils ne sont pas nombreux, je suppose, et même s'ils le sont, il nous faudra les maîtriser dans leur lit.

— Cela me plaît !

Quelque chose craqua en bas. Les pieds d'un gardien venaient de glisser de la poutre. Il se leva, bâilla d'une façon bruyante, provoquant deux autres bâillements et se rassit. L'épaisseur du silence revenu incommoda Tristan. C'était comme une poix qui lui collait aux oreilles.

— Il va falloir nous séparer en trois. Les uns entreront dans la maison devant nous, les autres dans le beffroi et le reste dans la maison d'à côté.

— Et ces bâtiments, dessous la grande courtine ?

— Une écurie, une grange. C'est par là qu'il nous faut descendre.

— Les toitures nous aideront. Elles ne cliquèteront pas comme lorsqu'on marche sur des tuiles, puisqu'elles sont en chaume... Tiens, voilà votre écuyer !

Toujours ce changement de voix, ce ressentiment dont l'injuste aigreur envers Paindorge se trouvait dulcifiée par un rire qui, pour Tristan, la rendait plus corrosive encore.

— Ils s'inquiètent et s'impatientent...

— Nous allons y aller. Penche-toi.

Paindorge s'exécuta, vit les trois gardes et dit en se redressant :

— Va falloir les occire.

— Pleure pas, dit Calloet.

— Comment les éloigner de cet endroit et les amener à portée de nos armes ?

— Le vieux subterfuge, Paindorge : faire naître un bruit... à l'écurie, par exemple. Un cheval hennit, un gars se dérange pour aller voir ce qui se passe. On l'attend derrière la porte.

— Et *zip !* fit Calloet en passant éloquemment son index sur son cou. Et on recommence avec les deux autres.

Ses prunelles flambaient comme celles d'un tigre.

— Bien sûr, pour ça, faut avoir les couillons bien accrochés... si même on en a !

Devant l'insuccès de ses insinuations, le Breton insista encore, sans contrôler cette fois son rire :

— En as-tu, Paindorge ?

Cette fois, Tristan empoigna le fâcheux par le col de son pourpoint :

— Il suffit ! Garde tes provocations pour les Goddons que nous allons affronter ! On verra si ta forcennerie est à la hauteur de tes dires !

L'incident fut clos. En apparence, du moins, car Paindorge avait feint une indifférence absolue en désaccord avec son caractère. Tristan décida de s'abstenir de tout propos favorable à son écuyer. Plus il s'immisçait, pour les en guérir, dans l'inimitié des deux hommes, plus il l'envenimait.

— Retrouvons les autres... Au passage, détachons cette corde qui pendouille le long du mur et remontons-la...

Quand ce fut fait, ils rejoignirent leurs compagnons et les informèrent de ce qu'ils avaient vu et décidé. Une nouvelle fois, la corde fut assujettie à un merlon puis déployée dans le vide. Elle tomba sur le chaume de ce qui semblait une grange.

Tristan descendit le premier. Une fois parvenu au faîte du toit, il s'accroupit et se laissa glisser sur son séant jusqu'à l'extrémité de la pente. Après avoir évalué tant bien que mal la distance qui le séparait du sol, il choisit l'endroit le plus apte à le recevoir, lança un regard circulaire — « Personne ! » — et sauta.

Il tomba sans bruit sur une terre jonchée de fétus et de brins de paille. « A vous, maintenant », fit-il d'un geste. Peu à peu ses compagnons le rejoignirent. Paindorge, qui demeurait sur le toit, rabattit la corde le long du mur, la dissimulant ainsi dans l'encoignure qu'il formait avec la paroi. Puis il sauta.

— Nous pourrions avoir à repasser par là, dit-il en s'adressant plus particulièrement à Calloet. Alors, il suffirait de la jeter de l'autre côté du merlon.

— Pour choir dans le vivier.

— Ne sais-tu plus noer[1] tout à coup ?... Ignores-tu que l'eau amortit la violence des sagettes ?

1. Nager, passer à la nage.

Tristan intervint une nouvelle fois :

— Triphon, va voir ce qu'il y a dans cette maisonnelle... Pagès, va jeter un coup d'œil dans celle d'à côté... C'est sûrement l'écurie...

Les deux soudoyers partirent en silence et revinrent précipitamment. Ils souriaient. Pour ces esprits droits et rudes, toute l'affaire, à présent, devenait d'une simplicité telle qu'ils en sortiraient non seulement indemnes mais vainqueurs.

— Une grange... une écurie, dit Pagès. On fait quoi ?

Tristan réprouva cette griserie collective. Il ne la partageait point.

— Tu parles fort... Veux-tu un tambour ?... Gueguen, Triphon et toi, Pagès, vous irez voir ce qu'il y a dans ce beffroi. Buzet, Morsang, Raffestin, Sampanier, vous allez costier[1] le mur jusqu'aux tours portières. Quand un cheval hennira et mènera un gros brouillis[2] à l'écurie, un des trois hommes qui sont là-bas viendra voir ce qui se passe. Vous êtes quatre, il restera deux ennemis. Mettez-les hors d'état de nous préjudicier.

— J'aimerais y aller, dit Calloet.

Tristan perçut parfaitement l'excitation du Breton : il allait se délecter. Il y eut un grand souffle d'air et le manoir tout entier parut plein de mouvement et de murmures. Quelqu'un toussa. Ce devait être un des trois gardes.

— Eh bien, vas-y, Calloet. Quel capiteux[3] tu fais ! Morsang, demeure... Dis, Calloet... Quand la place sera nette, trouve dans une des tours le treuil qui commande l'ouverture du pont... Abaisse le tablier, mais veille au

1. Longer.
2. Vacarme.
3. Obstiné.

grain. Qui sait s'il ne viendra pas quelques gars pour relever ceux qui sont présents cette nuit ?... Ne leur fournissons pas l'occasion d'entrer.

— Bien, messire. Sampanier restera pour la manœuvre.

— Quand vous aurez... nettoyé cet endroit, vous entrerez dans la maison d'en face. Paindorge, Morsang, Beltrame et moi, nous nous chargeons de celle-ci.

— Où pensez-vous, messire, que sont l'Edouard et sa belle ?

C'était Beltrame, blême sûrement sous sa suie, qui venait de poser cette question. Elle hantait tous les esprits.

— S'il est présent cette nuitée, il est en face... Voyez, la cheminée fume toujours autant. Or, nous sommes à la mi-juin. Ce n'est pas la saison où l'on fait des flambées pour les serviteurs et les hommes d'armes. Et les queux, maintenant, ont fini leur service... Le prince de Galles et sa dame galante réchauffent leur nudité aux flammes. La princesse peut avoir le feu au cul comme elle en a réputation et geler sur tout le reste du corps.

— Laissez-moi donc entrer dans l'écurie... Je sais faire chanter les chevaux.

Calloet, évidemment. Il n'existait rien, apparemment, qu'il ne sût faire. Dans la glu de son visage, ses dents, ses yeux étincelaient.

— Soit... Tous accroupis le long des murs... Nous nous séparerons ensuite.

Un cheval hennit de douleur et sabota vigoureusement, entraînant ses voisins dans sa danse. Puis ce fut le silence et de nouveau ce cri de souffrance et d'effroi révélant une atrocité pénible, assurément inutile. « Que lui fait-il, ce fou ? » Déjà quelqu'un courait : un des gardes de l'entrée. Un moment, le temps du passage

377

de l'homme, Tristan sentit vaciller ses certitudes et resurgir en lui le sentiment d'échec injuste, outrancier, mêlé à l'écœurement de ce qu'était sa vie. Or, cet Anglais allait perdre la sienne. Il regarda la fenêtre brillante, juste en face. Derrière les verres glauques, Edouard de Woodstock profitait peut-être encore de l'essentiel plaisir de l'existence. A moins que, pour ce prince sanguinaire, occire ne fût une délectation suprême, comme pour Calloet.

Une ombre apparut bientôt. Le Breton portait sur son dos un fardeau méconnaissable à distance mais qui était l'Anglais. Il le jeta au sol d'un tour de reins.

— Droit au cœur, les gars.

— Défions-nous que les autres ne viennent quand ils ne verront pas revenir leur compain.

— Voulez-vous, pour qu'ils accourent, que j'aille titiller un cheval ?

Tristan n'osa demander : « Qu'as-tu fait à celui qui s'est tu ? » De la tête il refusa au Breton toute espèce d'action malavisée. D'ailleurs, une ombre apparaissait en provenance des tours portières.

— Encore un, dit-il.

Une vague de tristesse s'éleva en lui : affronter un adversaire et l'occire, oui. Le meurtrir par traîtrise, non. Mais il fallait, en l'occurrence, dans ce manoir empli d'ombres et de périls, trigauder[1] l'ennemi afin d'en triompher.

Il tremblait et sentait sa sueur mêlée de suie gluer sur ses joues et son front tandis que ses yeux, à force de guetter l'apparition de la prochaine victime, brûlaient et picotaient ses paupières. Un étau de glace enfermait ses poumons et serrait, serrait... Cette défail-

1. *Trigauder* : agir comme un trigaud, c'est-à-dire comme un homme qui n'agit pas franchement.

lance ne laissait pas de lui coûter ; il en souffrait de male honte au tréfonds de son être et en eût ressenti du remords s'il avait été capable d'éprouver autre chose que le désir d'achever vitement cette incursion qu'il trouvait désormais absurde.

Il vit la dextre de Calloet fondre sur son poignard comme le gerfaut sur la grive. L'Anglais tomba à la renverse. Déjà le Breton, un pied sur le corps étendu, en extrayait sa lame. La victime remua, en exhalant un gémissement. La pointe ou le tranchant pénétra dans sa gorge, et ce fut Calloet qui eut un soubresaut.

— On dégage le seuil de ce maudit manoir, dit-il en rejoignant ses compères.

Il essuyait sa lame sur la cuisse. Peut-être était-ce ainsi qu'il l'aiguisait.

— Morsang, Beltrame, allez me tirer par les pieds la dépouille de ce malheureux et allongez-la quelque part où nul ne la verra.

— Vous avez vu, messire ? Avec Guesclin, j'ai été à bonne école.

— On a vu, dit Buzet, pour Tristan. Dans toute cette noirceur, on a vu... Cesse de te paonner ou Dieu va nous maudire.

Dans l'esprit simple du garçon de plus en plus chargé de doutes et d'angoisses à mesure que les événements s'ensuivaient, des nuées effrayantes se déployaient, sans doute pareilles aux grandes bannières du ciel nocture, semées de signes et de lueurs prophétiques maintenant que la lune y resplendissait et que çà et là clignotait une étoile.

— Il m'en reste un, dit Calloet... On y va, compères... Suivez-moi... Messire, on se retrouve quand on peut, où on peut...

Buzet suivit à regret le Breton, puis Raffestin et Sampanier. Ceux qui devaient maîtriser le beffroi

— Gueguen, Triphon et Pagès — traversèrent la cour en silence.

— Pourvu que...

— Que *quoi* ? interrogea Paindorge.

— Que le Woodstock soit présent... et qu'il loge en ces murs où nous allons entrer... Vous autres, dénudez vos armes et suivez-nous.

Morsang, Beltrame et Paindorge traversèrent la cour en courant et s'arrêtèrent avant d'avoir atteint la maison.

— Avez-vous ouï ce cri, messire ?

— Le troisième vegille, Beltrame. Ils vont nous préparer la retraite...

*   *

*

La porte renforcée de pentures dont les volutes scintillaient inspira un frisson d'angoisse à Tristan. Si par malheur elle était verrouillée, il faudrait entrer par une fenêtre. Tumulte et temps perdu, serviteurs alarmés qu'il faudrait peut-être occire.

— Je tremble, avoua-t-il.

Sa sueur semblait se hérisser d'aiguilles glacées. Un brouillard enfumait sa vue : c'était tout simplement son haleine ; la nuit en son mitan échangeait sa fraîcheur contre de la froidure. Il haletait d'une façon bruyante, déplaisante, à la façon d'un chien approchant du gibier.

Le pêne quitta la gâche et la porte s'ouvrit.

— Oh ! fit-il reculant d'un pas.

Devant lui, devant eux, se tenait un fantôme. Quel âge ? Quinze ou seize ans ; blond-roux si la lueur du candélabre à trois branches qui éclairait ce vestibule ne trahissait pas la couleur de ces cheveux longs, rassemblés en queue de cheval, et qu'un fronteau d'orfroi

380

orné d'une petite perle empêchait, si soyeux qu'ils fussent, de nuire à la pureté d'un front d'une pâleur de lis.

— Une belle fille ! chuchota Paindorge.

— On n'est pas des Maures, dit Beltrame afin de rassurer l'inconnue.

— N'ayez crainte, damoiselle, si vous comprenez notre langage. Nous ne vous ferons aucun mal. Le fard qui vous effraie n'est rien que de la suie.

C'étaient les seuls mots que Tristan eût trouvés, mais ils lui semblaient rassurants et de bonne texture. Il se donna un répit en posant son index sur sa bouche. Elle comprit et acquiesça.

— Défiez-vous d'un piège, messire ! souffla Morsang.

La jouvencelle eut un mouvement de tête négatif. Elle était vêtue d'une robe de tiretaine bise, serrée à la taille par une ceinture de fils de cuir tressés. La simplicité de sa mise révélait une naissance plébéienne. Mais fallait-il se fier à cette apparence quand la beauté se révélait princière ? Elle les regardait tous sans ahurissement, et plus hardiment et ardemment ce chef au visage maculé de ce qui, pour elle, semblait une bourbe noirâtre. D'une voix basse, presque compassée, elle révéla qu'elle les avait vus paraître sur la muraille.

— J'allais clore ma fenêtre et me coucher... Anglaise comme tous ceux de Cobham, j'aurais crié... Mais je ne le suis pas...

Les gouttelettes dont son front se couvrait avaient la même nacre que les larmes qui glissaient sur ses joues. Par quelle étrange absurdité du destin, songea Tristan, ses hommes et lui découvraient-ils cette beauté une nuit pareille ? Sous les lacets entrecroisés de ses manches ridées as las [1], il voyait ses épaules opulentes,

1. Manches fendues sur toute la longueur du bras et lacées par des cordons terminés par une aiguillette.

et, du coude au poignet, les fuseaux de ses avant-bras d'une blancheur et d'une pureté qui ne pouvaient que lui rappeler Oriabel. Mais était-ce bien le moment... ?

— Vous n'êtes pas en sécurité pour longtemps, dit-elle en s'adressant à tous. Chaque soir, les hommes d'armes sont relevés, mais cette nuit, ceux que vous avez dû... écarter de votre voie en attendaient une trentaine... Des soudoyers de Rochester... Ils doivent compagner...

La voix lui manqua soudain. Elle ajouta, plus curieuse qu'inquète :

— Que faites-vous céans ? Que venez-vous chercher ?... Vous savez que messire Edouard de Woodstock est à Cobham ?

— Oui, dit Paindorge.

— Vous voulez rober son butin ?

— Nous voulons nous saisir de sa personne. Vous êtes avec nous ?

— Je suis de Normandie... Il est là, au fond, avec son épouse... Deux portes proches l'une de l'autre et closes de l'intérieur vous en séparent... C'est une chambre si l'on veut... Ils aiment à se rouler sur des peaux de bêtes... devant la cheminée... Le feu dans l'âtre et dans le corps... Quand ils font cela la nuit, les hommes montent sur le toit de la grange ou sur la margelle du puits et les épient...

Elle parlait trop et sa voix se haussait. Paindorge impatient dit : « Merdaille, hâtons-nous ! » et Tristan acquiesça, puis s'adressa uniquement à la pucelle :

— Je vais vous tenir ainsi : votre dos appuyé à ma poitrine et mon bras senestre ceignant votre taille... De ma dextre j'appuierai cette lame sous votre menton. Ainsi, l'on ne pourra vous suspecter de nous avoir aidés... Vous allez crier comme si l'on vous tourmentait. Le prince sortira et ne pourra refermer les deux huis parce qu'à peine nous sera-t-il apparu que nous aurons pris notre escousse [1] et pénétré dans son refuge !

— Je ferai cela... Si vous réussissez, emmenez-moi aussi !

Elle le considérait sans crainte, avec une admiration qui semblait pénétrer son onguent de suie pour le voir tel qu'il était.

— On vient, murmura Paindorge, exigeant le silence et l'immobilité.

Péril extérieur : on marchait dans la cour à petits pas de feutre. Calloet et ses hommes apparurent, puis Gueguen et les siens. C'était trop. Leur présence mettait en péril le maigre subterfuge que Tristan venait d'imaginer.

— Qui c'est ? dit Calloet en montrant la pucelle.

— Une prisonnière... Une pucelle de Normandie... Pas le temps de causer...

— Aurait mieux valu...

— Tais-toi ! Woodstock et sa Jeanne sont là, derrière...

— On sait : je les ai vus de la fenêtre. Elle le chevauche au petit trot.

Gêné d'être en présence de la jouvencelle par ce que ces images suscitaient, Tristan l'interrogea :

— Y a-t-il céans d'autres serviteurs ?

— Je suis seule cette nuitée. La chambrière et le chambellan qui *les* servent s'en sont allés, ce matin, à Rochester. Ils ne reviendront que demain soir. S'ils ont besoin de moi, l'un ou l'autre remue une clochette... Mon nom est Luciane...

— Alors, ma belle, dit Calloet, vous êtes la seule vivante... Et ça vaut bien...

— Arrière, exigea Tristan, sa lame pointée sur le

1. Elan.

ventre du Breton... Je t'avais dit de veiller au pont-levis !

— Rien à craindre.

Tristan, excédé, fit front :

— Oyez tous — et ce sera la dernière de ces parlures à voix basse qui nous auraient trahis si les deux autres, là, derrière, ne forniquaient comme... des sourds ! Luciane va crier et jupper[1] aussi fort qu'elle pourra. Edouard quittera les bras de son épouse et nous ouvrira ses portes... Mais nous sommes moult nombreux : nous nous gênerions...

Il vit que du sang gluait sur les épées de quelques-uns et décida de les exclure :

— Gueguen, Calloet, Raffestin, Pagès, Triphon... allez veiller au-dehors. Vous autres qui resterez près de moi, sachez-le, si l'un de vous lève sa lame sur le prince ou la princesse, il me trouvera du côté des Goddons...

— Moi aussi, dit Paindorge.

— Evidemment ! dit Gueguen, approuvé par Calloet, avant de disparaître.

Tristan enlaça aussi doucement que possible la taille de Luciane.

— N'ayez crainte, m'amie.

— Emmenez-moi avec vous.

— Impossible... Je crains que nous ne périssions tous, au retour... et ne puis, hélas ! vous assurer que je reviendrai pour vous sauver et vous ramener en Normandie...

Il y avait lontemps qu'il n'avait pas étreint, même légèrement, un corps aussi flexible, tiède, juvénile. Les deux renflements des petits seins charnus reposaient sur son avant-bras, sans crainte, comme deux

1. Crier, appeler.

colombes sur une même branche. Il avait lu cette phrase-là dans un livre. *Mélusine* ou *Garin de Montglave*. Aliénor et Oriabel n'avaient pas plus de mamelettes. Mais à quoi bon, maintenant, évoquer ces trésors de femme, et d'autres plus émouvants ! Il chuchota : « Criez, m'amie ? », et Luciane obtempéra.

Elle n'eût pas hurlé plus fort son horreur et sa détresse. Elle y mettait tant de sincérité qu'il sentait, sous sa paume, battre son cœur.

Pas un bruit. Ils avaient pourtant dû suspendre leur embrassement !

— Au secours !... *Help !*... Pitié, pitié !

Nulle autre femme, sans doute, n'eût mieux exprimé par ces mots son sentiment de répulsion, d'horreur, de désespoir. Le cœur de Tristan s'affolait lui aussi à grands coups tandis qu'il regardait tantôt la porte close, tantôt les cheveux et les frisons qui moussaient sur le cou d'albâtre de Luciane. Les respirations saccadées de ses compagnons, la fébrilité de leurs doigts noués sur la fusée de leur épée lui disaient, elles aussi, leur fureur d'attendre. Tous observaient la porte. Allait-il apparaître ? S'étonnait-il de n'entendre aucune foulée précipitée, aucun pas sur les degrés d'un escalier ? Tristan, l'oreille tendue, essayait maintenant de percevoir un bruit, une voix. Rien. Il interrogea Luciane. Et se retourna :

— Paindorge, ébaudis-toi très fort... Fais tomber ce pot, là, dans cette niche !... De la frainte[1]. Qu'ils croient qu'un de leurs sergents veut abuser de leur meschine[2] !

— Grâce !... Grâce ! pleurnicha Luciane. Non, messire ! Non !

1. Vacarme.
2. Servante.

Puis elle hurla, et il semblait qu'on l'eût lardée de toutes parts tandis que Paindorge riait et cassait tout ce qu'il voyait : un vase, une chaise, un candélabre.

Cette fois, entre deux clameurs, le silence laissa filtrer des pas. Un grincement signifia qu'on ouvrait une porte. « *Luciane ?* » demanda, inquiète, une voix d'homme.

— Le voilà ! murmura Tristan.

De sa paume, il imposa silence à la servante. Elle gémit comme peut-être Jeanne de Kent avait gémi avant que son époux se fût séparé d'elle.

On tira un verrou : celui de la seconde porte.

— Il ouvre, dit Paindorge.

Tristan poussa l'huis d'un coup de pied en maintenant toujours la jouvencelle contre lui.

— Par saint George ! maugréa le prince.

Et découvrant enfin le gêneur dont la tête dépassait de celle de sa domestique :

— Oh ! Oh !... Qui êtes-vous ?... Allez-vous donc parler.

Le silence se prolongea. Edouard de Woodstock, quoique inquiet, parut secoué par une flambée d'orgueil et de gaieté forcenée :

— Me faut-il vous fournir une épée pour m'occire... si c'est bien votre intention.

Ce fut à Tristan de sourire avec une sorte d'indulgence qui pouvait passer pour de l'irrespect.

— Ne craignez point la male mort, monseigneur. Notre incursion à Cobham, pour ce qui vous concerne, est dépourvue de méchanceté.

— Franklin, pas vrai ?

— Oui, monseigneur, français.

— Vous ne m'effrayez point, même en l'état de nudité où je me trouve.

Le prince n'était vêtu que de ses braies dont le mollequin safrané révélait encore, sans que peut-être il y prît garde — à moins qu'il ne s'en moquât —, quels jeux avaient animé sa veillée. Les bras croisés, l'attitude souveraine, il s'enquit, sans bouger d'un pouce :

— Qui vous a dit que j'étais en ce lieu ?

— Je n'ai pas à vous répondre.

— Jean ? Charles ? Qui les a instruits de mon séjour ici ?

Tristan ne lâchait point Luciane. Il y prenait plaisir. En la serrant ainsi, il ne la maîtrisait plus mais la protégeait d'une colère dont elle redoutait peut-être les excès. Les regards d'Edouard de Woodstock passaient au travers d'elle.

— Allons, dites m'en davantage ! Qui m'a trahi ? Evidemment quelqu'un de ma suite.

Luciane frémissait. Elle devait détester cet homme, ses façons, sa voix rigoureuse. Quoi de plus simple, en vérité, que d'apeurer les gens lorsqu'on était, par la grâce de Dieu, le second grand homme d'Angleterre.

— Je ne sais qui vous a trahi, monseigneur, mais le saurais-je que je ne trahirais pas à mon tour... Je n'ai point à méditer, j'exécute... Je vous prie d'obéir de bon gré à mes instructions, car s'il vous plaît à vous de meurtrir et d'arser[1] qui vous gêne ou vous résiste, comme vous le fîtes à Limoges naguère, je répugne à employer, dans votre cas, ce qu'on appelle la manière forte... Habillez-vous promptement et suivez-nous.

Le prince recula encore, se sachant dépourvu, du fait de sa quasi-nudité, de presque toutes ses capacités offensives. Tristan s'était attendu à une rébellion, des cris, une ou deux questions nouvelles. Il s'était mépris sur cet homme. Immobile devant lui, le prince se prê-

1. Incendier.

tait, semblait-il, à l'examen auquel il se livrait et qui lui permettait à lui, Woodstock, de digérer sa honte.

— Je conçois votre émoi, monseigneur. Le mien est d'une autre espèce.

— Je vous hais, vous et vos malandrins.

Il avait trente ans [1] mais en paraissait davantage. La guerre et les excès de toutes sortes avaient marqué ce visage sanguin tiqueté de roux, au nez droit mais épais, au front bref exhaussé de cheveux embuissonnés. Ses joues plates, où repoussait une barbe drue, d'une blondeur de soie de porc, étaient parcourues de tressaillements qui en aggravaient les rides. La conjonction de l'ahurissement et de la crainte — voire de la peur — poursuivait en lui ses ravages, et ses paupières n'eussent pas cillé davantage, sans doute, s'il avait été contraint d'observer longtemps le soleil. Sa bouche se contractait sous l'arc de la moustache pendante et s'il venait d'y passer sa langue, c'était plus parce que l'émoi altérait sa hautaineté que pour y recouvrer des saveurs ineffables. Ce qui incitait Tristan à la prudence, c'était, sous les sourcils droits et peut-être épilés, la fixité des prunelles grises embusquées au tréfonds de leurs sombres arcades.

— Alors, me trouvez-vous un visage avenant ? Barbare ?... Etes-vous bien certain de ne pas vous méprendre ?

— Non, messire. A Poitiers je vous ai aperçu... Mais je ne suis pas là pour ranimer des cendres. Habillez-vous en hâte et suivez-nous.

— Et si je n'en ai pas envie ?

« Il va paroler pour gagner du temps ! »

Tristan lâcha Luciane :

— Je te la confie, Paindorge... Et vous, mes gars,

1. Il avait alors 32 ans.

restez où vous êtes. Une dame est présente... N'y touchez pas, même des yeux : sa beauté pourrait vous séduire et vous écarter de votre devoir. On lui prétend des charmes sans pareils !

Tout près de la cheminée aux bûches crépitantes, une femme qui s'était dissimulée, dès leur irruption, sous quelques peaux d'ours, venait soudainement de bondir dans un lit et de s'insérer entre des draps de soie dont les flammes hautes et dorées, toutes proches, aviaient les reflets nacrés et les moirures.

« Peaux de bêtes, coussins innombrables, du mastic [1], j'en jurerais, dans cette cassolette de bronze... Et ce lit grandissime, serti de tant de brillances qu'il semble celui d'un calife !... Ces goûts de mahomet sont-ils celui du prince ou de Cobham ? »

Tristan amena son badelaire sur sa poitrine :

— Il me déplairait fort de vous livrer aux empoignades de mes hommes...

Face à ce prince orgueilleux pétri de qualités guerrières, pénétré de son importance et peut-être envieux de l'autorité de son père sur la Grande Ile et de son emprise sur le Continent, Tristan avait trouvé son attitude : un air de déférence et d'ennui attristé qui n'était la conséquence d'aucune pose mais l'expression d'une très pesante et authentique indifférence pour tout ce que cet homme représentait : les honneurs, même réduits du fait de son mariage, la fortune, les amours réussies grâce à celle-ci. Cette froideur semblait convenir à Edouard de Woodstock dégoûté, peut-être, par toutes sortes de bassesses.

— Hâtez-vous, messire !... Il y va de votre vie autant que de la nôtre !

— Et si je refusais ?

1. Encens de Perse.

— Songez-y bien : si nous appartenions à l'une de ces meutes de Barbarie dont nous avons copié les visages, vous perdriez déjà votre belle assurance. Et même si, tout à coup, nous décidions de nous conduire comme les Anglais ! Nous pourrions — pourquoi pas ? —, nombreux comme nous sommes, rendre un... pressant hommage à votre dame...

— A grand plaisir ! ricana Calloet qui venait d'apparaître et, remuant des coudes, parvenait à la hauteur du prince.

D'un regard, Tristan signifia au Breton de se taire, puis, les yeux dans ceux de l'ennemi :

— Nous sommes la France, monseigneur... Nous allons faire en sorte de vous y mener... Vous allez passer en hâte les vêtements que je vois sur cette escabelle.

— Vous êtes fous !

Jeanne de Kent avait crié. Assise sur le lit, insolemment belle et sans souci de montrer ses seins larges, dardés, fardés çà et là de rouge à force de succions, elle croyait pouvoir subjuguer tous les hommes.

— On peut pas les toucher...

— Bouge pas, Calloet, où je te troue la peau !

Bon sang, cette présence de femme allait tout compromettre. Que faire ? D'un regard — le plus dur, le plus impitoyable dont il se crut capable —, Tristan intima au prince ébahi l'obéissance et la promptitude. Comme celui-ci, résigné, enfilait ses chausses, Buzet-le-malappris fut secoué d'un rire que sa voix de fausset rendait abominable :

— Même molle, il a, ma foi, une jolie boudine... Est-elle suffisamment grosse et longue, dame, pour vous combler ?

— La mienne est plus épaisse... La voulez-vous essayer ?

Gueguen, lui aussi, venait d'abandonner le guet dans la cour. Toujours les Bretons. Toujours ce manquement aux devoirs et à la bienséance.

— Il suffit ! hurla Tristan levant son badelaire. Je fais de toi un eunuque, Gueguen, si tu avances encore !

— *Scoundrels* [1] ! grommela Edouard de Woodstock en bouclant sur ses hauts-de-chausses une ceinture de cuir endiamanté. Ordures !

— Taisez-vous, messire ! Il se peut que nous méritions votre mépris, mais à nous tous, nous avons commis moins de crimes que ceux qui vous ont fait, chez nous, une réputation détestable.

Si Edouard de Woodstock avait pu voir, comme Tristan, le visage livide, terriblement attentif de Jeanne, sa belle bouche incurvée de dépit, ses yeux las, mais secs, dépourvus de la moindre lueur d'inquiétude, il se fût peut-être rallié à l'opinion de son père envers ce que Jean II nommait une catau [2]. Mais Jeanne était experte en jeux de physionomie : quand il abaissa son regard sur elle, le visage aveuli n'était qu'une splendeur : l'amour y fleurissait jusqu'aux lobes des oreilles chargés de pendentifs d'or gros et ronds comme des œufs de fauvette.

— Enfin, messire ! s'emporta Tristan. Va-t-il falloir qu'un de mes gars vous aide à ajuster votre pourpoint ?

« Il veut gagner du temps !... Qu'a-t-il besoin de cette huque [3] fourrée d'armeline ? Nous ne sommes pas en hiver... Il doit y avoir un poignard là-dedans ! »

— Laissez ce vêtement ici, messire... et dites-vous que nous ne vous quitterons pas des yeux !

Avec une promptitude surprenante, une fois sa

1. Gredins, coquins, canailles.
2. Abréviation de Catherine : débauchée.
3. Robe courte portée par les hommes, doublée d'hermine.

colère consumée, Edouard de Woodstock parut se résigner à son sort :

— Baron de je ne sais quoi, rien ne vous échappe... Mais vous dissipez votre temps !... Bientôt vous répandrez tout le sang de vos veines...

— Il se peut, je me suis préparé à cela... Croyez bien que j'ai regret de ne pouvoir vous désobliger[1]. Je ne suis pas venu à Cobham de mon bon gré, mais j'accomplirai au mieux ce dont je suis chargé.

Le prince sourcilla et battit des paupières :

— Jean ou Charles ? Le vieux ou le jeune ? Qui vous a commandé cette action funeste ? Ils sont dans de beaux draps !... Ils vous y mettent aussi !

Tristan se détourna vers le lit. Les beaux draps, ce félonneux n'en manquait pas. En attendant son retour, la belle Jeanne s'y chaufferait seule, et si quelque chanceux lui tenait compagnie, eh bien, tant mieux pour elle ! Songeuse, elle levait sur le Français téméraire des yeux gorge-de-pigeon dont il était pantois de mesurer la soudaine beauté. Et ces épaules exquises, ces seins, plus clairs maintenant et qu'elle ne dérobait pas. Il y avait *pour lui* dans cette nudité de la langueur et de l'impertinence. Il concevait qu'Edouard III pût haïr sa bru, lui qui, maintenant, partageait les gloires et les soucis du trône avec une grosse épouse aussi féconde qu'une rate[2].

— Vous avez presque commis un péché de luxure en pénétrant dans cette chambre, continuait Edouard de Woodstock. Cependant, plutôt que de la déplorer, j'aime votre hardiesse, baron, et celle de vos hommes... Que faites-vous à servir deux vaincus, l'un vieux et

1. Dans le sens ancien : délier d'une obligation.
2. La reine Philippa avait mis au monde : Edouard, prince de Galles, Isabelle, Joan, William, Lionel, John, Edmund, Blanche, Mary, Margaret, William et Thomas.

hodé[1] corps et âme, l'autre si malade qu'on se demande s'il pourra supporter la couronne qui doit un jour ceindre sa tête !

« Il gagne encore du temps !... Il est prêt à partir et se retourne... »

— Dites-moi votre nom si ce n'est trop vous demander.

— Tristan de Castelreng. Pourquoi vous le cacherais-je ?... Si je meurs dans l'accomplissement de mon devoir, un Anglais au moins — et l'un des plus grands — saura ce qu'un Français fut capable de faire !

Quel remède roboratif employait-il là pour conjurer son trouble et les affres du retour ! Tandis qu'il effleurait et pinçotait l'épaule de son épouse, Edouard de Woodstock énonça benoîtement une proposition à laquelle, à vrai dire, Tristan s'attendait :

— Moult Franklins, messire de Castelreng, sont du côté de l'Angleterre... La lutte pour la vie — *struggle for life* — exige ces ralliements. Si vous craignez que cette lutte ne vous soit fatale avant l'aube... et même après, eh bien, je vous offre mon amitié... J'oublie tout, même les crimes que vous avez sûrement commis sur ma domesticité et celle de Cobham et vous donne à tous une place de choix dans la centurie qui m'entoure à la guerre...

— Par la très sainte Anne d'Auray ! s'exclama Calloet, vous connaissez les bonnes manières, vous, et les points faibles de l'espèce humaine... Nul homme de bon sens n'a jamais refusé l'amitié d'un prince, surtout si elle s'accompagne d'une grosse donation...

Tristan allait se détourner pour gourmander ce traître, mais le Breton continuait sans le moindre émoi, maintenant :

1. Fatigué.

— Seulement voilà, nous n'avons aucun bon sens.

Et à Jeanne de Kent, livide :

— Votre mari, beauté, voudrait nous corrompre. Or, notre richesse, c'est notre droiture... Nous savons ce qu'il vaut. Mais vous, le savez-vous ?

Le Breton désignait, d'un doigt aussi net et acéré que son épée, cet homme vaniteux aux moustaches celtiques. Pareille à ce rustique franc jusqu'à l'irrespect, Jeanne de Kent dévisageait son époux, essayant de lire dans cette face de cire au sourire désincarné, dans ces yeux rapetissés par une humiliation dont il s'évertuait à contenir les ravages. Tristan lui-même dut renoncer à déchiffrer ce masque de gisant.

Le prince tapota sa hanche senestre comme s'il pensait y trouver le fourreau de son épée :

— Vous ne m'occirez pas !... Une longue vie m'attend et mes astronomiens en ont la certitude. La France sera ma vassale ; Paris sera ma ville et vous n'y pourrez rien[1]... Vous commettez, cette nuit, le crime de lèse-majesté !

— Vous n'êtes pas le roi, messire, dit Paindorge.

Tristan décida d'en finir. Que de temps perdu en parlures ! Mais l'homme qui riait n'était pas une prise quelconque.

— Permettez que je dise au revoir à ma dame ?

— Nous ne sommes pas des routiers, dit Tristan, méfiant, tout en libérant Luciane aussi pâle, sans doute, que lui. Hâtez-vous, monseigneur !

Jeanne de Kent s'était enfoncée sous le drap qui ne dissimulait rien d'un corps dont la vénusté se suffisait

1. Edouard de Woodstock, qui n'eût certes pas été un grand roi (il prouva son impéritie en gouvernant l'Aquitaine), vécut jusqu'en 1376. Son père mourut un an après lui. Sa vie dissolue, notamment avec la jeune Alice Perrers, ne fut pas un exemple d'excellente fin de règne. Jean le Bon mourut en 1364 et le dauphin, devenu Charles V, en 1380.

à elle-même. « *Cela*, une reine d'Angleterre ? » Il y avait dans sa languissante apparence quelque chose qui ressortissait moins à la noblesse qu'à la salacité. Patricienne par la naissance, mais nullement par l'esprit. Lascive, les yeux mi-clos, elle ne s'abandonnait pas aux regards convoiteux des hommes : elle régnait sur les songes qu'elle savait leur inspirer. La pourpre de sa bouche s'entrouvrit pour un sourire, et tandis que Tristan trouvait qu'elle s'était résignée singulièrement vite à une séparation qui l'exposerait, d'emblée, aux rancunes et sans doute aux appétits d'Edouard III, elle se redressa pour recevoir de son époux quelques ultimes baisers.

Pendant que les intrus s'ébahissaient de la beauté d'une gorge réapparue tout entière, Edouard, agenouillé, saisissait une épée sous la couche où sans doute il la déposait avant l'amour ou le sommeil. Il fit front, l'estoc pointé sur Tristan, séparé de lui par la largeur d'un lit qu'il enjamba sans souci des cris de son occupante. Le badelaire scintilla.

— Messire, ne me contraignez pas à verser votre sang !

Le prince recula vers une voûte qui, peut-être, abritait un passage secret.

— Jamais !... Ce rapt est une vilenie dont vous devriez avoir honte !

Les aciers tintèrent. Tristan enrageait. Il devait immédiatement subjuguer ce présomptueux hardi et leste, expert au maniement d'armes : s'il ne s'était montré rapide et vigilant, la lame de l'épée lui entaillait le cou.

— Messire, pour la dernière fois !

Un poignard, en se fichant à deux doigts d'une oreille de l'héritier d'Angleterre, n'eut aucun effet sur lui. Qui l'avait lancé ? Gueguen.

— Messire ! hurla Calloet. Messire, jetez votre arme ou je tue votre femme !

Jeanne de Kent, en ce moment, se parait du plus vil collier qu'elle eût jamais porté : deux poignes pressaient son cou ; celles du Breton.

— J'aimerais mieux la caresser, dit-il. Elle en vaut la peine.

L'épée tomba des mains du prince. Froid, indifférent en apparence, il bouillait d'indignation.

— Nous ne sommes pas venus pour vous humilier l'un et l'autre, dit Tristan le plus fortement qu'il put, car si la fureur de la belle Jeanne le laissait indifférent, le désappointement de son époux le touchait. Je devine, messire, comme on doit souffrir d'être le second homme d'Angleterre et de se trouver soudain destitué... Vous avez du courage ? Ayez de la raison. Attache-lui les mains, Calloet.

Le Breton déchira le drap de soie, aux pieds de Jeanne de Kent, et tout en cordelant le ruban qu'il en avait tiré :

— Vous avez de beaux pieds, dame... Dommage qu'en partant je ne voie pas le reste. Donnez-moi vos poignets, monseigneur, afin que je les lie !

— Je connais des chevaliers de France qui vous tueraient...

Jeanne de Kent haletait, une main appuyée sur sa bouche, comme si ces quelques mots lui avaient échappé. Sans crainte de n'être couverte que du ventre aux genoux, elle observait ces hommes, ces voyeurs avec une attention fascinée. Les regardant aussi, Tristan s'aperçut que Luciane avait disparu. Paindorge eut un geste las, gêné. Sa mimique exprimait : « A quoi bon... » Il avait raison, sans doute. Un sourire glissait sous les poils morveux de Calloet : il venait d'être intéressé par le gros joyau que la dame portait à son médius : une épaisse marguerite d'or retenant au cœur de sa corolle une escarboucle taillée à facettes et qui lançait des lueurs sur le drap. Tristan, d'un regard, dissuada le Breton du moindre geste comme du moindre propos gaillard.

— Partons... Non, monseigneur, aucun baiser... Je sais ce qu'ils précèdent !

Ils reculèrent.

— *Edward*, gémit Jeanne de Kent.

Le prince la considéra sans tendresse, avec, semblait-il, une espèce de haine : il était furieux qu'elle le vît en vaincu.

— Messire, chuchota Paindorge à l'oreille de Tristan, j'ai laissé partir Luciane. Nous devrions verrouiller la Jeanne.

— A quoi bon... Mais fais-le si tu préfères.

Paindorge s'éloigna. S'approchant d'une fenêtre, Tristan vit le pont s'abaisser. « Bon sang, j'allais laisser passer cette occasion ! » Et à Triphon :

— Cours à l'écurie. Détache les chevaux... Amène-les !

Il n'osait regarder ni la femme ni l'homme aux mains liées par-devant.

— Malandrin ! grommela Jeanne de Kent. Le ciel te punira !

— Soit, Votre Grâce, dit Tristan avec une déférence sincère, j'accepte ce mot-là.

Pourquoi se fût-il courroucé ? Eu égard aux circonstances et aux façons des hommes dont il était entouré, il méritait cette appellation. Il tenta cependant de s'en défendre et, les yeux dans le regard éploré de la dame :

— On me commande, j'obéis... Mais au royaume des malandrins, dame, votre époux règne en maître... Suivez-le donc un jour sur un champ de bataille, au siège d'une cité, dans la traverse d'un hameau... Vous lui décernerez la palme la plus noire !

— Holà ! s'exclama Edouard de Woodstock. Fait-on la guerre avec d'excellents sentiments ?

Jeanne essaya de gagner du temps :

— J'ai particulièrement connu, messire, trois chevaliers aux Lis...

« Encore heureux qu'elle n'ait pas dit au lit ! »

— C'étaient des preux valeureux et courtois !

— Evidemment, puisqu'ils étaient de France !

Tristan, d'un coup, avait découvert la réplique. Il ne se sentit pas plus fier d'être ce qu'il était.

Triphon revint. Le soudoyer à face de singe semblait se ressaisir d'une commotion qui, visiblement, n'avait pas mis sa vie en danger.

— Quatre chevaux, dit-il, et une jument... Enfin, messire : *il y avait* une jument.

— *Il y avait* ?

Triphon baissa la tête.

— On l'a éventrée... Je l'ai achevée.

Il y eut un froissement de linges, puis un cri :

— Malandrins !... Malandrins ! C'était ma jument !

— Décernez-leur, ma dame, la palme la plus noire, intervint Edouard de Woodstock, placide.

Tristan ne s'avisa même pas du fauteur de haine :

— C'est toi, Calloet !... Pas vrai ?

— Oui... C'était une jument d'Angleterre... Peu de chose.

Tristan sentit son cœur s'empoisser de dégoût :

— Dieu te châtiera !... Cette jument nous eût été utile... Nous sommes douze. Quatre chevaux, c'est insuffisant. Allons à pied.

Il poussa son prisonnier hors de la pièce. Sitôt dans la cour, à quelques pas du seuil, il regarda promptement en arrière.

Une lumière brillait au-dessus de la chambre où il avait abrégé les amours du prince et de son épouse.

« Est-ce là son logis ? »

Il devait abandonner la jouvencelle. Comment faire autrement alors qu'il était déjà fort embarrassé de sa prise... Et puis, Luciane n'eût jamais été en sûreté parmi ses hommes. Brève mais véhémente, une sorte d'amitié s'était échangée entre elle et lui. Il la vit rejeter sa lourde chevelure pareille à la crinière d'un fauve. Son visage demeurait dans sa mémoire et s'y substituait à celui d'Oriabel.

— C'est fait, dit Paindorge qui arrivait en courant. J'ai verrouillé la dame.

— Moi, je l'aurais forcée !

Ce n'était pas l'opinion de Calloet, mais celle de Pagès, approuvé par Sampanier et Morsang.

— Taisez-vous, mes gars !... Allons, monseigneur, un peu de bonne volonté !

Edouard de Woodstock allongea le pas. Tristan vit son sourire et en fut contrarié.

— Vous allez tous devoir rebrousser chemin ! Aucun de vous ne reverra le royaume de France... Aucun !... Je ferai élever un bûcher. Mort ou vifs, vous monterez dessus !

— Faites-le taire, messire, murmura Calloet. Qu'il se taise ou je le perce !

Et joyeux comme un enfant à la suite d'une bonne action :

— Or, voyez, nul n'est passé sur le pont-levis après que je l'avais baissé.

Les lourdes lattes tonnèrent sous les pas ; puis celles de la passerelle. Il y eut un bruit différent : le *floc* d'une carpe ou d'une tanche. Le silence revint, hostile. Un mur impondérable, tout aussi solide, apparemment, que celui des ténèbres, entoura les hommes ; la voix tremblante de Raffestin le lézarda :

— Par où ?... Par où, messire ?

— Tout droit.

— En êtes-vous sûr ?

— Ne sens-tu pas les herbes que nous avons foulées en venant ?... Tiens, ce petit chemin, je m'en souviens... Allons, pas de parlures et de quérimonies [1] : hâtons-nous !

Tristan méprisait et maîtrisait sa peur. Jamais il ne lui permettrait d'influer sur sa conduite en présence des obstacles susceptibles d'empêcher ou de retarder son retour sur *la Goberde*.

— Allongez le pas, monseigneur. Nous ne nous rendons point en grand bobant [2] à quelque montre de votre armée !

— Vous êtes obstinés !... Plus le temps passe et plus vous perdez l'occasion de faire amende honorable... Coupez mes liens et revenons... Je ferai de vous des gentilshommes... Nous partirons ensemble en Aquitaine... Sitôt rendus, nous fêterons dignement notre... alliance. Un régal comme oncques n'en vit... Savez-vous, messire baron, et vous tous, que le comte de Cornouailles, jadis, servit trente mille plats à ses invités [3] ?... Et qu'au mariage de Marguerite d'Angleterre et d'Alexandre III d'Ecosse, on tua soixante bœufs gras et des centaines de moutons, volailles, poissons... et je ne sais plus quoi [4] ? Eh bien, nous ferons mieux !

— Pour le moment, messire, dit Buzet, vous me semblez avaler des couleuvres en guise de repas... Et

1. Plaintes.
2. En grande pompe.
3. En 1243.
4. En 1251.

ce n'est pas sur le vaisseau qui nous attend que vous ferez bombance !

— Jamais tu ne l'atteindras !

— Avancez, messire, dit Tristan.

Le visage d'Edouard de Woodstock, figé dans son humiliation, n'exprimait rien. Ni colère ni mépris. La certitude d'une délivrance lui donnait cet aspect serein, presque plaisant. Pensait-il à sa dame ? Aux jeux qu'ils avaient interrompus ? C'était peut-être cela qui le hantait : le fait d'avoir été humilié dans sa nudité de mâle en rut.

— Sa femme, dit Calloct, assez haut pour être entendu de tous, je l'aurais bien chaussée... Pas toi, Gueguen ?

— Combien ? demanda le prince à Tristan.

— Rien... Et d'ailleurs, la rumeur vous prétend obéré.

— Vous êtes fou !... Ne pensez pas que le roi Jean vous couvrira d'écus, florins et argenterie. Il n'a rien... Toujours contraint de mendier.

— C'est ce qu'on dit aussi de votre père.

— Il se peut, mais il est victorieux.

La nuit semblait de plomb. C'était une illusion et Tristan, plutôt que d'éprouver la satisfaction que son prisonnier, sans doute, imaginait, sentait une mélancolie l'envahir à mesure que rapetissait sa confiance.

« Trop beau !... Cela ne pourra durer... Tout est si terriblement aisé ! »

Seul, il eût couru jusqu'à *la Goberde*. Paindorge l'eût suivi. Et les autres. Or, près de lui le prince alentissait ses pas et feignait de trébucher.

— Messire, hâtez-vous, sinon nous allons vous aiguillonner de nos lames, et je vous garantis que certains d'entre nous y prendront agrément !

Il connaissait, lui, l'Anglais, cette contrée. Sans

doute y avait-il musardé, à la nuit tombante, en compagnie de son épouse.

« Il se prend pour un aigle mais n'est qu'un alérion sans trône ni couronne... Tous les satrapes d'Orient sont plus estimables que lui ! »

C'était sans doute une exagération imposée par la haine et par l'incertitude, mais Tristan se sentit tout à coup plus serein.

Sur le sol pailleté d'une rosée naissante, la lune à demi ceinte d'un nuage creusait de ses lueurs des ornières tantôt grises, tantôt argentées. Paindorge, à l'avant, semblait y découvrir infailliblement des traces de leur passage. Ils avançaient par deux et quelquefois l'un après l'autre pour se couler à travers les broussailles. Calloet murmurait fréquemment : « Hâtons-nous ! » Etait-il, désormais, accessible à la peur ? L'émoi, toujours, et qui semblait grossir à mesure qu'on approchait de la mer pourtant lointaine : un peu moins de deux lieues. Des branches craquaient ; la retombée de certaines autres, lors des traversées des boqueteaux, contraignait tous les hommes à ployer les genoux et à courber l'échine.

Soudain, Paindorge s'arrêta. Toute la torpeur qui semblait l'avoir saisi depuis le débarquement céda sous la poussée d'une joie telle qu'il en rit bruyamment :

— Par là... Nous allons trouver le chemin de Rochester... Je reconnais ce rocher pareil à un cheval assis...

On repartit. Gueguen glissa, faillit tomber et jura. On descendit une petite pente herbue et patouilla dans une étendue molle parsemée de joncs rigides et de saules marsaults.

— Le chemin est proche, dit Tristan. Avancez, messire !

Il poussa Edouard de Woodstock et s'en excusa :

— Si vous étiez à ma place, vous seriez moins courtois.

— Et je le serai moins encore avant que cette nuit s'achève !

Tristan piétinait des flaques. Certes, il en avait piétiné en allant à Cobham. Pas tant, lui semblait-il. « Et si l'on s'égarait ?... C'est Sampanier qui nous mène... » Toujours des mares et un fatras de ronces et de troncs branchus, chenus. Ils commençaient à être las, tous, de noqueter[1] dans l'inconnu. Ils devaient s'arrêter, s'orienter. Tristan regarda devant lui le serpent d'ombres grises, grossi en son milieu par Calloet, Gueguen et Triphon, se faufiler entre deux haies, puis se figer, victime d'une espèce de sortilège.

— Merdaille ! rugit Paindorge.

Dans le grand silence opaque, un bruit venait de s'élever, familier à tous et particulièrement au prisonnier dont la voix suppléa la plainte soudaine d'un cor.

— Un olifant, baron. Hé ! Hé ! Vos hommes ont dû oublier d'occire l'un des miens... Cobham ne manque pas d'endroits où se cacher... Je vous accorde que ce *trompeor* est un couard puisqu'il a attendu que nous ayons couvert trois ou quatre cents toises pour forhuer[2], mais il méritera que je le congratule.

Edouard de Woodstock ne riait ni ne souriait ; immobile et hautain, il se délectait de la stupéfaction de tous ces guerriers attentifs en lesquels, maintenant, l'incertitude s'insinuait. Cependant, au-delà de cet appel, l'ouïe de Tristan, extrêmement aiguisée, en distingua un autre. L'espace et les ténèbres lui prêtaient une légèreté et une précision presque invraisemblables.

1. Errer la nuit, trembler de froid.
2. Sonner du cor.

Une bouffée d'effroi l'enfiévra et tira sur ses nerfs désincarnés par cette male chance.

— Oyez, compères ! dit-il.

Le cor renouvela sa plainte. Longue et comme languissante, elle semblait s'époumoner dans des creux et des montées où elle finit par expirer.

— Une compagnie qui vient de Rochester... Qu'en dites-vous ? ricana le prisonnier.

— Ce que j'en dis, fit Calloet en approchant, sa lame nue dans son poing, c'est qu'on va te faire...

— Non ! hurla Tristan. Arrière... Prépare-toi plutôt à te défendre !... Amis, nous allons tous affronter ces herlos [1] et leur montrer qui nous sommes !

— Je vous avais dit mon admiration mais vous avais prévenus de la vanité de votre appertise [2]. Je resterai. Vous n'esquifferez pas [3]. Vous feriez mieux de déposer vos armes à mes pieds.

— Avancez, compères, dit Tristan. Et vous également, messire !

Le cor sonna derechef à Cobham ; un mugissement lointain lui répondit. Comme *la Goberde* semblait inaccessible dès lors qu'une épreuve de force s'ébauchait !

— Ça vient de par là, dit Paindorge.

— Mais non ! rugit Gueguen. Là, tout droit.

— Abandonnons ce chemin, dit Tristan. Piétons dans ce champ, à dextre, et défions-nous de tout ce qui bouge.

En tête et de front avançaient Raffestin et Pagès, puis Sampanier, seul ; Beltrame et Morsang, Gueguen et Triphon ; Buzet, seul ; Paindorge, seul ; Edouard de

---

1. Marauds.
2. Prouesse.
3. *Esquiffer* : monter sur un esquif.

Woodstock, le visage blême parmi ces faces bleuies de nuit et de suie ; Calloet et Tristan, tous deux la rage au cœur, mais pour des raisons différentes.

— Vous ne verrez pas la Fête-Dieu, dit le prince.

Nul ne broncha. Un coup de vent lacéra les hardes qui couvraient la lune. Le pays prit aussitôt une couleur laiteuse tandis que le brouillard annonciateur de l'aube commençait à moutonner. Devant, à travers les arbres et par-dessus les haies et les herbes, l'odeur de la mer roula au-devant des hommes, comme une invisible marée.

Tout en remuant sans cesse son poignard, Calloet fulminait contre le prisonnier. Sa passion d'occire avait atteint son paroxysme. Il ne redoutait pas d'être assailli dès l'instant que cette escarmouche lui permettrait d'augmenter le nombre de ses victimes. Insensible à ses insultes et à ses propos, Tristan fouillait la nuit à s'en cuire les yeux. Bien qu'il n'eût fait qu'obéir à une volonté indiscutable, il s'accusait, maintenant, de présomption. Il s'indignait d'avoir osé tenter l'impossible et surtout, parfois, de s'être senti pénétré d'une allégresse pourtant justifiée, par exemple celle qu'il avait éprouvée lorsque, après des angoisses et des suées aussi épuisantes que ses efforts, il avait dominé les parois de Cobham.

— Baron, dit tout à coup Edouard de Woodstock, vous êtes passé à côté du chef-d'œuvre... Vous pensiez avoir cueilli la palme verte du triomphe ; ce sera le laurier noir de la Parque, à moins que vous ne commandiez à vos hommes de jeter leurs armes. C'est la dernière fois que je vous y invite !

— Nous passerons, grommela Calloet.

Une telle détermination suffirait-elle ? Non, évidemment. La méconnaissance du terrain les désavantageait, mais en supposant qu'ils fussent contraints de manier leurs armes, rien ne prouvait qu'ils seraient désavantagés. Onze guerriers courageux et habiles pouvaient affronter victorieusement vingt ennemis. Et même plus. Or, tandis qu'il méditait ainsi, tout en marchant, les yeux de Tristan se portèrent, derrière une haie, sur une lueur brève et qui s'évanouit pour se renouveler.

— A l'arme, chuchota-t-il. Les gars, tenez-vous prêts... Et vous, prince, défiez-vous de toute action malheureuse... pour vous.

De la friche où il venait de s'arrêter, il distinguait une gorge à pic, courte et obscure, au bout de laquelle, réduit par la distance, un bosquet suggérait une sorte de gros ours allongé de tout son long.

« Jamais nous ne sommes passés par là. »

Rebrousser chemin, c'était perdre du temps.

— Défiez-vous !

Ils allaient parvenir à mi-pente lorsque des cris retentirent devant eux et sur les côtés, accompagnés par des hennissements de chevaux certainement à l'attache sous quelques arbres.

— Saint George !... *England !... Help !...* A moi !

— *It's an ambush !...* C'est une embuscade, ricana le prince Edouard.

Tristan sentit vrombir au-dessus de lui un carreau ou une sagette.

— Une embûche ! enragea Paindorge.

— N'avancez plus !... Laisse-les venir !... Courbez-vous !

— A moi !... A la rescousse !

Vingt, trente voix répondirent à cet appel tandis que surgissaient des fantômes armés et que quelques flèches sifflaient encore.

Gueguen s'était levé, aussi net, sur le fond clair de la brume, que si quelque lumière l'avait éclairé par-dessous. Il tomba en criant : « Ils m'ont eu ! » et disparut, comme absorbé par la pente.

Calloet bondit vers Edouard de Woodstock qui, pour se protéger, lança ses mains en avant. Tristan, par un mouvement d'une célérité désespérée, repoussa le poignard du Breton tandis que celui-ci sursautait, le flanc dextre traversé par une vergette[1] lancée d'une main puissante. Brève, effrénée, une expression de joie passa sur le visage d'Edouard de Woodstock :

— Rendez-vous !

Triphon tomba, le cou traversé d'une flèche. Pagès hurla.

— Inutile, baron, de planter votre lame dans mon dos ! ricana le prisonnier. Mes archers vont abandonner leur *long-bow* pour l'épée... Ils y excellent aussi... Je connais leur façon de tramer des embûches...

Un homme surgit de l'ombre. Il brandissait un épieu. Un autre le suivait. Avant qu'ils eussent atteint Pagès, Raffestin, le seul qui était demeuré accroupi, se détendit avec une violence parfaite : nette, infaillible, son épée s'empouacra dans le ventre du Goddon. L'épieu tomba. Il s'en saisit et des deux mains, insoucieux de sa lame, il pourfendit le second Anglais. L'homme hurla, en basculant dans les ténèbres. Raffestin reprit son épée.

— Bougresse de lune ! maugréa Buzet... Voilà qu'elle se remontre toute nue ! Et l'arrière-garde nous arrive isnellement[2] !

Les soudoyers de Rochester accouraient à la rescousse de leurs compères. Meute enragée de veautres à tête d'homme, sans peur, criant à pleine gorge la chaude curée du gibier humain.

1. Petite lance.
2. Rapidement.

— Ils sont trop !... Guerpissons ! s'écria Buzet.

Gargouillis. Une estocade à la poitrine. Calloet, Buzet, Gueguen... Qui encore ? Tristan ne pouvait les voir tous. Il reculait, tirant son prisonnier par le col, heureux de ne pas voir son visage. Jamais il ne s'était senti aussi péniblement faible, humilié, démuni ; incapable de décider, abasourdi par cette male aventure qu'il avait redouté d'entreprendre, et qui, sans doute, s'achèverait dans la mort.

— Reculons toujours ! dit Paindorge. Ils ne nous coincent que sur trois côtés !

Une flèche souffla son haleine mortelle sur la nuque de Tristan. « Ces Gallois ! » Jamais un archer de France n'eût osé manier son arc dans de telles conditions.

— Retrahiez-vous[1], amis !

Qui restait en vie ? Des hommes reculaient. Deux d'entre eux croisaient le fer avec trois ou quatre Goddons. Et d'autres ennemis survenaient, hurlant la seule expression française qu'ils connussent : « *A la mort ! A la mort !* » Lâcher pied ? Un endroit devait bien exister par lequel une fuite honorable était possible.

— Prince, haleta Tristan, rage et déception mêlées, j'aurais pu vous occire à Cobham... Et je le pourrais maintenant... Mais je n'y prendrais pas délices... S'il me plaisait de vous amener de l'autre côté de la mer sans une égratignure, il me plaît aussi, dans la déconvenue, de vous abandonner à vos hommes.

— Je vous pourchasserai dès que j'aurai les mains déliées !

— C'est votre droit... Mais si je suis vivant et qu'il vous plaît de croiser votre épée avec la mienne, j'ou-

---

1. Battez en retraite !

blierai aussitôt qui vous êtes et ne verrai en vous qu'un diable de Goddon !

Il y eut un remous parmi les assaillants. Sans un cri, Pagès et Triphon tombèrent. « Ils cherchent à nous encercler ! » Tristan se détourna et aperçut un homme armé d'une masse d'armes. D'un bond, il sauta de côté. La pomme d'acier aux dents acérées passa entre son épaule et celle de son prisonnier.

— A l'aide ! hurla Morsang.

Il y eut deux échos : Sampanier et Beltrame.

Il ne devait rester en vie que Raffestin. Et Paindorge.

Les Goddons se montraient davantage. Par deux, par trois. Certains trébuchaient sur des souches.

« Je vais périr, moi aussi ! »

Un autre... Une épée... D'un coup du tranchant de sa main sur le bras de l'agresseur, Tristan le priva de son arme. Tous deux se crochèrent, grognant, soufflant, l'Anglais voulant ramasser sa lame et le Français s'évertuant à l'en empêcher. La peur de mourir, l'amertume d'avoir assisté, impuissants, au trépas de quelques-uns de leurs compères, grossissaient leurs forces et leur vivacité. Stimulé par la fureur de vivre, l'Anglais se défendait énergiquement : il écumait, grognait, tâchait de griffer aux yeux ce Franklin téméraire dont son prince essayait de saisir le cou entre ses mains liées.

Tristan parvint à prendre une distance suffisante pour bourrer son adversaire de coups de poings dans la face, mais ce guerrier obstiné tenait bon. Il commençait à renvoyer les coups lorsque Paindorge, libéré d'un attaquant, lui rompit l'épaule d'un taillant frénétique et précis.

Effrayé, Edouard de Woodstock disparut en courant, les mains levées, criant dans les ténèbres les noms d'un capitaine et de quelques sergents :

— *Venable... Masterson !... Parvyng... Help me...*

— Filons, messire ! conseilla Paindorge.

— Les autres ?... On ne peut pas...

— Ils sont tous morts, hélas !... Vivre, c'est les venger... Cette haie...

— Mais ensuite...

— Filons !

Paindorge commandait et c'était bien ainsi.

Ils gagnèrent l'ombre d'une roncière, sautèrent dans ce qui semblait être un fossé. Des pas, derrière, les informaient qu'une douzaine de gens d'armes s'étaient lancés à leur poursuite. Quelque chose miroita tout près. Une rivière.

— Allez, messire, sautons dedans...

Tristan obéit. Bien qu'il ne se fût guère abusé sur les difficultés d'un rapt sans précédent, il souffrait dans son honneur. Tout s'en était mêlé : un homme de Cobham qu'aucun des siens n'avait occis et cette venue, de Rochester, d'une compagnie importante pour assurer la sécurité du prince de Galles. Son étonnement et sa vergogne lui tourmentaient le cœur, les poumons. Sa conscience en feu refusait cette défaite. Il mesurait le formidable intervalle qui le séparait de cette berge sableuse au-delà de laquelle *la Goberde* ou plutôt Calletot attendait. Ils pouvaient, si Paindorge et lui survivaient, courir jusqu'à ce petit havre où dansotaient deux barques. Mais que faire ? Aller de l'avant, c'était périr.

L'eau clapotait entre ses jambes. L'eau les trahissait, Paindorge et lui. L'écuyer s'arrêta et le prit par l'épaule :

— Il faut revenir à Cobham.

— Mais...

— Rober deux chevaux et galoper... Nous avons le temps : la lune est encore haute... Si rien ne vient nous contrarier, croyez-moi, nous reverrons *la Goberde*. Le manoir est là-bas, j'en jurerais.

— Soit.

— Et si j'ai un conseil à vous donner, c'est d'emmener Luciane... Elle le mérite.

— Tu as raison.

Subjugué par la confiance de Paindorge, Tristan fut pénétré d'une espérance folle : ils retrouveraient *la Goberde*, ils reverraient le Crotoy et la terre de France. Tout contribuait d'ailleurs à le réconforter : la nuit plus sombre en raison d'une nouvelle occultation de la lune, enlisée sous des nuages épais, interminables ; l'amitié de cet écuyer, sain et sauf, et pourvu d'une astuce dont il était présentement privé ; les foisonnements des fourrés dans lesquels ils s'engageaient et dont il était sûr qu'il les avait franchis déjà une fois avant de voir s'ériger dans la nuit le beffroi de Cobham.

Le vent lancinait toutes ces crépelures griffues, et Tristan sentit qu'il leur abandonnait un lambeau de ses chausses. Entre deux souffles, il entendait des voix lointaines, des cliquetis, et cette rumeur d'hallali, privée toutefois d'aboiements, affermissait sa volonté de réussir ce qui lui apparaissait maintenant comme la moindre des satisfactions : sauver sa personne et son honneur. Toute cette obscure turbulence d'un pourchas dont ils étaient, Paindorge et lui, le gibier, aiguisait sa malefaim d'immobilité, de repos, de silence.

— Par là, messire... Oui, par là... Suivez...

— Plus de messire... Nous ne sommes que deux malandrins en péril.

Ils couraient l'un derrière l'autre, sans interruption, de la même allure étrange et décidée : le dos courbé, le bras senestre pendant, le dextre à demi relevé, l'arme écartée du corps afin de ne pas se blesser en cas de chute. Si quelques arbrisseaux inattendus leur barraient le passage, ils s'engouffraient dedans, le visage à l'abri de leur coude, et repartaient, forçant leurs foulées à se maintenir longues, égales, et crachant, de loin en loin, le fiel qui leur aigrissait la gorge.

— Regardez, messire !... Nous y voilà... Si je trouve ce sonneur de cor, je l'égorge.

— Le pont semble toujours baissé.

— Il l'est !... Savez-vous à quoi je pense ?... Au rapt de la belle Jeanne. Vous la juchez entre le garrot du roncin et vous-même et vous prévenez ce falourdeur [1] d'Edouard que vous étreignez sa femme et que vous l'abandonnerez sur la grève...

— Bonne idée : elle me rappelle ma fuite de Montaigny.

L'eau du vivier dormait, noire et luisante, réfléchissant presque intégralement, de sa surface au plus profond de ses replis, les tours portières et le mur d'enceinte. Le pont, insuffisamment baissé, formait près de la passerelle une marche que Paindorge, précédant Tristan, franchit d'un bond. La cour du manoir se présenta devant eux, vide, silencieuse, plus redoutable dans son nouvel abandon que lorsqu'ils en avaient foulé le sol et les pavés pour la première fois. Rien ne remuait ni ne luisait dans les bâtiments flanquant le beffroi, mais la fenêtre de la chambre du prince et de son épouse demeurait éclairée.

— Va voir, Paindorge, si *elle* y est toujours. Moi, je veille.

Paindorge s'éloigna sans trop de précautions ; il revint en hâte et en silence.

— Elle y est... Un homme est avec elle... Un sergent...

1. Orgueilleux.

— Le trompeor[1].

— Elle paraît peu consternée du départ de son homme : elle ne pleure pas et elle est toujours presque nue... Peut-être, messire, ceux qui nous pourchassent contourneront-ils Cobham... Qui pourrait se douter que nous sommes ici ?

La volonté de s'arracher aux tristesses d'une aventure malheureuse tira un sourire à Tristan. Ainsi, pensait-il aussi rassurer Paindorge. Pourtant, plus le temps s'écoulait, plus il sentait sa confiance s'envenimer sous le double poison du dépit et de l'angoisse.

— L'autre fille...

— Luciane ?... Elle doit être couchée.

— Non... La voilà.

C'était elle, en effet, les cheveux dénoués, le front sans ornement, toujours vêtue de sa robe de tiretaine grise et les pieds nus dans des sandales. N'osant trop croire à ce qu'elle voyait, elle cillait, les prunelles embuées de pleurs.

— Oh ! vous voilà encore... Et si peu !... Je crois comprendre...

— C'est ce qui s'appelle voir des revenants... Nos amis sont tous morts. Que faites-vous dans cette cour ?

Elle eut un geste vague abolissant tout ce qui s'était passé entre leur départ et leur revenue à Cobham, et paraissant aussi chasser de sa mémoire des souvenirs plus anciens, calamiteux :

— Je ne pouvais dormir... Votre fuite m'avait rendue à cette mélancolie dont j'ai tant souffert les premiers jours de mon arrivée en Angleterre.

— Seriez-vous si malheureuse ?... Chambrière d'une princesse...

— Elle peut être douce ou mauvaise... Je voulais

1. Sonneur de trompe.

demeurer à Saint-Sauveur. Elle m'a donné à choisir : la suivre ou servir dans... dans un bordeau de Calais... Mais elle me mentait : elle fut toujours bienveillante envers moi.

— Vous m'en voyez heureux.

— Cessez donc ! les adjura Paindorge. *Ils* arrivent... Oyez le bruit qu'ils font...

— Trop tard, hélas ! pour détacher les chevaux et nous saisir de la belle Jeanne !

Tristan se tourna vers le porche béant et convint, désespéré, tout en écrasant la sueur qui fourmillait dans ses sourcils avant de troubler sa vue :

— Ils arrivent... Ils ont couru aussi vélocement que nous.

— Si vous consentez à m'emmener, je vous sauverai... Allez relever le pont... Suivez-moi !

Précédés par la chambrière, ils coururent jusqu'au seuil d'une tour portière dont la jouvencelle gravit l'escalier en soulevant sa robe jusqu'aux cuisses afin d'en enjamber plus aisément les marches. Leurs yeux accoutumés à l'ombre savaient discerner tout ce qui pouvait contrarier leurs mouvements, de sorte qu'ils accédèrent sans dommage à la machinerie après que Luciane eut poussé la porte ouvrant sur la courtine. Paindorge vit le treuil et le manœuvra sans difficulté. Le heurt du tablier contre le cintre de l'entrée le rassura : il se frotta les mains tandis que Tristan se demandait si le bruit des chaînes et du grand panneau de bois remonté à la verticale n'avait pas attiré l'attention.

— Et maintenant ? dit-il. Woodstock et ses gens d'armes vont faire une telle frainte [1] que l'homme qui se trouve auprès de la princesse courra baisser le pont !

— Nous serons loin... Venez.

1. Vacarme.

414

Prenant Tristan par le poignet avec une autorité, une violence que celui-ci ne lui avait pas soupçonnée, Luciane l'entraîna, suivi de Paindorge, jusqu'à la porte entrebâillée du beffroi qui résista sous sa poussée. Tristan la rabattit d'un coup d'épaule, déplaçant ainsi le cadavre qui en avait empêché l'ouverture.

— C'est Gordon Bubble, le plus gros et le plus cochon des sergents de Cobham... Avançons. Je sais où trouver des flambeaux.

La pucelle tâtonnait dans un noir absolu. « C'est ici », dit-elle. Il y eut un petit grincement puis des bruissements ct des heurts. Quelque chose tomba que Luciane repoussa du pied. Tristan sentit sur sa nuque le souffle précipité de Paindorge. Comme lui, l'écuyer devait s'étonner de s'en remettre à une volonté qui, pour être féminine et juvénile, ne manquait ni de rigueur ni d'opportunité.

— Où nous conduirez-vous ?

Tristan se reprocha d'avoir posé cette question d'une voix tellement oppressée qu'elle lui paraissait vaine, incompréhensible. Une fatigue apparemment insurmontable l'accablait. Ses genoux et ses pieds semblaient se solidifier, se plomber ; ses coudes acceptaient mal les fléchissements et ses reins glacés semblaient avoir été ouverts à coups de serpe.

— Vers le salut... si Dieu me le permet !

Tristan reconnut le crissement d'un fusil battant une pierre à feu. L'ombre dure fut éclaboussée d'étincelles et Luciane, pour une fois, laissa paraître son courroux :

— Il me faut recommencer. L'humidité des murs corrompt tout.

Elle frotta de nouveau le fusil sur la pierre. Tristan voulut lui proposer son aide mais, après de nouvelles étincelles, l'odeur de l'amadou prêt à s'embraser le rassura. Quelques souffles lents, soigneux, puis de plus en plus vifs revigorèrent le petit rubis dont il avait craint l'extinction. Il grossit et soudain flamba, pétilla. La torche à son contact en fit autant, répandant sur les murs une clarté d'un or fumeux et frémissant.

— Prenez cette esconse [1], là, dans ce recoin... Tirez-en la chandelle et approchez-la de ma torche.

Une fois la mèche allumée, la chandelle remise en place, à l'abri de sa boîte de cuivre et de corne, Tristan se libéra du falot en le passant à Paindorge dont les mains, sans doute, tremblaient moins que les siennes. Il se morfondait, tenaillé, fouaillé par une impatience ulcérante. « Nous pouvons tous trépasser !... Si Woodstock met la main sur nous, sa vengeance sera terrible ! » Quoi qu'il fît et pensât pour se rassurer, son espérance de vivre s'amenuisait.

— Hâtons-nous, dit la pucelle.

— Là où j'ai échoué, Luciane, peut-être allez-vous réussir en partie.

Elle ne répondit pas. Tout au fond du couloir où elle avançait, il aperçut une porte basse, large, qui, une fois ouverte, franchie et close, révéla une échansonnerie où, alignés sur deux murs, des tonneaux et des barils empilaient leurs bedaines cerclées de fer.

— Sûrement du vin de Bordeaux, dit Paindorge.

— Passez-moi votre esconse, messire... Tirez ce râtelier vers vous... Aidez-le, messire... messire comment ?

— Tristan.

— Moi, dit Paindorge, c'est Robert... Robert Paindorge...

— Tirez !

Les trois rangs de futailles empliées quatre par quatre sur des poutres évidées afin de les maintenir en

1. Lanterne sourde, cylindrique ou cubique, en usage au Moyen Age.

équilibre se soumirent aux tractions de Tristan et de l'écuyer. Derrière, creusé au milieu du mur, apparut une porte à l'huisserie de bois renforcé de ferrures.

— Poussez... Quand nous serons entrés, vous tirerez à vous toute cette futaillerie et nous refermerons ce battant...

Ce fut fait. Tristan prit l'esconse et se retourna. Il se tenait sur la dernière marche d'un escalier de pierre, droit, lugubre, et respirait l'air fétide d'un souterrain au bout duquel clapotait une eau vive.

— Un soir, dit Luciane, *ils* parlaient tous deux devant la fenêtre ouverte sans savoir que j'étais dessous. Dame Jeanne eut des frissons dont son époux s'inquiéta. Elle lui dit qu'elle avait peur d'être occise par les sicaires de son beau-père lors d'un assaut tel que le vôtre. Le prince Edouard lui a révélé l'existence de ce passage en l'assurant qu'ils auraient le temps de s'y réfugier... J'ai fait tout mon profit de cette confidence en me disant qu'un jour, peut-être, je trouverais le courage de fuir... Bien sûr, je me suis admonestée : fuir est une chose, mais comment traverser la mer ?

Elle s'exprimait tout en descendant les degrés feutrés d'une sorte de mousse et glissants comme un verglas. Elle s'arrêta, demanda : « Vous suivez ? » et reprit sa progression, apparemment insensible à la froidure des murailles.

— Je ne sais pas si tout ce que son époux décrivit à la belle Jeanne est vrai... Il y a, en bas, une rivière souterraine... Une partie en a été déviée, au-dessus de Cobham, pour emplir le vivier.

Comme Luciane s'immobilisait encore, Tristan admira son profil grave que doraient la flamme inégale de la torche et celle, plus menue, du lumignon de l'esconse à travers la feuille de corne poussiéreuse.

— Je crois, messires, que nous y sommes.

La jouvencelle sauta de la dernière marche, la plus élevée de toutes, et prit pied sur une sorte de promontoire autour duquel courait une petite rivière.

— Une crypte ! s'écria Paindorge.

Dans le radieux épanouissement des flammes brandies par Luciane, ils virent des murs de schiste d'une hauteur du double de leur taille, travaillés en bossages, et une voûte en berceau d'où pleuviotaient des gouttes. Quatre piliers verdâtres et gluants soutenaient ce couvercle de pierre. Au pied de l'un d'eux brillait l'amarre d'une nacelle à peine plus petite que celles de *la Goberde* et dont la coque dansait sur les tresses d'un courant vif. Dedans, il y avait quatre rames assez courtes. Paindorge désigna l'énorme bouche d'ombre où les eaux disparaissaient, rouges d'avoir touché aux flammes de la torche.

« Le Phlégéthon[1] », songea Tristan, fasciné par les flots embrasés.

D'un regard, il voulut réconforter Luciane — sans parvenir à se rassurer lui-même. Un malaise les étreignait. Cette immense chapelle dont ils ne pouvaient embrasser tout le faîte ni sonder la plupart des recoins semblait le réceptacle de férocités imprévisibles, prêtes à se manifester s'ils touchaient à l'esquif. Quelles taupes avaient creusé ce sanctuaire ? Quelle vie secrète l'animait certains jours ou certaines nuits ? Les énormes excroissances pustuleuses, qui çà et là se gorgeaient des lueurs des pauvres luminaires, semblaient des corps pétrifiés dans des linceuls de cristal après l'intervention d'une puissance maudite, foudroyante, et cette *chose* les observait de ses yeux multiples et miroitants cependant que les eaux psalmodiaient un hymne invariable, obsédant comme un chant de mort.

1. Fleuve des Enfers qui roulait non de l'eau mais des flammes.

Tristan frissonnait ; Lucianne également dans sa robe estivale. Paindorge se baissa, mouilla son visage et dit : « C'est glacé », puis : « Partons ! » Et à la pucelle si hardie, pourtant, d'apparence et dont la force d'esprit faiblissait.

— Montez... Vous aussi, messire... Gare à vos lumières : si elles s'éteignaient, nous serions condamnés... Vous prendrez les rames, messire, quand nous aurons quitté cet asile infernal... La chaîne n'est point verrouillée...

Luciane s'agenouilla au-devant de la barque. Tristan s'assit sur la toste, à proximité de l'étrave, tournant le dos à la jouvencelle. Il posa son esconse entre lui et Paindorge, qui lui fit face après avoir dénoué l'amarre.

La coque oscilla et le courant l'emporta sans qu'il fût besoin de trop manier les pelles.

— A la grâce de Dieu, dit l'écuyer tandis que l'esquif se coulait sous la voûte.

Le clapotement des flots était devenu plus bruyant tandis que, violent et pervers, un souffle d'air échevelait la flamme de la torche.

— J'ai soif, dit Luciane. L'émoi me sèche la gorge.

— Moi aussi, dit Paindorge.

— Si nous nous en sortons, leur promit Tristan, nous nous paierons tous trois une buverie dont nous conserverons souvenance... même vous, Luciane.

Son rire devint soudain une plainte effrayée :

— Une chute !... L'eau bouillonne et tombe de haut !

— L'on dirait cent tambours furibonds, dit Paindorge.

Tristan s'assit dans le sens du courant. A demi allongée, Luciane levait son flambeau et l'abaissait par intermittence. Son bras lui faisait mal.

— La caverne se sépare en deux, dit-elle. Touchez,

Robert, au plus près de la muraille dextre... Ce qui se déverse là, c'est le trop-plein du duit[1]... Nous ne sommes pas loin au-dessous du pont-levis.

— Deux lieues ! enragea l'écuyer. Deux lieues entre Cobham et *la Goberde* !

Plus que la précédente, cette fuite exigeait une volonté peu commune, presque incompatible avec l'état de leur esprit et la faiblesse de leurs nerfs.

— Nous réussirons, affirma Tristan.

Il saisit les rames et retrouva la facilité des gestes que tous ses défunts compagnons avaient accompli pour gagner, de *la Goberde*, cette côte au sable moelleux que peut-être il ne reverrait pas, quelque assurance qu'il en eût donnée à Paindorge et à Luciane. « Dieu les accueille en son bleu Paradis, même Calloet dont l'âme était si noire ! » L'onde clapotait. Souvent, la jouvencelle prévenait : « Courbez-vous ! » Ils passaient alors sous des épieux rocheux ou des bouffissures emperlées de grosses gouttes glauques. De loin en loin, la quille raclait un roc puis s'immisçait dans des grenailles de pierre. « On va s'échouer », grognait Paindorge, mais après le ralentissement qui l'avait courroucé, c'étaient encore des hauts fonds sur lesquels on glissait dans un friselis indolent et les *plocs* des pelles entamant l'eau en même temps pour en extraire des chapelets de perles.

— Je pense, messire, dit l'écuyer visiblement heureux de s'exprimer sans baisser la voix, je pense que la bonne chance nous a bien servis. Aucun fer n'a entaillé notre chair... Nous avons fui sans déshonneur puisque nous nous étions bien défendus... Nous avons

---

1. En l'occurrence, la douve du château dont une digue retenait l'eau.

rejoint et nous allons sauver cette damoiselle qui nous a permis de revoir *la Goberde* avant qu'il fasse jour.

— Ne parle pas trop tôt de revoir *la Goberde* ! Nos épreuves, hélas ! ne sont pas achevées.

Tristan adressa un sourire d'encouragement à la jeune fille. Elle s'était à demi retournée, la voûte redoutable, brusquement élevée, lui permettant d'abandonner sa surveillance. Son sein pur débordait de l'encolure de sa robe sans qu'elle y eût pris garde. Voyant le regard de Tristan se porter dessus, et contrairement à ce qu'il augurait, elle n'eut aucun mouvement de prudoterie offusquée, mais noua posément l'amigaut[1] relâché. Elle devait ignorer les hontes fallacieuses, les délectations sournoises. Comme Oriabel. Dans son visage blafard où ses cheveux traçaient quelques raies d'or soyeux, son sourire était celui de l'innocence et de la gratitude.

— Si nous restons en vie, messire, je voudrais...

Un brusque souffle d'air venant de l'extérieur coucha la flamme de la torche ; un second l'éteignit. Luciane dit simplement :

— Passez-moi ce falot, messire.

Et quand elle eut l'esconse en main :

— Il est temps que nous sortions ! La chandelle est presque consumée.

Elle s'agenouilla de nouveau à l'avant, insoucieuse de montrer à ses compagnons, s'ils la pouvaient entrevoir, une croupe dont la tiretaine mouillée révélait les rondeurs.

— Je sens que l'air devient plus chaud, dit Paindorge.

---

1. L'encolure des chemises et des robes des femmes était munie d'un *amigaut*, c'est-à-dire d'un cordon qui passait dans une coulisse.

Il ne se méprenait pas : la nuque de Tristan, son dos en sueur frémissaient sous une tiédeur nouvelle.

Les ténèbres se désépaissirent. La barque parut rouler sur des graviers puis glissa, et ses occupants sentirent au-dessous d'eux des profondeurs peut-être effrayantes. Ils n'entendaient rien d'autre, maintenant, que leurs respirations douloureuses d'épuisement et d'anxiété. Quelque chose qui n'était pas un rocher racla le bordage, et cela ressemblait à un crocodile. Le ripement dura jusqu'à ce que Paindorge eût repoussé la *chose* de sa rame.

— Un tronc de baliveau, dit-il.

Les parois du souterrain semblèrent venir à la rencontre l'une de l'autre, gluantes, et la quille glissa sur ce qui pouvait être des plantes et de la vase.

— Les rames à l'intérieur, dit Tristan... Tout se resserre : les murailles et le toit ! Laissons cagoler [1].

Un peu de ciel parut entre des escarpements blafards. Après avoir sinué sous une nouvelle voûte, l'embarcation parut jaillir entre les tentacules d'une pieuvre énorme, dressée afin de mieux considérer sa proie : c'étaient les racines d'un arbre juché au-dessus de la rivière.

— J'éteins ce falot, dit Luciane.

— C'est bien, dit Paindorge. Sa lumière, même petite, nous trahirait. Allez, messire, joignez vos palades [2] aux miennes !

L'étrave de l'esquif s'enfonça dans un taillis d'aulnes, et même en heurta quelques-uns.

— Ne nous faites pas chavirer, dit Luciane.

Posant une rame le long du bordage, Paindorge utilisa l'autre comme gouvernail tandis que Tristan tirait

1. Abandonner le bateau au courant.
2. Tractions sur les rames ou coups de rame.

de toutes ses forces sur ses pelles, heurtant çà et là des roches et des herbes.

— Dès que nous trouverons une rive assez plate, nous y aborderons.

— Encore une voûte, dit Luciane... Non, c'est un pont... Mais je ne vois rien qui nous permette d'atterrir.

Elle jeta la lanterne dans la rivière.

La clarté des eaux frémissantes les guidait entre des berges rugueuses, déchiquetées, où de hautes rocailles leur dissimulaient la campagne. Tristan frémissait de froid, d'angoisse, d'impatience. Cette nuit sur son déclin lui faisait mesurer leur petitesse à tous et la présomption dont il avait fait preuve en acceptant une mission folle et meurtrière. Il allait jurer Dieu contre son orgueil et son absurdité lorsque son regard rencontra celui de la jouvencelle. Il sourit :

— Luciane est un beau nom.

— Celui de ma mère-grand.

— Et celui de votre père ?

— Le chevalier Ogier d'Argouges...

Elle dit comme pour elle seule : « La peste noire, la guerre », tandis que Tristan se refusait à poser d'autres questions. Après ce qu'il avait subi, il se sentait incapable de pitié, mais sa sollicitude envers Luciane était immense. Paindorge toussota :

— La mort nous a enlevé de bons gars.

Tristan approuva. En leur compagnie, il eût mené la vie dure aux Goddons. Seule la perte de Calloet lui semblait justifiée — encore que son aide lui eût été précieuse.

« Moi, j'ai manqué à mes devoirs ! Bon sang, j'avais réussi... Je tenais dans mes mains le hutin d'Angleterre ! »

Il était si cruellement sensible à cette défaite que des larmes de rage humectaient ses paupières.

Paindorge, lui, semblait sans mémoire et sans forces. Il ne s'intéressait qu'au sillage du bateau, déployé en larges ondes métalliques.

— Calletot nous attendra jusqu'à la dernière miette de nuit.

— Oui, messire.

— Voyez cette double lueur, dit Luciane. La rivière se sépare... Il vaut mieux suivre le cours de dextre et marcher dès que nous le pourrons.

L'écuyer manœuvra sa rame-gouvernail et Tristan fournit ses derniers ahans, si soutenus et si violents que ses paumes, déjà douloureuses, lui parurent prêtes à saigner. L'étrave de la barque s'enfonça dans des racines, des tiges et des branches, et s'y coinça.

— Merdaille ! grogna Paindorge... Arrière, messire, à moins que vous ne vouliez marcher. Ma pelle touche le fond... Nous aurons de l'eau jusqu'aux jarrets...

— Sautons... Non pas, vous, Luciane... Nous vous porterons...

Tristan offrit ses bras à la pucelle. Il reçut aussitôt contre lui ce corps à la nudité perceptible sous la tiretaine gorgée d'eau ; et autour de son cou des bras souples et fermes ; sur sa joue le bout d'un nez frais et quelques cheveux épars, aussi blonds dans les ténèbres que ceux d'Oriabel.

— Hâtons-nous... Nous n'avons rien de trois trucheurs[1] !

Paindorge se glissa de biais, dans des joncs et des herbes crépitantes. La peur le regagnait. L'eau chaussait Tristan des orteils aux genoux, froide et grumeleuse. Il pataugeait d'autant plus profondément dans la vase que le poids de Luciane s'ajoutait au sien. Enfin, comme il commençait à souffrir des épaules, il sentit

1. Vagabonds.

424

que le fond montait, durcissait sous ses semelles. Ses pieds, entravés de longues et visqueuses lanières, trouvèrent des appuis plus nombreux et plus sûrs.

— Voulez-vous que je la porte ?

— Non... Inutile...

Tristan éloigna son visage de celui de Luciane ; il vit son sourire. Le même apparemment que celui d'Oriabel.

— Là, dit la jouvencelle. Un talus.

Paindorge les attendait en haut.

— Lâchez-moi... Je monterai seule.

Il obéit et la déposa lentement, avec des précautions qui lui tirèrent un nouveau sourire avant qu'elle ne glissât, comme un baiser, cette confidence au bord de son oreille :

— Vous êtes beau et fort, messire...

Elle soupira, se reprit et en deux ou trois bonds fut auprès de Paindorge qu'aucune difficulté ne rebutait.

— Rien... Pas un bruit, mais le vent nous est contraire... Je suis sûr qu'ils nous cherchent.

— Partons... Le jour va poindre... Pourvu que nous retrouvions à temps cette crique !

— Je n'ose imaginer ce qu'ils me feront s'ils me reprennent, dit Luciane.

— Notre sort n'est guère plus enviable que le vôtre, m'amie...

Ils marchèrent puis coururent dans des herbes sèches et des broussailles. La nuit qui les enveloppait commençait à grisailler. La fraîche haleine de la mer aggravait le froid de leurs membres.

— Nous réussirons au moins notre retour...

Tristan ne disait cela ni pour complaire à Luciane ni pour stimuler Paindorge. Il commençait à le penser. Dans son cœur, avec cette certitude que son écuyer eût trouvée sans doute insensée, montait, par longues flambées, une exaltation qui contenait les germes de sa vie future. Il eut envie de s'ébaudir : « Beau et fort, moi ? » Nullement. Un poursuivant d'amour ? Pas même... Encore qu'une étreinte l'eût apaisé... Cette brève pâleur d'un sein ferme, innocent. Cette opulence d'une croupe entrevue dans la barque et lors de la montée du talus... Si proche qu'il eût pu la toucher... Qu'eût dit alors Luciane ? Qu'eût-elle pensé de lui ? Ces lacis d'herbes qui entravaient leur marche... Réussir... Vierge, Luciane ?... Quinze ans... Vierge peut-être. Aucune lascivité, chez elle. Une sorte de fermeté, de droiture... L'odeur de la mer dissipait maintenant la senteur de leurs sueurs associées... Un bon bain... Nus... Pourquoi Paindorge s'arrêtait-il ?

— Oyez !... Ils ont fait du chemin !

— Ils ne sont pas près de trouver notre trace !

Luciane écoutait, la bouche avancée comme pour recueillir sur ses lèvres ces rumeurs de haine encore lointaines. Tristan posa sa main sur son épaule aussi paternellement que possible. Mais y avait-il réussi ? Pourquoi se poussait-elle ainsi contre lui ?

— Courons, dit Paindorge... Voyez-vous, droit devant, ce que je vois ?

C'était un enclos d'herbe rase. Deux vaches et deux chevaux y paissaient. Quelque part, un grillon jouait de sa mandore. Il se tut.

— Restez là... Je vois la porte...

Paindorge ouvrit l'huis sans qu'il grinçât.

— Ce sont deux haquenées. Elles ont un licou... Nous monterons à nu... moi seul, et vous, évidemment, avec la damoiselle.

Cet *évidemment* semblait intentionnel. Moqueur et hargneux à la fois.

— Veux-tu la prendre avec toi ?

— Oh ! non, chuchota Luciane.

— Cette coursière noire, messire, est plus solide que l'autre. Prenez-la...

Tristan s'approcha de la jument. Une coursière, effectivement, nerveuse d'inquiétude. Quatre ans, peut-être. Une bête de roi sinon de prince. Dommage qu'il ne pût l'embarquer sur *la Goberde*. Mais allait-il trouver la nef de Calletot ? Pour réussir, il faudrait galoper sur la plage, s'exposer à la vue des Goddons matineux : pêcheurs, manouvriers, archers du guet.

— Vous allez chevaucher ainsi qu'une manante ! Point de rênes et de sambue [1].

— J'aime galoper à calefourchies.

— Bien... Je monte le premier, vous en croupe. Aide-la donc, Paindorge.

Un pied sur le genou de l'écuyer, Luciane souleva très haut sa robe pour enjamber la jument sans se soucier d'exhiber le blanc nacré de l'intérieur de ses cuisses et jusqu'à un petit blanchet [2], images confondantes pour deux compères qui, sans doute, s'interrogeaient de la même façon : « Que pense-t-il d'elle ? En est-il épris ? » Quand elle fut assise, son ventre et sa poitrine collés au dos de Tristan, elle tendit la main :

— Nous n'avions pas vu cette maison !... Voilà qu'un chien y aboie et qu'une lumière s'allume !

C'était vrai. Le chien donnait de la voix et l'on remuait derrière la fenêtre éclairée.

— Hâtons-nous, dit Tristan.

Il serrait le licou dans sa dextre et, dans sa senestre, la longue crinière de la jument. Paindorge sauta sur le dos de sa monture, plus âgée, plus placide, et qui devait être grise des naseaux à la queue mais paraissait d'une

1. Selle de femme.
2. Sorte de caleçon uniquement porté par les femmes.

blancheur liliale dans ce qui subsistait encore d'obscurité.

— Au galop, dit-il. Défions-nous de la brouée [1] qui s'épaissit... Cette clarté, là-bas, c'est sûrement la mer !

— Au galop, répéta Tristan.

La belle jument noire hennit et s'ébroua fièrement avant de s'élancer à la suite de sa compagne.

*   *

*

Le brouillard annonçait la venue du matin. Plus les trois fugitifs approchaient de la mer, plus les grandes charpies cotonneuses gagnaient en épaisseur et en opacité. Elles s'agglutinaient en masses glacées dans les creux des vallons et déployaient leurs blêmes oriflammes au faîte des coteaux. Le sable maintenant remplaçait fréquemment la terre et la pierre.

Sans se soucier d'être compris, Tristan soutenait de la voix sa monture : seule l'intonation importait. Docile, elle traversait les champs, les friches, au risque d'y égratigner sa belle robe sombre tout emperlée de gouttelettes. Dans son sillage, la jument blanche renâclait. Luciane qui se retournait parfois l'encourageait d'un : « Allez, Grisette ! » avant de recoller sa joue, sans doute avec plaisir, sur le dos de son sauveur.

Les odeurs des herbes et des humus mouillés emplissaient les narines de Tristan. Il flairait parfois la mer sans la voir et sa fureur enflait à mesure que rétrécissaient ses espérances. Trois ou quatre fois, il avait immobilisé la Noiraude. Il avait d'autant mieux entendu les cris des pourchasseurs que le silence lui paraissait lui-même hostile.

1. Brouillard.

428

— Encore heureux, dit-il, qu'ils n'aient aucun chien !

— Vous oubliez celui de la maison où nous avons emprunté ces juments.

— De toute façon, Luciane, le sol est ameubli par toute cette humidité. Quand le jour se lèvera, ils trouveront les marques des fers.

— Pourvu que Calletot nous attende ! cria Paindorge.

Des cailloux ; un chemin. Les sabots y cliquetèrent comme des épées qu'on oppose. Une rivière encore, mais un pont l'enjambait.

— Nous ne sommes jamais passés par ici en venant...

Ensuite, un fossé plein d'eau. La Noiraude en eut jusqu'aux pâturons et frissonna. Luciane laissa poindre son angoisse.

— Je commence à désespérer, dit-elle.

S'ils avaient été seuls... Mais non, se dit Tristan, tout était bien ainsi. La Noiraude prenait une grande battue et s'élançait courageusement dans un champ.

* *
*

— La mer ! s'écria Paindorge.

Un éclair d'acier fumeux entre deux mamelons herbus. Un jaillissement, un miracle alors que les hurlements de la meute humaine se fortifiaient et que l'aube, à peine rouge, soulevait dans l'air des mauvis, des corbeaux, des émiaules [1] aux criaillements incessants.

— A dextre, messire... C'est à dextre, j'en jurerais !

---

1. Nom vulgaire de la mouette cendrée dont le cri, parfois, ressemble à celui du chat.

Un sable mou et sec où les montures s'empêtraient. Couper droit à la mer. Là, au moins, tout près des vaguelettes, les juments trouveraient des appuis solides, partant des turbulences nouvelles.

— Allez, messire !

A dextre, oui... Une immensité grisâtre au sable tacheté de haillons gluants déposés par le flux nocturne. Au bout, trois choses. Mais quoi ? Devant, sur l'eau, immobile et sommeilleuse, une petite nef. A sa poupe, la longue bannière dont la pointe trempait dans l'eau annonçait qu'elle venait de Flandre, car c'était un lion de sable sur fond d'or qu'on y distinguait. Et *la Goberde* ? Comme pour aggraver leur angoisse, une rumeur bien connue s'éleva et grandit. *Des chiens !* Une dizaine. Dix gueules fumantes, armées de poignards.

Les juments galopaient toujours dans du feutre. Plus vite ! Plus vite ! La jouvencelle faillit tomber mais tint bon, accrochée à la ceinture d'armes.

— J'aperçois les hommes qui nous suivent ! Les chiens restent derrière.

— A combien ?

— Trois ou quatre cents toises... Ce sont des veautres [1] de Cobham !

Mal au cul. Quelle belle invention que la selle !... Et les rênes aussi ! Pourvu que Calletot fût d'un naturel patient !... Bon sang, ces trois carcasses de bois noir !... Il fallait bien qu'elles fussent quelque part ! Ils n'avaient commis aucune erreur... Et les Goddons ? S'ils s'étaient séparés en deux groupes et que, tout à coup, cinq ou six apparaissaient devant...

La mer refluait. Des flaques miroitaient entre des monceaux de varech. Des oiseaux s'abattaient dessus,

1. Chiens de chasse.

piochant, sautillant. Du rouge encore plus net au Levant. Les coquilles qui jonchaient le sable étincelaient de loin en loin et les juments semblaient les broyer avec joie... Jamais, non jamais, ils ne parviendraient... A moins que ces choses...

Tristan jeta une dernière fois sur trois épais fantômes un regard lourd de fatigue et d'insomnie :

— Paindorge !... As-tu meilleure vue que moi ?

— Oui, messire !... Oh ! oui... Les vaisseaux démolis nous attendent là-bas...

— Et *la Goberde* !... Je la vois de mieux en mieux.

Avec une hâte rageuse, Tristan talonna la Noiraude. Ils allaient réussir. Triompher doublement : de la peur et des Goddons. *La Goberde* avait encore ses voiles ferlées... Se hâter, toujours, sans défaillance... Les Goddons hurlaient de plaisir... Les nacelles ? Rien... Le goulet... Où était ce goulet où attendaient les barques ?... Ces buissons... Oui, le petit cours d'eau apparaissait. Les fers en piétinèrent l'eau immobile.

— Nous y sommes, Luciane... Sautez... Toi, Paindorge, donne des claques à ces juments qui nous ont si bellement aidés !

Il entra dans la rivière. A grandes enjambées. Il retrouva les nacelles, rompit l'amarre de la première et tira deux couples de rames de l'abri feuillu qui les avait protégées.

Il poussa l'esquif jusqu'à la mer, accompagné d'un côté par Luciane, de l'autre par Paindorge. La joie de réussir au moins cette éprouvante fuite emplissait sa tête d'un tumulte triomphal.

— Sautez !

Paindorge hurla, désespéré :

— *Ils* s'en vont !

C'était vrai : *la Goberde* avait gonflé ses voiles.

— Merdaille... Plus de torche... Plus rien pour les

prévenir... Et ils n'ont aucun guetteur dans la mâture !... Aucun gabier !

Le vent leur apporta le cliquetis du guindeau et les cris de leurs poursuivants. Tristan sentit se flétrir sa confiance :

— Ramons fermement, Paindorge... Vous, Luciane, remuez vos bras... Ne cessez pas de les avertir... Bon sang ! je haïrais presque autant Calletot qui s'enfuit que les Goddons qui nous pourchassent !

Il était transi de froid et de dépit. Il vit arriver à l'embouchure du ruisseau une dizaine de cavaliers. Des archers mais aussi quelques cranequiniers[1]. Une volée de sagettes et de carreaux raya le ciel. Des *ploc*, *ploc*, tout proches révélèrent que leurs armes portaient loin et que leur tir, en dépit de la brume, avait une précision dangereuse. Les chiens, d'eux-mêmes, renoncèrent.

Une nouvelle fois, l'air vrombit autour des fugitifs. Paindorge cria, tressaillit et lâcha une rame que Tristan rabattit contre la coque :

— Saisissez-la, Luciane... Est-ce grave, Paindorge ?... Je ne te vois pas et ne peux me retourner...

— Ils m'ont eu !

— Est-ce grave ?

— Sûrement... Un carreau... Un boujon ou un passadoux[2]. Il me semble que j'ai l'épaule cassée... Non, damoiselle !... Non ! Continuez de faire des signes à l'équipage de cette nef pourrie !

---

1. Arbalétriers à cheval.
2. Les *carreaux*, empennés le plus souvent par des ailettes de cuir, avaient des fers de diverses formes. A section triangulaire ou carrée, ils étaient nommés *boujons*. Les *passadoux* étaient armés d'un fer triangulaire et plat, et les *matras* avaient une tête cylindrique ou quadrangulaire destinée à écraser l'ennemi touché à l'endroit de l'impact. Le *vireton*, à fer pyramidal, était empenné de lames obliques qui imprimaient au cours du vol un mouvement de rotation destiné à approfondir la blessure.

— Messire, tournez-vous, demanda Luciane.

Tristan obéit et vit, dans les yeux de la jouvencelle, après les grandes frayeurs passées, une joie qui lui fit pencher la tête.

— Ils nous ont vus, Paindorge, et ils mettent en panne !

— Passez-moi cet aviron qui ne vous sert à rien... Prenez ma place !

Tristan ramait avec plus de vigueur. Une nouvelle volée de sagettes et de carreaux s'abattit autour de la coque, et un vireton se planta à l'arrière, près de l'anneau d'amarrage.

— Allons, messire !... Tirons sur ces pales !

L'étrange volonté de Luciane émerveilla Tristan une fois encore, bien qu'il se dît — pour conjurer des démons assoupis — qu'Oriabel, dans des circonstances identiques, eût agi de la même façon.

— Ils renoncent, dit Paindorge. Ils partent en nous montrant le poing !

L'étrave du bateau heurta le flanc de *la Goberde*. Lancée par-dessus la pavesade, une échelle de corde faillit choir sur la tête de Paindorge. Tristan s'inquiéta :

— Pourras-tu monter seul ? Veux-tu qu'ils nous lancent de quoi te lier et te hisser à bord ?

— Je vais l'aider, dit Luciane... Je guiderai vos pieds sur les échelons, Robert...

Elle avait retenu son prénom. Là-haut, des mains s'apprêtaient à saisir celle de l'écuyer. Tout allait bien.

— Doucement, dit Tristan lorsque ses compagnons commencèrent à s'élever. Vous, là-haut !... Mon ami est navré à l'épaule...

La robe de Luciane lui collait au corps, mettant en évidence, dans le petit jour rose et or, ses contours et ses reliefs. Cet éclat de la chair après chaque enjambée... Et plus elle montait plus elle se révélait. Émouvante pâleur du blanchet sur un blason dérobé à la curiosité d'un mâle privilégié ; ces jarrets, cette petite amphore de chair achevée par une cheville ciselée... Quelles jambes ! Quelles cuisses ! Tristan sut qu'il en serait désormais obsédé. Quelque chose de blond traversa sa pensée. Il était trop occupé pour lui donner un nom ou plutôt, en l'occurrence, il refusait d'écouter sa mémoire.

Il regarda de nouveau vers le haut. Paindorge était happé par des mains énergiques. Et Luciane écartait largement ses jambes pour franchir le garde-corps. Des sifflements d'admiration retentirent.

— On vous envoie des cordes, dit Calletot, penché à la rambarde. Liez-les solidement aux anneaux afin que nous remontions cette flette[1]. Vous, montez à l'échelle.

— Il en sera fait ainsi.

— Vous n'êtes plus que deux avec cette donzelle ?

— Hélas ! oui.

— D'où la ramenez-vous ?

— Du manoir de Cobham... Nous l'avons délivrée.

— Qui est-elle ?

— Une Normande, comme vous.

— Voilà qui change tout, messire !

« Voilà qui change tout, en effet », songea Tristan.

— Vous ne revenez pas parmi nous les mains vides !

Tristan avait lié les cordes. Il empoigna le premier barreau de l'échelle et se hissa sur le pont. Déjà, *la Goberde*, qui n'avait que diminué son erre, cinglait vers le Nord afin de contourner aisément l'énorme moignon de terre à la pointe duquel un port naissait, qu'ils avaient entrevu à l'aller : Sheerness.

1. Barque.

— Les autres, messire ? demanda Calletot en mettant, sur le dos de Tristan, une couverture sèche, moelleuse, et qui sentait la marée.

— Tous morts... J'ai le cœur gros de les avoir laissés.

— C'était une appertise [1] impossible.

— Nous avons failli réussir... J'ai eu pendant longtemps Edouard auprès de moi, mains liées...

Tristan surprit dans le sourire du marinier un pli qu'il ne lui connaissait pas et dans ses yeux une lueur d'incrédulité ou d'ironie.

— Croyez-vous que je mens ?

Calletot se récria. Non, tout de même. Il ajouta malicieusement comme si, entre le prince de Galles et la jouvencelle en captivité, son passager avait délibérément fait son choix :

— Vous, au moins, vous n'aurez pas perdu au change, mais monseigneur le dauphin, lui...

Et sur un geste qui signifiait son désintérêt pour le reste de l'aventure, il monta péniblement l'escalier du château de poupe.

1. Prouesse.

VI

— La terre de France, Luciane...

— J'ai tremblé quand nous sommes passés au large de Calais... Toutes ces nefs qui semblaient partir pour le ponant...

— Elles emmenaient une armée en Bretagne ou en Aquitaine. Notre grande bannière aux léopards et fleurs de lis nous a certainement sauvé la vie. Calletot est astucieux... Dommage...

— Dommage que *quoi* ?

— Si Calletot ne croit pas que j'ai... que nous avons tenu l'Edouard à notre merci, lui qui nous a vus partir pour Cobham et en revenir éprouvés, comment voulez-vous que le dauphin Charles accorde un soupçon de créance au récit que je lui ferai de notre mésaventure ?

— Robert et moi saurons vous cautionner !

Après ce qu'elle avait vu et subi, Luciane pouvait se courroucer contre ce que lui, Tristan, considérait comme une singulière injustice. Sa voix soudain plate — sa voix de vaincu — donna plus de poids sinon plus d'âpreté à sa consternation :

— Paindorge, m'amie, ne peut être un témoin digne de foi puisqu'il est mon écuyer. Quant à vous, personne d'autre que lui et moi ne peut attester que vous étiez là-bas... D'ailleurs, par sûreté, il est préférable

436

qu'on ignore que vous avez servi les Anglais, même contre votre volonté, tout d'abord en Normandie, puis sur la Grande Ile. Un simple mot de trop vous préjudicierait.

Assis côte à côte, hanche à hanche, cuisse à cuisse sur la seconde marche de l'escalier de proue, ils se tournaient parfois vers la côte, toujours pareillement merveillés de la voir si proche et de l'imaginer accueillante. Luciane tournillait une mèche de ses cheveux et son regard, son silence révélaient une inquiétude grandissante. Tristan percevait cet émoi avec d'autant plus d'acuité qu'il avait ressenti le même, quelques mois plus tôt, chez Oriabel. Des esseulées toutes deux ; toutes deux menacées des sévices des hommes. Il s'était refusé à imaginer le moment où ils devraient se séparer. Or, maintenant que la France toute proche éployait sous leurs yeux ses rives ennuagées des brumes du couchant, l'idée d'une séparation lui devenait insupportable.

— Nous avons fait, par prudence, un long détour... Je crains le déchirement.

— Que voulez-vous dire ?

— Il ne faut pas que notre séparation soit un déchirement. Je vous dois mon aide.

Luciane pâlit et serra les dents. Il la prit par l'épaule et la pressa contre lui, doucement et brièvement afin qu'elle ne se méprît pas... Sur quoi ? Il n'allait pas confondre l'amitié et l'amour, la sollicitude et la passion ! « *Menteur* » En quittant Mathilde, il avait pensé qu'il était à tout jamais guéri contre les tentations de sa propre volupté ; or, tout à coup, après les tumultes d'une action de guerre, les orages des sens lui semblaient aussi agréables et nécessaires que ceux du ciel après quelques journées torrides.

437

— Je suis seule... Ma famille enterrée... Mon père disparu après sa dernière quarantaine [1]...

— Le cœur nous faut [2] à parler ainsi, mais certains desseins nous sont sans doute interdits... Je suis comme marié...

C'était, à son avis, la meilleure formule. Il regarda Luciane dans les yeux. Elle eut un cillement des paupières. Une larme tomba de chacune d'elles.

— Ne vous méprenez pas, dit-elle. C'est le vent.

Il sourit, calme et neutre en surface :

— Même si ce n'était le vent, pourquoi auriez-vous vergogne ?

Elle se leva et dit qu'elle allait voir Paindorge. Il la retint fermement par le poignet. Le vent auquel elle avait fait allusion ne manquait ni de vigueur ni de fraîcheur, et la lente tombée du jour semblait l'inciter à montrer plus d'ardeur encore que dans la journée. Ce n'était pas l'autan du pays de Langue d'Oc qui allumait partout des passions charnelles et soufflait la folie sur celles qui existaient déjà. Oriabel était-elle à Castelreng ? Il en doutait. Alors où l'attendait-elle ? Il ne commettait aucun parjure, aucune infidélité lorsqu'il contemplait Luciane et se montrait envers elle plus losengier [3] qu'il ne l'était d'ordinaire.

— Le bleu de vos yeux semble celui du ciel de mon pays... Ces vêtements d'homme que Calletot vous a donnés paraissent avoir été faits pour vous... Nulle autre que vous ne les pourrait mieux porter.

Il ne comprenait pas ce qui lui advenait : ce besoin sans cesse accru de lui être agréable. Sa destinée se trouvait liée à une autre, et les félicités qu'elle lui avait

1. Les barons, chevaliers, hommes d'armes devaient à la Couronne un service militaire de 40 jours.
2. « Le cœur nous manque. »
3. Flatteur.

données imprégnaient encore tous ses sens. Cependant, chose étrange et bien qu'il y pensât toujours avec ferveur, il était moins pressé de la revoir, d'entendre sa voix, son rire, et de l'étreindre.

— Vous venez de penser à *elle*.

Les prunelles d'azur foncé brillaient d'intelligence entre leurs longs cils mouillés.

— Pourquoi vous mentirais-je ? Oui, j'y ai pensé...

La bouche de Luciane, qu'elle sourît ou non, avait une fermeté, une roseur qui l'incitait sans cesse à y poser ses lèvres, mais il se défendrait contre cette envie-là. Ses oreilles, petites et son cou flexible semblaient faits, eux aussi, pour les baisers...

— J'ai hâte de passer une robe.

— Au Crotoy, j'ai de quoi vous l'offrir. Demain, je vous en paierai une à votre choix.

Il y eut un silence lourd d'ils ne savaient quoi. Sans doute leurs pensées vaguaient-elles sur des chemins divergents. Puis doucement, Luciane demanda :

— Comment est-elle ? Brune ? Blonde ? Rousse ?

Allons, bon ! Les traits si purs s'étaient durcis. Jalousie ? Non : une sorte de pressentiment ravageur.

— Elle vous ressemble.

— Ah !

Luciane observa quatre mariniers sur le pont. Deux d'entre eux affermissaient l'attache d'une drisse ; les deux autres renouaient les carets d'un hauban.

— Puis-je savoir son nom ?

— Oriabel.

— Il est beau.

— Il est beau. Le vôtre est bien joli, murmura Tristan.

Le visage d'Oriabel lui revenait en mémoire. Plus précis, mais figé, incomplet comme celui de cette statue qui ornait le gynécée de Perrette Darnichot. Il dit, la bouche amère et le regard fuyant :

— Vous voilà saine et sauve...

— Prête, voulez-vous dire, à souffrir autrement.

Il n'y avait, entre elle et lui, que la distance d'un souffle. Il pouvait, mais il ne le voulait, rejeter Oriabel dans l'ombre et savourer l'instant présent. Ne l'avait-il pas mérité ? Sans doute, s'il s'était senti libre, eût-il apprécié cette aventure qui, en même temps que la déception et la honte, lui avait révélé Luciane. « *Elle me tente !* » Il n'allait tout de même pas renier ce culte fervent et inquiet qu'il avait voué à celle qu'il avait prise pour femme ! S'il pouvait imaginer quelques coucheries avec cette pucelle, c'était sans doute à des épousailles solides qu'elle songeait.

— Vous allez retrouver la Normandie... Vous y oublierez tout... même moi !

— Croyez-vous ?... C'est vous qui m'oublierez !

— Comment le pourrais-je ?

— Vous voyez bien !

Il « voyait », en effet, qu'il ne cessait de s'enferrer.

— En Normandie, je ne retrouverai que du vide... Et vous, en quels lieux Oriabel vous attend ?

— Dans le châtelet de mon père, sans doute.

— *Sans doute ?*

Il lui avait offert, involontairement, un espoir.

— Oui, *sans doute*. Nous avons été séparés à la bataille de Brignais.

— Elle est noble ?

— Il n'y a pas plus noble qu'elle.

Cela ne s'appelait-il pas mentir intelligemment ?

— Et vous, Luciane ? Que faisiez-vous dans votre jeunesse prime ? Comment avez-vous fait pour aboutir à Cobham ?

Elle réprima un geste d'agacement. Ce n'était pas

d'elle qu'elle voulait l'entretenir. *L'autre*, la rivale, aiguillonnait sa curiosité. Elle se remit à tordre ses cheveux :

— Ma mère, Blandine, mon grand-père et tous leurs serviteurs sont morts de la peste noire... même leurs chiens... J'avais à peine un an...

La voix de la jouvencelle s'était altérée ; elle la raffermit :

— Je dois la vie à mon oncle Thierry. Il venait de perdre du même mal sa femme et son fils — de mon âge — quand il m'a tirée de Gratot, le châtelet de ma famille. Disant que l'air y était pur, il m'emmena au Mont Saint-Michel et se fit engager au service de Nicolas le Vitrier qui commandait les hommes d'armes...

— La plupart sont des clercs.

— Thierry obtint l'estime de Geoffroy de Castegny, qui secondait l'abbé Nicolas...

— Geoffroy de Castegny l'a remplacé, puis Bertrand Guesclin[1] l'a dépossédé de cette charge, bien qu'il ne soit jamais au Mont, à ce qu'on dit. Mais vous, Luciane, que faisiez-vous là-bas ?... Qui vous gardait ?

— Une bonne dame, Lison Bonnefoy, dont l'époux était armurier. Ils avaient deux chèvres dont j'ai bu le lait... ensuite, j'ai mangé surtout du poisson !

Elle soupira. Elle devait détester, maintenant, cette chair blanche et fade.

— Quand j'ai pu parler, comprendre les choses, j'ai appris que moins d'un mois avant ma naissance, le roi Philippe avait fait quérir mon père et mon oncle

---

1. La peste noire apparut en Normandie, et particulièrement à Coutances, en novembre et décembre 1348 et janvier 1349. Geoffroy de Castegny est mentionné comme capitaine de la garnison du Mont dans un acte du 11 juillet 1357. Il fut remplacé à ce poste par B. Guesclin le 13 décembre 1358. Lire, du même auteur, la série du *Cycle d'Ogier d'Argouges*, et particulièrement *L'Épervier de feu*.

Thierry pour qu'ils rejoignent l'ost avec leurs soudoyers. Le roi avait fait Thierry chevalier à Crécy, et il
tenait aussi mon père en particulière estime... Or donc,
il les mandait pour aller devant Calais bouter les
Anglais qui assiégeaient la ville depuis un an, et dont
les manants souffraient de famine...

— C'était à la mi-juillet de l'année 47.

— Dès le soir de l'arrivée de l'armée à Calais, le
roi commanda à mon père de prendre d'assaut la tour
de Sangatte et lui donna, pour la conquérir, les piétons
des communes du Tournaisis. Contre sa volonté,
Thierry et leurs hommes d'armes ne purent l'accompagner... La tour fut prise, mais mon père disparut. On le
crut mort ou prisonnier lors de cette action dont mon
oncle disait qu'elle avait été inutile puisque le roi, le
lendemain, quitta piteusement Calais...

— Hélas ! soupira Tristan.

— Et voyez-vous, il est des... rencontres étranges.
Cet assaut eut lieu le vendredi 27 juillet dans la soirée.
Je suis née au château de Gratot ce vendredi même, à
la vesprée. Ma mère faillit en trépasser...

Tristan reçut en plein regard celui de Luciane, froid,
presque noir dans le crépuscule — en quelque sorte,
endeuillé.

— Ce que je sais maintenant, c'est que mon père
fut emmené sur la Grande Ile. Il avait été navré par
Renaud de Cobham ; Gauthier de Masny l'a sauvé.
Sitôt guéri, il s'est enfui. Il a été repris après avoir
retrouvé son oncle, Guillaume Rechignac. Lui, les
Goddons l'avaient fait prisonnier au siège d'Aube-
roche. Contraints de participer au pardon d'armes
d'Ashby, ils y rencontrèrent dame Jeanne de Kent,
alors veuve de Thomas Holland...

— Dites m'en plus, m'amie, si cela vous soulage.

Luciane essuya ses paupières.

442

— Un jour que nous étions seules, Jeanne m'a dit qu'elle avait connu mon père... Vous devinez mon émoi !... C'était, je vous l'ai dit, aux joutes d'Ashby, le dernier dimanche de novembre 1347. Les prouesses de trois chevaliers de France, dont mon père et son oncle Guillaume, l'avaient merveillée... Guillaume est mort dans le champ clos, mais le troisième Français, Barbeyrac a, tout pareillement que mon père, vaincu son *challenger*... Ils se croyaient libres. Or, le roi Edouard, furieux d'avoir deux de ses chevaliers occis, leur donna pour punition un an de captivité chez le seul Anglais que mon père eût en amitié : Hugh Calveley... C'est ce que m'a conté dame Jeanne de Kent...

— On dit Calveley grand et terrible.

— Grand, oui. Terrible, non.

Tristan connaissait, désormais, tout un pan de l'existence de Luciane. Cela lui parut insuffisant.

— Votre père a dû revenir en France.

— Sûrement... Mais s'il y est revenu, c'était l'année de la peste noire. Il est peut-être mort en chemin.

Tristan prit dans ses mains la dextre de Luciane. Il la trouva glacée, presque inerte.

— Votre père est en vie. J'en suis acertené. Sitôt débarqué, il a dû galoper vers Gratot.

— Ce fut en octobre, novembre et décembre que le mal noir fut le plus effrayant.

— Ayez confiance !... Il a traversé victorieusement toutes les pestilences. C'était il y a quinze ans... Il a dû revenir à Gratot. Vous n'y étiez plus. Peut-être a-t-il appris que vous n'étiez pas morte... Il vous a cherchée.

La main serra très fort la senestre de Tristan, incapable de dévisager la pucelle.

— Si vous dites vrai, où est-il maintenant ?

— A Gratot, car il a dû renoncer à vous chercher en vain.

443

— Peut-être... Je m'ennuyais au Mont. J'avais besoin d'espace. Je n'ai cessé de tribouler Thierry pour partir.

Une larme brûla le poignet de Tristan. La voix de Luciane s'amenuisa.

— Mon oncle consentit à mon retour à Gratot... C'était... eh bien, c'était lorsque j'eus neuf ans... Nous y fûmes en février... Un couple était présent : Raymond et Guillemette. Muets et avenants. Nous n'avons rien appris d'eux sur mon père... Il me semblait que nous vivions tous les quatre parmi des fantômes dont les tombes — quelques bosses de terre — entouraient la petite église au-delà des douves.

— Comment s'appelait votre père ? Pardonnez-moi, j'ai oublié son nom.

— Ogier d'Argouges.

— Et votre tayon[1] ?

— Thierry Champartel.

— Il était à Poitiers. Nous avons échangé quelques mots avant la boucherie... A-t-il survécu ?

— Comment le saurais-je ? Quand il est parti pour l'ost, cette année-là, le duc de Lancastre venait de débarquer en Normandie[2]... C'était au début de juin...

1. Oncle.
2. Le 18 mars 1354, Thomas de Holland remplaça Jean Avenel comme lieutenant d'Edouard III en Bretagne. Il se fit proroger dans sa charge le 8 février 1355 et obtint, le 10 juillet suivant, la révocation des immunités et concessions faites à ses voisins et compagnons d'armes, Roger David et Robert Knolles. Ces derniers intriguèrent contre lui et, le 14 septembre, il dut remettre son commandement à Henri, duc de Lancastre, qu'Edouard III venait de nommer lieutenant et capitaine-général en Bretagne. Au point de vue militaire, la lieutenance de Thomas de Holland n'avait été qu'une succession d'échecs.

A l'expiration de la trêve conclue par eux, le 24 juin 1355, les hostilités reprirent entre Jean II et Edouard III. Le 5 avril 1356, le duc de Lancastre devait mettre à la voile pour aller, en compagnie du comte de Montfort, prendre possession de sa lieutenance dans le duché de Bretagne quand Edouard III lui enjoignit de débarquer en Normandie

Il m'a dit qu'il allait bouter les Anglais hors du pays et qu'il me reviendrait dans un mois. En attendant, il me confierait à une dame fort bonne qu'il avait connue en soignant des pestiférés et qu'il avait revue trois ou quatre fois sur le marché de Coutances... Catherine, sœur de maître Pierre Pigache, un clerc, seigneur de Turqueville.

— Vous eussiez pu demeurer auprès de Raymond et Guillemette.

— Certes, mais ils étaient pauvres, moult pauvres... Notre séparation fut pénible à chacun de nous.

— Et vous êtes partie...

— Oui... J'avais le cœur gros.

pour secourir Philippe de Navarre (frère de Charles le Mauvais). Il y fut début juin avec 1 300 hommes et reçut en renfort 100 lances de Philippe de Navarre. Cette armée fut grossie, à l'abbaye de Montebourg, par les guerriers de Godefroy d'Harcourt et de Robert Knolles.

L'ost ainsi formé progressa dès le 22 juin. Il mit en déroute Robert d'Houdetot et ses hommes, qui assiégeaient Pont-Audemer. Il pilla Verneuil et parvint à échapper à la poursuite du roi Jean qui l'attendait à Tubœuf. Le 13 juillet, les envahisseurs revenaient à leur point de départ tandis que le roi de France allait assiéger la forteresse navarraise de Breteuil, qui se rendit le 15 août, et où il reçut la nouvelle de l'avance victorieuse du prince de Galles à travers le Périgord, le Limousin et le Berry.

Le dessein d'Edouard de Woodstock était d'opérer sa jonction avec Lancastre. En se portant avec ses hommes sur la rive droite de la Loire, Jean II empêcha cette manœuvre. De fort peu car le 16 septembre, Lancastre essayait en vain de franchir la Loire aux Ponts-de-Cé : le pont avait été détruit et la rive gauche était occupée par l'armée française.

Il n'empêche que toutes ces opérations réussies furent sans résultat : l'incurie du commandement français et, surtout, comme à Crécy, l'orgueil de la chevalerie allaient contribuer au désastre de Poitiers-Maupertuis.

A Crécy, avant la bataille, les piétons qui étaient allés de Paris à Rouen puis de Rouen à Paris et de Paris à Crécy en un temps record et presque sans ravitaillement étaient épuisés, incapables d'une action vive et cohérente ; à Poitiers, ceux qui venaient de Normandie après avoir guerroyé, sans être inaptes à la bataille, devaient manquer d'allant. Et puis, quelle ardeur peut-on avoir à suivre des chefs présomptueux en dépit de leurs continuelles défaites ?

— Et vous avez vécu à Coutances ?

— J'aurais aimé : la ville était française alors que la plupart des cités à l'entour étaient soit navarraises, soit anglaises[1].

Luciane reprit son souffle que l'émotion brisait. Elle ajouta d'une voix toute pâle mais où perçait de la rancune, peut-être même de la détestation :

— En fait, Thierry ignorait que dame Catherine, comme son frère, avait moult admiration pour Godefroy d'Harcourt...

— ... qui avait choisi l'Angleterre et commis, contre le roi, les Normands et les Français, les actions les plus détestables : trahisons et crimes impardonnables...

— Catherine avait un sauf-conduit de Godefroy le Boiteux. Il nous permit d'aller de Coutances à Saint-Sauveur sans danger. A peine, d'ailleurs, avions-nous quitté la cité que Godefroy, ses hommes, des Anglais et des Bretons en venaient faire le siège... Mais la cité résista[2]. Catherine avait été prévenue... Ce que je peux en dire, c'est qu'elle était fort belle. Elle avait vingt-cinq ans et mon oncle vingt-neuf... Veuf depuis neuf ans, peut-être songeait-il à se remarier, bien qu'il m'eût dit souvent que lorsque je serais adulte, il reviendrait en Pierregord, où il était né.

— Vous êtes demeurée à Saint-Sauveur ?

— Oui... J'ai vécu entre Catherine et maître Pierre Pigache en qui messire Godefroy avait placé sa confiance... Le Boiteux, lui, guerroyait[3]. Et puis, mes-

1. Lire en annexe IV : *Les possessions normandes de Charles le Mauvais.*
2. Le vain assaut donné par Godefroy d'Harcourt et ses hommes à Coutances est rapporté par Renault, *in Annales de la Manche*, 1847, page 492.
3. Ce fut au retour de la levée du siège de Pont-Audemer par les Français, le 18 juillet 1356, que Godefroy d'Harcourt scella, dans son château de Saint-Sauveur, la charte où il reconnaissait Edouard III pour

sire Thomas Holland et son épouse sont venus. Ils avaient laissé leurs enfants en Angleterre ; c'est pour cela, sans doute, que Jeanne de Kent se prit pour moi d'une sorte d'affection avant même qu'elle ait appris que j'étais la fille d'Ogier d'Argouges... Cependant, il advenait qu'elle me fît sentir que j'étais sa prisonnière... C'est pourquoi je fus obligée de la suivre quand elle décida, dès la mort de son époux, de revenir sur la Grande Ile[1]. De sorte qu'éloignée de Gratot depuis mon enfance prime, je ne sais si mon père y est revenu et si mon oncle qui, dites-vous, était à Poitiers, a survécu à cette bataille et loge de nouveau dans notre châtelet...

— Il faut y aller, Luciane !... Même s'ils ont été fait prisonniers, des hommes de leur trempe se sont évadés... Il vous faut revenir à Gratot... Ne serait-ce qu'un jour...

« Ne t'engage pas davantage ! » se conseilla Tristan. « Si tu te laissais aller, tu lui proposerais de la compagner ! »

Il devait la quitter promptement ; l'oublier... *L'oublier ?* Elle avait semé en lui une graine semblable à celle qu'Oriabel y avait jeté. Il ne tenait qu'à lui qu'elle fût inféconde. Et puis, Luciane était *seule* !

roi de France et lui faisait hommage, comme à son suzerain légitime ; il léguait en même temps au roi d'Angleterre toutes ses possessions de Normandie, notamment le boulevard du Cotentin et la forteresse — énorme et sans doute imprenable — de Saint-Sauveur. A dater de ce jour, le clos du Cotentin fut perdu pour la France. Les Anglo-Navarrais y vécurent en maîtres et la défaite de Poitiers exacerba leur audace. Maître Pierre Pigache, clerc et seigneur de Turqueville, ami intime de Godefroy d'Harcourt, rendit la justice au nom d'Edouard III. Thomas de Holland devint « capitaine de Saint-Sauveur » et s'y installa avec son épouse dont la frénésie de luxe fit scandale, comme elle fit scandale à la Cour de Bordeaux lorsqu'elle s'installa en Aquitaine avec son second mari, le prince de Galles.

1. Thomas Holland mourut le 28 décembre 1360.

— Aidez-moi !

Tristan baissa la tête. Presque rien — une lettre — séparait la supplication de Luciane d'une adjuration qu'il ne voulait pas entendre : *aidez-moi, aimez-moi...* Pour le moment, un seul souci devait occuper son esprit : son retour à Vincennes.

Il allait devoir fournir au prince Charles maints éclaircissements sur les causes de son échec. Il ferait figure d'incapable. De couard, peut-être, aux yeux d'un couard avéré. Et n'était-il pas pusillanime jusque devant Luciane ? L'aider paraissait simple eu égard à cette aventure qui les avait révélés l'un à l'autre. Il était pour elle un ministre de la Providence.

Il lâcha la main pâle accrochée à la sienne. La terre était toute proche à présent. Il sourdait de ce rivage obscur de la tristesse et de l'ennui. Mais c'était tout de même un fragment de la France.

— Nous arrivons ! cria Calletot.

La Goberde eut comme un sursaut et s'engagea dans un chenal ou un marinier, à l'avant, sonna joyeusement de la trompe.

— Enfin..., murmura Lucianne. Etes-vous heureux ? Moi, j'ai peur.

Plutôt que de répondre, Tristan s'aperçut que rien d'autre ne comptait pour lui, présentement, qu'un tendre regard de pucelle occupée à deviner ses pensées.

— Je suis inquiet, confessa-t-il à regret. Inquiet pour... tout.

S'il excluait Mathilde de Montaigny de sa mémoire, il ne pouvait s'empêcher de comparer, même fugacement, cette Trinité de femmes qui avaient marqué son existence au point qu'il avait songé de façon lancinante au mariage : Aliénor, Oriabel, Luciane.

— Nous passerons la nuit chez Calletot. Il dispose de plusieurs chambres.

« Quelle sottise », songea-t-il, « d'insister sur ce détail ! »

— Demain, lorsque vous serez reposée comme il convient, nous cheminerons doucement vers Vincennes à cause de Paindorge... qui doit se demander ce que nous faisons pour le laisser seul dans l'entrepont ! Venez, m'amie, allons le voir...

Il la prit par la main. Les petits doigts fins s'interposèrent entre les siens avec une fermeté qui valait bien des promesses allusives.

— Tenez-moi toujours ainsi, dit-elle, et je vous suivrai partout.

VII

— ... et votre audace, chevalier, pas plus que votre féauté, ne saurait être ni contestée ni dépréciée. Comment pourrais-je vous reprocher votre échec ? J'avais évalué tous les inconvénients de cette entreprise et me demandais même si *la Goberde* réussirait à vous approcher des lieux et à vous en ramener. Soupçonneux comme mon père, je vous dirais : « *Qui peut me prouver que vous êtes allé là-bas ? Vos parchonniers*[1] *ont pu vous abandonner en chemin pour quérir la fortune en quelque meute de routiers.* » Mon seul regret, Castelreng, c'est que vous n'ayez aucune preuve ni tangible ni testimoniale à me montrer comme quoi vous avez tenu un moment mon cousin Edouard à votre merci. La navrure de votre écuyer ne saurait me satisfaire.

Le dauphin Charles allait et venait dans l'espèce de cellule où un clerc avait introduit Tristan. Immobile, celui-ci entendait bruire les plis de la pelisse de velours bleu que son hôte portait déceinte, sa main malade dissimulée à l'intérieur et lui tenant lieu d'embonpoint.

— Non, je vous l'assure : je ne suis pas courcé[2] contre vous...

1. Partenaires. *Parchon* : partage.
2. Courroucé.

Etait-ce vrai ? Tristan considérait ce visage livide où refluaient les traces d'une exorbitante affliction. Toutes les bouffissures qu'il y voyait, mouillées de sueur, tous ces plis fourmillant à l'entour de la bouche, et dont la profondeur semblait s'être accusée, exprimaient non seulement la récidive de douleurs profondes, assoupies et tisonnées par la déconvenue, mais encore la rédhibition d'une confiance trop promptement accordée. Comment se disculper ?

— Monseigneur, je sais bien quelle déception je vous inflige... J'eusse aimé que vous fussiez avec nous pour juger des périls qui furent nôtres...

Que dire encore ? Rien. Tristan ne savait plus où donner du regard, presque étonné de se retrouver dans l'espèce de reclusoir où le dauphin lui avait assigné cette mission déraisonnable et qui eût pu cependant réussir avec juste un tantinet de bonne chance. Mais la bonne chance n'était pas son lot, ni semblait-il celui de ce prince malade de pouvoir autant que de poison. Dehors, le soleil atteignait son sommet. Sous un vent qui n'était ni la galerne, ni l'autan, des poussières enfumaient la grande cour où les bâtisseurs du donjon, cessant la besogne, s'en allaient prendre leur repas sous les grands arbres, en lisière de la forêt.

— Nous voilà vendredi, le premier de juillet... Vous êtes revenu un jour plus tard que celui où je vous attendais... Maintenant, Edouard le Jeune devrait être jugé pour ses milliers d'homicides et valoir son pesant d'or... Je vais devoir reconsidérer l'avenir...

Ce préambule entrecoupé de soupirs parut à Tristan le prologue d'un congé formulé sèchement. Il entendit la porte s'ouvrir et se refermer dans son dos : l'huissier d'armes de monseigneur Charles s'en allait. Il demeurait. Pour subir quelle déconvenue ?

— Je n'ai guère dormi les nuits de votre absence.

Soudain transfiguré, l'air las et papelard du prince exprima la contention vers un idéal de grandeur qui dépassait son personnage maladif pour irradier vers une sorte de sainteté à laquelle le pape lui-même n'eût sans doute osé prétendre.

— Ah ! oui, je n'ai guère dormi, Castelreng. Mon esprit vous suivait. Je me disais que la male chance dont souffre le royaume finirait bien par cesser...

Le refoulement de la colère, la volonté de s'élever au-dessus du désenchantement étaient impossibles à cet homme. « Quand il m'a vu entrer, il *savait*. Et Thomas l'Alemant aussi. » Sans doute quelques coulons envolés du Crotoy avaient-ils réintégré leur colombier du Louvre ou de Vincennes.

« Une folie », se dit Tristan. « Que croit-il à me parler de ses sommeils difficiles ? Je n'ai guère dormi de Vincennes au Crotoy, par souci d'un échec et d'une mort probable puis, au retour, de crainte de subir l'ire de ce malade. Je suis las. Nous avons dû partager la même chambre dans les hôtelleries où nous sommes passés... Paindorge était trop mal pour reposer sur une litière de paille aux écuries et Luciane avait si peur que nous ne pouvions la laisser seule, même dans une chambrette contiguë à la nôtre... »

— Avec *lui*, chevalier, je tenais le monde dans ma main !

Le monde !... Le prince exagérait. Détenteur de l'héritier du trône d'Angleterre, il n'eût tenu ni celle-ci ni l'Empire dans sa main saine — à condition que cela fût possible —, mais un otage dont la captivité eût coûté cher aux Français. En effet, rien ne prouvait, compte tenu de leur discorde à propos de Jeanne de Kent, que le roi Edouard III se fût soucié de libérer hâtivement son fils aîné.

452

Les yeux du prince Charles trahirent une appréhension affreuse :

— Ah ! il doit s'ébaudir maintenant, mon cousin.

— Je ne le pense pas, monseigneur. Il était effrayé.

— J'aurais dû envoyer Guesclin à votre place.

— Il n'est pas certain, monseigneur, qu'il eût fait mieux que moi... Je ne le connais pas et sa réputation me laisse indifférent...

Que dire d'autre ? Le regret du régent était comme une insulte. Il venait d'enfoncer plus profondément sa main-méduse sous sa robe et semblait s'en caresser le ventre. Tristan crut de son devoir d'insister :

— Mes dix hommes étaient les meilleurs que j'aie connus... Eussions-nous été trente ou quarante que le résultat eût été le même...

— C'était pourtant, Castelreng, un argu[1] merveilleux !

En excluant tous les inconvénients de cette action pour en magnifier les avantages, Charles avait commis une erreur dont, sans doute, il serait long à se remettre. Il avait cru pouvoir fournir à son père, grâce au rapt du prince de Galles, une leçon de sagesse et de gouvernement, et certes, il la lui eût administrée en cas de réussite : Edouard le Jeune capturé non pas lors d'une vaste et sanglante bataille mais tout bonnement lors d'une petite embûche comme les trouvères eux-mêmes n'eussent osé l'imaginer... La ruse prévalant sur la force et la sagacité sur la fureur. Il considérait les choses d'un peu trop loin, d'un peu trop haut ; les détails redoutables lui échappaient. Et son impuissance à tenir fermement une arme lui faisait admirer l'homme qu'on disait, précisément, le moins pourvu en prud'homic, l'exemple, voire le parangon de Calloet : Bertrand

1. Projet.

Guesclin. Mais à quoi bon se regimber : dans son inguérissable aveuglement, monseigneur Charles eût pu choisir l'Archiprêtre !

— A quoi pensez-vous, Castelreng ?

« Je me demande si le jour de ton sacre, tu seras seulement capable de tenir fermement le sceptre des rois de France. »

— Je pense, monseigneur, que votre idée, vraiment, était une merveille... L'on vous avait fourni de bonnes indications : l'intérieur du manoir de Cobham était fort peu gardé... L'extérieur l'était redoutablement : une compagnie de Rochester...

— Dites-moi, coupa le prince, où se trouvait Edouard lorsque vous l'avez pris.

— Au lit, monseigneur.

— Qu'y faisait-il ?

— Il venait d'achever ce à quoi vous pensez.

— Jeanne est-elle aussi belle et bien faite qu'on le dit ?

— Je le crois...

La bouche de Charles se pinça. Envie ? Mépris ? Il pencha son front lourd et ferma les paupières sur des images impures, et se redressa pour, de sa grosse pote, ébaucher un signe de croix. Tristan lui trouva soudain une figure aussi lasse et creusée que celle qu'il eût certainement présentée après une nuit passée auprès de la belle Jeanne... si toutefois elle y eût consenti.

— Nous étions parvenus à Cobham sans mécompte. C'est seulement au sortir du manoir, monseigneur, que commença notre déconfiture... Le prince Edouard avançait, les mains liées, parmi nous lorsque des soudoyers de Rochester nous ont agressés. J'ai vu périr alors la plupart de mes hommes...

— Il fallait estoquer ce maudit !

— Mes Bretons le voulaient, je m'y suis refusé.

454

— Ah ! les Bretons..., soupira Charles avec ravissement. Voilà des guerriers sans égal... Savez-vous que Bertrand Guesclin est Breton ?

Encore *lui* !... Au demeurant, Tristan ne se reconnaissait aucun droit de juger cet homme, mais cela commençait à bien faire. On attribuait audit Breton seul la prise de Fougeray, la délivrance de Rennes assiégée par Lancastre, quelques prises de châtelets occupés par les hommes de Charles de Navarre, notamment celui de Melun. Le prince Charles oubliait que son chevalier parfait avait été capturé deux fois, par Robert Knolles et Hugh Calveley, libéré sur parole mais sans acquitter ses rançons. « *Un routier* », disait de lui feu Jacques de Bourbon. Un routier, sans plus, mais qui avait su s'attirer quelques-unes de ces hautes protections qui composaient les degrés de l'escalier menant à la renommée.

— Mort, le prince de Galles était sans intérêt, monseigneur... Plus de rançon, plus d'échange, et qui sait si, par vengeance, son père ne débarquerait pas maintenant à Cherbourg ou à Calais pour semer une fois encore la désolation et la mort en Normandie, Picardie, Beauvaisis et jusqu'aux portes de Paris. Vous m'eussiez reproché cette occision si, par... désespoir, je l'avais commise.

— Je vous l'accorde.

Le prince Charles se répandit en plaintives récriminations sur « les deux Edouard », et Tristan ne laissa plus échapper un mot. Il avait chaud. Cette journée d'été allait enfanter d'un orage. De grandes bannières noires et blanches comme le défunt baucent [1], commençaient à s'éployer dans le ciel.

1. L'étendard du Temple.

— Une preuve, chevalier !... J'aurais voulu au moins obtenir une preuve !

Le visage du prince exprimait le tourment d'une humiliation aussi pénible et suppurante qu'une invisible blessure, mais son regard plongé dans celui de Tristan avait l'inexorable dureté d'une lame.

— Monseigneur, mon écuyer — le seul survivant de cette estourmie [1] — m'attend dans la cour. Je puis l'aller chercher pour que vous l'interrogiez. Son récit ne saurait différer du mien...

— Evidemment !

Tristan détesta le sous-entendu de cette exclamation.

— Un passadoux lui a percé l'épaule.

— Tiens donc, un passadoux !... Je croyais que les Goddons méprisaient l'arbalète.

Les traits mous du régent s'étaient durcis sous l'effet d'une suspicion accrue. Un rictus de compassion fit saillir sur ses joues quelques rides supplémentaires :

— Un passadoux.

— Des cranequiniers [2] nous ont pourchassés, monseigneur.

Brièvement, Tristan décrivit la roberie des chevaux et la course jusqu'au rivage, épiant les traits de son auditeur et n'y découvrant qu'une impassibilité des plus figée. « Il croit que tout cela n'est que basses sornettes ! » Cependant, le prince avait repris sa marche.

— Monseigneur, demandez au roi s'il n'y eut pas quelques centaines d'arbalétriers goddons à Poitiers !

C'était lui rappeler qu'il avait pris la fuite *et que lui, Tristan, l'avait accompagné,* sur commandement du roi, avec les sires de Landas et de Voudenay tandis

1. Mêlée.
2. Arbalétriers à cheval.

que Saint-Venant[1] pressait ses deux frères, tout aussi affolés que lui. Et *monseigneur* savait qu'à peine rendu à Chauvigny et s'être assuré qu'il s'y trouvait en sauveté, lui, Castelreng, était reparti batailler en compagnie de Voudenay, Landas et de leurs hommes d'armes à cheval.

— Halte, chevalier, dit le prince en souriant avec une gaieté feinte. Je n'oserais affirmer qu'il n'existe aucune compagnie d'arbalétriers anglais. Ce qui m'abaubit[2], c'est que des cranequiniers vous aient tiré dessus la nuit.

Décidément, il était stupide. C'était perdre son temps que de l'informer congrûment.

— Quand nous parvînmes au rivage, monseigneur, l'aube crevait... Calletot, s'il le faut, vous le confirmera... Nous avons conservé le carreau et je puis vous le montrer... quoique, entre un passadoux anglais et un passadoux de France, il me paraisse difficile de faire un choix...

Longtemps, il cacherait cette humiliation nouvelle comme une plaie empoisonnée : lui, Castelreng, sournoisement accusé de mensonge et de couardise par le fuyard de Poitiers !

— Mais j'ai mieux à vous fournir, monseigneur, que des mots et le carreau qui perça mon écuyer...

— Quoi donc ?

— Une pucelle qui était à Cobham... Une Normande que Jeanne de Kent avait prise à son service du temps qu'elle vivait à Saint-Sauveur, chez Godefroy d'Harcourt... Sans elle, nous serions morts, Paindorge, mon écuyer, et moi.

— Paindorge !... Quel nom !

1. Robert de Waurin, sire de Saint-Venant, maréchal de France.
2. *Abaubir* : déconcerter.

C'était la première marque d'intérêt que manifestait le prince. Sa morgue fut traversée d'un frémissement qui pouvait signifier qu'il s'ébaudissait ; mais ses lèvres restaient obstinément serrées, incurvées vers le bas, comme s'il venait d'avaler une gorgée de vinaigre.

— Quels étaient les Goddons qui vous donnaient la chasse ? Des hobbiliers [1] ?

Tandis que Tristan se demandait si cet intérêt devait être interprété comme une soudaine indifférence à ce qui concernait sa mésaventure, le régent, penché à la fenêtre, remua sa lourde main en signe de salut. Deux chevaux passaient, portant sans doute une litière.

— Nos béhaignons, comme ceux qui piétent en bas, sont plus solides que ces petits coursiers.

Tristan faillit hausser irrespectueusement les épaules. Ce n'étaient pas les mérites des chevaux de Bohême qui provoquaient, en France, une importation dispendieuse de ces animaux ; c'étaient les liens d'alliance et de parenté qui unissaient les familles des deux royaumes [2].

— Soit, chevalier, cette meschine [3] vous a sauvé la vie.

— C'est la fille d'un baron de Normandie, monseigneur.

— La plupart de ces barons sont des traîtres !

La conversation devenait impossible. Tristan, cette fois, crut bon d'insister :

1. Corps de cavalerie légère créé par Edouard III ; de *hobby* : petit cheval.
2. Le roi Jean II le Bon était le gendre du roi de Bohême, mort à Crécy. Le fils de celui-ci, Charles IV, avait épousé en premières noces Blanche de Valois, demi-sœur de Jean, morte depuis quelques années, sans doute de la peste noire. Charles IV s'était remarié en hâte, en 1349, avec Anne, fille d'un comte palatin du Rhin, Rodolphe III, dit l'Aveugle. Comme son père, Charles IV tirait de nombreux avantages dans le commerce avec la France, laquelle importait des chevaux de Bohême : les *béhaignons*.
3. Domestique.

— Elle était à Cobham contre sa volonté... *Une prisonnière*, monseigneur.

— Suspecte, Castelreng !... Suspecte, vous dis-je, puisqu'elle avait servi chez Godefroy d'Harcourt.

— Elle ne le servait pas, monseigneur. Elle était au service de Jeanne de Kent... Elle n'a qu'un seul désir : vivre en Normandie, non loin de Coutances.

Tristan s'était exprimé sans hâte, sans enfler son débit, espérant que le prince désirerait en savoir davantage sur l'exil de la pucelle. Il n'en fut rien. Charles réussit à faire voler sa lourde main dans l'air puis la tendit en direction de la porte :

— Vous êtes jeune, chevalier. L'amour vous trouble les idées.

L'amour ! Que pouvait-il en connaître, ce malade imparfaitement couronné ?

— Monseigneur, nous avons laissé à Benoît Calletot cinq des chevaux dont nous disposions à l'aller. La damoiselle dont je vous ai parlé nous a aidés à ramener ceux de mes compagnons. Son nom, sans doute...

Le dauphin eut un geste mou qui signifiait : « Peu m'importe !... Quant aux chevaux, que Calletot les garde. » En les abandonnant, il abandonnait la partie. Il renonçait à son grand dessein. Son visage prenait une couleur plombée, solennelle comme s'il allait mieux ainsi résister aux souffles infernaux qui, surgis d'Angleterre avec son champion défait, éployaient leur malédiction sur la France.

— L'amour ! soupira-t-il entre ses dents plus rongeuses que mordantes.

« Eh oui ! l'amour », songea Tristan. « Et je me plais, moi, à enchâsser dans mon cœur et mon esprit ses reliques les plus belles... Tu ne pourrais pas comprendre, monseigneur, cette fidélité... car je ne la comprends guère moi-même ! »

Lorsqu'il se trouva dans l'escalier de la tour, Tristan s'ébahit de la satisfaction avec laquelle il avait accepté son congé.

« L'amour !... L'amour !... Il ne doit pas en fournir moult preuves à son épouse !... *Vous êtes jeune*... Faut-il être bête pour proférer de telles sornes ! »

Quelque brève que fût sa descente, il profita de son esseulement pour se promettre de ne plus prendre au sérieux les propos et lamentations des hauts personnages, couronnés ou non. Puis, comme il traversait la cour, il fut consterné de voir Thomas l'Alemant marcher à sa rencontre.

— Eh bien, cette entrevue...

Tristan se renfrogna : son aventure — ou plus précisément sa male aventure — était peut-être moins secrète qu'il ne le croyait. L'Alemant se fit paterne :

— Je suis le confident du prince ; par conséquent, je sais d'où vous revenez, sans l'otage espéré par monseigneur Charles.

Il souriait, les sourcils effrichés par le bord de son chaperon noir.

— L'amertume vous passera.

Les yeux pâles, animés mais avec lenteur, les joues fades, la petite bouche en trait de lame n'assignaient pas à ce visage et à cet homme une place si prépondérante auprès de l'héritier de la couronne. Messire l'Alemant avait en lui du clerc et du boutiquier. A quoi bon, en ce cas, prolonger ce moment :

— Messire, dit Tristan sans affabilité, j'ai eu le prince de Galles devers moi plus près que vous encore. Le malheur n'a pas voulu qu'il m'échappât, mais que mes hommes et moi nous trouvions tout à coup assaillis et dans l'impuissance de résister... Me serait-il possible, puisque je vous trouve, d'aller quérir mon armure en votre compagnie ?

460

— Evidemment.

Tristan héla Paindorge assis sur une planche posée sur deux glènes de gros cordages.

— Viens... Tu ne peux te servir que d'un bras et porteras ce que tu pourras.

Puis à l'huissier d'armes :

— Messire l'Alemant, j'ai ramené à Vincennes les chevaux de nos malheureux compagnons... Ils sont dans la seconde écurie. Des palefreniers s'en occupent.

— Ils sont à vous.

— Qu'en ferais-je ? Dites à messire Chalemart qu'ils lui appartiennent. Cela diminuera d'autant l'emprunt que je lui ai fait en arrivant à Vincennes démuni de tout. Je ne conserverai que le cheval arzel[1] qui était celui de Pagès. Il est aussi doux qu'une haquenée.

— Vous allez partir ?... Le roi compte sur vous pour son voyage d'Avignon certainement en septembre.

— Il peut y compter, messire... Je viendrai à Vincennes de temps à autre afin de m'informer du jour de son départ et de prendre mes dispositions... Je vais essayer de trouver un logis soit au village, soit à Paris. J'ai besoin, ces temps-ci, de recouvrer force et quiétude.

Tandis qu'il parlait, Tristan laissait ses regards errer le long des murs du donjon, sur le moutonnement des maçons, charpentiers et tailleurs de pierre. La blancheur ivoirine de l'édifice, enfoncée dans le ciel gris-noir, en accroissait la hauteur. Des pigeons semblaient attendre le moment de prendre possession de ses redans et de son faîte.

— Dès que possible, messire l'Alemant, je vous

---

1. De l'arabe *ardjel*, cheval ayant les pieds de derrière blancs, le chanfrein blanc ou étoilé de blanc.

dirai où j'ai pris logis et laisserai aussi, à l'entrée, l'indication de mon logeur.

Ils étaient parvenus devant la porte de l'armerie. Sur un signe de l'huissier d'armes, un des gardes poussa le vantail. Tristan ne vit rien d'autre que l'armure en pièces étalée sur les dalles au lieu même où il l'avait laissée. Il se coiffa du bassinet, se fit attacher sur lui le plastron muni de ses tassettes et la dossière, enfourna sa main dans le colletin et prit sous chaque bras une jambière de fer ; Paindorge n'eut plus qu'à se charger des brassards auxquels pendaient les gantelets.

— Je souhaite que dedans vous fassiez merveille !

— Je m'y emploierai, messire... Pas tant que Bertrand Guesclin, toutefois !

Le visage de Thomas l'Alemant refléta une sorte de mécontentement :

— Pourquoi dites-vous cela, Castelreng ?

— Monseigneur Charles m'a dit assez crûment qu'il aurait réussi là où j'ai échoué.

— Bah ! Il s'est emblavé[1] pour ce Breton laid comme un diable depuis qu'il le vit au siège de Melun... C'est un homme qui a la bonne chance avec lui et jouit de hautes protections : Pierre de Villiers, puis Philippe, duc d'Orléans... Arnoul d'Audrehem... Charles de Blois, le duc d'Anjou et, bien sûr, Monseigneur. Cet homme-là est né sous une bonne étoile.

Thomas l'Alemant avait détaillé tous ces noms en manière de défi, de sa voix affinée d'homme accoutumé au langage des Grands, et qui témoignait d'une patiente et peut-être terrible volonté de transmutation humaine. Sans doute était-il de petite naissance, sans doute avait-il eu, lui aussi, des protecteurs. Il dit, ainsi qu'un prêtre : « Allez en paix », et d'un pas qui danso-

1. Emballé.

tait un peu, il s'éloigna parmi les manouvriers qui le saluaient bien bas.

— Viens, Paindorge, dit Tristan aussi mortifié qu'inquiet.

— Il faudrait, suggéra l'écuyer, vous occuper de la pucelle... Voyez, elle est là-bas, assise sur le montoir... Vous ne pouvez l'abandonner.

— Qui t'a dit que je l'abandonnais ?

Paindorge, solidement enfermé du cou aux hanches dans une bande tirée d'un drap et maintenue par des cordelettes, fit une grimace dans laquelle la douleur n'entrait qu'en petite part :

— Elle tient à vous.

— Plus qu'il ne le faudrait.

— Ne la trouvez-vous pas à votre convenance ?

— Es-tu mon écuyer ou mon confesseur ?

Pourquoi répondait-il avec autant d'acerbité ? Parce que sans désemparer, depuis leur départ du Crotoy, Paindorge cherchait à diriger son intérêt complètement sur Luciane.

« S'il la trouve à son goût, qu'il ait l'audace de la mugueter ! »

Si l'écuyer l'avait eue, cette audace, ne l'eût-il pas trouvée malséante ?

« D'ailleurs, elle aurait su rompre ses illusions ! »

Tristan n'osait passer ses sentiments au crible, sachant bien ce qu'il en subsisterait.

— Vous n'êtes plus marié, messire, que je sache... Allez au fond de vos pensées. Peut-être décèlerez-vous la présence de ce qu'on nomme...

Paindorge s'interrompit au passage de quatre bœufs enjugués, tirant une charrette où reposait une seule pierre. Une toise et demie de long, une demie de large. Les jantes écrasaient bruyamment les cailloux et les moyeux, qui manquaient d'axonge [1], couinaient. Cette pierre-là deviendrait statue. Qui ? Jean II ou Charles-à-la-grosse-main ?

Quand le fardier fut passé, Paindorge revint à la charge :

— Etes-vous pourvu d'une paire d'orbières [2] ? Ne pouvez-vous la voir, là-bas, qui vous regarde ?... Elle ne voit que vous, elle, dans tout ce remuement de gens qui nous entourent et nous observent comme s'ils *savaient* !

— Savaient quoi ?... Qu'elle est amourée de moi ?

— Non... Ne feignez pas de ne pas comprendre !... On dirait qu'ils ont appris que nous avons échoué à Cobham...

— C'est vrai, ce que tu dis... J'y ai pensé quand je suis sorti de l'audience de messire Charles... Je lui mets du *messire* au lieu de *monseigneur* parce qu'il portera mal la couronne... Il m'a semblé faible, mou... Mais il est vrai qu'on nous regarde.

Ces hommes et femmes de tous âges et toutes conditions réunis à Vincennes semblaient au fait de leur échec. Illusion, bien sûr. Ce qui excitait leur intérêt, c'étaient moins les éléments de l'armure que la singulière apparence de ceux qui les portaient : l'un, le bras en écharpe, l'autre, bassinet en tête, le buste fervêtu et le reste du corps en habits de manant.

— Il nous faut quitter ces lieux. Ma présence y est comme usurpée.

Ce château lui semblait désormais hanté par des

1. Du latin *axungia* ; de *axis* (essieu) et *ungere* (oindre) ; graisse fondue des animaux dont on oignait les essieux ; sorte de saindoux qui fut employé à divers usages, particulièrement en pharmacie comme excipient pour les pommades.
2. Morceaux de cuir ronds, percés au centre, qu'on assujettissait sur chaque œil d'un cheval pour qu'il ne puisse voir que devant lui.

gens d'une fréquentation malsaine. Il entrait de la vergogne dans le sentiment qui l'incitait à s'en éloigner. Bien que ce fût déraisonnable, il ne se guérissait point d'un mésaise latent. L'étrange beauté du donjon dont les pierres acquéraient, sous les nuages de plomb, l'aspect du marbre, le captivait toujours, mais il lui découvrait soudain une puissance sourde, presque maléficieuse, qui dépassait celle de sa forme et de ses proportions. Il s'apercevait fortuitement qu'au sortir de l'armerie, alors qu'il sinuait parmi les tâcherons, tous avaient suspendu leurs mouvements, leurs propos, leurs chansons et leurs rires. Il avait senti sur lui comme une détestation tandis que la poussière des mortiers secs, des pierres martelées ou grattées en haut des échafaudages, enfarinait ses vêtements et les plates de son armure. Or, cette poudre était tombée sciemment. On eût dit que tous ces hommes savaient qu'il avait laissé morts, en Angleterre, neuf compains de leur espèce avec lesquels ils avaient potaillé fraternellement.

« Tu te fais des idées. Cette aversion que tu as sentie, c'est tout simplement celle du commun envers les chevaliers. Celle que Tiercelet te manifesta lorsqu'il fit ta connaissance... Il se peut aussi que tu te sois mépris : l'objet de cette... attention, c'était sans doute Thomas l'Alemant... Nous sommes passés parmi eux sans les voir, et ce dédain, de ma part involontaire, a été d'autant mieux ressenti par eux que Paindorge les saluait et leur souriait. »

Allons, bon ! Dans quelles méditations oiseuses s'embourbait-il l'esprit ! Il savait que le commun et la plupart des bourgeois détestaient les chevaliers et les nobles. Il y avait eu une Jacquerie ; la France, qui ne s'en remettait pas, n'en provoquerait aucune autre.

— Alors, messire ?

Tristan feignit d'être absorbé par sa marche parmi les cavaliers, les soudoyers, les femmes employées au service des nobles et aux cuisines. Il savait que Paindorge insisterait et ramènerait l'entretien sur la seule personne qui importait pour lui : Luciane.

— Nous sellons nos chevaux et partons... commença-t-il en atteignant l'entrée de l'écurie.

— Si cela se trouve, messire, son père l'attend à Gratot... Et son oncle. Et vu l'état des chemins, les routiers, les Goddons... Ici, personne ne s'occupera d'elle, sauf quelque seigneur avec l'idée de la besogner. Il vous faut voir les choses comme elles sont !

— Je me sens mal céans... Hâtons-nous.

Pour empeser cette mélancolie ou pour lui donner plus de force, il y avait Luciane. Jeune, belle, éprise de lui, son « sauveur » comme elle l'appelait parfois avec un faible sourire. Il avait essayé, dès leur départ du Crotoy, de l'exclure de ses pensées, puisqu'il devait l'écarter de sa vie. Par simplicité d'esprit et goût des choses nettes, efficaces, par renoncement à des tentations bien naturelles — et presque légitimes —, par amour d'Oriabel — ou plutôt par fidélité à ce qui subsistait en lui de cet amour, ce qui sans doute était absurde —, il feignait de nier l'attrait que Luciane exerçait sur son cœur, sur ses sens, et l'envie qu'il avait de prolonger cette protection qu'elle souhaitait corps et âme. Paindorge avait évoqué les orbières ? Il se sentait plutôt comme un cheval mal gourmé [1], capable de ruer et de renverser, la conscience douloureuse, les serments faits à une autre, le souvenir d'étreintes délicieuses, de rires et de frayeurs partagés à Brignais. Et c'était pourquoi Luciane — ou plutôt son amour — lui

1. Bridé.

faisait peur tout en lui inspirant des sentiments dont la véracité ne laissait pas de l'émouvoir.

— Vous lui devez votre aide, messire !

— Jusqu'où ? Jusqu'à son lit ?

— Un lit ? Elle n'en a pas, et vous le savez bien...
. Tournez-vous avant d'entrer... Elle est assise sur la planche où je vous attendais... Elle désespère de vous espérer... A Vincennes, c'est une foraine[1] autant qu'elle l'était à Cobham !... Une orpheline, messire...

Tristan connaissait suffisamment Paindorge pour ignorer le poids de son ressentiment. Baissant la tête, il regarda la pointe de ses heuses. Il avait proposé à Luciane de la confier à quelque dame haut placée — qui demeurait à découvrir. Elle préférait aventurer sa vie à la suite d'une compagnie d'arbalétriers gênois dont elle avait appris qu'ils se rendraient à Caen à l'entour du 15 de ce mois de juillet, avec un charroi contenant leur fourniment, leur nourriture et les épouses de leurs chefs. Depuis, elle se tenait à l'écart. Elle avait passé la nuit sur la paille, assez loin de lui, mais point trop pour qu'il pût intervenir en cas de danger. Paindorge les avait surveillés l'un et l'autre.

— Elle est jeunette. Elle n'est pas de ces pucelles qu'on prend et rejette après avoir profité de leur innocence.

— Je sais, messire. Je sais !

Ce n'était guère pour délibérer de son amour et de sa dignité mésestimés que Luciane avait pris ses distances, mais pour songer tout à son aise que sa délivrance et sa liberté lui apportaient plus d'amères déconvenues que sa captivité.

— Tu as raison, Paindorge : il est malséant de la laisser ainsi plus longtemps... Nous allons trouver un

1. Etrangère.

467

logis... Deux chambres : une pour nous, une pour elle...
Nous aviserons. Viens, sellons nos chevaux... Il va falloir que nous les fassions ferrer. Malaquin en a besoin
et le tien certainement. L'arzel que j'ai gardé sera pour
Luciane...

Sitôt dans l'écurie, ils déposèrent les plates de l'armure sur le sol. Tristan ôta son bassinet et le confia à
l'écuyer :

— Tu vas m'enfardeler [1] tout cela... Je vais aller lui
parler...

— Je vais enfourner ma brigandine avec... J'ai bien
fait, je crois, de la confier à l'un des goujats de Vincennes. Si je ne l'avais conservée quand vous avez restitué votre armure avant de partir au Crotoy, je ne suis
pas certain que Thomas l'Alemant m'aurait laissé la
reprendre... Cet homme a quelque chose qui me
déplaît... Il a tout d'un coq sans ergots...

— D'un paon paré de plumes d'autruche, veux-tu
dire... Allons, hâte-toi... Nous trouverons bien une
sambue [2] pour le cheval de Luciane.

— Nous irons donc en Normandie ?

— Je ne le sais encore... Mais si, merdaille, je le
sais ! s'emporta Tristan avant de conclure, soudain
repenti : Robert, tu m'ennuies !

Une douloureuse sujétion le retenait d'agir franchement. Il ne se sentait ni la nécessité d'abandonner
Luciane ni la force de renoncer, pour elle, à Oriabel.
Cette nuit, sans qu'elle le sût, sans que Paindorge s'en
doutât, il n'avait guère fermé les yeux, savourant par
le souvenir la pesée du beau corps d'Oriabel dans ses
bras et imaginant aussi la tiédeur, l'exquisité de ce

1. Empaqueter, mettre en *fardelle* ; d'où fardeau.
2. Selle de femme.

qu'il avait entrevu avant de monter à l'échelle de *la Goberbe*.

— Luciane..., murmura-t-il en quittant l'écurie.

Pourquoi trouvait-il donc ce nom si délectable dès qu'il le prononçait en secret ? Pourquoi découvrait-il tant de suavité à cette voix de jouvencelle et de magnificence dans ses regards même s'ils se posaient ailleurs que sur sa personne ? Pourquoi s'émouvait-il tellement lorsqu'il se disait : « Elle m'aime » ? Luciane n'avait rien fait pour l'enganter. Toute sa capacité d'amour s'était concentrée sur un inconnu barbouillé de suie auquel elle était venue spontanément en aide et qui, par une sorte de réciprocité jonchée de périls mortels, l'avait rendue à une liberté dont l'immensité l'apeurait sans qu'elle osât se confier ni à lui-même ni à Paindorge.

« Elle m'aime », se répéta-t-il, « et je n'ai pas coqueliné[1] pour obtenir cet amour qui s'est consolidé du Crotoy à Vincennes sans que jamais je ne l'encourage ni ne m'en réjouisse. »

Mais comme il en eût agréablement profité si le souvenir d'Oriabel s'en était allé en charpie dans les roncières d'Angleterre !

« Avions-nous besoin, elle et moi, et tout autant l'un que l'autre, d'éprouver cette malaisance et de nous empêtrer dans nos sentiments ? Nous ne savons plus où nous en sommes, moi d'une fidélité sans doute absurde, elle d'une reconnaissance qu'elle confond peut-être avec... »

Avec quoi ?

Entre l'amour et l'amitié, Luciane ne connaissait aucun penchant intermédiaire. L'amitié, c'était pour

---

1. *Coqueliner* : tourner autour d'une femme comme un coq autour d'une poule.

Paindorge ; l'amour pour lui, Tristan. Il avait connu d'emblée le caractère d'Oriabel et deviné celui de Mathilde, une fois libéré de l'engouement sensuel qu'il lui inspirait. Il s'interrogeait sur Luciane. Elle était comme ces cartes étalées sur la table d'une devineresse : il ne savait jamais laquelle il retournait. Lorsqu'il essayait de lui tirer un rire, elle se montrait d'une sérénité de nonnain. En fait, elle riait peu. Depuis leur rencontre à Cobham, il la sentait hantée par cette avidité passionnée que donne à tout être sensible la nouveauté du premier amour. Face à cette convoitise, il éprouvait le contentement d'un usurier recevant cette prometteuse tendresse en acompte, sans impatience d'en obtenir le reliquat.

Ici, à Vincennes, et bien qu'on vît circuler du matin au soir maintes femmes et jouvencelles désirables, Luciane attirait les regards : les bouteillers, palefreniers, fauconniers qui passaient maintenant devant elle lui adressaient un salut accompagné de mots aimables. L'un des breniers[1] du roi s'arrêtait même pour qu'elle caressât le grand lévrier poilu qu'il tenait en laisse.

— Vous avez vu ? dit-elle quand l'homme et la bête se furent éloignés. Il s'est laissé faire... D'ordinaire, les chiens de Tartarie[2] grognent et mordent...

Tristan sourit. Une impression de repos heureux atténua le malaise où l'avait mis, soudain, le nom seul d'Oriabel. Elle eût, elle aussi, caressé ce chien et se fût réjouie qu'il n'eût pas montré les crocs. Où était-elle ?

1. Valets de chiens.
2. On ne sait trop quels chiens Saint Louis ramena en France après qu'il eut été fait prisonnier en Terre sainte. Ces chiens, dits *de Tartarie*, remplacèrent ceux de la meute royale composée jusque-là de veautres noir et blanc. Les « tartares » étaient gris, invulnérables à la rage. Leurs descendants prirent le nom de *charnaigres*. C'étaient des métis de lévriers et de chiens courants. Des barzoïs ? Les preuves manquent pour l'affirmer.

470

Il eut soudain la certitude qu'à l'instant même, elle pensait à lui. Et Tiercelet également, qui la consolait de bons mots et tapotements sur l'épaule.

— Nous allons partir.

— Vous et Paindorge ?

La belle voix un peu rauque révélait un effroi dont il fut pénétré.

— Moi, Paindorge et vous.

— Pour la Normandie ?

Comme il eût voulu lui dire : « Oui. » Mais il ne le pouvait. Il ignorait ce qu'il allait faire. Il espérait qu'un événement infléchirait le cours du destin et qu'il s'y livrerait sans s'interroger sur son opportunité.

— Je ne sais... Mais nous allons trouver le gîte et le couvert ailleurs qu'en ce château... Venez...

Elle se leva et le suivit. « *Si Oriabel me voyait !... Et Tiercelet !* » Oriabel dans ses bras... Ses lèvres fraîches... Sa frayeur quand Naudon de Bagerant était venu le chercher dans leur chambre, peu avant cette funeste bataille... Sa frayeur — encore — dans l'auberge d'Eustache... Avant qu'il connût Luciane il se réfugiait fréquemment auprès d'elle par la pensée ; il renouvelait leurs étreintes. Il soufflait sur les braises de leurs desseins épars et s'y réchauffait le cœur... Il eût fallu que Luciane ne fût qu'un rêve et les sentiments qu'elle lui inspirait une simple attirance dont il s'étonnerait lorsqu'il aurait retrouvé Oriabel.

Paindorge avait sellé Malaquin et son roncin. Il tenait le cheval arzel sellé, lui aussi, par sa buade [1].

— Point de sambue [2], messire, mais il y a un bourrelier-sellier tout près, sur le chemin de Joinville...

— Bien... Allons-y... Ce cheval vous appartient,

---

1. Mors à longues branches droites.
2. Selle de femme.

Luciane... Evidemment, une jument eût été préférable...

Il faillit clore ses paupières tellement elle le contemplait. Il y avait dans la lueur de ses yeux une intensité si fervente, si éloquente, qu'il fut définitivement édifié. Cependant, ses traits demeuraient figés ; le pli de sa bouche exprimait une tristesse infinie :

— Il est beau ! Je ne mérite pas...

— Vous méritez mille choses bonnes !

Tristan devina qu'elle allait se pencher vers lui. Leurs joues se touchèrent. Il sentit le frôlement de la tresse épaisse, odorante, sur sa bouche, puis celui, chaud, affamé, des lèvres de Luciane. Un baiser vif, non pas comme on fait une aumône, mais comme on scelle un amour plein de pureté, d'innocence.

Non, il ne se livrerait à aucune comparaison. Il était bouleversé, soit, par cette jouvencelle dont il avait senti la poitrine contre lui ; et c'était avec plaisir qu'il l'avait ceinte de ses bras. Plaisir ? Mieux : délectation.

— Il serait bon que vous lui donniez un nom...

Il la tenait serrée, immobile, et lui parlait doucement. Elle l'écoutait, la tête contre son épaule, ses regards allant de l'arzel à Paindorge, immobile, lui aussi, et faussement inattentif.

— Puis-je l'appeler Marchegai comme le cheval de mon père ?

— Bien sûr !

Elle sourit, dénoua leur étreinte légère et marcha vers le cheval dont elle caressa le garrot.

— Il est beau !

— Un beau brun aux pieds blancs...

Le cheval était de petite taille, et sa docilité se découvrait d'emblée. Des yeux noirs, des naseaux palpitants, de petites oreilles à peine chauvies. Luciane et lui s'examinaient, et Paindorge, amusé, souriait de sentir entre la belle et la bête une complicité confirmée.

— Marchegai.

L'animal secoua sa noble tête et se mit à gratter le sol comme s'il espérait courir.

— Quand je l'ai monté, du Crotoy à Vincennes, je n'espérais pas qu'il m'appartiendrait un jour !

— Eh bien, c'est fait... Vous avez chevauché comme une preudefâme. Nous allons acquérir une sambue et vous monterez Marchegai comme une gente dame.

Le cheval encensa comme s'il acquiesçait. Tous rirent ; Paindorge le plus fort.

— J'ai chargé votre armure, messire, sur la croupe du mien.

Luciane se tourna vers l'écuyer :

— Comment, Robert, appelez-vous votre roncin ?

— Tachebrun, tel celui du traître Ganelon... L'homme pouvait être pervers et son cheval sans peur et sans reproche... A peu près comme pour l'Archiprêtre...

— Ne parle pas de ce félon !

— Justement, si, messire, ne vous déplaise... Savez-vous ce que j'ai appris d'un palefrenier en sellant les chevaux ?... Eh bien, pendant que nous étions à Cobham, l'Archiprêtre était à Royal-Lieu-lez-Compiègne, auprès du roi...

— Hein ?

— Ce palefrenier était de la suite de Jean II... L'Archiprêtre a réclamé au roi les sommes qui lui étaient dues pour les services qu'il a soi-disant rendus à la Couronne — Jean et Charles compris —, pour les fonctions occupées pour eux et les missions remplies en vertu de leurs mandements.

— Incroyable !

— Arnaud de Cervole s'est dit aussi légitime créancier de la succession du connétable Charles d'Espagne, succession recueillie par le roi...

Paindorge baissa la tête :

— Je n'ose vous dire le reste.

— Vas-y ! Je m'attends à tout de ce ferre-mule [1].

— Eh bien, déduction faite des avances qu'il a touchées, et sans tenir compte de la rançon payée aux routiers ses compères, le montant de sa réclamation atteint... cent mille florins d'or.

— Et nul n'a bronché autour du roi ?

— A ses instances répétées, les gens du Conseil ont opposé moult objections que ce malandrin a rejetées, de sorte que le roi lui a accordé comme avance trente-cinq mille florins d'or de Florence en contrepartie desquels il s'en irait tenir garnison au châtelet de Cuiserey [2] avec ses hommes... Ce qu'il a accepté en rechignant... Cuiserey, c'est loin : en Franche-Comté.

— Mais il y est parti ?

— Non, messire... On l'attend à Paris, au Louvre, ces jours-ci [3].

— Ce renié [4] mériterait que nous l'attendions, nous, au coin d'une rue pour lui faire payer sa trahison !... Je croyais qu'il devait se marier...

— On a toujours le temps de s'enchaîner soi-même.

— Oh !

Luciane protestait, véritablement indignée. Paindorge, d'un seul coup, baissait dans son estime, et Tris-

---

1. Homme qui fait des profits douteux, souvent illicites.
2. Ce château, à l'est de la Saône, dans la Bresse-Chalonnaise, dépendait de la Bourgogne, non de la Franche-Comté.
3. L'Archiprêtre fut à Paris la première semaine de juillet. Le 7, il contresignait les accords de Compiègne.
4. Renégat.

tan lui en voulut plus à elle qu'à son écuyer d'avoir rompu leur accointance.

— Bah ! ce que je dis..., fit le perturbateur avec gêne.

Il sauta en selle et fit avancer Tachebrun de quelques pas pour laisser à Luciane ses aises. Sans crainte qu'on entrevît ses dessous, elle se jucha sur Marchegai et rabattit précipitamment sa robe.

— Vous auriez dû prendre le temps d'aller passer vos habits d'homme, reprocha Tristan dont une cheville et un mollet d'ivoire attiraient les regards.

— C'est Robert qui les a. Il les a mêlés à votre armure.

— Eh bien, partons. Je serai votre garde du corps !

Tristan, d'un bond, enfourcha Malaquin. Puis, les rênes lâches, tourné vers la jouvencelle dont le pied touchait à peine l'étrier :

« Elle est jeune ! »

Il eût voulu sourire et n'y parvenait pas. Un fait était certain : au lieu de s'offenser comme Luciane aux propos de Paindorge, Oriabel en eût ri sans façons.

* * *
*

La sambue achetée, ils trouvèrent à se loger dans Paris, Porte Saint-Martin, chez l'armurier auquel Tristan venait de confier son harnois pour qu'il le mît à ses formes. Daniel Goussot disposait d'une chambre au-dessus de l'atelier où il œuvrait de l'aube au coucher du soleil avec un compagnon, Flourens, et deux aides, Guyot et Yvain, qui habitaient dans le voisinage.

Le lit est grand, dit-il, les présentations faites. On y tiendrait à trois... Quant à vous éveiller matin, messires, des hommes comme vous se lèvent au chant du coq... Pas vrai ? Nos martelages ne pourront donc vous engrigner contre nous.

— Cette chambre nous conviendrait, dit Tristan, approuvé par son écuyer.

— Je suis sûr que nous ne vous gênerons en rien, reprit l'armurier en tapotant du marteau son enclume, et je vous montrerai mon écurie, qui peut contenir dix chevaux.

— Avez-vous une chambre pour notre amie ?

Maître Goussot écarquilla ses yeux qu'il avait gros et gris, enchâssés dans des paupières bouffies. Ses dents luirent sous sa moustache abondante.

— Je croyais qu'elle était votre épouse et que votre écuyer coucherait à l'étable.

— Non, elle est notre amie...

Tristan avait sciemment insisté sur la participation de Paindorge à cette amitié, sachant bien que Luciane en serait contrariée. Il lui lança une œillade d'excuse et regarda cet atelier où l'armure à la couleur d'eau que le roi lui avait offerte subirait quelques rectifications minimes.

Ç'avait dû être, naguère, une pièce où il faisait bon vivre, convertie par nécessité aux travaux bruyants et rudes et comme avilie par leur pratique incessante, sauf, évidemment, le dimanche. Si quelques dalles rouges et vernissées subsistaient encore, elles luisaient dans la mosaïque de toutes celles que les chutes de fers, de marteaux et cisailles avaient cassées, fêlées, disjointes. Les murs étaient noirs, gras, ou du moins ce qu'on en voyait, car ils disparaissaient sous des étagères chargées de ferrailles, des râteliers d'outils aux pinces apparemment en surnombre et des armures en voie d'achèvement, suspendues à de courtes potences comme des condamnés à la hart. Une armoire bâillait sur des linges et des fioles ; au-dessus, un Christ ouvrait ses bras rompus à hauteur des poignets. Le frimas des araignées et des poussières se condensait sur les deux fenêtres. La clarté du dehors qui s'y insinuait dispensait dans cet antre une grisaille qui n'était pas sans rappeler les brumailles de l'aube. Il y avait, dessous, un établi et deux étaux, des outils et rognures de fer en abondance et, tout près, un mannequin de chêne, grandeur humaine qui pouvait s'épaissir ou s'amincir en desserrant ou resserrant les écrous joignant ses compartiments. Tout proche, l'âtre brasillait sous le gros soufflet animé par Guyot, et après avoir suspendu leur besogne, Flourens et Yvain, assis sur des bancs à traire, se remettaient à gironner, appuyés sur des billots de bois, l'un une genouillère, l'autre une cubitière. Dans cette caverne à laquelle on accédait par trois marches coincées entre deux rampes de fer forgé aux lis de France, la lueur pourpre du foyer donnait des couleurs au visage livide de Luciane.

— Une amie pour le moment, sans doute, messire !... Il se trouve que j'ai une fille de l'âge de votre compagne. Elle a une grande chambre où l'on peut mettre un second lit. Si cela vous agrée, damoiselle, je peux vous faire chercher Constance...

— Combien de temps resterons-nous ?

Tristan considéra Luciane de bas en haut, ému qu'elle ne fût vêtue que d'une mauvaise robe de futaine grise qu'elle rehaussait de sa beauté, et les pieds nus dans des sandales. C'était tout ce qu'il avait pu lui offrir au Crotoy au lieu des parures qu'elle méritait.

— Je ne sais, m'amie, combien de jours nous resterons, mais il me paraît sage et... avantageux d'accepter l'offre de messire Goussot.

— Vous pourrez prendre vos repas avec nous.

— Celui du soir, décida Tristan. Dans la journée, nous aurons à nous occuper.

Il sentit un regard sur lui. C'était celui de Paindorge. « A quoi ? » s'interrogeait l'écuyer. Luciane, elle aussi, semblait inquiète.

Il ne pouvait présentement leur répondre. Bien qu'il ne portât pas son armure — elle gisait, en pièces, à ses pieds —, il lui semblait qu'il en subissait le fardeau, et il n'eût pas respiré plus mal si sa tête avait été enfermée dans le bassinet. Les yeux de maître Goussot erraient de lui à Luciane, puis à Paindorge, et peut-être se demandait-il quels sentiments étranges les assemblaient tous trois.

— Voulez-vous me suivre, damoiselle ?... Je vais vous présenter Constance.

— Nous vous attendrons dans la cour, dit Tristan.

Ils quittèrent l'atelier par un petit huis pourvu de nombreuses serrures : le coût des harnois de fer forgés là en justifiait la précaution. Dehors, Daniel Goussot entraîna Luciane, qui ne se retourna pas, comme Tristan s'y attendait.

— Alors ? demanda l'écuyer lorsqu'ils furent seuls entre les murs extérieurs du logis de l'armurier, l'écurie et la grange où le fèvre[1] plaçait son fer et son fourrage. Qu'avez-vous en tête ?

— Envie de revenir dans mon pays.

— Luciane n'est donc pas à votre convenance ?... Elle, au moins, elle existe. *L'autre*, vous ne savez où la trouver !

— Si tu l'avais connue, tu me conseillerais autrement.

— Vous oubliez qu'Oriabel vous sait marié à la dame de Montaigny !... Croyez-moi, messire, Luciane est présente ; l'autre a renoncé à vous.

C'eût été d'un bel orgueil de répondre : « Elle ne

1. Forgeron.

478

renonce pas : elle m'espère. » Cependant l'avis de Paindorge ne manquait ni d'effronterie ni de pertinence.

— Tu as certainement raison, mais tu n'es pas à ma place.

Non, vraiment, il ne pouvait pour le moment, quelle que fût l'attirance qu'elle exerçait sur lui, enchaîner la destinée de Luciane à la sienne. Profiter sans vergogne de cet amour juvénile, c'eût été le profaner.

— Tu voudrais nous voir unis.

— Vous formeriez un beau couple... Et vous ne pouvez agir vilainement en l'abandonnant à Paris... Si vous y êtes sain et sauf tout comme moi, c'est grâce à elle.

— S'il est vraiment un événement que je n'oublierai plus, un bienfait auquel je songe aussi souvent que toi, peut-être même davantage, c'est la grosse part qu'elle prit dans notre sauvement. Je lui dois la vie, je lui dois une reconnaissance éternelle, mais il n'est pas nécessaire que je lui doive l'amour.

— Vous vous devez, messire, de l'emmener à Gratot !

— Et si nous n'y trouvons que du vide ? Si son oncle, son père n'y sont jamais revenus ?

— Alors, vous aviserez... Si vous pouvez un jour revoir Oriabel, ce sera grâce à Luciane ! Voilà ce que je me dis dans ma petite tête de manant dévoyé !

Il fallait rompre cet entretien, nullement par lâcheté mais parce qu'il apparaissait sans issue. Il fallait également rassurer l'écuyer :

— Combien de lieues de Paris à Coutances ?

— Une centaine. Je me suis informé à Vincennes.

— A raison de dix lieues par jour, cela fait presque deux semaines... Et autant pour revenir à Paris.

— Nous sommes au début de juillet et l'on dit que

le roi ne partira pour Avignon qu'à la fin août... Nous avons largement le temps.

— Tu es trop bon pour un homme d'armes !

Le respect et le dévouement naturel de Paindorge le rendaient esclave de l'admiration qui, depuis leur rencontre, régentait ses rapports avec Luciane. Elle eût pu le tyranniser qu'il en eût été flatté plutôt que d'y voir malice.

— Tu es trop bon, mais il m'advient de l'être... Laissons nos chevaux recouvrer leurs forces ; demandons à Goussot de les faire ferrer dès ce jour, et partons pour Coutances mardi ou mercredi prochain. Cela te convient-il ?

— Cela *lui* conviendra !

— Avant, il nous faut aller au Louvre et voir si l'Archiprêtre y est arrivé ou s'il y arrivera bientôt en grande ou petite compagnie... Trouver son hôtel...

— Oh ! je vous vois venir : vous voudriez l'occire !

— Cela ne serait que justice pour les affronts qu'il m'a infligés.

— Alors, adieu la Normandie !... Nous serons pris et mourrons sur la hart ! Je ne vous suivrai pas dans cette voie.

— Tu peux tout simplement me suivre jusqu'au Louvre.

— J'y consens... Et *elle* ? Qu'en faisons-nous ?

— Nous l'emmenons... Elle a connu Londres ; il est bon qu'elle connaisse Paris !

VIII

— Vous semblez bien-heureux...

— Je le suis, m'amie. A Vincennes, je me sentais comme immobile. Pas vous ?

Une lippe amincit les lèvres de Luciane et ses paupières s'abaissèrent.

— Oh ! moi...

— Vous ne regrettez point ni Londres ni Cobham ?

— Comment les regretterais-je ?... Vous ne savez pas ce que c'est qu'être prisonnier... ou prisonnière sans jamais avoir démérité.

Eh bien, si, il savait. Il ne le savait que trop.

— Oubliez vos anciennes chaînes, Luciane. Profitez comme Robert et comme moi du beau temps.

Elle acquiesça mais, semblait-il, à contrecœur. Et d'une voix imperceptiblement plaintive, comme si elle admonestait un malade :

— Cela vous est aisé à vous... N'est-ce pas, Robert ?

Tournée vers Paindorge, elle lui offrait, avec son sourire un peu faible, ses yeux doux et limpides, et la façon dont elle soulevait son petit menton contredisait l'expression avenante de son visage.

— Pas tant qu'il n'y paraît, répondit l'écuyer.

— Ah ! fit-elle. A Londres, les premiers temps, j'ai

fait des songes fous. Il m'est advenu d'imaginer que mon oncle Thierry traversait la mer comme vous l'avez fait, Tristan, et surmontait mille épreuves pour venir me sauver... Je le revoyais, bon et généreux comme je l'ai connu... Pour un peu, je lui aurais tendu les bras...

Toute la personne de Luciane, à cet instant, reflétait cette affection avunculaire [1] que Tristan comprenait sans oser lui en faire l'éloge.

— Oubliez ces tristes années, m'amie. Le soleil et Paris vous conjouissent avec joie.

Il se demanda soudain la raison pour laquelle il éprouvait tant de contentement à marcher sans autre but que de se distraire. Jamais il n'avait admiré cette ville. Combien plus belles, plus claires, plus avenantes lui semblaient Carcassonne, Toulouse, Albi. Aujourd'hui, cependant, il aimait à respirer l'air brûlant de la cité. Il découvrait des charmes inattendus aux rives de la Seine envahies, sous leurs feuillages opaques, de pêcheurs, de musards et de lavandières. La véhémence de leurs voix entrecoupées de coups de battoirs ne rendait que plus évidente la torpeur de la cité où le ciel bleuissait le fleuve. Le Louvre immense, bourrelé de tours, inquiétant comme tous les événements qui s'y étaient produits depuis la mort de Philippe le Bel, lui semblait pimpant après l'orage qui, vers midi, en avait nettoyé et vernissé les pierres. Sur les placettes à l'entour palpitait le cœur populacier de la cité. Toutes les rues ombreuses semblaient y converger. Ils les avaient parcourues lentement, s'immobilisant parfois devant une échoppe afin de regarder ou d'admirer ce qu'on y exposait : vêtements, poissons tirés le matin même de la Seine, souliers, affiquets d'hommes ou de femmes. Alors que la misère sévissait partout, Paris déployait

1. Qui concerne l'amour que l'on voue à l'oncle, à la tante.

ses richesses et ses victuailles ; une beauté sans faste marquait de son cachet les demeures qui ceignaient le palais royal, et tous les bruits étaient bons à entendre : tant de cités avaient été anéanties ou, par peur, réduites à un silence attentif.

Sitôt sortis de l'armurerie, ils étaient partis d'un pas leste, satisfaits d'avoir obtenu à peu de frais le gîte et le couvert, et insoucieux des grondements de l'orage. Paindorge avait voulu montrer à Luciane la Fontaine du Ponceau, entre l'ancienne Porte Saint-Denis et la nouvelle. C'était là, lorsque le roi ou un souverain étranger faisait son entrée dans Paris, que se donnaient des spectacles extraordinaires. On y voyait souvent des femmes nues, dans l'eau courante, jouer aux nymphes marines. C'était aussi en cet endroit que commençait la voie triomphale qui, par le Châtelet et le Grand-Pont, aboutissait à Notre-Dame. Ensuite, ils étaient partis vers le Louvre, par les berges. La grêle les avait précipités sous un porche. Afin de mieux courir, les deux hommes avaient pris la main de Luciane — Tristan dans sa senestre, côté cœur, et Paindorge l'autre. Depuis, ils ne la lâchaient plus. L'aisance légère de la jouvencelle s'accommodait de leur rudesse de guerriers. Parfois, une étincelle joyeuse scintillait au bord de ses cils : le fait qu'ils se fussent concertés pour la mener en Normandie et qu'ils aient décidé d'un jour — le jeudi 7 — la réconfortait, encore qu'elle n'osât trop croire à sa revenue dans son pays. Elle ne serait pleinement heureuse, disait-elle, que lorsqu'elle chevaucherait hors de Paris, sur le chemin de Mantes.

Elle parlait peu, observait beaucoup. Tristan sentait ses petits doigts s'incruster entre les siens ; leur tiédeur le grisait. Mais comment n'eût-il pas été touché par cette dextre mouvante douce et accrocheuse ; ce commencement de nudité ? Une main qui s'abandonne, c'est un cœur qui prend feu. Qui lui avait dit cela ? Peut-être Aliénor, naguère, avant qu'elle ne lui cédât.

Paindorge les surveillait sans trop d'insistance, non point heureux, mais fier d'avoir la senestre de la pucelle dans sa grosse main solide. Luciane répondait à leurs sourires, et dans l'ombre des arbres dont les pendeloches feuillues ruisselaient des dernières gouttes de l'averse, ses petites dents chatoyaient.

« Une femme, déjà », se disait Tristan. Elle avait la grâce d'un être achevé. Elle marchait entre eux d'une foulée dansante, ailée, le front ceint de soleil et de rêve.

— J'ai détesté Londres, dit-elle. C'est noir et sale... du moins ce que j'ai entrevu de la litière que je partageais avec la dame de Kent...

Elle souriait, s'animait et n'en devenait que plus belle, plus lumineuse. Tristan guettait l'effet des ombres et des clartés sur son visage tout en se demandant comment s'était agencée son existence à Saint-Sauveur, à Londres, à Cobham et quels guerriers renommés elle avait côtoyés. Privée des soins maternels dès sa jeunesse prime, sans cesse emportée par le courant des infortunes familiales, elle avait dû penser, tout autant qu'Oriabel, à vivre dans un foyer décent, épuré des désagréments et des humiliations qui sans trêve avaient traversé sa vie. Il la regardait sans trop d'insistance, et tout comme Paindorge, sans doute, devinait à ce charme précieux et captivant qu'elle allait exiger beaucoup de sa liberté recouvrée ainsi que du bonheur que celle-ci contenait en germe.

— Il est peut-être depuis quelques jours à Paris, dit soudain l'écuyer.

— Qui ? demanda Luciane.

— Un seigneur dévoyé qu'on nomme l'Archiprêtre.

— Il me semble que mon oncle en a parlé... Il

l'avait vu du temps qu'il vivait en Pierregord... Il ne l'aimait pas.

— Il n'y a que le roi pour apprécier ce malandrin !

Soudain, avec une audace incroyable — et sans doute parce qu'il avait laissé paraître sa fureur —, Luciane empoigna le bras de Tristan. Comme une fiancée. Comme une épouse. Il fut tenté de se dégager, mais le sourire de Paindorge signifia : « Bah ! ce geste-là ne porte pas à conséquence. » Il existait un antidote à l'espèce d'émoi qui le prenait soudain : Oriabel. Le souvenir d'Oriabel. Mais quelque exclusivement occupée que fût à cet instant son âme par l'image presque réelle de l'absente, Tristan dut reconnaître que cette main doucement crochetée au-dessus de son coude lui procurait une satisfaction que Paindorge ne soupçonnait pas.

— Pourquoi faites-vous ce visage maussade ? Est-ce à cause de...

Luciane lui pinçota le bras.

— Non... Mais non ! protesta-t-il.

Elle sourit, nullement convaincue. L'odeur de sa chevelure emplissait les narines de Tristan ; presque la même que celle d'Oriabel, et pourtant toute similitude avec l'absente était exclue. Qu'eût-elle fait en le découvrant ainsi lié à Luciane ? Pleuré ? Menacé ? Fui en courant pour lui cacher sa peine ? Il se pouvait que Tiercelet, à l'instant, eût sa main posée sur son épaule. Paternellement ? Non. Fraternellement ? Sans doute. L'ancien mailleur de Chambly avait un cœur. Des sens. S'il était parfois sans scrupules, il s'était révélé, dans l'amitié, d'une rectitude absolue. Et cette intégrité, il la conserverait.

— A quoi pensez-vous ? s'inquiéta Luciane.

Il eût dû partir seul pour le Louvre en la laissant

auprès de Paindorge. Mais qu'eût-il éprouvé à cet esseulement sinon le regret de l'avoir délaissée ?

— Nous y sommes, messire, dit Paindorge.

— Avançons encore un tantinet.

Après tout, peut-être s'était-il fait d'Oriabel un portrait préconçu. Ils s'étaient aimés sans connaître d'autres émotions que la peur de mourir et de se perdre ; sans éprouver d'autres attirances que celles de leurs corps. Que deviendrait leur vie s'ils se retrouvaient ? Tout ce qu'il imaginait d'elle procédait de son désir d'être l'amant et l'époux d'une femme idéale. Serait-ce la même Oriabel qu'il reverrait à Castelreng, si toutefois Tiercelet l'y avait conduite ?

— Pourquoi, Tristan, me regardez-vous ainsi ?

— Je ne vous regarde pas. Je vous contemple.

La main sur son biceps eut un tressaillement.

Un silence passa entre eux. Le visage changeant de Luciane prit une expression d'anxiété. Toute sa joie de lui donner le bras parut s'envoler à tire-d'aile, comme ces pigeons du palais royal débusqués d'une fenêtre, et qui fuyaient, au-dessus des toits coniques et pentus, vers un abri plus sûr.

— Entrons-nous ? demanda Paindorge.

D'autres pigeons s'envolèrent, cette fois vers les toits de Saint-Germain-l'Auxerrois ; certains se perchèrent parmi les flammes de la rosace.

— J'aimerais prier...

« Plutôt exprimer un vœu », songea Tristan tout en souriant à Luciane.

— Accompagne-la, Paindorge... Mais ne vous attardez pas.

— Vous ne priez pas ?

— Je prie... Je dois même avoir une belle avance sur vous !

— Si vous ne venez pas, je renonce... Par Dieu, vous suis-je une gêne ?

Elle l'avait lâché ; elle le regardait, les joues roses, les paupières vacillantes, comprenant qu'elle venait d'outrepasser les limites de la bienveillance et de l'amitié en lui révélant un courroux qu'il jugea inadmissible.

— Pardonnez-moi, dit-elle après un silence, si je vous ai contrarié. Je préférerais mourir que de vous offenser.

Tendrement, il lui caressa les cheveux, mais une amertume légère emplissait sa gorge. Prenant Paindorge et la jouvencelle par l'épaule, il les entraîna vers le Louvre où, çà et là, comme à Vincennes, montaient des échafaudages.

— J'ai vécu céans... Je me suis ennuyé à mourir dans ces cours, ces tours, ces logis... Ces murs pesants écrasaient en moi toute joie... Et puis je ne me suis jamais senti à l'aise parmi ces gens, ces chevaliers que vous voyez passer... Jugez de leur hautaineté, de leur frisqueté [1] indécente... Les hommes montrent leur cul ou presque, et les femmes leurs tétons... Jamais autant qu'au Louvre je n'ai songé à mon pays. Au châtelet de mon père... De la fenêtre de ma chambre, par-dessus les têtes des arbres chevelus l'été, décoiffés l'hiver, j'apercevais les bosses des montagnettes qui font comme un cortège à l'Aude, et si je ne pouvais voir la rivière, j'entrevoyais les scintillements d'un ruisseau : le Cougain. Tout compte fait, c'est là que j'aimerais vivre.

— Qui vous en empêche ?

Il ne pouvait parler d'Aliénor. Il haussa les épaules et biaisa :

1. Elégance.

487

— Le service du roi.

Luciane ne fut pas dupe.

— Moi, Tristan, au lieu d'un ruisseau, je découvrais à mon réveil une douve à l'eau grise, puis des arbres, des grands... des géants... Il m'importait peu que la demeure de mes parents et de leurs ancesseurs[1] soit à l'abandon : j'y étais bien. J'y étais quiète... Quelle erreur a commise mon oncle en me confiant à dame Catherine !

Elle devinait que rien n'était achevé de ses mésaventures ; que d'autres événements se préparaient dans l'ombre, sans qu'elle sût s'ils seraient bons ou mauvais. Elle se sentait une espèce de plume soumise aux souffles de Dieu.

— Allons, grommela Paindorge. A quoi bon vous ramentever[2] toutes les choses laides qui vous sont arrivées ! Nous sommes là, et cela seul importe !

Puis à Tristan :

— Il y a une taverne, là-bas, tout près de l'église. Nous pourrions y boire un gobelet de vin et y manger un brin...

— Allons-y... Redonnons-nous la main par crainte de nous perdre.

Luciane tendit les siennes à contrecœur.

Ils avancèrent dans la foule et la rumeur d'un petit marché dont les flux et les reflux venaient battre jusqu'aux murs du Louvre. Luciane regarda les jouvencelles pressées autour des éventaires et qui, l'escarcelle pleine de monnaie de billon[3], se contentaient de s'emplir la vue des attifets d'orfroi, de cuivre ou de laiton exposés sur les étals. Les femmes, occupées de nourri-

1. Ancêtres.
2. Rappeler à la mémoire.
3. Piécettes sans grande valeur.

ture, choisissaient dans les pyramides souvent éboulées des poires, des panais et des raves dont le gris se mêlait au sinople des plumails des poireaux et au rouge sombre, étincelant, des cerises. Il y avait aussi des courges aussi grosses que des esteufs [1] et, touchés d'un peu de violet, des monceaux de navets. Apprêtés de maintes façons ils composaient le plat de prédilection des Parisiens.

— Voilà, dit Tristan, qui va nous ouvrir l'appétit pour ce soir. J'espère que dame Goussot va nous apprêter quelques mets savoureux !

Des fillettes criardes et diligentes brandissaient des poignées de fleurs — marguerites et centaurées — et s'accrochaient parfois au bras des bourgeoises ou de quelque baron de passage pour leur vendre une gerbe cueillie le matin même en amont ou en aval de Paris. Elles avaient entre dix et douze ans ; les plus vieilles, — de l'âge de Luciane — nu-pieds, les cheveux flottants, ébouriffés, et les robes collantes, lançaient aux hommes des œillades empreintes d'une bienveillance excessive, eu égard à tout ce qu'elles avaient appris des vices et cruautés de leurs semblables.

« Elle m'observe et voudrait savoir ce que j'en pense... Elle parlait de la peur... Il y avait aussi des ribaudes à Brignais... Celles de Paris sont des anges comparées à celles que j'ai vues ! »

Soudain, des galopins passèrent, précédant des cavaliers, courant et hurlant : « Place ! Place ! » Dix chevaux, dix hommes et trois sommiers.

— Cervole ! s'exclama Tristan.

C'était lui, chevauchant un roncin bai qui dansait un peu.

---

1. L'ancêtre du ballon.

— Je suis sûr que dans son harnois plain [1], il se prend pour un preux.

— Allons, messire, allons !... Laissez votre épée dans son fourreau où l'on vous prendra pour un fou !

— Tu as raison, admit Tristan.

Si peu de chair que le bassinet ouvert laissât paraître de son visage, l'Archiprêtre était reconnaissable. D'ailleurs, auprès de lui, Floridas tenait sa bannière. Elle était neuve, et le cerf honni, taillé dans du velours de Gênes, bondissait dans ses plis et replis.

— Je reconnais le petit Darby et Heurteloup...

— Les autres n'étaient pas à Montaigny.

— C'est vrai, Paindorge... Tous ont des faces de coupe-jarrets !

— Contenez votre fureur...

Personne autant que Paindorge n'eût pu mesurer les pulsations de cette fièvre de haine que la seule vue de l'Archiprêtre venait de communiquer à Tristan. Parce que Paindorge avait vécu à Montaigny et parce qu'il savait tout.

— Vous ne pouvez rien envers cet homme. Il serait périlleux de commettre une action contre lui... L'accuser de trahison ?... Il vous faut des preuves et vous en manquez...

Paindorge parlait bas, en hâte ; il ajouta :

— Et comme vous n'êtes pas en odeur de sainteté ni auprès du roi ni auprès de monseigneur Charles, abstenez-vous d'un mouvement d'humeur ou d'un cri qui offenserait ce fredain [2].

Les gens, les groupes épars s'étaient resserrés pour assister d'aussi près que possible au passage des arrivants. On les saluait. Une jouvencelle leur jeta sa der-

1. L'armure complète.
2. Scélérat.

nière gerbe de bluets et de persicaires. Bien que sous les fers qui les couvraient leur rusticité fût éloquente, ils exerçaient un incontestable ascendant sur ces manants et bourgeois que les venues des armées anglaises sous les murs de la cité avaient à tout jamais effrayés.

— J'espérais le voir et mon émoi est plus grand que je ne l'avais prévu ! enragea Tristan.

Alors que Paris, rutilant dans le soleil du soir, semblait lui sourire et l'inviter à la sérénité, à la patience et peut-être à l'amour, l'apparition de l'Archiprêtre assombrissait tout. Le Louvre en voie de rajeunissement, et tout aussi animé que le donjon de Vincennes, et Saint-Germain-l'Auxerrois où tintait, triomphante, une cloche, lui paraissaient éloignés de son plaisir, de sa sensibilité, de ses espérances.

— Il manque, dit Paindorge, celui qui s'appelle Donat. Il me semblait pourtant son fidèle écuyer.

— L'Archiprêtre n'a pas plus d'écuyer que de cœur dans la poitrine... Il n'a que des suppôts pour le servir... Et puis tiens, Donat, le voilà en compagnie d'un autre... Ils ont mis pied à terre... Leurs chevaux les suivent comme des chiens...

Luciane regardait fixement les deux hommes. Une extase tendait son visage soudain pâli ; ses yeux pleins de songe quelques moments avant l'arrivée de l'Archiprêtre semblaient s'éveiller d'un long sommeil. « *Elle ne nous voit plus* », songea Tristan. Une anxiété mêlée d'incrédulité griffait le front pur de la jouvencelle. Elle étouffait et se refusait à croire ce qu'elle voyait. Jamais, même lors de leur évasion de Cobham, Tristan ne l'avait vue en proie à une agitation pareille. Sa main avait subitement moiti et tremblait.

— Qu'avez-vous m'amie ?

Les paupières de Luciane cillèrent ; un sourire trembla sur ses lèvres décloses :

— C'est lui !... Mon tayon[1] !

Sa main lâcha la dextre de Tristan.

— Qui *lui* ? demanda-t-il tandis que la jeune fille courait au-devant des deux hommes.

— Son oncle, dit Paindorge. Etes-vous sourd ?

Tristan se sentit blêmir. Luciane sautait au cou de son parent ; elle riait et pleurait tout ensemble ; il lui rendait ses baisers puis, la tenant par la taille, l'élevait jusqu'à ce que leurs visages fussent à hauteur égale. Donat s'ébaudissait de ces embrassements.

— Son oncle..., répéta Tristan. Et par ce que je vois et toi aussi, il appartient à l'Archiprêtre.

La scène à laquelle il assistait dépassait ses prévisions. Il avait imaginé ces retrouvailles au château de Gratot.

— Il est vrai que je crois reconnaître cet homme, dit-il à son écuyer. C'est bien avant Poitiers que je l'ai rencontré, mais il n'était pas auprès d'Arnaud de Cervole !... C'est comme un miracle qui se produit là, devant nous.

Comme sa voix lui semblait lourde, désenchantée !

Il eut envie d'empoigner Paindorge par l'épaule et de lui enjoindre : « Partons », mais c'était impossible : heureuse et suivie de son oncle ébahi, lui aussi, par ce décret de la Providence, Luciane revenait.

1. Oncle.

IX

— Je te reconnais...

— Moi aussi.

— Maupertuis.

— Hélas !

Les joues rosies de plaisir, Luciane regardait alternativement ces deux hommes dont l'un, après une longue absence, venait de réintégrer sa vie — que l'autre avait sauvée d'un exil fastidieux.

— Thierry Champartel, pas vrai ?... Luciane fait de toi une sorte d'archange.

— Et toi, Tristan de...

— Castelreng. Chevalier comme toi.

L'absence de particule laissait Tristan indifférent. Certains hommes sortis de la roture avaient reçu les éperons après des appertises [1] exceptionnelles.

Du menton, sans arrogance, l'oncle de la jouvencelle désigna le troisième homme :

— Et lui ?

— Robert Paindorge, l'écuyer de Tristan, dit Luciane.

Elle avait mis dans sa réponse toute la bienveillance, toute la gratitude dont elle était redevable à ce garçon

1. Prouesses, actions d'éclat.

qui avait contribué à sa délivrance. Tristan l'en remercia d'un clin d'œil.

— Je te raconterai, Thierry, dit-il. Seul Paindorge a survécu à notre incursion sur les terres de Renaud de Cobham. J'avais dix compagnons bien adurés aux armes. Nous devions nous saisir d'Edouard de Woodstock et l'amener en France. Il s'en est fallu de peu que son rapt soit accompli. Sans Luciane, qui languissait là-bas, Paindorge et moi serions morts.

— Quand on s'est vus pour la première fois, Castelreng, dit Thierry Champartel, je sortais de deux mêlées à Vierzon, contre les Goddons[1]. J'avais été petitement navré à l'épaule. Le sire de Craon et Boucicaut nous commandaient.

— Je n'avais jamais vu une grande estourmie[2]. J'ai eu, ce jour-là, mon content d'horreur et de souffrance.

Le roncin de Champartel hocha sa grosse tête noire comme s'il avait été là-bas et conservait, au tréfonds de sa mémoire, l'angoisse et la déception d'une journée affreuse. Luciane caressa son chanfrein, tapota son poitrail. Elle aussi ranimait de cruels souvenirs. Cessant de s'occuper du cheval, elle dit avec une lassitude peut-être un peu forcée :

— Vous n'allez pas ici raconter vos batailles.

— Certes non, m'amie, dit Tristan.

Cependant, une question le démangeait. Il la posa sans ambages :

— Dis-moi, Champartel... Es-tu à l'Archiprêtre ?

1. Ces engagements eurent lieu les 29 et 30 août 1356. La bataille de Poitiers se situa dans les champs de Maupertuis, le 19 septembre. Le prince de Galles, Edouard de Woodstock, y triompha de Jean le Bon, qu'il captura. Le 10 octobre, Edouard III d'Angleterre manda aux évêques de la Grande Ile de faire dire des prières d'action de grâces pour cette victoire.
2. Mêlée.

Le ton, plutôt que la formulation de la demande, amena un sourire aux lèvres de Thierry.

— Non... Je connais Arnaud de Cervole et quelques-uns des hommes qui l'entourent. Je m'en défie comme du diable dont il semble l'homme lige.

Ils regardèrent le personnage dont ils s'entretenaient. Resplendissant dans son armure de fer, l'Archiprêtre s'engageait sous la voûte d'entrée du palais royal, suivi de ses suppôts et des sommiers chargés peut-être d'un butin souillé de sang et de sanie.

— Moi, Thierry, je l'abomine.

— Je te comprends. Je les ai rencontrés en entrant dans Paris. J'ai parolé avec Donat qui chevauchait en dernier. J'allais les quitter pour chercher une hôtellerie lorsque Luciane a couru vers moi. Elle ressemble tant à sa mère que je l'ai reconnue sans hésitation.

— Tu me vois rassuré pour Arnaud de Cervole. Quant à l'hôtellerie, tu logeras où nous sommes. Alors nous parlerons d'Ogier d'Argouges [1].

Thierry baissa la tête. Tristan ne sut qu'ajouter. Luciane écrasa une larme. Paindorge saisit la bride du cheval immobile et lui dit familièrement :

— Partons, l'ami. Précédons-les. Nous n'avons plus à rester en ce lieu. Dieu vient d'y faire un miracle, il ne recommencera pas.

* *
*

Luciane s'inséra entre Tristan et son oncle. Ils piétèrent lentement, bras dessus, bras dessous, vers la Porte Saint-Martin tandis que Paindorge et le destrier noir

1. Voir le *Cycle d'Ogier d'Argouges*, éditions Aubéron ; rééd. Pocket.

leur frayaient un passage dans une foule qu'ils voyaient à peine tant ils s'observaient l'un l'autre. Cependant, lorsqu'un groupe de jeunes manants surgit, la plupart torse nu, dans un crépitement de sabots, Thierry leur sourit avec un air d'envie.

— Ils vont se rafraîchir sous les ombrages de la Seine, dit-il. Je suis déjà venu à Paris en juillet[1]. J'étais, Luciane, à la recherche de ton père. Te souviens-tu que le roi en avait fait son champion ?

— Oui... Voilà bien une chose que Jeanne de Kent et son époux n'ont jamais sue.

— Je me disais qu'en raison de ce méchant privilège décidé par le roi Philippe, on savait peut-être quelque chose sur sa disparition. Je n'ai rien obtenu d'autre que des sourires apitoyés... dont je crains qu'ils n'aient été hypocrites.

— Voilà bien une opinion que j'approuve, dit Tristan. Mais continue, compère !

Il sentait redoubler l'intérêt de Luciane à la pression de sa petite main sur son bras. Il n'osait trop la dévisager lorsqu'elle le serrait plus fort comme pour le prier de prendre part à un chagrin qu'il n'éprouvait pas.

— Je suis retourné au Mont Saint-Michel dix ans après l'apparition de la morille[2], reprit Thierry. Au retour, dans Coutances, j'ai rencontré Raymond, l'écuyer d'Ogier. J'ai su enfin, Luciane, que ton père et Raymond étaient allés au Mont, eux aussi, *au temps où nous nous y trouvions* !

Luciane s'arrêta, comme prise d'un malaise. Son visage s'était blêmi. Brisée, furieuse, palpitante, elle se mordit les lèvres, leur interdisant un cri de rage ou un juron.

1. Nous sommes le jeudi 7 juillet 1362.
2. La peste noire apparut en 1348. L'épidémie régressa en 1350.

— Continue, Thierry, dit-elle. C'est par méchânceté — mais de quel moine ? — qu'ils ne nous ont pas vus. Continue...

Elle avait recouvré ses forces et son courage, mais elle frémissait encore de colère et de déception.

— L'abbé qui les reçut les a découragés.

— Qui était-ce ? Nicolas le Vitrier ?

— Non... Pas même son coadjuteur... Nous ne le saurons jamais... Ce que je sais, c'est qu'ils ont passé la nuit — peut-être à quelques pas de nous — et sont repartis dès l'aube du lendemain. J'enrage de n'avoir pas été de garde ces jours-là.

— La destinée..., commença Tristan. Je comprends que Raymond, pour ne point vous peiner, ait longtemps gardé le silence.

Luciane n'acquiesça point. Son visage penché reprenait sa roseur. D'un sourire léger, compassé, elle invita son oncle à poursuivre.

— Ton père nous a cherchés. J'en ai fait autant pour lui lorsque nous avons vécu quelque temps à Gratot. Je te confiais aux soins de Guillemette et parfois Raymond me compagnait... Hélas ! Ogier n'est jamais revenu dans sa demeure. Apprenant que les Navarrais tournaient autour d'icelle avec l'intention de la conquérir — ce qui ne s'est pas produit —, je t'ai confiée à Catherine Pigache... et je suis parti pour Rechignac, le châtelet où Ogier avait passé ses enfances et appris le métier des armes... Les serviteurs étaient tous morts de la grande pestilence et le village avait perdu ses âmes. Je revins donc en Cotentin. Tu avais disparu toi aussi... Aucune trace de Catherine... Je suis allé trouver son frère. Messire Pigache m'a congédié, menacé. Sa puissance passait pour effrayante. Il m'a simplement dit que tu étais en Angleterre. C'est tout ce que j'en pus obtenir. Il y avait tant de honte en moi que je n'ai pas osé revenir à Gratot.

Thierry soupira. Luciane lui donna un baiser sur la joue :

— Dieu a été bien injuste envers nous, mais si Père vit encore, nous le reverrons !

Tristan se sentit observé avec une intensité qu'il réprouva. « Non », se dit-il, « qu'elle ne compte pas sur moi ! » Il devait rechercher Oriabel. Il avait pour cela Paindorge à son côté ; Luciane avait Thierry pour retrouver son père.

Alors qu'ils s'engageaient dans la rue des Etuves-Saint-Michel, Thierry passa ses doigts sous son menton :

— Je me sens sale et prendrais bien un bain.

Tristan le dissuada de s'attarder :

— Tu pourras t'étuver chez Goussot, l'armurier qui nous héberge en attendant de m'ajuster une armure que le roi m'a offerte.

— Le roi !

— Je n'en tire nulle vanité. Ce que je sais, compère, pour en revenir aux étuves, c'est que certaines d'entre elles sont des lieux de réunion d'hommes et de femmes de mauvaise vie [1].

— Tu ne m'apprends rien !

— Nous étions à Vincennes avant de prendre logis chez Goussot. Tous les matins, d'un galop, nous partions nous tremper dans la Marne... séparément.

Tristan sentait fréquemment sur sa joue le regard attentif de Luciane.

---

1. Contrairement à ce que certains prétendent, le Moyen Age était propre. En 1292, il y avait à Paris 25 étuveurs recensés et une *étuveresse*. Ce nombre augmenta. La plupart des rues où se trouvaient les étuves ont disparu. On doit lire sur ce sujet, dans la série des *Mœurs intimes du passé*, du Dr Cabanès, le tome 2, *La vie aux bains* (Paris, Albin-Michel, 1927). Cet ouvrage renvoie à maintes autres études.

« Qu'elle s'occupe de son oncle, désormais... Je n'ai plus de raison de rester auprès d'elle. Thierry veillera sur sa personne en la menant à Gratot. *Non ! Ta présence est obligatoire !* Les routiers sont partout. Il vaut mieux que deux hommes et même trois l'entourent. Paindorge est indispensable. »

Cependant, il crut opportun d'informer Thierry qu'en septembre il lui faudrait accompagner le roi Jean II en Avignon. Ce prétexte à l'éloignement sinon à la rupture exprimé, Luciane retint mal sa déception :

— Plus tard ! Plus tard !... Voulez-vous donc ternir ma joie ?

— Point du tout. Il convient qu'entre nous les choses restent nettes.

Thierry ne lui sut pas mauvais gré de sa sincérité :

— Laisse-le dire, ma nièce. Et ne prends pas cet air douloureux. Raconte plutôt comment se sont passées toutes ces années de servitude.

— Non... J'en serais douloureuse... Tristan m'a sauvé au moment où je désespérais de l'être... Je conservais ton image en moi. Tu m'as quittée à l'âge où l'on se souvient... J'ai toujours refusé de dire un mot d'anglais... Cependant, une fois seule, il m'advenait de converser avec moi-même. Jeanne ou Joan n'a jamais su que je comprenais tout ce qu'elle disait sur moi et les autres.

Luciane se mit à parler d'abondance. Tristan l'écouta sans trop s'intéresser à un récit dont il devenait, avant même qu'il y fût apparu, le héros essentiel. La voix de la pucelle était belle, douce, avec des inflexions de langueur qu'il ne lui connaissait pas. Thierry, qui gardait souvenir de son babil d'enfant, s'en montrait troublé, charmé. Il s'attendrit sur la solitude de sa nièce, en particulier sur les dangers de toute sorte et les incitations à la débauche qui l'avaient éprouvée au meilleur sens du verbe. Plutôt que d'amollir son caractère, ils en avaient hâté la maturité.

— C'est bien, Luciane, c'est bien. Tu es digne de ton père.

« Et pourquoi pas de sa mère ? » se demanda Tristan, alors que Luciane reprenait le récit de son existence chez la femme la plus admirée d'Angleterre.

— Mais, demanda Thierry, elle n'avait pas de meschines [1] à son service ?

— Cinq ou six *house-maids*. Moi, j'étais au-dessus d'elles... Une bachelette [2] dans une cage dorée.

Thierry souriait d'une façon tout à la fois moqueuse et grave, paternelle, à ces précisions dont Tristan connaissait des lambeaux. Les deux hommes firent montre d'un courroux justifié lorsque la pucelle leur décrivit les dépenses voluptuaires du prince de Galles et de sa femme — que des créanciers harcelaient sans trêve, mais en vain.

— Tout ce qui est fretable [3] leur donne une fièvre qui ne s'apaise que lorsqu'ils ont satisfait au plaisir de dépenser. Ils doivent quitter l'Angleterre pour Bordeaux...

— Les bordeaux sont des lieux de jouissance effrénée..., commença Tristan.

— Grand bien leur fasse, acheva Thierry. Un jour prochain, nous irons les bouter hors d'Aquitaine.

Luciane sourit, apparemment incrédule, tout en observant devant elle Paindorge et le cheval noir majestueux et docile. A quoi songeait-elle, maintenant ? Tristan regardait son profil pâle et sous un sourcil long et franchement arqué, un œil d'un bleu limpide

1. Servantes.
2. Féminin de *bachelier*. Jeune fille.
3. Coûteux.

entre des cils blonds et courbes. Cette bouche timide et sauvage à la fois semblait attendre des baisers, *ses* baisers. Ce menton peut-être un peu trop saillant, mais ferme, volontaire, témoignait pour un courage qu'il avait pu, dans l'affaire de Cobham, évaluer dans son entier. Ce front lisse et droit celait des songeries. De quelle espèce ? Nobles comme elle ou bien pareilles aux siennes lorsqu'il se sentait en goût d'amour ? Ses grandes tresses onduleuses dont l'écheveau bouffait à leur extrémité dissimulaient des oreilles enfantines. Mais après tout, n'était-elle pas encore une enfant ?

Il ne pouvait l'observer sans que son cœur se pinçât. Sans qu'entre elle et lui ne vînt s'interposer une absente confiante et belle.

« Seul... Je ne me suis jamais senti si seul que maintenant. »

Le bonheur de Luciane et de Thierry, qu'il avait vu naître et grandir jusqu'au paroxysme de l'émoi, demeurait radieux, bien que privé de son impétuosité première. Désormais apaisé, il l'incommodait sans qu'il parvînt à s'en exclure. Il avait besoin d'être ailleurs et, puisqu'il ne pouvait ni voir ni étreindre Oriabel, besoin de se recueillir en elle et de la contraindre, au-delà des centaines de lieues qui les séparaient sans doute, à revenir auprès de lui par l'esprit et les souvenirs de leur vie commune. Il regardait tantôt Paindorge et le cheval noir, tantôt les maisons dont les encorbellements grignotaient le ciel. Il vit avec déplaisir apparaître, à un carrefour, trapu, noirâtre, le Grand Châtelet dont les deux tours plantaient leurs éteignoirs dans un nuage duveteux. Éteignoirs, en effet, car c'était dans les cachots de ce bâtiment arrogant que se consumaient les vies confiées aux tourmenteurs. L'on disait que les assises de ce sinistre édifice descendaient à plus de cinq étages sous le niveau de la Seine, soit neuf toises[1]. Toute proche, la maison du maître bourreau offrait aux passants qui n'osaient l'approcher sa façade rouge — comme les vêtements qu'il portait lorsqu'il œuvrait à la mort ou procédait au rit simple ou recherché de la question.

— Le pilori des Halles, dit Thierry, le mépris à la bouche.

C'était jour de marché, jour où l'on exposait aux regards et à la fureur de la foule les commerçants malhonnêtes, les concussionnaires, les faillis et les faux témoins, les maquereaux et maquerelles. L'une d'elles, d'ailleurs, était conduite au lieu d'expiation, assise à l'envers sur un âne, entourée de quatre sergents, précédée d'un exécuteur vêtu d'écarlate et armé d'un fouet.

Paindorge s'était arrêté. Tristan le poussa :

— Avance, Robert. Ce ne sont pas des choses à voir... surtout en compagnie d'une damoiselle.

Le pilori était un petit bâtiment octogonal dont le rez-de-chaussée, suffisamment haut de plafond, pouvait être habité. Il supportait une plate-forme en bois, à six pans, largement ajourée. Un toit en poivrière surmontait l'édicule. La partie fenestrée avait été aménagée pour recevoir une roue horizontale, mobile autour d'un axe vertical. Sa jante, large d'un pied dix pouces[2], était percée de trous de différents calibres dans lesquels le condamné passait sa tête et ses mains. Il y avait place pour six et ils étaient cinq, les faces maculées de boue, de fiente, et l'on voyait à leurs pieds des trognons de choux et de fruits, des entrailles de lapins et volailles qui ne les avaient pas atteints. L'un d'eux avait la lèvre supérieure fendue depuis peu, il saignait

1. Dix-huit mètres environ.
2. Environ 60 cm.

et l'on voyait ses dents. C'était un récidiviste. Après un « Oh ! » dégoûté, Luciane se détourna.

— Eh oui ! ma nièce, dit Thierry, c'est ainsi et nul n'y peut rien. S'il commet un nouveau forfait et qu'il est repris, ce sera la lèvre inférieure. S'il persiste et qu'on le reprend, ce sera toute la basse lèvre et enfin, s'il s'obstine encore, on lui tranchera la langue.

— C'est horrible.

— *Laissez passer la justice du roi !* hurla tout à coup le fouettard de service. *Allons, dégagez, bonne gent !*

Horrible, en effet, dit Tristan, surtout parce que ces châtiments s'exercent contre des truands de la même farine : les petits. Les gros, eux, savent se soustraire aux périls, ne serait-ce qu'en crachant au bassinet des hommes de justice... Et cette justice, nous la devons à Philippe VI. Elle date, je crois, d'il y a quinze ans...

— Comment peut-on défigurer...

Luciane se courrouçait. Tristan tapota la main serrée près de son coude.

— J'ai vu pire à Brignais, m'amie. Les Goddons, en se retirant çà et là, ont abandonné leur racaille... Mais des coquins de chez nous les égalent en cruauté...

Il sentit tout à coup des doigts contre sa nuque et se détourna. Une fille aux cheveux rouges, aux yeux à fleur de tête, les pommettes carminées, lui souriait d'une bouche encore belle.

— Viens donc, beau gars... Vous êtes deux pour une même fille...

— Va-t'en ! s'écria Thierry. Sinon tu monteras toi aussi là-dessus !

Il s'était arrêté pour désigner le pilori sur lequel était hissée la condamnée. Elle ne protestait pas. Elle attendait que fût exécutée la sentence — le fouet d'abord, l'exposition ensuite — avec une sérénité qui aggravait la sévérité du bourreau et l'impatience de la populace.

— Frappe au cul ! hurla une commère.

— Fais-nous-le voir avant ! quémanda un homme.

La fille follieuse s'éloigna d'un pas souple, dandinant sa taille serrée dans une futaine noire tandis que la foule se taisait, attentive et respectueuse d'une procédure dont la coupable, là-haut, attendait le commencement sans crainte apparente.

— Elle serait belle, dit Luciane, sans ses panufles[1].

— Oui, dit Tristan. Ce n'est sûrement pas sa faute si elle en est là...

Pourquoi songeait-il à Oriabel ? Tiercelet veillait sur elle comme un père. Jamais il n'accepterait qu'elle se compromît. Jamais, grâce à lui, elle ne sombrerait dans la prostitution ! Jamais !

— Venez, amis, dit-il. Allons, Paindorge, hâte le pas. Il nous faut quitter ce cloaque.

Luciane lui jeta une œillade étonnée.

— Je vous croyais moins sensible. Oui, ajouta-t-elle comme rassurée, partons.

* *
*

Sur le seuil de sa boutique, maître Goussot examinait au soleil une cubitière fraîchement écrouie dont le fer d'une seule pièce conservait des traces de martelage et de nombreuses brunissures.

— Voulez-vous l'essayer, messire ?

Tristan plongea sa main allongée, pouce replié contre paume, dans la gouttière coudée où l'articulation de son coude se trouva non seulement protégée

1. Haillons.

504

mais à l'aise pour que son bras fournît des coups de toutes parts.

— Fort belle, maître Daniel, dit-il en la restituant.

L'armurier sourit. Sous sa chevelure épaisse qui s'argentait — comme pour ressembler autant qu'il était possible aux pièces d'acier qu'il fourbissait au sable —, sa grosse face ronde, guillochée de rides profondes, prit une expression de béatitude sans doute un peu contrefaite.

— J'en suis heureux, messire. Flourens en avait chargé Guyot. Je doutais qu'il réussisse. Il me faisait de belles genouillères, mais ça, la cubitière, c'est le grand œuvre du batteur de plates. C'est à sa perfection que l'on voit le métier d'un homme ! Et Guyot n'a que seize ans...

L'armurier introduisit son bras dans la défense de fer et le fit se mouvoir :

— Yvain va devoir faire mieux... J'ai confiance... C'est Flourens qui s'est occupé de votre armure...

Maître Goussot leva sa dextre et, par-dessus son épaule, d'un pouce noir et gras, désigna l'atelier d'où s'échappaient d'incessants martellements :

— J'aime le bruit du fonçoir[1] entre tous. Tout solide qu'il soit, le fer ne lui résiste pas... Ce soir, messire Castelreng, vous pourrez reprendre votre bien et nul n'y verra de notre besogne.

— En attendant, dit Tristan, je vous amène un ami qu'il vous faut héberger. J'insiste !... Quant à son cheval, je sais que vous avez de la place et du picotin...

Une grimace fugitive creusa des rides supplémentaires sur la face de l'armurier :

— Je n'ai plus qu'une chambrette dans mon galetas. Elle est...

---

1. Gros marteau de forge à panne tranchante.

— Quelle qu'elle soit, dit Thierry, elle fera l'affaire.

— Le lit est bon.

— Tant mieux.

L'armurier s'étonna :

— Vous n'avez point d'autres vêtements que ceux que vous portez ?

— Non.

L'attention de Tristan se concentra sur cette singularité. « D'où vient-il ? Il est habillé en manant : flotternel de lin bis, chausses et hauts-de-chausses de coutil noir, houseaux de daim... Pas d'éperons ! » Thierry intercepta son regard.

— Non, dit-il, je n'ai rien d'autre que ce que je porte... et mon épée, bien sûr, que tu vois à mon flanc. Je loge à Orgeval, près de Poissy. Si tu te demandes d'où je viens, eh bien, je te contente : je vais çà et là pour voir s'il n'y a pas une joute, un tournoi quelque part. J'y gagne bien ma vie...

Et tourné vers sa nièce :

— Je ne suis rien d'autre qu'un chevalier d'aventure. Plus de femme — c'était la sœur d'Ogier, te souviens-tu ? Plus d'enfant. Nous l'avions baptisé Ogier et il aurait quinze ans, ton âge, Luciane, si la pestilence ne nous l'avait ravi... Plus de famille, plus de châtelet : je logeais dans celui de Richard de Blainville que le roi m'a repris... Plus rien que mon cheval et mes songeries tantôt noires, tantôt claires.

— Mais tu avais Gratot ! protesta Luciane.

— Gratot n'est plus Gratot pour moi depuis la disparition de tous ceux que j'y ai aimés... Je n'y serais demeuré qu'en compagnie de ton père... Et je me demande si Guillemette et Raymond vivent encore et hantent ces lieux dont ils avaient obtenu d'Ogier d'en assumer la garde.

Il y eut un silence dont Daniel Goussot profita :

— Entrez dans la cour... Je vais dire à Yvain de prendre soin de votre cheval et à Constance, ma fille, de vous mener dans votre chambre... Ah ! tenez la voilà...

Constance arrivait, la jupe retroussée pour avancer plus vite. Voyant Luciane au bras de Thierry, elle lui lança un regard étonné.

— Constance, voici mon oncle, et c'est un chevalier.

— Ah ! bon, fit en rougissant la jouvencelle.

Mais Thierry ne la voyait pas. Il voyait une autre femme, un enfançon dans les bras. Leur maison était une sépulture.

* *
*

Ils demandèrent à souper tôt. Dame Goussot et sa fille s'employèrent à les satisfaire. A l'inverse de Constance, l'épouse de l'armurier était une grosse et lente personne dont les mouvements tout en cercles et rondeurs s'alliaient à merveille avec l'opulence de sa nature. Loin de flétrir son visage, les années n'avaient fait que vermillonner sa peau de pomme calville qu'une rosée couvrait dès qu'elle demeurait trop longtemps devant l'âtre où son mari eût pu attendrir ses fers. Auprès d'elle, Constance n'était qu'ardeur, souplesse et vivacité. En admirant l'envol de ses mains blanches, expertes à saisir les manches et les anses des chaudrons, poêles et pichets, Tristan observa sans oser livrer sa pensée :

« Thierry lui plaît : elle l'épie comme Oriabel m'épiait dans l'auberge d'Eustache... Lui, bien sûr, ne voit rien d'autre que sa nièce... Et serait-il séduit par Constance qu'il n'oserait se lier : le goût du mariage a disparu chez lui. Il n'est hanté que par des remembrances. Mais ne le suis-je pas moi aussi ? »

— Eh bien, messires, dit Luciane, vous êtes moins diserts que cet après-midi !

Sa chair de blonde éclairait la pénombre où elle s'était assise — juste dans une encoignure d'où elle pouvait observer tout ce qui se passait dans la salle.

— J'ai besoin, dit Thierry, de reprendre des forces. J'ai couvert des lieues et des lieues en vain.

— D'où viens-tu ? demanda Tristan.

— Anchin.

— Où est-ce ?

— Quelques maisons et un moutier sur une petite île formée par la Scarpe et deux ruisseaux, l'Écaillon et le Bouchard, aux environs de Marchienne. L'abbaye d'Anchin est moult célèbre... toute proche de Pecquencourt.

— Qu'allais-tu faire si loin ? demanda Luciane.

— Chaque année, depuis l'an 1096, un tournoi rassemble en ces lieux [1] la fine fleur des chevaliers. L'on m'avait dit que c'était en été. Or, c'est au printemps qu'il faut s'y rendre.

— Si tu avais l'intention de tournoyer et jouter, où as-tu mis ton armure et le reste ?

Thierry sourit à sa nièce. La dureté tout apparente de son écorce parut craquer, révélant un cœur tendre encore :

— Ah ! dit-il, voilà l'inquisition qui commence... Eh bien, sache que je ne loge que rarement à Paris. J'ai pris pension à Orgeval, chez une vieille dame en

---

1. Dans le Nord. Ce tournoi réunissait environ trois cents chevaliers du Hainaut, Cambrésis, Artois, Tournaisis, etc. Ce fut un des plus célèbres d'Europe.

attendant de décider, soit de vaguer de joute en joute, soit d'aller vivre en Pierregord. Mais il va de soi, maintenant, qu'il me faut repasser par Gratot avant de retourner dans mon pays natal... où je t'emmènerai puisque tu es seule... En revenant d'Anchin, je suis passé par Orgeval. J'y ai déposé mes fardeaux et laissé mon sommier à l'écurie.

Tristan demeurait coi. Il voyait en Thierry un de ces hommes assez rares qu'une longue pratique des armes et la fréquentation aisée des gens de toute espèce lui désignaient comme un chevalier véritable. Ses premiers propos l'avaient déconcerté. La méfiance née de sa propre expérience des êtres l'avait voulu ainsi. Par une sorte d'harmonie imprévisible, cette présence, après celle de Luciane, adhérait à tout ce qui l'environnait. Paindorge qui, en ce moment, devait achever le pansage des chevaux, avait accompagné, sans la dissiper, sa solitude. Avec l'écuyer, Thierry et Luciane, un cercle chaleureux s'était formé autour de lui. Il n'osait le rompre mais l'envie, parfois, l'en démangeait.

L'oncle de Luciane ne le subjuguait ni par son expérience ni par son âge ni même par l'espèce de sagesse désabusée qu'il dégageait. Moins il songeait à se découvrir des ressemblances avec lui, plus la personnalité de Thierry coïncidait avec la sienne. Il était accort comme lui, seul comme lui, mal heureux comme lui, aventureux et méfiant comme lui.

— A quoi pensez-vous ?... Eh bien, Tristan... A quoi pensez-vous ?

Il répondit qu'il éprouvait ce soir un sentiment nouveau, agréable et solide : le soulagement d'avoir des amis et de paroler d'autres choses que de batailles et de chevauchées belliqueuses.

— Je n'ai qu'une idée en tête : retrouver mon père... Je sens qu'il est vivant. Je sais qu'il pense à moi.

— J'en suis acertené : nous le retrouverons.

Thierry exprimait sa conviction avec la même intensité d'espérance que lui, Tristan, éprouvait pour sa recherche d'Oriabel. Et cependant, pour complaire à Luciane qui baissait tout à coup la tête et d'un pouce tremblant essuyait quelques pleurs, il dit en réprouvant son zèle et son ardeur :

— Je ferai le chemin près de vous... Mais je quitterai Gratot en hâte afin d'être à Vincennes au service du roi. Je l'accompagnerai en Avignon et de là, au galop, j'irai visiter mon père...

Luciane prit la main qu'il lui offrait avant de relever vers lui des yeux qui, aux lueurs des chandelles apportées par Constance, paraissaient sombres, immenses et pleins d'une ferveur dont il regretta la franchise.

— Je vous regracie, Tristan.

— Ne dites plus un mot ou vous repleureriez !

Il riait mais son esprit se laissait envahir par des scènes imaginaires. Pourquoi fallait-il qu'il eût rencontré cette pucelle ? Pourquoi refusait-il de rompre avec le passé des amarres aussi lâches que fragiles ?

— C'est peut-être une folie d'imaginer mon père en vie.

— Non, m'amie. Sans croyances de cette espèce, nous ne serions que des bêtes.

— C'est vrai, dit Thierry. Je n'étais qu'un manant... Ogier me fit son écuyer. J'ai connu Aude, sa sœur... et me suis dit qu'elle n'était pas pour un gars de mon espèce... Mes espérances m'ont soutenu dans cet amour incongru pour Ogier et peut-être, au commencement, pour son père. Or, la divine Providence m'a secouru...

— Tant que je..., commença Tristan sans achever.

Tant qu'il ne serait pas allé à Castelreng, tant qu'il n'aurait pas vérifié si Oriabel et Tiercelet y séjournaient en l'espérant, il resterait fidèle à son premier amour.

Constance déposa devant lui une cuiller, une écuelle et un couteau. Il s'aperçut que ses amis étaient pourvus en tout mais, se tournant, il attrapa la jouvencelle par un pan de son surcot :

— Vous avez oublié mon écuyer. Nous ne commencerons pas sans lui.

Constance n'eût point rougi davantage s'il l'avait insultée ou s'il lui avait exprimé son désir de partager sa couche. Bonne à prendre, elle aussi, sans doute. Mieux valait observer Luciane et s'adresser particulièrement à elle :

— Quels que soient les chemins que nous emprunterons, j'ai hâte de voir des arbres et surtout ceux qui portent des fruits !... J'ai hâte de mordre dans une poire, une pomme que j'aurai cueillie... J'ai envie de galops dans l'ombre des forêts. Je sais la Normandie fort belle et avenante, mais c'est de la Langue d'Oc que je me languis.

— J'aime ce nom de Castelreng.

Nul doute que Luciane l'eût fièrement porté. A l'entour des murailles, les loudiers[1] vivaient comme s'ils eussent été seuls sur terre. La fenaison, les labours, la tonte des blés puis leur battage à grands coups de fléaux pacifiques, l'entretien des vignes et la vendange, les cueillettes de toute espèce employaient leurs journées et leur donnaient des nuits paisibles. Ils étaient quelque deux cents dont les maisons s'éparpillaient dans la plaine et sur les coteaux avoisinant le château où jamais ils n'avaient eu à s'enclore au vu de quelque

1. Paysans.

péril. Ce farouche géant de pierre semblait défier les menaces. Eût-il été assailli qu'un souterrain permettait l'envoi de quelques messagers à Caudeval, Bouriège, Roquetaillade, Festes, Montaragon...

Regardant alternativement Luciane et Thierry, Tristan leur confia sans détours qu'il n'avait jamais songé avec autant d'émoi et d'acuité à la chevance[1] de sa famille. Pas même, songea-t-il, dans l'enfer de Brignais.

— Castelreng me manque. Il est plus accort pour moi que Puivert où les ménestrandies, hiver comme été, lancent au ciel des musiques et des chansons... Plus accueillant que tous les châtelets qui l'entourent, bien que j'aime assez Monthaut tout en haut de sa montagnette... Si un jour tous les trois nous descendons en Langue d'Oc, nous les irons voir.

Il s'adressait particulièrement à Thierry, les forteresses concernant surtout les hommes de leur espèce. Et celui-ci acquiesçait, récompensé aussitôt par un sourire de sa nièce.

Paindorge apparut, la démarche dandinée comme s'il se mouvait encore sur le pont de *la Goberde*. Il s'assit face à Thierry, essuya contre ses cuisses et son pourpoint des mains hâtivement lavées, mais propres :

— C'est fait, les chevaux mangent...

Il loucha sur la chopine et les gobelets que Constance déposait sur la table :

— La nuit doit leur suffire à réparer leurs forces.

— As-tu examiné leurs fers ?

— Oui. Même ceux de votre coursier, messire Champartel.

L'oncle de Luciane emplit le gobelet de l'écuyer :

— *Un* : mon cheval n'est pas un coursier mais un

1. La propriété.

roncin dont la mère a sûrement été saillie par un étalon d'Arabie. *Deux* : ne m'appelle pas messire. Je ne suis rien d'autre qu'un gars comme toi qui a eu la chance de pouvoir sauver, à Crécy, le roi Philippe. D'où mon entrée dans la chevalerie. Appelle-moi Thierry sans forcer ton respect, et demeurons-en là.

Tristan désapprouva cette aptitude à la familiarité. Le souvenir de Tiercelet anéantit son blâme.

— Partons-nous demain ? dit-il.

Luciane acquiesça et, tournée vers son oncle :

— Qu'en penses-tu, Thierry ? Quelque chose ou quelqu'un te retient à Paris ?

Champartel sourcilla et vida son gobelet puis, en le reposant :

— J'ai quelques bons amis circonstant[1] le roi Jean et mon oisiveté me pesait... Mais j'ai changé d'avis lorsque j'ai vu l'Archiprêtre... Quant à avoir quelqu'un dans ma vie... Non, je n'y ai personne et je m'en trouve bien.

La bouche de Luciane eut un frémissement. Retenait-elle un sourire ? Et de quoi ? De satisfaction ? Depuis son veuvage, à moins qu'il ne fût un saint, Thierry avait dû remédier à son esseulement par la présence de quelques belles.

— Crois-tu que l'Archiprêtre sera de ceux qui suivront le roi en Avignon ?

— Je ne lui ai point adressé la parole.

— S'il est de ce reze[2], une surveillance accrue s'imposera. Il y aura du rapt dans l'air. Les routiers le commettront mais il en tirera profit.

Thierry opina favorablement :

— Je sais tout ce qu'il faut penser d'Arnaud de Cer-

1. Entourant, dans l'entourage.
2. Expédition, voyage.

vole. Jamais les Anglais ne nous pardonneraient de...
perdre le roi Jean. Qu'il tombe par malheur au pouvoir
des routiers leur ferait penser que cet enlèvement est
une astuce pour le soustraire à sa captivité.

— Bien dit !... Si les routiers s'emparaient de notre
suzerain, ils en demanderaient un prix énorme. Or, le
royaume est pauvre au point de ne pouvoir acquitter la
rançon que les Goddons ont exigée après notre défaite
à Poitiers ! Le dauphin serait incapable de satisfaire les
exigences de cette vermine. Il nous donnerait à tous
commandement de les assaillir pour délivrer son père.
Ce serait peut-être un nouveau Brignais.

— Comment faire ? interrogea Paindorge.

— Veiller sans trêve sur le roi même s'il en a
déplaisance. D'ailleurs...

— D'ailleurs ? demanda Thierry.

Tristan se fût exprimé sans balancer en l'absence de
Luciane. S'il révélait franchement sa pensée, n'allait-
elle pas le considérer comme un être brutal et irrespec-
tueux ? Eh bien, la vérité prévalait, en l'occurrence, sur
toutes les subtilités du langage :

— Je l'ai vu. Il est malade... Point, comme il le
devrait, malade de vergogne, mais malade de maladie...
Quelque chose le ronge...

— Un poison que lui auraient donné les Goddons ?

— Je les en crois incapables. Leur intérêt à eux,
c'est qu'il vive longtemps.

— Pourquoi dis-tu : *à eux* ? Crois-tu que le régent
Charles pense à ce que nous pensons maintenant ?
Crois-tu que Charles de Navarre soit toujours son
compère et qu'ils ont intérêt l'un et l'autre à ce que...

Tristan eut un geste évasif. Le régent et le Navarrais
étaient-ils toujours aussi liés qu'autrefois ? Les
rumeurs les avaient dénoncés comme complices, mais
Charles de France avait renoncé à la tentation d'occire

son père. Seuls les murs du Vaudreuil[1] savaient la vérité.

— S'il meurt, dit Paindorge, la question de sa rançon ne se posera plus. Et puis quoi ? Ce qui m'importe à moi, c'est que nous ne soyons plus en guerre ! C'est que cessent enfin les haines, les batailles, les ruines... Or, je vais vous dire une chose. Si le régent voulait que nous nous emparions d'Edouard de Woodstock...

L'écuyer s'interrompit : Constance, qui s'entendait à rôdailler parmi les tables en prêtant intérêt aux conversations des cinq ou six manants venus vider un gobelet chez dame Goussot, mettait plus longtemps qu'il ne le fallait pour déposer sur un plateau, certainement forgé par son père, une chaudronnée de lentilles rehaussées de lardons et de saucisses.

— Adoncques... Holà ! damoiselle, apportez-nous du pain.

Paindorge s'irritait un peu. Constance et Luciane échangèrent un regard neutre et tandis que damoiselle

1. Le dauphin aimait le Vaudreuil, dans la vallée de l'Eure. Le roi Charles de Navarre l'y vint visiter un jour de 1355, probablement en fin d'année. Il était décidé à dresser le fils contre le père. Besogne facile : ils s'entendaient alors comme larrons en foire, partageant festins et ribaudes. Le futur Charles V, âgé de 18 ans, n'avait aucune expérience de gouvernement mais l'envie de régner le possédait déjà. Maître en dialectique, Charles le Mauvais n'eut aucun mal à le convaincre que son père ne l'aimait pas. Ils fomentèrent, dit-on, un complot : le dauphin quitterait secrètement la France pour aller demander une armée à son oncle, l'empereur Charles IV d'Allemagne. Ensuite, il envahirait le royaume pendant que les Navarrais feraient diversion en Normandie. Mieux encore : les deux complices s'empareraient du roi et l'occiraient. C'est ce qui résulte des aveux de Friquet de Fricamps, gouverneur de Caen, soumis à la question en 1356. La date du départ du dauphin était fixée au 7 décembre. Les Navarrais l'attendirent vainement à Saint-Cloud. Il se « dégonfla ». Pour réduire à néant la convoitise de son fils aîné, le roi le fit duc de Normandie ce 7 décembre, après qu'il eut dénoncé le complot. Charles de Navarre se revancha plus tard par le poison.

Goussot s'éloignait à pas lents, l'oreille tournée vers les quatre convives, l'écuyer dit tout bas, montrant l'ustensile rebondi et fumant, entre les écuelles :

— Le regard de cette donzelle me paraît aussi brûlant que ce chaudron.

— Vous avez de l'appétit ? Elle a de l'appétition pour vous, dit Luciane. Elle se sent seule et s'ennuie. Vous ne savez rien de cela peut-être. Moi, si...

— Et moi ! dit Thierry.

— Et moi ! dit Tristan, la gorge serrée.

— En tout cas, dit Paindorge... Nous avons le chaudron, la marmite s'en va [1]... Et je continue : si le régent voulait que nous prenions le prince de Galles, c'était moins pour l'échanger contre son père que pour annihiler une rançon qui rend de jour en jour plus misérable notre malheureux royaume.

Tristan approuva, touché par l'ardeur de son écuyer tout autant que par son élocution.

— Une guerre, dit Thierry, nous permettrait de nous revancher. Je la ferais de bon cœur. Je ne puis pardonner aux Goddons tous leurs crimes.

— Mais la trêve est signée ! objecta Tristan.

— Elle humilie la France ! Elle nous humilie tous. L'on s'efforce, en Normandie, de respecter ce traité de Brétigny-lez-Chartres [2] qui profane notre honneur et toutes nos bannières. Les seigneurs de Hambye, de Marcé, Henri de Thiéville, Robert de Clermont, le Bau-

---

1. Au Moyen Age, *marmite* : hypocrite en raison du contenu caché du récipient. De *marm* : marmotter et *mite* : chatte.
2. Le traité de Brétigny-lez-Chartres (et non Brétigny-sur-Orge) avait été précédé de trêves sans grande portée dont une signée à Bordeaux, le 23 mars 1357, peu avant que le prince de Galles embarquât pour l'Angleterre avec son royal prisonnier (11 avril 1357). Pendant cette période, Innocent VI résolut de reporter le Saint-Siège à Rome. Il s'en expliqua dans une lettre du 28 avril 1361 adressée, d'Avignon, à l'empereur Charles IV d'Allemagne, fils de Jean de Bohême.

drain de la Heuse et le bailli de Caux se sont portés garants de respecter cette paix qui mutile notre royaume. Et qu'en est-il advenu ?... Eh bien, l'on s'est battu... Les gens de Navarre, non seulement Charles, mais son frère Philippe, ont excité les Goddons à provoquer partout où ils le pouvaient, en Bretagne et en Normandie, de mortelles embûches. Ce qu'il faudrait...

— Parle, dit Tristan. Je crois que je conçois ce que tu vas nous dire.

D'un mouvement de main, Thierry repoussa une hésitation dont il semblait avoir vergogne :

— Ce qu'il faudrait, c'est escarmoucher. Mener contre les Anglais une petite mais terrible guerre... Venger nos morts... La morille avait aminci leurs rangs, mais ils sont tout aussi nombreux qu'avant... Qu'en penses-tu, compère ?

Tristan n'osa répondre négativement.

— Il y a pire que les Goddons, dit-il. Les routiers des compagnies. C'est cette engeance-là qu'il faut détruire. Et puis, s'il est possible, les Navarrais... Mais nous sommes deux...

— Trois, dit Paindorge.

— Si Charles le Mauvais perdait sa male vie, le royaume, déjà, serait en meilleure santé. Jamais il n'aurait dû pouvoir s'enfuir de sa prison d'Arleux[1] !

1. Arleux (Nord). Jean II y avait fait emprisonner son gendre le 5 avril 1356. En octobre de cette année-là, les Etats demandèrent son élargissement après avoir été circonvenus par les amis du Mauvais, en particulier Robert le Coq, évêque de Laon. Après Poitiers, le dauphin Charles refusa la libération de son beau-frère et renvoya Robert le Coq dans son diocèse. Le 7 novembre, alors que les Etats le contraignaient à rappeler le prélat, le roi de Navarre s'évadait de sa prison d'Arleux grâce à l'aide de Jean de Picquigny, gouverneur d'Artois. Le Mauvais entra dans Paris le mercredi 29 et harangua 10 000 Parisiens au Pré-aux-Clercs.
Lire en annexe IV : *Les possessions normandes de Charles de Navarre*.

— Quand un pays tombe en décrépitude, les portes des prisons s'ouvrent aisément. Et dès lors la ruine s'accélère... Sur cette fange est né Etienne Marcel, traître et malandrin... Hélas ! je crains qu'il n'y en ait d'autres.

Luciane n'avait rien dit. Inutile de l'interroger pour apprendre qu'elle ne désirait qu'un bienfait : la quiétude, et que cette bonace, elle ne l'obtiendrait qu'en retrouvant son père. Vivait-il encore ? Bien que morcelé par l'Angleterre, le royaume de France était vaste pour des hommes de guerre tout aussi perdus dans ses plaines et ses forêts que ceux qui, au fin fond des siècles, avaient cherché le Graal sans le trouver jamais.

— Nous partirons demain, dit Thierry, mais avant, ma nièce, il me faut te vêtir en homme chez le fripier d'à côté. Sur les chemins que nous prendrons, les femmes sont en danger. Il faudra même bandeler tes seins. Plus ils seront à l'étroit mieux cela vaudra. Pas vrai, compères ?

Tristan et Paindorge approuvèrent.

Luciane avait clos ses paupières. C'était le signe d'un assentiment pudique et d'une résignation que Tristan ne lui connaissait pas. Thierry lui-même en fut troublé.

— Quand tu as cet air-là, tu ressembles à ta mère au point que j'ai envie de t'appeler Blandine.

— Et tu en es heureux ?

La réponse vint, différente de celle que tous attendaient :

— Pas trop, Luciane. Pas trop, en vérité.

Alors que les brumes de la Seine commençaient à se dissoudre, ils traversèrent le Pont-au-Change, contournèrent Notre-Dame et franchirent le second bras du fleuve par le Petit-Pont.

— A senestre ou à dextre ? interrogea Paindorge.

— Dextre. Nous allons costier la Seine jusqu'à Boulogne... Fie-toi à moi : je connais le chemin.

Puis Thierry rassura sa nièce :

— Fie-toi à nous. Flourens et Yvain ont émoulu nos épées. A trois contre vingt...

— Nous serions vainqueurs, acheva Tristan.

Ni Paindorge ni Thierry ne relevèrent cette jengle[1] ; Luciane se détourna pour l'en remercier.

Ils allaient lentement, pénétrés d'une fraîcheur vivifiante qui enfumait leur haleine et les couvrait de chair de poule. Les chevaux, eux aussi, de leur souffle puissant, ennuageaient leur tête d'une mousseline éphémère.

Paris somnolait. On voyait dans les rues des fantômes agiles : maraudailles et chiens s'en allaient dans leur antre ; parfois, une luisance de mailles dénonçait un homme du guet. Des contrevents s'ouvraient. Aux deux heurts des vantaux sur le mur de façade succédait un claquement pareil à un coup de fouet. Il révélait, sur le pavement gras, le vidage d'un pot de chambre.

Paris puait. La Seine puait, chargée de barques et de bacs où s'entassaient poissons et légumes. Le ciel glauque lui-même, au lieu de l'alléger, semblait écraser, pour la maintenir au sol, la fétidité de la ville.

---

1. Plaisanterie.

Luciane remonta le collet de son pourpoint pour y enfoncer son nez.

Après le souper de la veille, Thierry l'avait emmenée dans la friperie contiguë à la demeure des Goussot pour la vêtir en homme : il y était aisément parvenu, faisant même l'acquisition d'une paire de houseaux à plis[1] destinés à protéger les genoux de sa nièce et qui n'avaient été portés qu'un jour, au dire du fripier, par un hobereau de douze ans. Afin qu'elle y dissimulât ses tresses, un chaperon bleu turquin avait achevé ces emplettes.

« Elle est bien belle ainsi tout de même », songeait Tristan qui, de dos, admirait une taille d'amphore. « Pour qu'elle chevauche au mieux, comme une noble dame, je lui avais offert une sambue[2] dont elle s'était montrée contente. J'ai dû la revendre à perte à ce fripier... qui sans doute est un Juif tant il est âpre en affaire... A l'avenir, je ferai montre de moins d'empressement ! »

Cette transaction avait équilibré, cependant, les débours nécessités par la remise en état de son armure. Portant sa dextre en arrière, il la toucha du bout des doigts à travers la fardelle de cuir qui la contenait.

Luciane et son oncle allaient en avant, Paindorge les suivait, et lui, Tristan. Ils n'échangèrent aucun mot pendant longtemps, attentifs aux mouvements des manants de plus en plus nombreux et des bacs, petits et grands, sur la Seine. Les oiseaux chantaient. Les toits humides de rosée brillaient de toutes leurs tuiles et leurs ardoises rénovées aux rayons du soleil. Il y avait dans le ciel plus clair des merles et des rossignols en rupture de campagne. Sur la berge en friche du

1. Voir annexe V.
2. Selle conçue pour la monte féminine.

fleuve, les ajoncs, les églantiers, les ronces, se parsemaient de lueurs, et parmi le saphir et le jais qui résis-
taient à l'aurore, brillaient le rubis et la nacre.

Tout s'illuminait peu à peu : les fenêtres des maisons
rares, les parchemins huilés de quelques gros chalands,
les ogives d'une église. Ils s'emplissaient la vue de ces
éclaboussures lumineuses et s'imprégnaient le corps de
la chaleur naissante. La nature prenait une espèce d'essor, de confiance en elle-même. Eux quatre également.

— Sais-tu, dit Luciane à son oncle, comment j'ai
baptisé mon cheval ?

— Comment le saurais-je ?

— Marchegai, comme celui de père, bien qu'il ait
du blanc sur ses pieds de derrière et que son chanfrein
en soit étoilé.

— Tu as bien fait... C'est un bon cheval arzel et je
vois que tu n'as rien oublié.

— Le mien, c'est Tachebrun, dit Paindorge. Je sais
que c'est le nom du roncin de Ganelon, mais si son
maître était un traître, rien ne prouve qu'il a trahi !

Il rit brièvement. Luciane dit encore :

— Malaquin est le nom de celui de Tristan... Et le
tien, qui me semble à tous crins ?

— Il n'a pas de nom. Je l'appelle parfois *mon ami*...
ou Charogne !

— Il faut qu'il ait un nom ! Un nom digne de lui.

— Alors, donne-lui celui que tu voudras !

Tristan, toujours derrière, ne pouvait voir l'expression du visage de Luciane, mais il imagina le sourire
qui l'illuminait lorsqu'elle dit :

— Taillefer !... C'est le nom de ce bateleur de l'armée du Conquérant. A Hastings, il marcha au premier
rang, devant Guillaume, en chantant les prouesses de
Roland à Roncevaux. Il demanda l'honneur de frapper

le premier coup et périt transpercé comme saint Sébastien.

— Je veux bien pour le nom. Je réfute la fin. Qu'en penses-tu, toi ?

Thierry tapota l'encolure du cheval. Il hennit deux fois et recommença.

— Je crois qu'il est satisfait, dit Luciane.

Derechef, ils chevauchèrent en silence, puis la pucelle demanda :

— Combien de jours pour atteindre Gratot ?... Tu dois le savoir, toi qui fis le chemin quelques fois.

Thierry, debout sur les étriers, se tourna vers ses compagnons pour les faire profiter de sa réponse :

— Il y a cent lieues à couvrir. Je pourrais dire que nous mettrons une semaine, mais nous pouvons être amenés à augmenter de quatre ou cinq lieues notre reze [1] pour éviter des routiers, des Goddons, des Navarrais tous cruels. Godefroy d'Harcourt est mort depuis six ans mais il a des émules en méchanceté.

— Je ne veux pas que les Anglais me reprennent.

— Connais-tu leur langue, ma nièce ?

— Un tantinet.

— Cela pourra nous être utile.

— Si la belle Jeanne me reprenait...

Le chemin était large et désert. Tristan s'approcha. Il vit ainsi pâlir la joue de Luciane. Des mots de tendresse enfantine remuèrent dans sa gorge et il se courrouça contre l'émoi qui lui serrait le cœur. Oriabel lui revint derechef en mémoire. Elle avait connu la peur. Pire : l'effroi. Et toujours, elle s'était montrée courageuse. Un courage tellement au-dessus de... Mais qu'allait-il penser ! Lors de leur évasion de Cobham, la nièce de Thierry avait fait preuve de hardiesse, d'au-

1. Voyage.

torité, de confiance. Il n'allait cependant pas déconsacrer Oriabel au bénéfice de Luciane.

« Et pourtant », se dit-il. « Et pourtant... »

Il caressa du regard, dépassant du chaperon, une mèche de cheveux dont la blondeur rousse ne différait guère de ceux de l'absente. Luciane devina ce soudain intérêt.

— Eh bien, Tristan, ne regrettez-vous rien ?

Elle souriait. Ses yeux reflétèrent tout l'éclat diapré de cette matinée à peine éclose jusqu'à ce qu'une ombre prompte en ternît la limpidité.

— Croyez-vous qu'*il* soit en Normandie ?

— C'est son domaine. S'il vous a cherchée partout, je l'imagine reclus en ce duché, si j'ose dire... De sorte qu'il doit se rendre parfois à Gratot, ne serait-ce que pour toucher de plus près ses souvenirs.

— Vous êtes bon de me rassurer.

Tristan retint un mot, un mouvement de dénégation. Il n'était pas bon : il essayait de la réconforter. Il se délecta de voir dans cette bouche aux lèvres minces, mais avides, le pur éclat de petites dents faites pour croquer une vie meilleure que celle qu'elle avait vécue jusque-là.

« Un joyau, certes, que cette pucelle... »

Accoutumée à une existence contrainte et renfrognée, elle avait dû devoir contraindre, surtout en présence de la dame de Kent, cet enjouement, du moins cette faconde qu'elle avait reçue de bonne naissance et qu'elle recouvrait peu à peu. Si sa fierté native l'avait gardée de toute action dont elle eût pu se blâmer — ou être blâmée —, elle avait dû, pourtant, s'abandonner au plaisir d'attirer les hommages des Goddons qui fréquentaient sa maîtresse et — qui sait ? — susciter des jalousies aussi bien chez les hommes que chez les femmes. D'emblée, il l'avait devinée d'intelligence alerte, riche d'astuce et dotée d'une frisqueté[1] qui ne devait rien, tant elle était naturelle, à l'épouse de l'héritier d'Angleterre. Thierry, qui l'écoutait lui raconter sa vie dans la Grande Ile, souriait, fronçait un sourcil, agitait une main ou l'autre — de belles mains de guerrier, épaisses, dures, aux paumes et aux doigts, dont les callosités faisaient songer à celles d'un bûcheron.

« Un chevalier solide, vaillant et aduré[2]. »

Il l'avait pressenti à Poitiers. Il en avait désormais la conviction. Une inaptitude certaine au découragement, voire au désespoir complétait cette vigueur et cette souplesse de bon aloi dont pourrait disposer sa nièce. Envers elle, il serait d'une inépuisable indulgence, et s'il était contraint d'assurer sa défense, il deviendrait, en un clin d'œil, plus farouche qu'un léopard.

— Quelles sont tes armes !

— *De gueules au marteau d'argent...* Mon enseigne : *Je frappe fort.*

— Mais...

— Je sais ce que tu vas me dire !... Que les marteaux sont rares sur les écus et bannières. Sache-le : il y a plus de quinze ans, je n'étais que l'écuyer d'Ogier d'Argouges. Au tournoi de Chauvigny, les juges, pour se desriser[3] de moi, m'autorisèrent à mettre sur mon écu un marteau sans que le métal et l'émail me soient désignés. Alors moi, le manant, le loudier, j'ai choisi ces couleurs et les ai conservées.

— Elles te conviennent, approuva Tristan, sincère. Et je crois que tu dois encore frapper durement le métal que tu écrouis sur l'enclume !

Il était heureux. Il eût même approuvé des armes à enquerre.

1. Elégance.
2. Endurci à la fatigue.
3. Moquer.

— Et toi ? Quelles sont tes armes ?

— *De gueules à deux tours d'argent.*

— Et ton enseigne ?

— *De tout cœur.*

— Voilà qui vous sied à merveille.

Luciane riait. Plutôt qu'un assentiment exprimé dans la joie, cette hilarité n'était-elle pas le fait d'une miévreté[1] involontaire ?

« Reste coi », décida Tristan, « elle ne fait que te titiller. »

Imaginait-elle qu'il répugnait à vociférer cette devise à la bataille parce qu'elle ne reflétait ni sa force ni son courage ? Alors, elle se méprenait. Si, depuis qu'il ceignait l'épée, *de tout cœur* lui paraissait un cri d'armes peu adapté à sa nature, il l'avait pourtant hurlé à toute gorge dans la mêlée de Maupertuis : c'était celui de ses aïeux.

— L'avantage des hommes de mon espèce, dit Thierry, c'est de faire la nique aux usages poudreux !

— C'est sur ces usages que notre royaume est devenu grand. Hélas ! il n'est plus rien : ses rois l'ont rétréci...

Un silence tomba, que nul n'avait voulu. Trois ombres de centaures, une de centauresse dansaient sur la pierraille parsemée çà et là d'une herbe courte et pâle. Des mouches bourdonnaient, attirées par l'odeur pourtant légère des chevaux. D'un geste ample et léger, Luciane dispersait les audacieuses avant qu'elles n'eussent atteint son visage.

— *De tout cœur*, répéta-t-elle, sans même se détourner.

L'on eût dit qu'elle s'adressait aux trois hommes à la fois, mais Tristan n'était pas dupe des raisons d'une

1. Espièglerie dans l'acception médiévale.

telle insistance. Il s'essuya le front d'un mouvement d'avant-bras : le soleil commençait à cuire tout ce qui échappait aux arbres.

— Nous avons de bons chevaux, dit Paindorge. Si tout va bien, nous mettrons cinq jours.

Avait-il voulu briser l'intérêt presque effréné dont Luciane, soudain, entourait *son* chevalier ?

— Possible, dit Thierry. Taillefer est un bon compère. J'ai eu un meilleur cheval que lui : Veillantif. Je l'ai perdu au pont de Poissy, juste avant Crécy, quand Northampton a franchi la Seine. Il est mort sans souffrir mais ceux qui l'ont occis y ont laissé leur vie.

Nouveau silence empli du bruissement des fers sur le chemin. Et Thierry s'adressa seulement à Luciane :

— Le vrai Marchegai, le compagnon de ton père, doit être mort. Et Saladin son chien aussi.

— On n'est pas éternel, dit Paindorge.

Tristan se demanda si son écuyer avait été entendu. Qu'était devenu cet Ogier qu'il eût aimé connaître ? Il ne pouvait l'imaginer qu'isolé, lors de la grande peste, cherchant avec une opiniâtreté sans faille cette fille qu'il avait dû parer de toutes les beautés. Vivait-il ? Comment ? Etait-il desbareté[1] définitivement ?... Non : le courage frongniait[2] encore en lui comme une bête rétive dont rien, hormis la mort, ne peut annihiler la vigueur et l'espérance de vivre. Cet homme-là n'avait jamais été tenté de jeter une corde à une branche pour s'y suspendre par le cou. Il vivait. Il était quelque part.

En quel lieu ?

1. Découragé, affligé.
2. *Frongnier* : remuer, s'agiter.

* *
*

— Voilà où j'ai vécu de temps en temps... J'y reviendrai sans doute, dit Thierry après qu'il eut chargé Paindorge de veiller sur Taillefer.

C'était une maison basse, enracinée solidement face à l'église d'Orgeval qu'elle semblait défier, bien que le bâtiment trapu et son clocher répandissent sur elle une ombre abondante et comme définitive.

— On dirait qu'elle cst vide.

— Non, Tristan. Une vieille femme y vit. Son frère, qui gîte à l'autre bout du village, prend soin de mon sommier. Il tenait, avec l'époux de cette dame, la mareschaucie[1] devant laquelle nous venons de passer.

Luciane mit pied à terre. Un instant immobile, elle parut sensible aux caresses parfumées de fleurs amassées devant la petite maison : quelques roses parmi un troupeau de jacinthes bleues, mauves, blanches ; de grands lis protégés par leurs lances, des anémones en déclin, des myosotis — l'herbe d'amour — ternis par le soleil et flétris à jamais.

— Quand je suis venu à Orgeval l'hiver dernier, j'avais froid et faim. Taillefer et mon sommier n'en pouvaient plus. La vieille dame m'a offert l'hospitalité...

— Qu'allais-tu faire à Orgeval ?

Luciane posa deux doigts sur sa bouche comme pour regretter sa question. Thierry lui répondit sans malice :

— J'avais navré un homme aux joutes de Dourdan : Manecier d'Orgeval... Le même âge que moi : trente-cinq... Présomptueux en champs clos mais courtois au-

1. Maréchalerie, forge.

527

dehors. Mon rochet a traversé son écu... Ses gens l'ont ramené en chariot. Je voulais savoir s'il allait mieux. Hélas ! il était mort en chemin... Je m'en repens encore...

— Marié ?

— Oui... Une belle dame et un fils de dix-huit ans... qui n'a aucun ressentiment de ce que j'ai fait... Mais assez parolé. Attendez-moi !

Thierry tapa du poing sur l'huis qui s'entrouvrit. Il baisa au front une aïeule vêtue de sombre et Tristan admira cet homme dont l'énergie ou la bonté se manifestait au moindre geste, au moindre propos et qui peut-être était venu fréquemment à Orgeval pour y entrevoir une belle veuve et un orphelin sans rancœur.

Il réapparut sur le seuil, une grosse fardelle à la main. Aux tintements qu'il entendit, Tristan eut confirmation que le sac en peau de daim contenait les plates d'une armure.

— Voilà déjà mon habit de fer, dit Thierry en posant son fardeau devant Paindorge. J'ai quelques vêtements que je vais apporter. Mon sommier est chez maître Marcelin avec mes lances, mes écus et mon épée d'arçon. Nous irons y dormir.

— Nous ne coucherons pas chez cette dame ?

Bien que d'un naturel solide, comme Luciane paraissait soudain frêle ! Thierry posa ses mains sur les épaules de sa nièce et, les yeux dans les yeux :

— Tu coucheras dans cette maison. Il y a une chambre pour toi : celle dont je disposais et dispose encore. Crois-moi, le lit est bon. Tu y auras tes aises. Nous ne pouvons, nous, les hommes, abuser de la bienveillance de dame Alix. Le temps se prête à ce que nous dormions sur la paille... après y avoir mangé. Toi, tu feras un bon repas.

Tristan s'approcha de la pucelle sans qu'elle parût

s'en apercevoir. Son regard s'était résigné. Deux plis légers au front dénonçaient comme par inadvertance une soumission qui la contrariait. Ce serait une noble dame si elle s'alliait à un seigneur plus voulentourieux qu'elle ne l'était. Il fallait la mener doucement mais fermement. Se défier de ses impulsions. Mais qu'allait-il penser ? Il la quitterait bientôt. Définitivement.

— Soyez sans inquiétude, m'amie. La bonne chance est avec vous. Bonne chère et bon lit. Souhaitez-vous davantage ?

— Certainement.

Paindorge s'éloignant, Luciane ajouta :

— Vous savez quoi.

— Hé... mais, m'amie, je pourrais tout supposer !

Tristan se sentit soudain d'humeur gaie, capable de s'élancer *pour un temps* dans une vie tumultueuse, voire désordonnée après laquelle la descente en Avignon lui paraîtrait une sinécure.

— Supposez !

Luciane s'exprimait tout nûment et le regardait en face. Il demanda, baissant la voix :

— M'amourez-vous tant que je le crois ?

Elle ne répondit pas : Thierry revenait, un bissac sous le bras.

Il déposa son second fardeau auprès de l'autre et, se redressant :

— Viens, dit-il à sa nièce, je vais te présenter. Demain, nous viendrons te chercher.

— Mais... où mangerez-vous... si vous avez à manger ?

— Il y a toujours ce qu'il faut chez maître Marcelin. Allons, viens.

Luciane suivit, docile.

Paindorge s'approcha et réunit deux par deux dans

ses mains les rênes des quatre chevaux dont aucun ne broncha :

— Soyez souef[1] avec elle... Elle domine de moins en moins son amour de vous.

— Je sais.

— Vous la regardez peu.

— Je sais.

— Elle et vous formeriez...

— Je sais.

Tristan croisa les bras et s'éloigna de l'écuyer mécontent. Il l'était aussi — pour une raison différente :

« Si je cédais, Thierry me détesterait. Et qui sait s'il ne sortirait pas l'épée de son feurre[2]. Voilà bien un combat que je détesterais !... Sitôt à Gratot, je ferai demi-tour ! »

— Elle est en de bonnes mains, dit Thierry en s'approchant.

Tristan chancela sous une bourrade inattendue.

— Je sais qu'elle préférerait que ce soient les tiennes. Mais je veillerai à ce que ce ne soit pas hors du mariage.

C'était presque une menace. Alors, Tristan :

— Tu ne crains rien, compère. J'en aime une autre.

La réponse était sèche et cruelle pour cet homme épris de sa nièce comme d'une fille qu'il n'avait pas eue. Il aurait suffi de peu de chose : d'un mot ou, peut-être, d'une tape affectueuse pour susciter un rire de grosse connivence et resserrer l'amitié. Tristan s'en interdit l'initiative.

— Ah ! bon, fit Champartel. J'ignorais... Mais la fidélité, c'est bien.

1. Doux.
2. Fourreau.

Un coup de vent soudain rebroussa les feuillages et coucha les fleurs toutes proches que la nuit faisait semblables. Elles exhalaient une odeur amère. C'était cette amertume que Tristan sentait dans sa gorge.

X

Midi. Le grand soleil. Des papillons blancs et jaunes voletaient d'un bord à l'autre du chemin défoncé par l'hiver et les pluies du printemps. On pouvait distinguer, à travers le crible des feuillages, les murs pâles d'Evreux, la cité de Philippe, frère puîné du fameux Charles le Mauvais. Philippe, comte de Longueville qui, six ans plus tôt, avait été lieutenant du roi d'Angleterre en Normandie.

— Nous devons, dit Thierry, contourner ces murailles. Manquerait plus que nous tombions au pouvoir des malandrins de cette cité. Je ne donnerais pas cher de nos vies s'ils nous prenaient et découvraient que nous sommes acquis au roi et à son fils.

Leur cheminement devenait précaire. Luciane feignait d'en douter. Son oncle, que sa sérénité peut-être agaçait, raconta la malaventure d'un chevaucheur capturé sous les murs de Vernon par des Navarrais. Ils lui avaient coupé le nez — parce qu'il l'avait soi-disant mis dans leurs affaires — et les oreilles — parce qu'il avait écouté des propos malveillants sur le roi Jean. Puis ils l'avaient mis nu et abandonné dans son sang, son épée clouée dans sa main dextre.

— Et je garde pour moi tout ce qu'ils font aux filles.

Tristan mena son cheval à la hauteur de Thierry :

— Ne parle pas ainsi !... Tu l'effraies...

— C'est bien ce que je cherche. A partir de maintenant, toutes sortes d'hostilités sont possibles. Je veux qu'elle regarde autour d'elle, autour de nous avec autant d'insistance que nous le faisons.

— Je regarde, dit Luciane. Et j'aimerais qu'à la première occasion, vous me fournissiez une épée.

— Hein ! fit Paindorge comme s'il recevait un coup.

— Une épée ? Mais...

— Oui, Thierry, une épée.

Tristan ne disait mot. Il lui était impossible de voir le visage de la jouvencelle : elle chevauchait à l'avant. Elle s'exprimait d'un ton de commandement. Il pouvait imaginer son expression fière, et même superbe.

— Bon sang ! grommela Thierry. Il y a une Tancrède dans la famille. Une donzelle farouche et qui, si elle a traversé la morille sans encombre, ne se complaît que dans des vêtements d'homme. Elle a des mœurs...

— Tu m'en avais parlé lorsque j'étais enfant. D'elle et point de ces mœurs que je devine... Eh bien, mon oncle, je n'ai pas ces goûts-là.

— J'en rends grâces au Ciel !

— Veux-tu savoir qui m'apprit à tenir une épée ?

— Ce ne peut être qu'un Goddon.

— Le *steward* du prince de Galles : Geoffrey Hamelin.

Tristan se permit d'intervenir :

— Le roi Jean déteste cet homme. C'est lui qui porta en Angleterre, après sa captivoison à Poitiers, son bassinet et sa cotte d'armes.

— Geoffrey ne s'en vante point. Quand il a vu des hommes résolus à profiter de moi, il m'a conseillé d'apprendre à tenir une épée, une dague.

— Et tu t'en es servie ?

— Non... J'ai toujours eu, sous ma robe, une lame pour me défendre... mais lorsque Tristan m'a sauvée, elle était sous mon oreiller : j'allais me coucher quand il est entré dans Cobham...

La façon nette, fervente, dont Luciane s'exprimait, prouvait qu'elle préférait le maniement des armes à toute autre espèce de plaisance. Ignorait-elle que si tenir une épée était une chose, férir ardemment et vigoureusement un ennemi pour l'atterrer à tout jamais en était une autre ? Thierry se taisait, regrettant sûrement d'avoir été privé de l'éducation de sa nièce — encore qu'une femme eût été plus apte à veiller sur elle avec une attention jalouse et assidue. Mais comment eût-il pu maintenant y prétendre ?

— Nous avons le temps, dit-il avec une sorte de résignation, d'apprendre comment tu te sers d'une lame grande ou petite... Mais je préférerais te regarder au coin du feu, une aiguillée de fil à la main.

— A de pareils travaux, l'esprit se rétrécit. On n'élargit pas sa vie.

Thierry baissa la tête. « On dirait », songea Tristan, « un taureau en quête d'un coup de corne. » Il sourit. Dès lors qu'elle réprouvait les penchants de cette Tancrède inconnue, il ne ressentait aucune déception, lui, que Luciane fût d'humeur bataillarde.

— J'ai des vêtements d'homme et monte un cheval d'homme. Une épée suffirait pour que l'illusion soit complète.

— Il ferait beau voir que je t'en offre une.

L'escarmouche cessa. On avait laissé Evreux en arrière. Le chemin étriqué sinuait en montant. Luciane demeurait seule, observant tout ce qui se présentait à sa vue sans prêter attention, semblait-il, à Thierry qui chevauchait derrière et encore moins à ceux que, dans sa déception, elle devait appeler « les deux autres ».

Un hameau apparut, paisible. Il y avait au centre une espèce d'auberge.

— Paindorge, garde les chevaux. Veille surtout sur le sommier : les deux lances sur son bât nous dénoncent comme chevaliers.

— En as-tu, Tristan, du souci ? interrogea Thierry.

— Aucun. Mais à quoi bon provoquer la curiosité dans des terres et chez des gens dont tu m'as dit qu'ils étaient acquis aux Navarrais.

— N'aie crainte, Robert, dit Luciane à Paindorge. J'avale un bout de pain et viens te remplacer.

Ils entrèrent. Personne sauf un clerc qui buvait un gobelet de vin. Luciane reçut le salut respectueux — presque caressant — qu'il lui adressait avec la réserve pleine de gravité qui eût convenu à un damoiseau de haut lignage. Mais le presbytérien ne s'était pas trompé puisqu'il murmurait :

— Damoiselle.

— Tes seins sont trop voyants, chuchota Thierry. Il faudra les serrer dans un couvrechef[1].

— Je les veux bien cacher davantage, mais, pour les défendre, baille-moi une épée.

L'homme en froc de bure s'inclina sans cesser de rester accoudé sur la table :

— Par le temps qui court, mieux vaut avoir des chausses et hauts-de-chausses que des gipons... à moins qu'ils ne soient de mailles !... Où allez-vous ainsi... si ce n'est indiscret ?

Il avait une peau de porcelet — soies comprises —, un visage rond garni d'un nez de pique-écuelle, les pommettes et la mâchoire saillantes d'un dogue.

— Venez près de moi.

1. Bande de linon qui faisait office de soutien-gorge, épinglée, nouée ou faufilée par la chambrière.

Thierry obtempéra le premier. Tristan, méfiant, tira un placet[1] de dessous la table pour l'offrir à Luciane. Il s'assit auprès d'elle, face au tonsuré.

— Où allez-vous, mon père ? Je vois, dans cette encoignure, un gros bourdon qui révèle un pérégrin...

Le clerc avait écouté, ravi, souriant d'une façon tout à la fois moqueuse et soupçonneuse qui n'avait rien d'ecclésiastique. Son regard ténébreux, sous des paupières enflées de lassitude ou de sommeil, surveillait, à travers les vitres glauques de la fenêtre, Paindorge et les chevaux, puis s'en allait contourner la maîtresse du lieu, une femme maigriotte à bonnet blanc, robe noire et qui, après avoir empli trois gobelets d'un vin aussi rutilant qu'une robe cardinalice, les apportait entre ses mains courtaudes.

« Un œil de bête fauve surveillant des petits qui vont s'abreuver », songea Tristan. « Il se défie de nous, à moins qu'il n'évalue nos forces... Faut-il lui dire que nous ne sommes point Navarrais ou devons-nous mentir et exciper du contraire ? »

— Avez-vous faim, mon père ? demanda Luciane en commandant du pain et du pâté.

— Non, mon enfant. Le pain et le vin me suffisent.

« Il n'a rien d'un saint », se dit encore Tristan. Et de demander :

— D'où venez-vous, mon père ?... si ce n'est inconvenant.

— Je reviens d'Avignon et me rends à Saint-Lô. De là, je partirai pour Hambye.

— D'Avignon à pied ?

— Je suis un piéton de Dieu et d'Avignon... où j'ai eu le bonheur de m'entretenir longuement avec notre Saint-Père. En fait, je suis avignonnais.

1. Tabouret.

Tristan n'osa demander : « Que venez-vous donc faire en Normandie ? » Comme la miche de pain et la terrine de pâté venaient d'être déposées devant lui, il les poussa vers le moine qui ne se fit pas prier pour les entamer. Tandis qu'il étendait le hachis de viande sur la mie solide et même dure, il révéla :

— Je vais, je viens quand le pape l'ordonne. Tenez : je suis allé à Metz avec le légat pour recommander à Charles IV d'Allemagne le jeune dauphin de France... Et j'étais encore à Metz, en Lorraine, à la fin de l'année 1356[1], avec les archevêques de Trèves, Mayence, Cologne, les ducs de Bavière et de Saxe, le roi des Romains, les évêques de Strasbourg, Metz, Toul, Verdun et bien d'autres quand Charles IV ratifia l'alliance conclue neuf ans plus tôt avec le roi de France, alors duc de Normandie, et ses fils. Lorsque, deux ans après, l'été, ces alliés vinrent assiéger Paris révolté, j'étais présent.

— Des forains[2] pour sauver la couronne de France.

— On a dit, fit Tristan en approuvant Thierry, que le pape était pour Edouard III.

— Erreur !

— On dit aussi qu'il aime à se dévergonder.

— Calomnies répandues par un certain Pétrarque !... Lui, c'est un dévoyé. Il voulait devenir secrétaire apostolique. On lui donna un sujet à traiter. On le trouva trop ampoulé. Déçu d'être écarté, il jura de se venger. Sa rancune est tenace.

---

1. Le 28 décembre 1356.
2. *Forains* : étrangers. Othon, duc de Brunswick ; Jean, comte de Nassau ; Gérard de Juliers, comte de Berg et de Ravensberg ; Jean, comte de Salm ; Henri, comte de Montbéliard et sire de Montfaucon ; Humbert de Bulgnéville, André de Savigny, Jean de Ryo, Englebert, évêque de Liège, Simon, Nicolas et Jean de Lalaing, Jean de Los, sire d'Angimont, etc.

— Je dois accompagner le roi en Avignon.

Tristan se sentit dévisagé avec un intérêt accru, bienveillant, familier.

— Eh bien, mon fils, tu verras Innocent VI et tu seras merveillé. Pétrarque le dit crédule, souffreteux, ignorant, au service exclusif de la Cour de France... Calomnie ! Mensonge ! *Animadversio !*... Notre Saint-Père est raisonnable, solide, équitable, sensible aux plaintes qui traversent les murs de la papauté. Il ouvre généreusement son trésor au roi Jean. Il a engagé un tabernacle d'or aux armes de son prédécesseur, Clément V, d'un poids de deux cents marcs, pour obtenir un prêt en faveur du malheureux roi de France. Il lui a fait aussi une avance de quatre-vingt mille écus d'or pour sa rançon. Il a récemment sermonné Don Pèdre l'Espagnol pour ses mœurs dissolues. Il a refusé de légitimer les épousailles de Pierre du Portugal et d'Inès de Castro ainsi que la progéniture issue de ce mariage... N'est-ce pas régner en pape et en saint homme ?

— Si, mon père, fit Luciane, mais l'amour...

— L'amour, mon enfant, est une folie quand il desrieule [1].

Et repoussant d'un geste la protestation de la jouvencelle, le moine continua :

— Pétrarque affirme que le pape est un couard... Il a tenu tête à Barnabo Visconti, le tyran de l'Italie. Il le dit malade ? Lors de la peste noire, il est demeuré en Avignon. Dix-sept mille gens sont morts autour de lui dont neuf cardinaux et cent évêques. Il est toujours vivant. Pétrarque le prétend ignorant ? Il lit moult ouvrages anciens. Il aime la musique. Pourquoi serait-

---

1. *Desrieuler* : sortir des règles et des conventions.

il indifférent à la France ? N'est-elle pas son pays[1] ?
C'est ce que les malandrins d'Italie ne lui pardonnent
pas... Enfin, puisque vous êtes hommes de guerre :
c'est Innocent VI qui obtint d'Edouard de Woodstock,
après Poitiers, une trêve de deux ans qui permit au
royaume de ne pas être absorbé tout entier par la voracité anglaise !

Tristan acquiesça ; Thierry grommela :

— Avec d'autres capitaines, nous aurions gagné
cette bataille... Mais qui êtes-vous, mon père, pour
connaître si bien le pape ?

Le moine baissa la tête. Sa tonsure apparut tout
entière, pâle et coupée en son milieu par la cicatrice
un peu mauve d'un taillant d'épée. Il leva tout à coup
son regard vers Tristan et farfouilla sous le col de sa
robe de bure :

— Frère Michel Chabrol... Tiens, mon fils, puisque
tu verras bientôt Sa Sainteté... Avec la bénédiction
d'un bénédictin !

Un anneau d'or à l'épais chaton rond et plat brillait
dans une paume calleuse.

— Prends cela sans façon. Je ne l'ai pas robé...
C'est un présent d'Innocent VI... Si tu veux obtenir
une audience à huis clos, montre ceci au camérier du
Saint-Père. Cette componende[2] te permettra de recevoir du pape la grâce que tu solliciteras.

« Je ferai rompre », songea Tristan, « mon vrai
mariage avec Mathilde... même si elle est morte dans
la forêt de Montaigny ! »

---

1. Etienne Aubert était né au village des Monts, près de Pompadour.
Ce Limousin avait été élu pape en 1352. Il mourut en Avignon le
13 septembre 1362.

2. La *componende* était une offrande à remettre au pape en retour
de certaines grâces. On nommait ainsi, également, le lieu qui recevait
lesdites offrandes.

L'anneau passa du froc du moine dans son pourpoint sans que Luciane eût demandé à le voir. Thierry avait souri, sans plus.

Paindorge ouvrit en grand la porte de l'auberge. Sa figure énergique crispée par la rancune s'adoucit quand il vit le sourire de Luciane.

— Et moi, dit-il, je jeûne ?

Tristan se leva et pesa d'une main sur l'épaule de la jouvencelle.

— Non, m'amie, demeurez. Sustentez-vous. Le chemin sera long. Aussi long que celui de Calais à Paris.

Il rejoignit son écuyer :

— Va manger. Prends ton temps... As-tu vu à l'entour quelque chose d'étrange ?

— Non, messire... si ce n'est, là-bas, un nuage de poussière... Chevaux...

— ... et cavaliers. Combien selon toi ?

— Quinze ou vingt. Ils doivent être loin maintenant. Mais s'ils sont Navarrais et qu'ils nous assaillent... j'ai besoin d'être à la hauteur...

L'écuyer semblait plein de défiance. Tristan n'eut aucun mal à percer ses pensées : il avait failli mourir lors du rapt d'Edouard de Woodstock. Il répugnait à dégainer et à se battre encore.

— Va, dit-il. Mange et bois à ton aise.

Paindorge entra. Frère Chabrol sortit, son bourdon à la main : une grosse branche de coudrier dont l'extrémité, franchement courbée, simulait une crosse.

— Nous allons par où vous allez, mon père. Acceptez notre compagnie.

— Non, mon fils. La solitude est mon royaume.

— Nous vous prêterons un cheval.

— J'ai le pied plus dur qu'un sabot ferré.

— Vous n'avez rien !... Pas même un bissac et de quoi manger.

— Je communie dans chaque église. Le sacré pain me nourrit... et parfois de bonnes gens.

— Nous allons nous sentir coupables de vous rejoindre et de vous dépasser !

Une sorte de mansuétude éclaira le visage du clerc. Il commença un geste de bénédiction qu'il interrompit avec une brusquerie dont la signification était simple : il se courrouçait.

— Seul avec Dieu, dit-il, comme Paul sur le chemin de Damas... Mais tu es bon, mon fils... Je suis ma voie. Suis la tienne généreusement. *Macte animo ! generose puer, sic itur ad astra.*

Le moine s'en alla. Tristan se sentit empoigné par le coude.

— Que vous disait-il ? demanda Luciane.

Son anxiété signifiait que Paindorge avait révélé ses craintes.

— Il me disait, m'amie : *Courage, enfant ! C'est ainsi qu'on s'élève jusqu'au ciel...* en parlant de la voie que je suis avec vous... Une voie étroite : les Goddons d'une part, les Navarrais de l'autre. Nous aurions dû chevaucher de nuit... Nous aurions vu leurs feux...

— Il me faut une épée, dit sombrement Luciane.

*   *

*

Ils repartirent. Tristan, seul en tête, avançait dans la campagne au pas dansant de Malaquin. Il se haussait parfois sur ses étriers pour essayer de découvrir frère Chabrol, mais les haies, les arbres touffus gênaient sa vue.

« Il ne doit plus être loin de nous ! »

Ce ne fut point le moine qu'il aperçut mais, venant à sa rencontre, un geniteur [1] suivi de trois hommes également à cheval.

— Un seigneur et ses soudoyers.

— Amis ou ennemis ? dit Thierry tout en s'approchant.

— Paindorge, veille sur Luciane.

Les inconnus furent bientôt à une assez courte distance pour qu'on pût les juger sur leur mine.

— Ils sont quatre et nous aussi, dit Paindorge.

Cette égalité le satisfaisait.

« Deux faces basanées », songeait Tristan, « deux autres pareilles aux nôtres. Ce seigneur n'est pas né dans notre royaume. Il a une goule de mahomet !... Un Navarrais qui viendrait de Grenade ! »

Il salua les passants de la main avec juste ce qu'il fallait de courtoisie, sans se soucier de l'attitude de ses amis. Puis il se retourna. Les quatre hommes s'étaient eux aussi retournés.

Et arrêtés.

« Je n'aime pas ces façons... Des arbres à l'entour et des haies où l'on peut aisément se musser. »

Il aperçut alors dans un fossé, devant lui, le corps de frère Chabrol immobile. D'un bond il fut à terre et courut jusqu'à lui.

Face contre l'herbe, le bénédictin était mort depuis peu. Le retournant à deux mains, Tristan vit du sang sur sa bure à l'emplacement du cœur.

— Dévié [2], dit-il, s'adressant à Thierry. Ses yeux sont grands ouverts et il semble sourire. Il ne s'est pas défié de ses agresseurs qui sont peut-être...

Se relevant et regardant le chemin parcouru, il vit

1. Cavalier chevauchant un genet.
2. Mort.

revenir les quatre hommes. Cette fois, chacun d'eux brandissait une épée.

— Je crois, Thierry, que ça va chabler plus fort qu'à la saison des noix !

— Regarde à l'entour de nous, compère !... Avec tous ces gens-là, il nous faudrait nos coquilles de fer.

Au-dessus des buissons, des têtes apparurent, les unes échevelées, les autres coiffées d'un chapel de fer ou d'un capelier de mailles.

— Combien selon toi ?

— Quinze... y compris les quatre larrons à cheval.

— Pris comme des rats dans une nasse, grommela Paindorge. Luciane, il va falloir que vous teniez les chevaux.

— N'avez-vous point une épée sur le sommier ?

— Une épée d'arçon. Trop lourde...

— Pied à terre, Robert. Passez-moi vivement votre lame et prenez l'autre tout aussi vivement.

— Tiens, voilà leur chef, grognonna Thierry.

Un homme habillé d'un pourpoint de chamois et de chausses bicolores — une jambe noire, l'autre rouge — faisait quelques pas dans leur direction. Il était blond, à en juger par la frange de cheveux qui sortait de sa coiffure en façon de mortier, ornée d'une enseigne d'émail vermillon. Sa morgue et ses façons sentaient le *hijo de algo*[1] mâtiné de malandrin. Il souriait sous sa fine moustache :

— Bienvenue au pays de Charles de Navarre.

— Singulière façon, dit Tristan, de souhaiter la bienvenue !... Ce capelan[2] n'avait pour arme qu'un bâton. Vous l'avez atterré.

1. Fils de quelque chose, devenu *hidalgo*.
2. Moine pauvre en langue d'oc.

— Il m'a manqué de respect. Il a surtout honni notre bon roi. Deux raisons pour l'occire.

Tristan se contint. Il sentait auprès de lui Thierry attentif et, derrière, Paindorge et Luciane dont il eût aimé voir le visage ou serein ou anxieux.

— Que voulez-vous ?

— Savoir qui vous êtes. A qui vous êtes. En quel lieu vous vous rendez. Subséquemment, si vos bourses sont pleines. Vous êtes sur un chemin péageux.

— Je l'ai pris vingt fois, dit Thierry, sans jamais acquitter la moindre redevance !

— Eh bien, vous allez payer pour vingt et un passages.

— Mon œil, chuchota Thierry.

Et violemment :

— Exiges-tu aussi quelque lourd tonlieu[1] pour le marché voisin où nous comptons faire étalage de notre issue[2] le temps d'acquérir de quoi boire et manger ce soir ?

— Pourquoi non, messire ?... Notre seigneur est aussi tonloier !

Tristan toucha son voisin du coude et murmura :

— Nous allons, compère Thierry, devoir tirer nos allumelles[3].

— Je le crains. De toute façon, ils souhaitent nous occire : nous sommes les témoins d'un meurtre.

Et s'adressant au chef de bande :

— Pourquoi avez-vous tué ce saint homme ?

— Il venait d'Avignon. Adonques c'était une créature du pape et par conséquent un suppôt du roi de France... Et, crime impardonnable, il était sans un sou !

1. Droit de place et d'étalage sur les marchés et les foires ; taxe sur les marchandises.
2. Race.
3. Lames.

— Si nous nous acquittons de toutes vos demandes, nous laisserez-vous poursuivre ?

La figure austère du Navarrais s'enlaidit. Tristan eut l'avant-goût du sort qui l'attendait s'il tombait par malheur au pouvoir de cet homme.

— Derrière ? s'informa-t-il entre ses dents.

— Voilà les quatre qui rejoignent les autres. Nous ne sommes plus entourés.

Le geniteur et ses compagnons passaient, rieurs, sûrs de leur suprématie.

— Toute révérence gardée, dit Thierry d'un ton impudent où perçait, cependant, une inquiétude qui devait avoir Luciane pour objet, toute révérence gardée, messire, je ne vois pas pourquoi je débourserais vingt et un péages pour un chemin si mal entretenu que nos chevaux se plaisent à le joncher de leur merde.

C'était vrai : Malaquin et Taillefer troussaient la queue pour expulser en même temps des mottes de crottin dont ils s'éloignaient en dansant.

— Veuillez nous céder le passage, dit Tristan, la main sur son escarcelle. Je vais acquitter...

Il surveillait les hommes. Si le chemin demeurait fermé par-devant, rien ne s'opposait à une galopade dans les friches embroussaillées, sur la gauche. « Oui, mais si ces malandrins ont des archers habiles... » Mieux valait atermoyer.

— Et si je vous disais que nous sommes Anglais ?

— Je n'en crois rien.

Thierry se détourna vers sa nièce. La sueur de son visage picoté d'une barbe d'un jour ne devait rien au soleil. Il craignait que Luciane ne le déçût, mais la jouvencelle approcha son cheval et, menaçant du poing le chef de bande, les cavaliers et les piétons :

— *Damned people ! Make way for us, or blood will flow* [1] !

---

1. « Maudites gens ! Ouvrez-nous le passage ou le sang coulera ! »

Impatient, indécis mais sûr du dénouement de son embuscade, le Navarrais ne s'embarrassa point de finasseries :

— Anglais ou non, alliés ou non, vous m'inspirez de la défiance et du mécontentement... Et ton anglais, damoiseau, voilà ce que j'en fais !

Son geste ignoble indigna Paindorge. La fureur le mordit aux entrailles.

— Pourceau ! hurla l'écuyer. Tu voulais nos bourses ? Je vais couper les tiennes et les ferai porter à Charles le Mauvais !

Un cavalier passa au galop, l'épée haute. Thierry, d'un revers de lame, lui trancha par moitié l'avant-bras. L'homme s'enfuit, hurlant de douleur et de rage.

Tristan fut aussitôt devant le Navarrais.

« Si je le tue, les autres guerpiront. »

L'homme grondait, menaçant, son épée à large lame de biais contre sa poitrine. Luciane et l'écuyer, quelque part, férissaient les aciers adverses tenus par le menu fretin navarrais. Il y eut encore un sabotement. Le seigneur au genet chavira, désarçonné par Paindorge qui ne l'épargna point.

Un rire s'éleva au-dessus des rumeurs : Thierry, lui aussi, pourfendait un homme.

A défaut de la moindre vertu, Tristan devinait chez son adversaire des qualités de bon guerrier. Prudent et circonspect, il assenait des coups de bûcheron sur cet homme vif, prudent, dont le teint mat devenait olivâtre. Il vit trois ou quatre sicaires sortir des fourrés, entendit les cris aigus de Luciane : « *Garde-toi, Robert !* » auxquels se joignirent les hennissements des chevaux que ne cessaient de titiller les mouvements, les appels, les mouches. Ils s'ébrouaient et sabotaient lourdement les graviers.

Tristan taillait, estocadait, taillait encore. En vain.

Une épée surgissait, prompte, devant la sienne, quel que fût le coup assené.

— Fuis-t'en, maraud, dit-il au Navarrais, sans quoi tu ne mangeras pas, ce soir, le brouet de ton maître !

L'homme se tenait sur ses gardes. Il para un fendant et répliqua si promptement que Tristan dut reculer contre Malaquin pour soustraire au coup son épaule senestre. Un homme hurla et suscita un rire : Thierry. Un autre cri, un autre ébaudissement : Paindorge.

— Deux de moins !... Tu ferais mieux de guerpir.

— C'est toi qui périras... Jamais Francisco Soltero n'a reculé devant un marmouset de ton espèce ! Jamais un *caballero*...

— Pas même Navarrais, mais du fond de l'Espagne !... Un mercenaire de plus pour Charles le Mauvais...

Reculant d'un pas, Tristan détacha un taillant qui atteignit Soltero de plein fouet. L'homme chut en retenant ses plaintes, sans lâcher son arme, sans perdre son sourire. Le dernier cavalier passa, l'épée levée, pour venger son compère. D'un coup de sa Floberge, Tristan lui entama la moitié de la cuisse. Son visage éclaboussé de sang apeura un jeunet qui voulait le combattre.

— Au large ! cria-t-il. Partons, compères !

Mais la vengeance hantait la plupart des esprits. Tristan se vit entouré par quatre hommes : trois épées, une archegaie [1]. Le cercle allait en se rétrécissant, et l'arme d'hast, surtout, devenait menaçante. Comme il allait pousser de l'avant sans s'occuper de rien d'autre que de l'archegaie, une ombre le rejoignit et chargea en même temps que lui avec des cris de fille.

1. Sorte de javelot.

— Allons, messire, débarrassons-nous de cette maraudaille. A vous les épées, à moi l'archegaie !

Luciane !

— Bâtards ! cria-t-elle. Vous allez savoir ce qu'il en coûte de tendre des embûches aux bonnes gens et d'occire un servant de la papalité !... Viens, toi, que je te découse ! Approche !... Où vas-tu ainsi ? A la pêche ?... Avance !... Non ? Alors, c'est moi.

Une plainte. Le manche de l'arme d'hast s'était rompu ; l'épée de la jouvencelle creusa son chemin dans une poitrine défendue par une simple chemise. Elle rit et Tristan fut consterné par cette joie pourtant licite. S'ils avaient été capturés, c'eût été Luciane la plus malheureuse.

— A toi, dit-elle... Oui, viens !... Oui, tu vois, une tresse a quitté mon chaperon... Je suis une fille ! Viens !... On va faire la haine tous deux !

Tristan était trop occupé par deux épées pour surveiller la jouvencelle. « Bon sang ! Elle paraissait si... fragile quand je l'ai vue chez Cobham !... A qui se fier ? » Il entendit un cri de rage. Ses deux ennemis s'enfuirent. Il se détourna.

Luciane posait un pied sur un homme grognant de fureur impuissante. En vain essayait-il de se relever : de son talon ferré et de son épée, elle le maintenait au sol.

— Qui vous a envoyés ? demanda Paindorge dont le poignet entaillé sur le dessus saignait abondamment. Charles le Mauvais ? Son frère Philippe ?

Soulevé sur un coude, l'homme eut une grimace et cracha sur la heuse de Luciane qui le maintenait à terre. Aussitôt le picot de la lame lui perça le cou entre deux veines jugulaires.

— Je devrais t'occire. La vue de ton sang échauffe le mien.

La face du vaincu s'emperla. Cette donzelle allait-elle exécuter sa menace ? Il était jeune — dix-huit ans. C'était un manant de Normandie qu'un peu d'or et des promesses fallacieuses avaient tiré de la maison paternelle. Tenant l'honneur et la vie des autres pour rien, il s'était fait routier. Il devait se lamenter doublement : d'avoir été vaincu et que ce fût par une fille. Il protesta qu'il n'avait fait qu'obéir.

— A qui ?

— A messire Soltero.

— Qui obéissait à qui ?

— Messire Charles de Navarre... Il n'est point ici mais nous a laissé moult commandements.

Luciane sourit et, tournée vers son oncle :

— Il devient aidable !

Et au garçon qui, d'un effort désespéré, s'était remis debout :

— Sang de navet, rustique, chien courant, meurtrier de presbytérien, tu vas creuser le trou de ta victime !

— Je n'y ai pas touché, à ce moine !

— C'est tout comme. Obéis puisque tu sais le faire !

Le garçon acquiesça mais fit une objection :

— Je n'ai rien. Ni pelle ni pioche...

Paindorge s'approcha :

— Hé si !... Tu as tes ongles.

Le sang afflua au visage du malandrin. Une envie de hurler, d'écumer, de mordre peut-être, le traversa au point qu'il se mit à trembler à grosses et violentes secousses.

— Quoi ? s'étonna Paindorge. N'as-tu pas les ongles griffus des fauves de ton herpaille[1] ?... Va là-bas et fosse la terre !

— Jamais !

1. Horde de malandrins.

Se ravisant, l'écuyer prit le vaincu par l'épaule et lui offrit son épée.

— Prends... Nous perdrons ainsi, toi et nous, moins de temps.

Un fait inattendu se produisit : aussitôt l'arme en main, le malandrin la leva sur l'écuyer qui, prompt et vigilant, put se soustraire au coup.

— Hop ! cria Luciane.

Paindorge reçut au vol l'épée qu'elle lui lançait. Muet, attentif, il laissa le garçon le charger avec force.

— Tu t'es condamné.

— Je l'étais : quatre contre un...

— Nous t'aurions laissé libre.

— Mensonge !

— C'est à un contre un, merdaillon ! Il te faut t'assagir !... Pose cette lame. Je t'aiderai à creuser la terre... C'est folie, en vérité, de vouloir périr si jeune !

Paindorge recula sous deux menaces précises. Luciane se tourna vers Tristan et son oncle :

— J'aurais dû meurtrir ce garnement [1] quand j'ai vu de quels regards il m'enlaçait... C'est de la basse vermine !

— Je ne le croyais pas félonneux à ce point.

— Moi, si, Tristan !... Voyez votre écuyer qui recule... Par ici, Robert ! Cède-moi ton épée !... C'est à moi qu'il convient de châtier ce drôle !

Paindorge dont l'épaule enferrée sur une plage anglaise était à peine guérie, et qui souffrait de son poignet, reculait sans cesse en se contentant de parer les coups sans qu'une occasion de percer son antagoniste se présentât.

— Thierry !... Tristan !... M'autorisez-vous à vous montrer mon savoir ?

1. Sens fort au XIVᵉ siècle : souteneur, bandit, etc.

— Non, dit Tristan.

— Bah ! fit Thierry. J'ai vu, ma nièce, que tu tenais de ton père... Prends cette épée. Je l'ai baptisée Courtain comme celle d'Ogier... le Danois.

Brusquement, Luciane fut auprès de Paindorge qu'elle éloigna d'un coup d'épaule. Voyant qu'il avait affaire à cette fille qui l'avait déshonoré, le malandrin chargea. Courtain solidement tenue à deux mains, monta au-devant de l'épée de Paindorge.

— Quel est ton nom, charogne ?

— Clinquant de Quittebeuf, putain !

— Je vais te raccourcir !... Tu souffles, par ma foi, comme un bœuf de labour !... Tu vas quitter cette terre !

« Elle en fait trop », songea Tristan. « Je n'aime pas cette hautaineté chez une femme... Ni tant de force et de malignité... Pauvre homme que celui qui sera son époux ! »

Cependant, il admirait Luciane : elle savait administrer des taillants prompts et roides et se protéger en hâte des revanches qu'elle suscitait. Son agilité était une seconde arme tout aussi redoutable que ses façons d'assaillir Quittebeuf. Une âme archangélique soudainement féroce.

Le routier gémissait d'un courroux forcené.

— Tiens, putain ! dit-il en fournissant un coup d'allonge.

Luciane volta sur elle-même et riposta.

Quittebeuf poussa une estocade. Luciane, sereine, fit un saut de côté et réitéra sa défense par un coup fauchant à la tête.

Touché au front, aveuglé par son sang, le malandrin hurla et attaqua désespérément, taillant au hasard, beuglant de rage et d'humiliation. Reculant pour préparer un autre coup, Luciane abaissa son arme. L'autre leva la sienne. Avec un à-propos aisé, terrifiant, la jouvencelle poussa son estoc vers le cœur.

Quittebeuf ouvrit la bouche sur un gargouillis. Ses mains lâchèrent l'arme de Paindorge. Il s'agenouilla lentement, comme pour demander le pardon de ses fautes et chut enfin sur le flanc.

Luciane laissa tomber la Courtain de son oncle et se précipita :

— Je l'ai eu ! Je l'ai eu !

Tristan reçut la jouvencelle dans ses bras. Quel sentiment la secouait ? La joie ? Le plaisir ? La peur qui rechignait peut-être à la quitter ? Il eût dû l'admirer, il en était incapable. Il acceptait cette victoire comme une chose due mais invraisemblable. Elle ne provoquait rien en lui hormis un frémissement proche de l'écœurement. Jamais la douceur, la suavité de la juvénilité ne lui avaient semblé aussi perfides. Dignes d'éloges, certes, mais d'éloges contraints. Ce Quittebeuf n'était qu'un sot qu'il eût désarmé en quelques répliques vigoureuses. *Mais il l'eût laissé vivre car son trépas ne signifiait rien.*

— Je ne voulais pas, bredouilla Luciane. Me croyez-vous, Tristan ?

Il poussa la pucelle contre Thierry comme il l'eût fait d'un fardeau encombrant. Elle le dévisagea.

— Vous me désapprouvez ?

— Bah ! fit-il, on prend comme l'on peut ses jouissances où l'on veut. Moi, cet affreux cagou, je l'aurais laissé vivre.

Luciane pâlit sous ses perles de sueur. Ses yeux cillèrent et ses lèvres frémirent sur des mots qui ne pouvaient éclore. Elle était belle ainsi dans la magnificence d'un triomphe après tout malaisé. Ses vêtements masculins soulignaient la courbe de ses hanches, la fermeté de ses cuisses hautes, la cambrure des reins et leur double rondeur et surtout l'épanouissement d'une poitrine haletante qui sans doute avait déjà senti l'effleurement ou le contact de mains audacieuses.

— M'en voulez-vous, Tristan ? dit-elle d'un ton sourd. Alors, il vous fallait, pour sauver ce sacrilège, vous jeter en travers de nous !

Tristan intercepta un regard de Thierry. Approbateur.

— Allons, fille, dit-il, c'était bien. Nous te faisons compliment. N'essaie cependant point, sauf cas de nécessité, de nous montrer ton savoir-faire... Tu vas remettre l'épée dans la sommade [1] où tu l'as prise...

— Non !

Négligeant Luciane, Tristan se tourna vers Thierry :

— Laisse-la s'en ceindre... Elle l'a bien mérité. Et si vous m'en croyez : partons.

— Mais ces morts..., dit Paindorge.

— Pas le temps de s'en occuper. Si nos agresseurs sont sortis d'un châtelet tout proche, il est à craindre qu'ils vont essayer de nous prendre ou de nous occire... Nous avons meurtri sept des leurs, si je sais compter.

— Deux pour moi, dit Paindorge. Et vous messire ?

— Un... Le chef.

— Deux, dit Thierry.

— Deux, dit Luciane.

— Si les autres ne le font point, je vous en louange, moi, dit Paindorge.

Et s'adressant à qui de droit :

— Nous avons des chevaux navarrais à discrétion. Qu'est-ce qu'on en fait, messire ?

— Rien, dit Tristan. Laissons-les.

— Il me semble qu'un sommier ferait votre affaire.

1. Chargement du sommier.

Luciane encore. Elle avait raison. Tristan se sentit soudain déséperonné.

— Eh bien, choisissez-le, consentit-il en riant.

Il songeait : « On va voir si elle s'y connaît. » Or, parmi les happelourdes, les brassicourts et les goussants [1] elle avait déjà fait son choix.

— Celui-ci, Robert, dit-elle à Paindorge.

Elle désignait de la main et du menton un barbe [2] à la robe sang-de-dragon qui, à grandes enjambées, allait et venait parmi ses compères et s'arrêtait soudain court, et se sentant observé, comme pour mettre en évidence sa tête légère, expressive, à l'œil brillant, aux lèvres minces et aux naseaux bien ouverts. L'encolure était longue, à la fois souple et musclée, les hanches puissantes. « Un peu long peut-être comme corsage », songea Tristan, « mais nullement mou dans ses reins. Et solide aussi sur ses jambes. » Il s'inclina :

— Bien, m'amie. Je vous approuve.

— Elle a, dit Thierry, la sûreté d'un maquignon... Je mènerai mon sommier à la longe. Tu prendras soin, Robert, de ce nouveau venu.

Leur hargnerie à tous s'était dissoute et l'envie leur manquait de parler davantage.

Ils repartirent, la jouvencelle chevauchant cette fois en avant.

Excepté son avis sur le choix du sommier, elle n'avait rien dit de plus que le chiffre de ses victoires. Elle avait jeté un regard sur le corps de frère Chabrol

---

1. *Happelourde* : cheval de belle apparence, mais sans vigueur. *Brassicourt* : cheval aux genoux arqués. *Goussant* : cheval court de reins et dont l'encolure et la conformation indiquent la vigueur.
2. *Barbe* : cheval issu des pays barbaresques. Les chevaux arabes sont cités dans certaines chansons de geste et comparés parfois à des gazelles.

et s'était signée, puis elle avait talonné les flancs de Marchegai. Dès lors, elle chevauchait seule.

— Elle nous a prouvé que ses dires étaient vrais : elle sait manier une lame.

— Eh oui, Paindorge, acquiesça Tristan. Le sang d'Ogier d'Argouges coule vélocement dans ses veines.

— Je ne sais pas, dit Thierry, s'il serait fier de la savoir ainsi.

Luciane couvrit deux lieues sans se retourner, sans que la conversation de ses compagnons parût l'intéresser. Ils couchèrent la nuit dans une grange et Tristan entendit la paille, non loin de lui, se froisser sous des mouvements nombreux tandis qu'un souffle, parfois un râle, animait une poitrine oppressée.

« Qu'est-ce donc qui la tourmente ainsi ? »

Au matin, la pâleur de Luciane lui prouva qu'elle n'était point parvenue à trouver le repos. Il lui sourit ; elle lui sourit avec une avarice dont il s'inquiéta :

« Elle me tient rigueur de ce que j'ai dit ! »

Il en fut affecté autant que d'une injure. Paindorge s'approcha :

— Vu l'état de mon épaule et de mon bras, j'avoue que je suis bien aise qu'elle m'ait remplacé : je ne pouvais plus fuir ni gauchir[1]. La peur me touillait l'esprit !... Ne me regardez pas ainsi : la preuse damoiselle s'éloigne et ne peut ouïr mes paroles.

Paindorge paraissait contrit d'être sincère. Tristan le rassura d'un clin d'œil. Il s'était reproché d'avoir parlé trop durement à la pucelle. Il craignait toujours d'avoir aggravé un désarroi injustifié. Car elle pouvait s'enorgueillir d'avoir bataillé bellement.

— Si elle a la même ardeur dans un lit..., commença l'écuyer.

1. Esquiver.

Il craignait une algarade ; Tristan lui tapota l'épaule :

— Laisse après tout courir ton imagination !

Paindorge se permit une dernière audace :

— Et la vôtre, messire ? Ne galope-t-elle pas quand vous la remirez[1] ?

A la rectitude de l'écuyer, Tristan opposa un silence de plomb. Toutefois il pensait au tréfonds de lui-même :

« Si, elle galope ! »

1. *Remirer* : regarder attentivement, à plusieurs reprises.

TROISIÈME PARTIE

LA PAIX DES CŒURS

— Est-il à l'abandon ? Il se peut que Raymond et Guillemette soient morts.

Pour la première fois depuis qu'ils chevauchaient en Cotentin, Luciane révélait à haute voix la crainte qui la tourmentait sitôt qu'elle essayait d'imaginer Gratot.

— Je ne m'en souviens guère, ajouta-t-elle, morose et tête basse. J'ai bonne remembrance des douves où se miraient de grands arbres. Tu m'y as emmenée sans plaisir, je crois, Thierry. J'étais jeunette et j'avais cru que nous ne ferions qu'y passer.

— C'est vrai.

— Tu redoutais d'y entrer mais ta joie fut grande lorsque tu reconnus Raymond puis son épouse. Ils t'ont servi à boire et nous sommes restés quelque temps...

Thierry poussa Taillefer jusqu'à la hauteur de Marchegai. Bien qu'il éprouvât, sans doute, la même anxiété que sa nièce, il s'employa, malaisément, à la réconforter :

— Après ta disparition, chaque fois que je suis passé par Gratot — rarement je l'avoue car j'étais malade en songeant à tous ceux que je ne reverrais plus —, j'ai été rassuré... Je repartais de temps en temps à la recherche de ton père et enrageais de ne le point trouver... Toi, je te savais sur la Grande Ile. Je ne pouvais y aller... Je priais pour que tu y sois heureuse. Bref, je me sentais seul, aussi mal en point qu'un oiseau éclamé[1]... Gratot me rassurait et pourtant j'y souffrais de toutes les absences... J'y respirais un air de malemort...

— Je te comprends, mon tayon[2].

Thierry émit une sorte de grognement de rage ou de douleur.

— La dernière fois que j'y suis venu, c'était voici deux ans. Or, dans ce laps de temps, il peut s'en passer des choses !... Le grand dam, pour moi, c'est que je t'aie perdue et cherchée comme ton père nous a cherchés toi et moi.

Thierry ne voulait pas trop en dire. De mauvais gré, pourtant, il ajouta :

— En passant par ici les premiers temps de ton absence, je me disais : « *Ogier est peut-être de retour. Nous partirons tous deux en quête de Luciane. Jusqu'en Angleterre s'il le faut.* » Alors des voix mauvaises m'opprimaient : « *Il est mort. Tu ne les reverras plus !* » C'est pourquoi, afin d'éviter des déceptions, j'ai renoncé à faire un détour par Gratot, même si je chevauchais à trois ou quatre lieues de ce qui, si ton père est mat, est devenu ta chevance[3].

Tristan n'osait parler. Serein et distant, il regardait le ciel, les arbres et parfois le dos de la jouvencelle dont le troussequin de selle occultait les rondeurs. Il ne se sentait point enclin à partager les espérances et la perplexité de Luciane et de Thierry, ni à entamer le moindre propos avec Paindorge qui, pour n'incommoder personne par un silence dû à la surveillance qu'il

1. Qui a une aile ou une patte blessée.
2. Oncle.
3. La demeure, la propriété.

exerçait à l'arrière, sifflotait de loin en loin sans plaisir apparent.

L'oncle et la nièce s'étant tus, Tristan admira tout à la fois la surprenante domination de Thierry sur lui-même et la façon dont il avait subjugué sa nièce et mis un terme à sa mélancolie. Aucune expansion, guère de confidences ; une discrétion complète sur son passé, ses desseins et ses ambitions. Il était en l'occurrence un homme de qualité.

« Et elle ? »

Luciane baissait à nouveau la tête. Elle était si parfaitement aux exacts confins de la vigueur et de l'indolence, de la chair et de l'esprit, de la sincérité et de la réserve, de la joie et de la morosité qu'elle semblait avoir obtenu, sans l'avoir souhaitée, la meilleure occasion de se replier en soi-même. Ses façons nettes, si joliment tournées, sa voix pure, ses regards d'une franchise qui parfois affleurait l'audace en faisaient une jouvencelle de belle et bonne compagnie. Il demeurait pourtant sur une impression de sècheresse. L'image qui se dégageait peu à peu de ses examens serrés — pernicieux, peut-être — était celle d'une amie aimable mais impertinente, « adorable » et avenante, et qui se réservait et s'étudiait autant qu'elle l'étudiait, lui. Comme Oriabel, elle détestait les blandices, mais à l'inverse de l'absente, elle trouvait ses exaltations les plus fortes dans les acharnements. A Cobham, elle n'avait pas craint de les aider, Paindorge et lui, au péril de sa vie, et dans la récente escarmouche des Navarrais — s'ils l'étaient —, elle avait éprouvé du contentement à voir et à faire couler le sang. C'était un être à part comme cette fameuse Tancrède dont elle évoquait parfois la figure, bien qu'elle ne la connût que par ce qu'en disait Thierry ; une pucelle dont parfois l'indubitable perfection voilait intentionnellement ou non la ténèbre du caractère. Sans doute, à l'inverse d'Oriabel, cet engouement pour les robustes émois était-il le révulsif d'une sensualité qui ne la souciait guère parce qu'elle en méconnaissait les flux et les reflux. Pour Oriabel, dont l'ombre tenace obscurcissait son cœur, l'amour se moquait du péché. Elle régnait encore sur son esprit par le seul souvenir de leurs voluptés attiédies sans que Luciane, évidemment, s'en doutât.

— Vous ne nous dites rien, Tristan, s'étonna-t-elle.

— Je n'ai rien à dire sinon que, comme maintenant, il m'advient de songer à ma demeure... ou plutôt à celle de mon père.

Si Thoumelin de Castelreng mourait, comment l'apprendrait-il ? Ce voyage en Avignon, auprès du roi, lui offrirait sans doute l'occasion d'effectuer, en compagnie de Paindorge, un détour par son pays. Si son père ne vivait plus, il mettrait la demeure rez pied, rez terre : autrement dit, il en prendrait possession et bouterait Aliénor de ces murs dont sa présence l'avait en quelque sorte évincé. Aucun sentiment. Une fois dans la place, il ferait prévenir le roi et le dauphin qu'il vivait désormais chez lui tout en demeurant leur féal.

Il s'aperçut tout à coup qu'Oriabel ne figurait point dans ses desseins ni d'ailleurs Luciane. Il en fut presque soulagé.

— Ma demeure, c'était Gratot, dit Thierry sans intention, sans doute, de complaire à sa nièce. Certes, j'ai vécu avec Aude au manoir de Blainville où elle est enséculturée, mais nous préférions Gratot.

Tristan n'osa demander à Champartel s'il allait parfois se recueillir sur les tombes de son épouse et de son fils ; à moins que, pareils à tant d'autres victimes de la peste, ils n'eussent été jetés à la fosse commune. Il frémit tant sa hâte soudaine, inopinée, de revoir Castelreng lui paraissait de mauvais augure.

Ils atteignirent Gratot le 19 juillet au soir. Comme ils n'avaient cessé de craindre pour leur vie — du moins jusqu'à Coutances —, leur satisfaction d'être rendus devint une joie sans frein dès qu'ils entrevirent, au-delà des troncs des ormes et des chênes, les cimes des hautes tours coiffées d'ardoise et les murs d'enceinte dédoublés dans une douve où le soleil couchant éparpillait ses braises.

— D'ici, rien n'a changé, fit Thierry en gonflant ses poumons d'un air redevenu salubre.

— Je ne saurais en dire autant, dit Luciane. J'étais si petite...

Ils s'étaient arrêtés, heuse contre heuse, évoquant peut-être le peuple invisible de gens que la peste et les routiers avaient arrachés à la vie. Tristan ne disait mot : une mesnie [1] avait vécu en ces lieux : une communauté solidement serrée autour de son noble homme et de sa famille. Thierry, à grands traits, lui en avait conté l'histoire, et sans doute l'oncle de Luciane ne retrouvait-il point d'impressions d'une tristesse aussi profonde que celles des ravages de la morille de 1348. L'on mourait en deux jours, parfois moins, sitôt que se gonflaient les aines et les aisselles : d'affreuses pommes noires fructifiaient sur les chairs. Et l'on devenait une purulence, une puanteur, un cadavre vivant avant de succomber. Thierry avait vu sa femme et son fils devenir une espèce de boue humaine.

— Avançons doucement...

Paindorge cessa de siffler.

— Le pont est relevé, dit-il.

Aussi ne pouvait-on rien voir de l'intérieur. Et le silence semblait désapprouver ces présences d'hommes, de femme et de chevaux recrus d'un cheminement long

1. Le château et ses habitants.

de quelque cent lieues. Le château exhalait un air de tragédie.

La méfiance suppléant au plaisir, ils avancèrent l'échine courbée, comme s'ils pressentaient une calamité. Luciane, triboulée, caressait l'encolure de Marchegai. Thierry, les rênes lâches, se grattait une épaule. Sur l'herbe de la jetée qui séparait en partie la douve, les sabots ferrés émettaient des sons d'une ténuité presque immatérielle.

Il fallut s'arrêter encore. Tristan regarda dans l'eau dormante les sinuosités d'une anguille puis les cercles dessinés par une carpe en quête d'une mouche. Tout lui semblait funèbre : la pierre, le silence et l'onde immobile.

— Holà ! hurla Thierry. Y a-t-il quelqu'un céans ?

Il tapotait la prise de son épée comme s'il redoutait de devoir s'en servir.

— Qu'on abaisse le pont !... Nous sommes des amis !

— Qui êtes-vous ? cria un homme.

— Thierry Champartel !... Dis-moi, Raymond, sacré compère, n'as-tu pas reconnu ma voix du premier coup ?

En un instant, le tablier frémit et s'abaissa. Tristan et ses compagnons passèrent sous l'arche d'une porte charretière. Devant eux, pareil à une statue, un homme les considérait avec une curiosité dont on ne pouvait deviner la nature. Mais dès que Thierry fut descendu de sa selle, il se précipita pour une étreinte longue et vigoureuse :

— Bon sang ! Je t'ai laissé approcher car je n'en croyais pas mes yeux et mes oreilles. Et pourtant, tu n'as pas changé !

« Il n'est pas chevalier, pourtant, il le tutoie. »

Tout en pensant cela, Tristan regardait autour de lui

les bâtiments aux murs dorés d'un peu de rouge par le soleil, et les tours vêtues d'ombre et quelque peu moroses, et la femme un peu grosse, un peu vieille qui accourait et que Thierry recevait dans ses bras.

— Ah ! Guillemette ! Guillemette, chevrota-t-il.

Elle pleurait aussi, Guillemette. Une émotion profonde la tourmentait. Elle releva son devantier pour essuyer ses larmes tout en reprochant d'une voix dont l'âpreté disparut en deux mots :

— Méchant homme !... Voilà une éternité que vous n'êtes venu !... Je suis tout éplapourdie par ce retour.

— Et moi aussi !... Ah ! tu nous as manqué, compère !

Tristan se sentit importun. « S'il m'a parlé de Raymond, il ne m'a pas dit qu'ils se tutoyaient. » Devait-il y trouver motif de déplaisance ? Une brève incursion dans son passé mit un terme à sa gêne. Entre Tiercelet et lui, des liens n'avaient-ils pas été aussi solides que ceux qui unissaient Thierry à ce Raymond visiblement issu de la roture ? Une amitié aussi rude, aussi rêche que le chanvre, et si vieille, si serrée qu'elle en était indénouable.

Il entrevit dans l'ombre une porte béante : l'écurie. Il conduisit Malaquin jusqu'au seuil et le soulagea de sa selle. Paindorge le rejoignit, menant Tachebrun et le sommier. Ils évitèrent ainsi la présentation de Luciane à Raymond et à son épouse, mais surent qu'elle s'accompagnait de cris et de sanglots qui, dans l'enceinte quasiment close, retentissaient d'une façon affligeante et solennelle que l'Absent eût peut-être désapprouvée. Les derniers flamboiements du soleil lançaient sur les quatre survivants du Gratot de naguère une chape de lumière comme pour les désigner à quelque lointaine et particulière attention.

— Toutes ces années !... gémissait Guillemette en serrant Luciane contre sa poitrine.

— Vous avez fort bien fait de la vêtir en homme ! disait Raymond... La menace est partout à l'entour de Gratot.

Elle lui paraissait tendre, naïve, cette enfant qu'il avait connue toute petite et dont sa femme avait pris grand soin.

— Rien n'est sûr... La mort est partout. A la fin du printemps, le roi Jean a rappelé à Paris Robert, sire de Fiennes... La Normandie lui devait moult de sa quiétude. Il guerroyait contre les compagnies d'Anglais et de Navarrais souventefois unies. Il a même participé au siège de Cormeilles avec Bertrand Guesclin... Parce qu'il était bon, loyal, félonneux, le roi nous l'a enlevé !

Guillemette montra le logis seigneurial. Une clarté bougeait derrière la fenêtre.

— Ne restons pas plantés comme des pieux ! Vous devez avoir faim et soif.

— Certes ! approuva son mari. Mais avant, j'aimerais que Thierry nous présente à ces hommes. Amis, évidemment... Mais cela me semble insuffisant !

Tout en ce serviteur satisfaisait Tristan : son visage rude mais ouvert, ses façons nettes, son langage. Il lui avait accordé sa confiance avant même d'avoir mis pied à terre. Luciane, qui restait liée à Guillemette, s'acquitta des présentations assorties d'une promesse d'en dire davantage à table. Paindorge s'inclina, déclara qu'il était content et continua de soulager le sommier de ses fardeaux. Raymond lui vint en aide cependant que Guillemette entraînait Luciane sans cesser de l'abreuver de compliments, jugeant déjà sur son regard et son sourire cette pucelle incroyablement réelle qui, pour elle, ressuscitait d'entre les morts.

— Il vous faudra me raconter...

— Oui, Guillemette. Et j'aimerais que vous me disiez *tu* comme sans doute autrefois.

— Jamais je n'oserai !... Il me semble revoir votre mère... Hormis vos vêtements, vous lui ressemblez fort !

Tristan les suivait, entre Thierry et Raymond, mais un peu en retrait par simple convenance. « Il n'est point de hasard », se disait-il. « Je suis à Gratot par une Volonté. » Il percevait dans la vacuité même des lieux, le nombre des bâtiments, le volume des tours et leur élancement vers le ciel les présences de ceux qui les avaient hantés. Aucun flux de plaisir ne soulevait son être, pas même le soulagement d'être rendu et de n'avoir dû verser le sang qu'une fois. Il concevait ici aussi sa solitude et sa disgrâce : il était toujours seul et recevait en ces lieux qu'*elle* n'avait ni connus ni ne pouvait connaître la confirmation d'une absence. Oriabel encore...

Il traversa le tinel de Gratot pour s'asseoir en hâte, les reins meurtris, dans une chaire au dossier mutilé sur l'accoudoir de laquelle Luciane s'appuya d'une fesse tandis que Guillemette leur présentait une cuvette pleine d'une eau tiède à point dans laquelle ils mêlèrent leurs mains. Celles-ci se touchèrent encore lorsqu'ils les essuyèrent après une touaille, qui n'était qu'un drap coupé en deux, large et rugueux comme le granit de Gratot. Bientôt, la pucelle à sa dextre, il se délecta d'une menestre[1] de lentilles qui le revigora. Puis le vin des coteaux de Coutances lui apporta du réconfort sinon de la gaieté. Réintégrant enfin son ancienne nature, il observa Luciane avec l'intérêt qu'elle méritait et ce lui fut une volupté médiocre, certes, mais prometteuse que de la savoir accessible, au-delà de

1. Potage.

l'amour courtois, à des plaisirs moins éthérés. Les tentations éprouvées devant Oriabel rôdaient dans la pénombre, autour d'une table éclairée par quatre chandelles plantées à même leur cire dans des écuelles ébréchées. Mais, la fatigue aidant, que l'absente était loin...

Il ne provoquerait aucun assaut. Il ne solliciterait aucun abandon. Attendre pouvait être un plaisir. Et puis quoi ? La donzelle avait de la défense. Il n'avait su rien voir qu'au travers d'Oriabel mais le vin, la chaleur de l'accueil dont il était l'objet, le genou de Luciane parfois contre le sien dilacéraient ce nuage et dessillaient ses yeux las d'avoir trop imaginé dans l'épaisseur des buissons et la cohue des arbres des malandrins à l'affût. Paindorge l'épiait avec autant d'attention que s'il eût marché sur un étroit sentier à l'aplomb d'un abîme.

— Eh oui, dit tout à coup Guillemette à Luciane, ton père était chez nous, à Coutances, vers la Noël, l'année de la pestilence noire. Il t'a cherchée par tout le Cotentin. Un matin, il est parti, laissant avec nous deux jouvencelles qu'il avait sauvées des routiers. Nous l'avons revu l'été suivant. Il était allé jusqu'à Rechignac, en Pierregord. Comme Thierry était natif de ce village, il avait pensé qu'il t'y avait menée. Or, vous n'y étiez point... Il avait accepté que nous vivions à Gratot. Nous l'y avons revu deux fois...

— Et puis plus rien, dit Raymond, lugubre.

— Je sais qu'il vit... et que c'est en Normandie qu'il gîte !

Un sourire dubitatif apparut sur le visage de Raymond.

— J'aimerais bien, damoiselle, avoir votre conviction.

— Il faut partir à sa quête... S'il était mort, la Nor-

568

mandie l'aurait su ! Et je vous en prie, Raymond, appelez-moi Luciane, comme autrefois !

Peut-être cette entêtée donnait-elle trop d'importance à la renommée de son père. Mais sa vivacité, sa détermination et sa modestie méritaient le respect.

— Nous chercherons ensemble !

Thierry acquiesça :

— Bien sûr !

— Et vous, messire Tristan ?

Il fallait accepter :

— Je puis vous aider une semaine. Le roi m'attend.

Raymond siffla mais ne dit mot et s'adressant à l'obstinée avec une déférence qu'elle lui reprocha d'un geste :

— Vous avez en venant écarté les dangers. Je m'en réjouis... Mais le Clos du Cotentin est la pire contrée qui soit !... Anglais et Navarrais s'en sont fait le partage. Les premiers sont à Saint-Sauveur, Barfleur, Graffart, près du havre de Carteret. Ils sont aussi à Montebourg, entre Valognes et Carentan. Ils sont encore au Homme [1]... Ils étaient à Telle [2] l'an passé, mais on dit qu'ils s'en sont allés. Le Hommet [3] leur appartient.

— Et les Navarrais ?

Raymond eut un geste de rage et d'impuissance :

1. L'Isle-Marie, près du château de Picauville. Les Anglais n'en furent délogés qu'en 1366. Philippe de Navarre tenta de les expulser du 19 au 23 avril 1363.
2. On ignore où se trouvait ce château mais on sait qu'il commandait la route de la Haye-du-Puits à Saint-Lô. Il fut acheté par les Anglais qui l'occupaient en mai 1361, moyennant une rançon dont 500 écus furent acquittés par les Navarrais des vicomtés de Coutances et de Carentan.
3. Aujourd'hui, le Hommet d'Arthenay. James de Pipe l'occupa le lundi 28 novembre 1361 et l'évacua, ainsi que Rupierre, près de Caen — dont il s'était emparé au mois de février suivant —, moyennant un versement de 15 000 royaux levés sur le pays environnant.

— Ils conservent les places qu'ils occupent en vertu du traité de Mantes[1]. Cherbourg dont l'abbé Guillaume est un des lieutenants de Charles le Mauvais ; Valognes, Carentan. Ils occupent aussi le château de Gavray, celui de Mortain. Ils tiennent Avranches dont l'évêque est lié au roi de Navarre... Mais Coutances et Gratot sont toujours à la France.

— Et si mon père avait été pris par des Anglais, des Navarrais..., suggéra Luciane.

— Nous l'aurions su... et il se serait escampé, affirma Raymond, morose.

— Combien de temps encore Coutances tiendra-t-elle ?

— Voilà, dit Guillemette, une question qui mérite d'être posée à son évêque, Louis d'Erquery, qui est conseiller du duc de Normandie... Le dauphin Charles ferait bien de nous envoyer quelques milliers d'hommes d'armes. Quand les cloches sonnent hors des offices, les Coutançais se réfugient à Notre-Dame...

— J'ai omis de vous dire, reprit Raymond, que Périers, qui demeura longtemps à la France, a cédé, il y a trois ans, devant les Navarrais et les Anglais. Colin Pélerin et Richard Condran commandaient aux hommes d'armes. Nous les connaissions : quand j'étais bourrelier, je leur ai fait des selles et deux renges à épée. Ils se sont, eux aussi, réfugiés dans l'église avec les manants et les loudiers... Nul ne sait ce qu'ils sont devenus... Brûlés, sans doute...

— La Haye-du-Puits aussi, dit-on, est navarraise.

— Mais Torigny tient bon pour le duc Charles. Et, ajouta Raymond, j'oubliais le Mesnil-Garnier, la

1. 22 février 1354. Le cardinal de Boulogne et le duc de Bourbon, délégués par Jean le Bon, furent soupçonnés d'avoir trahi celui-ci au profit des Navarrais.

Roche-Tesson et Hambye, qui, après avoir été conquise par l'Anglais, est redevenue française... On dit que les bénédictins ont refusé d'ouvrir aux Goddons... avant que Nicole Peynel n'aille tendre une embûche à ces démons. Les Normands conduits par Nicole se sont battus à quarante contre cent au gué de Mauny[1]. Ils ont vaincu... Par dieu, j'aurais aimé en être !

— Nicole ? Est-ce une femme ?

— Non, damoiselle. Un homme.

Luciane en parut déçue. Thierry avait sourcillé. Tristan et Paindorge échangèrent un regard.

— On n'en finirait pas, dit Raymond. Sachez que si vous voulez aller de Coutances à Valognes, soit douze lieues, il vous faut trois sauf-conduits pour ne point compromettre votre vie. Le premier, délivré, moyennant finances, à Coutances. Le second, moult plus cher, pour tout ce qui entoure Saint-Sauveur-le-Vicomte. Enfin, le dernier, plus coûteux que les deux autres, pour le pays de Valognes. Il faut avoir quatre yeux au moins pour traverser les bois du Plessis, près de Saint-Jores... Et j'allais oublier les *guetteurs de chemins* : meurtriers par plaisir, soudoyers cassés aux gages des garnisons dissoutes, loudiers[2] las des travaux de la terre. Ils occupent les maisons abandonnées par des familles apeurées qui vivent en forêt, dans des grottes ou dans les roseaux des grands étangs... A la Mancellière[3], des infortunés ont creusé des souterrains. Ils y vivent avec leurs chevaux et leurs vaches... Croyez-

---

1. Les Anglais avaient conquis Hambye lors de l'été 1357. Guillaume Peynel, seigneur du lieu, avait dû capituler. Son frère Nicole, installé à la Roche-Tesson, le vengea au gué de Mauny, près de Gavray. Il est évident qu'il serait oiseux de rencenser les territoires français, anglais, navarrais. Se reporter à l'*Histoire de Bertrand du Guesclin*, par Siméon Luce (Hachette, 1876), chapitre 8, pages 231 et suivantes.

2. Paysans.

3. Canisy.

moi, mieux vaut tomber au pouvoir des Goddons et des Navarrais que dans les griffes des guette-chemins.

— Tout ceci, dit Tristan, m'incite à me féliciter d'être encore vivant. Mais vous, Raymond, vous Guillemette, n'avez-vous point peur qu'une nuit ces enfants de Satan assaillent ce châtelet ? L'on doit savoir que vous n'êtes que deux...

Tout en offrant son gobelet à Raymond, qui l'emplit de bon cœur, Tristan observait Luciane. Elle restait sereine. Aucun de ces propos ne l'avait effrayée.

— Godefroy d'Argouges, dit Guillemette, avait été l'ami de Godefroy d'Harcourt. Et messire Ogier, son fils, ne lui fut pas hostile même quand le Boiteux de Saint-Sauveur s'allia à l'Angleterre... Je puis même dire — Thierry le sait déjà — que lorsqu'il se mit à chercher Luciane, messire Ogier fréquenta le Boiteux qui pouvait l'enditter[1]. Comme il fut aussi l'ami des Navarrais, il se peut que Godefroy d'Harcourt ait donné commandement aux uns et aux autres de laisser Gratot en paix.

Luciane étouffa un bâillement sous sa paume. Ses yeux brillaient de fatigue et de bien-être.

— Dès demain, dit-elle. Je veux que dès demain nous nous mettions en quête.

Elle se leva. Elle chancelait un peu. Guillemette s'empressa et, la prenant par la taille :

— Viens, enfant... Ta chambre est préparée... J'espère que tu y feras de beaux songes. Ceux de la plus belle espèce : ceux qui s'accomplissent.

Sans un mot et sans même se retourner, Luciane se laissa entraîner.

---

1. *Enditter* : informer.

Les cris d'un coq réveillèrent Tristan dans le nid de paille où il avait demandé à dormir. Les chambres étaient peu nombreuses à Gratot, le château ayant subi, lors de la peste noire, une invasion de routiers. A lui seul, Raymond réparait leurs méfaits, de sorte que les réfections qu'il avait entreprises allaient fort lentement. Il avait remis en état les charpentes de la grange et de l'écurie et remplacé leurs ardoises détruites par le glui, tout cela selon ses moyens pécuniaires, autrement dit de loin en loin quand il gagnait quelques écus en vendant sur les marchés des garnitures de cuir d'une confection solide, belles à voir : ceintures, baudriers, étrivières, selles de toute espèce. Il les avait montrées la veille avec fierté. Sans lui et Guillemette, Gratot eût connu l'invasion de toutes les vermines. Ces deux pauvres sans enfant consacraient leur temps, leurs forces et leur affection à cette demeure qui ne leur était rien.

Paindorge reposait encore. Seul son poignet bandelé de blanc par l'épouse de Raymond dénonçait sa présence dans l'ombre où il s'était tapi. Il ronflait ct parlait parfois dans son sommeil.

« Je ne sais rien de lui », songea Tristan. « Sans doute est-il issu de quelque truandaille. L'important est qu'il soit dévoué, accort et fidèle. »

Il y avait un seau sur le seuil de la grange. Il s'en saisit, l'emplit au puits, s'ablutionna et se sécha du mieux qu'il le pouvait avec une chemise prélevée dans sa maigre garde-robe. Il la mit à sécher auprès de celles de ses hôtes accrochées à une corde sur une largeur de cour. Sans les caquets des volailles éparpillées sur l'herbe, le silence eût été complet. Les oiseaux n'avaient pas entamé leurs piailleries ; aucun bruit ne filtrait des autres bâtiments.

Il alla visiter les chevaux. Ils avaient leurs aises et une bonne litière dans une écurie dont la meilleure place appartenait au roncin de Raymond, un noiraud d'humeur paisible.

« J'aiderai Paindorge à les panser. »

Lentement, il gagna le logis seigneurial, poussa la porte et vit Luciane. Accroupie devant la cheminée où craquetait un feu qu'elle avait ranimé, elle maniait le soufflet à coups rapides et la fumée, docile, restait dans l'âtre plutôt que de s'en échapper.

Elle se leva.

— C'est vous !... Je croyais que c'était Raymond...

Elle n'acheva point, troublée sans doute qu'il la découvrît si matineuse donc sans apprêts, ignorant que sa beauté suppléait le négligé de ses ajustements.

Il marcha vers elle d'un pas mesuré, comme s'il craignait que la plus faible hâte à la rejoindre mît un terme à cette présence inattendue.

— Déjà levée !... Avez-vous bien dormi ?

Il s'inclina, contemplant le doux visage imprégné d'or mat, les yeux limpides où se miraient comme à plaisir les lueurs des flammes montantes, la bouche maintenant close, les longs cheveux épars sur le dos, les épaules.

— Vous voilà parée comme une princesse.

Elle n'était vêtue que d'une chemise blanche. Un blanc nacré, vibrant, aussi frais, aussi doux qu'un brouillard de printemps. Une fine ceinture de fils de laine tressés, blancs eux aussi, soulignait la courbe douce et flexible de ses hanches. Ce vêtement transparent tombait en plis larges et oscillait un peu, telle une corolle à laquelle on eût donné la souplesse de l'eau

574

et le frémissement d'une aile. La poitrine s'y trouvait moulée sans étreindre, un duvet de broderie entourait la naissance du cou dont il soulignait la roseur.

— Vous semblez une fleur... Une fleur merveilleuse.

Le compliment ne fit aucun effet.

— C'est un présent que Raymond fit à Guillemette avant leur mariage. Elle veut que je le conserve.

— Vous l'offenseriez en refusant... Comme cette blancheur vous sied !

Elle savait qu'il la voyait par transparence. Ses seins étaient solides fermes et oblongs. Leurs aréoles formaient sur le tissu léger deux petits sceaux à peine perceptibles mais les tétons pointaient, virginaux, insolents. L'encoche du nombril semblait large, profonde. Elle avait la jambe longue, le mollet fuselé, la cuisse ferme. Elle mit soudain sa main, ses mains devant le reste. La blondeur du froment avant la fauchaison.

— Holà ! messire...

Elle partit d'un rire assez bref, équivoque.

— Ne vous nourrissez point d'idées audacieuses.

Puis brusquement et sans vergogne :

— Je lui ressemble ?

Fustigé par ce rappel, Tristan fit un pas en arrière. Luciane sourit encore, croyant l'avoir dégrisé, or ce recul lui permettait de la contempler mieux encore, de se pénétrer de ses contours, de ses roseurs, de sa blondeur. Il était traversé par l'épée d'un désir différent de ceux qu'Oriabel lui avait inspirés... Oriabel, c'était la douceur, de grandes vagues d'exultation douce, des accolements de chairs et non pas ces corps à corps qu'il pressentait à la vue de cette statue de la Tentation. Pour la seconde fois — la première remontant à la veille —, il acceptait qu'une autre beauté se substituât *dans son esprit seulement* à celle de ses premiers émois amoureux. La rusticité, la précarité de sa vie, de *leur* vie dans l'affreux donjon de Brignais, lui avait interdit de voir, au seuil de leurs ébattements, Oriabel autrement que nue. Jamais, pas même en présence de Perrette Darnichot, le velours de la chair et la brume d'une étoffe ne s'étaient présentés à ses regards tels des complices éphémères. Se pouvait-il que la bataillarde qu'il avait vue occire un malandrin plus sot, sans doute, que malfaisant, fût cette... Il n'osa employer, même secrètement, le mot *déesse* ; cependant, devant cette tangible et pure déité, ses pensées ne laissaient pas de devenirs impures.

— Je songeais à père, dit-elle, sachant qu'en interposant le disparu dans leurs propos et leurs desseins, elle exorciserait le *reste*.

Elle reprit le soufflet et, s'accroupetonnant, élargit et gonfla quelques flammes timides.

— Je me demandais pourquoi Raymond, qui l'a peut-être mieux costié [1] que mon oncle, en parle devant moi avec tant de parcimonie.

Tristan, dégrisé, eut un geste évasif. La retenue de Raymond ne le surprenait pas. Il la comprenait. Il eût pu même en inférer que c'était par pudeur autant que pour dissimuler une affliction certes inconstante, mais tenace, invincible, que l'ancien soudoyer mesurait ses propos.

— Il atermoie, m'amie, pour se livrer, parce qu'il ne vous connaît point encore en suffisance. Même Guillemette doit s'accoutumer à votre présence... Croyez-vous que Thierry s'est montré franc et disert envers moi les premiers temps de notre rencontre ?

Il comprenait également l'attitude de Champartel. Sa réserve, à lui aussi, dissimulait mal une blessure suppu-

1. Côtoyé.

rante, un culte secret et une admiration qui jamais, sans doute, n'avait failli. Il eût pu ajouter, pour conforter Luciane, qu'il ne doutait point qu'en Cotentin et au-delà l'existence et la malheureuse destinée d'Ogier d'Argouges eussent pu fournir aux prud'hommes, par trouvères interposés, une nouvelle geste exaltant leur cœur et capable de stimuler chez ces désenchantés une ardeur batailleuse molestée par maintes déconvenues. Il devait même exister dans Coutances et à l'entour des manants capables de priser très haut les appertises[1] d'un tel preux.

— Où est-il ? demanda Luciane en cessant d'animer les flammes. Vit-il toujours ?

Tristan n'osa se montrer trop affirmatif. Il se pouvait qu'Ogier d'Argouges eût succombé à *retardement* aux pustules de la peste noire comme des milliers de contagionnés qui, l'épidémie passée, avaient cru dur comme fer y avoir échappé.

— Vous ne répondez pas, Tristan.

— Que vous dire que vous ne sachiez déjà ?

Ce qu'il avait appris sur cet homme entre Paris et Gratot, soit à cheval, soit attablé dans une auberge ou lors des soins donnés aux chevaux, attestait que le champion du feu roi Philippe VI appartenait à la fleur de la chevalerie. Etait-ce suffisant pour qu'il fût invulnérable ?

— Je conçois que vous soyez fière d'être sa fille.

Pour lui dont la curiosité inclinait à la simplicité, la plupart des questions qu'il s'était posées sur le père de Luciane s'étaient rassasiées de ce que Thierry lui avait confié. Il se frayait son propre chemin dans la description des événements sanglants auxquels Ogier d'Ar-

---

1. Prouesses. Elles sont racontées dans le *Cycle d'Ogier d'Argouges*, éditions Aubéron ; rééd. Pocket.

gouges avait pris part de bon ou mauvais gré. Il en ignorait les raisons profondes puisque, lorsqu'ils s'étaient produits, il vivait en Langue d'Oc, où les actes des hommes de la Langue d'Oïl, les cheminements de leurs idées et les méandres de la politique n'étaient connus que parcimonieusement. Enfant insouciant, jouvenceau enclin aux songeries épiques, puis damoiseau éperdu de fracassantes et multiples prouesses, il ne s'intéressait guère à la marche du temps ni aux différends des rois et des hommes. D'ailleurs, même maintenant, il ne leur consacrait qu'une attention de surface — du moins le pensait-il — sans l'intérêt et l'acuité qu'il avait discernés chez un Tiercelet, voire chez un Raymond.

— Thierry est sûr que nous l'allons retrouver.

— Vous a-t-il dit pourquoi ?

— Il doit avoir une raison... Il me la tait... Il ne va pas la différer longtemps. Je crois que Raymond l'y a incité.

— Raymond est digne. Il fut, j'en suis acertené, un parfait homme d'armes.

La trace ou la survivance d'Ogier d'Argouges dans l'esprit de ce manant qui l'avait côtoyé aussi fréquemment que Thierry se concevait autant que la possession d'un trésor pour un avare. Son or à lui, c'étaient ses souvenirs.

— Je crois en ces deux hommes. Si peu qu'ils m'aient parlé de votre père, je les ai sentis frémir... comme vous maintenant. Ils ont pour lui une dévotion qu'ils n'osent s'avouer à eux-mêmes !

Ils ne lui avaient jamais proposé, pourtant, une image déifiée de cet *inconnu*. Les phrases brèves, chaudes, lourdes, et les silences abrupts de Raymond lui montraient que la considération de cet ancien soudoyer pour son seigneur n'avait cessé de se vivifier.

Ce culte s'était comme endurci d'année en année dans l'attente d'une résurrection peut-être impossible mais en laquelle il s'obstinait à croire.

— Le souvenir de maints chevaliers de grand renom — Bricquebec et Harcourt pour désigner des Normands —, Jean de Luxembourg l'Aveugle, Gaucher de Châtillon — pour n'en citer que deux autres — s'est rabougri dans les esprits. Celui de votre père demeure vivace en Cotentin si j'en crois Guillemette, plus langagière que son époux !

— Autant que je lui souhaite vie, autant je veux avoir la preuve de sa mort s'il est par malheur trépassé.

Ayant épuisé ses idées, Tristan s'abstint de tout autre commentaire.

— Quand j'insiste pour que Thierry m'en dise davantage, il se renfrogne.

— Parce que, m'amie, votre parent ne veut pas contrarier le sort. Il ne prend pas ses désirs pour des choses avérées.

Elle acquiesça et posa enfin devant l'âtre le soufflet qu'elle n'avait cessé de tenir à deux mains devant le haut de ses jambes.

— Vous êtes bon, Tristan.

Bon, lui ? Il avait incité Luciane à l'espérance, et plutôt que de le rosir, l'espérance pâlissait le visage de la pucelle. Il s'était efforcé de ne s'en tenir qu'aux faits, et Luciane lui en savait bon gré. Cependant, il voyait combien l'influence de l'invisible chevalier devenait profonde sur un esprit prêt à se merveiller. Si une espèce de gloire auréolait un personnage qui, sans doute, hélas ! n'était plus qu'un tas d'ossements quelque part, une certitude nette et comme exaspérée illuminait le visage de son enfant.

Il s'approcha de la jouvencelle. Ce n'était point du désir qui le poussait vers elle, mais l'envie de lui rendre hommage. Ou bien un sentiment mitigé, incompris de lui-même.

— Non, dit-elle.

Et de reculer comme une fileuse de laine pour laquelle l'amour valait moins que la sainteté.

— Vous m'avez dit tel jour des paroles si...

— Je ne m'en repens point car je les ai pensées.

Ils étaient souffle à souffle et leurs regards mêlés. Paindorge les sauva en apparaissant quelque peu débraillé, les cheveux défaits, pailletés de fétus. Son sourire cessa :

— Holà ! je me sens de trop.

— Reste, Robert, dit Luciane. Je m'en vais me changer ; je pense qu'il en est temps !

Elle disparut, offrant à la vue des deux hommes une croupe tranchée d'un soupçon de pénombre.

— Pardonnez-moi, messire !

— Je devrais te congratuler, au contraire. Je ne sais pas ce que j'aurais fait.

— Moi si ! s'esclaffa l'écuyer. Reste à savoir si elle se serait regimbée.

Il se saisit du soufflet et fit flamber le feu avec une énergie exagérée. Puis, posant une bûche sur le foyer pétillant d'étincelles :

— Ne lâchez point, messire, la proie pour l'ombre.

Tristan, déconcerté, se garda de répondre.

* *
*

Les chevaux bouchonnés, étrillés, affouragés, Guillemette servit une collation composée d'œufs brouillés à la ciboule, de pain rassis et de cidre amer. Il fallut, ensuite, soigner le poignet de Paindorge. Sa main gonflée, douloureuse se fermait mal. Le sang extravasé

580

avait, pendant la nuit, empouacré son bandage. Luciane, qui avait proposé son aide, fit la grimace quand la navrure apparut, profonde, un peu bleuâtre.

— Qu'en dites-vous, Guillemette ?

— Bah !... Je ne crois pas nécessaire de coudre ces lèvres-là. Elles vont s'ajointer toutes seules.

— Je préfère..., soupira Paindorge.

— Dans deux jours tu seras guéri... Eh bien, Raymond, qu'attends-tu pour quérir le pot de feuilles de lierre cuites au vin ?

Raymond s'éloigna tandis que Luciane abstergeait la plaie « aussi bien qu'un mire », selon Guillemette. Paindorge, qui n'osait regarder sa blessure, posa la question que Tristan hésitait à formuler :

— Qu'est-ce qu'on va faire ?

— J'ai mal dormi..., commença Thierry en jetant dans la cour, par la porte grande ouverte, un morceau de pain autour duquel des poules s'empressèrent.

— Tu peux demeurer céans, dit Luciane d'une voix froide, imprégnée de rancune. Je comprends que tu sois hodé[1]. Moi, je le veux chercher dès maintenant.

Raymond qui revenait, un grand pot dans ses mains, dut réprouver l'entêtement de la pucelle. Il décocha une œillade à son épouse, laquelle, par un froncement des sourcils, exprima son désaccord. Tristan conjectura qu'ils savaient quelque chose. Il voulut tempérer l'ardeur de Luciane :

— Vous ne disposez, dit-il, d'aucun indice. Et le temps a coulé...

Etait-il seul à percevoir chez cette aventureuse ce désir forcené de retrouver son père, plus déterminé, peut-être, que son envie à lui de revoir Oriabel ?

— Vous ne pouvez, dit-il, cheminer au hasard.

1. Exténué.

Où et comment, par quels témoins, pensait-elle obtenir d'autres indications que celles qu'elle tenait de son oncle, de Raymond et de Guillemette ? Son esprit tourmenté s'égarait avant qu'elle ne s'égarât tout entière sur des chemins dans lesquels, sans doute, l'absent ne s'était jamais engagé.

— Avez-vous oublié ce que Raymond nous a dit hier soir ?... La Normandie est livrée aux pires méchancetés. De quelque côté que l'on aille, on peut se faire prendre et pendre après avoir souffert la male mort !

Ils avaient vu quelques malheureux branchés en chemin. Plus nombreux dès Saint-Lô, jusqu'à un quart de lieue de Coutances. Certains, éloignés dans les champs, n'offensaient que la vue, mais d'autres, suspendus au-dessus des talus, empunaisaient. Et c'était, par ce temps soleilleux, le tourbillon des mouches et des taons affriandés de pourriture.

— J'ai vu tout comme vous... Je devine que Robert et vous me compagnerez même si vous en avez déplaisance.

— C'est vrai... Je conçois que Thierry veuille se reposer.

— Nous serons avec vous, dit Paindorge en regardant sa main bandelée de linge propre et en faisant mouvoir ses doigts.

— Holà ! s'écria Champartel en versant dans son gobelet une rasade de cidre. Je suis des vôtres... Seulement je crains, ma nièce, que tu ne sois grossement marrie ce jour d'hui : nous ne savons où aller parce que nous ignorons où se mussent les Goddons, les Navarrais et les guetteurs de chemins !

— Pourquoi pas à Hambye ? proposa Guillemette.

Elle semblait soudain « hors de ses gonds ». Elle porta vivement une main à ses lèvres comme pour

582

refouler sa suggestion. Aussi pâle et contrit qu'elle, Raymond protesta violemment :

— Il nous a fait jurer !

— Qui, *il* ? interrogea Tristan, sûr de « brûler ». Messire Ogier ?

Les deux époux feignirent une surdité qui tira un sourire à Luciane.

— Parlez, dit-elle doucement. Il vit et vous savez où il s'en est allé.

— Nous n'avons pas le droit, dit Raymond.

— Si ! cria Guillemette. Maintenant qu'*elle* est là, nous sommes déliés de notre promesse !... Je n'ai pas dormi de la nuit à cause de ce serment !... Je veux m'en relever !... J'aurais le cœur trop lourd si je n'aidais pas la petite !

Elle pleura tout à coup dans les bras de son homme, à gros hoquets discontinus et douloureux. Raymond lui tapotait l'épaule. Il avait, lui aussi, des larmes au bord des cils.

— Il est...

— Veux-tu te taire, Guillemette !

Ils n'eussent pas craint aussi douloureusement l'anathème sur leur couple. Ils incarnaient l'amour, le respect du serment.

— Il faut le dire ! Le leur dire ! Le leur crier !

Guillemette protestait. Au son de cette voix tragique, Tristan comprit. Thierry douta. Luciane regardait, pantelante et blême, les dépositaires d'un secret dont il fallait briser le sceau. Elle éprouvait d'ailleurs une félicité profonde à abolir entre eux et elle une distance, un silence qui, depuis son arrivée à Gratot, lui avaient paru exorbitants. Elle voulait recouvrer le vrai sens de sa vie, son origine, et par-dessus tout, son père.

— Il est vivant... Vous vous êtes trahis !

— Oui, dit Raymond... Il va nous haïr !... Nous avions juré !

Il avait un visage de gisant : blanc, dur, sauf à l'ébréchure des lèvres qui tremblaient un peu. Il ressemblait à un malandrin repenti. Guillemette exprimait le soulagement et la détresse. Figure tout à coup sans âge ou plutôt non : vieillie par une révélation dont le refrènement l'avait tourmentée dès l'apparition de Luciane, dès qu'elle s'était merveillée de sa ressemblance avec sa mère. Et Tristan s'apitoyait pour ces yeux rougis et humides, cette bouche molle, ce souffle précipité de noyée qu'on vient de tirer de l'eau.

— Il vit... Il est chez les bénédictins de Hambye.

— Il s'est fait clerc ? gronda Thierry comme s'il s'agissait d'une trahison monstrueuse.

— Non... Quelque chose comme diacre[1]... et sans léguer, par faveur spéciale, Gratot à la communauté... Il n'a point reçu les ordres. Il n'est point religieux et ne veut point l'être... Allons, ne nous regardez pas ainsi... Nous n'avons pas besoin de commisération...

— Nous avons tout fait pour le retenir, dit Guillemette, le regard englué. Mais il était désespéré. Il t'a cherchée partout, petite... Chaque fois qu'il revenait sans toi, je lui voyais d'autres rides. Il nous avait confié Gratot, à notre demande. Nous nous disions qu'un jour il s'y arrêterait définitivement... C'était marmouserie de notre part. Et puis, il nous a dit qu'il partait pour Hambye et que nous ne le verrions qu'une ou deux fois l'an.

Luciane restait silencieuse. Thierry, figé, digérait sa stupéfaction.

1. Le mot employé par Raymond est inadapté, mais il avait cours depuis plus de 300 ans. S'il avait existé en 1362, c'est le mot *oblat* que le serviteur de Gratot eût employé. Il ne fit son apparition qu'au-delà de 1500.

Tristan se sentait joyeux et soulagé.

— Qu'attendons-nous ? dit-il.

Luciane réagissait avec peine. La vérité l'avait froidie, engourdie, et son émoi semblait de la désespérance.

— Oui, dit-elle enfin, allons-y. Je reste comme je suis : en homme.

Guillemette eut une moue de désapprobation.

— Eh bien, qu'attendons-nous ? dit Tristan derechef. Viens, Robert, allons seller les chevaux. Nous emmènerons le sommier... On ne sait jamais.

Coutances, Roncey, Saint-Denis-le-Gast.

Ils avaient chevauché près de cinq lieues sans hâte, le regard et l'ouïe en éveil afin de prévenir les embûches dans un pays d'herbes hautes et de boqueteaux nombreux, à fleur de chemin. Ils avaient évité de se parler pour ne pas distraire leur attention et surtout — du moins Tristan le pensait-il — pour dissimuler l'anxiété ou l'émoi qui les mordait au cœur.

Hambye leur apparut comme un vaste vaisseau ancré devant une île fortunée, verdoyante, paisible comme un second paradis.

— Nous y sommes, dit Thierry.

Solides, mais élancés, nets et concis comme une prière de pierre, les bâtiments qui composaient le moutier ne l'intéressaient point. Il leur accorda un coup d'œil dépourvu de la moindre piété car pour lui, sans doute, Hambye n'était rien d'autre qu'une prison où s'était emmuré imprudemment son beau-frère.

— Courage !

Thierry eut un geste signifiant sans doute qu'il n'en manquait point et Tristan se reprocha une exhortation due surtout au long et fastidieux silence dans lequel il s'était maintenu depuis Gratot.

« L'ai-je offensé en doutant qu'il en ait ? »

Il ne connaissait qu'incomplètement Champartel. Celui-ci lui avait livré ses souvenirs les plus intimes avec une parcimonie qui différait des autres : ceux des joutes et des batailles, comme si tout énarrer de sa vie d'homme et d'époux eût compromis l'équilibre entre ses pensées du moment, de peu de poids et conséquence, et celles qui naissaient, pesantes et comme enflammées, aux seuls noms de ses « chers disparus » : son épouse, son fils et son beau-frère. Il n'avait point dissimulé qu'il avait été fèvre au château de Rechignac. D'où le marteau d'argent de ses armes. Après un siège long et meurtrier entrepris par Robert Knolles, Ogier d'Argouges l'avait pris pour écuyer. Dès lors, les influences entrecroisées de l'un sur l'autre en avaient fait des compères. Avant même d'être adoubé, il avait été agréé comme fiancé d'Aude d'Argouges par le seigneur de Gratot : Godefroy. Chevalier, certes, il restait à cet ancien manant des façons abruptes, des engouements bruyants, des déceptions silencieuses mais vibrantes, et que ses mains, ses lèvres serrées révélaient. Pour la première fois depuis qu'il le connaissait, Tristan vit sauter de cheval un homme froid, au visage tendu, qui regrettait, à l'évidence, d'avoir ignoré Hambye lors de ses vaines recherches. Parce que c'eût été une idée trop simplette et qu'il eût refusé de croire à une incarcération volontaire d'Ogier d'Argouges chez des bénédictins.

Pour ne pas amplifier son émoi, Tristan s'abstint de dévisager Luciane qui, à l'instigation de Paindorge, abandonnait sa selle.

— Laissons-les, Robert, dit-il en déchaussant les étriers. Fasse le Ciel qu'elle soit exaucée.

Plus que jamais, sans doute, la longue privation d'amour maternel et paternel se faisait sentir chez Luciane. En deçà des hauts murs teintés çà et là de coulures verdâtres, l'homme dont elle portait le nom était plus qu'un absent pour elle : un inconnu dont elle s'était forgé une image et un caractère.

— Pourvu, dit-elle à Thierry, que nous ne soyons pas doulousés [1].

Elle remit les rênes de Marchegai à Paindorge cependant que Tristan, désormais à pied, recevait celles de Taillefer.

— Viens, dit Champartel.

Il allongea la foulée puis soudain l'accourcit, comme épuisé. Enfin, il repartit, la dextre devant son cœur mais ne l'osant toucher.

— Il me fait penser..., commença Tristan.

Thierry lui faisait songer à un participant des lampadéphories apportant à l'absent, en préservant la flamme de sa main, le bien-être d'une chaude et simple vie de famille.

— Elle n'en mène pas large ! dit Paindorge. Elle a amassé sa coiffure sous son chaperon et endossé ma cotardie... qui dissimule ses nasches [2], mais je crains que le frère tourier, s'il a de bons yeux, ne devine qu'elle n'a pas plus de prunes entre les cuisses que je n'ai de tétons sur le devant de la poitrine.

L'oncle et la nièce, côte à côte, ignoraient encore, semblait-il, comment ils s'y prendraient pour s'annoncer.

— Laissons-les faire et approchons-nous du portail.

Ils longèrent un mur chevronné de lierre d'où jaillit un merle mécontent. Derechef, ils s'arrêtèrent et Paindorge désigna le sommier sellé, prêt à recevoir l'inconnu.

— C'est le moins las de nous tous.

1. Attristés, déçus.
2. Fesses.

— Oui... Regarde. Le portail s'entrouvre... Ils entrent... Lions les chevaux à ces arbres... et viens.

Ils attendirent ; attente brève : ils virent, à peine entrée, Luciane sortir seule, éplorée. Elle courut dans leur direction et trouva refuge entre les bras de Tristan dont elle mouilla l'épaule de ses larmes.

— J'ai eu peur, dit-elle, le souffle brisé. J'ai peur. Il me faut maîtriser cette couardise et je n'y parviens pas... Mon cœur saigne... J'ai besoin de marcher...

Elle le lâcha et s'éloigna droit devant elle, dépassa les chevaux, marcha encore en se frottant les yeux, les joues.

— Laisse-la, enjoignit Tristan à Paindorge qui la voulait rejoindre. Ce qui la destourbe, c'est moins de connaître son père que de se demander s'il quittera ces murs ou s'il y restera. Mais vois...

Le vantail s'ouvrait. Thierry apparaissait, tenant par l'épaule un homme sans froc de bure et qui s'encolérait, semblait-il, d'être tiré de son reclusoir. Tristan, lentement, s'approcha.

* *
*

— Ainsi, ils m'ont trahi !

Ogier d'Argouges demeurait dans l'ombre de l'abbatiale. L'aspect sévère du monument correspondait à l'âpreté de son visage. Par le vantail largement ouvert, on pouvait voir, au bout d'un tunnel de pénombre, des moines en coule et parfois en roque occupés à élever le mur d'un bâtiment conventuel. C'était de ce groupe d'hommes que venait de sortir, une truelle à la main, le père de Luciane.

— Pourquoi faut-il qu'ils m'aient dénoncé ? Je leur avais fait jurer de se taire.

— Même pour moi ton parent !

— Oui. Je voulais oublier toute ma vie d'antan.

— Y es-tu parvenu ? demanda Thierry en prenant la truelle et en la déposant sur le seuil du logis.

— Non.

— Quatorze ans sans se voir si je sais bien compter.

— Dieu l'a voulu ainsi.

— Non, c'est toi, mon serourge [1].

— Et quand cela serait... Me jetterais-tu l'opprobre ?

Ogier d'Argouges ne se regimbait point. Il redoutait d'être jugé, condamné, mais sans graves conséquences. Il était vêtu d'une sorte de longue camisole de futaine élimée, vénérable, et qui, en ville, eût suscité des risées. Son chaperon bossué, noir, poudreux, auquel une cornette manquait, simulait involontairement une toiture décrépite. Le regard de Tristan tomba sur des chausses grises, informes, aux genoux renforcés de deux pièces prélevées sur un drap bleu et raccoutrées tant bien que mal. Toutes ces fripes avaient été chauffées par tant de soleils, pénétrées par tant de pluies, râpées par tant de cailloux et de graviers qu'elles exprimaient non point une déchéance mais une indifférence aux usages et au cours de la vie. Car plutôt que de ressembler à un miséreux, vagabond ou ribaud coureur de grands chemins, cet homme malgré tout incarnait la santé de l'esprit et du cœur ; quelque chose de grand et de tragique émanait de sa personne, et dans le flamboiement de midi, son visage exprimait une sérénité tellement inaltérable qu'on eût dit celui d'un anachorète.

— Ils ne nous voient pas, dit Paindorge soudain présent.

1. « Beau-frère ».

Trop occupé à observer le père de Luciane, Tristan estima superflu de répondre.

Il s'était composé, au fur et à mesure des propos de Thierry consacrés à l'absent, un portrait idéal de ce leude. La dissemblance le réduisait au mésaise. Un prud'homme, certes, mais qui avait perdu son éclat comme il avait perdu son armure de fer. L'espèce de manant que côtoyait Champartel était le contraire et le contempteur du chevalier Ogier d'Argouges.

— Il ne se ressemble pas. Il s'est désaguerri.

De phrase en phrase, de conjecture en conjecture, Luciane, elle aussi, avait cru savoir comment se le représenter — un preux capable de réunir en lui la séduction de la beauté ainsi que tous les agréments de la force et de la foi. Pourvu qu'elle ne fût point marrie !

— Comment le trouvez-vous, messire ? dit Paindorge.

— Je ne le reconnais pas.

L'énigme était résolue. L'homme dont Champartel tapotait familièrement l'épaule était son propre démenti. Il y avait comme une incompatibilité décisive entre l'oncle de Luciane et son père. Ils avaient trop vécu dans des mondes différents.

— On dirait un vaincu, suggéra l'écuyer.

— Voire... Peu à peu il m'inspire un étrange respect.

Car le regard de ces yeux qui, sans doute, s'étaient asséchés à force de verser des pleurs commençait à lui en imposer. Il y avait en ce naufragé du malheur et ce prisonnier de la foi quelque chose de plus qu'en lui-même, Tristan. Il se sentait sous l'influence de cette présence.

— On sent, Robert, que c'est un ancien paladin...

Et si la singularité d'Ogier d'Argouges tenait dans sa vêture, il voyait maintenant et enfin, lui, Castelreng,

591

le prud'homme avant le manant, le chevalier adoubé de toutes pièces sous la défroque du laïc.

— J'en connais une qui, hélas ! va devenir d'un coup moins idolâtre.

— Lui a-t-il demandé selon vous, dit Paindorge, pourquoi Thierry est venu le chercher ?

En bref cela signifiait : « Sait-il que sa fille est toute proche ? »

Plutôt que de répondre à son écuyer, Tristan se demanda si les deux hommes avaient conscience de sa présence et de celle de Paindorge, et même des chevaux, un peu plus loin, dont le nombre eût pu inciter Ogier d'Argouges à poser au moins une question.

Il chercha des yeux Luciane et n'aperçut que son ombre sur les graviers d'argent du chemin.

— Ah ! je t'ai tant cherché, Ogier, mon compère.

— Et moi !

La voix, soudain, s'était exténuée comme au cours d'une vaine et stérile quête. Et celle de Thierry, enjouée dans le reproche :

— Il te fallait revenir à Gratot et m'y attendre !

Et cet écho toujours grave et comme empoussiéré d'ennui :

— J'y suis allé moult fois. Je vous ai attendus. Et puis un jour, j'ai perdu courage... Tu ne peux pas savoir... Foi et confiance, tout m'a manqué.

— Toi !

— Hélas !... Grâce à frère Peynel, le sempecte de Hambye mort il y a moult années, j'ai trouvé en ces murs un semblant de repos. J'ai refusé la robe et la tonsure. J'en étais indigne : je m'étais souvent répandu en blasphèmes quand le découragement me persécutait. Les frères m'ont chargé de m'occuper de l'ouche en compagnie des plus vieux d'entre eux et de devenir maçon parmi les plus jeunes. Je mange et dors entre-

temps. Il m'advient, la nuit encore, de vous appeler :
toi, Blandine, mon père, ma mère, mes amis et les bêtes
que j'ai aimées. J'ai su que tu avais pris soin de ma
fille. Elle est morte, pas vrai, puisque tu es venu ?

— Elle t'attend tout près d'ici.

— Hein ?

— Tu vas être bientôt le seigneur le plus heureux
de la terre et le père le plus orgueilleux qui soit de son
enfant.

Quelque chose chanta puis fondit dans le regard de
cet homme rompu que l'incrédulité puis la joie — et
quelle joie ! — transfiguraient. Des notes limpides,
fraîches, revigorantes. Pour éviter de voir ces pleurs,
Thierry étreignit son beau-frère tandis que Tristan
s'éloignait un peu et regardait, sur le chemin, une
ombre qui s'enfonçait parmi celles des arbres.

— Je te regracie, Thierry. Aucun mot ne pourrait te
dire...

C'était l'aumône d'un indigent à un homme riche
d'avoir existé ; la bouffée d'air frais au terme d'un
étouffement mortel ; la vie qui renaissait en force — en
tempête — sans qu'un sourire en vînt magnifier la certitude. Honteux ou presque d'assister à ces retrouvailles, Tristan s'en détourna, le cœur douloureusement
étreint par une compassion qu'il voulait dissimuler à
Paindorge, tandis que Thierry admonestait son parent
pour s'être exclu du monde inconsidérément.

— Plus je vous cherchais, plus je blasphémais, et
plus je blasphémais, plus le Ciel rendait mes errances
dangereuses et stériles. Un jour, je suis passé par Hambye afin de me confesser auprès de frère Peynel. Il
avait bien connu mes parents et me portait grande
affection. Il m'avait conjoui [1] lors de la peste noire. Il

1. Accueilli.

était mourant. Son dernier souhait fut que je cesse ma quête. Ce vœu s'assortissait de la promesse que je devienne diacre sous certaines conditions que ses pairs acceptèrent : on ne refuse rien à un saint qui se meurt. Il fut entendu que je ne recevrais point la prêtrise, que je conserverais Gratot et que je m'y rendrais parfois afin de voir si *elle* n'était pas revenue. Ce que j'ai fait... Raymond me disait que tu étais passé en ajoutant *seul* à ma question. De sorte que j'ai cru mon enfant défunte. La morille, bien sûr... A quoi bon vivre dans l'espérance. Je refusais pourtant de la croire morte mais je voulais finir de me rompre le cœur... A la bataille, j'étais vaillant ; pour Luciane, je fus un couard. Je cessai peu à peu de me rendre à Gratot... J'y allais à pied... Je devins pitancier, puis homme de peine... Homme de peine !... Rien d'autre, en vérité, qu'un fantôme vivant.

Les heures solennelles de la vie monastique avaient guidé cette existence désespérée. Finis les grands randons et les gestes obliques, Confiance, son épée au poing. Plus d'enseignes criées à s'en craquer la gorge, mais des prières balbutiées ; des mouvements lents, étriqués, sous des voûtes sonores, puis au grand jour des tâches de huron. Il fallait attendre la nuit la délivrance du sommeil, et recommencer le lendemain les ouvrages et les prières, les prières et les ouvrages. Le cœur se consumait, le corps restait le même, amolli, cependant et comme démusclé sous une apparence solide.

Ogier d'Argouges tourna vers son beau-frère un visage saccagé mais avenant, puis, regardant enfin à l'entour de lui-même :

— Quel est ton compagnon ? Ton écuyer ?

— Tristan de Castelreng, chevalier de la Langue d'Oc. C'est grâce à lui que tu vas revoir Luciane.

— Ah ?

— Elle était captive en Angleterre. Castelreng te dira comment il l'a libérée et ramenée.

Tristan put enfin s'approcher après avoir vu Paindorge partir à la rencontre de Luciane. Une main se tendit, prompte et dure. Il sentit la vie dans ces doigts solides et cette paume endurcie aux travaux vulgaires.

— Je vous raconterai, dit-il péniblement. Dieu a voulu que je vous rapporte Luciane... Nous aurions pu mourir sans son aide, mon écuyer et moi... J'étais heureux de l'avoir délivrée ; j'en suis fier désormais puisque je vous connais.

Leurs regards se pénétrèrent. Ogier d'Argouges sourit. Sourire triste encore mais prometteur.

— Viens, parent, dit Thierry. Ne la fais plus attendre.

Ils s'engagèrent sur le chemin. Lentement : le temps que le reclus qui cillait au soleil extirpât de son cœur l'épine profonde qui, pendant quatorze ans, l'avait endolori.

— Beau-frère, dit tout à coup Thierry, ne sois pas mécontent de la voir vêtue en homme. Les routiers sont partout. Nous l'avons prémunie contre ces malandrins.

— Tu as bien fait de me prévenir... Où nous attend-elle ?

— Là-bas, dit Tristan. Tenez, Champartel, mon écuyer, quitte l'ombre où elle s'était mussée... Ah ! le voilà qui la tire par la main... Elle a peur... Il vous faut la comprendre...

— Je la comprends... car j'ai peur moi aussi.

Les bras ballants, les jambes tremblantes, la poitrine oppressée par un souffle inégal, elle était immobile à trois pas de son père. Elle ne savait ni parler ni rire ni pleurer — comme lui. Elle sentait les yeux du ressuscité la dévisager, la sonder, l'envelopper, se gaver de sa présence. Peut-être y avait-il de la rancune dans ce regard embué : « Je ne t'ai pas connue et te retrouve femme. » Le miracle attendu se doublait d'un singulier prodige : elle le reconnaissait, bien qu'elle ne l'eût jamais vu. Alors, elle sourit :

— Père !

Elle se jeta dans les bras de l'homme ébahi avec tant de passion qu'il chancela sous cette étreinte avant de redevenir ferme sur ses sandales poudreuses desquelles dépassaient des orteils tachetés de mortier.

— Tu ressembles à ta mère.

Thierry, Tristan et Paindorge échangèrent un regard. Leurs yeux cillaient, brillaient. Ils éprouvaient en leur cœur brûlant et alourdi d'une espèce de gratitude envers la Destinée, un sentiment nouveau qui n'avait aucun nom. Quelque chose planait au-dessus de Hambye, au-dessus de leurs vies, et leur bonheur était complet. Ils étaient les témoins d'un moment de féerie. Fasciné par ce couple qui redoutait de se désunir, Tristan finit par se tourner vers ses compagnons, rompant ainsi l'enchantement d'une communion parfaite.

— J'ai mal par tout le corps. Je ne partage pas leur émoi : je le reçois tel quel.

« Argouges est admirable », songeait-il. « Maigre... Des traits voulenturieux. Un clair regard... Un reste de jeunesse capiteuse et adurée [1]. Il vacille comme... »

1. Obstinée et endurcie à la fatigue.

Comme un homme qui, convié à un festin de mariage ou d'adoubement, y fût arrivé dernier, après l'ultime entre-mets, en état d'ébriété manifeste.

— La joie le saoule, dit Thierry.

— Il a souffert, approuva Paindorge à voix basse, mais il ploie et chancelle sous la bonne chance. Il va vivre, se refaire à la vue et au goût des choses.

— Les parfaire, dit Tristan. Cesser de compulser les pages d'autrefois. Eprouver des plaisances jusqu'à se demander : « *Est-ce vrai ?* » Luciane pleure. Ils se guérissent l'un l'autre de toutes les plaies de l'âme. Ils ne sont plus seuls.

— Moi, je le suis.

Tristan posa sa dextre sur l'épaule de Thierry :

— C'est vrai. Tu n'as pas... digéré ton veuvage et la perte de ton fils. Je ne sais que te dire car je suis seul également... sauf dans l'amitié, comme toi. Conforte-toi en te disant que c'est beau d'avoir erré comme tu l'as fait pour retrouver ton serourge quand tant d'autres, à ta place, auraient éprouvé le besoin de s'asseoir et de renoncer !... Vois comme ils sont heureux... Leur béatitude est ta récompense.

Tristan se sentait aussi incapable de définir cette félicité que d'extraire Thierry de sa mélancolie.

— Le bonheur...

Thierry souleva une épaule comme pour se décharger d'un fardeau inutile.

— J'avais pensé à tout sauf à Hambye. J'aurais dû me souvenir que Godefroy d'Argouges y avait un ami que son fils était allé saluer lorsque nous sommes venus de Rechignac à Gratot, il y a... dix-sept ans. C'était frère Peynel... Je me disais aussi, fréquemment, que son malheur lui avait fait douter de la miséricorde de Dieu... comme à moi.

Ils se sourirent. L'amitié, entre eux, se renforçait.

— Nous doutons tous de Lui quand le malheur s'acharne. Mais Dieu ne disjoint pas les êtres. Séparés sur la terre, ils se revoient au ciel.

Cette fois, ils s'esclaffèrent, entraînant Paindorge dans leur gaieté.

— Sacrebleu ! dit l'écuyer. Je crois ouïr deux clercs.

Tristan envoya une bourrade dans les côtes de son *alter ego* :

— Qui te dit que je ne le fus pas ?

La joie de l'écuyer redoubla :

— Vous n'en avez point l'apparence... et votre aspergès[1] plaît aux dames.

Et prenant Thierry à témoin :

— Lui en cuculle ? Je le préfère chaperon ou bassinet en tête.

Tristan se tourna vers Argouges et sa fille. Le ressuscité ne cessait d'étreindre Luciane. L'homme aux rêves comblés lui parlait à mi-voix. Elle l'écoutait, le col infléchi, les bras noués autour de ce torse de guerrier désarmé par la male chance comme pour en percevoir, jusqu'à la moelle, le courage et la vigueur. Sa présence avait subverti leur destinée. Un sourire devait éclairer son visage car il illuminait, comme par reflet, celui de son père.

— Au moins, en chevauchant vers Avignon, je pourrai méditer sur tout ce que j'ai vu... En *la* cherchant, je m'encouragerai en me disant que les miracles existent...

— Tu retrouveras ton Oriabel.

— Qui sait, Thierry...

Tristan sentait son cœur se froidir. Il se vit loin, très loin de Hambye, esseulé, malgré Paindorge, dans des

1. Goupillon.

contrées pleines de mystères, abandonnées aux routiers. Puis il se ressaisit en songeant que ce serait l'ultime épreuve. Il passerait par Castelreng pour embrasser son père et voir si Oriabel et Tiercelet y demeuraient...

— Il n'a que trente-cinq ans, dit soudain Thierry[1]. Ce n'est guère vieux.

— Certes !... Elle en a quinze. Un homme peut la séduire...

— Il ne la lui prendra pas !... Je m'y opposerai. Ce serait criminel que Luciane ait à choisir et qu'ils soient à nouveau séparés !

— Je te comprends.

— Il faudrait que cet homme demeure auprès d'elle à Gratot... ou qu'il accepte chez lui la présence d'Ogier... Mais je doute que, revenu en son château, il soit tenté d'en partir pour longtemps.

— Regarde-les !

Ils revenaient vers eux, enlacés comme des amoureux. Mais n'étaient-ils pas épris d'un amour neuf et sans égal ? Le bonheur effaçait les rides d'Ogier. Par tous ses sens, la confiance le reprenait. Par tous ses pores, la vie ardente qu'il avait connue et reniée le pénétrait en force. Il était comme un arbre à l'orée du printemps, quand la sève monte et s'épanouit en une vaste floraison, exalte les troncs et les branches, et promet au soleil d'abondantes récoltes. Jamais sans doute, il n'avait aussi complètement éprouvé le plaisir d'exister, senti jusqu'au tréfonds de son être la puissance d'espérance et d'amour qu'il lui avait fallu pour endurer quinze ans cette absence brusquement interrompue. Le monde se peuplait soudain différemment. Il n'avait

1. Rappelons ici la date de naissance d'Ogier d'Argouges : 22 août 1327.

plus affaire à des moines silencieux, tournés constamment vers le ciel et qui, à force de révérer Dieu, ne voyaient que la surface des choses et l'épiderme des gens, mais à des êtres de chair, simples et francs, encharbottés eux aussi par ces retrouvailles.

— Je ne saurais vous dire...

— Eh bien, ne nous dis rien : ton regard nous suffit.

De l'index, Thierry éloigna une goutte accrochée aux cils de son beau-frère puis, tourné vers Tristan :

— C'est à lui que tu dois ce bonheur nonpareil. Ta fille était captive chez Jeanne de Kent.

— Je l'ai rencontrée aux joutes d'Ashby... C'est loin !

— C'est parce qu'elle avait grand respect pour vous, Père, que cette captivité me fut supportable. Cependant, plus je grandissais, plus j'avais envie de revenir en Normandie. Elle me disait : « *Quand nous repasserons la mer, tu seras libre de revenir chez ton père.* » Promesse fallacieuse : elle tenait à moi. Elle parlait de se rendre à Bordeaux. Comment aurais-je pu, d'Aquitaine, revenir à Gratot ? Elle me parlait aussi d'une vôtre cousine Tancrède. Or, je ne l'ai jamais vue. Et si elle fut conviée à quelque réception où j'étais, elle ne nous a pas présentées.

— Dommage. Elle aurait pu te venir en aide.

— Alors, Tristan est apparu au cours d'une action contre le prince de Galles au manoir de Cobham. Il m'a délivrée.

— Le diable emporte Cobham ! J'ai failli périr de sa main à Sangatte.

— Il est mat [1].

1. Renaud de Cobham était le fils de Jean Cobham et de Jeanne Nevill. Il avait épousé Jeanne, fille de Maurice de Berkeley. Il mourut le 5 octobre 1361.

— Que l'enfer le dévore !

Thierry souriait. Tristan se sentit observé. Jugé. De quelle façon ?

— Votre fille, dit-il, est bien de votre estoch[1]. Nous étions onze à Cobham pour le rapt du prince. Ensuite d'une échauffourée, il ne subsista que Paindorge et moi. C'est alors que notre vie fut en péril et que Luciane nous secourut. Nous l'avons emmenée.

— Je te raconterai, père, dit la pucelle.

Ils se turent tous, sans doute afin de mieux descendre en soi et bénir leur Créateur de leur accorder le privilège de savourer cette revanche obtenue sur l'adversité, la fatalité, les ténébreux inconvénients d'une guerre d'ailleurs inachevée, puisque fragmentée en centaines de combats d'embuscades. Toutes les pensées inquiètes, impatientes, douloureuses qui avaient fermenté dans leur cerveau s'étaient assoupies. Au plaisir infini dont ils s'étaient repus succéda la froideur des décisions nécessaires :

— Peux-tu partir selon ton désir ?

— Ce fut, Thierry, la clause essentielle de mon entrée...

— Alors, on t'emmène !

Ogier tourna vers son beau-frère son visage ridé, couvert de sueur et de poussière. Il fallait rompre et au moment de cette rupture, il ne savait comment procéder. Il fallait trancher les amarres. Toutes. Il en souffrait.

— Il me sera malaisé de dire adieu à cet asile et à ces hommes de cœur. Ils m'ont accueilli bonnement et bellement quand frère Peynel le leur demanda...

Il se tourna vers les bâtiments conventuels puis

1. Noblesse, race.

ébaucha un geste comme s'il les voulait bénir. « Mes frères », balbutia-t-il avec vergogne ou résipiscence.

— Pour eux, j'étais un tout : frère lai, jardinier, tourier, pitancier, charpentier... Plusieurs m'ont proposé de recevoir les ordres sacrés. J'ai refusé.

Luciane acquiesça. Thierry s'éloigna avec Paindorge et lui dit quelques mots à voix basse. « Moi ? » parut demander l'écuyer, une main sur le cœur.

Se payant d'audace, Tristan saisit au-dessus du coude le bras qui venait de déceindre la taille de Luciane :

— Comme je te comprends, Argouges, dit-il usant d'un tutoiement qui ne contrista personne. Comme je te comprends !... J'ai vécu à Fontevrault deux ans, juste après notre défaite à Poitiers.

— Ah ? fit Luciane.

— Sacrédieu ! dit Paindorge.

Tristan imita le soupir d'un homme échappé de la noyade :

— Révérence parler, je ne me suis senti redevenir moi-même qu'une fois sorti de la bure.

— J'aime mieux cela !

Luciane. Elle était transformée, transcendée par cette révélation.

— Ah ! oui, j'aime mieux cela !

Pouvait-on aussi parfaitement lui signifier qu'elle conservait le désir d'être aimée en dépit de son attachement à une autre ? Son père ne disait mot. Tandis qu'il la contemplait, il essayait sans doute d'accorder ses songes pâles et cendreux à une réalité flamboyante.

— En te voyant, je revois ta mère.

Etait-elle restée intacte dans ses pensées, cette épouse, bien qu'un fleuve de temps et un monceau de terre en eussent débiffé l'image ? Il embrassait des yeux ce jeune corps qui ressemblait peut-être à celui de la défunte ou à celui de Tancrède, cette cousine à la vaillance d'Amazone dont il ne savait plus rien et qui peut-être eût ri de le voir maintenant. Il contemplait ce beau fruit mûri loin de ses regards, et Tristan se sentit observé à son tour et traversé d'une question d'importance : « *Qui es-tu ?* » Cet homme mettrait des jours, des semaines, des mois à effacer l'incroyable stupeur de ces instants.

Et voilà qu'il s'inclinait comme un humble qui prend congé :

— Il me faut aviser le prieur de mon départ... Je vais lui manquer... leur manquer...

— Ta vie est ailleurs, désormais.

Et Thierry se crut obligé de gloser :

— Ailleurs, te dis-je. Tu quittes une communauté pour une famille. La bonne chance est avec toi !

Tristan désapprouva cette conclusion trop aisée :

— Tu parles d'abondance de cœur, compère. Or, sache-le : on ne quitte pas un saint lieu comme une hôtellerie. On s'en arrache et cela fait mal.

Ogier ne pouvait l'entendre. Il se hâtait. Il eût couru sans doute s'il n'avait conservé en lui, malgré les tourments d'une joie trop inattendue, trop complète, cette maîtrise inculquée par la vie monacale.

Lorsqu'il revint, son visage était pâle et glacé.

— Allons, dit Thierry, reprends-toi !... Tous ces saints hommes savent que tu sais ce que tu leur dois. Cette navrure due à ton arrachement (il s'était détourné, rieur, vers Tristan) se cicatrisera. Tu possèdes désormais près de toi le meilleur baume qui soit au monde !

— Rien à emmener, Père ? demanda faiblement Luciane.

— Tes armes, ton armure ?... Raymond nous a dit...

— Non.

Thierry et Paindorge échangèrent un clin d'œil.

— Partons, dit Luciane en prenant dans la main de l'écuyer les rênes de son cheval.

Tristan se tourna vers le seuil de l'abbaye. Un moine décharné, à peine plus haut qu'une épée à deux mains, les observait derrière l'huis entre-clos. Découvert, il rentra dans l'ombre.

— Vous êtes à cheval, dit Ogier.

Cette fois, ce ne furent pas deux larmes mais des gouttes ininterrompues qui mouillèrent les joues de l'ancien chevalier. Hoquetant, frémissant, il se courba sur l'épaule de sa fille.

— J'avais oublié... Je croyais avoir oublié. Mais de vous voir ainsi, le remords me revient...

Etait-il juste qu'à la joie succédât cette peine ?

— Mon cheval est mort par ma faute. Je lui avais trop demandé. La Normandie, le Périgord... La Normandie encore et le Périgord... J'étais comme fou...

— Je conçois votre chagrin, père. Nous comprenons que ces chevaux vous fassent regretter le vôtre. Mais vivant toute sa vie de cheval, il serait mort depuis longtemps...

Tristan, attentif, guettait sur ce visage rayé de rides profondes le développement d'un souvenir cruel dont il comprenait, précisément, la malaisance. Pour lui, perdre un cheval, c'était perdre un ami.

— Il s'est abattu sous moi... sans souffrir, oui, sans souffrir, car je me serais tué si sa mort n'avait point été prompte.

— Allons ! Allons, beau-frère, reprit Thierry, remets les pieds à l'étrier sans trop regarder en arrière !

Luciane lança un regard irrité à son oncle. Il fallait cautériser les suppurantes plaies. Au fer rouge afin d'assainir l'esprit de cet homme et le guérir de tout esprit de pénitence.

— Et ton chien, père... Dis-moi.

Elle le tutoyait enfin tout en lui frottant nerveusement l'échine, tandis qu'il se mouchait du pouce et de l'index, sans façons et sans vergogne.

— Thierry t'a aussi parlé de Saladin !

— Et Guillemette... Et Raymond.

Ogier soupira, sa détresse vaincue pour un temps :

— Lui, c'est à Rechignac et c'est sa faute... C'était l'été. Il a voulu courir un lièvre. Une vipère l'a mordu au ventre... Impossible de le soigner. J'ai sucé le sang, mais il était trop tard... Il n'a point trop souffert...

— Allons, intervint Thierry, bourru mais attentif à l'humeur qui assombrissait le visage cireux, nous aurons tout le temps qu'il faudra pour échanger nos dires lorsque nous serons à Gratot... Tristan, tiens l'étrier du sommier à Luciane afin que son père enfourche son arzel.

Elle acquiesça, essayant d'interpréter, elle aussi, la taciturnité de ce visage et le redressement de ces épaules trop longtemps voûtées dans les œuvres rustiques et les prières.

— C'est à toi pleinement, ma fille, ce cheval ?

— Oui, père... Un don de Tristan.

Luciane se contraignait à n'en pas dire davantage, épiant cet homme non plus esseulé, mais encore isolé, et qui réapprenait les choses d'autrefois.

— Quand j'allais à Gratot, je prenais une mule... Ce cheval me semble d'un ardent caractère et, ma foi, il est beau. Il me rappelle un peu mon défunt compagnon...

Ogier tournait autour du roncin, touchant les naseaux frémissants, flattant d'une main légère le poitrail ample et fort où glissaient des frissons.

— Comment s'appelle-t-il ?

— Marchegai.

Tristan vit Ogier d'Argouges lutter contre une angoisse morne dont il se délivra d'un mouvement d'épaule. Il appuya son front sur l'encolure du cheval. Quand il l'en sépara, elle était brillante et moite.

* *
*

Ils parcoururent deux cents toises. Paindorge, qui chevauchait à l'avant, se laissa soudain dépasser.

— Allez quiètement sans moi. Tachebrun se met à clopiner... Un fer qui se décloue, sans doute... Je connais le chemin et vous rattraperai.

— Soit, dit Thierry. Garde-toi bien.

Tristan devança Luciane et les deux hommes. Il se sentait de trop. La pucelle le comprit-elle ? Comme il fermait un moment les yeux pour les soustraire aux feux du ciel, il la sentit soudain proche mais n'osa le vérifier.

— C'était si simple, dit-elle, que je sens dans cette réussite la volonté de Dieu.

Il se tourna mais ne la vit qu'incomplètement. Sentant la nécessité d'un compliment, il révéla, sincère, et sans hausser le ton :

— Vous étiez belle en robe de nuit, ce matin.

— Ah ! Ah ! messire... Je vous ai plaisié[1] ?

Il ne répondit point, sachant que son silence équivalait à un aveu.

Çà et là, entre des friches, on avait fauché les blés. Certains loudiers[2] se hâtaient de lier les javelles et d'empiler les gerbes sur une charrette. Les bœufs atten-

1. Charmé.
2. Paysans.

daient, résignés, d'emmener leur charge jusqu'à une ferme dont on apercevait le toit d'ardoise.

— Voyez cet homme, là... et cet autre... Et ce jouvenceau, plus loin : ils ont des arcs et des carquois pleins...

Sur l'aire de Roncey, dans la poussière d'or, les batteurs à grands coups de fléau frappaient la jonchée lumineuse tandis que d'autres ensachaient le grain.

— On ne sent point la guerre ici, dit Luciane.

— Certes... Mais ce soir, demain, les Navarrais, les Goddons, voire les deux ensemble, peuvent accourir et rober ou arser [1] cette maigre moisson.

— Il faudrait apprendre aux femmes à se battre aux côtés des hommes.

— Vous parlez comme cette Tancrède dont Thierry m'a entretenu.

— Cela vous contrarie ?

— Non.

— J'aurais aimé la connaître.

A Ouville, une grande fille couronnée d'épis versait à boire aux batteurs tandis qu'un vieux, à l'écart, plongeait ses mains dans un sac pour en extraire ces froments si longs à venir et qu'il avait semés, sarclés, fauchés, égrenés toute sa vie.

— On doit battre le blé à Castelreng... Si mon père vit encore, il a troqué le fléau d'armes contre le fléau de paix.

— Il se commet avec ses meschins et meschines ?

— Oui.

— Votre père me plaît... J'aimerais le connaître.

Tristan cherchait une réponse à cette réplique ambiguë lorsque Coutances apparut derrière ses haies

1. Brûler.

de groseilliers, ses murs d'enceinte rosâtres et ses maisons grises serrées autour de la cathédrale.

— On traverse ou contourne, Ogier ?

— Contourne, Thierry.

Tristan, qui s'était laissé rejoindre, devina les regards de Thierry et de son parent posés sur Luciane, la croupe de Luciane, sans doute.

— L'aime-t-elle ? entendit-il.

— Je le crois.

— Et lui ?

— Ne te l'ai-je pas dit ?... Il conserve en son cœur la mémoire d'une autre.

— Crois-tu qu'il s'en guérira ?

Une sorte d'espérance — mais de quelle espèce ? — dut pénétrer Ogier de sa force subtile, et Tristan, qui se détournait, le vit sourire.

— D'une certaine façon, j'aime mieux cela, Thierry. Avant qu'il ne se décide, il me la laissera un peu.

Les doigts de Luciane glissèrent, lents et légers, sur l'encolure du sommier.

— Avez-vous ouï leurs dires ?

— Oui, dit Tristan, simplement.

* *
*

Ils atteignirent Gratot à la vesprée. Le vent commençait à souffler. De vagues formes surhumaines hantaient un ciel d'acier amati par une brume venue de la mer.

— Il faisait si beau, se plaignit Luciane.

Tristan la vit frissonner.

La jetée fut franchie et le pont abaissé. Ce fut la cour que les volailles désertaient ; ce furent Guillemette et

Raymond empressés, des cris de joie, de longues embrassades et Ogier soudain morne imprévisiblement.

— Holà ! que t'arrive-t-il ? s'inquiéta Thierry.

Ogier tapota la cuisse de Marchegai :

— Une remembrance cruelle... Les flagellants lors de l'hiver 48... Ils ont occis tous ceux que nous aimions. Un soir où j'étais revenu, ils m'ont pris... Tu ne peux imaginer combien ils étaient affreux... Des affamés de la mort...

— Raymond m'a raconté... Vous avez fait justice.

— Les femmes m'auraient dépecé de leurs griffes et de leurs crocs...

— Je connais cette engeance, dit Tristan.

Thierry regardait le visage de son beau-frère avec tant d'intensité qu'il y cherchait peut-être des marques d'épouvante. Les rafales plaintives semblaient chargées d'horreur. Luciane, les cheveux rebroussés sur le front et les joues, s'approcha de son père et passa une main sous son bras :

— Il te faut oublier... Renaître.

Elle semblait pleine d'attentions, d'espoirs vagues. Sa bouche contractée révélait un émoi péniblement maîtrisé. Tristan se sentit pénétré par l'enchantement de cet accord d'où la pitié était exclue. Luciane lui inspirait présentement un besoin de tendresse, de paroles doucereuses, et son père l'envie de bourrades hardies accompagnées d'encouragements brefs comme il sied entre hommes d'armes. Il ne savait que dire et à quoi s'employer tandis que Guillemette et Thierry discutaient du repas qu'il fallait apprêter.

— Messire Tristan, dit Raymond, je ne pensais pas qu'il reviendrait si promptement. C'est un miracle.

— Un miracle au nom de fille... Quant à messire Argouges, disons qu'il entre en convalescence.

— Et Paindorge ? L'avez-vous perdu en chemin ?

— Non... Il va venir.

— La nuit est sur nous... Il serait bon qu'il arrive.

Et Raymond partit s'occuper des chevaux tandis que Thierry s'avançait vers le logis seigneurial, rejoint par Luciane et son père qui semblait avoir recouvré son aplomb.

— Je n'ai rien oublié de cette affreuse guerre. Où en est-on ?

— Une trêve précaire, Ogier. Le petit Charles de Navarre attise toujours le feu... Le royaume est la proie de tous les appétits, mais le dauphin Charles me paraît plus astucieux que son père. Certains le prétendent perfide...

— Souvent, dans la paix des moines, je me suis demandé si j'avais été clairvoyant et équitable dans ma vision des choses.

— Sans doute. Rien n'a changé. Nos maréchaux sont toujours outrecuidants.

— Notre pays connaîtra d'autres misères.

— As-tu ouï parler de Brignais ?

— Certes.

— Castelreng y était. Il te racontera.

Luciane poussa l'huis du grand logis et tout de suite après :

— Assieds-toi, père, près de la cheminée.

Elle montrait au revenant la cathèdre ouvragée sur le dossier de laquelle s'affrontaient les lions des Argouges.

— C'est un des rares meubles que les écorcheurs dont je vous ai parlé ont respecté.

Thierry laissa son beau-frère à ses pensées. Luciane en fit autant. Ogier se retrouvait chez lui, le corps et l'esprit apparemment détendus dans une sorte de somnolence qui le rendait presque étranger à lui-même ainsi qu'aux gens et choses qui l'entouraient. La trame

610

lacérée de sa vie se rapiéçait tant bien que mal sans que sa volonté y fût pour quelque chose. Les flammes sautillaient petitement dans l'âtre. Un chaudron chauffait entre les landiers.

Il leva les yeux. Le château devenait plus hospitalier, plus solide — impérissable. Sans doute cet homme aux espérances enfin comblées s'identifiait-il définitivement à ces murs qu'il réintégrait cette fois avec un plaisir tout à la fois âpre et délectable.

Il y eut un galop dans la cour.

— Paindorge, dit Tristan.

— Alors, dit Guillemette, on va pouvoir manger. Raymond est allé quérir la boisson. J'espère, messire Ogier, que vous avez grand-faim.

* *
*

Luciane avait disposé les écuelles, les cuillers, les pichets de vin sur la table couverte d'un drap de lit. Debout devant la cheminée, sans trop voir, semblait-il, la lèchefrite où grésillait un porcelet, la pucelle s'était immobilisée dans le geste éternel de la méditation. Un bras replié sur sa poitrine, l'autre relevé jusqu'à son menton soutenu dans la fourche de sa main, la tête un peu penchée, les yeux mi-clos sans que l'éclat des braises en fût cause, elle errait par l'esprit à des lieues de Gratot. Tristan la rejoignit et d'une main légère effleura son épaule :

— Votre vie se recompose...

Ils n'osaient trop se regarder, cherchant pourtant à pénétrer l'un l'autre leurs dispositions secrètes.

— Tout est si différent de ce que j'imaginais en venant à Gratot... Sans le... parjure de Guillemette et de Raymond, qu'aurions-nous fait ?

611

Thierry les épiait. Tristan se demanda s'il s'apercevait de la dissemblance qui se révélait entre la jeunesse ascendante de cette fille audacieuse et la maturité tourmentée d'un père parvenu sans doute à son zénith et qui, pensif et immobile, lui aussi, n'osait peut-être croire à la véracité de sa résurrection.

— Beau-frère, il faut que tu redeviennes toi-même. Je veux te voir aussi vaillant que naguère. Il faudra nous exercer aux armes.

Une expression d'anxiété pétrifia le visage du revenant. Sa quiétude parut s'envoler à tire-d'aile comme un oiseau chassé de son nid par une menace imprécise. Tristan craignit que son long séjour chez les bénédictins n'eût compromis à tout jamais la force et l'habileté de cet homme.

— Je n'ai plus rien, Thierry, en fait d'armes. Pas même Confiance. Je l'ai remise avec mon armure et mes housseries au prieur de Hambye lorsque j'ai décidé de quitter les vivants.

— Tu es toujours chevalier !

Paindorge entrait. Il fut immobilisé d'un geste.

— Va chercher, dit Thierry, ce que je t'ai prié d'apporter.

L'écuyer disparut pour revenir ceint d'une épée qui n'était pas sienne et courbé sous un lourd fardeau de toile écrue maintenu fermé par des entrecroisements de wège[1]. Il le laissa tomber ; le contenu tinta.

— Tenez, messire... Votre épée... Il y a là-dedans votre harnois de guerre... Les housseries et lormeries[2] sont dans un bissac, à l'écurie.

Ogier remua dans sa cathèdre.

---

1. Corde, en Normandie. Le wège est surtout utilisé pour le port des paniers de poissons.
2. Ouvrages relatifs aux harnachements des chevaux : selles, gourmettes, mors, etc. Les *lormiers* fabriquaient des *lormeries*.

— L'avenir vous dira si vous avez bien fait. Emporte ça, Paindorge. Mets-le, avec Confiance, près de l'arzel de ma fille...

Il lui coûtait de dire « Marchegai ». Il soupira tandis que l'écuyer s'en retournait, aidé cette fois par Raymond.

Luciane s'assit sur l'un des accoudoirs entre lesquels son père étouffait un émoi convaincant.

« Ses armes lui ont manqué », releva Tristan. « Il serre les mâchoires pour ne pas verser un pleur de plus. »

Dans la clarté rougeâtre qui enveloppait le père et la fille, il cssaya d'imaginer quelle femme avait été Blandine d'Argouges. Luciane, puisqu'elle lui ressemblait, tenait de sa mère un front haut, des cheveux d'or brûlé, un nez petit que semblait avoir relevé une douce chiquenaude. Le son de sa voix devait ranimer, chez Ogier, le souvenir de la défunte, mais c'était une autre âme qui vivait dans les yeux de la jouvencelle et s'exprimait dans des mouvements contraires, sans doute, à ceux, veloutés, de sa mère. Son sourire n'avait jamais rien de dolent. C'était celui d'une jeune louve affamée.

— Comment était-ce, pour toi, l'Angleterre ?

— Tu connais la Grande Ile... Je m'y sentais mal, pesante... Une armure de contraintcs même si Jeanne de Kent se montrait bienveillante... entre deux effronteries envers moi... Une fois verrouillée la porte de ma chambre, je versais quelques larmes ou bien le sommeil me prenait et je m'évadais ainsi de mes angoisses.

Ogier demeurait troublé, anxieux. Il se trouvait en présence d'une inconnue qui était à grands traits informée de sa vie et de son caractère et dont il ignorait tout. Tandis qu'ils s'accoutumeraient l'un à l'autre, il devrait, pour ne point la décevoir ou l'indigner, réintégrer sa peau de chevalier, puis son armure. Ce qu'elle révérait en cet homme, présentement, c'était l'illusion : le vaillant guerrier, le champion du roi de France, le vainqueur de Renaud de Cobham dans la lice d'Ashby. Ce qui la désolait, c'était de ne pouvoir appréhender, dans les regards dispersés de son père, les êtres disparus, le mobilier détruit, les chiens morts qui avaient eu leurs aises dans cette grand-salle où Guillemette allumait des chandelles : tout ce que ne pouvaient voir ses yeux las et toucher ses mains charnelles.

— Ma fille, dit-il après avoir hésité, défie-toi de la lumière dont tu m'entoures. Je vais m'employer à conforter ton admiration, mais je ne suis rien d'autre, dorénavant, qu'un homme qui consent à réapprendre à vivre... pour toi.

— Je t'y aiderai, père.

Il devait préférer ce tutoiement à une dévotion melliflue et peut-être fallacieuse. Jeune patricienne déracinée, élevée dans le culte obligatoire de la femme la plus belle mais la plus futile et la plus dépensière d'Angleterre, il ne lui demanderait que sa présence et, parfois, son approbation.

— J'ai connu Jeanne de Kent... En décembre, il y a quinze ans.

— Elle m'a parlé souventefois de toi et de ta cousine Tancrède sans jamais me dire si elle la rencontrait et où elle vivait.

Pourquoi évoquaient-ils à nouveau cette femme ?

— *Joan* avait de l'amitié pour elle. Sais-tu ce qu'elle est devenue ?

— Comment le saurais-je ?... Il m'advient d'y penser.

Ogier allait se livrer à quelque commentaire lorsque sa fille, brusquement, interrogea :

— Est-il vrai que je ressemble à ma mère ?... Je... j'en doute.

Tristan les observait avec un intérêt accru. Dans la pénombre pourprée, ils se dévisageaient avec une espèce d'angoisse. Guillemette intervint pour chasser de leur esprit un fantôme importun :

— On mange... Il n'est que temps... Allons, asseyez-vous !

Ogier se leva, s'installa en bout de table. Luciane prit place à sa gauche.

— Vous avez bien le temps de parler de Blandine, dit Thierry en s'asseyant face à sa nièce.

A l'invitation de Raymond, Tristan s'assit auprès de la jouvencelle, face à l'époux de Guillemette. Paindorge prit place à sa gauche, vis-à-vis de celle-ci.

— Certes, tu lui ressembles, dit enfin Ogier, mais tu me parais son contraire. Tes regards ne sont pas tournés vers l'intérieur de toi : ils voient ce qui t'entoure. Blandine était lendore, tu es active ; mélancolique, tu es... vraie.

Thierry approuva en quelques coups de tête. Ogier sourit. Tristan pensa qu'il dominait une maussaderie dont il s'était guéri à Hambye, et qui, depuis son retour à Gratot, avait réintégré, peut-être même réinfecté son esprit.

« Il me regarde et se demande si elle s'est vraiment entichée de moi. »

— As-tu trouvé, Luciane, chez Tristan, des qualités de cœur insoupçonnables chez un autre ?

Guillemette, prompte, demanda :

— Votre écuelle, messire Ogier.

Tristan vit son sourire à lui seul destiné. Elle l'avait secouru. Il lui en sut bon gré. Il avait sauvé Luciane. Il avait sauvé Oriabel. Chaque fois qu'il songeait à cette dernière, il plongeait dans un rêve exalté. Son cœur vide s'encombrait de sentiments abstrus qu'il remuait avec un plaisir enragé tour à tour gai ou triste. A côté de son portrait réel, de sa nature véritable, il avait peint, édifié une Oriabel désespérée. Son lointain modèle correspondait-il maintenant à cette effigie ?... Il y avait dissemblance entre Blandine d'Argouges et sa fille. Il y avait dissemblance, certainement, entre l'Oriabel enchâssée dans la mémoire de Tristan de Castelreng et celle qui existait quelque part, dans l'ombre de Tiercelet, son protecteur.

— Je décèle en toi, Luciane, une force, une impétuosité que ta mère n'avait point.

Une force, songea Tristan qui, plutôt que de nuire à sa féminité, à sa charnalité, en constituait l'ornement. Elle baisa vivement son père sur la joue :

— Tu me raconteras comment tu m'as cherchée.

Ogier posa sa cuiller emplie de soupe dans son écuelle :

— Thierry a besoin de savoir. Aussi serais-je bref... Je t'ai cherchée de la fin décembre 48 à la fin mars 49... Puis je suis parti pour Rechignac, en Pierregord, où Thierry est né... Ceux qui l'avaient connu ne l'avaient point vu. D'ailleurs la morille aussi était passée par là... J'aurais pu revenir à Paris, obtenir du roi une mission, un commandement...

— Tancrède n'était pas passée par Rechignac ?

— Elle y était venue. Elle en était partie.

— Et Anne, ma cousine ? demanda Thierry.

Ogier ferma les yeux, dérobant leur éclat au regard de sa fille. Tristan eût juré que cette Anne incarnait un secret entre les deux hommes.

— Morte... La morille, toujours.

— Elle était enceinte quand nous sommes partis, voilà dix-sept ans déjà.

— Un fils lui est né, puis un autre, de ce rustique avec lequel elle vivait...

« Donc, le premier n'était pas du rustique », se dit Tristan.

Il flairait un mystère dont il n'avait cure.

— Après ? demanda Luciane.

— La Bretagne... J'y suis allé trois fois. Je me disais que Thierry me sachant apparenté aux Tinténiac avait pu, auprès d'eux, se recommander de mon père...

— Qu'as-tu trouvé en Bretagne ?

— Une guerre d'embûches dont la férocité de Guesclin est entièrement responsable... Jean de Tinténiac nous a bonnement reçus, Marchegai, Saladin et moi. La troisième fois, je l'ai trouvé alité alors qu'il aurait dû être en possession dc toutes ses forces : son ami, Beaumanoir avait défié un capitaine goddon... Un combat de trente hommes et de deux chefs... Près de Josselin [1].

— J'en ai ouï parler, dirent ensemble Thierry et Paindorge.

— Moi également, dit Tristan.

Ogier avala une dernière goulée de soupe et, posant sa cuiller :

— Jean et moi étions de la même charnure.

— Vous avez passé son harnois ?

— Certes... Quand j'en fus revêtu au chêne de Mi-Voie où nous devions attendre les Goddons, j'cus un étonnement et faillis renoncer...

— Poursuis, père !... Ne t'interromps point. Les Anglais ne se sont jamais entretenus devant moi de cette bataille.

Ogier considéra le visage tendu vers le sien pour une supplication sans doute excessive, mais dont il était touché. Jamais sans doutc, songea Tristan, son épouse

1. Il s'agit du combat des Trente... qui étaient soixante-deux. Il eut lieu le samedi 26 mars 1351.

ne s'était aussi avidement informée des événements glorieux ou piteux qui avaient composé sa vie de chevalier en guerre.

— Calveley était là, dominant ses compères d'au moins deux têtes. Je lui avais sauvé la vie ; il m'avait accueilli à Bunbury, son châtelet, juste après les grandes joutes d'Ashby... Ennemis, nous étions cependant frères d'armes.

— Je l'ai vu à Londres et à Westmoutiers. C'est un géant.

— Quand l'as-tu rencontré ?

— L'an passé... Je ne l'ai pas approché et c'est à peine, dans l'encoignure où je me tenais, si son regard a glissé sur moi... La belle Jeanne exigeait que je l'accompagne. Elle ne me cachait pas qu'elle voulait me faire épouser un chevalier... C'est pourquoi je m'esseulais... ce qui ne m'empêchait pas d'être assaillie !

— Que faisais-tu alors ? demanda Thierry.

— Par une fente de ma robe, à la hanche, j'avais accès à un poignard qui ne me quitta que le soir où Tristan me sauva la vie...

— *Me délivra* serait plus vraisemblable, rectifia Tristan sans fausse humilité. Vous avez contribué, m'amie, à votre sauvement... et au nôtre.

Luciane lui lança un regard furieux, bien trop courroucé pour qu'il fût sincère. Ogier eut un geste apaisant et reprit :

— Calveley m'entraîna hors de ses compères et des miens après que j'eus relevé ma ventaille et qu'il m'eut reconnu. « *Nous ne pouvons tenter de nous occire* », me dit-il. Je lui répondis que j'en étais d'accord. Je choisirais d'autres adversaires : Goddons ou mercenaires ; il affronterait des Bretons autres que moi, faux Tinténiac. Et je le dis sans amertume : notre victoire fut loin d'être cette appertise dont on se loue grossement en Bretagne. Pour moi vers la fin du combat, Guillaume de Montauban a desrieulé [1] en se retirant du combat pour aller sauter sur son cheval, feindre de fuir, et revenir vers les Goddons pour en renverser deux d'un galop lors duquel son coursier mourut.

— Et aucun Goddon, sans doute, dit Raymond, acerbe.

— Ce sont là, dit Thierry, des procédés dignes de Guesclin !

— Il n'y était point.

— Je n'en suis nullement ébahi. On commence à chanter un peu trop ses mérites.

— Qu'advint-il de Calvelcy ? demanda Luciane.

— Il fut conduit à Josselin et rançonné. Libre, il fut repris à Montmuran trois ans plus tard...

— ... par Enguerrand de Hesdin, continua Tristan. Ce fut lui, Calveley, qui fit prisonnier Bertrand Guesclin à Juigné et le rançonna pour trente mille écus versés par la Couronne. Mais continuez, messire ! Vous reveniez, disiez-vous...

— Je revins à Gratot et passai quelques jours avec mes bons amis, Raymond et Guillemette. C'est là qu'un bénédictin de Hambye vint me chercher. Frère Peynel, le sempecte de l'abbaye, allait mourir. Il me voulait voir. Je l'avais quelque peu titillé au temps de la mort noire. Je doutais de la mansuétude divine et il m'était advenu de vitupérer Dieu... Mon malheur m'aveuglait et me tournait les sangs. Frère Peynel me demanda où j'en étais de mes recherches. Je lui dis mon désespoir. Vivre à Gratot m'était souffrance. « *Sans te vêtir de bure* », me dit-il, « *retire-toi de cette existence stérile. Reviens demain en armure et l'épée au côté. Franchis notre seuil et dévêts-toi... J'ai parlé*

1. « Est sorti de la règle » ou « a triché ».

*à mes frères et à notre prieur. Il nous faut un jardinier,
un pitancier... Tu peux amener ton cheval et ton
chien. »* Et je lui répondis qu'ils étaient morts tous
deux.

— Tu n'as rien su du monde à l'entour de
Hambye ?

Thierry souriait avec bienveillance. Pour lui, dit-il,
c'était tant mieux si son beau-frère avait ignoré ce qui
se passait hors des murs de l'abbaye. Ogier le
détrompa.

— Nous savions tout, contrairement à ce que tu
crois... J'ai appris l'avènement d'Innocent VI après la
mort de Clément VI [1], la mésentente de Charles de
Navarre et du roi, la félonie d'Etienne Marcel, le
meurtre de Charles d'Espagne — qui m'a tiré un soupir d'aise ; la reprise de la guerre en Bretagne après la
défaite des nôtres à Poitiers, la paix de Brétigny qui
nous prive de tout. Rien n'est plus poreux et friable
que les murs d'une abbaye...

— Vous n'avez jamais eu regret d'avoir abandonné
Gratot ?

Luciane souriait à peine. Toute la violence de ses
nerfs, elle la dédiait à ces événements qui avaient fait
de son père un reclus. Son instinct la liait à ces pierres,
à ces arbres ceints d'une douve large dont l'odeur, par
la porte mi-close, la pénétrait. Elle s'incorporait à Gratot. Tous les feuillages sous le vent frémissaient avec
son sang. Peut-être songeait-elle qu'elle ne quitterait
jamais plus ces lieux, ce ciel de Normandie — si pareil,
songea Tristan, à celui de l'Angleterre. Elle avait beau
ciller des paupières, elle voyait son père différemment

---

1. Pierre Roger, dit Clément VI, élu en Avignon le 7 mai 1342,
mourut le 6 décembre 1352. Etienne Aubert, Innocent VI, lui succéda
le 18 décembre 1352 et décéda le 13 septembre 1362.

qu'au début de leur rencontre. Un homme qui avait renoncé à combattre. Un reclus sans autre passion que celle, ordinaire, de prier plus souvent que d'autres gens, même pieux. Elle se faisait serment de ranimer ce léthargique. Pour qu'elle en devînt plus fière encore qu'elle ne l'était maintenant.

— Si, j'ai eu moult regret d'abandonner Gratot... Si tu touches un jour le fond du désespoir, mon enfant, tu comprendras ma conduite.

— Eh bien, mangeons, maintenant, dit Guillemette. Je sais que vous avez moult choses à vous dire, mais le temps ne vous est plus compté.

— En vérité, dit Raymond, étrangement silencieux.

— C'est bon, dit Paindorge.

Etait-ce le mot de la fin ou une appréciation sur la cuisine de Guillemette ? Nul ne s'en soucia. L'on mangea.

Lorsqu'il eut pris congé avec son écuyer pour retrouver son lit rustique, Tristan s'arrêta sur le perron du logis seigneurial. Il respira amplement afin d'emplir ses poumons d'air frais et d'échapper à l'enivrement d'un bon vin dont Raymond, échanson et écuyer tranchant, avait été prodigue. Il entendit alors, en provenance de la grand-salle d'où Raymond et son épouse venaient de s'en aller :

— Ce Castelreng, ma fille, en es-tu amourée ?

La réponse vint sans attendre, aussi hardie que définitive :

— Oui, père.

Tristan pressa le pas pour rejoindre Paindorge.

La lune ronde et pâle versait sur le seuil de l'écurie une clarté suffisamment vive pour qu'elle se répandît à l'intérieur. Paindorge se hâta vers son nid de fourrage, s'y jeta et se mit incontinent à ronfler. Tristan visita les chevaux. Dans la chaude pénombre où bruissait, parfois, la paille de leur litière, tous étaient paisibles sauf celui de Raymond, un roncin pommelé inaccoutumé au partage de son domaine. Il rongeait sa mangeoire et fouettait de la queue.

Lentement, pesamment, Tristan revint sur ses pas. Une épaule touchant le chambranle de pierre, il observa les ombres qui se mouvaient derrière la fenêtre de la grand-salle. Raymond, assez rare ; Guillemette, toujours vive, et Luciane qui, parfois, collait son front à la vitre et disparaissait pour rejoindre son père toujours assis, sans doute, dans son grand siège.

« Et Thierry ?... Que fait-il ?... Ah ! le voilà... Il lève les bras et simule des coups de taille. De quelle bataille entretient-il son parent ? »

Tristan s'avança sans précaution particulière jusqu'à ce que sa curiosité lui parût condamnable. Il s'immobilisa et observa, sur le fond clair de la fenêtre, le passage de ces ombres qui parfois se confondaient en une seule. Après l'extrême tension de ses nerfs, à Hambye, il ne savait ce dont il avait besoin. Solitude ? Sommeil ? Devait-il peupler son esprit de la seule Oriabel pour se recueillir en elle ? Non. La vieille alchimie ne comblait plus ses espérances. Les athanors de l'esprit et du cœur ne transmutaient plus rien. Tout restait cendre et suie où qu'il cherchât refuge. Naguère remèdes à sa mélancolie, ces recours au passé composaient son tourment. Il souffrait moins de l'absence d'Oriabel que de l'ignorance de ses actes et de ses pensées. Un mois d'existence commune dans les murs répugnants du château de Brignais. Un mois de passion cernée d'effrois sans nombre. Serait-ce tout ? Son amour — peut-être maintenant son affection — s'accommodait mal de ce silence et de cet éloignement. Il ne les avait point souhaités comme épreuve de vérité. Il continuait de croire à la reviviscence de leurs fêtes nuptiales même si le désir le titillait parfois de s'engager dans une autre voie si par male chance, passant par Castelreng, il n'y retrouvait ni Oriabel ni Tiercelet. Il laissait volontiers galoper sa raison ; il en maîtrisait les alarmes et en guérissait les fièvres plus promptement et aisément qu'il ne l'avait cru lorsqu'il avait découvert Luciane chez Cobham ; lorsqu'il l'avait vue manier farouchement l'épée ; lorsqu'il avait entraperçu sa nudité en deçà d'une robe seyante. Ingénument ou non, elle savait l'envelopper d'un regard où l'ardeur le disputait à la tendresse. Quoi qu'elle fît pour le décider moins à l'amour qu'au mariage, il se sentait toujours le féal de l'Absente, le loyal dépositaire de sa confiance et de ses ferveurs. Et de méditer, pourtant, sur ce thème :

« Ogier ne la lâchera point aisément ! »

Cela lui laissait du champ. Rien n'était commencé entre Luciane et lui. Son intuition, pourtant fort aiguisée d'ordinaire, semblait s'être émoussée. Il était incapable d'imaginer la façon dont il prendrait congé des gens de Gratot et ce que serait leur attitude.

« Après tout que t'importe !... Si tu le veux vraiment, tu les oublieras. »

Il s'approcha de la fenêtre et entendit Thierry s'exclamer :

— Mais si !... Et ce n'était pas un petit estour[1], tu peux me croire. Elle sait tenir une épée.

En voulant rassurer Ogier sur les qualités de sa fille, Thierry l'allait peut-être inquiéter. Qu'elle fût merveilleusement affranchie de beaucoup de faiblesses inhérentes à son sexe, soit. Fille de preux, fière de l'être, se croyait-elle à l'abri des angoisses de celles qui croyaient n'être que les filles dociles du Créateur ? Il réprouvait, lui, Castelreng, cette sûreté de soi. Peut-être Ogier se demandait-il *maintenant* si les Anglais n'avaient pas eu, sur le caractère de Luciane, une influence néfaste et si, vivant sa jeunesse prime et son adolescence à Gratot, elle n'eût pas différé de ce qu'elle était à présent.

Tristan la vit faire face à son père, parler, parler encore en soulignant ses phrases de gestes tantôt brefs, tantôt ondoyants. Quand elle énarra son combat contre le jeune malandrin, un frémissement secoua ses épaules tandis qu'elle puisait dans son éloquence naturelle des accents de plaisir que Thierry réprouva.

— Bien ! Bien !... Je suis moult heureux, ma fille, que tu sois de l'espèce de ta cousine pour ce qui concerne ta défense...

Ainsi, il était satisfait de la savoir vive, passionnée, active. Et son beau-frère ne disait plus rien, muselé, eût-on dit, définitivement.

— L'épée, messire, dit Raymond, ne me paraît pas un affiquet pour les dames.

— Il a raison, approuva Guillemette.

Tristan recula dans l'ombre.

« Pars dès demain ! »

Il s'étendit bientôt sur son lit d'herbes sèches. Plus vivace encore que l'image de Luciane, une jeune

1. Combat.

624

femme envahit son cerveau. Sans autre ornement que sa nudité. Derrière elle, des murs gris ; autour d'elle, une froidure de cachot. Elle n'était point aussi dépourvue de courage.

Tel un imagier de la peinture, il essaya d'aviver ce portrait par des touches de couleurs douces : le rose divin de la chair et l'azur lumineux du regard. C'était bien l'expression de son visage, la blondeur ardente de sa coiffure. C'étaient bien la minceur liliale de son cou et son noble port de tête. Et pourtant ce n'était qu'un semblant d'elle-même. Quoique proche de la vérité, il ne pouvait appréhender et parfaire, ce soir, les traits délicieux du visage évoqué. *Luciane brouillait tout*. Il ne retrouvait plus le bleu dense des prunelles, leur flamme dans l'angoisse ou la félicité. La vérité que lui offrait cette physionomie lui échappait. Devenait mystère. Il avait beau s'y reprendre et s'y reprendre encore tel un peintre devant le reflet de son modèle, les courbes se juxtaposaient à d'autres courbes, le visage à un autre visage. Si la ressemblance physique existait, quoique floue et impondérable malgré l'occultation d'une autre, l'être secret qu'il avait si bien connu, si bien sondé, ne se révélait plus : Oriabel semblait se retirer dans l'ombre et s'extraire de lui pour n'y plus revenir.

Il se réveilla en sursaut. Paindorge, appuyé d'un coude sur le pourpoint qui lui servait d'oreiller, l'observait en souriant.

— J'ai crié ?

— Vous avez dit *Non*...

— Que ça ?

— Que ça.

Les reins endoloris, la bouche amère et l'œil gonflé, Tristan courut puiser de l'eau. Quand il se fut lavé, l'écuyer le rasa. Ensuite, vêtu aussi proprement que possible, il gagna le pont-levis baissé puis, de là, l'extrémité de la jetée d'où il put contempler Gratot tout à loisir.

Avait-il accompli, en y arrivant, l'effort nécessaire pour le bien voir, partant pour le bien comprendre — autant qu'on pût comprendre les êtres d'une demeure d'aussi grande taille en l'embrassant d'un seul regard ? Non. La hâte d'y pénétrer, le désir de mettre pied à terre, la fatigue qui le courbait sur sa selle avaient réduit, amoindri sa vision. Il était anxieux sans raison apparente. Et maintenant ?

Il vit paraître Ogier d'Argouges. De la main, ils se saluèrent et le chevalier s'engagea entre les parapets.

« Dommage... J'aurais aimé être seul. »

Pourtant, s'il existait un homme capable de lui révéler l'âme de son pays dans ce qu'elle avait de plus profond, de plus sincère, c'était assurément celui qui lentement marchait à sa rencontre. S'il y avait un château qui, par ses détails et son entièreté, pouvait exalter la chevalerie de Normandie dans son double aspect pieux et robuste, c'était bien ce Gratot qui l'avait accueilli.

— Comment va, Tristan ?

— Fort bien... Et vous ?

— Bah !... Je dors peu et cette nuit j'avais tant de choses et de gens à comment dire ?... à ressusciter que je n'ai guère fermé l'œil !... Gratot vous convient-il ? Aimeriez-vous y vivre ?

Ensemble, ils regardèrent droit devant eux.

Si la douve où se reflétait une enceinte rébarbative donnait au châtelet un air de prison, les ouvrages qui, au-delà de cette muraille, se hissaient vers le ciel démentaient cette impression fâcheuse. Leur blanche envolée exprimait les sentiments les plus simples et les plus nobles. Même blessé à l'intérieur par l'invasion d'une truandaille, Gratot combinait comme en se jouant la grisaille du granit, la pâleur du calcaire, la vigueur et la sérénité des formes et la pure beauté : cette tour de la Fée, véritable cierge de pierre au sommet duquel une vierge logeait.

— Vivre à Gratot, messire, me paraît une aubaine dont vous profiterez grandement...

C'était un compliment, une amiableté, non pas une réponse à la question posée. Tristan, mécontent, ajouta sans oser dévisager l'homme dont le coude touchait presque le sien :

— C'est beau, messire. J'ai le sentiment que rien ne pourra plus bouger ; que rien, désormais, ni le temps ni les hommes, ne préjudiciera Gratot. Que la force des pierres dont il est fait prévaudra sur celle des hommes qui le voudraient conquérir.

Sa fatigue s'était dissoute. Il ressentait moins lourdement le poids de ses anxiétés. Regardant l'eau de la douve s'arrondir après le saut d'une carpe, il goûta, pendant un moment, la volupté de ne penser qu'au soleil de son pays, à la brillance incomparable des frondaisons de Castelreng quand elles se reflétaient dans le Cougain, au goût du vin qu'il y boirait — un plein hanap pour commencer — après avoir salué son père, Aliénor et ce demi-frère, Olivier, dont Tiercelet lui avait annoncé la présence.

— C'est bien parler, Tristan... Mais un homme tel que moi ne suffit point pour défendre Gratot dans les conditions que vous savez... Si les Goddons semblent se désintéresser de ces pierres, les Navarrais en sont très convoiteux... C'cst du moins ce que Raymond prétend.

Une pie vint voleter devant eux. Tristan s'aperçut qu'elle n'avait qu'une patte. Sans doute, après avoir été mise en cage, avait-elle senti cette nécessité de liberté qu'il éprouvait tout à coup.

— Je devine vos pensées, messire. Croyez bien que j'en suis touché... honoré... Mais il me faut partir... Le service du roi... Et, sur ce point, vous pouvez comprendre et louer mon obéissance, vous dont le roi Philippe fit son champion.

— C'est vrai.

Ils aperçurent Thierry. Tristan vit la bouche d'Ogier se crisper. Sur quoi ? Une grimace ? Un sourire ? Il reprit entre haut et bas :

— Si ce reze [1] en Avignon ne me permettait point de revoir mon père soit à l'aller, soit au retour, j'en serais mécontent. Je m'y suis préparé...

— En somme, il vous déplaît d'avoir à chevaucher si loin de nous ?

« Il souhaite une affirmation et pourtant, il n'est point homme à qui l'on puisse en faire accroire. »

— Je vous ferai, messire, une réponse de Normand...

— Holà ! fit Thierry, interrompant un dialogue qui peut-être eût tourné à l'aigre. Quelles mines, compères !... Echangiez-vous de mauvaises nouvelles ?

Il était vêtu de noir, les cheveux en friche, le sourire incertain.

— Non, parent. Nous disions que Gratot est beau et solide.

Le feu qui couvait sous les paupières d'Ogier d'Argouges s'éteignit. Tristan hésita le temps de croiser les bras, puis s'enhardit :

— Messire Argouges voudrait me voir demeurer près de vous. Je ne le puis.

1. Voyage.

Il entendit le soupir de son hôte. Rage ou déception, il devait s'en aller. Vélocement.

— Pourquoi le roi veut-il se rendre en Avignon ? Le sais-tu mieux que Castelreng ?

Thierry prit appui sur l'épaule de son beau-frère :

— On prétend qu'il va demander la main de la reine de Naples pour son plus jeune fils, Philippe, duc de Touraine, et implorer le pardon du Saint-Siège en faveur de Bernabo de Milan, qui l'a offensé[1].

— Je crois plutôt, dit Tristan, qu'au lieu de restituer au pape le trésor que son père avait touché en engageant, devant Innocent VI, les joyaux de sa bru, Bonne de Luxembourg, le roi Jean — qui ne fut point outré de voir marchander l'or, l'argent et les pierreries de son épouse par feu Philippe VI — va contracter une autre créance. C'est ce que j'ai ouï-dire à Vincennes. Et puis, Sa Sainteté, qui craint les compagnies, a dû mander le roi Jean à son secours et celui-ci ne peut qu'accepter[2].

— ... car le pape, continua Thierry, lui a rendu un énorme service. Une échéance de quatre cent mille écus d'or sur le premier million de la rançon du roi Jean tombait le premier novembre dernier. Jean ne la pouvait acquitter. Edouard lui a consenti un délai jusqu'à Pâques : le trésor était vide[3].

— Rien n'est plus dépensier qu'un Valois, dit Tristan. Mais continue, Thierry, dis-nous ce que tu sais !

Champartel entraîna son beau-frère vers les masures du village de Gratot. Tristan aligna son pas sur le leur.

1. Jeanne, reine de Naples, était veuve de Louis de Tarente, mort au mois de mai 1362. Bernabo ou Barnabo, de la famille des Visconti, était duc de Milan.
2. Ne pouvant obtenir de Philippe VI le remboursement de ses créances, Clément VI avait engagé lui-même ces joyaux à Vincent Lomelin, de Gênes. On eut soin d'en dresser l'inventaire : une fortune. Certes, Bonne était morte, mais tout de même...
3. En cette année 1362, Pâques tombait le 13 avril.

— Trésor vide... Androuin de la Roche, auquel Innocent VI venait d'accorder le chapeau de cardinal, fit remarquer qu'Edouard III avait octroyé au Saint-Père la levée d'un subside de cent mille florins sur le clergé anglais. Alors l'expédient fut trouvé pour se tirer d'affaire : Jean... ou plutôt la France emprunterait cette somme à la papauté pour s'acquitter envers l'Angleterre. Ainsi se trouvèrent satisfaits Jean — qui put payer une lourde échéance... sans bourse délier —, Edouard, qui put percevoir immédiatement l'arriéré de sa créance... et le pape, qui peut compter désormais sur le dévouement de la France pour se débarrasser des compagnies... L'or et l'argent circulent au moyen de lettres de change et jusqu'à maintenant aucun chevaucheur ne s'est fait prendre.

— Mais s'il en est ainsi, dit Tristan, pourquoi ce long chemin vers Avignon ?

La réponse vint d'Ogier d'Argouges :

— Le dessein du roi est de faire comprendre au pape qu'il ne peut s'acquitter de ses dettes envers le Saint-Siège à moins qu'on ne l'autorise, une fois de plus, à imposer des décimes sur les ecclésiastiques du royaume... Les moines de Hambye redoutaient chaque année de nouveaux impôts...

— Eh bien, messires, dit Tristan, je vous dirai à mon retour tout ce qui sera bon et tout ce qui sera mauvais de cette chevauchée...

— Car vous nous reviendrez ?

Argouges semblait en douter. Tristan se sentit observé fixement. Quelque chose de lourd, d'apeuré peut-être, stagnait dans les yeux bleus dirigés sur lui.

— Je reviendrai. J'ai trouvé en vous deux, en Raymond et son épouse... et je ne saurais oublier Luciane... des amis dont la présence va me manquer. J'étais quasiment seul et ma vie s'est peuplée.

— Je te comprends, dit le seigneur de Gratot d'une voix résolument neutre.

Sa figure était pâle, austère comme celle, sans doute, des reclus qu'il avait côtoyés. D'une main preste, puissante, d'homme à tout faire, il arracha une feuille à l'extrémité d'une branchette et se mit à la mordiller, puis il la jeta presque violemment sans que l'expression de son visage eût changé.

* *
*

Laissant les deux hommes ensemble, Tristan marcha sur la berme[1] qui ceignait la douve. Partir. Tout était à Gratot si paisible qu'on pouvait douter qu'il y eût fréquemment des embûches et petites batailles à l'entour.

Il revint au château. Dans la cour, près de l'écurie, Paindorge et Raymond bouchonnaient Malaquin et Taillefer. Guillemette plumait une poule. Ils écoutaient un chant. Invisible au sommet de la tour de la Fée, Luciane chantait :

... d'un malheur qui s'achève,
Dieu baillez-moi la foi en l'avenir ;
Pareille ardeur ne saurait se ternir.
L'espoir d'amour me hante et me griève[2].

Tristan se demanda si, du haut de son juchoir, elle l'avait vu revenir. De toute évidence, elle chantait pour lui.

La guerre enfin nous accorde une trêve.
Entre mes bras le voudrais retenir.

1. Chemin étroit entre un parapet et un fossé, une berge et le bord d'un étang, etc.
2. « Fait mal. »

Lors mes pensers de lui appartenir,
Un fol désir me gagne et me soulève.

La voix pure, flexible, s'épanouissait dans le matin clair, tout emperlée de pépiements d'oiseaux. Et rien n'était plus séduisant. La vierge à l'épée devenait une enchanteresse.

Tristan sentit une main pesante sur son épaule.

— Eh bien, dit Ogier d'Argouges, il semble qu'elle vous ébahisse autant que moi ! C'est de qui, cet air-là ?

— Un trouvère, je crois, qui s'appelle l'Anselme.

— Peut-être l'aurais-je su si je ne m'étais pas exclu du monde...

Le visage rond, précocement ridé, du maître de Gratot, avait repris des couleurs, et sous le sourcil blond et touffu, l'œil étincelait de plaisir. Il toucha une oreille mutilée — souvenir de Sangatte, dit-il — et ajouta qu'elle ne l'empêchait pas d'ouïr et de se délecter d'un tel chant.

— Sa mère ne chantait jamais... Elle se morfondait céans.

— Luciane se plaît en vos murs... Je reviendrai vous voir.

— C'est bien de me le dire.

— Nous vivons des jours maudits. En moi s'est consumée l'espérance d'une paix assortie du bonheur de vivre... J'ai souventefois pensé que Dieu ne me connaissait plus... qu'il nous abandonnait...

— C'est vrai, acquiesça Ogier d'Argouges, mais les saints nous apporteront peut-être la bonne chance qui nous fait défaut, et cette impétuosité, ce courage que nous avons tous plus ou moins perdu à force de déconvenues. Certains d'entre nous furent aveuglés par l'ostentation de ceux qui ont conduit nos armées de défaite en défaite... La Providence, un jour, reprendra soin de nous. Sitôt achevées nos épreuve, nous vivrons des lendemains de bonheur. C'est du moins, chevalier, ce que je te souhaite.

Tristan hocha la tête :

— Où qu'on mette les pieds, Lucifer règne en maître. L'enfer prévaut sur cette terre de France que rien ne protège plus. La haine y supplée l'amour. Les passions abjectes y détruisent les sentiments naturels. La poudre, par le truchement des bombardes, frappe mortellement partout : soudoyers, maréchaux, innocents des cités et des villages. A la Cour et ailleurs les vertus périclitent. Les audaces impies ne cessent d'augmenter... J'ai vu, lors de ma captivité à Brignais, des choses abominables... Plutôt que le glaive de messire saint Michel, je devine au-dessus de nos têtes le suaire de Belzébuth.

Tristan s'animait. Privé, semblait-il, de l'usage de la parole, Ogier d'Argouges souriait et semblait prendre un plaisir neuf à cette digression inattendue.

— Tu me ressembles, dit-il enfin.

Il regarda les murs à l'entour ; ceux que Raymond avait nettoyés et chaulés, puis ceux qu'il faudrait en partie reconstruire.

— Les flagellants, dit-il. Ils ont semé céans et la ruine et la mort... Je ne sais plus combien de bonnes gens ils m'ont occis...

Il sentait, impondérable, la présence de ces martyrs. Souvent sans doute, aux moments où le silence comblait la vaste carène de pierre, croyait-il ouïr leurs pleurs et leurs gémissements.

Thierry brûlait de prendre part à l'entretien.

— Ce sont, dit-il, nos échecs face aux Goddons qui ont fait de moi un chevalier d'aventure.

Ogier d'Argouges sourit à son beau-frère :

— Je ne saurais t'en blâmer. Tu m'as conté tout ce que tu avais fait depuis la pestilence noire... Sur ces trois dernières années, tu as gardé le silence. Pourquoi ?

Thierry ne donnait point les signes d'une humeur sombre. Au contraire : son rire tinta. Luciane avait interrompu son chant. La matinée s'ouvrait lentement ; les murs les plus obscurs blanchissaient au soleil. La chaleur commençait à peser sur les toits.

— Avançons jusqu'à la giste, dit Ogier. L'ombre y était douce autrefois.

Ils gagnèrent la jetée lentement et s'assirent sur chacun des parapets, Tristan seul d'un côté, les deux beaux-frères l'un près de l'autre, en face.

— Ce que j'ai fait depuis 59 ? dit Thierry. En juin, j'ai failli tomber dans une embûche tendue par Robert Knolles en Berry[1]. J'ai pu gagner Rechignac où je pensais te trouver. Il n'y avait, au château, qu'une poignée de jeunes malandrins dont les têtes m'ont mis en défiance. J'en suis parti presque aussitôt !... J'ai retrouvé la Normandie. Des capitaines et des soudoyers s'en allaient à Calais où Lancastre et Gauthier de Masny menaient la guerre[2]. Tout le pays autour de la Somme était gâté... A quoi bon vous énumérer les Goddons qui chevauchèrent contre nous ! Edouard III

---

1. C'est à la fin mai que Robert Knolles entreprit son incursion en Berry, puis en Auvergne. Rappelé par Edouard III pour tenir tête à Guesclin, il se rendit en Bretagne. Son lieutenant, Robin de Adez, captura le Breton vers la fin de cette année-là, au Pas d'Evran, sur les bords de la Rance.

2. Gauthier de Masny était venu à Calais avec 1 500 hommes recrutés en Allemagne, en Hainaut et ailleurs pour participer à une nouvelle campagne contre la France, campagne lancée par le duc de Lancastre sur Saint-Omer, Péronne, Arras, Crécy, etc. Lancastre débarqua à Calais autour de la Saint-Rémi, soit le 1er octobre 1359.

lui-même en était[1]. Ils sont allés à Cambrai, Saint-Quentin, Saint-Thierry et je ne sais plus quoi. Ils voulaient forcer les murailles de Reims pour y faire sacrer leur suzerain[2]... J'ai pu entrer dans la cité et batailler avec les manants contre ces démons. Ils ont été contraints de lever le siège.

— J'ai appris cela, dit Ogier d'Argouges.

— L'on pensait la contrée libérée. Or, un routier y est apparu : Eustache d'Auberchicourt.

— Il était à Poitiers contre nous, dit Tristan.

Thierry acquiesça et reprit :

— Lui et ses malandrins ont mis la contrée à nu : Rethel, Mézières et des cités plus petites. Hommes, femmes, enfants furent occis... J'ai quitté ce pays de mort après Pâques[3] et suis revenu à Gratot où j'ai vainement espéré ton passage... J'y suis demeuré plusieurs semaines. De loin en loin, Raymond et moi apprenions des choses sur le grand randon[4] d'Edouard III en Bour-

1. Arrivé à Sandwich le 3 octobre, il s'embarqua le 28 pour Calais. Le soir, il y logeait. Auparavant, le 26 juillet, il avait pris ses dispositions pour faire transporter Jean le Bon du château de Hetford à celui de Somerton. Le 14 août, ordre fut donné au Trésor de délivrer la somme nécessaire pour conduire le roi de France de Londres à Somerton sous bonne garde.

2. Arrivé devant Reims le 4 décembre 1359, Edouard III y demeura jusqu'au 11 janvier 1360, un dimanche. La cité lui résista.

3. Pâques tombait le 5 avril 1360.

4. Edouard III revint sur Paris à travers la Bourgogne et le Gâtinais, semant l'horreur sur son passage. Le 31 mars, il était à Chanteloup, entre Montlhéry et Arpajon. Le 7 avril, il marcha sur Paris et occupa Issy, Vanves, Vaugirard, Gentilly, Cachan. Il réclama une bataille. Les nobles de Paris la lui refusèrent. Voyant qu'il serait incapable de prendre la cité, il s'éloigna de Paris le dimanche de Quasimodo (12 avril) et se dirigea sur Chartres. Le pape Innocent VI chargea Androuin de la Roche, abbé de Cluny, Hugues de Genève, fils d'Amédée II, comte de Genève, et Simon de Langres, maître général des frères prêcheurs de négocier la paix entre l'Angleterre et la France. Les pourparlers eurent lieu le vendredi saint 3 avril, dans la maladrerie de Longjumeau et le vendredi 10, près de la Tombe-Issoire. Sans succès.

gogne. Puis j'ai su que cette crapule d'Edouard de Woodstock se séparait de son père pour s'en aller devers Rouen.

— Es-tu parti guerroyer contre lui ?

— Non, beau-frère. J'étais las de la guerre. J'avais appris comment dame Pigache, qui devait veiller sur Luciane, avait trahi ma confiance en se séparant de ta fille. Craignant ma vengeance, elle avait, elle aussi, disparu. Comme toi, j'ai essayé de retrouver Luciane. J'avais le cœur brisé, le remords m'étouffait... Parfois on croit bien faire et on commet un crime ! C'est Pigache lui-même qui me dit que ta pucelle était en Angleterre. Mais où ? Avec qui ? Je ne pus obtenir rien d'autre que cette certitude...

— Hélas ! fit Ogier d'Argouges.

Les négociateurs quittèrent Paris le 27 avril et, le 1er mai, commencèrent, à Brétigny-lez-Chartres, de nouvelles « parlures ». Elles aboutirent, le 8 mai, à la conclusion d'un traité de paix plus humiliant encore, pour la France, que l'armistice de juin 1940.

Le 10 mai, le régent ratifia ce traité. Le 15 mai, à Louviers, le prince de Galles jura d'en observer les clauses, ce qu'il ne fit point.

Le traité fut définitivement entériné à Calais, le 24 octobre 1360.

Le retour d'Edouard III en Angleterre s'était effectué le 18 mai. Le 14 juin, le roi d'Angleterre convia Jean le Bon à dîner à la tour de Londres pour lui dicter ses volontés. Le prince de Galles accompagna le roi de France jusqu'à Douvres et Jean le Bon arriva à Calais le 8 juillet. Le 12 de ce même mois, Charles, duc de Normandie, régent de France, se rendit à Saint-Omer pour faire exécuter tout ce qu'il pourrait du traité de paix. Sur les 600 000 écus réclamés par Edouard III, 400 000 seulement furent versés le 24 octobre 1360, le solde étant pour la fin décembre.

Jean le Bon quitta Calais le 25 octobre pour Boulogne. Il y fut accompagné par le prince de Galles et ses frères. Le 29, Jean se rendit de Boulogne à Saint-Omer. Des fêtes grandioses furent données en l'honneur de ce misérable vaincu, et Jean le Bel note dans sa Chronique qu'il n'en fut point reconnaissant : « *Partout on lui présenta de nobles et beaulx joyaulx mais oncques n'en dit grand mercys de sa bouche.* » Arras, Hesdin, Amiens, Noyon, Compiègne, Senlis, Saint-Denis virent passer, hautain, ce roi toujours perdant. Il entra dans Paris le 13 décembre 1360.

— Que fis-tu ensuite ? demanda Tristan.

Il observait ce visage volontaire, moins marqué par l'âge que par des événements nombreux et néfastes. Il se prit à songer que si ses malaventures continuaient, il deviendrait pareil à ces deux chevaliers hardis à la bataille mais si placides présentement qu'il pouvait douter qu'ils se fussent parfois courroucés.

— J'étais désespéré, reprit Thierry. Or, j'appris que le pape avait besoin d'aide pour la croisade qu'il voulait entreprendre contre les Tard-Venus[1]. Le cardinal Pierre Bertrandi, évêque d'Ostie, avait été promu capitaine et payait bien... Je suis parti pour Avignon... Or, le pape venait de traiter avec les compagnies... Contre quinze mille florins d'or, elles avaient accepté de se rendre en Italie pour s'allier au marquis de Montferrat en guerre contre les gens de Milan.

— Et tu es revenu ?

— Oui, beau-frère, en repassant par Rechignac afin de savoir si tu y étais monté. Or, le château était vide. Je suis allé prier pour toi, pour Luciane et pour nos morts à la chapelle. Il y avait, sur l'autel, un sac rond que les malandrins avaient respecté. Je l'ai ouvert... après eux.

— Tu as vu un crâne.

Thierry acquiesça d'un battement de paupières.

— Cette relique, dit Ogier, je l'ai ramenée d'Angleterre à Gratot. Un chevalier de la Langue d'Oc me compagnait : Etienne de Barbeyrac. Je la lui avais confiée. Je vois qu'il a été fidèle à sa parole... Ai-je besoin de te dire que c'est le crâne de mon oncle qu'un

---

1. Le Saint-Père avait fait prêcher cette croisade dès le 8 janvier 1361. Il se contenta de traiter avec la compagnie qui occupait Pont-Saint-Esprit.

Goddon déloyal, Dartford, a occis lors d'un estekis[1] que Guillaume eût dû gagner malgré son âge ?

— Les Goddons sont pervers, dit Thierry. Nous le savons tous.

Tristan acquiesça sans trop de conviction.

— Et maintenant, que vas-tu faire ? demanda Ogier d'une voix affaiblie d'incertitude.

— Demeurer près de toi et de Luciane.

Tristan sourit, approbateur.

— C'est bien parler, parent, dit Ogier.

Puis, regardant alternativement Thierry et le sauveur de sa fille :

— Pardonnez-moi si je ne suis point disert. Mon âme a tellement jeûné que les mots quels qu'ils soient s'empêtrent dans ma bouche.

Il souriait d'un sourire restreint, ascétique, mais contrairement à ce qu'il pensait peut-être, son visage s'en trouvait illuminé. Ses yeux d'azur si clairs qu'ils semblaient taillés dans un morceau de ciel brillaient de mieux en mieux. Il guérirait de ses tourments. Il s'en débarrasserait comme il s'était débarrassé de ses penailles d'oblat.

— Souviens-toi, Thierry... quand nous sommes arrivés céans, venant de Rechignac. Nous avons refait ou consolidé dans ce châtelet tout ce que Blainville y avait détruit... Et puis, un jour, nous nous sommes exercisés aux armes pour affronter ce malandrin... Or, Charles le Mauvais, les Goddons, les routiers sont encore plus redoutables que cette vermine... Il va falloir recommencer à nous battre courtoisement. C'est toi qui me fourniras la leçon car je dois bien, vous deux, vous l'avouer : j'ai perdu la main.

Il y avait, dans ces mots-là, plus d'espoir que de

1. Ou *estequis* : combat d'estoc.

mélancolie. Tristan voulut cependant stimuler ce ressuscité :

— Le moutier d'où vous sortez ne vous a point
endommagé. Vous n'êtes ni gros ni maigre et à vous
voir à cheval, on ne peut se leurrer sur ce que vous êtes
toujours... Sitôt que vous tiendrez votre épée, vous fré-
mirez d'aise !

Cherchant une diversion au malaise qui le dévorait,
il fit quelques pas jusqu'à Raymond et Paindorge, imaginant quelle vie avait animé cette cour de l'aube au
soir avant qu'un chevaucheur ne vînt chercher Ogier
pour qu'il partît à l'ost ; avant que la pestilence noire
et les routiers n'eussent emporté toutes les vies, même
celles des chiens. Une sorte de rumeur hantait les lieux.
Le vent, certes, dans les feuillages. Mais il n'était pas
seul. Le château se peuplait des âmes disparues, la
mémoire des pierres en était imprégnée. Tout ce qu'il
pouvait embrasser du regard — la cour, le double
porche d'entrée et les champs et les arbres au-delà de
la jetée — paraissait avoir attendu le retour de ces deux
hommes et de Luciane. Jamais ces granits, ces feuilles
et ces vestiges qu'il faudrait relever n'avaient exprimé
leur présence avec autant de puissance. Gratot sous le
soleil se revivifiait.

Tristan ne fut pas ébahi par ces bruissements. Il se
retourna. Thierry et Ogier l'observaient. Sans qu'il pût
vérifier l'expression du sien, il devina qu'elle ressemblait à celle de leurs visages. C'était celle de trois soli-
tudes. A chacun d'eux, il manquait des êtres chers et
particulièrement une femme. Au même instant, sans
qu'ils s'en fussent défiés, ce mal d'amour reparaissait,
les contaminait et les serrait à la gorge. Leur esprit
s'égarait dans les abîmes de leur bonheur perdu. Leurs
prouesses restées vivantes et l'orgueil qu'ils en pouvaient tirer ne pouvaient s'opposer à ce naufrage.

— Nous finirons par être heureux, dit-il. Un jour viendra — lui seul sera glorieux — où cette guerre s'achèvera.

— En êtes-vous certain ?

Luciane, de loin, l'interrogeait. Si peu qu'il l'eût regardée, il avait vu ses joues roses, son clair sourire, son regard ambigu égaré dans le sien.

— Y croyez-vous vraiment ? reprit-elle.

Sa voix fine, chargée en profondeur d'émoi et de confiance, exprimait cependant le doute et l'anxiété.

— Oui, m'amie... Je n'ai pas continuellement cru à l'éternelle Justice, mais Dieu ne pourra pas toujours être avec les Goddons, et saint Michel finira bien par prendre le dessus sur saint George !

Il vit ses yeux briller entre deux cillements dont le soleil probablement était la cause et se complut à penser qu'elle était belle, différente de la jouvencelle dont l'ardeur guerrière l'avait décontenancé. Elle avait réintégré le château de son rêve. Entre son âme et celle des pierres, des communions intimes existaient déjà. Elle était fille d'Ogier et de Blandine mais au-delà de cette parenté, sa filiation, c'était Gratot ; c'était ce châtelet qu'il avait déplaisance à quitter parce qu'elle allait y vivre sans lui.

— Belle fille et beau gars, confia sans baisser la voix Argouges à son beau-frère.

Tristan s'interdit un geste de dénégation en se demandant si les gens qui, jadis, avaient admiré l'union de cet homme et de dame Blandine, son épouse, s'étaient extasiés sur la perfection de leurs personnes, la noblesse de leurs mouvements et la simplicité de leur entente. Parfaite tromperie, en vérité, puisque, selon Thierry, ce couple exemplaire avait périclité.

Cédant peut-être au repentir d'en avoir trop dit, Ogier d'Argouges entraîna sa fille vers l'écurie :

— Puisque tu m'as offert un second Marchegai, il me faut le soigner comme je soignais l'autre.

Soulagé par ce départ, Thierry livra sa pensée :

— Castelreng, mon compère, il te voudrait pour gendre.

— Si j'épousais Luciane, qui te dit qu'il ne me jalouserait pas ? J'aurais sur lui des privilèges plus affermis et plus... profonds que les siens.

— Il n'a point d'idées si tortueuses !... Je le connais bien.

Luciane qui venait de sortir Marchegai abandonna le cheval à son père. Paindorge lui tendit une brosse, Raymond une étrille. Une conversation s'engagea. Thierry s'éloigna sous prétexte d'y participer. Tristan fit quelques pas. Luciane le rejoignit :

— Ils nous laissent seuls. Voulez-vous que nous quittions ces murs ?

— Pas trop loin : ni vous ni moi ne sommes armés.

Elle eut un rire pointu qu'un seul regard suffit à émousser.

— Pardonnez-moi. Je suis heureuse et encline...

— Je sais à quoi... à moins que ce ne soit à la méchanceté.

Ils franchirent la jetée. A son extrémité, ils hésitèrent. Tristan prit Luciane par le bras pour la mener sous les ormes immenses dont la double colonnade rejoignait le chemin de Coutances. L'ombre y était propice aux aveux, aux baisers. Ils le savaient. Luciane sourit encore :

— Pour la première fois depuis longtemps j'ai bien dormi.

Elle le regardait franchement, et ce n'était pas une espérance vague, incompréhensible qu'il découvrait dans ses yeux. Elle était déterminée à briser l'armure

641

de mystère dont il demeurait couvert, à sonder son cœur définitivement.

— Moi, j'ai mal dormi.

— Le meilleur des fourrages ne peut être un bon lit.

Avec elle, à présent, il l'eût trouvé parfait.

— Point besoin de parler, dit-il prudemment.

Parviendrait-il à comprendre les variations de ses sentiments ? Qu'un amour persistant le dominât encore ne l'empêchait pas de songer que Luciane l'aimait. La flamme qu'il portait au secret de son cœur avait rapetissé. Ce constat lui donnait mauvaise conscience.

— Comment avez-vous trouvé père, ce matin ?

Elle tournait vers lui un visage d'enfant. Il y trouva juste ce qu'il fallait d'angoisse et d'espérance.

— Votre père est un preux. Vous l'allez revigorer de votre présence et de votre amour... Revenons à Gratot. Ils doivent se demander...

— Ils ne se demandent rien. Ils savent que nous avons voulu être seuls ensemble... Venez.

Il y avait, sous un chêne, un abreuvoir couché sur le flanc. Elle l'invita à s'y asseoir. L'ombre s'accrut au-dessus d'eux, bruissante, caressante. Quelque part dans la toison épaisse, un geai lança son cri puis disparut, et l'on eût dit qu'il n'avait pas voulu être indiscret. La hanche de Tristan toucha celle de la pucelle.

— Pourquoi songez-vous à partir vélocement ?

— Il vaut mieux que je m'éloigne... Vous savez comment est le roi : imprévisible... Il peut avancer son départ.

« Ce sont des jengles [1], tout cela. Le roi ne modifiera point son calendrier. »

Il sourit, mais il était mécontent que sa voix eût pris

1. Plaisanteries.

des inflexions moins sonores et que cette présence de femme, toute proche, engourdît sa volonté.

— Le devoir que je dois au roi ne compte guère dans ma décision.

— Je m'en doutais.

— Je n'avais point mesuré, pour tout vous dire, le pouvoir de deux sentiments pareils, mais inégaux... J'ai besoin de vous quitter pour savoir...

— ... si vous êtes amouré de moi ?

Elle s'était exprimée d'une voix affaiblie, la tête soudain penchée sur cette épaule d'homme afin qu'il ne vît point son visage. Et tandis qu'il songeait à cette âme pure, il percevait les cris d'une âme naufragée.

Il se reprit au terme d'un gros effort :

— Je vous en ai parlé. *Elle* m'attend peut-être. Ce cœur blessé — de cela je suis sûr —, je veux savoir s'il bat toujours pour moi.

En se livrant ainsi, même incomplètement, il dévaluait son premier amour. Une lézarde se creusait entre Oriabel et Luciane. Cette dernière prenait sur l'absente un avantage dont elle ignorait l'importance. Cependant, eût-il retrouvé Oriabel que sans doute il se fût senti prêt à reprendre auprès d'elle l'intimité d'autrefois. Le charme qui avait opéré, naguère, dans l'auberge d'Eustache, se renouvellerait, il en était certain. Cette certitude lui était pénible en présence de Luciane, mais il lui devait une sincérité digne de lui, digne d'elle.

— Vous connaissez la vérité. Je tiens à ce qu'à aucun moment vous ne puissiez m'accuser de tromperie, d'ingratitude. Je vous dois d'être en vie.

— Je vous dois davantage. Sans vous, je n'aurais retrouvé ni mon oncle ni mon père... et cette Normandie dont j'avais perdu souvenance... Je languirai de ne plus vous voir.

— Je reviendrai.

— Mais, si vous revenez, c'est que...

Ils se levèrent en même temps. Il la prit dans ses bras et la baisa aux lèvres, ardemment, hardiment, si bien qu'elle en gémit.

Elle frémissait, se collait à lui, appuyait sur ses reins de ses paumes mouvantes. Il se dégagea et avança une main puis l'autre jusqu'au renflement des seins dont il connut enfin la tiédeur ferme, excitante. Il ne souhaitait rien de plus. Il se sentait fortifié, apaisé. Il buvait à cette bouche tendre avec les délices d'un assoiffé.

— Je...

— Non, Luciane.

Son esprit et son corps se soustrayaient à la tyrannie des devoirs et du monde extérieur. Cette fête sensuelle lui suffisait.

Il sépara son visage de celui de la pucelle, aussi tourneboulé qu'aux jours de sa première passion, méchamment achevée par la trahison d'Aliénor qui désormais partageait, à Castelreng, la vie et le lit de son père. A cette époque, son expérience restreinte des femmes fortifiait son imagination. Maintenant, il savait, en abandonnant Luciane, les joies et les vertiges auxquels il devait renoncer.

Elle était à peine vêtue. Sa robe — probablement à Guillemette — était trop large. Sans manches. Il se délectait de cette chair pâle, duvetée d'or fin. Il devinait la pointe des seins. Il pouvait retrousser la tiretaine safran et jouir d'autres contours, de tiédeurs plus secrètes. Il ne l'osa lorsqu'il eut vu quelque chose bouger sur le pont-levis.

— Je vous attendrai, Tristan. Je vous attendrai toute la vie.

Il passa une main dans l'encolure. Le craquement de l'étoffe déchirée le rendit à la réalité. Il se délia d'une étreinte serrée. Jamais il n'avait vu Luciane aussi éprise, aussi prête à la volupté, mais au-dedans de ses ténèbres il percevait la présence de l'être qu'il ne pouvait trahir encore.

— Je vais partir maintenant.

— Maintenant ?

— Nous pourrions commettre un acte, des actes que votre père nous reprocherait...

— Et si j'y consentais tout de même.

— Je ne veux pas qu'il m'ait en détestation.

Il prit entre ses mains cette tête chérie dont le regard ne fuyait pas et dont la bouche essayait de sourire.

— Mon cœur est lourd, m'amie, de vous abandonner.

— Cet aveu me conforte et me rassure.

D'un geste rude, il saisit Luciane aux épaules et la baisa derechef aux lèvres, brièvement.

— Venez... Ne parlons plus.

A pas lents, il l'entraîna, soumise, vers le château.

III

Précédant Paindorge consterné d'avoir dû quitter hâtivement Gratot, Tristan chevaucha droit au Levant. Ils s'accordèrent deux haltes ; l'une pour consommer une partie des victuailles offertes par Guillemette et boire à la bouteille de terre cuite emplie d'un vin piquant, l'autre pour achever la mangeaille et la boisson et laisser se reposer Malaquin, Tachebrun et le sommier.

— Nous allons y passer la nuit, décida Tristan lorsqu'ils furent en vue de Saint-Lô. Demain, nous couvrirons de dix à douze lieues.

— Bonne idée, messire, que d'hôteler[1] dans cette cité. Je me sens dépourvu du moindre courage.

Quelques toises plus loin, à un carrefour, un chevaucheur leur déconseilla de passer par la ville et surtout de s'y arrêter :

— Il paraît que les Navarrais s'apprêtent à y entrer !... C'est ce qu'on m'a dit... Je vous aurai averti... Prenez donc le chemin d'où je viens.

L'homme était jeune, imberbe, la tête coiffée d'un camail d'emprunt trop grand, à peine fourbi et qui tombait sur ses épaules comme une chevelure poivre et sel.

---

1. Loger à l'hôtel.

— Passez par Caumont-l'Eventé, mais contournez la cité... puis Thury-Harcourt...

— Nous suivrons ton conseil. Où vas-tu ainsi ?

— A Pontorson... Message du roi pour Bertrand Guesclin ou quelqu'un de sa mesnie car on m'a dit qu'il estampait[1] en Normandie sans que je puisse savoir où !

Et saluant de la main, le chevaucheur piqua des deux un cheval fourbu, ce qui mit Paindorge en rage :

— Ce petit goguelu va crever son roncin.

— Il n'a pas peur.

— Parce qu'il n'a ni cœur ni cervelle !

Un tonnelier de Thury-Harcourt ne leur proposa que le gîte — une grange au fourrage rare — et leur déconseilla de chevaucher vers Falaise, comme Tristan s'y était décidé :

— Les Navarrais peuvent y être... De toute façon, on les dit partout. Un troppelet[2] de Goddons est passé par notre cité, mais sans s'y arrêter... On dit qu'ils ont fait alliance. Passez plutôt, messires, par Potigny, Sassy, Courcy, Tortisambert.

Ils atteignirent Tortisambert à la vesprée du lendemain. Le brouillard de la nuit enténébrait les arbres, les toits, la trop faible muraille d'enceinte. Des rires et des cris éclataient au-delà.

— Seigneur ! s'écria Paindorge. On dirait qu'il y a fête.

— Français, Goddons, Navarrais ou écorcheurs ?

— Approchons du postil[3] et nous le saurons bien.

— Tirons nos épées.

Personne à l'extérieur sauf un homme corseté de fer,

1. *Estamper* : errer.
2. Petite troupe.
3. Porte de village.

coiffé du chapelet de Montauban et qui tenait d'une main son fauchard, de l'autre un tallevas [1] où l'on distinguait, sur fond d'azur, une hure d'argent.

— Ho, vous !... Qui êtes-vous ? Anglais ou Navarrais ?

— Pour qui nous prends-tu donc ?

— Passez... Il est vrai que ces démons ne vont jamais par deux !... Soyez les bienvenus à la fête à Guesclin !

Ils durent se baisser pour franchir une voûte épaisse. Quand ils se relevèrent, Tristan sentit rouler dans son dos quelques gouttes glacées.

— Merdaille !... La plus laide des multitudes...

Sous les feux sautillants d'innombrables flambeaux, quelques centaines d'hommes circulaient ou s'entassaient par groupes vacillants dans l'unique rue du village. Il n'y avait aucune différence entre ces imbriaques [2] et les routiers de Brignais. C'était la pire et la plus bruyante des piétailles « et par Dieu », songea Tristan, « il est bon pour Robert et pour moi qu'elle soit française ». D'un regard, il entrevit des faces pelues, sales au-dehors et à coup sûr vermineuses au-dedans, des brigantines et haubergeons fangeux, des armes çà et là, nues, étincelantes. Il cherchait un refuge et trouvait un cloaque. Des chants, des hurlements, des cliquettes, des heurts de portes et des bris de vaisselle composaient cet hymne à la victoire. Car de toute évidence, on en célébrait une. Parfois, des bannières s'élevaient au-dessus des têtes. On voyait alors l'hermine de Bretagne et les Lis de France acoquinés à des linges maculés de sang et de sanies.

---

1. Grand bouclier de forme ovale utilisé par les piétons ou *tallevaciers*.
2. Dans l'ancien langage : ivres, fous, stupides.

— Ben ça !... dit simplement Paindorge.

Déjà éreinté par le long chemin, Tristan, étourdi de tumulte, se sentit faiblir davantage. L'impression maléficieuse d'un froid intérieur le gagna, lui noua les viscères et plomba ses membres. Pour se donner du cœur, il se mit à siffler. L'héroïsme ne pouvait être chez lui un état d'habitude. Mais l'était-il chez les chevaliers qu'il avait côtoyés ?

Des hommes passaient, certains enturbannés de linges vermillonnés, d'autres un bras ou le torse enveloppé d'étoffes de prix, brunes de crasse et lacérées. Un ivrogne se tordait sur le pavé, un autre déféquait au pied d'un arbre.

— C'était ainsi à Brignais. Je ne vois aucune femme. Il devait pourtant y en avoir céans... et qui n'étaient pas des gaupes. J'ai peur pour elles.

Le visage pierreux, suant, les mâchoires serrées, il avançait le cœur étreint, les poumons écrasés par d'épaisses tenailles. Il ne remarquait rien de rassurant dans cette confusion de corps, de membres, de cris : tout ce charivari empestait la male mort. Parfois un hurlement traversait ses tympans, ses entrailles, sans qu'il parvînt à deviner ce qu'il exprimait : joie, ébahissement ou douleur. Il ne pouvait se garantir contre cette abominable puanteur de corps et de fumées oppressantes, comme sales, elles aussi. Il se forçait toujours à siffloter, à mener sagement Malaquin, à dominer sa crainte et son envie de crier : « Place ! Place ! » et tout en s'enfonçant dans cette tourbe vociférante, il ne discernait aucun mot susceptible de l'informer sur une quelconque origine : « S'ils nous prennent pour des ennemis, nous perdrons la vie avant même de nous être annoncés. » Le témoin, en lui, ne cessait de se prémunir contre tout danger ; le chevalier sentait son humeur s'assombrir. Il conservait sa main serrée sur sa Floberge.

— Place !... Place à un serviteur du roi ! hurla-t-il à bout de patience.

On s'écarta. De part et d'autre de la rue, par leurs baies largement ouvertes, les maisons vomissaient des rumeurs. Aux tambourinements des pas s'entr'accolaient des heurts, des éructations, des vociférations et soudain les cris d'effroi d'une femme qu'on allait forcer à grand courage : dix au moins pour elle seule. Tout fut anéanti par le meuglement d'un cor et la roulade d'une barrique sur le pavé.

— Les Goddons ne feraient pas mieux dans le pire. Ni des routiers. Si c'est cela, l'ost de Guesclin, il est digne de la grande truanderie.

— J'en ai de l'écœurement.

— On dit que les hommes font les lois et les femmes les mœurs. Je n'y ai jamais cru et ce soir moins encore.

Un malandrin s'approcha. Paindorge le menaça de son épée :

— Holà ! rustique... Ne touche pas à la sommade de ce cheval !... Gare à ta main !

Il y eut un gros rire. Sur le seuil de l'église, petite, chétive, un des godailleurs les observait. De l'index, comme un père l'eût fait à son fils, il menaça Paindorge :

— Par Notre-Dame, je voudrais bien voir ça. Tranche-lui une main, je te coupe les coulles !

C'était un homme à face ronde, énorme, tellement trapu qu'il donnait l'impression d'avoir été progressivement raccourci par le port d'une armure dont il ne s'extrayait guère et qu'il portait avec l'affectation d'un enfant qu'on eût, à sa requête, pourvu d'un habit neuf depuis longtemps guigné. Front court, cheveux sombres, ternes et rares, barbe d'une semaine, d'un poil si dru que le tour des yeux en paraissait blanc. Point de sourcils — dévorés sans doute par la cervelière — et deux grosses billes noisette, fixes, un tantinet ahuries comme les prunelles d'un dogue constipé. Son armure était simple. Le plastron tacheté révélait des libations perverties en buveries et des sangs jamais essuyés, non par indifférence ou manque de temps, mais par présomption. Toute sa personne dégageait une certitude : c'était un homme dur et féroce au besoin, d'une énergie soutenue par un orgueil démesuré.

— Mettez donc pied à terre.

D'un regard, Tristan et Paindorge se concertèrent et obéirent. Les hommes d'armes qui entouraient leur chef s'éloignèrent.

— Je suis Bertrand Guesclin. Vous me devez connaître.

— De réputation, dit Tristan. Moi je suis Castelreng.

— Un nom de Langue d'Oc... Et lui ?

— Robert Paindorge, mon écuyer. Comme moi attaché au service du roi Jean et du dauphin Charles. Nous allons à Paris... Je dois être de ceux qui accompagneront le roi en Avignon. Veux-tu que je te présente nos trois chevaux ?

— Dis-moi plutôt si tu connais bien le roi.

— Assez... Lui et son ains-né fils me font confiance.

— Evidemment puisque tu vas aller près de Jean chez le pape. D'où viens-tu ?

— Coutances.

— Remettez vos lames au fourreau... Ton second nom ?

— Tristan.

— J'aime pas... Ce gars qui forniqua Yseult et en eut du repentir me donne envie de dégorger.

— Je n'ai pas d'opinion sur le nom que je porte. Et tu peux vomir tout ton saoul : ce sera peu de chose à endurer pour moi après tout ce que j'ai vu en traversant cette cité.

Il dut y avoir un tressaillement sous l'armure. « Touché », se dit Tristan. « Va-t-il se courroucer ? » Non : il y eut un rire. Un rire aussi étroit que la bouche était vaste. Une main se tendit, privée de gantelet : poisseuse, dure, impérieuse. Tristan ne broncha ni ne dit mot.

— Viens avec ton écuyer... Il y a une grange où nous avons mis des tables, des bancs, des tonneaux pleins et quelques filles.

Tristan marcha près de ce guerrier qu'Ogier d'Argouges haïssait sans que Thierry, qui le lui avait dit, en eût fourni la raison. Une femme, peut-être et, dans ce cas, morte ou violée.

— Pas vu de Goddons ou de Navarrais ?

— Non.

Ils entrèrent dans la grange. Paindorge se tint sur le seuil, les rênes des chevaux dans les mains, fier et paisible : on l'avait vu avec Guesclin, il ne pouvait rien lui advenir de mauvais.

Cent hommes au moins peuplaient cette taverne improvisée. Des papillons, des mouches et moucherons tournoyaient entre les poutres du plafond, au-dessus des torches fumeuses. Devant une sorte de comptoir, des affamés se disputaient des quartiers de viande. On levait des hanaps, des gobelets, des touries. On se gavait de ce qu'on trouvait sous la main. On mangeait à l'entour d'une planche, d'un billot, d'un muret. Des chants fusaient éteints rapidement par des voix plus fortes et qui juraient. Des galfâtres passaient, titubants. Tous assuraient leur pas à la vue de leur chef.

— Celui-là me voit double... Il me craint deux fois !

De son brassard et de sa cubitière, Guesclin nettoya un bout de table, dit à deux occupants de partir et montra un bout de banc à Tristan :

— Assis-toi.

Des commères, la plupart débraillées, apeurées, sinuaient entre les tables. Une flaireur de vin, de viandes mornées ou saignantes et de sauces épaisses, stagnait.

— Vous avez truandé cette cité...

— Le droit de prise de toute armée du roi.

— Mais tu n'es pas preneur du roi !

— Bah !... J'aime à faire ce qui me réjouit... Je déteste boursiller[1]. Je vois grand et large comme ma hure !

— Tes gars violent les filles.

— Le droit de prise, toujours. Le viol est à la guerre ce que le vin est à la table.

— Mais, objecta Tristan, les gens de ce village n'étaient point en guerre contre toi !

— Tu vois les choses à ta façon, moi à la mienne.

Tristan considéra longtemps son vis-à-vis. « *L'oun counoui lou mêstré à l'oubrajhé, é souvën lou cor âou visajhé* [2]. » Et de vouloir exprimer sa pensée :

— Ces femmes... Ces malheureuses...

Guesclin rejeta des deux mains le mépris qu'il pressentait :

— Je m'en suis mis deux de côté mais je crains de manquer de temps...

Une donzelle passa. Le Breton l'arrêta, farfouilla

1. Tirer des petites sommes de sa bourse.
2. « On connaît le maître à l'ouvrage, et souvent le cœur au visage. »

sous sa robe sans que la servante osât protester. Tristan baissa la tête. Un homme rota, tout proche.

— Ho ! fille... Pour qui ces deux hanaps ?

— Pour deux, là-bas, qui se disent vos capitaines.

— Baille-moi ça et cours en chercher deux autres.

La jouvencelle obéit promptement, fessée sur son passage et ne se regimbant plus.

— Le grand régal ! dit Tristan. La belle assemblée !

Guesclin flaira ses doigts puis vida d'un trait son hanap.

— Bois !... C'est du vin... Moins bon que celui de Bretagne... Ne sois pas ébaubi. Nous avons exercé notre droit de mangeaille et occis toutes les bêtes à notre convenance... J'ai payé grossement... Si ! Si !... Ah ! ce pays de Sapience. On y a tout pour être heureux et ces putains de Navarrais en profitent !... Bois donc !... Non ?

Guesclin prit le hanap de Tristan et entonna debout, son pouce crocheté dans l'anse. Rouge, haletant, il reposa son séant sur le banc en même temps que le grand vase à boire.

— Tu me connais ?... Je suis Bertrand Guesclin... Dis, tu me connais ?

— De réputation... Vous semblez avoir moult liché !

Les paupières clignantes, sans cils ou presque, semblaient émietter des lueurs. Les lobes congestionnés des oreilles étaient croûteux, poilus.

— Je ne suis pas si saoul que tu crois... Ma valeur, mon courage, mes vertus sont en passe de devenir prover... proverbiaux. « *Solide comme Guesclin !* » « *Hardi comme Guesclin !* » Voilà ce qu'on commence à dire... et à répéter !

— Mais assurément pas *magnanime*... L'on m'a dit du bien et du mal de toi. Violent et violeur, sans pitié...

— Qui ?... Pas le roi, pas monseigneur Charles. Ils m'aiment bien.

Tristan se sentit empoigné par le devant de son pourpoint. L'haleine nidoreuse du Breton le contraignit à se détourner.

— Qui ? Des gens qui t'ont vu à Chauvigny.

— Je n'y suis allé qu'une seule fois. En 47... J'y ai fait merveille.

« Menteur ! » songea Tristan. Mieux valait, cependant, se montrer circonspect :

— Je ne crois que ce que je vois.

Guesclin se balançait sur son banc comme s'il était en selle. Dans les souillures du plastron de cuirasse, Tristan aperçut, certainement gravée au couteau, une aigle à deux têtes. Il trouva le Breton terrible, ambitieux, plus encore assoté de lui-même qu'une donzelle à la poussée de ses seins.

— Mon écuyer m'attend, dit-il en se levant.

— Il ne craint rien : on m'a vu vous conjouir [1].

Il y eut un cri de femme. Il fut étouffé.

— Une encore qui se regimbe. Par la Vierge de Loudéac, c'est pourtant pas difficile d'écarter ses nasches [2] pour jouir un tantinet !

Le doute n'était plus permis. Tristan frissonna. Il réintégrait la géhenne dont il s'était cru à jamais libéré. Dans le tumulte et la promiscuité recréés pleinement par un hasard exécrable, il était incapable de frauder avec sa mémoire et de décider, contre toute évidence, qu'il se trouvait parmi d'authentiques guerriers. La crainte superstitieuse d'être encore l'objet d'une injustice humaine ou divine le tourmentait. Il éprouvait les symptômes du *mal de Brignais* : une anxiété rongeuse,

1. Accueillir.
2. Fesses.

insatiable, des sueurs et tremblements. Les clignotements des flambeaux empourpraient des faces dont la laideur eût fait merveille à certains tympans d'églises. Des femmes passaient toujours, échevelées, dépoitraillées, penaudes et vaillantes à la fois dans leur frayeur des pires empoignades. Leurs visages durs semblaient ceux des spectres de toutes celles que les wandres[1] des pires les armées du monde avaient inexorablement souillées avant que de les occire.

— A quoi tu penses ?

— Il doit être malaisé de commander à de pareils malandrins.

— Plus l'homme est vil, plus il obéit... quand on parle son langage.

Un poignard scintilla dans la main du Breton qui se mit à se curer les ongles. Sous l'acuité d'un flux d'impressions mauvaises, Tristan voulut se lever. Une poigne lourde s'appesantit sur son épaule :

— As-tu peur ?... Peur de moi ?

— Sortons et je m'en vais te prouver le contraire.

Une lueur flamba entre les paupières mi-closes.

— Ta réponse me plaît... Au vrai, je l'attendais.

Brignais recommençait avec d'autres figures, d'autres desseins, d'autres méfaits. Ces hommes étaient les frères et les cousins des linfars[2] qui avaient anéanti l'armée royale. Guesclin valait un Thillebort, un Petit-Meschin, un Espiote, un Bertuchin ; d'autres encore, sans oublier, bien sûr, Naudon de Bagerant.

Un nouveau cri strident ; un cri de jouvencelle. Impossible de s'opposer à *cela*. Impossible de sévir. Se taire. Guesclin enfonçait sa lame dans son fourreau.

1. Vandales.
2. Hommes particulièrement mauvais.

Il souriait autant qu'il pût sourire quand ses lèvres se relevaient.

— Sais-tu ce que je commémore ?

— Comment le saurais-je ? Il y a deux jours, j'étais à trente lieues de Tortisambert.

Le Breton eut un mouvement de lassitude : ses épaules penchèrent malgré la résistance des fers qui les enfermaient. Il pensait, sans doute : « Je dois tout apprendre à ce bâtard. » Il toussota :

— Nous célébrons la prise de l'abbaye de Cormeilles, à Livarot.

Clappant parfois de la langue, il savoura son discours :

— Les Anglais et les Navarrais occupaient ce saint lieu depuis que le roi a rappelé Moreau de Fiennes à Paris[1]. Je les ai boutés hors... Pas tous, mais ils vont

---

1. Le connétable de Fiennes avait commandé en Normandie et combattu les compagnies anglo-navarraises, notamment à Cormeilles dont il avait entrepris le siège. Le roi l'avait rappelé à la fin du printemps 1362 pour l'envoyer en Bourgogne « tenir tête » à la grande compagnie victorieuse à Brignais. Le 14 juillet, Robert (ou encore Morel ou Moreau) de Fiennes se mit en route afin d'accomplir sa mission.
Les Anglo-Navarrais étaient maîtres de la riche vallée de l'Auge. Robert de Neubourg, seigneur de Livarot, avait essayé en vain de les déloger de l'abbaye de Cormeilles, fortifiée par eux. Lorsque le connétable fut parti pour la Bourgogne, Guesclin et ses Bretons ne purent obtenir par les armes la reddition de ces hommes commandés par James de Pipe auquel, dépité par son insuccès guerrier, Bertrand adressa une sommation menaçante. L'Anglais consentit à traiter. Il s'engagea à évacuer le sanctuaire moyennant une grosse rançon. Le montant en demeure ignoré, mais on sait que, le 24 juillet, Claudin de Haranvillier, maréchal de Normandie, fut chargé de traiter avec les « ennemis de Cormeilles ». Philippe de Navarre, lieutenant du roi, son frère, dans les possessions normandes de Charles le Mauvais, « *prit en cette qualité à sa charge une part de la contribution due à James de Pipe, et le paiement de cette part fut réglé dans les derniers jours de 1362 : le 8 décembre* ». (Siméon Luce : *Histoire de Bertrand du Guesclin*.)
Lorsqu'il emmena chez lui, à Pontorson, quelques otages de Cormeilles, Guesclin s'auréola d'une victoire acquise certes *chèrement*,

---

se soumettre. J'ai sous la main des otages, dont ce gros Navarrais hideux que tu connais peut-être : Sauvage de Pommereul.

En fait de hideur et de sauvagerie, il s'exprimait en orfèvre.

Le Breton jeta un regard circulaire et sourit de ce qu'il voyait. La débauche le rassurait, semblait-il. Il aimait les hommes sans façons ni scrupules. A son image.

— Es-tu pressé de regagner Paris ? Hormis le roi et son fils, qui t'y attend ?... Personne à ce que je vois !... Trouves-tu que cette cité vaut la peine qu'on y demeure ?

— Bah ! fit Tristan pour ne pas se compromettre.

Il regardait le cou de son vis-à-vis et le trouvait aussi épais que celui d'un sanglier, soies comprises. Proche de la pomme d'Adam, un furoncle mûrissait. « Il a le sang tourné. » Un nouveau dicton de la langue d'oc lui revint en mémoire : « *Fâi dë bën à Bërtran, të lou rendra ën cagan.* [1] » Puis il s'enquit :

— Que vas-tu me proposer ?

L'énorme hure s'éclaira. Tristan vit la grosse gorge du Breton qui s'élevait, convulsivement, puis s'abaissait sur un soupir interminable, fortement imprégné de vinasse.

— L'Anglais Jean Jouel a abandonné Livarot avant la fin du siège — sans doute par un souterrain. Ce Goddon, ce fils de pute, vient d'aller arser et exiller [2] tout le pays à l'entour de Lisieux. Ses malandrins y violent et occisent, et ça, compère, jusqu'à Pont-

---

mais d'une façon pour lui décevante : les formules diplomatiques et surtout le poids de l'or avaient suppléé le langage des armes qui avait sa préférence.

1. « Fais du bien à Bertrand, il te le rendra en chiant. »
2. Brûler et ravager.

l'Evêque... Nous partons dès demain à sa rencontre. Viens-tu ?... J'aimerais... Tu pourras ainsi dire au roi que tu as vu Guesclin et louer sa bachelerie[1].

Refuser, c'était passer pour un couard. L'on disait Guesclin dans la manche dextre du roi et dans la senestre du régent, certains même dans sa brayette.

— Je ne vois pas pourquoi je n'accepterais pas ?

Il lui sembla que les yeux du Breton se mouillaient. Il se leva :

— Orriz ! cria-t-il.

Un homme tout aussi trapu et contrefait que son maître accourut. Vêtu de mailles, il portait au côté une épée presque aussi large que sa main à en juger par son fourreau de bois.

— Qu'y a-t-il pour toi, Bertrand ?

— Sors avec ce chevalier. Mène-le avec son écuyer et leurs chevaux là où nous gîtons... Trouve des gars pour s'occuper de ces roncins et mettre leur fardage en lieu sûr.

L'homme s'inclina juste ce qu'il fallait sans trop considérer l'inconnu qu'il prenait en charge. Il devait être infatigable au combat. Féroce. Avec son nez aplati, ses cheveux crépus, sa peau mate, un peu châtaine, on eût dit un nègre blanc. A ses poignets brillaient une douzaine de bracelets d'or, d'argent, de laiton et d'émail champlevé. L'ostentation du butin compensait, croyait-il, une rusticité guère différente de celle de son parangon.

— Ce sera fait, Bertrand, dit-il. Ho ! vous... Venez.

Point de *messire*. Nullement affecté par cet évident mépris, Tristan sortit avec l'écuyer breton.

— Paindorge, suit cet homme avec moi. Aie

---

1. Chevalerie et vaillance.

confiance... mais regarde tout de même à l'entour... Passe-moi les rênes de Malaquin. Je m'en charge.

— Drôle de nom pour un roncin ! ricana Orriz.

— Retourne le tien si tu peux et tu verras que tu n'es pas grand-chose !

Le Breton savait-il lire ? Il ne le parut pas.

La rue se dépeuplait comme pour permettre aux ivrognes d'avancer plus aisément. Tristan regardait partout, jusqu'aux fenêtres d'où jaillissaient toujours des cris et des chansons. Orriz s'arrêtait parfois pour donner une bourrade à un gêneur qui, le reconnaissant, n'osait se regimber. Il inspectait soigneusement les visages comme s'il redoutait que l'un d'eux fût celui d'un ennemi. La cohue, çà et là, restait épaisse, mais des hommes s'en écartaient pour marcher vers des ténèbres où dormir et se dessoûler : il convenait qu'ils fussent à l'aise, le lendemain, s'ils devaient livrer bataille.

— Est-ce loin encore ? demanda Paindorge.

Ils venaient d'atteindre une placette. Quelques flambeaux plantés dans le sol se consumaient, barbouillant de rouge et d'or les troncs et ramures des arbres mais laissant dans l'ombre le faîte des maisons qui semblaient désertes et même plus : mortes.

— Tiens, fit Paindorge. Les fourrageurs sont passés par ici.

Tristan se laissait mener. Malaquin renâclait. Tachebrun et le sommier trébuchaient parfois : les roncins se méfiaient aussi de cette liesse.

— C'est là, dit Orriz.

C'était la plus belle maison de la cité : deux étages, quatre fenêtres ; au-dessus, des œils-de-bœuf éclairés. Derrière le bâtiment, de vastes écuries puisque l'on entendait hennir cinq ou six chevaux.

— Laissez-moi vos roncins, dit Orriz. Et soyez

quiets : je vous jure qu'ils ne craignent rien. On va s'en occuper... comme si c'étaient ceux de Bertrand.

— Soit, dit Paindorge, mais permets, compère, que je soulage notre sommier de nos armures et de nos bouges [1] à vêtements.

Quand ce fut fait, Tristan demanda :

— Où couchons-nous ?

— Montez l'escalier. Tout au fond de la longaigne [2], il y a les...

— ... latrines.

— La porte d'à-côté... La chambre est vide : c'était la mienne. Je ne vous en veux pas puisque Bertrand l'exige. La sienne est en dessous. A demain. Nous partirons tôt. Soyez prêts...

La chambre était inoccupée. Paindorge en referma l'huis en sifflotant.

— Des bourgeois cossus dormaient céans, messire.

— En vérité... Je n'ose trop penser au sort qui fut le leur.

Un lit, deux faudesteuils, un prie-Dieu dont on avait arraché les incrustations — d'or probablement —, une crédence vide. Au-dessus du lit, un crucifix de bois sans Christ. Sur un pot retourné brûlait une chandelle.

— Ce Jésus-là devait être en ivoire... Il nous fait grand honneur, ce Guesclin.

— Certes, Paindorge. Certes... Davantage qu'aux êtres qu'il a boutés hors.

Ils demeurèrent songeurs. Enfin l'écuyer franchit le seuil et revint en se rajustant :

— Un cierge est allumé dans les latrines : j'ai vu du sang sur les murs.

---

1. Sorte de valises.
2. Couloir qui menait aux latrines, parfois munies d'une double porte.

Il s'était exprimé avec une espèce de stupeur morne. Tristan lui répondit du même ton :

— Quelqu'un avait cru trouver là un refuge... Tu n'as rien vu de la liesse dans la grange...

A la commisération qu'il découvrait sur le visage de l'écuyer, Tristan comprit que ce qui s'était passé dans la rue, tandis qu'il parlait à Guesclin, n'avait d'égal que les scènes auxquelles il avait assisté. Entre eux, derechef, ce fut le silence, un silence lesté d'une angoisse légère et d'autant plus prenante. Ils demeuraient debout, séparés par le lit, regardant, au-delà de l'unique fenêtre, les lueurs de Tortisambert ; écoutant les cris, les chants, les hurlements d'horreur des femmes empoignées. Ils le savaient en s'entre-regardant : la compassion inscrite sur leur visage était semblable, mais seul Tristan *voyait* l'ordonnateur de la fête et son terrible sourire.

— Les draps manquent, dit Paindorge, mais les flassardes [1] sont épaisses. Je dormirai là, sur le pavement.

— Penses-tu !... Ce lit est grand pour deux. Et n'aie crainte : je ne suis point l'émule de Charles d'Espagne !

— M'en doute, fit l'écuyer en s'asseyant sur le bord du lit et en ôtant ses heuses. Et vous êtes chanceux : je ne pue pas des pieds.

— J'en connais un qui ne peut en dire autant !

— Où allons-nous demain ?

— A la guerre, compère... comme la fait Guesclin.

— Ah ! bon...

Après avoir dégluti, Paindorge ajouta :

— Pour ce qui est du *bon*, cela m'a échappé !

Il entrait autant de résignation que d'indifférence dans cette remarque. Tristan eut un sourire :

1. Couvertures.

— Le, *bon* t'a échappé. Il échappe à Guesclin... Je maudis ce chevaucheur qui nous a envoyés devant cet homme-là... On en parle à la Cour en des termes choisis... Ses laudateurs ne l'ont jamais vu à l'œuvre ou alors ils avaient de la merde dans les yeux... Nous devons accepter de nous battre avec lui.

— Pourquoi ? Nous n'avons rien à voir avec ce malandrin.

Tristan sourit encore, cette fois méchamment :

— Pourquoi ? Pour lui montrer que nous sommes des hommes !

* * *

Le Breton allait et venait sous un chêne. Une lourde épée le ceignait. Son armure était aussi sale et amatie que la veille et son visage rond, aux traits tirés, n'exprimait rien. De prime abord, son regard semblait fuyant ; il savait le planter çà et là sur un cheval ou un compère et juger de son état.

— Te voilà, Castelreng... Tu chevaucheras près de mes hommes liges avec ton écuyer... J'accepte aussi la compagnie de votre sommier. Il mérite mieux que de porter vos affiquets... Tous mes parents m'attendent... Es-tu prêt ?

Tristan acquiesça sans mot dire. « Ses parents ! Ses parents ! Si c'est le cas... *Es nascu âou bourdël : tout lou moundë soun sou parëns*[1]. » Mais ne disait-on pas : *parents à la façon de Bretagne* ?

Ils quittèrent Tortisambert au pas. Le soleil tout juste tiré de l'horizon, égratigné par les ramures, donnait une ombre rouge à tout ce qui bougeait. Le chemin conser-

1. « Il est né au bordel puisqu'il est le parent de tout le monde. »

vait çà et là les flaques d'une pluie nocturne et l'eau stagnante s'y faisait sang.

— Ton armure est belle, Castelreng, dit tout à coup Guesclin. Est-ce une acquisition ? Une prise de guerre ?

— Présent du roi et de son fils Charles lors de mon passage à Vincennes.

— Puisque tu le dis, c'est sûrement vrai. Il me semble la reconnaître... Le roi et le dauphin m'ont aussi en grosse amitié.

— Puisque tu le dis, c'est sûrement vrai.

— Ton écuyer me paraît bien loti.

— Armerie de Vincennes également. Il est navré au poignet.

— Navré ou pas, faudra qu'il tienne son épée. Quant aux armures, vous le savez tout comme moi : elles ne font ni les chevaliers ni les écuyers. L'important c'est la vaillance et les vertus de ceux qui les endossent.

Cette malice intentionnelle fut sans effet sur Tristan. Le contenu, d'ailleurs, en était fondé. Occupé à surveiller le sommier qui suivait Tachebrun d'un pas leste — son bât ne pesait plus guère —, Paindorge s'exclama :

— Un halbran !

Ils contournaient un étang. Effrayé par le bruit, le canard s'envola au ras d'une cohorte d'aulnes, rasa l'eau de ses palmes en la touchotant du bout des ailes et s'éleva, le cou tendu.

— Ils sont plus gros en Bretagne.

Rien pour Guesclin ne pouvait égaler son pays et ce qu'on y pouvait trouver. Mieux valait se gausser secrètement de sa présomption. Paindorge feignit de souscrire à cette affirmation — sans partage, mais le plaisir aux lèvres :

— On m'a dit que la Bretagne, c'est le paradis. Les volailles, les vaches, les truies et même les dames y sont plus ardentes qu'ailleurs... et les porcs n'ont pas leurs pareils !

Il savait, lui aussi, que le rioteux[1] le méprisait. C'était une des données de l'expérience de guerre à laquelle ils allaient se livrer en présence de ce rustaud qui jugeait tout de son haut, définitivement, et dont le roi lui-même et son fils ne pouvaient amoindrir l'impertinence. Certains de ses guerriers l'adulaient ; d'autres devaient le détester comme une sorte d'ennemi, de maître dont ils ne pouvaient pourtant se passer. Allaient-ils ce jour d'hui rencontrer Jean Jouel ? Ils le vaincraient. Guesclin ne concevait pas que cette victoire pût être difficile puisqu'il la croyait déjà certaine, mais comme tous, il ignorait où, quand et comment il atteindrait les Anglais auxquels sa façon de concevoir la guerre avait donné des idées d'embûches et de tueries supplémentaires. Naguère on respectait les navrés ; maintenant, sous l'incitation de Guesclin, on les occisait avec délices. C'était du moins ce qu'on se disait à Vincennes. Tous les commencements et développements d'une échauffourée le souciaient peu pourvu qu'il y tuât des hommes.

— Ces malandrins, dit-il, je les voudrais trouver en fin de matinée, quand le soleil sera haut afin qu'on ne l'ait pas dans la goule.

Il semblait, cependant, n'éprouver rien. Ni anxiété ni impatience. Il aimait la guerre et ses hideurs comme d'autres aimaient l'amour et ses beautés. Il ne se plaignait pas que les hasards d'une bataille, tout en meurtrissant des compères, en fissent durer le plaisir. Occire était sa loi, sa lame était son sceptre. Dans une mêlée,

1. Chercheur de *riotes* : querelles.

665

sa lucidité devait prendre des proportions extraordinaires — comme sa méchanceté. Sitôt l'épée en main, rien ne pouvait lui échapper — surtout ceux qu'il affrontait. Il voyait sa renommée écrite dans les yeux de ses adversaires. Les impudents qui se risquaient à l'affronter apprenaient à leurs dépens qu'il savait escrémir[1].

— Il me plaira de te voir à l'ouvrage.

— Il me plaira de t'y voir aussi, répondit Tristan, affable.

Soudain l'idée lui vint qu'il pouvait périr dans une escarmouche sans importance. Le visage flou d'Oriabel apparut dans son esprit et Luciane l'y remplaça, plus nette. Il la portait en lui depuis l'aurore non pas comme un regret mais comme une anxiété insoumise à sa volonté. A cet émoi en l'occurrence malvenu s'ajoutait une crainte dont il se fût dispensé :

« On meurt aussi dans ces petites et courtes batailles. On peut également hélas ! s'y faire prendre au corps... Je ne pourrais jamais acquitter ma rançon. »

— Tu penses à la male mort ?

— Non, Guesclin. Je me dis que si je suis par malheur désarmé, la fuite sera préférable à la prison. Peux-tu comprendre que, *moi*, je ne veuille pas qu'on m'attrape ?

Tristan vit le Breton tressaillir sur sa selle. Il avait fait mouche.

— Parle point de ça ou je t'étripe[2]... Mais sache-le

1. Manier l'épée, d'où, plus tard : *escrimer*.
2. Guesclin avait été capturé une première fois par Robert Knolles au Pas d'Evran, entre Dinan et Bécherel, à la fin de 1359, rançonné et libéré. Il fut repris par les Anglais, commandés par Hugh Calveley, au pont de Juigné (Sarthe) à la fin de 1360 ou dans les premiers jours de 1361. Après avoir livré son frère Guillaume comme otage à son vainqueur, il se fit délivrer des lettres de sauf-conduit pour se rendre en Angleterre auprès du duc d'Orléans afin qu'il concourût au paiement de sa rançon de 30 000 écus.

tout de même : au Pas d'Evran, les Goddons étaient moult plus nombreux que nous autres... A Juigné, ce couard de Guillaume de Craon et ses hommes ont guerpi, me trahissant !... Et puis qu'importe !... Mes rançons ont été payées ; le roi m'a nommé gouverneur de Pontorson... Il m'a donné la seigneurie de la Roche-Tesson. Je suis capitaine souverain pour le duché de Normandie... Jamais plus les Goddons ne me captiveront !... Et puis quoi, le Trésor a payé mes mérites...

Outrecuidance encore. Il n'était que cela. Il devait coûter cher à la France. Rien n'était plus contraire, plus inutile, plus malsain pour le bon esprit de la chevalerie que le discours de cet homme.

— Tu ne dis rien...

— Parce que, Guesclin, je n'ai rien à dire.

Une grosse main gantée de mailles s'agita :

— Moi si !... Et je dis que la guerre est belle surtout quand je la fais avec mes parents dont la plupart sont avec nous : les frères Mauny et Beaumont, mes cousins ; Fralin de Husson, mon beau-frère ; Jean Goyon, Thibaud de la Rivière, Nicole Peynel, Raoul Tesson, Even Charruel, Olivier de Porcon...

— Jean le Bouteiller, dit une voix, à l'arrière.

— Bertrand de Saint-Pern ! cria un homme à l'avant.

— Logeril ! gronda un autre, tout près.

Guesclin sourit et poursuivit :

— Jean Ruffier, Guillaume de la Chapelle, Olivier de Porcon...

— Tu l'as déjà cité.

— Soit : Roland de la Chesnaye, Jean Hongar et Olivier de Maillechat...

— ... qui doit avoir des griffes ! s'ébaudit Paindorge.

Le Breton fit le sourd. Tristan le vit nicter[1] avant de sentir ses yeux s'enfoncer dans les siens. Il en soutint l'aiguillon.

— Tu peux rire, Castelreng. Ce que j'ai déjà fait, tu ne le feras pas.

— Je connais tes appertises en Normandie, à Rennes, à Melun... Je sais que récemment tu as pu t'emparer de Guillaume de Windesore.

— Sais-tu sur qui je cherche à mettre la main ?

— Comment le saurais-je ?

Guesclin passa sur ses lèvres lippues un bout de langue à peine rose :

— Sur Constance, la femme de Robert Knolles. Je sais qu'elle est dans ce pays... Quelle rançon, mais après que je l'aie offerte à quelques-uns de mes hommes[2] !

— Que dirais-tu, si tu es marié, au cas où les Goddons feraient subir un pareil sort à ton épouse ?... J'imagine avec joie ton indignation !

— Je ne suis point marié.

— C'est pourquoi tes propos ne me surprennent guère... Moi, je pense aux femmes et pucelles de Tortisambert... J'en ai pitié.

Il y eut un silence. Le chemin se creusait. On voyait, sur le renflement des talus, des herbes et brindilles emperlées où frémissaient des filandres.

— Tu ne connais rien, Castelreng, aux plaisirs de la guerre... Par Notre-Dame !

Tristan ricana :

— Holà ! Tu invoques Notre-Dame et fais violer des êtres à sa semblance !

1. *Nicter* : cligner des yeux en parlant des ânes et des chevaux.
2. Dans sa petite armée, le Breton comptait 54 chefs fidèles. Constance, épouse de Robert Knolles, s'était fait délivrer, le 1er avril 1360, des lettres de sauf-conduit pour la Bretagne.

Un cri jaillit à l'arrière :

— Vas-tu, Bertrand, le laisser encore nous ramposner[1] !

Le Breton se détourna :

— Oui... Parce qu'il ne manque ni de cœur ni de hardement !... Au moins, il ne bêle point : « *Oui, Bertrand... Soit, Bertrand... A ta guise, Bertrand...* »

Et tourné vers Tristan :

— Va falloir que tu leur montres que tu en as !

Ils avançaient maintenant par à-coups, sans crainte d'embuscade.

De-ci, de-là, des branches basses les obligeaient à se courber. Les archegaies et les alénas[2] se penchaient et dans les dos les arcs et les arbalètes. La plupart de ces guerriers d'aventure souriaient, confiants en leur chef. A la roideur de son visage, au vague de son regard, il n'était pas douteux qu'il méditait et maîtrisait les tremblements d'une agitation obscure.

— Où comptes-tu aller ? lui demanda Tristan.

Un bras chargé de fer se tendit :

— Le Pas-du-Breuil... J'ai envoyé là-bas quelques coureurs hier soir. Je sais que Jouel y est, qu'il ne nous attend point, qu'il n'a pas disposé ses regards[3] à l'entour... Je vais m'en approcher aisément. Nous sommes maintenant à moins de deux lieues...

La voix épaisse s'était effilée. Elle sifflait, à présent que le Breton se déchargeait d'un courroux mortel. Il remua une main gonflée de chair et de mailles, comme repue d'avoir donné des coups.

---

1. Défier par bravades.
2. *Archegaie* : javelot. *Alénas* : de l'ancien allemand *ulensa* (outil aigu) : arme du XIVe siècle à lame triangulaire, de coupe longue et fine, qui était, selon la façon dont elle était montée, soit une dague, soit une sorte de pique.
3. Guetteurs.

— Par les yeux de ma bien-aimée, ils vont voir !

Avait-il seulement une fiancée ? En ce cas, c'était une femme à sa semblance : une gaupe.

— On gagnera. Ce pays — en moins beau — rappelle la Bretagne.

Du menton, Guesclin désignait sur la terre montueuse, ici, une lande, là, une genêtière, plus loin une forêt d'où montaient des fumées.

— Est-ce là ?

— Possible... Souviens-toi, Castelreng : jamais de front. Il est vain de faire haier[1] les gens de guerre, les uns à cheval, les piétons derrière, face à un ennemi disposé mêmement. La vraie guerre, *ma* guerre, c'est la fallace[2] vile, mais glorieuse en son résultat. Assaillir par les flancs sans tambour ni trompette, frapper dans le dos avec hâte et délices. La loyauté n'est point mon fort surtout avec les gars du parti de Montfort... si j'ose dire. Je ne suis loyal que devant le roi, la roine et messire Charles de Blois... en m'éloignant de ce dernier parce qu'il pue.

Et soudain, la main derechef tendue :

— Regardez, compères, ces toiles d'araigne, là, entre les branches... Des centaines !... Par sainte Blandine, on dirait une étoffe légère... un lambeau de la robe de Morgane... Hé, Paindorge, écuyer de mon cul, on dit, de Rennes à Dinan, que je suis le plus laid des hommes. Qu'en penses-tu ?

C'était un piège, une provocation lourdaude, à l'image de son inventeur.

— Je ne connais ni Rennes ni Dinan, à plus forte raison les hommes qui y vivent.

— Tu t'en tires bien... Heureusement pour toi... Je

1. Disposer en haie, en rangs.
2. Fourberie.

suis un oiseau de proie. Merlin a dit un jour : « *Un aigle sortira de Petite-Bretagne. Il sera de la condition de l'étourneau. Malheur à qui tombera dans ses griffes.* » C'est moi.

— Je connais, dit Tristan, l'aigle noire de tes armes. Pourquoi ne l'arbores-tu pas ?

— Un si petit combat ? Ça n'en vaut pas la peine... J'ai fait du chemin : Pontorson, Fougeray, Melun... J'aurais aimé être à Poitiers, à Brignais, surtout.

— De quel côté ?

Quelque acérée que fût la flèche, le Breton ne la sentit pas. Entré une fois de plus dans une phase tranquille, il goûtait à l'avance aux fruits de la victoire. Passant par l'intérieur d'un hameau en ruine où l'on voyait quelques corps noirs et des corbeaux sautillants, il commenta : « Anglais ou Navarrais... Peut-être les deux ensemble », et ce fut tout. Les sabots crépitaient sur des cailloux. Tendus, moroses, les visages n'exprimaient rien d'autre que la fatigue de l'orgie passée ou le regret des cuvailles taries.

— Orriz, Couzic... Allez jusqu'à cette forêt. Voyez si nous pouvons nous y engager sans crainte... Vous autres tous, pied à terre.

Les deux hommes partirent au galop, choisissant des champs herbus pour en atténuer le bruit et des haies pour se dissimuler à l'ennemi s'il avait aposté des guetteurs. Ils disparurent à la corne la plus touffue. Quand ils revinrent, ils souriaient.

— Ils sont là, dit Orriz... Une clairière au bord d'une rivière [1].

— Assez loin pour ne pas ouïr notre venue ?

— Assez loin et assez saouls de leurs rapines.

— Combien sont-ils ?

1. La Touques.

— Deux ou trois cents... Peut-être davantage.

— Rien que ça !

— Holà ! Bertrand, protesta Couzic, un blanc-bec qui transpirait sous ses cheveux en friches. Nous sommes à peine cent...

— Grâce à la nuit nous serons quatre cents.

Un sourire de gourmandise fit apparaître des dents pareilles à celles des furets.

— C'est moi, Guesclin, qui vous l'assure. Ont-ils planté des trefs[1] ? Sont-ils épars ou non ?

— J'en ai compté dix.

— Nous y bouterons le feu. Ces lueurs suffiront à nous éclairer.

Puis, d'un geste vif, hachant l'air du tranchant de ses mains, le Breton commanda le silence :

— Mettons-nous à couvert et attendons la nuit. Je vous autorise à dormir jusqu'au clair de lune... sauf ceux qui veilleront aux chevaux. Sous peine de male mort, je ne veux pas ouïr un seul hennissement !

* *
*

Une lune pâle, comme apeurée. Aucun vent et pourtant des odeurs de mangeaille. On devait faire bombance au camp de Jean Jouel. Quelques cris traversaient l'épaisseur des feuillages, puis revenait le silence noir, à peine troublé par les mouvement des hommes prêts à serpenter parmi les troncs et les fourrés pour atteindre l'ennemi.

Les chevaux s'étaient tus de toute la journée, mâchonnant des herbes et des feuilles. Guesclin laissa

1. Tentes.

quelques hommes à leur surveillance et, tourné vers Paindorge et Tristan :

— N'ayez crainte : vous retrouverez les vôtres... si vous êtes encore vivants.

L'expression de son visage était un mélange de joie, de bassesse et d'astuce. Tristan trouva soudain la nuit lugubre. Une sensation de tristesse infinie le pénétra. Il allait devoir occire des hommes. Il s'était ajusté avec des cagous à leur semblance.

— Allons-y, dit Guesclin. Toi, Orriz, tu m'as compris : tu marches à senestre et tu entres dans la rivière avec tes gars. Vous avancez le long de la rive et à mon cri, *hop !* vous montez tout d'un coup et courez sur la terre... Allez.

On entendit les pas feutrés de quarante hommes et le grillotis des harnois et des armes, vite absorbé par le silence.

— Toi, Couzic, à dextre... Tu les contournes jusqu'à la rivière. Quand tu seras placé, je veux t'ouïr frouer[1].

Encore un bruit d'hommes en marche, quelques cliquetis de fer et d'acier. Une lueur, un reflet métallique : le regard du Breton.

— Vous, les forains[2], vous venez avec moi... Tirez vos épées de leur feurre[3].

Il fallut avancer. Toucher tantôt une branche, un coude ; percevoir sous ses minces semelles les renflements des racines ; deviner contre ses fers les griffures des ronces ; craindre l'éclairement des étoiles éteintes.

Tristan avait laissé son bassinet attaché au pommeau de sa selle. Paindorge en avait fait autant pour sa barbute. Il fallait que leur vue ne fût point restreinte. Ils

1. Imiter à la pipée le vol et le cri de la chouette.
2. Etrangers.
3. Fourreau.

allaient côte à côte, évitant de se toucher, de se regarder. Tristan se sentait le cœur froid, la gorge serrée. Ses yeux mouillés de nuit s'écarquillaient parfois quand surgissait devant lui une branche poussée par Guesclin et intentionnellement relâchée avant qu'il ne l'eût saisie. Comment ennoblir ce qui se préparait en se disant que c'était, après tout, administrer la punition et la justice ? Il réprouvait cette façon de guerroyer. N'eût-il pas assisté à l'orgie de Tortisambert qu'il se fût réjoui peut-être. Qu'il eût sublimé ces préparatifs d'embuscade. N'importe : ils piétaient, Paindorge et lui, vers un mortel mystère. *Comme à Cobham.* Ils pouvaient se dire qu'ils allaient prendre leur revanche sur une mission avortée.

Il fallut descendre une pente escarpée — sans doute l'immense cuve d'une marnière —, patauger dans des fongosités plus molles et collantes qu'elles ne l'étaient vraiment, du fait de la pesanteur de l'armure, puis remonter. Un archer qui glissait en entraîna un autre, sans trop de bruit.

— Heureusement, dit Guesclin, que nul Goddon ne guette !

De faibles clartés rougeâtres apparurent à travers les feuillages. Peu à peu, Tristan distingua des tentes, des hommes, des feux. Orriz et Couzic attendaient-ils ? Il se tourna vers le Breton. Ses yeux larges, soudain clairs, cherchaient partout et sa bouche béait, luisante de salive. Les ténèbres rendaient son visage spectral. Il se signa. Sa voix prit une tonalité âpre, un peu sifflante :

— Le feu que nous bouterons aux trefs nous éclairera.

Tristan resta coi, serré dans son fer et se réconfortant de son mieux cependant que Paindorge baissait la tête comme un homme accoutumé à de fatales influences et priant pour les dissiper.

— Avançons encore... dix toises et nous y serons. Lozach, je veux ouïr ta frouée.

L'homme tira un chalumeau de son surcot. Ses joues se gonflèrent. Un cri de chouette s'éleva et parut onduler dans les branches. Un autre lui répondit. Un autre leur fit écho.

— Notre-Dame, Guesclin !

L'impétuosité, l'audace avec lesquelles le chef de guerre se porta vers les ennemis, la furie surhumaine de ses compagnons, leurs vociférations et leur unité soudain démembrée arrachèrent à Paindorge un « *Bon sang !* » d'ébahissement. A l'instar de son écuyer, Tristan fut emporté par cette tempête humaine horriblement confuse. Il vit du rouge — des flammes — monter au ciel, de la fumée, des lueurs. Et déjà il était au milieu de la presse, effaré de se sentir seul, séparé de Paindorge et ne sachant encore où diriger ses coups. Le camp, assoupi, s'était éveillé en sursaut. Une trompe mugit. Un moment d'indécision sembla clouer, immobiles, les Anglais au sol ; puis, vivement, ils remuèrent.

— A l'arme ! hurla l'un d'eux qui brandissait un vouge.

— Au Charlot ! Au Charlot ! cria Couzic quelque part. Au Charlot tous [1] !

Au vacarme des assaillants répondaient les commandements d'un Anglais — Jouel, sans doute — et de ses subalternes, tandis que la mêlée se hérissait de tout ce qui tranchait, perçait, assommait. Tristan vit deux

---

1. C'était ainsi que se nommaient les partisans de Charles de Blois, candidat à la succession au duché de Bretagne, ennemi de Jean de Montfort.

Bretons convoiter le même homme, et ce fut, jouant des coudes, à qui devancerait l'autre pour croiser le fer avec lui. Sans avoir eu à manier sa Floberge, il se trouva serré de près par Paindorge en action contre un vougier demi-nu tandis que Guesclin leur jetait un regard mi-moqueur mi-méprisant avant de fondre sur un jeunet désarmé qu'il embrocha sans façon.

Les Charlots s'étaient répandus dans le camp. Aux flammes des foyers comme attisées par tant de mouvements s'ajoutaient celles des tentes incendiées par des jets de brandons. On entendait parmi ces grondements de bêtes les hennissements des chevaux effrayés. Des membres craquaient, des têtes saignaient, des fléaux s'abattaient sur des chapels de fer coiffés en hâte et qui parfois tombaient pour une mise à mort.

— Au Charlot !

— A toi, Penhoët !

Sous certaines épées pleuvaient des étincelles. D'autres se brisaient à la prise sous un heurt féroce ou tout simplement chanceux. Des Goddons qui étaient allés dormir sous la ramée accouraient, prenant les Bretons à revers.

— Notre-Dame, Guesclin !... Fils de ribaudes !

La mêlée se nouait, se dénouait à grands cris et fracas. Tristan put esquiver un coup d'épieu et navrer son agresseur à l'épaule. Paindorge n'était plus là. Les embûches ! La négation de la chevalerie. Force lui était de constater que, pour le moment, les Goddons, bien qu'ébaubis, ne se laissaient point dominer. Des armures et des jaques ouverts sur du sang, des entrailles. Toujours le sang. « *Tue ! Tue !* » Les Charlots crachaient leurs cris. Les lunes vermillonnées des haches et des cognées préféraient la chair tendre aux troncs rugueux.

Tristan ne pensait plus qu'à défendre sa vie. Sans

fureur et sans haine à l'inverse des autres. Une espèce
de bon labeur, ni plus ni moins. Comme un soleil fané,
la lune, parfois, révélait un homme atterré, immobile,
et un autre convulsé dans d'ultimes souffrances. Ne
pas leur ressembler.

« Je vivrai. Il le faut pour revoir... »

Encore un homme devant lui. Une cuirasse ensanglantée. Une épée, elle aussi baptisée dans du sang.
Éviter un taillant. Un autre. La Floberge branlait sous
les heurts. Tristan vit Orriz s'approcher de son adversaire et lui trancher d'un coup le crâne jusqu'au nez.

— Regracie-moi !

— Jamais !... Traître ! Tu devais me le laisser...
Pour qui me prends-tu ?

Il se retint à temps d'attaquer le Charlot. Guesclin
les observait tout en criant son enseigne. Des bassinets,
des barbutes brillaient çà et là, méduses de fer ballot-
tées dans cette tempête qui n'en finissait pas. Des corps
sur l'herbe. Des corps dans l'eau soyeuse et argentée
de la rivière.

— Holà !

Guesclin reculait devant un homme plus haut, plus
épais que lui. Des léopards sur sa cotte d'armes. Jouel.
Ils s'étaient trouvés. Il n'y avait plus que Jouel : il
venait d'être rejoint par un homme. Un autre. Un autre.

— A la rescousse !

Tristan bondit. Rejoignit le Breton, taillant, esto-
quant, criant. Un homme s'affala. Mort. « As-tu vu que
je sais occire ? » Il ne pouvait supporter la pensée
que s'il ne se battait pas pour délivrer Guesclin de la
meute ennemie, celui-ci le prendrait pour un couard.

— On les aura.

Essoufflement. Le Breton riait, à présent, trouvant
leur aventure plaisante. Aisément, il trancha l'épaule

d'un homme qui s'affala et se tordit sur le sol, parmi d'autres malheureux de toute appartenance.

— T'as vu ?

— Prends plutôt garde à ton dos !

D'autres Goddons. Les yeux de Tristan se brouillaient. Périr dans cette échauffourée serait indigne de lui. Il évita un taillant. Une ombre dansotait devant lui, redoutable. Il ne voyait pas son visage entre les jouées de fer d'une barbute où il semblait à l'étroit. Une ombre encore, cette fois pour Guesclin. Avant que le Breton l'eût entrevue, une épée scintilla. La Floberge l'immobilisa et rejeta.

— Tu m'as épargné une entaille !

Guesclin ne disait pas : « Tu m'as sauvé la vie. » Il écumait de rage, sans doute, d'avoir été secouru. Un mouvement de jambes, une esquive : un autre Goddon tomba.

— Qu'on en finisse !

Mais les bidaus [1] et les goujats d'Angleterre, les sergents et les gens du commandement se battaient bien. Où était Jouel ?

— Notre-Dame, Guesclin !

« Qu'on en finisse ! Le sol en est jonché ! Qu'ils ne résistent plus ! »

Tristan se sentait brisé. Lassitude. Répulsion. Le sang empoisonné de fiel. Il détestait, il abhorrait cette attaque nocturne. Le prodige Bertrand, d'un coup, faisait éclater une tête. Assez. Les Anglais tenaient bon. Pour l'honneur. Une poussée. Derechef se battre. Epées. Il vacillait. Le courant l'emportait. Reculer... Il n'était point effrayé : il se défendait à la perfection et les cris de haine à lui adressés rafraîchissaient son cerveau.

1. Hommes d'armes mal équipés.

Le vent d'une épée. Bon sang : ses cheveux s'en étaient soulevés ! Mourir ici, c'était mourir sans gloire. Pour rien... Non pas pour rien : pour Guesclin dont l'enseigne montait au-dessus des autres, au-dessus des cris, au-dessus des plaintes.

— *Notre-Dame, Guesclin !*

Tristan repoussa un vouge, une épée. Il recula.

— Notre-Dame, Guesclin !

« *Canta comm'un païrol traoucat*[1] *!* »

L'écume des souffles assemblés fouettait son visage. Il était à l'apogée de l'exaltation et de la fureur, empêchant une lame d'atteindre son cou, déviant une autre de son épaule. Seul. Et Paindorge ?

— Ils partent !

Qui avait dit cela ? C'était vrai : des Goddons s'enfuyaient. On entendait des plongeons dans la rivière. Quelques sagettes grêlèrent en sifflant. Vols inutiles : les flammes rétrécissaient, la nuit récupérait sa place et son mystère. Un éclair de lame et une course : l'Anglais rejoignait ses compères. D'autres levaient les bras en signe de soumission. Certains, en titubant, s'approchaient des vainqueurs. Paindorge apparaissait. Heurtant un corps, il chuta et jura.

— Messire !... Ah ! messire. On les a eus !

— Oui, Robert.

Tristan frémissait. Son estomac et ses entrailles semblaient en feu. Le manque d'air et l'odeur du sang, des viscères épars devenaient oppressants. Des torches sautillaient.

— Ça va, messire ?

— J'ai cru affronter des fantômes.

— Voyez ce qu'ils font des gars qui se sont rendus !

Tristan ne regarda pas : il savait. D'ailleurs, des cris,

1. « Il chante comme une poêle trouée. »

des râles, des supplications accompagnés de rires exprimaient ce qui se passait. En grand état d'ébriété haineuse, les Charlots administraient leur loi. La voix de Guesclin retentit :

— Es-tu là, Jouel ?

— Je suis présent.

Tristan s'éloigna. Rien de glorieux, songea-t-il. Et, prenant son écuyer par le bras :

— Retournons aux chevaux.

Des cris, des supplications encore. Et des rires. Et même un chant, en langue bretonne.

— Après la liesse de Tortisambert, la saturnale du Pas-du-Beuil.

L'obscurité plus lourde, mais dépourvue de l'odeur de mort. Craquements de branchettes après les craquements d'os. Tristan se sentait les bras engourdis, les jambes molles. S'était-il tant battu ?

— Il me semble avoir rêvé cette embûche.

— Pas moi !... Qu'allons-nous faire ?

— Ne veux-tu pas demeurer auprès d'eux ?

Paindorge cracha :

— Je n'aime pas ces rustiques... pourtant, ils font la guerre comme nous, mais d'une façon que je réprouve.

— Les Goddons parfois se comportent ainsi. Nous n'avons pas à juger.

Tristan n'ajouta rien. Avait-il dissimulé sa pensée ? Il s'était senti inférieur à lui-même. Certes, il avait aidé Guesclin mais son geste lui avait échappé. A vouloir prouver qu'il avait un cerveau solide et un regard prompt, il s'était montré aussi près de l'animalité que les Charlots. N'importe : il avait prouvé à ces gens que, grâce à son habileté et à sa constitution, il pouvait se conduire comme un preux.

— Nous y sommes...

Quelques hommes marchèrent à leur rencontre.

— Alors ? demanda l'un d'eux, on a gagné.

— Oui.

L'homme se frotta les mains :

— Guesclin va vouloir fêter ça.

Il était tout à coup gonflé de vanité.

Tristan marcha vers Malaquin et le libéra de son arbre.

— Prends ton cheval, Paindorge, et le sommier.

— Vous partez ? s'étonna le Charlot.

— Oui... Y vois-tu un inconvénient ?

— Mais... Bertrand ne sera pas content !... On ne quitte pas comme ça un chevalier de son espèce !

— Chevalier de mon cul, dit Tristan, apaisé. Nous partons. Sache-le : je lui ai sauvé la vie. Que lui faudrait-il de plus ? Je l'abandonne à sa jubilation et à son « Notre-Dame » de merde[1] !

Et à Paindorge :

---

1. « *L'institution de la chevalerie*, dit le Dr Lingard *(History of England, Edward III)* à propos du massacre des habitants de Limoges par le Prince Noir *(14-19 septembre 1370), a eu moins d'influence qu'on ne le croit sur la civilisation. Elle donna, il est vrai, un éclat extérieur à la vaillance, elle régla les lois de la courtoisie, elle inculqua les principes d'honneur, principes souvent faux ; mais les passions les plus sombres et les plus vindicatives restèrent en dehors de son contrôle, et les plus accomplis de cet âge ont, dans certaines occasions, montré une férocité de caractère et de mœurs qui n'aurait pas été déplacée chez leurs ancêtres du sixième siècle. De plus, la chevalerie engendrait et entretenait un profond mépris pour tous ceux qui n'appartenaient pas à cet ordre : le Prince Noir fit grâce de la vie aux chevaliers qui avaient défendu Limoges contre lui, mais il se délecta dans le sang des bourgeois et du menu peuple : 3 000 hommes, femmes et enfants furent massacrés impitoyablement. »*

Puis, à propos des chevaliers :

« *Tous ces hommes étaient d'intrépides guerriers. Ils se signaient dévotement devant la Croix et l'image de la Vierge, mais ces pieuses allures ne les empêchaient pas, dans les rencontres, de profaner les églises, de piller les monastères, de faire violence aux nonnains, de dépouiller la veuve et l'orphelin qu'ils avaient juré de protéger. »*

— Allons, monte à cheval... Nous allons chevaucher. Dans une lieue, nous nous dégagerons de ce fer.

Le vent soufflait un peu. Un vent triste dépourvu de la moindre vertu sédative. Devant, au-delà du Pas-du-Breuil, c'était le noir, rien que le noir froid et inexorable...

GUY DE CHAULIAC

Guy de Chauliac naquit au commencement du XIVᵉ siècle à Chauliac, petite cité du diocèse de Mende. Il fit ses études à Paris, Bologne et Montpellier où il reçut le titre de docteur en médecine.

Clerc du Chapitre lyonnais de Saint-Just en 1325, puis chanoine en cette église, il participa, à ce titre, le 13 mai 1344, suivant l'usage, au partage des revenus de son prédécesseur, Jean de Châtelard, mort deux jours auparavant. En 1348, lors de l'épidémie de peste, il se dévoua tant et si bien qu'il faillit succomber à la contagion. Sitôt remis, il commença à rédiger *La grande chirurgie*, ouvrage qui fut publié en 1363 et fit de son auteur une célébrité.

Le 18 août 1359, il rendit hommage, comme chanoine et prévôt du Chapitre, à Guillerme (Guillaume de Thury ou Thurey), archevêque et comte de Lyon, en son château de Pierre-Scize. Parmi les témoins figurait Guichard de Vauzelle, chanoine. Il réitéra cet acte solennel auprès des nouveaux évêques, Charles d'Alençon et Renaud de Thurey... et recommença le 16 janvier 1368.

En 1366, il avait ouvert *Le Livre de justice du canonicat*. L'année suivante, sous l'archevêché de Jean de Talaru, il fut désigné comme *hostelier*, c'est-à-dire docteur du Petit Hôpital que le Chapitre de Saint-Just entretenait pour ses malades. Lors du partage des terres et seigneuries placées sous sa dépendance, on trouva Dardilly, Grézieux, Sainte-Foy et Brignais qui appartenait au Chapitre de Saint-Just depuis 1250. Quelques mois avant la bataille où l'armée française fut si terriblement anéantie par les routiers (6 avril 1362), le Chapitre avait décidé de consolider le château puisque Guy de Chauliac ne s'en souciait pas. En même temps, Lyon se fortifiait aussi, ce qui n'était pas du goût de ses habitants puisqu'ils étaient frappés d'un nouvel impôt. Jean Quartier, procureur de Chauliac, fut parmi les protestataires.

Les héritiers de Guy de Chauliac (ses frères Guillot et Bernard ainsi que son neveu, Etienne, dit Cabasset) durent procéder aux réfections du château de Brignais.

Guy de Chauliac eut pour patients trois papes d'Avignon : Clément VI, Innocent VI et Urbain V ; le roi de France Philippe VI et le roi de Bohême, Jean l'Aveugle. Il voulait que le chirurgien fût « *pitoyable et miséricordieux, non convoiteux ni extorsionnaire d'argent* » et qu'il reçût « *modérément salaire selon le travail, les facultés du malade, la qualité de l'issue ou événement et sa dignité* ».

Il mourut le 23 juillet 1368.

LES DEUX MARIAGES D'ARNAUD DE CERVOLE

L'Archiprêtre fut tout d'abord marié à *Jeanne de Graçay*, veuve d'André de Chauvigny, seigneur de Levroux, dont il conserva les terres malgré les réclamations justifiées des héritiers quand elle mourut à une date qui demeure tout aussi imprécise que leur mariage. Jeanne était fille de Regnaud, baron de Graçay, seigneur de l'Isle, Savigny, la Ferté-Nabert, etc. Son premier mari, André de Chauvigny-Levroux, était le dernier représentant mâle de l'illustre maison des Chauvigny, barons de Châteauroux, vicomtes de Brosse, etc. De leur union aucun enfant ne demeurait. La riche succession d'André de Chauvigny revenait à des collatéraux, à ses cousins germains, Guy et Guillaume Le Bouteiller de Senlis, fils de sa tante paternelle, Blanche de Chauvigny. Selon l'usage, il en avait laissé l'usufruit à sa veuve. En se remariant, Jeanne de Graçay apporta donc à son second époux la jouissance des terres et seigneuries appartenant au premier. Arnaud de Cervole devint alors seigneur (provisoire) de Levroux et autres lieux. Le 16 mars 1357 (peu de temps sans doute après son mariage), il en prit le titre dans un acte officiel lors d'un engagement contracté par lui « *ès mains de nos seigneurs du grand Conseil du roy* ». Il sut ensuite convertir ses droits indirects et précaires en droits personnels et durables. Même après la mort de sa femme, il conserva les terres et châteaux que ce mariage lui avait apportés, en dépit des procès intentés par les héritiers.

Jeanne de Châteauvilain, la seconde épouse d'Arnaud de Cervole (leur mariage eut lieu, sans doute, en août 1362), appartenait, elle aussi, à une illustre famille féodale possédant la seigneurie de Châteauvilain située en Champagne, sur les confins de la Bourgogne, et celle d'Arc-en-Barrois qui, bien qu'enclavée dans la première de ces provinces, dépendait de la seconde. Ainsi, les sires de Châteauvilain prenaient place au premier rang de la noblesse bourguignonne. Le dernier représentant mâle de la branche aînée, Jean de Châteauvilain, mourut à Poitiers auprès de plusieurs « *bons chevaliers et écuyers de Bourgogne* »... non loin de l'Archiprêtre (c'est Aimé Chérest, l'hagiographe de Cervole, qui l'écrit)*, laissant, par un trépas que nul ne vit vraiment dans la mêlée, sa riche succession à ses deux sœurs : Jeanne (qui recueillit la terre de Châteauvilain) et Marie (qui reçut celle d'Arc-en-Barrois). Marie, dit Aimé Chérest, « *était la femme de Jean de Bourgogne, du rival de Marguerite de France, du dernier descendant mâle des comtes palatins, issus de Jean de Chalon le Sage ou l'Antique. Déjà mariée deux fois, Jeanne était devenue deux fois veuve. En premières noces, elle épousa Jean, sire du Thil et de Marigny, dont elle avait un fils mineur : Jean* ». La terre de Marigny lui restait à titre de douaire, celle de Thil à titre d'usufruit ou de bail. Elle conservait donc la disposition et la garde du château de Thil, magnifique forteresse qui, sans doute, avait séduit l'Archiprêtre tout au moins autant que la dame esseulée.

En secondes noces, Jeanne de Châteauvilain épousa un membre de la maison de Vienne, très puissante : Hugues de Vienne, sire de Saint-Georges, dont elle eut un fils : Guillaume, au nom duquel elle jouit de plusieurs seigneuries. Du côté paternel, des liens de parenté unissaient Jeanne aux

---

* *L'archiprêtre, épisodes de la guerre de Cent Ans, au XIVe siècle.* Paris, Claudin éd., 1879. Cet auteur, comme tous ceux de son temps, ne mettait qu'un *l* à Châteauvillain.

diverses branches de la maison de Châteauvilain. Par sa mère, Marguerite de Noyers, elle était la petite-fille de Miles de Noyers, successivement maréchal et porte-oriflamme de France, la nièce de Jean de Noyers, comte de Joigny, mort des blessures reçues à Brignais, et la cousine germaine du sire de Noyers capturé à Brion-sur-Ource.

Arnaud de Cervole pouvait se frotter les mains ! Il gonflait sa fortune et sa puissance. A sa mort*, dans des circonstances obscures, il laissait aux soins de Jeanne deux enfants en bas âge. Marguerite de Cervole entra dans la maison de Dinteville dont elle épousa l'un des membres. Le fils nommé Philippe, comme son parrain le duc de Bourgogne, remplit les hautes fonctions de bailli royal de Vitry. Il s'unit à Jeanne de Poitiers, fille de Guillaume dc Poitiers, le fameux « Bâtard de Langres ». Après lui, le nom et les armes de la famille passèrent à son fils Charles de Cervole, personnage si peu intéressant qu'on ne sait ce qu'il devint et s'il eut des héritiers.

Quant à Jeanne, elle passa du temps à liquider les affaires de sa famille. Elle eut recours à un homme qu'elle croyait digne de confiance : Sance Rebille de Nogent, gouverneur de Châteauvilain. C'était à lui, quand il passait par là, que Cervole confiait ses sacs de butin dont le montant fut estimé à cent mille florins. S'il ne refusa pas d'accorder à la veuve les avances qu'elle lui demandait, il obtint d'elle une décharge complète de sa gestion antérieure. Un règlement définitif eut lieu le 10 août 1366 qui le reconnut créancier de la somme de... 115 florins de Florence.

Jeanne, désargentée, tomba en disgrâce. Elle dut vendre, au commencement de l'année 1368, la moitié de la terre et du château d'Angerville-la-Rivière qui appartenait, pourtant, aux deux enfants mineurs de l'Archiprêtre. L'acquéreur était « *noble homme et puissant seigneur Bureau, sire de la Rivière, chevalier, premier chambellan du roy* », un des conseillers et amis intimes de Charles V... à qui le prince

---

*. Sitôt qu'il cut appris le trépas de l'Archiprêtre, le petit Darby, son cousin, envahit Thil et y emprisonna Jeanne de Châteauvilain.

avait fait don de l'autre moitié. Ce fut Isard de Cervole, prieur de Gournay-sur-Marne, frère d'Arnaud, qui fut chargé, par lettres royales du 8 février 1368, de s'occuper de cette affaire. Dans les documents relatifs à cette vente où Philippe de Cervole, le fils, bien que fort jeune, est revêtu du titre de chevalier, Jeanne apparaît comme dame de Châteauvilain et d'Arc. Sa sœur, femme de Jean de Bourgogne, était morte et, par un testament daté du 22 octobre 1366, elle lui avait légué l'usufruit de la seigneurie d'Arc-en-Barrois. Quant à la nue-propriété de sa fortune, la testatrice l'avait partagée entre ses deux premiers neveux : Jean de Thil et Guillaume de Vienne, excluant ainsi Philippe et Marguerite de Cervole. Il est probable que le mariage de sa sœur avec un routier de la pire espèce lui avait déplu.

Et Jeanne ?

Elle convola une quatrième fois... en épousant un des anciens compères de l'Archiprêtre : Enguerrand d'Eudin. Une fille leur naquit. Ils vivaient encore parfaitement heureux en 1386 quand ils firent un procès à Sance Rebille pour récupérer un sac de florins. Ils le perdirent. Or, presque vingt ans s'étaient écoulés depuis le meurtre de l'Archiprêtre à Glaizé, le lundi 25 mai 1366. Son souvenir en était tellement obscurci dans l'esprit de Jeanne qu'elle déclara qu'il était mort en Provence.

LA GÉNÉALOGIE DES CHAUVIGNY

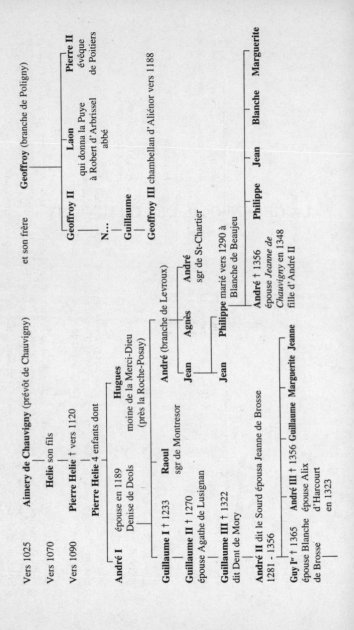

Geoffroy (branche de Poligny)   et son frère

Geoffroy II   **Laon** qui donna la Puye à Robert d'Arbrissel abbé   **Pierre II** évêque de Poitiers

N...   **Guillaume**

Geoffroy III chambellan d'Aliénor vers 1188

Aimery de Chauvigny (prévôt de Chauvigny)

Vers 1025   **Helie** son fils

Vers 1070   **Pierre Helie** † vers 1120

Vers 1090   **Pierre Helie** 4 enfants dont

Hugues moine de la Merci-Dieu (près la Roche-Posay)

André I épouse en 1189 Denise de Deols   **Raoul** sgr de Montresor

André (branche de Levroux)

Jean   **Agnès**   **André** sgr de St-Chartier

Jean

Philippe marié vers 1290 à Blanche de Beaujeu

Philippe   **Jean**   **Blanche**   **Marguerite**

André † 1356 épouse *Jeanne de Chauvigny* en 1348 fille d'André II

Guillaume I † 1233

Guillaume II † 1270 épouse Agathe de Lusignan

Guillaume III † 1322 dit Dent de Mory

André II dit le Sourd épousa Jeanne de Brosse 1281 - 1356

André III † 1356 épouse Alix d'Harcourt en 1323   **Guillaume**   **Marguerite**   **Jeanne**

Guy Ier † 1365 épouse Blanche de Brosse

Guy II † 1422
épouse Jeanne de Beaufort
(plusieurs enfants)

Guy III † 1482
épouse Catherine de Montfort

François † 1490
épouse Jeanne de Laval
(décédé après Ch. de Brosse)

André III † 1502
marié à Anne d'Orléans-Longueville
puis à Louise de Bourbon-Montpensier
sans postérité

Marguerite   **André**   **Loryset**, bâtard de Chauvigny

Anne
mariée en 1456 à
Louis de la Tremoille

Antoinette
mariée en 1458 à
Hardouin de Maillé de la Tour-Landry

André
décédé jeune

et 2 filles
décédées jeunes

Hardouin de la Tour-Landry

Françoise
épouse Jean III d'Aumont

Jean VI d'Aumont
épouse Jeanne Chabot

André III étant mort sans enfant, les droits seigneuriaux et féodaux passèrent à la famille de Maillé Tour-Landry dont le chef Hardouin X était petit-fils d'Antoinette de Chauvigny, 4e enfant de Guy III de Châteauroux, baron de Châteauroux.

André était seigneur de Chauvigny et Châteauroux, vicomte de Brosse, seigneur de la Chastre.

Note de l'éditeur : Ce tableau a pour but de montrer qu'un des hauts personnages du *Cycle d'Ogier d'Argouges*, André III de Chauvigny, mort à Poitiers, mari d'Alix d'Harcourt, était apparenté à André de Chauvigny, l'époux de Jeanne de Gracay, mort également à Poitiers. Jeanne devint la femme d'Arnaud de Cervole, personnage important du *Cycle de Tristan de Castelreng*. Ainsi, par le truchement de l'Archiprêtre et grâce à ce tableau généalogique se trouvent réunies les deux fresques de Pierre Naudin.

ANNEXE III

COMMENT LES ROUTIERS RESPECTÈRENT LEURS ENGAGEMENTS DU TRAITÉ DE CLERMONT
(22-23 JUILLET 1362)

Selon les clauses du traité de Clermont, trente-quatre otages livrés par les routiers à Henri de Trastamare, sur désignation de celui-ci, garantissaient la stricte observation de leur promesse d'aider le prétendant au trône de Castille dans sa guerre contre son demi-frère, légitime successeur de leur père Alfonso IX (1312-1350), aide en échange de laquelle ils avaient exigé 100 000 florins « *payables à la septembresche* — 8 septembre — *prochainement venant et à une journée près de l'issue du royaume* (donc à proximité de la frontière d'Espagne). Le 13 août 1362, un mois plus tard, un traité complémentaire à celui de Clermont intervint à Paris entre Jean II et le Trastamare, peu avant le départ du roi pour Avignon. Firent-ils le chemin ensemble ? Sans doute, encore que nul texte, apparemment, ne le prouve.

Les Espagnols chargés de la garde des trente-quatre otages — des capitaines — arrivèrent à Nîmes le 2 août 1362. Marchant vers le sud, les compagnies s'éparpillaient pour exercer partout des ravages en dépit des assurances fournies aux représentants du roi de France. Nîmes, Uzès, résolues à se défendre, murèrent les portes de leurs remparts et se concilièrent les Espagnols qu'ils traitaient avec des égards considérables. Or, les Castillans n'eurent qu'un dessein, qui faillit aboutir : s'emparer de l'arsenal. La plupart furent massacrés près de la Porte des Carmes et ceux qui n'avaient pas participé au complot furent libérés en septembre 1362 : ils s'allièrent immédiatement à des routiers de passage et ravagèrent les faubourgs de Nîmes.

La plupart des Tard-Venus de Brignais eurent envie de passer par Pont-Saint-Esprit. Ils y avaient déjà exercé leurs méfaits du 28 décembre 1359 à la fin de 1361 (sans parler de ceux d'Arnaud de Cervole). Leur réapparition dans cette ville après la bataille de Brignais est signalée dans *La Seconde vie d'Innocent VI* et confirmée par Froissart qui emploie, dans le chapitre CXLVII, Livre I, partie II de ses *Chroniques*, l'adverbe *derechef*.

Cependant, pour descendre vers le sud, ils s'étaient séparés en trois armées divergentes. D'après les chroniqueurs Caesar de Nostradamus et Fantoni, les uns descendirent la rive droite du Rhône et investirent Pont-Saint-Esprit ; les autres allèrent droit sur Montpellier et les troisièmes vers Carpentras. Le pape, en mauvaise santé (il devait mourir le 12 septembre) qui les avait déjà traités de « fils de Bélial », les compara, cette fois, à des Turcs, et chargea le cardinal d'Ostie, Bertrand du Colombier, ex-évêque d'Arras, de prêcher et de conduire la croisade contre cette engeance. Hélas ! le cardinal mourut, vraisemblablement de la peste, et les ravages des Tard-Venus continuèrent jusqu'à ce qu'ils eussent reçu 60 000 florins.

Dans son ouvrage : *Les routiers au XIVᵉ siècle ; les Tard-Venus et la bataille de Brignais* (Lyon, Scheuring éd., 1859), M. P. Allut a dressé un vaste calendrier des méfaits commis par ces armées terrifiantes :

23 août 1362, soit un mois jour pour jour après la signature du traité de Clermont : Penin Borra passe à Montpellier, loge à Bouzigues et détruit la bourgade après l'avoir pillée : meurtres, viols, incendies.

24 août : Jean Hazenorgue, Pierre de Montaut et Espiote passent à Saint-Martin-de-Prunet, logent à Miraval, Vic, la Verune et Pinhan qu'ils réduisent en cendres, tandis que, *le* *même jour*, le Bâtard de Breteuil et Bertuchin sont à Montpellier et logent au couvent des frères mineurs, qu'ils pillent.

Ensuite, le Bâtard de Breteuil et Bertuchin vont à Carcassonne : pillage. Garciot (ou Garcie) du Châtel les rejoint et participe à la fête.

25 août : Jean Aymery et le Petit-Meschin passent par Montpellier et y sèment la terreur.

Le Petit-Meschin est tout fier d'avoir assailli Uzès le 23 août, et de s'être aventuré à Nîmes.

D'autres compagnies assiègent le Puy et incendient Florac. Louis Robaud, lieutenant de Seguin de Badefol, opère en Vivarais. Capturé à Annonay, il est pendu et coupé en quartiers : il se flattait d'avoir rançonné, à la Cour d'Avignon, les ambassadeurs de Castille.

11 septembre : Henri de Trastamare et Arnoul d'Audrehem passent enfin dans les contrées ravagées afin de voir si les accords de Clermont ont été respectés !

Le bilan des crimes commis par les Tard-Venus, après ce traité où Jean le Bon fut dupé une fois de plus, tient, dans l'ouvrage de M. Allut, une dizaine de pages serrées ! Le retard considérable d'Audrehem à Brignais, où sa participation eût pu changer le cours de la bataille, la part qu'il prit aux négociations de Clermont avec le Trastamare et le peu de soin qu'il accorda au respect de la plupart des clauses du traité de Clermont rendent suspect cet homme sans parole, dépourvu de cet honneur chevaleresque dont il se prévalait. Prisonnier à Poitiers, il ne paya jamais sa rançon au prince de Galles, malgré les assurances qu'il lui avait fournies, de sorte qu'après la défaite de Najera (3 avril 1367) Edouard de Woodstock, qui l'avait à nouveau fait prisonnier, le fit passer en conseil de guerre. La sentence fut la mise à mort. Il est permis de se demander après quels discours et palinodies Audrehem sauva sa peau.

Quant à l'état du Languedoc et de la France, il devait être sinistre, hallucinant (pour des gens du XXe siècle). Un des disciples de Dante, Fazio degli Uberti, raconte dans son poème *Il Dittamundo* qu'aucune maison n'était debout dans les campagnes, que tous les champs devenaient friches (sauf en Picardie) et que les protecteurs ne valaient pas mieux que les bourreaux.

* *
*

Les négociateurs du traité de Clermont furent : *côté français* : Arnould d'Audrehem, Henri de Trastamare, l'évêque de Clermont, le comte de Boulogne, le sire de la Tour, le sire de Montagu, Robert de Lorris et le gouverneur de Montpellier. *Côté routiers* : Jean Aimery, Garciot du Châtel, le bâtard de Breteuil, Bérart d'Albret, Espiote, Bertuchin, Pierre de Montant, Jean Hazenorgue, le Petit-Meschin, Arnaud de Taillebarde (ou Harnault de Thillebort ou Tallebarde ou Tallebardon).

La nouvelle de la conclusion de ce traité se répandit très rapidement en Languedoc. Le 29 juillet, un écuyer d'Audrehem nommé Euguerrand apporta aux consuls de Nîmes des lettres du maréchal leur faisant part de l'heureuse issue des pourparlers. La joie dégénéra en processions. On se crut délivré. 53 000 florins d'or furent accordés par les sénéchaussées *en prime* au Trastamare, comme s'il était pour quelque chose dans ce résultat ! En remerciement, Henri fit hommage au roi de France !

LES POSSESSIONS NORMANDES DE CHARLES II DE NAVARRE

Fils aîné de Jeanne, fille unique de Louis X le Hutin et de Marguerite de Bourgogne, exclue du trône dès sa naissance (1311) en vertu de la loi salique, Charles d'Evreux, né en 1332, était par sa mère l'arrière-petit-fils de Philippe le Bel. Il en était aussi le petit-neveu par son père, Philippe d'Evreux, fils de Louis, frère puîné du même roi[1].

Philippe le Bel avait épousé Jeanne, fille de Henri Ier, roi de Navarre et comte de Champagne. Ainsi avait-il régné sur la France et la Navarre. Louis X le Hutin avait hérité de la Navarre à la mort de sa mère, en 1305, à la réserve de la Bigorre accordée au futur Charles IV. Lors de son accession au trône, Philippe V le Long (mari d'une autre Jeanne, comtesse de Poitiers, compromise dans le scandale de la Tour de Nesle[2]) avait indûment gardé la Navarre. Il avait

1. Jeanne avait mis également au monde Philippe, Louis et des filles — en particulier la future épouse de Philippe VI, Blanche, dite Belle-Sagesse, qui n'était donc pas, comme certains auteurs le prétendent, la fille du roi de Navarre mais sa sœur, puisque leur père était Philippe III de Navarre et d'Evreux.

2. Jeanne, reine de France et de Navarre, comtesse de Bourgogne et d'Artois, mourut à Rye, en Picardie, le 21 janvier 1330, instituant pour héritière l'aîné de ses filles, Jeanne de France, femme du duc Eudes IV. Ses autres filles, Marguerite de France, femme du comte de Flandre, Louis de Crécy, et Isabelle, femme du dauphin du Viennois, Guignes VIII, protestèrent contre ces dispositions, mais Eudes IV par-

conclu avec Eudes IV de Bourgogne (a qui avait été confiée la fille du Hutin), le 17 juillet 1316, un traité aux termes duquel Jeanne obtiendrait en héritage, dès qu'elle serait en âge d'être mariée, le royaume de Navarre et les comtés de Champagne et de Brie *à condition qu'elle donnerait quittance du reste au royaume de France et de la succession de son père*. Si elle refusait, elle rentrerait dans tous ses droits, mais alors l'abandon qui lui était fait de la Navarre, de la Champagne et de la Brie deviendrait nul.

Sacré le 6 janvier 1317, fort de l'appui trouvé dans l'assemblée des notables du royaume le 2 février suivant, Philippe V avait obtenu, par le biais d'un nouveau traité passé avec Eudes de Bourgogne, le 27 mars, renonciation à perpétuité de sa nièce aux droits qu'elle pouvait exprimer sur la couronne de France et de Navarre et, en faveur de lui-même et de sa postérité masculine seulement (qu'il n'eut pas), à ses droits sur la Champagne et la Brie, en échange desquels elle recevrait les rentes en terre sur le comté d'Angoulême et la châtellenie de Mortain, plus une pension hautement estimée. Le traité avait été ratifié par Jeanne alors mineure et son mari Philippe d'Evreux[1].

Les Navarrais réprouvaient ces arrangements au point que Philippe VI, une fois intronisé, renonça à la couronne de Navarre au profit de Jeanne. Il reprit cependant l'Angoumois ainsi que d'autres terres assignées dans un traité signé en 1339 : Benon en Aunis, Frontenay en Saintonge, et promit des compensations substantielles qui demeurèrent vaines.

Philippe d'Evreux étant mort à Algésiras, en 1343[2], en combattant les Maures auprès d'Alfonse de Castille, Jeanne étant décédée à Conflans, le 4 octobre 1349, au cours d'un voyage effectué en France pour réclamer son comté d'Angoulême, Charles fut donc couronné à Pampelune le 27 juin 1350 et tint aussitôt à prendre possession de son héritage...

vint à les désintéresser et finit par conserver les comtés d'Artois et de Bourgogne.

1. Le mariage eut lieu le 18 juin 1318. Philippe avait treize ans, Jeanne six.

2. Le 16 septembre 1343. Certains situent sa mort à Xerez.

ce que voyant — et pour le lanterner —, le roi Jean, qui entamait son règne, le nomma son lieutenant en Languedoc. Charles y remplit correctement ses fonctions : fin juillet 1351, il assiégea Montréal occupé par les Anglais ; le 24 septembre, il contrôlait Moissac, le 25 Castel-Sarrazin, etc.

Pour éviter les désagréments d'une alliance étrangère, Jean II offrit sa fille Jeanne à Charles II[1] et dès lors crut pouvoir le manœuvrer.

Charles était certes le vassal du roi dans ses possessions françaises, mais prince souverain — et donc indépendant — dans son petit royaume. Habile, intelligent et retors, nul doute qu'il ambitionnait la couronne de France. Il avança ses pions sur les deux échiquiers : l'Europe et surtout l'Angleterre et la France (où il se trouva un allié de choix en la personne d'Etienne Marcel, qu'il lâcha quand la fortune du prévôt des marchands lui fut contraire). Sa destitution du gouvernement du Languedoc au profit du favori du roi, l'antipathique Charles d'Espagne, dit La Cerda, suscita une violente colère qui s'acheva par le meurtre de La Cerda, le 8 janvier 1354 à Laigle. Le chagrin du roi fut immense et inconvenant. Il laissa supposer bien plus qu'une amitié entre ces deux hommes. Le ressentiment de Jean II contre son gendre fut inguérissable, malgré les efforts de Blanche

1. Veuf de son épouse, Bonne, le 12 août 1349, remarié avec Jeanne de Boulogne, le 9 février 1350, Jean le Bon ne s'embarrassait d'aucun scrupule. Le 12 février 1352, après l'avoir déclarée majeure, il avait marié sa fille Jeanne, huit ans, à Charles II, lui promettant entre autres compensations 100 000 deniers d'or (sans contrat). Peu après le traité de Brétigny (24 octobre 1360) et pour emplir ses coffres, il vendait littéralement sa fille Isabelle à Galéas Visconti 600 000 écus d'or pour qu'elle épousât son fils : la mariée avait onze ans et le marié huit. Il est d'ailleurs difficile de mettre de l'ordre dans toutes ces affaires de famille ! Peu de temps après la mort de sa femme, Bonne de Luxembourg, Philippe VI n'avait-il pas épousé, le 11 janvier 1350, Blanche de Navarre, fille de Philippe d'Evreux, roi de Navarre, et sœur aînée de Charles II ? Quelques jours lui suffirent pour qu'elle exténuât mortellement son mari. L'on peut se demander si cette ardeur amoureuse ne fut pas aussi politique !

d'Evreux (sœur du Navarrais et veuve de Philippe VI), Jeanne d'Evreux (veuve de Charles IV le Bel) et du cardinal de Boulogne (oncle de Jean).

Cependant, Jean II, pour annihiler les menées de Charles de Navarre, avait donné pouvoir, le 8 février 1354, au cardinal de Boulogne et au duc de Bourbon pour traiter avec lui. A la suite de pourparlers auxquels prit part Robert de Lorris, qui avait la confiance du roi, le traité de Mantes fut signé le 22 février 1355, si avantageux pour le Mauvais que le monarque fit reproche à ceux qui l'avaient conclu d'avoir trahi ses intérêts. Peu de temps après, Robert de Lorris, prudent, quitta le royaume.

A la suite de ce traité, Charles le Mauvais se voyait assuré de recevoir la dot de son épouse ; assuré que ses complices dans l'assassinat de La Cerda ne seraient pas poursuivis. Il était maître du clos du Cotentin, des vicomtés de Valognes, Coutances, Carentan avec toutes leurs dépendances ; Beaumont-le-Roger, Conches, Breteuil, Pont-Audemer lui revenaient ainsi que Cherbourg dont l'importance stratégique n'échappait à personne.

A la date d'un second traité signé à Valognes, le 10 septembre 1355, les garnisons navarraises occupèrent Cherbourg, Gavray, Mortain, Avranches, Carentan. Le duché de Normandie se trouva quasiment livré aux Anglais puisque Charles II complotait avec Edouard III et que Godefroy d'Harcourt, leur complice, « régnait » de Portbail à Olonde (Canville) jusqu'à Brucheville, et qu'il tenait Saint-Sauveur, Auvers, Sainte-Marie-du-Mont, etc. [1].

Il va de soi que les chemins et les routes du Cotentin étaient de véritables coupe-gorge. On n'allait guère plus loin que Caen. Coutances, cependant, demeurait française ainsi que Périers, Pontorson, Saint-Sauveur-Lendelin. Pour *oser* aller de Coutances à Valognes (50 km environ), il était

---

1. Marguerite de Bourgogne, fille de Robert II, avait été la première épouse du Hutin et la mère de Jeanne. Charles pouvait donc aussi revendiquer la Bourgogne, ce qu'il fit en 1365. Il avait certes, sur ce duché, autant de droits que Jean II.

nécessaire de posséder trois sauf-conduits : le premier, français, obtenu moyennant finances, auprès de la garnison de Coutances ; le second, anglais, délivré par celle de Saint-Sauveur (aux ordres de Godefroy d'Harcourt) ; le troisième, navarrais, accordé par les Navarrais de Valognes. Nul n'était certain d'arriver au terme de son voyage. Bientôt, les *randons* furent plus dangereux encore avec l'apparition, en 1358, des routiers : Fodrynghey et Jean de Picquigny en Normandie, Beauvaisis, Ponthieu, Amienois ; Brocard de Fénétrange en Champagne ; Robert Knolles en Auvergne, Limousin, Bretagne et Poitou ; Pierre Audley, Eustache d'Auberchicourt et l'Allemand d'Albrecht en Champagne ; Rabigot de Dury et Robin Lescot dans l'Aisne... sans oublier l'Archiprêtre en Berry, Nivernais puis en Provence.

Un frère mineur, Jean de la Rochetaillade, avait annoncé toutes ces calamités. Le pape l'avait fait jeter dans un ergastule de son palais d'Avignon... non sans lui demander si la déplorable situation du royaume de France irait en s'améliorant ou en empirant. Jean le Bel rapporte dans ses chroniques : « *Il disoit* (le moine) *que ce n'estoit riens de ce qu'on avoit veu envers ce qu'on verroit, car il ne seroit paix jusques à ce que le royaume de France seroit gasté par toutes ses parties. Ce est bien avenu en moult cas, puis l'an LVI que le roy de France et tous les barons, les plus grands au mains, furent desconfis mors et pris, ainsy que vous avez ouy. Et si voit on au temps present que ledit royaume est et a esté si féru et si foulé en toutes ses parties que nul des princes, barons et seigneurs, ne s'osoient monstrer contre gens de bas estat assemblez de tous pays, et espandus parmi le royaume de France à le gaster, ardre et pillier.* »

Les prédictions de Jean de la Rochetaillade, consignées par écrit *(en plusieurs livres bien fohdez et bien dictez)*, allaient de 1345 à 1370. Il fallait qu'elles fussent précises et vérifiées de 1345 à 1358 pour gêner à ce point Innocent VI !

DES HOUSEAUX

Les houseaux cordouans sont courants dans les textes du XIVe siècle. Les houseaux de cuir de vache furent employés à partir de 1350 et lors du siècle suivant. Quant aux houseaux de basane, cités pour la première fois en 1317, on ne les retrouve plus que sous la plume de François Villon à la fin du règne de Charles VII.

« *Cependant* », écrit Adrien Harmand[1], « *comme les textes mentionnant des houseaux en spécifient que très rarement le genre de cuir dont ils sont confectionnés, il est probable que le cordouan, la basane et le cuir de vache ne cessèrent jamais d'être concurremment employés à la fabrication de ces sortes de chaussures.* »

Il y eut des houseaux larges, étroits, grands, gros, des demi-houseaux. Adrien Harmand décrit ainsi le houseau de 1360 :

« *Taillé suffisamment large au bas de la jambe pour le passage du pied, l'excès d'ampleur de cette largeur est ensuite replié du dedans en dehors sur la jambe où il est maintenu par deux boucles. Le pli occasionné par cette opération prend naissance sur la pointe du pied, un peu en dehors, et se termine sur le tibia, au-dessous du genou. On*

---

1. Adrien Harmand : *Jeanne d'Arc, ses costumes, son armure*, Paris, Ernest Leroux éd. 1929.

comprend le grand avantage que possédait ce genre de chaussure sur les houseaux à pieds rapportés. N'ayant, en fait de couture, que la couture postérieure qui fermait la tige et celle qui joignait l'empeigne à la semelle, il était aussi imperméable que possible. En outre, sa grande largeur au cou-de-pied permettait d'y introduire la jambe très facilement et de l'en retirer de même. Ces raisons expliquent la grande vogue de ces houseaux à plis qui apparaissent dans l'iconographie et dans les textes dès le milieu du XIVe siècle, se rencontrent pendant tout le cours du siècle suivant et ne se trouvent abandonnés qu'au XVIe siècle. »

Cycle de Tristan de Castelreng

*C'est dans les guerres et les ruines
que naissent les amours immortelles.*

Les Amants de Brignais

Le jeune chevalier de la Langue d'Oc, Tristan de Castelreng, figure
dans la suite du roi Jean le Bon lorsque celui-ci, avec l'agrément des
Anglais qui l'ont capturé à Poitiers, va prendre possession du Duché de
Bourgogne (décembre 1361). Capturé par une noble dame dont il a
repoussé les avances, Tristan s'évade grâce à l'aide d'un ancien truand :
Tiercelet de Chambly. Leur fuite les entraîne vers Lyon. Dans une
auberge, Tristan sauve d'un viol collectif une jouvencelle, Oriabel, dont
il s'éprend. Un malandrin, Naudin de Bagerant, les tient désormais sous
sa coupe. Il les emmène à Brignais où se sont assemblés la plupart
des routiers du royaume. Les prisonniers et prisonnières y subissent
d'effroyables sévices.

Alors que Tiercelet cherche vainement une astuce pour quitter cet enfer,
l'armée française se présente devant Brignais (6 avril 1362). Elle y sera
taillée en pièces. Tristan qui, l'épée à la main, défendait sa vie parmi
les routiers, sera considéré comme traître à la Couronne. Emmené à
Lyon, il se verra condamné au bûcher. Dans la charrette qui le conduit
au supplice, il désespère de tout. Mais la Providence veille...

Le Poursuivant d'amour

Contraint d'épouser Mathilde de Montaigny qui l'a sauvé d'une mort
ignominieuse à Lyon, le 7 avril 1362, Tristan de Castelreng ne peut
oublier la blonde Oriabel dont il était éperdument épris. Il s'évade du
château où il était le jouet d'une femme hystérique et revient à Paris. Le
maladif dauphin Charles, régent du royaume, le charge d'une mission
périlleuse : partir pour l'Angleterre avec quelques guerriers, gagner le
manoir de Cobham où résident le prince de Galles et son épouse, la
belle Jeanne de Kent, et procéder au rapt du fils d'Edouard III.

L'irruption d'une compagnie d'archers venant relever la garde princière
compromet la réussite de l'aventure. Une jeune captive, Luciane, sauve
le jeune chevalier et son écuyer, Robert Paindorge. Ils la ramènent en
France avant de l'accompagner en Normandie dont elle est originaire.

En effet, cette jouvencelle est la fille d'un seigneur cotentinais, Ogier d'Argouges, l'ancien champion du roi Philippe VI. Aidé par Thierry, l'oncle de Luciane, Tristan permet à la jeune fille de retrouver son père. Alors qu'une idylle pourrait se nouer, Tristan retourne à Paris en se demandant, une fois de plus, où sont Oriabel et son ami Tiercelet qui devait veiller sur elle. Vivent-ils à Castelreng, ce village de la Langue d'Oc dont le jeune chevalier a souvent la nostalgie ? Les terribles routiers qui écument le royaume les ont-ils capturés puis occis ? Ces malandrins sont partout et, paradoxe de ces temps de sang et de larmes, l'un des plus terribles, Bertrand Guesclin, a gagné la faveur du dauphin de France !

La Couronne et la Tiare

Tristan de Castelreng fait partie de la nombreuse escorte que Jean II le Bon a décidé d'emmener avec lui en Avignon où il espère obtenir du nouveau Saint-Père, Urbain V, des subsides qui lui permettront d'acquitter une partie de l'immense rançon dont il a été frappé, par Edouard III et son fils, après sa défaite à Poitiers-Maupertuis.

A peine arrivé dans la cité papale, Tristan retrouve incidemment son ami Tiercelet. Celui-ci lui fait part de la mort d'Oriabel, son premier amour. Le jeune chevalier, à la suite d'une incartade nocturne, doit affronter Bridoul de Gozon, le champion de la reine Jeanne de Naples. Ce combat inégal laisse Tristan sur le champ, percé de nombreuses blessures. Celles-ci à peine cicatrisées, il chevauche vers Gratot, en Normandie, où l'attend une jouvencelle, Luciane, qu'il avait ramenée d'Angleterre où elle était captive de la belle Jeanne de Kent. L'intransigeance d'Ogier d'Argouges, le père de la pucelle, porte un coup fatal à un sentiment contre lequel le jeune homme ne se défendait plus. Peu après cette rupture, le devoir dû à la Couronne l'entraîne jusqu'à Cocherel, un hameau de Normandie où les forces royales, conduites par Bertrand Guesclin, affrontent victorieusement une coalition anglo-navarraise emmenée par un prestigieux chef militaire : Jean de Grailly, captal de Buch.

Les Fontaines de sang

Le 16 mai 1364, après la bataille de Cocherel remportée par Bertrand Guesclin et ses troupes, Tristan de Castelreng, qui a pris part à l'engagement, doit galoper vers Reims pour annoncer cette victoire à Charles V dont le couronnement est imminent. Le jeune chevalier se hâte d'autant plus que Luciane d'Argouges, sa fiancée, a été enlevée par des Navarrais qui l'ont enfermée au château Ganne, en Normandie. Aidé par Ogier, père de la jouvencelle, par l'oncle de celle-ci, Thierry, et quelques compères, Tristan sauve la prisonnière et l'épouse. Ses jours de bonheur sont comptés. En effet, Charles V, pour purger la France des routiers qui l'infestent, a décidé de les envoyer en Espagne, sous la conduite de Guesclin, afin d'aider Henri de Trastamare à détrôner le roi légitime, Pèdre Ier de Castille. Le Breton, qui déteste pareillement Tristan et Ogier, obtient du roi de les entraîner à sa suite.

Les Pyrénées franchies, c'est une effroyable avalanche qui déferle sur l'Aragon, en direction de la Castille. De multiples atrocités sont commises, particulièrement contre les Juifs. A Burgos, Tristan et ses compagnons décident de préserver Simon et Teresa, deux enfants d'Israël, des violences auxquelles ils ont récemment assisté...

Les Fils de Bélial

Une chevauchée périlleuse et sanglante commence dans une Espagne tout d'abord ensoleillée avant d'être livrée aux extrêmes froidures de l'hiver de 1366. À l'issue de la bataille Nájera (3 avril 1367), Tristan sera confronté au vainqueur, le prince de Galles. Or, le fils aîné d'Edouard III a d'excellentes raisons de le haïr et de le destiner au bourreau.

Le Pas d'armes de Bordeaux

Comme tous les prisonniers de la bataille de Nájera, Tristan est emmené à Bordeaux. Pour célébrer sa victoire, le prince de Galles décide d'organiser un des pas d'armes dont il est friand. Tristan et son écuyer, Paindorge, s'y distinguent au grand dépit de leur vainqueur. Ils devront leur liberté à la cousine d'Ogier d'Argouges, Tancrède, qui les entraînera en Périgord.

Les Spectres de l'honneur

Après un long et funèbre détour par le Cotentin, Tristan retrouve le Languedoc. Cependant, une seconde expédition est entreprise en Espagne. Elle s'achève par le meurtre de Pierre le Cruel sur la pente du château de Montiel. Tristan, repu de sang, fuit les Grandes Compagnies. Il rencontre Maguelonne et l'épouse. Pour le meilleur et pour le pire.

"Au nom de l'honneur perdu"

Pierre Naudin
Les lions diffamés
Cycle d'Ogier d'Argouges I

Il marchait lentement, à grandes enjambées
rudes soulignées par les tintements
de ses éperons d'or. Il allait de la
fenêtre en arceau à la porte de chêne

POCKET

Après la bataille de l'Écluse, en 1340, Godefroy d'Argouges, injustement accusé de trahison, a été dégradé. Les glorieux Lions d'or de son blason sont diffamés. Pour laver cet affront et recouvrer l'honneur perdu de son nom, il envoie son jeune fils, Ogier, apprendre le maniement des armes auprès de son oncle, Guillaume de Rechignac, qui réside dans le Périgord. Formé à toutes les formes de combat, Ogier sera le bras armé de la vengeance des Argouges.

Il y a toujours un Pocket à découvrir

IMPRIMÉ EN FRANCE PAR BRODARD ET TAUPIN
12910 – La Flèche (Sarthe)
Dépôt légal : mai 2002